Knaur

Von Echo Heron ist außerdem erschienen:

Mercy

Über die Autorin:

Echo Heron ist examinierte Krankenschwester und war über viele Jahre in der Intensivpflege tätig. Mit *Intensivstation,* ihrem Erstlingswerk, gelang ihr der Sprung in die amerikanischen Bestsellerlisten. Derzeit widmet sie sich ganz ihrer schriftstellerischen Arbeit. Sie lebt und schreibt in San Francisco.

Echo Heron

Intensivstation

Roman

Aus dem Amerikanischen
von Walter Spiegl
und Marie-Luise Bezzenberger

Knaur

Die amerikanische Originalausgabe erschien 1988
unter dem Titel »Intensive Care. The Story of a Nurse«
bei Ivy Books/The Ballantine Publishing Group, New York

Besuchen Sie uns im Internet:
http://www.droemer-weltbild.de

Urban & Fischer Verlag, München • Jena 2001
ISBN 3-437-45356-4
Knaur Taschenbuch Verlag, München 2001

Umschlaggestaltung: ZERO Werbeagentur, München
Umschlagabbildung: IFA-Bilderteam, München
Satz: Ventura Publisher im Verlag
Druck und Bindung: Clausen & Bosse, Leck
Printed in Germany
ISBN 3-426-61836-2

5 4 3 2 1

Ich widme dieses Buch
meinem Sohn Simon
und allen Angehörigen des Pflegeberufes:
den wahrhaft Gebenden.

Anmerkung der Autorin

Die in diesem Buch geschilderten Vorgänge beruhen auf wahren Begebenheiten. Es lag zu keiner Zeit in meiner Absicht, gegen meine berufliche Schweigepflicht zu verstoßen oder an bestimmten Berufsgruppen oder Einzelpersonen Kritik zu üben. Mit den Schilderungen verfolge ich allein den Zweck, meine ganz persönlichen Erfahrungen darzustellen. Aus diesem Grund und zur Wahrung der Rechte der betroffenen Menschen, die ich als Patienten betreut habe, ihrer Familienangehörigen, der Lehrerinnen, Ärzte und des Pflegepersonals sowie der im Buch erwähnten Institutionen und Einrichtungen habe ich alle Namen geändert, mit Ausnahme von Jan Tobin, Janey Justice, meinem Sohn Simon und mir selbst. Einige der im Buch geschilderten Personen tragen die Charakterzüge verschiedener Menschen, die ich während meiner Ausbildungszeit und in meinem Beruf kennengelernt habe. In einigen Fällen wurden auch die zeitlichen Abläufe verändert. Deshalb ist jegliche Ähnlichkeit der im Buch beschriebenen Personen (von den oben genannten Ausnahmen abgesehen) mit tatsächlich existierenden Personen unbeabsichtigt und rein zufällig.

Prolog

Die große Uhr in der Eingangshalle zeigte zehn Minuten vor drei Uhr nachmittags. Auf dem Weg in den siebten Stock fragte ich mich, was wohl alles in den nächsten neun Stunden meines Lebens auf mich zukommen würde.
Was würden sie brauchen? Würde es nur darum gehen, ein bißchen Sauerstoff zu geben oder etwas Morphin gegen die Schmerzen? Oder würde ich ständig auf dem Sprung sein, alle fünf Minuten nach meinen Patienten sehen, Sekrete absaugen, um die Atemwege frei zu halten, Medikamente dosieren, Geräte neu einstellen und mich auf meinen sechsten Sinn verlassen, um allen möglichen Katastrophen immer einen Schritt voraus zu sein? – Wie immer verfolgte mich bei diesen Gedanken die schreckliche Vorstellung, daß ich einen Fehler machen und den Tod eines Menschen herbeiführen könnte.
Endlich war ich oben angekommen und jonglierte mit Lunchpaket, Handtasche und Regenschirm, um die Tür zum grün gestrichenen Wartezimmer zu öffnen. Als ich unter dem Schild KARDIOLOGIE hindurchging, fiel mein Blick auf eine weißhaarige Frau, die schluchzend auf dem Sofa saß. Eine jüngere Frau mit rotem Haar stand stumm über sie gebeugt und hatte ihre Hand auf die Schulter der alten Dame gelegt.
Das brauchte nicht unbedingt etwas Ernstes zu bedeuten, vielleicht war es eine Überreaktion. Aber ich konnte keine Anzeichen von Hysterie entdecken, sondern nur Kummer und Angst.

Ich öffnete die Tür zur Intensiveinheit. Hinter verglasten Trennwänden befanden sich vier Betten für schwerstkranke Patienten. Unmittelbar vor mir standen die zentralen Überwachungsmonitore. Nur ein Schirm war eingeschaltet: Bett zwei.
Das EKG verriet mir sofort, was mit diesem Herz los war. Ein Blick auf den Einsatzplan sagte mir, daß *ich* für Bett zwei zuständig war.
Ich trat an meinen Spind und nahm meine blauen Sachen vom Kleiderbügel. Als ich die Hose anzog, bemerkte ich am Bund den alten Blutfleck, der auch nach wiederholtem Waschen nicht herausgegangen war. Ich versuchte, mich an den Namen des Patienten zu erinnern, von dem der Fleck stammte, und stellte betroffen fest, daß er mir nicht einfallen wollte.
Als nächstes kam mein Namensschild an die Reihe. RN, MICN, CCU, ER: Registered Nurse, Mobile Intensive Care Nurse, Coronary Care Unit, Emergency Room. Diese Buchstaben standen für viele Jahre Ausbildung und harte Arbeit. Wie viele mochten es wohl gewesen sein? Zehn?
Ich schnürte meine weißen Schuhe zu und konzentrierte mich auf die Arbeit. Bett zwei. Wie alt? Männlich oder weiblich? In welchem Zustand? Die verzweifelte weißhaarige Frau im Wartezimmer ließ mich das Schlimmste befürchten.
Nach einem kurzen Blick in den Spiegel steckte ich einige Strähnen meines kastanienbraunen Haares in den Knoten am Hinterkopf, dann griff ich zu meiner Ausrüstung: Stethoskop, steril verpackte Alkoholtupfer und Verbandsschere. Damit war ich für den Abend gerüstet.
Eine vertraute, unterschwellige Erregung stieg in mir auf, als ich zum Stationszimmer ging. So ähnlich, glaubte ich, müsse sich ein Schauspieler auf der Bühne fühlen. Und ob-

wohl ich meine Rolle gut einstudiert hatte, wußte ich niemals, was passieren würde.
Kelly, die Schwester vom Frühdienst, erstattete umständlich Bericht über den Patienten, ohne dabei wirklich Informationen weiterzugeben. Ich wunderte mich darüber, denn ich kannte Kelly sonst als hervorragende Intensivschwester. Aber heute nachmittag war von ihrer üblichen Energie und Begeisterung nichts zu spüren.
»Der Mann ist achtundsechzig und wurde heute in aller Frühe eingeliefert. Verdacht auf zerebrale Blutung. Heute morgen war er beim CCT, aber der Befund ist noch nicht da«, sagte Kelly. Sie seufzte und beugte sich vor. »Sei bitte nicht sauer, aber heute hab' ich es einfach nicht auf die Reihe gekriegt. Ich habe ihn nicht gewaschen, umgelagert habe ich ihn auch nur ein paar Mal und ...« Sie holte tief Luft und ließ die Schultern noch mehr hängen. »O Gott, mir kommt das alles so sinnlos vor. Es geht mir einfach total gegen den Strich, mich um Tote kümmern zu müssen. Ich möchte nur noch raus hier und nach Hause zu meinen Kindern.«
Ich machte mir Notizen zu dem Patienten, ohne weiter auf Kellys Bemerkungen einzugehen. Wir wußten alle, wie es war, Patienten am Leben erhalten zu müssen, für die es keine Hoffnung mehr gab. Es war ein aussichtsloser Kampf, der die emotionalen Abwehrkräfte viel stärker beanspruchte als irgendeine andere Situation im Pflegeberuf.
Nachdem ich mit meinen Aufzeichnungen fertig war, überprüfte ich sie noch einmal und ging leise in das Akutzimmer, wo der Patient lag. Das Geräusch des Beatmungsgerätes verschmolz mit dem gedämpften Summen, das die ständige Geräuschkulisse des gesamten Klinikgebäudes bildete. Die Arme und Beine des kranken Mannes zuckten und ließen die Kunststoffschläuche auf seiner Brust und seinen Schenkeln zittern. Ich trat an das hüfthohe Intensivbett her-

an und sah mir den Patienten genauer an. Er war kräftig gebaut, etwas übergewichtig und füllte das Bett vom Kopf- bis zum Fußende aus. Ein dünner Schweißfilm überzog seinen Kopf, und die Haut hatte jenen unverwechselbaren Grauton angenommen, den ich nur zu gut kannte. Ein schmaler Pflasterstreifen über Mund und Wangen fixierte den rotgestreiften Tubus, der bis in die Luftröhre hinabreichte und vorgewärmte, angefeuchtete Luft aus dem Beatmungsgerät in die Lunge leitete.

Ich durchquerte den Raum und zog die blauen Vorhänge vor die Glastrennwände, um den Patienten vor neugierigen Blicken zu schützen.

Womit sollte ich anfangen? Einen Menschen auf seine Körperfunktionen zu reduzieren, kam mir vor wie eine defekte Maschine in ihre Einzelteile zu zerlegen.

Neurologischer Befund: fokale Krampfanfälle, keine Reflexe, keine Reaktionen – niemand zuhause. Kelly pflegte diesen Zustand pietätlos als »Gemüseeintopf« zu bezeichnen. Kreislauf: Pulsfrequenz 150, Blutdruck tastbar bei 80. Haut: kühl, feucht, fleckig. Hautfarbe: bläulichgrau, marmoriert. Medikamente: Procainamid, Dopamin und Lidocain, die durch Infusomaten in die Venen gejagt wurden, wo sie das Herz in Gang hielten.

Ich ließ mir Kellys Übergabebericht noch einmal durch den Kopf gehen. Gestern hatte dieser Mann noch gelebt und gelacht. Die Familie war zusammengekommen, um ihn zu feiern, den Vater und Großvater. Ich konnte mir das Fest lebhaft vorstellen, die Spiele und Späße mit den Enkeln, die Geschichten, die er nach dem Essen erzählen mußte, um die Kleinen bei Laune zu halten. Das alles war noch keine vierundzwanzig Stunden her.

Ich sah die kleinen Kristalle getrockneten Blutes, die an seinen Nasenhaaren klebten, und stellte mir die aufgeregte

Mannschaft des Notarztwagens vor, wie sie hektisch versuchten, zu intubieren. Die gebrochenen Rippen des Patienten wiesen auf verzweifelte Reanimationsversuche hin. So viel Mühe, und alles umsonst.

Schlagartig hörten die Krampfanfälle auf. Ich ließ die Angehörigen, einen nach dem anderen, zu ihm ans Bett. Seine Schwester kam als erste. Sie hatte die gleiche kräftige Statur wie ihr Bruder. Als sie ihn sah, hob sie schwach die Hand und lächelte, während ihre Tränen auf den Arm des Patienten herabfielen. Sie machte keine Anstalten, sie wegzuwischen. Ohne ihm ins Gesicht zu sehen, schüttelte sie den Kopf und sagte ganz leise: »Ach Colonel, was machst du denn für Sachen? Adieu, mein Lieber, adieu.« Als sie mich auf der anderen Seite des Bettes sah, erklärte sie: »Ich habe ihn immer Colonel genannt. Er mochte das gern, es war sein Spitzname.«

Die Frau warf noch einen Blick auf ihren Bruder und wandte sich vom Bett ab, als wolle sie gehen. Doch unvermittelt drehte sie sich wieder um, wie um etwas zu sagen, aber obwohl die Lippen sich bewegten, blieb sie stumm. Dann legte sie die Hand über den Mund und ging rückwärts zur Tür, während sie die ganze Zeit lautlose Worte an ihren Bruder richtete.

Ich hatte regungslos zugesehen. Nachdem sich die Tür hinter ihr geschlossen hatte, trat ich ans Bett und legte meine Hand auf seine. Sie fühlte sich feucht und heiß an. Mit dem Digitalthermometer maß ich die Temperatur. 42.2°C. Mir fiel etwas ein, was ich einmal während meiner Ausbildung irgendwo gelesen hatte: »Eine Körpertemperatur über 42°C ist mit dem Leben unvereinbar.« Mit dem Leben unvereinbar. Ganz simpel. Ohne wenn und aber.

Zehn Minuten später kam mit ungelenken, steifen Schritten einer der Enkel herein, ein schmächtiger Junge von viel-

leicht achtzehn, neunzehn Jahren. Sein Blick war starr geradeaus gerichtet, als wolle er es mit dem Feind aufnehmen, der sich seines Großvaters bemächtigt hatte. Der Junge hob die Hand, um das Gesicht des Patienten zu berühren, brachte es aber nicht fertig. Nein, er wollte keine vollendeten Tatsachen schaffen, wollte die Realität nicht wahrhaben. Der Mann, der hier lag, war sein Großvater, den er bewundert und geliebt hatte. Er gehörte einfach nicht in diese sterile Welt mit den häßlichen Schläuchen. Sein Großvater war für ihn gleichbedeutend mit dem würzigen Geruch von Pfeifentabak und dem Duft reifer Äpfel, mit spannenden Geschichten aus alten Zeiten. Er war der klügste Mensch, den er je gekannt hatte, und er wollte ihn jetzt nicht einfach gehen lassen.
Plötzlich begannen seine Schultern zu beben, und die Züge des kantigen Gesichts veränderten sich unter der Wucht seines Schmerzes. Mit einem Ruck wandte er sich ab und verließ den Raum, wortlos und ohne einen Laut.
Wieder trat ich an das Bett heran und betrachtete das Gesicht des Mannes. Ich beugte mich etwas herab und wischte ihm behutsam den Schweiß von der Stirn. Als ich den blutigen Heftpflasterstreifen von der Oberlippe abzog, sah ich überrascht, daß darunter ein üppiger weißer Schnurrbart zum Vorschein kam. Eine ganze Weile studierte ich das Gesicht meines Patienten und kam zu dem Schluß, daß es ein gutes, ein freundliches Gesicht war.
Ich schob die Augenlider zurück. Darunter lagen weite, lichtstarre Pupillen, umgeben von einem hellblauen Ring. Ich brachte meinen Mund nahe an sein Ohr und flüsterte: »Colonel, ich bin ja bei Ihnen. Ich bin hier bei Ihnen.«
Ich ging ans Fußende des Bettes und rieb seine violett angelaufenen, eiskalten Füße. Ich fragte mich, wie wohl sein Leben verlaufen war, was er von Beruf gewesen war, und

ob er gern zum Angeln gegangen war. »Was für ein Mensch waren Sie, Colonel?« fragte ich laut. Nur Stille war die Antwort, und mein Blick wanderte zum Monitor: Herzfrequenz 70, Blutdruck 74. Die Wirkung der Medikamente ließ nach.

Zwanzig Minuten verstrichen, und das rhythmische Zischen des Beatmungsgerätes versetzte mich in eine Art Trance, während ich mich mit Schreibarbeiten beschäftigte. Eine Männerstimme riß mich aus meiner Versunkenheit. Ich blickte auf und sah einen hochgewachsenen Mann in Begleitung einer Frau mittleren Alters. Beiden stand die Angst ins Gesicht geschrieben.

»Wie geht es ihm?« fragte der Mann. Hoffnung klammerte sich an jedes Wort der Frage.

»Nicht gut«, antwortete ich. »Sein Zustand ist äußerst kritisch.«

Die Frau machte einen Schritt auf mich zu. Sie hatte die Hände wie zum Gebet gefaltet, und ich sah, wie verkrampft ihre Finger waren. »Glauben Sie, daß er durchkommt? Wir kennen uns schon seit Ewigkeiten. Wie lange wird er hier bleiben müssen?«

Ich blickte die Frau an. Schließlich sagte ich: »Er wird es nicht schaffen.«

Der Mann kam einen Schritt näher, und ich konnte in seinem Gesicht lesen wie in einem Buch. Er glaubte mir nicht, wollte verhandeln. »Es würde doch bestimmt helfen, wenn wir einen Spezialisten aus San Francisco hinzuziehen, oder?«

»Nein«, sagte ich. »Er ist hirntot. Der Mensch, die Person, ist gestern nacht gestorben. Nur das Herz schlägt noch, und das Atemgerät versorgt ihn mit Sauerstoff. Sonst funktioniert nicht mehr viel.«

Die beiden wandten den Blick ab. Einen Moment lang

fürchtete ich, ich hätte zuviel gesagt und mich zu deutlich ausgedrückt.

Mehrere Sekunden vergingen, dann sagte der Mann: »Mein Gott, ich kann es einfach nicht glauben.« Tränen stiegen ihm in die Augen. Die Frau legte die Hand auf seinen Arm.

»Er war ein ganz besonderer Mensch, nicht wahr?« fragte ich.

Kurzes Schweigen, dann brach es aus dem Mann heraus: »Ein wunderbarer Mensch war er, einer von den Besten. So klug, so gebildet, und was für einen Humor er hatte!« Der Mann legte den Kopf in den Nacken und stieß ein Lachen zur Decke hin aus, obwohl Tränen nasse Spuren über seine Wangen zogen. »Er hat alle zum Lachen gebracht. Sein Leben lang hat er sich bemüht, den Leuten die Wirklichkeit von ihrer schönsten Seite zu zeigen. Er war Professor in Stanford, mit einem messerscharfen Verstand, und dabei so einfühlsam und verständnisvoll.« Eine Pause. »Ob er ein besonderer Mensch war, haben Sie gefragt. Ja, das war er wirklich.«

Die Stimme der Frau klang zittrig, als sie sich an mich wandte: »Ich möchte Ihnen danken, daß Sie uns die Wahrheit gesagt haben.«

Meine Kehle war wie zugeschnürt, und ich konnte nur lächeln. Dann gingen sie und ließen mich mit meinem Patienten allein.

Seine Temperatur war inzwischen auf 36,7°C abgesunken. Die Haut fühlte sich klamm an, und die vage Vorstellung von primitiven Lebewesen in den Tiefen des Meeres schoß mir durch den Kopf. Ein Frösteln überkam mich, und ich ging zur Tür. Durch das Fenster zum Wartezimmer sah ich die weißhaarige Dame immer noch auf dem Sofa sitzen. Ich öffnete die Tür und bat sie herein. Es war Zeit, Abschied zu nehmen.

Sie trat an sein Bett, berührte das Gesicht des Mannes und küßte ihn. »Papa? Papa, ich liebe dich so sehr. Ich habe dich immer geliebt, Liebster. Vergiß nicht, daß ich dich über alles liebe. Ich liebe dich.«

Um irgend etwas zu tun zu haben, beschäftigte ich mich mit den Schläuchen und Kabeln, die nun auch nichts mehr halfen. Ich war hin- und hergerissen zwischen Neugier und dem beschämenden Gefühl, in die Privatsphäre anderer Leute einzudringen.

»Letzte Nacht«, sagte die alte Dame, ohne den Blick von ihrem Mann zu wenden, »stand er öfter auf, wie das in unserem Alter halt so ist, aber als er das letzte Mal zum Bett zurückkam, hat er meinen Namen gerufen. Nur einmal. Er sah völlig verändert aus, irgendwie ganz verloren. Dann fiel er plötzlich hin, und ich habe nicht gewußt, was ich tun sollte. Ich hatte entsetzliche Angst, weil er nicht geantwortet hat, und da habe ich ihn festgehalten und mit ihm geredet, aber er hat nichts mehr gesagt.«

Die Frau öffnete die Handtasche und zog ein spitzenbesetztes rosa Taschentuch heraus, dessen Zipfel sie mit der Zunge anfeuchtete. Damit wischte sie einen orangefarbenen Desinfektionsmittelfleck von seinem Kinn. Sie nahm die kalte, schlaffe Hand und legte sie sanft gegen ihre Wange. »Zweiundvierzig Jahre waren wir verheiratet, und wir haben uns geliebt. Für mich war er ein Geschenk Gottes.«

Sie blickte auf ihren reglosen Mann hinab und küßte seine Handfläche. »Ich liebe dich. Und jetzt sage ich dir Lebewohl.«

Nachdem sie seine Hand losgelassen hatte, schloß sie die Handtasche und verließ wortlos die Intensivstation. Zweiundvierzig Jahre liebevollen Zusammenseins, und die Dauer eines Augenblicks hatten genügt, diese lange Zeit zur Vergangenheit zu machen.

Eine halbe Stunde später, als ich ihn gerade auf die Seite drehte, spürte ich, daß jemand den Raum betreten hatte. Dr. Skinner stand an der Tür und sah zu uns herüber.
»Massive Gehirnblutung. So etwas habe ich noch nie gesehen. Setzen Sie alle Medikamente ab, die Familie will es so.«
»In Ordnung«, antwortete ich, rührte mich aber nicht vom Fleck. Ich empfand seine Gegenwart wie die eines Eindringlings und wünschte mir, er würde wieder gehen.
Nach einer Weile fuhr er fort: »Der war schon tot, als er auf dem Boden ankam.« Damit war die Angelegenheit für ihn erledigt. Er zuckte mit den Schultern und ging hinaus.
Ich klappte das Seitengitter des Intensivbettes herunter, schob den Arm unter des Colonels Schultern und sprach mit flüsternder Stimme zu ihm.
»Haben Sie gemerkt, wie gern alle Sie haben? Jetzt können Sie das hier hinter sich lassen. Es ist schon richtig so, glauben Sie mir.« Meine Wange streifte sein Gesicht. »Ich bleibe bei Ihnen. Ich bin ganz in Ihrer Nähe.«
Ein leises Summen ertönte und ein rotes Lämpchen blinkte im Takt dazu. Blutdruck 40, Herzfrequenz 32. Ich drückte seine Hand, während es mir den Hals zuschnürte. Sein Gesicht verschwamm durch den Schleier meiner Tränen.
Ich schloß die Schlauchklemme am Infusionsschlauch, durch den die blaue Flüssigkeit seinen Blutdruck aufrechterhalten hatte, und stellte anschließend auch noch den Zufluß der gelben Flüssigkeit ab, die sein Herz in Gang gehalten hatte. Aus und vorbei.
»Jetzt gibt es keine Schmerzen mehr. Lassen Sie ruhig los.«
Die Haut war fast weiß, und der hellblaue Ring um die Pupillen war verschwunden. Nur noch zwei schwarzgraue Fenster, offen für die Ewigkeit.
Der EKG-Monitor flimmerte, und begleitet vom Piepsen des

Alarms wanderten die letzten Ausschläge, der Rhythmus des Todes, langsam von links nach rechts. Blutdruck ... null. Das Beatmungsgerät schien plötzlich aufdringlich laut und störte die Würde des Sterbens. Ich griff nach dem Kabel und zog den Stecker aus der Wand. Es wurde still.

Eine Sekunde lang waren sein Geist und meiner in dieser Stille vereint. Während der Dauer dieses Augenblicks erfaßte ich die menschliche Wärme und Freude, die von seinem Wesen ausgegangen war.

Ich entfernte die Braunülen und das Heftpflaster und wusch ihn mit warmem Wasser und Seife, die sonst den Lebenden vorbehalten waren. Dabei summte ich ein altes Wiegenlied vor mich hin. Dann hüllte ich ihn in eine saubere, weiche Decke und sagte: »Leben Sie wohl, Colonel.«

Mitternacht war schon vorüber, als ich durch das leere Wartezimmer ging. Ich fühlte mich körperlich und seelisch erschöpft, ausgehöhlt. Und doch nahm ich etwas mit mir, als ich die ungezählten Stufen vom siebten Stock hinunterging und in die Kühle der Nacht hinaustrat. Kein Wort hatte er mit mir gesprochen, mit keiner Geste hatte er sich bemerkbar gemacht, und im Ringen um sein Leben hatte der Tod gesiegt. Aber ich war bei ihm gewesen, hatte ihn berührt, und die Erinnerung an ihn, seinen starken Geist und seine Menschlichkeit, begleitete mich auf dem Heimweg.

1. Kapitel

Verschlafen und mit den Abdrücken der Kissenfalten auf den Wangen, trottete ich hinter meinem Vater her und lauschte auf das Geräusch unserer Schritte in der Stille des frühen Morgens. Die frostige Luft brannte mir in der Nase, als wir auf den Wald hinter unserer Kleinstadt zuhielten. Ich hätte den Weg mit verbundenen Augen gefunden, so gut kannte ich ihn. Zweihundert Schritte die Wyman Street hinunter, dann rechts abbiegen in die Riverside Avenue und bis 231 zählen, nach der großen Eiche sechsundzwanzigmal mit den Augen blinzeln und dann die Schermerhorn Avenue entlang, wo man durch die abgefahrenen Stellen im Teerbelag die alten Eisenbahngleise sehen konnte, die die Straße kreuzten. Drei Telefonmasten hinter der Eisenbahnkreuzung begann schon der Wald.

Früher hatte ich meinen Vater nur deshalb zu seinen Schießübungen begleitet, weil ich in seiner Nähe sein wollte. Als ich das erste Mal selbst mit dem Gewehr schießen durfte, hatte er gesagt, ich solle die Mündung einfach in die Richtung des etwa zwanzig Meter entfernten Ziels halten. Ich machte alles genauso wie er: Beine auseinander, ganz ruhig dastehen, sich auf die hellroten Tomaten auf den Blechbüchsen konzentrieren und langsam den Abzug durchziehen. Während die eine Büchse noch durch die Luft flog, schoß ich bereits auf die andere und fegte sie vom Baumstumpf, bevor die erste auf dem Boden aufschlug. Mein Vater ließ mich das noch achtmal machen, bevor er es wirklich glauben konnte. Seit diesem Tag hieß ich bei meiner Familie »Blechbüchsen Oakley«, in Anspielung auf die berühmte Kunstschützin Annie Oakley, die zusammen mit Buffalo Bill in Wildwestshows aufgetreten war. Noch bevor ich neun Jahre alt wurde, hatte ich diesen Spitznamen bereits gründlich satt.

Das Kleinkalibergewehr hing über Dads Schulter und der schwarze Lauf schwang bei jedem Schritt von links nach rechts und wieder zurück. Ich hatte Mühe, die Augen offenzuhalten und schaute zum Himmel hinauf. Auf den Telefondrähten neben der Straße saßen Vögel und sahen aus wie schwarze Noten auf einem Notenblatt. Ich summte die Melodie nach diesen Noten, und es klang ein bißchen wie die ersten Takte von »Mister Sandman«.

Jetzt waren wir auf dem Feldweg, und ich konnte ganz deutlich den Fluß riechen. Nach hundert Schritten führte der Weg zunächst direkt auf den Fluß zu, bevor er eine Biegung nach links zum Wald hin machte.

Als wir zwischen den ersten Weißfichten hindurchgingen, hatte ich mir bereits vorgenommen, heute nach einem besonders schwierigen Ziel Ausschau zu halten. Die Vorstellung, auf etwas Lebendiges anzulegen, das sich bewegte, machte mich ganz zappelig. Im Fernsehen hatte ich oft genug gesehen, mit welcher Leichtigkeit die Cowboys und Indianer so was machten. Ich konnte mir nicht vorstellen, daß es bei mir anders sein würde.

Und das war es auch nicht.

Der graue Morgenhimmel, der Wipfel einer Weißfichte und der kleine Vogel, der darüberflog, waren alles, was ich sah, ehe ich abdrückte.

Der Vogel stieß einen Schrei aus und stürzte flatternd zu Boden. Mir kam es wie eine Ewigkeit vor, bis der kleine Körper auf dem Waldboden aufschlug.

Ich rannte zu der Stelle, wo meine Beute lag, aber mein anfängliches Hochgefühl war wie weggewischt, als ich den zuckenden Vogelkörper vor mir liegen sah. Völlig verwirrt starrte ich auf die hilflose Kreatur.

Schlagartig erfaßte mich Panik. Ich verspürte nur noch den verzweifelten Wunsch, etwas zu unternehmen, damit das schreckliche Zucken des kleinen Körpers aufhörte. Ich hob den Vogel auf, hielt ihn dicht an meinen Mund und blies ganz vorsichtig Luft auf seinen Schnabel, während meine Finger nach der Wunde tasteten.

An einer Stelle unter dem rechten Flügel drang warmes, klebriges Blut heraus. Ich drückte den kleinen Finger auf das Loch und streichelte sanft den Kopf des Vogels. Es war, als würde ich einen zarten Windhauch berühren.

Einen, zwei Augenblicke später wurde das Flattern schwächer und hörte bald darauf ganz auf. Das kleine Vogelherz hatte aufgehört zu schlagen. Mir war, als wäre die Welt stehengeblieben. Eine seltsame, noch nie empfundene Angst überkam mich, die schrecklicher war als alles, was ich jemals zuvor erlebt hatte.

Ich hatte ein Leben ausgelöscht, das Leben einer Kreatur, die durch die Lüfte segelte und von den Gartenzäunen herab fröhliche Melodien zwitscherte. Ganz bestimmt war die Welt jetzt meinetwegen nicht mehr so schön. Wie ein düsterer Schatten türmte sich das Schuldgefühl in mir auf, und mir wurde mit einemmal bewußt, daß jede Kreatur auf Gottes Erde ein Recht auf Leben besaß, das man nicht ungestraft auslöschen konnte. Für diesen barbarischen Mord würde ich büßen müssen, dessen war ich mir sicher.

Vor Entsetzen wimmernd legte ich den Arm um Dads Taille und klammerte mich an ihn. »Ich hab' dem kleinen Vogel wehgetan, Dad, ich hab' ihn umgebracht. Jetzt wird er nicht mehr fliegen, jetzt kann er nicht mehr in sein Nest zurück. O Dad, hilf mir.«

Ich drückte das Gesicht gegen seine Lederjacke, die nach Zedernholz roch, und mein Körper bebte von der Anstrengung, das Schluchzen zu unterdrücken.
Mein Vater schob die Hände in meine Achselhöhlen und nahm mich auf den Arm. Er strich mir sanft übers Haar und tröstete mich: »Aber, aber, mein Mädchen wird doch nicht weinen, es wird ja alles wieder gut.«
Ich ergriff seine große Hand und betrachtete sie, wie ich es schon tausendmal vorher getan hatte. Jeder Finger war gebrochen, knorrig und verbogen und sah aus wie die Hand der Hexe auf dem Bild in »Hänsel und Gretel«.
Ein Frösteln durchlief mich. Ich sah das Bild der bösen Hexe vor mir, die kleine Kinder mästete und tötete, um sie aufzufressen. Und ich? Ich war kein bißchen besser als diese häßliche, gemeine Hexe.
Mein Vater sprach weiter, und ich wurde etwas ruhiger beim Klang seiner tiefen, rauhen Stimme. »Jetzt hör mir mal gut zu, Dolly.« Dolly nannte er mich immer, wenn ich das kriegte, was er »das heulende Elend« nannte. »Ich weiß genau, wie du dich fühlst. Mir ist es mal genauso gegangen, aber das ist schon lange her. Weißt du noch, was ich dir von dem armen Kaninchen erzählt habe, das ich –?«
Ich unterbrach ihn, denn die Geschichte von seinem ersten Jagderlebnis kannte ich auswendig. Und ich wußte auch, daß man von ihm als dem ältesten von acht Kindern erwartet hatte, etwas zu essen auf den Tisch zu bringen, damit die Familie satt wurde. »Aber ihr wart arm und habt die Tiere gebraucht, die du draußen im Wald geschossen hast. Das Vögelchen hier haben wir doch gar nicht essen wollen. Das war doch nur ein böser Spaß.«
Bei dem Gedanken, den kleinen Vogel oder irgendein anderes Lebewesen zu essen, drehte sich mir der Magen um. Alle Hühner, Kühe, Rehe und Fische, deren Fleisch ich gegessen

hatte, erschienen mir plötzlich wie die kleinen, niedlichen Zeichentrickfiguren in den Walt Disney-Filmen. Und wieder kamen mir die Tränen.

»Es wird alles wieder gut, Dolly«, tröstete mich mein Vater und streichelte mein Haar. »Das geht vorbei.«

Nach einer Weile ließ das Schluchzen nach. Wie apathisch lag ich in seinem Arm, bis ich über mir das Zwitschern eines Vogels hörte. »Schau! Da!« rief ich aufgeregt und sprang auf den Boden. »Das ist die Vogelmutter, die nach ihrem Kleinen ruft.«

Unter dem Gewicht des neu aufgekommenen Schuldgefühls brach ich fast zusammen. Für mich stand fest, was ich nun tun mußte. Entweder leistete ich Abbitte für mein Verbrechen oder ich würde auf der Stelle tot umfallen.

Mit zu Fäusten geballten Händen stand ich breitbeinig da, als wollte ich es mit der ganzen Welt aufnehmen, hob das Gesicht zum Himmel und schrie hinauf: »Lieber Gott, ich schwöre, daß ich nie wieder in meinem ganzen Leben ein anderes Wesen verletzen oder töten werde!«

Nach diesem Versprechen fühlte ich mich wieder versöhnt mit den Lebenden und den Toten. Ich hatte für meine böse Tat gesühnt, Absolution erhalten, und jetzt war es Zeit, diesen furchtbaren Ort zu verlassen, bevor der liebe Gott es sich vielleicht noch anders überlegte.

Ich wandte mich ernst an meinen Vater: »Wir begraben ihn hier, damit seine Mom ihn immer besuchen kann. Findest du das richtig, Dad?«

Die Augen meines Vaters wurden feucht, und er zog mich in seinen Arm. Aus der Geborgenheit seiner Nähe blickte ich auf einen dünnen Sonnenstrahl, der sich einen goldenen Pfad durch die Wipfel der Bäume bahnte. Winzige Regenbögen flimmerten in den Tränen, die noch an meinen Wimpern hingen. Die Panik war verflogen, und an ihre Stelle war eine sanfte, friedliche Ruhe getreten. Etwas sehr Wichtiges war passiert. Mit der magischen Intuition eines Kindes begriff ich vage, daß irgend etwas anders war als früher.

Heute glaube ich zu wissen, daß es eine Veränderung des Herzens war, der Beginn eines Bewußtseins für menschliche Empfindungen. Von diesem Tag an, als der kleine Vogel sterben mußte, begann ich, nach den Wunden anderer Menschen zu suchen, die sie zwar verbargen, die aber immer gegenwärtig waren. Je genauer ich zu sehen lernte, desto mehr Mitgefühl und Einsicht empfand ich, bis mein zukünftiger Lebensweg klar vor mir lag. Für mich gab es keine andere Wahl. Meine Lebensaufgabe würde es sein, die Wunden anderer Menschen zu suchen und sie zu heilen.

2. Kapitel

Der Postbote war nur noch zwei Häuser entfernt. Sobald er bei mir wäre, würde er mir einen Umschlag überreichen, der nichts Geringeres als die Blaupause meines Schicksals enthielt. Seit acht Uhr wartete ich schon auf die Post, obwohl ich wußte, daß sie immer erst gegen eins zugestellt wurde.

Ich saß auf der Veranda des kleinen Holzhauses aus dem letzten Jahrzehnt des 19. Jahrhunderts, spielte mit meinem dreieinhalbjährigen Sohn Simon und ärgerte unsere beiden Kater Emilio und Mooshie. Während ich die Blätter von den Holzstufen fegte, schaute ich mir das Häuschen an, in dem wir nun schon seit drei Jahren lebten.

Die Farbe der Außenwände war ein Flamingopink, das Simon recht zutreffend als »Kotzrosa« bezeichnete und das viel besser in eine Seniorensiedlung aus dem Florida der dreißiger Jahren gepaßt hätte als hierher an die Küste Kaliforniens. Drinnen sah es aber ganz anders aus. Die getünchten Wände und ein aus roten Ziegeln gemauerter offener Kamin mit einem mächtigen Sims ließen einen eher an Neuengland denken als an die Westküste. Diese Aura rustikaler Gemütlichkeit und die unglaublich niedrige Miete waren die Gründe, warum ich mich auf Anhieb für dieses Cottage entschieden hatte.

Was machte es schon, wenn es im Winter durch Tür- und Fensterritzen zog und feucht wurde; dafür war schließlich der Kamin da. Und wenn sich die Mäuse meinen Küchenschrank als Winterquartier aussuchten, war das auch keine

Katastrophe; schließlich hatten wir zwei Katzen. Dafür, daß es im Holzstoß hinter dem Haus von Schwarzen Witwen wimmelte und es im großen Schlafzimmer, das auf die Straße hinausging, angeblich spukte, hatte ich bis jetzt zwar noch keine Beschönigung gefunden, aber mir würde schon noch etwas einfallen.

Das Haus stand mitten im Ort an einem Flüßchen, lag jedoch ein gutes Stück abseits von der Hauptstraße. Allerdings war es nicht so weit entfernt, daß ich die Nachbarn nicht hätte sehen können, oder den Postboten auf seiner Route.

Im Augenblick stand er vor dem Haus nebenan und plauderte mit meiner Nachbarin. Sie unterhielten sich über die Probleme mit der Kanalisation und die Schlaglöcher, die Stück für Stück die Straßen eroberten, während ich hyperventilierend auf meiner Veranda saß. Schlaglöcher und Überschwemmungen nach hochsommerlichen Gewittern gehörten sozusagen zum Alltag dieser winzigen Gemeinde. Warum mußten die beiden sich ausgerechnet diesen Tag aussuchen, um ausführliche und tiefschürfende Betrachtungen darüber anzustellen, wie der mißlichen Situation abzuhelfen sei. Ganz offensichtlich wußten sie ganz genau, daß ich heute zum ersten Mal seit achtundzwanzig Jahren verzweifelt auf meine Post wartete.

Plötzlich kam mir der niederschmetternde Gedanke, daß der Brief, dem ich so entgegenfieberte, heute gar nicht dabei sein könnte. Nein, das war unmöglich; vor zwei Tagen hatte ich selbst der Sekretärin des Buchanan College geholfen, 354 Briefe mit Immatrikulationsbescheiden zur Post zu bringen. Ich arbeitete als Schreibkraft im Erste-Hilfe-Center für Auszubildende, welches von der Krankenpflegeschule unterhalten wurde. Neben einem mäßigen, aber regelmäßigen Einkommen brachte das den großen Vorteil mit sich, daß ich sämtliche Insider-Informationen über die Krankenpflege-Ausbildung mitbekam.

Erst drei Tage war es her, daß die Sekretärin mich gebeten hatte, 354 Umschläge mit ebenso vielen frisch gedruckten Adressenaufklebern zu etikettieren. Während ich die kleinen Rechtecke fein säuberlich auf die Umschläge klebte, war mir bereits klar, daß nur sechzig davon eine Zusage enthielten. Die übrigen 294 Empfänger würden Formulierungen wie »Zu unserem Bedauern«, »leider«, »derzeit kein Ausbildungsplatz«, »im nächsten Jahr« und »viel Glück« zu lesen bekommen.

Einige der Namen auf den Aufklebern kannte ich, und die Leute taten mir jetzt schon leid. Manche bewarben sich schon seit drei Jahren und wurden vielleicht schon wieder abgewiesen. Ich konnte keine drei Jahre warten. Meine finanzielle Situation war jenseits von Gut und Böse. Entweder ich bekam auf meine erste Bewerbung eine Zusage, oder ich mußte versuchen, wieder in einer Anwaltskanzlei unterzukommen. Der Ausbildungskredit für die Krankenpflegefachausbildung war ziemlich großzügig bemessen. Er hatte nur einen Haken: Man war Schüler ohne eigenes Einkommen. Aber wenn man sich einschränkte, ließ sich damit leben, obwohl es knapp werden würde. Patrick, mein geschiedener Mann, hatte es wegen der großen Konkurrenz selber schwer, als Rechtsanwalt über die Runden zu kommen, aber er hatte versprochen, mir im Rahmen des Möglichen auszuhelfen.

Die einhundertundsiebte Adresse war meine. Sie klebte wie ein Fähnchen an meinem Zeigefinger, und ich betrachtete sie voller Stolz, bis sich die vielen Horrorberichte anderer Bewerber einer nach dem anderen in mein Bewußtsein einschlichen und meine Zuversicht mächtig ins Wanken brachten, bis sie schließlich zu einem elenden Häufchen

Scherben zusammenfiel. »Daß es beim ersten Anlauf klappt, ist ungefähr so wahrscheinlich wie sechs Richtige im Lotto«, war ein häufig gehörter Ausspruch. Und dann kam regelmäßig und zur allgemeinen Abschreckung die Geschichte von dem armen Ding aus Südkalifornien, das sich schon siebenmal beworben hatte und immer noch vor verschlossenen Türen stand.

Ich klebte meine Adresse auf den Umschlag, drückte beide Daumen, schlug drei Kreuze, rief Buddha um Beistand an, küßte alle vier Ecken des Kuverts und sagte dasselbe Gebet auf, wie neulich auf dem Weg zum Briefkasten, als ich meine Bewerbung losgeschickt hatte.

Das Knirschen von Kies rief mich schmerzlich in die angsterfüllte Gegenwart zurück. O mein Gott, da kam der Briefträger, und er grinste auch noch. *Warum grinst der nur? Weiß er etwas, was ich nicht weiß?*

Wortlos reichte er mir die Post: nicht einen, nein, zwei Briefe. Mein Mund war so ausgetrocknet, daß ich kein Dankeschön herausbrachte. Ich schaffte es lediglich, noch etwas schneller zu hecheln. Als er ging, drehte er sich noch zweimal um.

Beide Briefe waren vom Buchanan College. Mein Gott, dachte ich, die haben eine Zusage geschickt und sie gleich darauf wieder rückgängig gemacht. Ob das was mit den Adreßaufklebern zu tun hatte? Ich setzte mich an meinen kleinen Schreibtisch, spielte mit dem Brieföffner und fand einfach nicht den Mut, die Umschläge aufzuschlitzen. Ich ließ sie auf dem Schreibtisch liegen und brachte erst mal Simon ins Bett. Zeit für seinen Mittagsschlaf.

Danach ging ich wieder an den Schreibtisch und starrte die Briefe eine Weile an, als wolle ich den Inhalt durch Telepathie erfahren. Ich war noch genauso schlau wie zuvor, als ich nach dem Hörer griff und Janeys Nummer wählte.

»Hast du deinen schon aufgemacht?« fragte ich, noch bevor sie sich meldete.

Sie lachte, wie nur sie es konnte. Janey hatte ein Lachen, das jedes Problem zur Bedeutungslosigkeit schrumpfen ließ. Ich hatte es zum ersten Mal gehört, als wir uns kennenlernten, und obwohl die Umstände dieser Begegnung alles andere als angenehm waren, hatte es mich fasziniert. Ich wollte unbedingt die Frau kennenlernen, die einen Lachanfall kriegte, während sie unter dem Tisch im Chemielabor lag und darauf wartete, daß irgend jemandes fehlgeschlagenes Experiment explodierte.

Zwischen dem ersten Alarm und den letzten herumfliegenden Glasscherben erfuhr ich, daß sie in meinem Alter war, einen Sohn hatte, den sie auch allein aufzog und der so alt war wie Simon, und daß sie das gleiche Ziel verfolgte wie ich, nur mit dem Unterschied, daß dies schon ihr dritter Versuch war.

»Hab noch gar nicht nach der Post gesehen«, sagte sie. »Wie war's denn bei dir?«

»Mein Gott, Jane, woher nimmst du bloß diese Gelassenheit? Ich sitze hier schon den ganzen Vormittag wie auf glühenden Kohlen.«

»Du weißt doch, für mich ist das nichts Neues. Gehe ich recht in der Annahme, daß du deinen auch noch nicht aufgemacht hast? Du bist schon echt schräg, Heron. Bestimmt sitzt du da und starrst den Umschlag an, während du mit mir telefonierst. Stimmt's?«

»Teilweise. Ich starre auf zwei Briefe, beide vom College, und ich hab' noch keinen aufgemacht, weil ich mir vor Angst fast in die Hosen mache. Jane, hier geht's schließlich um meine Zukunft.«

»Paß auf, ich sag' dir was. Ich hole jetzt meine Post, und dann machen wir beide unsere Briefe auf, während wir am

Telefon hängen. Sollte eine von uns auf Selbstmordgedanken kommen, kann die andere sie ihr gleich ausreden.«
Janey hatte nicht nur einen umwerfenden Humor, sondern auch gesunden Menschenverstand: die beste Voraussetzung für eine hervorragende Krankenschwester.
Ich wartete und hörte am anderen Ende das Quietschen des Blechbriefkastens neben der Vorgartentür. Dann schlitzte ich den ersten Umschlag auf. Ich hatte Glück. Es war ein vervielfältigtes Rundschreiben vom Dekanat des College, das aus zwei Zeilen bestand. »Herzlichen Glückwunsch zum erfolgreichen Semesterabschluß. Aufgrund Ihrer hervorragenden Leistungen wird Ihr Name in die Ehrenliste aufgenommen.«
Mein Herz machte einen Sprung. O Mann! Die Ehrenliste. Ich schaute noch einmal auf die Anschrift. Ja, da stand mein Name. Es ging sichtlich aufwärts mit mir.
Ich fragte mich, ob meine Mutter jetzt wohl im Grab rotierte; sie hatte es nicht ausstehen können, im Unrecht zu sein. Sie hatte mir nämlich seit meiner Geburt immer wieder bescheinigt, daß meine Intelligenz und meine charakterlichen Qualitäten allenfalls für einen Job als Toilettenfrau ausreichten.
Während all der Jahre, in denen ich ihre betrunkenen Gemeinheiten über mich ergehen lassen mußte, war es mir kein einziges Mal gelungen, in ihre eisige Isolation pervertierter Rechtschaffenheit vorzudringen. So kam es, wie es kommen mußte. Indem sie mich zurückstieß, weckte sie meinen Widerstand, so daß ich nur noch ein Ziel hatte: durchhalten, und dann nichts wie weg von zu Hause. Sobald meine jüngeren Geschwister in der Lage waren, auf sich selbst aufzupassen, machte ich mich davon.
Es gab genügend Güterzüge mit unbekanntem Ziel, in deren leeren Viehwaggons man sich verstecken konnte, und wenn

ich kein verlassenes Farmhaus oder Boot am Strand fand, lud ich mich selbst bei Freundinnen ein, deren Eltern Geld hatten, und übernachtete dort solange, bis es auffiel, daß ich nie nach Hause ging.

Natürlich war das eine aussichtslose Flucht. Noch Jahre später, lange nachdem meine Mutter tot und begraben war, schleppte ich ihr Gespenst mit mir herum. Als ich mir mit siebzehn Jahren Informationsmaterial von einem College schicken ließ, erhob sich ihr düsterer Schatten drohend vor mir wie der schwarze Rächer, bereit, mich niederzuschmettern, falls ich es tatsächlich wagen sollte, mich um einen Studienplatz zu bewerben.

Den Vogel schoß mein Studienberater ab, der mir weismachen wollte, daß es doch gar keinen Sinn hätte, aufs College zu gehen. Mein Leben, meinte er, würde völlig damit ausgefüllt sein (dabei betatschte er mein Knie), meinem zukünftigen Mann das Studium zu ermöglichen und ihm ein verläßlicher Kamerad zu sein. Um sich draußen in der großen, schrecklichen Welt zu behaupten, brauche man einen scharfen Verstand und mächtig viel Mut, sagte er. Das überließe man als Frau lieber den Männern und bliebe zu Hause.

Ich brachte nicht die Kraft auf, gegen diesen massiven Widerstand anzukämpfen. Angesichts meiner Niederlage suchte ich mein Heil im amerikanischen Traum aller jungen Mädchen, der sich in Gestalt eines blauäugigen Iren namens Patrick manifestierte. Als der Traum zu Ende war, fand ich mich als alleinverdienende Ehefrau in San Francisco wieder, die ihrem Mann das Jurastudium finanzierte.

Mein Verlangen zu lernen lag ganz hinten in einer Schublade, ordentlich in Seidenpapier eingewickelt. Inzwischen fuhr ich Tag für Tag in überfüllten Bussen zur Anwaltskanzlei, wo ich einen Job als Sekretärin gefunden hatte. Vier

Jahre später spielte ich immer noch die Rolle der restlos frustrierten Ehefrau, nur daß es inzwischen ein blondes. Baby gab, das mir die verfahrene Situation mit einem Schlag bewußt machte. Mein rebellischer Geist erwachte aus seinem Dornröschenschlaf. Ich wog Für und Wider ab und beschloß, den Ausbruch zu riskieren und nach den Sternen zu greifen.
Patrick und ich konnten uns der Erkenntnis nicht länger verschließen, daß das leckgeschlagene Schiff unserer Ehe endgültig gestrandet war. Also packte ich meine Sachen in den 57er Chevrolet Kombi und zog mit Sack, Pack und Baby aufs Land, in ein winziges Kaff nördlich von San Francisco. Der Hektik der Großstadt entronnen, umgeben von mächtigen Redwoods und hohen Bergen, faßte ich den Entschluß, aufs College zu gehen und der Zukunft als Klofrau ein und für allemal den Garaus zu machen.
Aber Mutters Gespenst hatte den Kampf noch nicht aufgegeben und wiederholte endlos die alte Leier von meiner abgrundtiefen Selbstsucht. Mein Wunsch, etwas zu lernen, um anderen helfen zu können, sei nichts anderes als ein Versuch, mich aufzuspielen.
Das ist nicht wahr! konterte ich. Ich bin bereit, alle nur erdenklichen Opfer zu bringen.
Das Gespenst zeigte sich völlig unbeeindruckt. Ich sei viel zu dumm und willensschwach, um es zu etwas zu bringen, höhnte es.
Aber versuchen kann ich es doch wenigstens, bettelte ich und hoffte auf Zustimmung oder zumindest auf Gleichgültigkeit.
Versuchen? Woher nimmt eine wertlose Idiotin wie du nur diese Frechheit? Bleib gefälligst da, wo du hingehörst.
Ich schüttelte den Kopf. Aussichtslos. Seit Jahren hatte ich es immer wieder versucht und nichts erreicht. Es hatte

keinen Sinn, mit einem Geist zu diskutieren, der stets verneinte.
Der Teil meines Selbst, der das Leben in vollen Zügen genoß, gab mir einen Befehl, der stärker war als alle anerzogenen Minderwertigkeitsgefühle. Ich holte tief Luft, löste meinen krampfhaften Klammergriff und sprang. Als ich die Augen wieder aufmachte, befand ich mich in einer anderen Welt. Ich war Studentin am Buchanan-College, ordnungsgemäß immatrikuliert.
Mit sechsundzwanzig zwar nicht mehr das jüngste Semester, aber immerhin. Den jungen Frauen, mit denen ich in den Vorlesungen saß, waren Sorgen wegen Krähenfüßen oder Hängebrüsten ebenso fremd wie Säuglingskoliken und wunde Babypos. Aber das konnte mir egal sein, denn mein ganzes Interesse galt so aufregenden Dingen wie Mikrobiologie oder Chemie, und einem guten Notendurchschnitt.
Nach vier Semestern hatte ich alle Vorlesungen besucht, die auch nur ansatzweise etwas mit Krankenpflege zu tun hatten. Vor sechs Monaten schlich ich an einem kalten, regnerischen Tag mit weichen Knien zum Briefkasten auf dem Campus, um meine Bewerbung für einen Ausbildungsplatz an der Krankenpflegeschule einzuwerfen. Ich erinnerte mich, wie ich den Umschlag an den Einwurfschlitz hielt und mein Mund sich so trocken anfühlte, als wäre er voll Watte. Schaut her, ihr da oben, oder wer immer von euch für diese verrückte Welt zuständig ist, betete ich, und es klang wie ein Angebot, ich bitte euch inständig, mir bei dieser Geschichte hier zu helfen. Gebt mir die Chance zu lernen, anderen zu helfen. Bittebittebitte! Ich werde euch auch bestimmt nicht enttäuschen.
Ich blickte auf den immer noch geschlossenen Umschlag, den der Postbote gebracht hatte. Hier war also die Antwort.

»He, bist du noch da?« hörte ich Janey fragen. »Steck die Zyankalikapseln weg und mach den Brief auf. Meinst du, du kriegst das hin?«
»Klar«, entgegnete ich, obwohl ich mir dessen gar nicht sicher war.
»Bist du soweit?«
»Ja, es kann losgehen.«
»Ich zähle jetzt bis drei, dann fängst du in der linken Ecke an und schlitzt den Umschlag auf bis zur rechten Ecke. Ich mach's genauso.«
Wir öffneten unsere Briefe zur gleichen Zeit.
»Alles hört auf mein Kommando. Brief herausnehmen, auseinanderfalten, aber nicht draufschauen«, ordnete Janey an. Ihre Stimme klang völlig gefaßt.
Meine Hände zitterten, als ich das Schreiben herauszog und mit der beschriebenen Seite nach unten auf dem Schreibtisch glattstrich.
»Jane?« Meine Stimme bebte.
»Ja?«
»Jane, bist du soweit?«
»Ja.«
»Ich zähle bis drei.«
»Nein!« schrie Jane.
»Warum nicht?«
»Zähl bis vier. Das ist meine Glückszahl.«
»Also gut, ich zähle jetzt bis vier.«
Pause.
»Eins, zwei, drei, vier, LESEN!«
Die ersten sieben Worte müssen wir beide mit derselben Geschwindigkeit gelesen haben, denn wir schrien gleichzeitig los.
»Wir freuen uns, Ihnen mitteilen zu können ...« Es gab keine schöneren Worte in der ganzen Sprache.

»Mein Gott, Janey, wir haben's geschafft!« rief ich und lachte und weinte zur selben Zeit.

Janey schrie noch einmal. »Ich fasse es nicht, wir haben's wirklich geschafft! Das verlangt nach einer Flasche Champagner.«

»Von wegen eine, du Spießerin, zwei«, entgegnete ich. »Ich bin schon auf dem Weg zu dir.«

Ich legte auf und tanzte wie ein Irrwisch durchs Wohnzimmer. Auf einmal stand ein völlig verwirrter Simon vor mir und schaute mich mit großen Augen an.

»Krieg' ich jetzt Toast mit Marmelade, Mommy?«

Ich beugte mich hinunter und hob ihn hoch. »Jetzt gibt's Toast mit Marmelade, mein Liebling, und ein neues Leben für dich und deine Mutter.«

»Auch welchen mit Honig?« fragte Simon mit einem verschmitzten Lächeln, das fast so breit war wie meines.

»Worauf du wetten kannst. Den süßesten Honig auf der ganzen Welt.«

3. Kapitel

Das erste Jahr der Pflegeausbildung war in jeder Hinsicht ein körperlicher und geistiger Schock.
Nach den ersten zwei Wochen war ich felsenfest überzeugt, daß die Schwesternschule nur etwas für ganz junge Frauen war; sie war nicht für Leute über zwanzig gedacht, und ganz sicher nicht für solche, die auch einmal ausschlafen wollten. An Schlaf war kaum noch zu denken. Jede Woche bekamen wir mehrere hypothetische Patienten zugewiesen, und jeder davon erforderte stundenlanges Recherchieren, um einen lückenlosen Pflege- und Behandlungsplan zu erstellen.
Und wenn diese Pläne uns nicht Tag und Nacht in Anspruch nahmen, dann büffelten wir für die wöchentlichen Tests am Freitagnachmittag. Oder wir mußten ausführliche Berichte über die Körper- und Geistesfunktionen imaginärer Patienten schreiben.
Auch in unseren übrigen Lebensgewohnheiten trat eine gewaltige Veränderung ein. Geschiedene Frauen, die Familien zu versorgen hatten, erlitten jeden Tag Nervenzusammenbrüche. Unsere Kinder bekamen uns nur noch selten zu Gesicht (Mommy? Wer ist Mommy?), und für Freunde und Bekannte existierten wir gar nicht mehr.
Sollten wir jemals auf den verwegenen Gedanken kommen, einen Tag freinehmen zu wollen, saß uns sofort die Angst im Nacken. Wenn wir einen Test nicht bestanden, einen Tag des Praktikums versäumten oder mit unseren Pflegeplänen in Rückstand gerieten, würde man uns kaltlächelnd auf die

Straße setzen – für immer. Es gab niemanden, der das riskieren wollte.
Sozialleben? So etwas hatte ich schließlich schon vorher nicht gehabt.
Seit meiner Scheidung hatte ich meine Zeit zwischen dem College, Simon und einem Teilzeitjob aufteilen müssen. Selbstgespräche zu führen und allein in der rechten Hälfte des Doppelbettes zu schlafen, waren inzwischen Routine geworden. Eigentlich war es gar nicht so schlimm – auf diese Weise gab es faszinierende Diskussionen und immer reichlich Beinfreiheit.
Doch nun geriet auch dieser Teil meines Lebens in Gefahr. Der Haufen Fachbücher auf der linken Hälfte des Bettes hatte beängstigende Dimensionen angenommen und machte Anstalten, mich von meiner Hälfte zu verdrängen. Die Enge war nicht das größte Problem: Da die Bücher schwerer waren als ich, rollte ich dauernd nach links. So rammte ich mir nachts beispielsweise die Ecke meines Anatomie-Lehrbuches ins Auge oder landete mit dem Gesicht in den Stiften, die ich als Lesezeichen zwischen die Seiten gelegt hatte. Morgens erwachte ich mit höchst abstrakten Kriegsbemalungen.
Um fünf Uhr morgens brachte ich meinen armen Simon (viele Leute glaubten inzwischen, er hieße tatsächlich »Armer Simon«, weil ich immer erzählte, »mein armer Simon hat dies und jenes getan« oder »der arme Simon hat gesagt ...«) zu einer Babysitterin, die so freundlich oder so verrückt war, ihn schon um diese unchristliche Zeit aufzunehmen und ihn um sieben zum Kindergarten der Universität zu fahren.
Simon, dessen kleine Reisetasche sein Frühstück und ein paar saubere Sachen zum Anziehen enthielt, machte das nichts aus. Manchmal hatte ich den Eindruck, er fand es so-

gar richtig toll, daß er und ich auf die gleiche »Schule für Große« gingen.
Wenn ich ihn an Kliniktagen vom Kindergarten abholte, schlug er immer mein Cape zurück, damit die anderen Kinder mit großen Augen und in stummem Entsetzen meine Schwesterntracht und das Stethoskop betrachten konnten. Stolz wie ein Spanier kletterte er auf meine Hüfte und schrie: »Meine Mommy wird 'ne Schwester, die nicht piekt!«
Der kleine Racker war die größte Stütze meines Selbstvertrauens. Nicht, daß er immer ein Musterknabe war. Besonders wenn er seine bockige Phase hatte, konnte er mich auf die Palme bringen. Aber irgendwie verstand er, welche Bürde ich auf mich genommen hatte, und er versuchte zu helfen, wo er nur konnte. Wenn ich über meinen Büchern einschlief, weckte er mich mit einem nassen Kuß auf die Nasenspitze, oder wenn ich das Abendessen vergessen hatte, brachte er mir eine rohe Karotte auf einem Teller und dazu auch gleich Messer und Gabel.
Einmal die Woche trafen sich die zehn Klassenkameradinnen seiner Mutter in seinem ruhigen Zuhause. Jedes andere Kind hätte vor dieser hysterisch gackernden, kichernden und hemmungslos quatschenden Meute Reißaus genommen – nicht so Simon. Er ließ sich geduldig von Arm zu Arm reichen, bemuttern und betätscheln, seine Locken durcheinanderwuscheln und hörte sich die kindischen Sprüche an. Simon, glaube ich, betrachtete diese Zeit als »die wilden Jahre«.
An den Wochentagen entwickelte sich Kochen und Essen zu einem so großen Zeitproblem, daß ich mich schließlich auf einfachste Gerichte beschränkte. Bananen, harte Eier, Nüsse, grüne Sellerie und Karotten ließen sich einfach in meiner Handtasche oder den Kitteltaschen verstauen. Ich war von Natur aus schlank, aber jetzt war ich kaum noch zu sehen.

Zum Glück war Simon nicht heikel mit dem Essen. Seine Babysitterin gab ihm sein Frühstück, im Kindergarten bekam er ein warmes Mittagessen, und abends gab es Salat oder Suppe, die ich auf Vorrat gekocht hatte.
Kleiderprobleme kannte ich nicht. Unsere Uniformen waren phantasielose, blau-weiß gestreifte Säcke mit riesigen Taschen, und dazu trug man weiße Strümpfe. Die Schwesternhäubchen, die man uns verpaßte, wurden von allen Betroffenen als die Ausgeburt eines kranken Gehirns angesehen. Sie waren offensichtlich eine Nachbildung der Golden Gate Bridge und man kam sich damit vor, als hätte man einen Schuhkarton auf dem Kopf. Wenn sich diese Ungetüme nicht in den Infusionsschläuchen verfingen, wurden sie mit Sicherheit von Vorhangstangen, Bettgalgen und dergleichen heruntergefegt. Sie waren der Fluch unseres Schülerinnendaseins.
In unserer äußerst knapp bemessenen Freizeit außerhalb der Uniklinik und des Vorlesungssaales war die Kleiderfrage schnell gelöst: Ein Bademantel reichte vollkommen.
Die Pflegeausbildung am Buchanan College galt als die beste in ganz Nordkalifornien. Der Lehrplan komprimierte das übliche Vierjahrespensum auf zwei Ausbildungsjahre. Im ersten und zweiten Semester erhielten wir die Grundausbildung in Krankenpflege, außerdem hatten wir Anatomie, Physiologie, Allgemeine Krankheitslehre und reichlich Lehreinsätze auf den Stationen. Im dritten und vierten Semester wurden diese Erfahrungen vertieft und verfeinert. Aber zu diesem Zeitpunkt, im ersten Semester, konnten wir es uns nicht leisten, uns deswegen Sorgen zu machen.
Es gab ein ausgeklügeltes und sehr zweckmäßiges Rotationssystem für die Schüler. Eine Klasse bestand aus vier Gruppen. Jede Gruppe hatte eine eigene Fachausbilderin. Jede Fachausbilderin arbeitete mit einem Krankenhaus zu-

sammen, wo wir zwei Monate lang an zwei Tagen in der Woche auf den Stationen ausgebildet wurden. Dann wechselten die Fachausbilderinnen von der einen Gruppe zur nächsten, und wir bekamen ein anderes medizinisches Fachgebiet und kamen in ein anderes Krankenhaus.

Das allein hätte genügt, einem den Angstschweiß auf die Stirn zu treiben, aber es kam noch schlimmer. Kurz vor dem Wechsel machten sich die einzelnen Gruppen gegenseitig auf sadistische Weise gegenseitig fertig, indem sie sich Horrorgeschichten über ihre jeweiligen Ausbilderinnen erzählten: »Hast du die schon gehabt? Das nächste Mal? Da kannst du dich auf was gefaßt machen. Die haben wir jetzt gerade, und die ist wirklich die gemeinste, rücksichtsloseste ...«

Von den vier Ausbilderinnen unserer Gruppe im ersten Jahr war Karen, die uns in Neurophysiologie unterrichtete, mit neununddreißig Jahren die jüngste. Sie konnte wahnsinnig witzig sein, war außerordentlich scharfsinnig, regierte uns mit eiserner Faust und verlangte von ihren Schülerinnen das Äußerste an Einsatz und Gewissenhaftigkeit. Die Arbeit unter ihr war nur deshalb zu ertragen, weil sie uns während der Praxiseinsätze auf der Station und vor den schriftlichen Prüfungen immer wieder zum Lachen brachte. Aber das Lachen verging uns schnell, als wir die ersten Prüfungsfragen lasen.

Victoria war dreiundfünfzig und das Allround-Talent unter den Ausbilderinnen. Sie war erstaunlich versiert in allen Bereichen des Pflegeberufes, hatte aber kein Spezialgebiet. Dabei wirkte die hochgewachsene, schnippische Brünette mehr wie ein in die Jahre gekommenes Fotomodell als wie eine Pflegelehrkraft. Sie legte großen Wert auf ihr Äußeres, Kleidung und Accessoires waren vom Feinsten, und sie sah jeden Tag aus, als käme sie gerade vom Friseur.

Aus der Gerüchteküche erfuhren wir, daß sie mit einem Millionär verheiratet war, obwohl sich keiner von uns vorstellen konnte, warum sie sich dann einen so anstrengenden Beruf ausgesucht hatte, oder warum sie überhaupt arbeitete. Victoria lächelte selten und lachte nie. Sie war eine von jenen Frauen, die das Unglück wie einen Schleier hinter sich herschleppen. Aber anders als die meisten chronisch unglücklichen Leute schien Victoria in ihrem Dauerzustand der Melancholie ganz komfortabel zu leben, so wie ein Blinder in der vertrauten Umgebung seiner vier Wände.

Ich selbst hatte mit Victoria keinen Ärger, aber sie war verantwortlich dafür, daß acht meiner Mitschülerinnen die Schule verlassen mußten, noch bevor das erste Jahr zu Ende ging. Wir hatten also guten Grund, sie zu fürchten.

Burl dagegen war lebenslustig, amüsierte sich köstlich über jede Kleinigkeit, und man sah ihr auf den ersten Blick an, daß ihre Fachgebiete Geburtshilfe und Pädiatrie waren. Burl sah aus wie eine robuste, weißhaarige Großmutter. Sie hatte früher in Militärlazaretten gearbeitet und von China bis Kansas City genug Kinder zur Welt gebracht, um ins Guinness Buch der Rekorde aufgenommen zu werden. Das einzige, was Burl zu schaffen machte, von ihrem Asthma einmal abgesehen, war ihre bevorstehende Pensionierung. Der Ruhestand schwebte wie ein Damoklesschwert über ihr. Für Burl war das so, als müsse sie vor ein Erschießungskommando treten. Zwar konnte sie nicht mehr besonders gut sehen und wurde auch immer vergeßlicher, aber sie war eine ausgezeichnete Lehrerin.

Mehr als einmal verstieß sie gegen die Regeln, um uns etwas besonders Interessantes zu zeigen oder uns Aufgaben zuzuschanzen, die für unsere Ausbildung wichtig sein könnten. Weil sie dabei immer wieder ihre Kompetenzen überschritt, lag sie häufig mit den Ärzten im Clinch. Aber als unsere Zeit mit ihr um war, gab es kaum eine von uns, die nicht in der

Lage gewesen wäre, während eines Gewitters auf dem Rükken eines galoppierenden Pferdes ein Baby auf die Welt zu bringen.
Pearson war für allgemeine Chirurgie zuständig und verfügte, soweit wir das beurteilen konnten, über keinerlei Persönlichkeit. Ich hätte nicht sagen können, ob sie nun schüchtern oder aggressiv war, glücklich oder unglücklich. Sie hatte keine eigene Meinung und ein Temperament wie ein Lehmziegel. Langweilig war noch das Harmloseste, was man über sie sagen konnte.
Das einzig Interessante an ihr war die Tatsache, daß sie mit einem Mann verheiratet war, der wie ihr Zwillingsbruder aussah. Die gleichen Gesichtszüge, das gleiche mausbraune Haar, die gleiche lächerliche Frisur, die gleiche hagere Figur, die gleiche nichtssagende Wesensart.
Janey und ich stellten uns ihr Heim in staubfreien Grau- und Grüntönen vor. Wahrscheinlich hatten sie einen alphabetisch geordneten Ablageordner für Rabattmarken, zwei Einzelbetten, die zusammengeschoben worden waren und hölzerne Kleiderständer - einer für ihn, einer für sie. Weil Pearson auch nicht der geringste Anflug von Erotik nachgesagt werden konnte, waren Janey und ich zu dem Schluß gekommen, daß sie und ihr Mann sich hatten kastrieren lassen.
Unsere theoretischen und praktischen Lerninhalte waren so konzipiert, daß sie einander ergänzten. So lernten wir beispielsweise als erstes, mit Hilfe von psychologischer Gesprächsführung Streß abzubauen. Das allein hätte als Hinweis darauf gereicht, was im Laufe des Jahres alles auf uns zukommen würde.
Am Freitag erhielten wir ein Merkblatt mit den Lernzielen der kommenden Woche und einer Liste von Artikeln und Abhandlungen. Diese handelten davon, wie Menschen in

einer durch Verletzungen und Krankheit herbeigeführten Streßsituation auf ihre Umgebung reagieren und wie das Pflegepersonal den Patienten dazu bewegen kann, seine Gefühle zu äußern.

Am Montag versammelten wir uns im Übungsraum. Das war ein Vorlesungsraum, den man zu einem Krankenzimmer umgebaut hatte, zu dem eine lebensgroße Puppe gehörte, die wir Kathy Katheter nannten. Hier wurde die Vorlesung abgehalten und anschließend mit unserer Ausbilderin diskutiert. Wir analysierten und hinterfragten die Prinzipien und Gründe für alles, was wir in der Pflege taten. Mein Leben lang werde ich Grundsatz Nummer eins nicht vergessen: »Jede Kommunikation beginnt mit der Erkenntnis der eigenen Person.«

Nachdem wir erfahren hatten, daß eine oder zwei Lebensspannen erforderlich waren, um sich selbst kennenzulernen, konnten wir uns Grundsatz Nummer zwei zuwenden: »Verletzte oder kranke Menschen haben ein stärker ausgeprägtes Mitteilungsbedürfnis, weil sie fürchten, den Kontakt mit ihrem Körper und ihrer Umgebung zu verlieren.« Daraus hatten wir zu schließen, daß es Aufgabe der Pflegekräfte war, diesen kranken und verletzten Menschen zuzuhören und ihnen zu helfen, ihre eigene Kraft zurückzugewinnen.

Auf diese beiden Grundsätze folgten noch Hunderte weitere. Das war alles ganz interessant und entsprach bisweilen auch der Realität, aber die Regeln, nach denen wir uns als Pflegeschüler zu richten hatten, schienen direkt aus dem Buch von Florence Nightingale zu stammen.

Auf der einen Seite sollten diese Regeln idealistischen jungen Menschen zeigen, worauf es in der Pflege ankam, andererseits wurde aber bei der Befolgung dieser antiquierten Prinzipien viel Zeit vertrödelt und jede Menge Frustration erzeugt. Eine dieser Regeln, deren Sinn ich nie begriffen habe, bestimmte, daß wir uns in Gegenwart des Patienten keine Notizen machen durften. Das sollte angeblich vermeiden, daß der Patient das Vertrauen zu uns verlor. Also mußten wir sämtliche Untersuchungsergebnisse im Kopf behalten, einschließlich der Vitalfunktionen, Atem- und Herzgeräusche und so weiter, bis wir das Patientenzimmer verlassen hatten.

Ich konnte mir nie alles auf einmal merken, deshalb mußte ich während einer Untersuchung mehrmals hinausgehen, um mir auf einem Schreibblock, den ich in der Kitteltasche versteckte, Notizen zu machen. Die Blicke der Patienten sprachen Bände. Sie mußten denken, daß ich entweder nicht richtig tickte oder eine extrem schwache Blase hatte.

Am Dienstag versammelten wir uns wieder im Übungsraum, um über Probleme zu sprechen, mit denen wir konfrontiert werden würden, und wie damit umzugehen sei. »Mr. Jones hat einen Herzinfarkt hinter sich und befürchtet jetzt, für immer chronisch herzkrank zu bleiben. Als Sie ins Zimmer treten, um ihn zu waschen, greift er nach der Blumenvase, um sie Ihnen an den Kopf zu werfen. Wie reagieren Sie in dieser Situation?«

Nach der Diskussion bildeten wir kleine Gruppen, um praktisch zu üben, was wir über die richtige Kommunikation gelernt hatten. »Seit Beginn dieses Kurses werde ich den Alptraum nicht los, zusammen mit Pearson in einer Gummizelle zu sitzen ...«

Mittwoch und Donnerstag hatten wir Dienst in der Uniklinik und übten im Umgang mit echten Patienten, was man uns im Hörsaal beigebracht hatte. »Ja, ich weiß, es ist sieben Uhr morgens, Mrs. Celinsky, aber vielleicht wollen Sie mir doch etwas darüber erzählen, wie Sie sich fühlen, wo Sie doch jetzt keine Gallenblase mehr haben.« Oder: »Mr. Pappas, wie ich sehe, haben Sie die Braunüle herausgezogen und packen Ihre Sachen. Gefällt es Ihnen denn nicht bei uns?«

Wir saßen am Bettrand, machten fromme Gesichter, legten die Hand auf den Arm des Patienten oder wuschen ihn, nickten verständnisvoll und sagten einfühlsam: »Ja, das kann ich gut verstehen ...«, wie es Regel vierzehn vorschrieb: »Körperkontakt wirkt vertrauensbildend und fördert die Bereitschaft des Patienten, Anweisungen zu befolgen.«

Was wir lernten, funktionierte auch meistens. Die Patienten reagierten auf unseren Zuspruch, indem sie uns von ihren heimlichen Ängsten erzählten, uns als Freunde und Vertraute akzeptierten. Daraus entstand ein Gemeinschaftsgefühl wie bei Schiffbrüchigen, die es auf eine einsame Insel verschlagen hatte. Allerdings war es uns natürlich strikt untersagt, Patienten einen Rat zu geben oder persönliche Ansichten zu äußern. Bemerkungen wie »Der Oberarzt ist ein Stümper, Mrs. Way. An Ihrer Stelle würde ich den Arzt wechseln, bevor er Sie umbringt« wären unprofessionell gewesen und hätte das Vertrauen des Patienten untergraben. Aber wir lernten, die Ängste der Patienten zu zerstreuen, ihnen wieder Mut zu machen und sie aufzubauen.

Am Abend trafen wir uns in einem leeren Krankenzimmer und besprachen unsere Erfahrungen, die wir während des Tages gemacht hatten. Auf diese Weise erfuhr ich, wie es meinen vierzehn Mitschülerinnen ergangen war. Manchmal waren die Berichte lustig, manchmal stimmten sie mich traurig. Langeweile kam niemals auf.

Als Schwesternschülerinnen brauchten wir drei Seiten, um das wiederzugeben, was eine Stationsschwester in einem bis drei Sätzen ausdrücken konnte. Aber wir wollten so gründlich wie möglich sein, um auch ganz sicher detailgetreue

Berichte über unsere Patienten zu liefern. Die Beschreibung von Muttermalen und Hühneraugen und von Größe und Lage bestimmter Körperteile wurde regelmäßig übertrieben, aber ein Bericht von Peggy Nagelbeißer schoß eindeutig den Vogel ab.

J. Peggy Nagelbeißer, die Jüngste und Ängstlichste in unserer Gruppe, war von dem Wunsch beseelt, die besten und ausführlichsten Berichte zu schreiben. So dokumentierte sie im gastrointestinalen Befund eines ihrer Patienten: »Der von Blähungen heimgesuchte Patient erleichterte sich zweimal kurz und einmal lang.«

Freitag nachmittag wurde der Lehrstoff der vergangenen Woche geprüft. Das war durchaus in Ordnung, nur hatte man uns ohne unser Wissen als Versuchskaninchen auserkoren, um eine neue Prüfungsordnung zu testen, die, gelinde gesagt, der absolute Hammer war.

Es vergingen nur wenige Wochen, bis feststand, daß die Prüfungen der schwache Punkt unseres Schulungsprogramms waren. Wie die anderen Grundregeln für Schwesternschülerinnen war auch die Prüfungsordnung völlig unrealistisch und den fortschrittlichen Ausbildungsmethoden nicht angepaßt worden. Wer auch nur eine Prüfungsarbeit verpatzte, stand draußen vor der Tür, und es spielte überhaupt keine Rolle, ob man ein guter oder schlechter Schüler war und wie lange man schon lernte.

Die Freitagnachmittags-Prüfungshysterie dauerte bis zu jenem Tag, als allein in einer Gruppe neun Mitglieder den Test nicht bestanden. »Einer für alle, alle für einen«, lautete die Parole, mit der sich die gesamte Klasse zusammentat und mit der Forderung nach einer neuen Prüfungsordnung das Rektorat stürmte.

Vor diesem Massenaufstand mußte die Obrigkeit kapitulieren, und die Prüfungsordnung wurde modifiziert. Inzwi-

schen hatten auch die Lehrer eingesehen, daß die Abschlußprüfungen in einem leeren Saal stattgefunden hätten, wenn es so weitergegangen wäre.
Zwölf Wochen nach Beginn der Ausbildung kannten wir uns in den Grundlagen der Pflege aus und hatten einen Eindruck von der geheimnisumwitterten und faszinierenden Welt des Krankenhauses gewonnen. Knapp fünfzig stationäre Patienten hatte ich inzwischen betreut, und die Einrichtung, die ich immer als das graue Haus der wandelnden Leichen bezeichnet hatte, erschien mir nun in einem ganz anderen Licht.

4. Kapitel

Auf was ich da zusteuerte, wurde mir erst im Geburtshilfe-Praktikum bei Burl so richtig klar.
Weil Burl ja nicht wissen konnte, ob gerade an den Tagen, an denen wir Dienst hatten, jemand niederkommen würde, ließ sie uns einen allgemein gehaltenen Pflegeplan für eine Gebärende erstellen. Des weiteren empfahl sie uns, die Daumen zu drücken, daß ein Baby den dringenden Wunsch verspürte, an einem dieser Tage das Licht der Welt zu erblicken.
Am Abend vor unserem Praxistag malte ich mir aus, daß ich Glück haben und eine Patientin bekommen würde, die bereits sechs normale Geburten hinter sich hatte und seelenruhig ihre Fingernägel feilte, während sie in den Kreißsaal geschoben wurde. Wenn mein Glück anhielte, würde sie von einem erfahrenen Gynäkologen und einer kompetenten Hebamme betreut werden, denen es nichts ausmachte, wenn ich ihnen über die Schulter schaute und Fragen durch meinen Mundschutz nuschelte.
Als ich in die Klinik kam, zuckten Burls Augenlider hinter der Brille, und sie spielte nervös mit ihrem Inhalator herum. Kein gutes Zeichen.
»Wie fühlen Sie sich heute, Heron?« fragte sie eindringlich. Das Zucken ihrer Augenlider machte mich ebenfalls ganz nervös. »Gut. Warum?«
Burl sah sich verstohlen um, als plane sie einen Banküberfall, und zog mich in eine Ecke. »Ich habe heute einen sehr interessanten Fall für Sie, Heron. Ist zwar eine Nummer zu groß für eine Schülerin im ersten Semester, aber so eine Ge-

legenheit kriegen Sie so bald nicht wieder. Sie werden eine Menge lernen, und so etwas werden Sie wahrscheinlich lange nicht mehr erleben. Ziehen Sie einen Operationskittel an und desinfizieren Sie sich. Fünf Minuten die Hände bürsten. In zehn Minuten treffen wir uns vor der Entbindungsstation, dann erzähle ich Ihnen mehr.«

Ich tat, was sie mir aufgetragen hatte. In wenigen Minuten hatte ich mir den grünen Operationskittel übergezogen und wusch mir die Hände. Während ich mit einem Auge ständig nach der Uhr über der Tür schielte, schrubbte ich meine Arme von den Fingerspitzen bis zum Ellbogen, bis meine Haut vorschriftsmäßig rot gescheuert war.

Ich hatte keine Ahnung, was Burl mit mir vorhatte. Zwillingsgeburten oder eine Steißlage waren ganz alltägliche Dinge, und falls es sich um die erste und einzige transsexuelle Entbindung der Welt handeln sollte, hätte ich bestimmt nicht dabei sein dürfen. Was es auch immer sein würde, ich wußte, daß ich meinen Pflegeplan vergessen konnte.

Als ich zur Entbindungsstation kam, bibberte Burl vor Aufregung.

»Ich habe nur ganz wenig Zeit, Ihnen das Nötigste über die Patientin zu erzählen. Bei zwei anderen Frauen haben die Wehen eingesetzt, und bei einer dritten geht's gerade richtig los. Ich habe keine Ahnung, wen ich dafür einteilen soll, es sei denn, ich hole mir ein paar von Ihren Kolleginnen aus der Pädiatrie.«

Sie keuchte so laut, daß ich mich kaum darauf konzentrieren konnte, was sie sagte. Das mußte ihr aufgefallen sein, denn sie zog ihren Inhalator aus der Kitteltasche, nahm einen Hub und hielt die Luft an.

Ihre Lippen liefen an den Rändern blau an, und sie stieß den angehaltenen Atem so heftig aus, daß sie fast umgefallen wäre.

»Ihre Patientin ist übel dran«, japste sie. »Heißt Marie Hartley, Alter sechsundzwanzig, erstes Kind, Verdacht auf akute Präeklampsie.« Burl beugte sich so dicht zu mir, daß ich ihr Asthmamedikament riechen konnte. Sie senkte die Stimme und flüsterte im Verschwörerton: »Also, nur unter uns Pfarrerstöchtern: Irgendein Kurpfuscher, von dem ich noch nie gehört habe, hat ihr das eingebrockt. Noch vor zwei Tagen hat er ihr gesagt, sie sollte möglichst wenig Salz zu sich nehmen, mehr nicht. Sie sieht aus wie ein Wasserballon kurz vor dem Platzen. Ihr Blutdruck war 170 zu 110, als sie hier ankam. Der Schwester in der Notaufnahme hat sie erzählt, daß sie sich seit Wochen nur von Weißbrot, kaltem Rindfleisch und Dosensuppen ernährt, weil sie wahnsinnige Kopfschmerzen hat und ihr alles andere wieder hochkommt. Außerdem hat sie gesagt, daß man ihr keine pränatale Diät verschrieben hat. Und ihr Blutdruck, der schon immer etwas erhöht war, sei die letzten beiden Male, wo sie beim Arzt war, gar nicht gemessen worden, weil die Sprechstundenhilfe gerade was anderes zu tun hatte.« Burls Augen wurden schmal.

»Der Kerl hatte alle klassischen Symptome direkt vor der Nase und hat nicht reagiert. Können Sie sich so etwas vorstellen?«

Meine Begeisterung für die Medizin hatte mich nicht blind gegenüber Schlamperei und Inkompetenz gemacht, und mir wurde ganz heiß vor Empörung.

Präeklampsie war keine Lappalie, sondern eine lebensbedrohliche Erkrankung im letzten Schwangerschaftsdrittel. Sie gehörte zu den schwersten Schwangerschaftstoxikosen. Eine Patientin mit Präeklampsie war hochgradig krampfgefährdet. Hatten die Krämpfe erst einmal begonnen, bestand die Gefahr, daß man nichts mehr dagegen tun konnte und die Patientin ins Koma fiel. Die Sterblichkeit bei Mutter und

Kind war hoch. Burl nahm die Brille ab, rieb die Augen und fuhr fort:
»Gestern kam die Mutter der Patientin von der Ostküste rübergeflogen, um ihrer Tochter mit dem Baby zu helfen. Als sie sah, in welchem Zustand die Tochter sich befand, hat sie sie sofort hergebracht. Anscheinend keine Sekunde zu früh. Heute nacht um zwei haben die Wehen eingesetzt.«
Burl holte den Inhalator wieder aus der Tasche. »Der werdende Vater war auf Geschäftsreise in Philadelphia und kommt mit der Frühmaschine zurück. In zwei Stunden wird er hier sein. Ihre Mutter wartet im Wartezimmer. Sie ist viel zu aufgeregt, um ihrer Tochter noch etwas nützen zu können.«
Burl zappelte nicht mehr herum, sondern wirkte tief besorgt. »Dr. Somers und eine Entbindungsschwester kümmern sich um Marie. Das ist eine wirklich ernste Sache.« Ich hatte keinen Zweifel daran. Burl fuhr fort: »Helfen Sie, soweit Sie können. Beruhigen Sie die Patientin, machen Sie es ihr bequem, kontrollieren Sie den Monitor und die Vitalfunktionen und halten Sie die Augen offen.«
Die Tür ging auf, und eine untersetzte Schwester mittleren Alters hastete vorbei, ohne von uns Notiz zu nehmen. Ich erhaschte einen Blick auf ihr Namensschild: »Betty, RN-OB«.
Burl wandte sich zum Gehen. »Und noch was, Heron. Keine Experimente. Halten Sie sich an das, was Sie inzwischen gelernt haben. Tun Sie nichts, was darüber hinausgeht, auch wenn der Arzt oder die Schwestern Sie darum bitten sollten. Haben wir uns verstanden?«
Ich nickte stumm. Langsam bekam ich Angst, der Anforderung nicht gewachsen zu sein.
Burl schien zu bemerken, daß mein Selbstvertrauen ins Wanken geriet, denn sie fügte hinzu: »Sie schaffen das schon, Heron. Ruhig bleiben und klar denken, darauf kommt es jetzt an.«

Sie sprühte sich eine Ladung aus dem Inhalator in den Mund und eilte mit angehaltenem Atem zur Tür.
Ihr Vertrauen in meine Fähigkeiten lastete wie eine Zentnerlast auf meinen Schultern. Angenommen, ich drehte durch und machte einen schlimmen Fehler? Und wenn ich es nun vermasselte? Wenn ich plötzlich nicht mehr wußte, was ich tun sollte? Oder wenn ...
Die schaurigsten Vorstellungen schossen mir durchs Gehirn, bis ich merkte, daß ich die Rolle meiner Mutter übernommen hatte. Ich riß mich zusammen und konzentrierte mich auf meine Arbeit.
Es war das erste Mal, daß ich ohne vorbereiteten Plan antreten mußte; ein Kopfsprung ins kalte Wasser. Ich hatte keinerlei Erfahrungen mit Präeklampsie, wußte nichts über die Medikamente, die dagegen eingesetzt wurden, und überhaupt hatte ich keine Ahnung, was ich tun sollte. Also würde ich mich auf meine Intuition verlassen müssen, auf meinen Verstand und das wenige, was ich in den Vorlesungen über Eklampsie gehört hatte.
Meine Angst ließ ein wenig nach, und ich verspürte fast so etwas wie Abenteuerlust. Es war wie damals, als ich von zu Hause weggelaufen war. Ich stand ganz allein in der Welt.
Ich öffnete die Tür. Das Zimmer, halb so groß wie ein normaler OP, war abgedunkelt. An der Wand zu meiner Linken stand der Herzmonitor, und auf dem Bildschirm waren zwei Linien und mehrere Zahlengruppen zu erkennen. Der grünliche Schein des Monitors tauchte die Einrichtung des dämmerigen Raumes in ein gespenstisches Licht.
Die Frau auf dem Bett war in Schweiß gebadet. Trotz ihres Erschöpfungszustandes hätte ich sie eher auf achtzehn geschätzt als auf sechsundzwanzig. Sie hatte die Beine angewinkelt, und die blaue Plastikvorlage unter ihrem Gesäß war mit Fruchtwasser, Exkrementen und Blut verschmiert.

Am Bett stand ein Infusionsständer, und auf der Plastikflasche, die daran hing, stand »Magnesiumsulfat«.
Ich begrüßte die junge Frau und strich ihr die feuchten Haarsträhnen aus den Augen. »Ich heiße Echo und helfe bei Ihrer Betreuung.«
Mit einer matten Bewegung hob sie die Hand und lächelte schwach. »Sind Sie die Schülerin?« fragte sie.
Ich nickte. »Ich kann bis heute nachmittag bei Ihnen bleiben. Hat die Schwester gesagt, wohin sie gegangen ist? Ich muß sie fragen –«
Marie packte meine Hand und stieß ein Geräusch zwischen einem Grunzen und einem Schrei aus. Ihr Gesicht verzerrte sich, und ich sah erschrocken, wie ihr aufgeblähter, runder Bauch plötzlich hoch und spitz wurde. Ich konnte mich nicht entsinnen, daß mein Bauch sich so verhalten hatte, als ich Simon bekam, aber andererseits hatte ich damals wohl auch nicht sehr genau darauf geachtet.
»Warten Sie! Ganz ruhig!« Ich geriet in Panik. »Gleich ist es vorbei. Schön ruhig atmen. Nicht aufregen.«
Ich blickte durch das kleine Sichtfenster in der Tür und begann zu schwitzen. Wo zum Teufel blieben die denn?
Wie als Antwort auf meine stumme Frage kam Schwester Betty, die vorhin an Burl und mir vorbeigestürmt war, mit einem Armvoll frischer Laken und Vorlagen herein. Als sie Maries Gesicht und ihren Bauch sah, warf sie mir das Zeug in die Arme. Sie setzte sich auf die Bettkante und streichelte Maries Bauch mit langsamen kreisenden Bewegungen.
»Ist schon gut, Marie«, sagte sie sanft. »Schön tief einatmen, langsam ... langsam, so, und jetzt ausatmen. Und noch mal. Gut. So ist's gut. Braves Mädchen.«
Maries Bauch entspannte sich, und die Schwester schaute mit jenem unmißverständlichen »Wer-zum-Teufel-bist-du-denn?-Blick« zu mir herüber, der zum Alltag einer Schwe-

sternschülerin gehört. Es war schwer zu sagen, ob Schwester Betty Schülerinnen mochte oder nicht.
Schwestern, die etwas für den Nachwuchs übrig hatten, gaben sich jede nur erdenkliche Mühe, uns wertvolle zeitsparende Tricks beizubringen, und sie hatten immer ein aufmunterndes Wort oder ein Lob für uns übrig, wenn wir etwas richtig gemacht hatten. Ich glaube, es verschaffte ihnen große Befriedigung, uns etwas beibringen zu können, wie eine Mutter, die ihre Erfahrungen an die Tochter weitergibt.
Die andere Sorte gab uns bei jeder sich bietenden Gelegenheit zu verstehen, daß wir nur im Weg herumstanden. Auch sie mußten einmal Schülerinnen gewesen sein, und ich konnte mir nicht vorstellen, daß jemand diese Leidenszeit vergessen konnte.
Ich hatte mich noch nicht einmal richtig vorgestellt, da unterbrach mich Betty schon: »Maries Muttermund ist knapp über neun Zentimeter, und ich brauche Ihre Hilfe. Die Braunüle gefällt mir nicht. Ich glaube, die liegt para. Legen Sie einen neuen Zugang am anderen Arm. Dann messen Sie den Blutdruck.
Sie braucht Magnesiumsulfat und etwas Morphin. Wenn Sie damit –«
Ich stotterte herum, bis mir meine Zunge schließlich wieder gehorchte, und brachte heraus: »Ich ... äh ... das darf ich noch nicht, ich darf nur Puls und Blutdruck messen, Verbände wechseln, Katheter legen und einfache vaginale Untersuchungen durchführen, und das aber auch nur unter Aufsicht einer Vollschwester.«
Schwester Betty ließ sich ihre Enttäuschung anmerken. Ich nahm meinen ganzen Mut zusammen. »Intravenöse Injektionen hatten wir noch nicht. Ich hab' noch nicht einmal i.m. gespritzt.«

Ich schwieg beklommen und wartete auf das große Aufseufzen.
Es kam, von einem enttäuschten »Verdammter Mist« begleitet. »Demnach sind Sie im ersten Semester«, konstatierte Schwester Betty mit abgrundtiefer Verachtung. Das Wort »ersten« spuckte sie aus wie einen Löffel versalzener Suppe.
Maries Atem ging schneller. Eine neue Wehe verwandelte ihren aufgeblähten Leib in den Felsen von Gibraltar. Betty schaute auf die Uhr und dann auf den Monitor. Ich machte nach, was sie vorhin getan hatte, und streichelte Maries Unterleib. »Tief einatmen, schön langsam.« Meine Stimme klang erstaunlich ruhig. »Es ist gleich vorbei. Atmen Sie die Schmerzen aus, Marie, dann tut's nicht so weh.«
Als die Wehe abgeklungen war, maß ich den Blutdruck. »Immer noch zu hoch«, sagte ich in den Raum. »Hundertsechzig zu hundert.«
»Also gut«, sagte Schwester Betty, und ihr Ton verriet mir, daß sie sich mit meiner nichtsnutzigen Gegenwart abgefunden hatte. »Ich lege den Zugang und gebe das Magnesium. Sie kontrollieren alle fünfzehn Minuten Maries Vitalfunktionen und sorgen hier für Ruhe. Messen Sie die Zeit zwischen den Wehen. Wenn die Abstände kürzer werden als zwei Minuten, holen Sie mich. Halten Sie sie während der Wehen dazu an, ruhig zu atmen, und sorgen Sie dafür, daß sie sich möglichst wenig bewegt.«
»Ja, Schwester Betty«, sagte ich und mußte unentwegt daran denken, was sie eben gesagt hatte: »Holen Sie mich.« O mein Gott, das sollte doch nicht etwa heißen, daß sie mich mit der Patientin allein lassen wollte?
»Und noch was.« Betty stand auf, und ihre Stimme wurde leiser. Sie erschien mir wie eine Prophetin beim Verkünden des Weltuntergangs. »Wenn ihre Muskeln anfangen zu zuk-

ken oder beim ersten Anzeichen eines akuten Krampfanfalls, halten Sie die Atemwege frei und drücken auf den Notruf, den roten Knopf da gleich hinter Ihnen.«
Ich saß wie angewurzelt auf meinem Stuhl und konnte nur fügsam nicken wie eine harmlose Irre, während Eiseskälte in mir aufstieg und alle anderen Empfindungen lähmte.
Keine Fachgespräche in Gegenwart von Patienten, lautete Regel 238, und ich blickte zu Marie hinüber, um zu sehen, ob sie Betty gehört hatte, aber ihr leises Singsangstöhnen zeigte, daß sie zu sehr mit sich selbst beschäftigt war.
Betty legte eine neue Braunüle in Maries rechten Arm, und alles klappte wie am Schnürchen. Ich wurde ganz gelb vor Neid. Eines Tages wollte ich auch so sein, die perfekte Schwester, die alles im Griff hatte.
Sie ließ das Magnesiumsulfat langsam einfließen, während Marie mit großen Augen zusah.
»Ist das das Zeug, das so brennt?« fragte sie ängstlich.
Betty, der diese Frage sichtlich unangenehm war, nickte und wandte sich an mich. »Erklären Sie Marie doch mal, warum sie Magnesiumsulfat kriegt.«
Bevor ich antworten konnte, ballte Marie die Fäuste und verzog das Gesicht: »O Scheiße, das brennt! Verdammt. Das ist ja fast schlimmer als die Wehen. Fühlt sich an, als würde ich verglühen. Stellen Sie das ab. Aufhören! Verdammt noch mal, ich hab' gesagt ihr sollt das abstellen!«
Die Hochschwangere richtete sich auf und griff nach dem Infusionsschlauch. Ich fiel ihr in den Arm. »Marie, seien Sie doch vernünftig. Das hilft gegen die Krämpfe. Wir wollen doch nur verhindern, daß Ihnen und dem Baby was passiert, und ohne dies Medikament geht das nicht. Verstehen Sie das?«
Sie preßte die Lider zusammen und nickte. Zwei dicke Tränen kullerten über ihre Wangen. »Ich hab' Angst«, flüsterte

sie, und ich konnte sie kaum verstehen. »Ich hab' solche Angst, daß –«

Ich ließ sie eine Weile weinen, dann holte ich einen Waschlappen und wischte ihr das Gesicht ab. »Als ich mein Baby gekriegt habe«, sagte ich, wobei mir alles wieder einfiel, »hatte ich eine Heidenangst, daß es tot auf die Welt kommen könnte, oder daß es sechs Köpfe haben würde, oder keine Augen oder Nase. Jede Mutter hat solche Ängste, das ist ganz normal.«

Aber mit so einer simplen Erklärung gab Marie sich nicht zufrieden. »Aber ich weiß doch, daß was nicht in Ordnung ist. Gleich als ich hier reingekommen bin hat die Schwester in der Aufnahme ein ganz komisches Gesicht gemacht und mir sofort Sauerstoff gegeben.« Marie blickte mir forschend in die Augen, auf der Suche nach Verständnis. »Ich habe mir dieses Kind so gewünscht und ich will es um alles in der Welt haben«, sagte sie. »Ich hab' es jetzt schon so lieb.« Ihre Stimme brach. »Bitte helfen Sie mir. Lassen Sie nicht zu, daß meinem Baby und mir was passiert.«

Etwas unbeholfen legte ich den Arm um sie und drückte sie stumm an mich, bis ich den Kloß im Hals hinuntergewürgt hatte. »Okay, Schätzchen, ich glaube, ich weiß ungefähr, wie Ihnen zumute ist. Aber vergessen Sie nicht, wir kümmern uns alle darum, daß nichts schiefgeht. Bis jetzt läuft alles genau nach Plan, darauf sollten wir uns jetzt konzentrieren.«

Obwohl Schwester Betty uns den Rücken zugekehrt hatte, merkte ich an ihrer Kopfhaltung, daß sie jedes Wort mitbekam. Dann blickte sie über die Schulter und nickte mir aufmunternd zu.

Maries Gesicht verspannte sich wieder, als eine neue Wehe einsetzte. Aber diesmal wurden ihre tiefen Atemzüge von gepreßtem Stöhnen unterbrochen, und sie begann zu pres-

sen. Betty sah auf die Uhr und untersuchte erneut den Muttermund. »Schnell und flach atmen. Hecheln Sie wie ein Hund, und nicht pressen.«
»Sehr schön«, sagte sie, als die Wehe vorbei war. »Jetzt dauert es nicht mehr lange, dann können Sie Ihr Baby in Empfang nehmen. Beim nächsten Mal versuchen Sie, nicht zu pressen. Konzentrieren Sie sich aufs Hecheln.« Betty ging zum Waschbecken, um sich die Hände zu waschen. Leise sagte sie zu mir: »Ich piepse Dr. Somers an. Sie lassen den Monitor nicht aus den Augen.«
Sie zeigte auf die Zackenlinien auf dem Monitor. »Das ist die Herzfrequenz der Mutter, und das hier die des Babys. Wenn sich eine von beiden verändert, müssen Sie mich sofort holen. Wir überwachen zwar die Patienten auf einem zweiten Monitor im Stationszimmer, aber im Moment brennt's an allen Ecken und Enden, und wir haben nicht genügend Leute. Man kann also nicht darauf bauen, daß immer jemand da ist. Ich verlasse mich auf Sie, daß hier alles glatt geht. In spätestens zwei Minuten bin ich wieder da.«
Sie lächelte, während meine Knie zu Pudding wurden. Ob es wohl Inhalatoren gegen Angstzustände gab, fragte ich mich verzweifelt. »Keine Panik«, waren Bettys letzte Worte, dann fiel die Tür hinter ihr zu.
Ich konnte es nicht ausstehen, wenn Leute Sprüche von sich gaben wie: »Das schaffst du schon«, »Bloß keine Panik« oder »Ich weiß, ich kann mich auf dich verlassen«, und mich anschließend meinem Schicksal überließen. Jungen Vögeln erging es wahrscheinlich genauso, wenn sie aus dem Nest gestoßen wurden.
Ich sah die Besorgnis auf Maries Gesicht und schämte mich für meine Angst. Sie war es, die Zuspruch brauchte. Ich wischte ihr den Schweiß vom Gesicht, lächelte und sagte ihr, wie gut sie sich hielte, aber sie unterbrach mich. »Wäh-

rend Schwester Betty draußen ist, möchte ich, daß Sie mir die Wahrheit über mein Baby sagen, und was mit ihm los ist. Ich verspreche auch, nicht hysterisch zu werden.«

Es beunruhigte mich, daß Marie annahm, die Ärzte und Schwestern würden ihr etwas verheimlichen oder sie belügen. Aber ich kannte auch den Grund für ihr Mißtrauen. Es passiert jeden Tag, daß Ärzte und Schwestern den Patienten nicht die volle Wahrheit sagten, weil sie fürchteten, sie könnten sich darüber zu sehr aufregen. Noch schlimmer war es, wenn Ärzte den Patienten einfach nicht darüber aufklärten, daß er einen Herzinfarkt hatte oder daß bei der Gewebeprobe Krebs festgestellt worden war. Das Pflegepersonal war an die Vorschriften gebunden, mußte den Fragen des Patienten ausweichen und sich mit Ausflüchten behelfen.

Die meisten Menschen spürten es instinktiv, wenn man ihnen über ihren Gesundheitszustand nicht die Wahrheit sagte, und soweit ich das beurteilen konnte, vergrößerte das nur die Unsicherheit und das Leid. Wie dem auch sei, Vorschrift war Vorschrift, und es kam nur sehr selten vor, daß eine Schwester oder ein Pfleger hinging und sagte: »Ja, Mr. Jones, Sie hatten tatsächlich einen Herzinfarkt«, bevor der zuständige Arzt zwei Tage später den Bescheid überbrachte.

»Niemand hat Sie angelogen, Marie. Soweit wir wissen, fehlt Ihrem Baby überhaupt nichts. Daß sich alle so große Sorgen machen, liegt an der Präeklampsie, weil das eine sehr ernste Sache sein kann, aber wie gesagt, bis jetzt läuft alles gut.«

Marie beruhigte sich etwas. »Okay, ich glaube Ihnen. Aber Sie müssen es mir sagen, wenn was schiefläuft, damit ich auch mithelfen kann.«

Ein gutes Argument, dachte ich. Es gab nicht viele Patienten, die Ärzte und Schwestern im Ringen um ihr Leben nicht nach besten Kräften unterstützten, wenn sie wußten, wie es um sie stand.

Wieder setzte eine Wehe ein, und ich beobachtete den Monitor. Beide Linien schwankten ein wenig, aber mehr geschah nicht. Marie versuchte zu hecheln, gab aber am Ende der Wehe auf und fiel erschöpft zurück.

»Ich kann nicht anders«, stöhnte sie. »Ich muß einfach pressen.«

Ich trat ans Fußende des Bettes und setzte mich auf Bettys Stuhl. »Das nächste Mal hecheln wir zusammen, dann brauchen Sie mich nur nachzumachen. Okay?«

Marie nickte. Ich sah, daß die Vorlage, auf der sie lag, wieder beschmutzt war. Als ich sie unter ihrem Körper herauszog, rutschte sie mir aus der Hand und landete mit der verschmierten Seite nach oben auf dem Boden. Marie schaute über das Bettgitter, sah die Bescherung und verzog das Gesicht. »Das ist nicht gerade wie im Fernsehen, nicht wahr? Da setzen die Männer immer Wasser zum Kochen auf, und alles ist sauber und ordentlich.«

Marie mußte lachen und biß sich auf die Lippen. »Verdammt, bringen Sie mich nicht zum Lachen.«

Ohne Vorwarnung wurde aus dem Lachen ein stoßendes Keuchen, als eine neue Wehe einsetzte. Ich wirbelte zum Monitor herum und dachte, zu früh, die Wehe kommt zu früh, und sah, wie die Herzfrequenz des Babys von 130 auf 50 abfiel. Irgend etwas war mit dem Fetus. Entweder wurde das Kind gegen die Nabelschnur gepreßt, oder es bekam aus einem anderen Grund nicht genug Sauerstoff.

»Nicht pressen!« rief ich, aber Marie stöhnte so laut und preßte so stark, daß sie mich nicht hörte. Ihre Arme und Beine begannen zu zucken, als der Kopf des Babys in der Vagina erschien.

Ich hatte den Knopf der Notrufklingel kaum berührt, als auch schon Betty und ein Mann im grünen OP-Kittel zur Tür hereingestürmt kamen und mich fast umrannten. »Die Herzfrequenz des Babys ist auf fünfzig abgefallen, und sie hat angefangen zu zucken«, sagte ich, während die beiden schon bei der Patientin waren. Jemand schien die Veränderung der Herzfrequenz des Babys auf dem Monitor im Stationszimmer gesehen und Alarm geschlagen zu haben.

Betty reichte mir eine aufgezogene Spritze. »Hier, gib ihr das Magnesiumsulfat. Schnell!«

Ich öffnete den Mund, um zu protestieren, aber sie sagte nur »Sofort!« und wandte sich wieder Marie zu. Sie stellte die Sauerstoffzufuhr höher ein und löste die Verriegelung der Betträder.

Der Mann im grünen OP-Kittel beobachtete den Kopf des Babys und überprüfte den Sitz der Überwachungselektrode. »Nicht pressen! Hecheln, hecheln«, rief er. Dann blickte er zu mir auf. »Hallo, ich bin Dr. Somers. Schön, Sie an Bord zu haben. Jetzt schlafen Sie nicht ein, und geben Sie ihr endlich die Injektion. Danke.«

Ich fand die Zuspritzpforte der Venenverweilkanüle in Maries rechtem Arm und schob die Nadel der Spritze hinein. Hoffentlich würde Burl das verstehen. Meine Hände waren glitschig vom Schweiß und zitterten so heftig, daß ich die Spritze nur mit Mühe festhalten konnte.

Betty nahm den tragbaren Monitor aus der Halterung an der Wand und stellte ihn auf einen Rolltisch. Die Herzfrequenz des Babys war auf 80 geklettert, aber das war immer noch zu langsam.

Grauenvolle Geräusche wie von einer tobenden Wahnsinnigen kamen von Marie. »Ich muß pressen!« schrie sie.

»Nicht!« riefen Betty und ich fast gleichzeitig.

Dr. Somers hatte die Kurven auf dem Monitor nicht aus den

Augen gelassen, jetzt stand er ruckartig auf. »Okay, Leute, wir müssen das Baby rausholen. Los jetzt.«
Betty schob, Dr. Somers zog, wobei er den Monitor keinen Moment aus den Augen ließ, und ich folgte dem Bett mit Infusionsständer, Rolltisch und Monitor. In genau sechs Sekunden erreichten wir den Kreißsaal.
Marie packte meine Hand. »Was ist los?« fragte sie.
Ich beugte mich herab und flüsterte in ihr Ohr: »Jetzt ist der Moment, wo Sie uns helfen müssen. Das Baby braucht Sauerstoff, und Ihre Muskeln verkrampfen sich. Aber die Geburt steht jeden Augenblick bevor, und das ist gut. Tun Sie einfach alles, was Dr. Somers sagt, dann wird alles gut.« Ich blickte in ihr Gesicht, das fleckig von geplatzten Blutgefäßen war und betete, daß ich recht hatte.
»Ich mache alles, was Sie sagen« antwortete Marie mit ruhiger Stimme. »Sorgen Sie nur dafür, daß mein Baby gesund zur Welt kommt.«
Dr. Somers und ich hoben Marie vom Bett auf denGebärstuhl und schnallten die Beine fest, während Schwester Betty wie ein programmierter Roboter Mundschutz, Kittel, Instrumente und Verbandszeug zurechtlegte.
Dr. Somers streifte sterile Handschuhe über und setzte sich zwischen Maries Beine. Die Herzfrequenz des Fetus lag immer noch bei 80. Er nahm die Zange und schob sie unter Maries Gesäß. Mit den Fingern tastete er den Kopf des Babys ab. »Marie, jetzt müssen Sie pressen«, sagte er.
Marie ließ sich das nicht zweimal sagen und legte sich mächtig ins Zeug. Dann sank sie zurück; ihr Atem ging wie der eines Marathonläufers am Ende der Strecke.
Dr. Somers blickte erleichtert auf. Er legte die Zange wieder weg und machte einen kleinen Dammschnitt. »Noch einmal, Marie.«
Das Köpfchen kam ganz heraus, ein runzeliges Zwergenge-

sicht mit fest geschlossenen Augen. Dr. Somers entfernte die bläulich schimmernde Nabelschnur vom Hals des Neugeborenen und löste die Elektrode vom Kopf.

Ich nahm Maries Hand. »Sie haben es geschafft.«

Marie antwortete nicht, sondern starrte wie hypnotisiert in den Spiegel über dem Gebärstuhl.

Der Arzt drehte die Schultern des Kindes ein wenig und ließ den kleinen, vollkommenen Körper aus dem Geburtskanal gleiten. Sobald Betty den Mund abgesaugt hatte, hallten seine dünnen Schreie durch den Raum.

Auf Dr. Somers angespanntes Gesicht trat ein Lächeln. »Puh!« stieß er hervor und durchtrennte die Nabelschnur. »Der Kleine ist wirklich ein schlaues Kerlchen. Ein Blick auf die Zange, und er hatte kapiert, daß es Zeit zum Aussteigen war.«

Betty untersuchte das Neugeborene, hüllte es in eine Decke und tropfte Silbernitrat in seine Augen. Die ganze Zeit summte sie munter vor sich hin. Dr. Somers wartete auf die Nachgeburt.

Als Betty das kleine Bündel auf den Bauch seiner Mutter legte, berührte Marie das Köpfchen, als könne sie noch nicht glauben, daß es wirklich da war. Sie zog ihr Kind zu sich heran und küßte es auf die runzelige Stirn.

»Er ist wunderschön«, sagte sie mit heiserer Stimme. »Er ist okay. Ich habe einen Jungen, und ich lebe, und er lebt. Mein Gott, Sie ahnen gar nicht, wie dankbar ich Ihnen bin, Ihnen allen.«

Eine halbe Stunde später betrat ich das Allerheiligste, auch unter der Bezeichnung Schwesternzimmer bekannt.

Betty hatte mir den Schlüssel gegeben und gesagt, das sei die Belohnung dafür, daß ich die Nerven behalten hatte. Wer weiß? Vielleicht hatte sie sich sogar überlegt, daß die Rotznasen im ersten Semester gar nicht so übel waren.

Ich ließ Wasser ins Becken laufen und zog meine Strümpfe aus. Mit einem feuchten Waschlappen wusch ich mir die Blutspritzer und Flecken getrockneter Exkremente von den Beinen.
Als ich mich wieder aufrichtete, sah ich mich im Spiegel und starrte mein Gesicht an.
Ich trug immer noch den grünen Kittel, und um meinen Hals hingen Mundschutz und Stethoskop. Das Lächeln, das auf meinem Gesicht erschien, kam ganz tief aus dem Inneren und war so breit, daß ich die Füllungen in meinen Backenzähnen sehen konnte.
Ich werde Krankenschwester, sagte ich zu meinem Spiegelbild. Und ich finde es wunderbar. Ich finde das alles so wunderbar. Und während ich noch lächelte, kamen mir die Tränen.
In diesem Augenblick kam Burl herein.
Ich blickte sie hilflos an; das Ganze war mir ein bißchen peinlich. »Ich bin ja so glücklich«, schluchzte ich.
Sie setzte mich auf die Bank an der Wand und tätschelte mir den Rücken, während ich mich ausweinte. »Ist schon ein unglaublicher Beruf«, sagte sie schließlich, nachdem ich aufgehört hatte.
»Weiß man eigentlich irgendwann mal wirklich alles, Burl?«
»Nein, aber Sie können Ihr Leben damit zubringen, zu versuchen, alles zu lernen.«
Ich schneuzte mich, und Burl stand auf, um zu gehen. »In zehn Minuten fängt die Besprechung an. Seien Sie pünktlich.«
Sie war schon draußen, als sie noch einmal den Kopf zur Tür hereinstreckte. »Was ich noch sagen wollte, Heron,« meinte sie mit einem mißbilligenden Blick über ihre Brille hinweg, »wie ich gehört habe, spritzen Sie ganz hervorragend Magnesiumsulfat.«

Ich mußte laut lachen. »Au weia!«
»Ich denke, wir sollten Ihr erstes Ausbildungsjahr zügig über die Bühne bringen, bevor Sie die ganze Klinik übernehmen.« Die Tür schloß sich, aber ich hörte sie noch sagen: »Als nächstes fängt sie wahrscheinlich an, die Ärzte herumzuscheuchen.«
Ich lehnte mich an die Wand, zog die Knie an und schlang die Arme darum. Ich sah Maries Gesicht vor mir, als Betty das Baby zu ihr legte, und begann wieder zu lächeln.
Eine Philosophievorlesung fiel mir ein, in der es um fernöstliche Religionen gegangen war. Menschen, hieß es da, die ihr Leben der Aufgabe widmeten, anderen zu helfen, waren spirituell mit goldenen Ketten an die Welt gefesselt. Ihren so gefangenen Seelen war es verwehrt, sich der Herrlichkeit des Nirwana zu nähern, so daß sie schließlich verkümmern und sterben würden.
Ich schloß die Augen. Von wegen verkümmern und sterben. In meiner Seele fand ich nur Gewißheit, Freude und innere Kraft.

5. Kapitel

Am Ende des zweiten Semesters waren viele Schülerinnen ausgeschieden, weil sie den Anforderungen des Pensums nicht gewachsen waren, oder sie hatten das Handtuch geworfen, weil sie den Streß nicht durchhielten.

Trotz etlicher grauer Haare, die ich inzwischen bekommen hatte, war ich davon überzeugt, ganz gut zurechtzukommen, bis mich eines Morgens gegen vier ein mahlender Schmerz in der Magengrube aus dem Schlaf riß. Ich trank ein Glas Milch und legte mich wieder hin.

Aber die Schmerzen kamen jeden Morgen wieder und wurden immer schlimmer. Bei jedem Glas Milch, das ich trank, spukte mir dasselbe Wort durch den Kopf: Magengeschwür.

Ich verdrängte die Schmerzen und erzählte niemandem davon. Wir behandelten gerade das Verdauungssystem, und die Vorlesung über Ulkuserkrankungen war mir noch frisch in Erinnerung. Ich wollte nicht in den Ruf kommen, mal wieder von den altbekannten Suggestivkräften hereingelegt worden zu sein.

Es ist eine allgemein bekannte Tatsache, daß Medizinstudenten und Pflegeschüler sich unweigerlich alle Symptome der Krankheiten einbilden, die im Unterricht gerade behandelt werden.

Als wir uns mit den Grundzügen der Kardiologie beschäftigten, glaubten wir alle, unter Angina pectoris zu leiden oder Herzinfarkte zu haben. Als Neurologie an der Reihe war, gab es keine von uns, die sich nicht von einem Gehirntumor befallen glaubte. Allein unsere Klasse verhalf mehreren Ärzten zu einem geregelten Einkommen.

Ich glaubte, ich hätte meine Lektion gelernt, als mein Arzt mich lachend zur Tür hinauskomplimentierte, nachdem ich ihm gesagt hatte, daß sich mein Hirntumor von vor zwei Monaten in eine Claudicatio intermittens der Handgelenksarterien verwandelt habe.

Aber diesmal war es anders. Die Schmerzen waren echt, und daß Antazida oder der Genuß von Eiscreme die eigenartigen, schmerzhaften Hungergefühle linderten, stand in jedem Lehrbuch.

Ich überlegte, ob ich zum Arzt gehen sollte, aber die Erinnerung an sein Gelächter bei meinem letzten Besuch ließ die Schmerzen zumindest vorübergehend vergehen.

Ich litt also still vor mich hin und fand mich damit ab, daß ich mir alles nur einbildete, bis wir begannen, uns mit Medikamenten und ihrer Anwendung zu beschäftigen.

Es gab drei Gründe, warum gerade dieses Thema das anstrengendste im Lehrplan war. Zum einen, weil es sich um ein riesiges Gebiet handelte, das man auswendig lernen mußte. Der zweite Grund lag darin, daß mathematisches Können gefragt war. Der dritte Grund schließlich war grundsätzlicher Natur. Es wurde verlangt, daß wir Patienten Medikamente verabreichten, und das hieß unter anderem, daß wir Injektionen geben mußten.

Der große Tag, vor dem wir uns alle fürchteten, kam Ende April. Jede unserer vier Gruppen wurde eine nach der anderen dazu abkommandiert, eine intramuskuläre Injektion an einem lebendigen, sich bei vollem Bewußtsein befindlichen menschlichen Wesen vorzunehmen, das nicht nur blutete, sondern auch noch über aktive Schmerzrezeptoren verfügte.

Janey und ich waren übereingekommen, daß wir uns an

diesem bewußten Tag in aller Frühe treffen wollten, um noch einmal an unseren Frühstücksorangen zu üben.
Wir hatten in unserem Übungsraum jede unsere eigene Orange, die wir mit Filzstift mit unserem Namen versehen hatten. Jede von uns hatte Stunden über ihrer Frucht gehockt. Wir hielten sie in der einen schwitzenden Hand, mit der anderen wischten wir sie mit einem alkoholgetränkten Wattebausch ab. Dann konzentrierten wir uns mit aller Macht und stachen die Nadel durch die Schale, aspirierten Orangensaft und injizierten dann destilliertes Wasser. Wir übten eine bestimmte Bewegung des Handgelenks, die in Schülerkreisen »Dolchstoßausfall« hieß, frei nach den Regeln der Fechtkunst.
Immer wieder stachen wir auf die Orangen ein, bis der Übungsraum wie eine Fruchtsaftabfüllanlage roch. Wenn das Orangengemetzel im Gange war, war aus dem Klassenzimmer vielstimmiges Keuchen und enttäuschtes Stöhnen zu hören. Gelegentlich mischten sich Schmerzensschreie in die Geräuschkulisse, wenn der saure Orangensaft einer von uns in die Augen spritzte oder die Nadel nicht die Frucht, sondern die Hand traf.
Als ich an diesem Morgen ins Übungszimmer kam, war Janey noch nicht da. Ich beschloß, schon mal die Orangen zu holen und die Spritzen mit destilliertem Wasser aufzuziehen.
Auf dem Weg zu dem von Fruchtfliegen umschwirrten Vorratsschrank hörte ich ein Geräusch aus der Küche. Janey stand an der Spüle und trank in tiefen Zügen aus einer blauen Plastikflasche, die ich sofort als dasselbe Antazidum wiedererkannte, mit dem ich mein hypochondrisches Magengeschwür bekämpfte.
Als sie mich sah, setzte sie die Flasche ab und ließ sie schnell in der Handtasche verschwinden.

»Oh, hallo«, sagte sie mit einem verlegenen Lächeln. »Du bist aber früh dran.«
Das Magnesium-Aluminiumhydroxid hatte einen weißen Schnurrbart auf ihrer Oberlippe hinterlassen.
Ich griff nach ihrer Handtasche, holte die Flasche heraus und hielt sie in die Höhe. Es war kaum noch etwas darin. »Du auch?« fragte ich.
Janey zeigte auf eine Stelle am Oberbauch. »So ein kleines Wehwehchen, das morgens schlimmer wird, besonders wenn man am Abend Pizza und Salat gegessen hat?«
Ich stieß einen Seufzer der Erleichterung aus und lächelte. Also war ich nicht das einzige Opfer eingebildeter Krankheiten.
»Was jetzt?« fragte ich. »Gibt es keine Sanatorien für Leute wie uns, wo wir uns ein Jahr oder so auf die faule Haut legen können?«
Sie überging meine Frage, und ich sah einen verträumten, fast schwärmerischen Ausdruck in ihre Augen treten. »Weißt du, Echo, wenn man darüber nachdenkt, ist es eigentlich gar nicht so übel. Ich hätte nichts dagegen, das zweite Jahr mit einem ärztlich bestätigten Magengeschwür zu beginnen. So ähnlich wie eine Tapferkeitsmedaille. Wir haben sie uns sauer verdient und dürfen stolz darauf sein.«
»Tolle Idee, Janey. Klar. Warum auch nicht? Spielen wir alle verrückt. Komm, jetzt stechen wir schnell ein paar Orangen ab, dann gehen wir rüber zur Inneren und holen uns unsere Ulkuszertifikate ab.« Ich blickte Janey eindringlich an. »Das hast du doch nicht ernst gemeint, oder?«
Janey lachte, aber es klang nicht überzeugend. »Nein, natürlich nicht. Ich wollte nur –«
»Ich weiß, Janey«, sagte ich und zog sie sanft mit ins Übungszimmer. »Ein bißchen frische Luft, eine kleine Erholungspause, dann ist die Welt wieder in Ordnung. Das liegt

an der ganzen Atmosphäre hier, dem Krankenhaus mit allem Drum und Dran, den kranken Leuten. Glaub mir, ich verstehe das.«
»Ich drehe nicht durch, falls du das meinst. Ich finde nur, daß wir ein bißchen Anerkennung verdient haben, für –«
Im Klassenzimmer drückte ich Janey ihre Orange in die Hand und blickte sie warnend an: »Sei still, Jane. Niemand wird dafür Verständnis haben.«
»Aber –«
»Kein Aber! Sieh dich doch um und frag dich dann mal ganz ehrlich, ob auch nur eine von denen deine Geschichte von Magengeschwüren und Tapferkeitsmedaillen hören will.«
Einige der Schülerinnen um uns herum übten nervös den Dolchstoßausfall an ihren Orangen, die anderen starrten nur stumm an die Wand.
»Na ja, wenn du meinst ...«
»Schluß damit, Jane. Konzentrier dich auf die Orange. Die Magengeschwüre kommen später an die Reihe.«
Wir hielten beide unsere Orangen in der hohlen Hand, als Mrs. Zeitwitz oder »Zeitgeist«, wie sie bei den Schülerinnen hieß, durch die Tür hereingetänzelt kam und dabei »God Bless America« sang.
Zeitgeist war so gar nicht das, was man sich unter einer Ausbilderin vorstellte, hauptsächlich wegen ihrer exemplarischen Gelassenheit. Ihre Geduld mit unserer Orangenfummelei war bewunderungswürdig, und ich hatte noch nie erlebt, daß sie die Beherrschung verlor oder laut wurde. Sie trug ihr langes, graumeliertes Haar offen und bevorzugte schwarze Rollkragenpullis zu schwarzen Leggins. Dazu trug sie eine geballte Ladung Modeschmuck in Silber und Türkis. Sie erinnerte mich an ein in die Jahre gekommenes Hippiemädchen oder ein nostalgisches Blumenkind. Selbstverständlich war sie der Liebling aller Schülerinnen.

»Okay, Kinder. Es geht los«, sagte sie und rollte die Ärmel hoch. »Ihr seid meine letzte Gruppe an diesem Tag, und ich muß zugeben, daß ich mich bisher nicht beklagen kann. Nur zwei Ohnmachtsfälle, drei zerstochene Hände und ein hysterischer Anfall.«
Einige von uns kicherten nervös, verstummten aber gleich wieder.
Zeitgeist ließ die Blicke über die Gruppe wandern, und ihr Lächeln strahlte etwas gedämpfter.
»Ach kommt, Kinder, so schwer ist das auch wieder nicht. Kein Grund, nervös zu werden. Jetzt möchte ich, daß jede von euch einen halben Kubikzentimeter 0,9prozentige Kochsalzlösung mit einer Zwei-Milliliter-Spritze und einer Zweier-Nadel aufzieht, und dann stellt ihr euch in einer Reihe vor mir auf.«
Zeitgeist setzte sich, spielte mit ein paar Wattebäuschen und wartete. Sie wirkte ein bißchen strapaziert, aber wer wollte ihr das verdenken. Von blutigen Anfängern Spritzen in den Arm verpaßt zu bekommen, war auch für eine Ausbilderin alles andere als ein Freudenfest.
Janey und ich standen nebeneinander in der Reihe und unterhielten uns leise über unsere Magengeschwüre, als Zeitgeist die Zauberformel sagte: »Die nächste.« Das war Janey.
Sie trat beklommen vor und lächelte matt. »Ich bin soweit, Mrs. Zeitwitz. In welchen Arm?«
Zeitgeist schaute auf ihren linken Arm, der von den vorhergehenden Attacken ganz blutig war, und sagte: »Nehmen Sie den rechten, Jane. Der linke hat genug abbekommen.«
Janey zeigte dem Zeitgeist ihre Spritze und wartete auf ihr Nicken. Dann nahm sie einen Alkoholbausch, desinfizierte die Einstichstelle, zog die Schutzkappe von der Nadel, hob die Hand mit der Spritze und hielt inne.
Zwanzig, dreißig Sekunden verstrichen.

»Spritzen«, sagte Zeitgeist seelenruhig.
Nichts geschah.
»Spritzen Sie ruhig, Jane, ich bin bereit.« Zeitgeist hob den Blick von ihrem Arm und musterte Janeys Gesicht.
Janey stand nur stocksteif da.
»Ich warte, Jane«, sagte Zeitgeist.
Janey rührte sich nicht.
Ich stand direkt hinter ihr und sah nur ihren Hinterkopf. Es war faszinierend, zu beobachten, wie die Haarspitzen sich im Rhythmus ihres Herzschlags bewegten.
Dann blickte ich über ihre Schulter.
Die Knöchel der Hand, mit der Janey Zeitgeists rechten Arm festhielt, waren schneeweiß. Ich sah, wie Zeitgeists Haut von Janeys Fingern zusammengepreßt wurde. Die andere Hand mit der Spritze schwebte zitternd über dem Deltamuskel des zerstochenen Arms.
»Spritzen Sie, Jane. Sie tun mir nicht weh. Nehmen Sie einfach die Spritze und stechen Sie zu. Sofort!«
Zeitgeists Stimme hatte einen Klang, den ich noch nie gehört hatte. Kein Wunder unter diesen Umständen. Ihr rechter Unterarm wurde allmählich blau, denn Janey schnürte die Blutzirkulation ab.
Endlich reagierte Janey. »Ich kann nicht. Kann einfach nicht. O nein, ich kann ...« Sie sprach so leise, daß ich mich vorbeugen mußte, um sie zu hören, und ihre Lippen bewegten sich nicht. Seit fünf Minuten stand sie nun schon da wie gelähmt. Ihre Augen waren ganz glasig, weil sie noch nicht einmal die Lider bewegt hatte.
Zeitgeist sah die Panik heraufziehen und sagte mit ruhiger Stimme: »Ich schlage vor, Sie üben noch ein paarmal mit der Orange, und nachdem alle ihre Kolleginnen an der Reihe waren, probieren wir es noch einmal.«
Es war mucksmäuschenstill im Übungsraum. Schande war

über eine von uns gekommen, wie über einen Boxer, den man aus dem Ring wieder zu seinem Sandsack zurückschickte.

Janey rührte sich immer noch nicht. Ich sah, wie ihre Sommersprossen blaß wurden und so grau wie die übrige Haut.

»Mir wird schlecht«, flüsterte sie, ohne die Lippen zu bewegen. Falls sie es als Schwester nicht schaffte, konnte sie immer noch Bauchrednerin werden.

Mit einer für ihr Alter bewundernswerten Behendigkeit zog Zeitgeist ihren Arm aus Janeys Umklammerung und machte einen Satz rückwärts.

Alle starrten Janey an.

Sie stand da, steif wie eine Schaufensterpuppe, die Hand, mit der sie eben noch Zeitgeist festgehalten hatte, starr vor sich ausgestreckt.

»Ich kann nicht, ich kann nicht, mir ist schlecht, o Gott, mir ist so schlecht.«

Janey starrte gerade vor sich hin ins Leere.

Jede von uns hatte schon von Schwesternschülerinnen gehört, denen die Sicherung durchgebrannt war, und in unserer Gruppe hatten alle gewettet, daß Penny die wahrscheinlichste Kandidatin sein würde, weil sie eine Heidenangst vor Krankenhäusern hatte und obendrein allergisch auf Desinfektionsmittel war. Daß aber ausgerechnet Janey bei einer so einfachen Aufgabe die Nerven verlieren würde, hätte ich mir nie träumen lassen.

Ich legte behutsam den Arm um ihre Taille, um sie zu einem Stuhl zu führen. Es ging nicht. Sie stand da wie festgewurzelt. »Janey!« schrie ich sie an. »Janey, hörst du mich?«

Ich glaubte, das Beben eines Nasenflügels zu erkennen, aber es war nur der Lichtreflex von einem Schweißtropfen an ihrer Nasenspitze.

Ich zog an Janeys ausgestrecktem Arm, während eine andere Schülerin ihre Finger rieb, und drückte ihn an ihre Seite. Jetzt die Beine. Ein Stuhl, mit Wucht in die Kniekehlen gestoßen, wirkte Wunder. Mit einem Plumps sank sie darauf nieder.

Es bedurfte keiner hellseherischen Fähigkeiten, um zu wissen, was jede dachte, aber nicht auszusprechen wagte. Wer würde Janey die Spritze aus der Hand winden?

Ich spürte, wie etwas im Raum vorging. Als ich aufblickte, sah ich alle Blicke auf mich gerichtet. Die Botschaft war unmißverständlich: Du bist ihre beste Freundin, das ist dein Job.

Ganz vorsichtig ergriff ich Janeys rechtes Handgelenk und drehte es um, bis sie einen schrillen Schrei ausstieß. Etwas in ihr gab nach, aber es war nicht das Handgelenk.

Sie lächelte matt und sagte meinen Namen. Dann packte sie mit einer affenartigen Geschwindigkeit meinen Arm und verpaßte mir die perfekteste intramuskuläre Injektion, die man in diesem Raum an diesem Tag gesehen hatte. Ihr Dolchstoßausfall war eine Meisterleistung.

Ich spürte überhaupt nichts.

Allen hatte es die Sprache verschlagen, nur Janey nicht. Sie redete wie ein Wasserfall.

»So. Was sagt ihr jetzt? Gar nicht so übel, wie? Wozu noch die albernen Orangen? In den Müll damit. Ist wirklich nichts dabei, einfach zustechen. Kein Blut, kein Schmerz. Hat mal jemand einen Arm für mich?« Sie wandte sich an den Zeitgeist. »Wie wär's mit Ihnen, Mrs. Zeitwitz. Soll ich's noch mal machen?«

Zeitgeist war nicht auf den Mund gefallen. »Ach nein, meine Liebe, einmal reicht. Am besten gehen Sie jetzt in die Bibliothek und lassen sich ein Buch über intravenöse Injektionen geben. Das ist unser Thema für die nächste Woche.«

Der Bann war gebrochen. Einige Schülerinnen fielen wieder

über die Orangen her, andere scharten sich um den Zeitgeist. Ich ging zu Janey.
»Sag mal, Janey, wie fühlst du dich denn so«, fragte ich ganz beiläufig, denn ich hatte Angst vor einem Rückfall.
»Bestens, Echo. Warum?«
Nahm Sie mich auf den Arm, oder hatte ich mir alles nur eingebildet?
»Du ... äh ... warst vorhin nicht so gut drauf. Hab mir schon Sorgen gemacht. Ich hatte schon Angst, du würdest schlappmachen.«
Janey reagierte heftig, etwas zu heftig, dachte ich.
»Schlappmachen?« schrie sie. »Der goldene Schuß, und das nennst du schlappmachen?«
»Aber Janey, ich hab' nicht behauptet –«
»Doch. Hast du. Hab's genau gehört. Jetzt wollen wir doch mal sehen, wie du das hinkriegst. Hier ist mein Arm. Los, hau rein!«
Janey hatte meine schwache Stelle erwischt. Dieser Herausforderung konnte ich nicht widerstehen.
Nachdem sie mir die erste richtige Injektion ihres Lebens verpaßt hatte, war es nach der Krankenhausetikette nur recht und billig, daß ich bei ihr das gleiche tat. Eine Orange voll Wasser zu pumpen, war eine meiner leichtesten Übungen. Bei einem menschlichen Arm würde es sicher nicht anders sein.
Ich zog die Spritze auf und wischte die Einstichstelle mit dem Alkoholtupfer ab. Janey hatte die Augen zugekniffen und den Kopf abgewandt, so weit es ihre Halswirbelsäule zuließ. Ich spürte ihren Puls, kräftig und schnell.
Ich machte den Fehler, zu lange zu zögern. Hier stand ich und war tatsächlich drauf und dran, eine spitze Nadel in diesen völlig unversehrten Arm zu stechen. Schreckensvisionen davon, wie die Nadel bis in den Knochen hineinfuhr

und ich sie nicht wieder herausbekam, schossen mir durch den Kopf.
Der Geruch des Desinfektionsmittels drehte mir den ulzerierten Magen um.
Ich schüttelte die destruktiven Gedanken ab, lockerte das Handgelenk und zog die Schutzkappe von der Nadel.
Die Nadel sah aus wie eine lebensgefährliche Waffe. Eine innere Stimme flüsterte mir zu, ich solle aufhören, damit herumzuspielen, und die Schutzkappe wieder draufstecken, bevor noch jemand zu Schaden käme.
»Mach schon, Echo. Ich kann schließlich nicht ewig hier rumsitzen. Bringen wir's hinter uns.«
Aus unerfindlichen Gründen klang Janeys Stimme, als käme sie durch eine Röhre aus weiter Ferne.
Ich suchte mir eine Sommersprosse auf Janeys Arm als Zielscheibe aus und hob die Hand.
Die Sommersprosse verschwamm und wurde immer kleiner.
Ich hatte das Gefühl, als würden tausend winzige Nadeln Novocain in meinen Körper spritzen.
Bevor alles um mich herum schwarz wurde, glaubte ich eine zuckersüße Stimme zu hören: »Spritzen, Schätzchen, einfach spritzen.«

6. Kapitel

Der Mai schlich sich, verkleidet als Juli, in die Stadt, und die Aussicht auf einen heißen Sommer machte die Kinder ganz kribbelig. Ungeduldig warteten sie auf die Glocke, die das Ende des Unterrichts verkündete, denn zu Hause warteten schon die Skateboards, Fahrräder und jede Menge Abenteuer.

Uns erging es nicht anders. Noch zwei Wochen bis zum Semesterschluß, da fiel es schwer, zu Hause Lehrbücher zu wälzen, während draußen die Sonne vom Himmel brannte und der Strand lockte.

Irgendwie hatte ich es geschafft, das Semester unbeschadet zu überstehen, aber nach dem Fiasko mit der Spritze und angesichts meines Duodenalgeschwürs hatte ich die Signale meines Körpers begriffen und wußte, daß ich dringend eine Erholungspause brauchte. Außerdem war Simons kleine »Spiderman«-Reisetasche inzwischen so stark verschlissen, daß sie nicht mehr lange halten würde.

Zu Beginn des Semesters waren sechzig enthusiastische Schülerinnen angetreten. Davon war jetzt, kurz vor den Sommerferien, nur noch ein ausgemergeltes, abgeschlafftes Grüppchen von zweiunddreißig übrig. Aber daß wir alle restlos erschöpft waren, war noch lange kein Grund für ein langsameres Tempo. Ganz im Gegenteil. Die letzten beiden Wochen waren die anstrengendsten.

Während wir uns auf die Abschlußprüfungen vorbereiteten, ließen uns die Ausbilderinnen munter weiter Stationsdienst machen, weil wir noch nicht alle Abteilungen durchlaufen hatten. Ich wurde für den OP und die Ambulanz eingeteilt.

Eines Morgens war ich auf dem Weg zu einem Krankenzimmer, als Zeitgeist erschien und sagte, ich solle mit in die Pädiatrie kommen. Sie erzählte von einem achtjährigen Jungen, dem die Mandeln herausgenommen werden mußten, und der eine Beruhigungsspritze brauchte. Sie meinte, ich sei dafür von allen Lernschwestern am besten geeignet.

Ich mußte lauthals lachen. Dann erinnerte ich sie daran, daß sie mich erst vor ein paar Wochen eigenhändig vom Boden des Übungszimmers aufgesammelt hatte.

Zeitgeist lächelte hinterhältig und wischte meine Einwände beiseite, während sie mich durch die Tür mit dem großen Teddybär-Aufkleber zog.

Brooks Crabtree III, ein völlig verzogener altkluger Bengel, saß da wie ein unschuldiges Lämmchen, während ich ihm erklärte, daß er mit Hilfe der Zaubermedizin einen Ausflug ins Wunderland machen würde. Um ihm die ganze Sache noch schmackhafter zu machen, versprach ich ihm, daß er nach dem Aufwachen soviel Eis und Brause bekommen würde, wie er wollte.

Seine Antwort bestand aus einem knappen »Verpiß dich, du Zicke«. Völlig verdattert erwiderte ich, das höre sich ja an, als ob er böse sei, aber das käme wahrscheinlich nur daher, daß er Angst hätte. Nach der Spritze würde er sich viel besser fühlen, versprach ich ihm.

Goldjunge Brooks der Dritte biß mich in die Hand und verpaßte mir als Zugabe einen Tritt in die Rippen. Diesen tätlichen Angriff untermalte er akustisch mit einer Flut von Obszönitäten, die ich bestenfalls einem Vierzigjährigen zugetraut hätte. Nachdem zwei Pfleger ihn schließlich unter der Liege hervorgezerrt hatten, verspürte ich keinen sehnlicheren Wunsch mehr, als ihm eine Spritze zu verpassen.

Zeitgeist beobachtete den Zirkus mit einem zufriedenen Lächeln. Als ich ohne mit der Wimper zu zucken die Spritze in das kleine Hinterteil setzte, klatschte sie Beifall.
Von da an waren Injektionen kein Problem mehr. Ich brauchte mir nur vorzustellen, Brooks Crabtree den Dritten unter der Nadel zu haben.

Mein letztes Praktikum im ersten Ausbildungsjahr hatte ich bei Pearson. Das war gar nicht so übel, denn die Frau trat überhaupt nicht in Erscheinung. Tatsächlich kam es mir vor wie ein Erholungsurlaub. Ich hatte es bis obenhin satt, daß alle zehn Wochen eine andere dominante Persönlichkeit über mein Leben bestimmte. Pearson war die einzige Ausbilderin, die mich nicht bis in meine Träume verfolgte.
In der ersten der beiden letzten Wochen teilte mich Pearson für den OP ein. Die Arbeit dort erinnerte mich an die Kurse in Anatomie und Physiologie, mit dem Unterschied, daß aus den Patienten jetzt kein Formalin sondern Blut herauslief, wenn man sie aufschnitt.
Innerhalb von zwei Tagen wurde ich Zeuge von drei orthopädischen Eingriffen, einer Nasenkorrektur, einer Hysterektomie und der operativen Entfernung eines abgebrochenen Vibrators aus einem Rektum.
Es bedurfte keiner besonderen Beobachtungsgabe, um festzustellen, daß die OP-Besatzung etwas anders war als das übrige Klinikpersonal. Im OP beschäftigte man sich nicht mit dem Patienten als Ganzes, sondern mit Reparaturen von Einzelteilen einer anästhesierten Person. Sofern der Eingriff nicht am Kopf vorgenommen wird, sieht der Operationsarzt nur selten das Gesicht des Patienten.
In der Chirurgie waren Fehler meistens irreparabel und häufig tödlich. Hier ließ sich hinterher nichts mehr ausbügeln

wie beispielsweise nach einer verkehrten Medikation oder einer falschen Diät. Die Folgen eines mißlungenen Eingriffs zeigen sich sofort. Ein versehentlicher Ausrutscher hier, ein falscher Schnitt dort – im gleichen Augenblick ist es entweder fast oder wirklich zu spät. Ende der Durchsage.

Der Anästhesist ist nicht viel besser dran, obwohl er mit Grundsätzlicherem zu tun hat als der Chirurg, nämlich damit, den Patienten am Leben zu erhalten. Er besorgt für ihn das Atmen, behält den Monitor und die Vitalfunktionen im Auge und sorgt dafür, daß der Patient gleichmäßig und tief schläft.

Insgesamt überraschte es mich nicht, daß die OP-Mannschaft ein seltsamer Haufen war. So ungehörig es auch klingen mag: die meisten Arztwitze stammen aus dem OP.

Sobald der Patient aufhört, rückwärts zu zählen, und der erste Schnitt gemacht ist, bringt gewöhnlich der Anästhesist den Stein ins Rollen, indem er etwa sagt: »Kennt ihr schon den von dem Arzt und dem Rabbi?« Dann ist der Chirurg an der Reihe und nach ihm die OP-Schwestern, und das Witzekarussell dreht sich, bis der letzte Nadelstich getan und die letzte Klammer gesetzt ist.

Es gab Chirurgen der unterschiedlichsten Sorte. Die meisten waren tüchtig, zwei oder drei hervorragend, und gelegentlich stieß man auf einen gemeingefährlichen.

Der beste Allgemeinchirurg, den ich je erlebt habe, war Dr. Bell. Er sah aus wie Abraham Lincoln, und sein Temperament entsprach dem, was ich mir unter einer Mischung von Lincoln und Zeitgeist vorstellte: freundlich, immer bereit, etwas zu erklären, und niemals ungeduldig. Ich habe nie ein lautes Wort von ihm gehört.

Sobald Dr. Bell eine Schwesternschülerin im OP erblickte, befahl er ihr, so nahe wie möglich an den Operationstisch heranzukommen. War die Schülerin von kleiner Statur, wies er den Springer an, ihr einen Fußschemel zu bringen. Er erklärte jeden Handgriff, den er tat und erläuterte bis ins Detail, welches Organ mit welchen Strukturen verbunden war oder welcher Nervenstrang auf gar keinen Fall angetastet werden durfte und warum. Er war ein seltenes Exemplar der Spezies Chirurg, den die komplizierten inneren Funktionen des menschlichen Körpers auch nach zwanzigjähriger Praxis immer noch faszinierten.

Am unteren Ende der Skala war ein Orthopäde namens Drigley. Die Gegensätze zwischen ihm und Dr. Bell hätten nicht größer sein können. Dr. Drigley war über einsachtzig groß, wog ungefähr 110 Kilo und war eine einzige Katastrophe. Ein nervöser, unberechenbarer Typ, den man eher für einen Gebrauchtwagenhändler gehalten hätte als für einen Arzt. Sobald er den Mund aufmachte, zogen die Goldfüllungen seiner Schneidezähne alle Blicke auf sich. Das nächste, was unangenehm auffiel, war seine feuchte Aussprache.

Ich hatte zum erstenmal Gelegenheit, Dr. Drigley bei der Arbeit zuzusehen, als bei einer achtzigjährigen Frau eine Schenkelhalsfraktur genagelt werden sollte. Drigley untersuchte sie auf Station und füllte das Formular aus, in welchem die Patientin ihre Zustimmung gab, daß die rechte Hüfte genagelt werden durfte.

Die OP-Schwester hatte gerade alles für den Eingriff vorbereitet, als Drigley wie ein Elefant hereingewalzt kam, Witze riß und mit seinem neuen Segelboot prahlte. Obwohl er sich angestrengt bemühte, jovial zu sein, fanden seine Witze keinen großen Anklang, weder bei dem Anästhesisten noch bei den Schwestern.

Als die Patientin auf die linke Seite gelegt wurde, bemerkte ich die besorgten Blicke zwischen dem Anästhesisten und dem Springer. Der Anästhesist räusperte sich laut.

»Ziemlich schwere Prellungen auf der anderen Seite, Drig-

ley, wenn mich nicht alles täuscht. Stand im Einwillig ungsformular nicht was von der rechten Hüfte?«
Drigley erstarrte und wußte nicht, was er sagen sollte. Dann kicherte er nervös und lief puterrot an.
Der Anästhesist streifte die Kappe vom Kopf und setzte sie wieder auf. »Schauen wir lieber erst mal auf den Stadtplan, nicht wahr, Drigley?«
Drigley blickte auf den leeren Leuchtkasten an der Wand. »Schwester! Bringen Sie die Röntgenaufnahmen.«
Der Springer hängte die Bilder auf.
Ich hatte immer schon Schwierigkeiten, links und rechts auseinanderzuhalten, aber die Bilder zeigten eindeutig, welcher Schenkelhals genagelt werden mußte.
In den Falten auf Drigleys Stirn stand der Schweiß wie in den Spurrinnen eines ausgefahrenen Feldweges. Er nahm die Filme vom Leuchtkasten, drehte sie um und trat zurück. Dann machte er einen Schritt vorwärts, drehte die Aufnahmen wieder um, steckte sie wieder an die Milchglasscheibe und starrte erneut darauf. Als er sie dann auch noch auf den Kopf stellte und die feisten Hände zu ringen begann, platzte dem Anästhesisten der Kragen. »Also, auf welche Seite einigen wir uns jetzt?«
Mein zweites Erlebnis mit Dr. Drigley hatte ich noch am selben Tag. Die Operation war eigentlich nicht geplant und begann im Gipsraum, wo ein einfaches Fenster in den Gipsverband eines Achtzehnjährigen geschnitten werden sollte. Der Junge war mit dem Motorrad gegen einen Baum gefahren und hatte sich das Becken und sämtliche Knochen in den Beinen gebrochen.
Nach sechs Tagen stellten die Schwestern fest, daß die Anzahl der weißen Blutkörperchen stark zugenommen hatte und der Patient erhöhte Temperatur hatte. Er klagte über ein unbestimmtes Brennen im linken Bein.

Während sie den Gipsverband abtastete, ortete eine Schwester eine »heiße Stelle« und benachrichtigte umgehend Dr. Drigley. Sie schlug vor, ein Fenster in den Gips zu schneiden, um die Sache genauer überprüfen zu können.
Ich vermute, daß Drigley mich hinter meinem Mundschutz nicht wiedererkannte, denn nachdem ich den Patienten in den Gipsraum gerollt hatte, begann er wieder von seiner neuen Segelyacht zu schwärmen und seine üblichen Witze zu erzählen. Das Boot war inzwischen etliche Meter länger geworden, und die Witze noch etwas öder, aber was mich an diesem Menschen am meisten störte, war, daß ihm der äußerst peinliche Vorfall heute morgen im OP überhaupt nichts auszumachen schien.
Nachdem Drigley kurz erläutert hatte, was er zu tun gedenke, erklärte er mir und dem Patienten, daß er sich beeilen müsse, denn in einer Dreiviertelstunde begänne sein Segelkurs.
Ich wischte mir seine Spucke von der Wange und trat einige Schritte zurück.
An der Stelle, die die Schwester beschrieben hatte, schnitt er mit der Gipssäge eine etwa zehn mal zehn Zentimeter große Öffnung in den Verband. Bräunlicher Eiter kam zum Vorschein. Darum herum hatte sich ein Ring von nekrotischem und infiziertem Gewebe gebildet.
Offensichtlich hatte Drigley beim Anlegen des Gipsverbandes eine kleine offene Wunde übersehen, die das Ganze ins Rollen gebracht hatte.
Drigley sprangen fast die Augen aus dem Kopf, und schnell legte er das ausgeschnittene Stück Gipsverband wieder in die Öffnung. Es war die Reaktion eines Menschen, der hinter einer Tür auf etwas Entsetzliches gestoßen ist, und hofft, daß es nicht mehr da ist, wenn er die Tür wieder zumacht.

Der junge Mann richtete sich auf dem Ellbogen auf und brüllte: »Verdammt, was war das, Mann?«
Drigleys Gesicht lief rot an bis hinunter zum vierten Kinn. Sein Schweißausbruch vom Vormittag war ein dürftiges Rinnsal, verglichen mit dem, was jetzt passierte.
»Äh, nichts, mein Junge. Nur ein bißchen abgestorbenes Gewebe, das entfernt werden muß.«
»Ein bißchen abgestorbenes Gewebe? Mann, das sah aus wie 'ne riesige Scheißinfektion. O Mann, darum hab' ich mich so mies gefühlt. Ich werd' mein verdammtes Bein verlieren!«
Drigley ging in die Defensive. Wahrscheinlich überlegte er, ob ein Kunstfehlerprozeß ihn seine neue Yacht kosten könnte.
»Ich verbitte mir diesen Ton!« Er führte sich auf wie ein zorniges Kind. »Ich habe doch gesagt, daß ich es entfernen werde. Also beruhigen Sie sich.«
Der junge Mann sank zurück und starrte an die Decke. Ich wollte etwas Beruhigendes sagen wie »Das wird schon wieder« oder »Machen Sie sich keine Sorgen«, aber ich brachte kein Wort heraus. Drigleys Nervosität machte mich unsicher. Er wischte sich mit einem feuchten Taschentuch über die Stirn. »Holen Sie mir eine Schüssel mit Wasserstoffhyperoxid und eine Flasche Jodlösung.« Er zog sein schwarzweiß kariertes Jackett aus, das wie eine Pferdedecke aussah, und krempelte die Hemdsärmel auf. »Und wenn Sie schon mal dabei sind, bringen Sie gleich noch einen Satz Einmal-Instrumente mit. Wir wollen den jungen Mann hier ganz schnell wieder auf die Beine bringen, und für meinen Segelkurs bleibt dann immer noch genug Zeit.« Er stand da, grinste blöd und schwitzte.
Ich verließ den Gipsraum, um die Sachen für Drigley zu holen. Dabei hatte ich das deutliche Gefühl, daß hier irgend etwas nicht stimmte. Mit Wasserstoffhyperoxid, Jodlösung

und einem dreiteiligen Einmal-Besteck war doch einer solchen Wundinfektion nicht beizukommen.
Die meisten Schwestern und Schülerinnen hätten meinen Entschluß, einen kleinen Umweg zum Aufenthaltsraum der Chirurgen zu machen, für verrückt gehalten.
Dr. Bell lag auf der Couch und las Zeitung. Beim Umblättern bemerkte er mich. Erst jetzt wurde mir mit Entsetzen klar, was ich zu tun im Begriff war. Ich überlegte, ob ich nicht das Ganze vergessen und ihn irgend etwas Belangloses fragen sollte. Da fiel mir Regel sechzehn ein: »Eine Pflegekraft handelt zuerst und vor allem zum Wohl des Patienten.«
Das machte mir wieder Mut.
»Äh, Dr. Bell, entschuldigen Sie, aber könnte ich Sie einen Moment sprechen?«
Er legte die Zeitung beiseite und beobachtete mich, wie ich an meinen Fingern drehte. »Selbstverständlich. Was haben Sie denn auf dem Herzen?«
»Ich assistiere gerade Dr. Drigley im Gipsraum bei einem Patienten mit einem stark entzündeten Bein und dachte mir, daß Sie vielleicht mal vorbeischauen könnten, ganz zufällig natürlich, um einen Blick darauf zu werfen.«
Dr. Bell musterte mich stumm, und ich glaubte schon, einen schlimmen Fehler gemacht zu haben.
»Ich verstehe nicht ganz, was Sie von mir wollen. Sie wissen doch sicher, daß ich mich nicht in die Arbeit eines Kollegen einmischen darf, solange ich nicht offiziell hinzugezogen werde.«
Meine Verzweiflung wuchs mit jeder Sekunde. Plötzlich schien es mir ungeheuer wichtig, das Bein des jungen Mannes zu retten. Krankenhausetikette hin, Ärztekodex her, ein gesundes Bein war wichtiger.
»Bitte, Dr. Bell. Der Patient ist erst achtzehn, und ich dachte, Sie könnten vielleicht sagen, Sie würden etwas im Gips-

raum suchen, und dabei einen Blick auf das Bein werfen. Drigley, Verzeihung, Dr. Drigley will die Wunde einfach nur säubern und neu verbinden. In einer halben Stunde hat er einen anderen Termin, sagt er.« Ich versuchte, meine verkrampften Schultern zu entspannen. »Ich weiß ja, daß ich kein Chirurg bin, Dr. Bell, aber ich glaube, das Bein muß gründlicher versorgt werden.«

Das war mein letzter Appell, und als Dr. Bell den Kopf schüttelte, wußte ich, daß meine Bemühungen vergeblich gewesen waren.

»Nein, tut mir leid. Das kann ich nicht machen. Das wäre ungehörig, und ich bin sicher, daß Dr. Drigley die Sache im Griff hat.«

Ich wollte schon entgegnen, daß Drigley nie irgend etwas im Griff habe, aber ich hatte die Grenzen dessen, was einer Schwesternschülerin erlaubt ist, schon längst überschritten. Meine Vorstellung von Dr. Bell als Abraham Lincoln verblaßte, und ich kehrte restlos deprimiert in den Gipsraum zurück.

Ich legte die Instrumente in eine sterile Schale und suchte krampfhaft nach einer Lösung, aber es fiel mir nichts ein. Von dem, was ich bisher gelernt hatte, half mir hier nichts weiter.

Drigley zog mich auf die Seite und bestand darauf, daß ich eine Trennwand aufstellen sollte, damit der Patient das Bein nicht sehen konnte. Er sagte, wenn der junge Mann dabei zuschaute, würde ihn das psychisch zu sehr belasten. Am liebsten hätte ich ihm von meinen psychischen Belastungen erzählt.

Ich befestigte die Abdeckung über der Taille des jungen Mannes und bezog Stellung neben seinem Kopf. Dann begann ich mit ihm eine Unterhaltung über das Motorrad meines Vaters, eine »Indian Chief«, Baujahr 1927.

Drigley machte das Fenster im Gipsverband wieder auf und wischte den Eiter mit einer Mullkompresse weg. Dann schüttete er das Wasserstoffhyperoxid in die Wunde, und die Flüssigkeit begann weiß zu schäumen und über den Rand der Öffnung auf den Fußboden zu tropfen. Meine Besorgnis wuchs, als ich feststellte, daß der Patient außer einem leichten Druck nichts zu spüren schien.

Als Drigley begann, blindlings in der Öffnung herumzustochern, kam mein Redefluß vollends zum Erliegen.

Zufrieden mit seinem Werk, wischte Drigley den übriggebliebenen Schaum weg und schüttete etwas Jodlösung hinein.

»Das hätten wir. Jetzt verbinden wir den kleinen Kratzer, schaffen den jungen Mann wieder in sein Zimmer und geben ihm ein Antibiotikum.«

Ich konnte Drigleys Optimismus nicht teilen. Eine schlaflose Nacht stand mir bevor, weil ich wußte, daß die Infektion sich ausbreiten würde. Mir blieb nur noch die Möglichkeit, der Oberschwester Bescheid zu sagen. Aber viel helfen würde das auch nicht. Das Wort eines Arztes hatte mehr Gewicht, ob er nun recht oder unrecht hatte.

Ich riß gerade das erste Päckchen Verbandsmaterial auf, als Dr. Bell hereinkam. »Tag, Drigley. Ich suche nur eine Armschiene. Lassen Sie sich nicht stören, Herr Kollege.«

Ich unterdrückte ein Lächeln. Bell hätte einen Oscar verdient.

Von Drigleys Stirn rann der Schweiß in Sturzbächen. Ich sah, wie er nach dem aus dem Verband geschnittenen Stück Gips tastete und nahm es unauffällig weg.

Immer noch unter dem Vorwand, eine Armschiene zu suchen, kam Dr. Bell am Bett vorbei und blickte wie zufällig auf die entzündete Wunde. Er stieß einen langgezogenen Pfiff aus.

»Da steht Ihnen ja ein ziemlich ausgiebiges Débridement bevor, Herr Kollege«, sagte er. »Vorhin habe ich zufällig gesehen, daß OP D den ganzen Nachmittag frei ist. Wenn Sie wollen, sage ich dort Bescheid, daß Sie kommen.«

Drigley seufzte mißmutig und sein Mehrfachkinn bebte. »Ja, danke. Ich wollte soeben die Kleine hinschicken, um nachzusehen, ob etwas frei wäre.« Ich biß mir auf die Lippen und schluckte den Kommentar hinunter, der mir auf der Zunge lag.

Dr. Bell zwinkerte mir zu. »Wundtoilette ist ziemlich langweilig, aber Sie lernen was dabei.« Er wandte sich an Drigley. »Sie haben doch nichts dagegen, daß die Schülerin zuschaut, nicht wahr, Drigley?«

Drigley sah aus wie eine in die Ecke getriebene Ratte.

Der Vorgang war in der Tat langweilig. Dr. Drigley schwieg die meiste Zeit, was mir nur recht war. Ich hatte die befriedigende Gewißheit, daß ein junger Mensch das Krankenhaus auf beiden Beinen verlassen würde, anstatt einbeinig auf Krücken hinauszuhumpeln.

Natürlich erzählte ich Pearson kein Wort von diesem Zwischenfall, aber Janey bekam die ganze Geschichte zu hören. Am nächsten Tag überraschte sie mich mit einem Geschenk: einem T-Shirt mit dem Aufdruck: »Eine Schwester mit dem Herz am rechten Fleck.«

Meinen letzten Einsatz vor den Sommerferien hatte ich in der Notaufnahme. Weil es hier keine Behandlungspläne aufzustellen gab, hoffte ich darauf, eine ruhige Kugel schieben zu können: zuzusehen, wie Schnittwunden genäht, verstauchte Knöchel verbunden oder entzündete Mandeln bepinselt wurden.

Ich folgte den Wegweisern zu der Tür mit der Aufschrift »Notaufnahme«. Im Wartezimmer saßen mehrere Patienten

und starrten vor sich hin. Die meisten wirkten ärmlich und ausgesprochen mürrisch. Die automatische Tür öffnete sich zischend, um mich in die Welt der Medizin auf Abruf einzulassen. Am Ende des schwarzen Gummiläufers blieb ich stehen, überwältigt von dem Krach und dem Durcheinander.
Auf dem ohnehin schmalen Gang standen hinter dünnen Vorhängen fünf Betten und ein Kinderbettchen dicht nebeneinander an der Wand. Überall herrschte drangvolle Enge. Etwas Rotes lenkte meine Blicke auf sich, und ich erblickte eine junge Frau im am weitesten von mir entfernten Bett, beide Beine in provisorischen Schienen, Gesicht und Arme mit Blut verkrustet. Sie rief ununterbrochen nach einem David und flehte Gott an, alles wieder gut zu machen. Ein Rettungsassistent hielt ihre Hand und versuchte, aus ihr herauszubekommen, was passiert war.
In dem Kinderbettchen kniete ein Kind und streckte den Po in die Luft. Sein Wimmern nahm kein Ende. Eine MTA bereitete die Röhrchen für die Blutproben vor, während die Mutter daneben stand, die Arme vor der Brust verschränkt. »Ein Skandal ist das!« schrie sie mich an, als sie mich sah. »Wo, zum Teufel, bleibt denn der Doktor. Ich muß zur Arbeit.«
Bett Nummer drei stand hinter zugezogenen Vorhängen, und ich hörte jemanden stöhnen. Eine kleine alte Frau murmelte unablässig vor sich hin, während sie die Blutflecken vom Boden vor den Betten aufwischte. Ein Mann in einem dreiteiligen Anzug, der am Ende der Bettenreihe auf einem Stuhl saß und einen Eisbeutel gegen seinen Fuß drückte, sah ihr dabei zu. Er lächelte und schüttelte den Kopf. Warum er das tat, war sein Geheimnis.
Von Bett drei kam erneut ein Stöhnen, abgelöst von einem Würgen, das in ein Schluchzen überging und sich in das Wimmern des Kindes mischte. Im Bett neben dem Kinder-

bett lag ein alter Mann, der gerade aus dem Schlaf erwachte und mehrmals nach einer Schwester schrie. Eine der Ambulanzschwestern versuchte, ihn zu beruhigen, aber er hörte nicht auf zu brüllen. Die Schwester am Telefon hielt sich mit der Hand das eine Ohr zu, während sie mit dem anderen mitzubekommen versuchte, was aus dem Hörer des ständig läutenden Telefons drang. Und zwei Notärzte, die in diesem Chaos arbeiteten, riefen sich lauthals Witze zu. Es war wie eine Szene aus Dantes Inferno mit moderner Geräuschkulisse.

Zu beiden Seiten des Schreibtisches mit dem Telefon führten zwei Türen in kleinere Räume. Die rechte Tür mit der Aufschrift »Trauma« war geschlossen, und hinter der linken mit dem Schild »Ambulante Chirurgie« standen zwei Betten. An dem kleinen Schreibtisch für das Pflegepersonal, der an der Wand stand, füllten zwei Polizisten Formulare aus.

Ehe ich noch einen weiteren Schritt tun konnte, ging die rechte Tür auf und eine Schwester trat heraus. Ich konnte sehen, daß sie Unterstützung brauchte. Sie sah mich, lächelte und rief lauthals, ohne sich an jemanden Bestimmten zu wenden: »Die Schülerin ist da. Ich nehme sie gleich mit zu der Schnittwunde.«

Sie kam zu mir herüber, stellte sich als Katy Rankin vor und führte mich zur Ambulanz. Die Worte sprudelten nur so aus ihr heraus.

»Mensch, bin ich froh, daß du da bist! Wir sind heute morgen total unterbesetzt. Zwei Springer haben wir schon angefordert, und es reicht immer noch nicht. Ich weiß nicht, was da draußen los ist, aber die letzten zwei Tage ist hier die Hölle los. Es scheint ein allgemeines Gemetzel ausgebrochen zu sein.«

Sie machte eine Pause, um Luft zu holen. »Im Moment habe ich alle Hände voll zu tun, aber sobald es etwas ruhiger wird, zeige ich dir, wo alles ist. Bis dahin mußt du dir selbst zusammensuchen, was gerade gebraucht wird.«

Ich stand in der Tür und sah einen fetten Mann bäuchlings auf einem Krankenbett liegen. Mit spanischem Akzent murmelte er undeutliche Verwünschungen. Eine Frau in meinem Alter saß auf einem Stuhl mit Rollen und suchte mit einer Pinzette nach etwas in der zwölf Zentimeter langen Schnittwunde in seinem Kreuzbereich.

Katy schob mich in den Raum. »Hier ist jemand, falls Sie Hilfe brauchen«, sagte sie zu der Ärztin. »Ich habe ihr eine Überdosis Ipecac verpaßt und warte jetzt, bis sie kotzt.« Mit diesen Worten verschwand sie wieder in dem Traumaraum.

Die Ärztin blickte nicht von der Arbeit auf, und ich glaubte schon, sie habe meine Gegenwart überhaupt nicht zur Kenntnis genommen. Ich trat näher ans Bett heran. Aus den Tiefen der Wunde förderte die Ärztin eine grüne Glasscherbe zutage und hielt sie gegen die OP-Lampe.

»Aha! Ein Smaragd aus der Speckschwarte«, sagte sie lächelnd. Der Schein der Lampe spiegelte sich in den Brillengläsern, so daß ich ihre Augen nicht erkennen konnte.

Sie ließ die Scherbe auf ein weißes Tuch fallen und drehte sie mit der Pinzette ein paarmal hin und her. »Ein Juwel von der billigsten Sorte, nichts Aufregendes«, sagte sie.

Die ganze Zeit hatte sie mit sich selbst gesprochen, denn erst als ich mich vorbeugte, bemerkte sie mich.

»Oh, guten Morgen. Ihre Kleidung verrät mir, daß Sie sich einen Beruf in der deprimierenden und undankbaren Welt der Medizin ausgesucht haben. Nachdem Sie sich also entschlossen haben, in unsere Gemeinschaft verhaltensgestörter Zeitgenossen einzutreten, könnten Sie mir vielleicht eine Flasche sterile Kochsalzlösung bringen, damit ich den Rest einer Weinflasche aus unserem distinguierten Gast herausspülen kann.«

Glücklicherweise stand der Schrank mit dem Kochsalz genau hinter mir. Als ich mich umdrehte und nach der Flasche griff, wälzte sich der Mann vom Bett. Das Tablett mit den Instrumenten landete scheppernd auf dem Boden.
Das zwei Meter große Zweizentner-Ungetüm wankte zur Tür. Dabei fluchte er mit einer Hingabe, zu der nur Säufer mit langjähriger Berufserfahrung fähig sind. »Scheißladen. Mit mir nicht, Leute! Ihr könnt mich mal, ihr alle hier. Ich hau ab«, lallte er.
Die Ärztin hielt immer noch die Pinzette in der Hand, stieß sich mit einer blitzschnellen Bewegung ab und rollte dem Kerl mit ihrem Stuhl genau vor die Füße. »Hiergeblieben und auf die Liege mit dir«, sagte sie, als sei gar nichts passiert. »Ich bin noch nicht fertig.«
Der Mann machte zwei weitere Schritte zur Tür. »Mach Platz, du alte Schachtel.«
Die Ärztin stand auf und versperrte mit ihrem schmalen, keine einssechzig großen Körper die Türöffnung. »Zurück auf die Pritsche, Freundchen. Ich muß dich erst zusammenflicken, ehe sie dich in die Ausnüchterungszelle lassen. Die haben es da gar nicht gern, wenn du ihnen die Laken mit Blut vollsaust.«
Der bullige Kerl stürzte sich auf sie, verfehlte sie um mehr als einen halben Meter und krachte mit dem Schädel gegen den Türpfosten.
Die Ärztin hielt die Hände mit den sterilen Handschuhen und der Pinzette sorgfältig hoch und blickte auf ihn hinab, während er unbeholfen versuchte, sich aufzurappeln.
»Sind Sie ganz sicher, daß Ihnen so was Spaß macht?« fragte sie mich unvermittelt.
Bevor ich mir eine Antwort ausdenken konnte, fuhr sie fort: »Sagen Sie später nicht, ich hätte Sie nicht gewarnt.« Dann ging sie hinüber zu einem der beiden Polizisten, der immer

noch damit beschäftigt war, das Formular auszufüllen, und von dem Tumult keine Notiz genommen hatte. »Entschuldigen Sie die Unterbrechung, aber unser Freund hier ist mir ein bißchen zu lebhaft geworden. Schließen Sie ihn doch bitte mit den Handschellen an die Untersuchungsliege, damit er der Segnungen der Medizin teilhaftig werden kann. Würden Sie das bitte für mich tun?«

Sie streifte die Handschuhe ab und wandte sich mir zu. »Wenn es tatsächlich stimmt, daß wir vom Affen abstammen, dann ist unser trinkfreudiger Gast aber nicht besonders weit gekommen.« Sie nahm meine Hand und schüttelte sie kräftig. »Und jetzt zum gesellschaftlichen Teil. Ich bin Dr. Mahoney, auch unter dem Namen Susan bekannt. Gelegentlich nennt man mich auch ›he, Zicke‹ oder ›alte Schachtel‹. Ich arbeite in dieser Klapsmühle. Mit wem habe ich die Ehre?«

Als ich sagte, wie ich hieße, sah ich den typischen ungläubigen Blick, den alle bekamen, wenn ich meinen Namen nannte. Und dann kam die übliche Reaktion: »So heißen Sie doch nicht wirklich, oder?«

Ich gab ihr die übliche Antwort: »Doch, meine Großmutter väterlicherseits hieß auch Echo.«

Dr. Mahoney schaute mich mißtrauisch an, wie ich es ebenfalls schon gewöhnt war, und beließ es dabei. Ich fühlte mich erleichtert, nicht auch noch die Geschichte von meiner Schwester Storm erzählen zu müssen.

»Okay, Schallwelle, sobald unser charmanter Gast in Ketten liegt und ich mit ihm fertig bin, bringen Sie ihn zum Röntgen, um zu sehen, ob er noch weitere Überraschungen für uns parat hat. Er hat Glück gehabt, daß er so eine dicke Fettschicht hat und der andere Streithammel zu besoffen war, um eine zweite Flasche zu finden, mit der er auf ihn hätte losgehen können.«

Dr. Mahoney seufzte. »Lange macht der es sowieso nicht mehr. Der hat den Körper eines schwerkranken Fünfundsiebzigjährigen. Er ist erst zweiunddreißig, nimmt seit seinem neunten Lebensjahr Drogen und säuft. Alle paar Wochen schleifen sie ihn von der Straße hier rein. Seine Leber ist völlig im Eimer, und auch sonst funktioniert bei ihm eigentlich überhaupt nichts mehr. Ich frage mich, warum wir uns mit ihm überhaupt noch abgeben. Ich wünschte, er würde mal so richtig einen draufmachen und es endgültig hinter sich bringen. Ich habe es satt, ihn ständig bearbeiten zu müssen.«

Mein Gesicht hatte die Angewohnheit, alles zu verraten, was ich fühlte, und Dr. Mahoney las den Schock von meinen Augen ab. »Sie dürfen nicht alles ernst nehmen, was ich von mir gebe«, sagte sie. »Die ganze Nacht bin ich schon auf den Beinen, und morgen früh geht's gleich weiter. Ich bin ganz einfach fertig mit den Nerven, das ist alles. Kein Grund zur Beunruhigung. Das ist hier der Normalzustand.«

Sie trat von dem Tisch weg und begann wieder, mit sich selbst zu reden. »So, jetzt die Schnittwunde, dann das Kind. Als nächstes ist der Motorradunfall dran, anschließend die Überdosis im Traumaraum. Den Kleinkram kann Menowitz übernehmen, wenn er kommt.« Sie rief der Telefonistin zu: »He, Irene, frag mal nach, wo Menowitz bleibt. Wenn du ihn erwischst, sag ihm, er soll sich gefälligst beeilen. Ich brauche Verstärkung, bevor hier alles –«

Mit zorngerötetem Gesicht kam die Mutter des Kleinkindes herangestürmt. Plötzlich wurde es still. Alle Blicke richteten sich auf die Frau in der Mitte des Raumes, und alle spürten, daß ein Sturm aufzog. »Seit zwei Stunden und fünfundvierzig Minuten warte ich jetzt schon, daß mir jemand sagt, was mit meinem Kind los ist«, kreischte die Frau. »Wo sind wir hier eigentlich? Verlassen Sie sich drauf, ich komme nie wieder hierher. Das ist ja das letzte. Warum geht das nicht schneller? Ich komme zu spät zur Arbeit und ich habe keine Lust –«

Dr. Mahoney nahm die Hand der Frau und sagte: »Ich verstehe Sie ja. Aber ich arbeite wirklich, so schnell ich kann. Gedulden Sie sich noch eine Weile, es dauert nicht mehr lange. Ich habe Verstärkung angefordert, der andere Arzt wird gleich hier sein.«

Eine Pause trat ein, während die Frau tief durchatmete und sich etwas entspannte. »Ich will ja keinen Wirbel machen, ich möchte nur raus hier. Da verliert man ja den Verstand, bei diesem Krach.«

»Ich weiß, und es tut mir leid. Aber so ist es hier nun mal. Machen Sie eine Pause und gehen Sie kurz in die Eingangshalle.« Dr. Mahoney hob beide Hände und wandte sich an die wartenden Patienten. »Bitte, haben Sie Geduld, wir werden uns um jeden von Ihnen kümmern. Ich verstehe, daß es Ihnen nicht gut geht, aber Sie sehen ja selbst, was hier los ist. Bitte, haben Sie Verständnis.«

Dr. Mahoney wandte sich ab und bedeutete mir, daß ich ihr folgen sollte. Die Spannung hatte sich etwas gelegt, und auch das Stöhnen von dem Patienten in Bett drei hatte aufgehört.

Fast eine Stunde war vergangen, als ich mit meinem Patienten von der Röntgenabteilung zurückkam. Die Wunde war mittlerweile gesäubert, aber noch nicht genäht. Die Notaufnahme hatte sich inzwischen völlig verändert. Nur noch zwei Betten waren belegt, und es war fast still im Raum.

Die Überdosis war aus dem Traumaraum in Bett zwei verlegt worden. Die Frau hatte den größten Teil der Pillen erbrochen. Unter Tränen schilderte sie der Mitarbeiterin des psychosozialen Dienstes ihr trauriges Dasein. Sie fühle sich so

allein, und die Überdosis habe sie nur deshalb genommen, um auf sich aufmerksam zu machen. Die Botschaft war eindeutig: »Bitte, laßt mich nicht allein, ich brauche eure Liebe, denn allein schaffe ich es nicht mehr.«
Ich sah zu, wie Katy und eine weitere Schwester der Patientin beim Anziehen halfen.
Da war keine Anteilnahme zu spüren, nur Ungeduld. Sie behandelten sie, als ob sie etwas Unanständiges, Ungebührliches getan hätte. Ich fragte mich, ob wir als Angehörige der Heil- und Pflegeberufe so hoch über den Alltagsdingen stehen, daß wir so herzlos sein dürfen. Die Frau wäre mit Sicherheit mit mehr Respekt behandelt worden, wenn sie sich nur den Knöchel verstaucht hätte. Aber sie hatte etwas getan, was für die Gesellschaft nicht akzeptabel war, und das ließ man sie jetzt spüren.
Meine Illusion von der Gleichberechtigung aller Menschen in den Augen der Medizin war verflogen und, wie so vieles andere, in der Rumpelkammer meiner Phantasie gelandet.
In Bett fünf lag ein Patient, dessen Nase unliebsame Bekanntschaft mit einem Baseballschläger gemacht hatte. Der gedrungene, rothaarige Mann im weißen Arztmantel, der an dem lädierten Riechorgan herumfingerte, war ganz offensichtlich nicht Dr. Mahoney. Er sah eher aus wie der Zwillingsbruder von Harpo Marx.
Schwester Katy hatte die Überdosis der Obhut des psychosozialen Dienstes übergeben und nahm mich mit in den Traumaraum. »Hierher kommen die schwereren Fälle. Reanimationen und alle, die aussehen, als könnten sie jeden Moment abkratzen. Man muß einen Blick für solche Fälle kriegen. Ich hab' hier schon Leute reinkommen sehen, denen man kaum was anmerkte und die über das eine oder andere kleine Wehwehchen klagten, und kaum daß ich sie ausgezogen hatte, starben sie mir unter den Fingern weg.«

Es stand nur eine einzige fahrbare Trage im Raum. »Was ist«, fragte ich, »wenn ihr zur gleichen Zeit zwei Schwerkranke habt?«
»Gute Frage. Vor ein paar Tagen haben wir hier einen achtjährigen Jungen mit seiner Mutter reingekriegt. Sie hatten einen Autounfall. Nach der ersten Untersuchung dachten wir, sie wären soweit ganz okay. Gleichzeitig hatten wir hier drin eine sechsundzwanzigjährige Innenarchitektin, die von der Leiter gefallen und auf dem Kopf gelandet war. Im Notarztwagen hatte sie Kammerflimmern gekriegt.« Katy ging rückwärts zur Trage und setzte sich darauf. »Susan – Dr. Mahoney – war gerade dabei, sie zu reanimieren, als wir draußen die Mutter schreien hörten, irgendwas sei mit ihrem Jungen los. Ich ging raus, um nachzusehen. Herzstillstand. Ich glaube, wir haben so ungefähr die gesamte Ärzteschaft des Hauses zuammengetrommelt.«
Gänsehaut überzog meine Arme, als ich mir dieses Chaos vorstellte. »Und?«
»Die Frau auf der Leiter hat's nicht geschafft, aber den Jungen haben wir durchgekriegt. Er ist noch auf der Intensivstation und hält sich wirklich gut.«
Der rothaarige Mann kam in den Traumaraum und warf ein Krankenblatt auf die Trage. Dicht neben Katy blieb es liegen.
»Die Plauderstunde ist vorbei«, sagte er. »Bett fünf muß rüber zum Röntgen, und ich brauche jemand, der mir bei der Stichwunde drüben im Nähzimmer hilft.«
»Wir haben nicht geplaudert, Dr. Menowitz«, brauste Katy auf. »Und kennen Sie eigentlich das Wort ›bitte‹?«
Er beachtete sie nicht und setzte sich in die kleine abgeteilte Nische mit dem Tisch, der den Ärzten als Schreibtisch diente.
Katy knirschte mit den Zähnen. »Oooooh, wie ich diesen

Ton hasse! Die Arbeit ist schwer genug, da muß man sich nicht noch so von oben herab behandeln lassen.«

»Wer ist das, und wo ist Dr. Mahoney?«

»Dieser liebenswerte Zeitgenosse ist Dr. Morton Menowitz. Er hat seinen Dienst angetreten, als du beim Röntgen warst. Er löst Dr. Mahoney ab.«

Ich war enttäuscht. Dr. Mahoney war nicht nur freundlicher, sie hatte auch Humor, was die Spannung erträglicher machte. Dr. Menowitz hingegen sah aus, als bräuchte er dringend ein Abführmittel.

Katy bemerkte meinen Gesichtsausdruck und lachte. »Plaudern ist zwar untersagt, aber laß dich von ihm nicht unterkriegen. Er hat definitiv seine Macken, aber bei den anderen ist das genauso«, flüsterte sie mir zu. »Wenn man lange genug mit denen gearbeitet hat, weiß man, wie man sie zu nehmen hat.«

»Und wo liegt das Problem bei dem hier?« fragte ich. »Ich möchte ihm nicht auf den Schlips treten.«

»Dr. Menowitz hat das Bedürfnis, immer das Kommando zu führen. Er ist ein krasser Fall des ›Hey, Sie da‹-Syndroms.«

»›Hey, Sie da‹-Syndrom?«

»Ach, inzwischen kennst du das doch bestimmt.« Katy war schon auf dem Weg zu Bett fünf. »Es ist die Kurzbezeichnung für die unter Ärzten weit verbreitete Krankheit Tu-dies-und-jenes-aber-dalli-runter-auf-die-Knie-und-küß-mir-die-Füße-denn-ich-bin-der-Arzt-und-du-die-Dienstmagd.«

»Ach, das meinst du«, sagte ich und rieb mein Kinn. »Die Geschichte mit dem empfindlichen Ego.«

»Hochempfindlich. Aber alles in allem, besonders wenn er gute Laune hat, kommt man ganz gut mit ihm aus. Man muß es ihn nur spüren lassen, wenn er zu weit geht, dann nimmt er sich zusammen.«

»So weit will ich es gar nicht erst kommen lassen. Vergiß nicht, ich bin die kleine dumme Schülerin, und er ist der liebe Gott.«

Während Katy in der Röntgenabteilung war, gelang es mir, Dr. Menowitz aus dem Weg zu gehen, indem ich alle Schränke durchsuchte und mir deren Inhalt einprägte. In der Notaufnahme mußte alles sehr schnell gehen, und das ließ sich nur erreichen, wenn man nicht lange nach diesem und jenem suchen mußte, wenn es gebraucht wurde.

Nachdem die Polizisten die betrunkene Schnittwunde mitgenommen hatten und die gebrochene Nase nach Haus geschickt worden war, führte mich Katy in einen weiteren Nebenraum, der gynäkologischen Fällen vorbehalten war. Sie führte mir gerade einige besonders ausgefallene Verrenkungen vor, die auf dem Untersuchungsstuhl möglich waren, als der Lautsprecher, über den man den Funkverkehr zwischen dem Krankenhaus und den Notarztwagen mithören konnte, zu knattern und pfeifen begann.

Katy griff nach dem Mikrophon. »Hier Redwoods Basis, Intensivschwester Rankin. Bitte kommen.«

Eine dünne männliche Stimme drang aus dem Lautsprecher. »Redwoods, hier ist Wagen fünfundzwanzig. Wir sind mit einem Notfall unterwegs zu Ihnen. Patient ist vierzehn Jahre alt, männlich, Zustand im Moment nicht lebensbedrohlich. Hören Sie mich?«

Katy schaltete um auf Senden. »Wir hören Sie gut. Fahren Sie fort, Wagen fünfundzwanzig.«

»Mutter des Patienten sagt, daß er vor dreißig Minuten eine Synkope hatte. Augenblicklicher Zustand: Blässe und Tremor. Haut trocken und warm. Keine Schwellungen, Prellungen, Abschürfungen oder offene Verletzungen. Blutdruck achtzig zu sechzig; Puls hundertzehn. Atemfrequenz vierundzwanzig, Atmung nicht erschwert. Keine früheren Synkopen bekannt, der Patient nimmt keine Medikamente, hat keine Allergien, ist voll orientiert. Brauchen Sie noch weitere Informationen, Redwoods?«

Statisches Rauschen kam aus dem Lautsprecher, bis Katy auf Senden schaltete. »Ihr augenblicklicher Standort, Wagen fünfundzwanzig.«

Knattern und Rauschen, dann: »Wir sind gerade an der Einfahrt.«

»Ich komme sofort. Hier KMMS sechs siebenundvierzig. Ende.«

Dr. Menowitz rollte auf seinem Bürostuhl herein. »Wahrscheinlich bloß wieder irgendeine hysterische Mutter, die sich um ihren Sprößling sorgt.«

Katy beachtete ihn nicht und schickte mich zu Bett eins. »Legen wir den Jungen da hin. Du kannst dich um ihn kümmern. Schaffst du das?«

»Klar«, erwiderte ich. »Falls Dr. Menowitz mich beißen will, schrei' ich um Hilfe.«

Das Zischen der automatischen Tür kündigte die Ankunft der Rettungshelfer an. Die beiden Männer schoben eine Trage. Der Junge, der darauf lag, zitterte am ganzen Leib. Nachdem ich ihn umgebettet hatte, fuhr ich ihm durch das kurze schwarze Haar und berührte seine Wange, während ich mir ein Bild über seinen Zustand zu machen versuchte. Er konnte sich aus eigener Kraft bewegen, zeigte keine Anzeichen von Gleichgewichtsstörungen. Seine Haut war blaß, kühl und feucht.

»Hallo. Wie heißt du?«

Der Junge klapperte mit den Zähnen. Seine Augen waren geschlossen. »Tony Hamilton«, sagte er mit der kieksenden Stimme eines Halbwüchsigen. »Wie fühlst du dich, Tony?« fragte ich.

»Ganz gut. Bis auf die Kopfschmerzen.«

»Kopfschmerzen. Zeig mir doch mal, wo's weh tut.«
Er verschränkte die Finger und bewegte beide Hände von der Stirn bis zum Hinterkopf. »Überall hier. Der ganze Kopf tut weh.«
»Warum zitterst du?«
»Weiß nicht. Ich glaub', mir ist kalt. Weiß nicht genau. Der Kopf tut tierisch weh.«
»Weißt du, wo du hier bist?«
Er hatte die Augen immer noch nicht aufgemacht. »Ja, im Krankenhaus.«
»Ich bin gleich fertig, Tony, dann lasse ich dich in Ruhe. Kannst du mir sagen, wie spät es ist und welchen Tag wir heute haben?«
»Ich glaube Dienstag, so ungefähr halb zehn. In einer halben Stunde fängt meine Matheprüfung an.«
»Richtig. Aber vergiß mal die Matheprüfung. Die kannst du später nachholen. Jetzt beantworte mir noch eine letzte Frage, dann hast du beim Quiz gewonnen.«
Ich griff in die Tasche und holte Simons Geschenk des Tages heraus. Ein paar Wochen, nachdem der Kindergarten wieder angefangen hatte, hatte er damit begonnen, mir kleine Überraschungsgeschenke in die Kitteltaschen zu stecken. Jeden Morgen mußte ich die Augen schließen, während er seine Kleinigkeiten in irgendeiner Tasche deponierte: einen Kaugummi, ein Bonbon und dergleichen, manchmal auch ein Matchbox-Auto. Er sagte, das seien Glücksbringer. Heute hatte er mir einen kleinen roten Plastikelch mitgegeben.
»Also, Tony, tausend Dollar in Monopolywährung für die richtige Antwort auf diese Frage: Was ist das?«
Die Lider mit den dichten, schwarzen Wimpern hoben sich langsam auf, und ein braunes Augenpaar richtete sich erst auf den Elch und dann auf mich. Tony glaubte offensichtlich, ich hätte nicht mehr alle Tassen im Schrank.

Die Pupillen waren gleich groß und reagierten normal auf Licht.
»Was?«
»Ich habe gefragt, was das ist.« Ich hielt den bewußten Gegenstand dichter an sein Gesicht. »Es ist sehr wichtig, daß du mir diese Frage richtig beantwortest«, sagte ich mit ernstem Gesicht.
»Ein roter Plastik-Elch.«
Voll orientiert bezüglich Ort, Zeit und Situation.
Ich holte eine vorgewärmte Decke und legte sie über ihn, dann maß ich den Blutdruck: 90 zu 50. Puls 100. Atemfrequenz: 20. Temperatur: 36.7. Nichts Beunruhigendes.
Tonys Mutter kam, und ich führte sie zu ihm. Sie wirkte besorgt, war aber gefaßt. Nicht der Typ, der zu Hysterie neigte.
»Heute morgen ist Tony wie üblich aufgestanden und hat geduscht«, berichtete sie. »Als er zum Frühstück herunterkam, hat er gesagt, daß er Kopfschmerzen habe und ihm der Bauch weh täte.«
Sie setzte sich auf die Trage, und der Junge legte die Hand neben ihr Bein. So hatte er ein wenig tröstlichen Körperkontakt, ohne seine heranwachsende Männlichkeit in Frage stellen zu müssen. »Ich habe ihm gesagt, er soll zu Hause bleiben, aber er wollte nicht. Er wollte die zwei Klassenarbeiten nicht verpassen, für die er so fleißig gelernt hatte.«
Sie blickte voll Sorge auf ihren Sohn.
»Er war oben im Bad, um ein Aspirin gegen die Kopfschmerzen zu nehmen, als ich den Krach hörte. Ich habe ihn bewußtlos auf dem Badezimmerboden gefunden. Er war weiß wie ein Bettlaken. Gleich darauf ist er wieder zu sich gekommen und hat gesagt, daß sein Kopf weh täte. Er sah so elend aus, daß ich den Krankenwagen gerufen habe. Jetzt komme ich mir ein bißchen blöd vor.«

»Dazu besteht überhaupt kein Grund«, wandte ich ein. »Jede andere Mutter hätte genauso gehandelt. Ich werde Dr. Menowitz bitten, sich Tony anzusehen. Einen Augenblick.«
Dr. Menowitz saß wieder an seinem Tischchen in der Nische und schrieb etwas auf ein Krankenblatt.
Als ich freundlich lächelnd herantrat, blickte er auf und schaute mich böse an. Ich hatte mich ihm vorstellen wollen, aber unter diesem Blick schrak ich restlos eingeschüchtert zurück.
»Ein vierzehnjähriger Junge in Bett eins. Ohnmachtsanfall. Seine Mutter ist bei ihm. Er ist sehr blaß und klagt über Kopfschmerzen.«
Dr. Menowitz seufzte ungeduldig. »Ein Notfall?«
Ich wußte nicht gleich, was ich darauf erwidern sollte. »Eigentlich nicht, das heißt, er hat Schmerzen, er ist – ich weiß nicht, seine Mutter ist –«
»Wenn es nicht dringend ist, füllen Sie ein Aufnahmeformular aus und legen Sie es in das Fach für Bett eins. Ich werde mich darum kümmern, sobald ich Zeit habe.«
Auf dem Schreibtisch der Telefonistin stand eine Schachtel mit drei verschiedenfarbenen Plastikstreifen neben einem Ablagekasten. Die Telefonistin, eine mütterliche Frau, die Dr. Mahoney vorhin Irene genannt hatte, tätschelte meinen Arm und flüsterte mir zu: »Lassen Sie sich nicht unterkriegen. Er ist es nicht wert.«
Sie holte einen roten Streifen aus der Schachtel und erklärte mir, wie man eine Krankenakte anlegte. Der rote Streifen bedeutete, daß eine Schwester den Patienten untersucht, die Vitalfunktionen überprüft und die weitere Behandlung vorbereitet hatte.
Ein blauer Streifen besagte, daß ein Arzt bei dem Patienten gewesen war, und dieser nun entlassen oder weiter versorgt werden konnte. Ein gelber Streifen hieß, daß eine Labor-

untersuchung oder Röntgenaufnahmen veranlaßt werden mußten.
Ich markierte die Patientenkarte mit einem roten Streifen und legte sie in die leere Ablage. Der Zustand des Jungen machte mir Sorgen.
Katy rief mich in die Ambulante Chirurgie und bat mich, ihr zu helfen, ein verstauchtes Handgelenk ruhigzustellen. Ich hielt gerade die Schiene, als Dr. Menowitz hereingestürmt kam und die rot markierte Karte auf den Gipswagen schleuderte. »Was stellen Sie sich eigentlich vor, wie ich den Patienten untersuchen soll, wenn er noch nicht ausgezogen ist?« schnauzte er Katy an.
»Dr. Menowitz, ich habe den Patienten aufgenommen«, sagte ich furchtsam.
Er ignorierte meinen Einwurf und sprach weiter zu Katy. »Warum gibt es in dieser Abteilung kein anständiges Personal? Warum muß ich mich mit unfähigen Leuten wie so was hier herumärgern?« Dabei wies er mit dem Daumen in meine Richtung.
Der Patient mit dem verstauchten Handgelenk schaute betroffen auf den Fußboden, peinlich berührt vom Ausbruch des Arztes.
»Bereiten Sie den Patienten für die Untersuchung vor, wie es sich gehört«, ordnete er an und stürmte wieder hinaus.
Die Wut stieg in mir hoch, und ich erstickte fast daran. Bei dem Gedanken an den Jungen, der nun noch einmal zehn Minuten lang warten mußte, weil Dr. Menowitz sich so anstellte, hätte ich laut schreien mögen.
»Meine Schuld« sagte Katy und legte die Hand vor den Mund. »Ich hab' vergessen, dir zu sagen, daß du den Jungen ausziehen sollst.« Sie drehte sich um, um hinauszugehen. »Bleib hier, ich kümmere mich um den Jungen.«
Ich reichte ihr die Schiene. »Nein, Katy, laß mich das tun.

Erstens möchte ich Tony weiter betreuen, und zweitens lasse ich mich von diesem Arschloch nicht fertigmachen.«
»Wie du willst«, sagte Katy und zuckte mit den Schultern. Es klang wie eine Warnung.
Tony hatte beide Hände gegen den Kopf gedrückt. Seine Mutter deutete auf eine Brechschale, die halb mit grünlicher Galle gefüllt war.
Ich wollte Tony nicht erschrecken und berührte leicht seine Schulter. »Tony, ich ziehe dich jetzt aus, damit der Doktor dich untersuchen kann.«
Stumm richtete sich Tony auf, und seine Mutter half mir, ihn auszuziehen. Als ich das Krankenhaushemd über seine schmächtigen Schultern streifte, übergab er sich über meinen Kittel. Vor Scham wandte er den Kopf ab und begann zu weinen. Ich versuchte, ihn zu trösten, aber es ging ihm zu schlecht. Ich wischte mich ab, so gut es ging, und brachte das Krankenblatt zu Dr. Menowitz. »Bett eins ist fertig für die Untersuchung.«
Er holte tief Luft. »Sind Sie schwerhörig, oder ist was mit Ihrem Gedächtnis nicht in Ordnung?« fragte er. Seine Stimme klirrte vor eisiger Herablassung. »Ich hab' gesagt, Sie sollen die Karte in die Ablage legen.«
»Aber Sie wollten doch, daß der Patient ausgezogen wird«, protestierte ich. »Ich dachte, Sie würden ihn gleich untersuchen.«
Morton Menowitz drehte sich auf seinem Stuhl herum und griff nach dem Telefon.
Ich starrte auf die kurzen, roten Haare in seinem Nacken und versuchte mir vorzustellen, wie irgend jemand diesen Widerling von Mann lieben konnte. Irgendwann einmal mußte er einen Vater und eine Mutter gehabt haben, die ihn liebten ... aber vielleicht auch nicht. Am liebsten hätte ich ihn wegen seiner maßlosen Arroganz laut beschimpft. Statt

dessen ging ich in die Personaltoilette und trommelte mit den Fäusten auf den Rand des Waschbeckens.
Während ich draußen war, hatte Dr. Menowitz Tony untersucht und eine Routine-Blutuntersuchung angeordnet. Ich fand ihn in der Ambulanz, wo er ein blutgetränktes Taschentuch von der Hand eines neunundzwanzigjährigen Schreiners entfernte, der mit zwei Fingern in die Kreissäge geraten war.
Als der Mann mich sah, lächelte er verlegen.
»Gute Arbeit«, sagte ich.
»Ja«, lachte er. »Hab' gehört, dies Krankenhaus ist berühmt für seine Stickereien. Wollte nur mal sehen, ob das stimmt.«
Dr. Menowitz drehte sich um und durchbohrte mich mit Eiszapfenblicken. »Wenn Sie, bitte, wieder hinausgehen würden. Danke. Wir brauchen hier keine Zuschauer.«
Der Schreiner, der die Spannung in der Atmosphäre nicht mitbekommen hatte, mischte sich ein: »Ach, mich stört das nicht. Die Schwester kann mich ein bißchen ablenken, während Sie mich wieder zusammenflicken, Doktor.«
Menowitz machte ein Gesicht, als habe er in eine besonders saure Zitrone gebissen. »Aber mich stört es.« Er blickte über meinen Kopf hinweg durch die Tür hinaus. »Schwester Rankin! Helfen Sie mir mit dieser Hand.«
Katy streckte den Kopf herein. »Tut mir leid, Dr. Menowitz. Ich muß den Jungen zur Blutabnahme bringen. Und die anderen haben Mittagspause. Die Schülerin kann Ihnen doch helfen.«
Menowitz seufzte. Es war fast bühnenreif. »Bringen Sie mir sterile Handschuhe Größe siebeneinhalb, einprozentiges Procain einfach und fünf-null Prolene mit der kleinen Nadel.«
Ich wußte, wo die Handschuhe lagen, aber das Procain

mußte ich erst suchen und fand es, nachdem ich vier falsche Schubladen geöffnet hatte, im Schrank mit den Injektionsspritzen. Aber von einem oder einer fünf-null Prolene hatte ich bisher weder gehört, noch wußte ich, wo ich danach hätte suchen sollen.

Ich hatte zu große Angst, um ihn zu fragen, und stöberte in sämtlichen Schubladen und Schränken nach irgend etwas, auf dem »5–0 Prolene« stand.

Menowitz saß da und trommelte mit den Fingern auf der Nierenschale. Er ließ mich weitere fünf Minuten zappeln und hatte seine helle Freude an meiner verzweifelten Herumsucherei.

»Was machen Sie da eigentlich?« fragte er scheinheilig.

»Ich suche die fünf-null Prolene«, sagte ich. »Ich find' sie einfach nicht.«

Menowitz zog die Handschuhe aus und warf sie auf den Boden. Der Mann hatte das Zeug zu einem Schmierenkomödianten.

Er schob mich aus dem Weg, ging hinüber zu einem Wandschrank in der entferntesten Ecke des Raumes, wo das Nahtmaterial aufbewahrt wurde. Dort, mitten im Schrank, war eine kleine Schublade mit der Aufschrift »5–0 Prolene« in so winzigen Buchstaben, daß man sehr gute Augen oder eine Lupe brauchte, um sie lesen zu können.

Er holte zwei Päckchen heraus und begann vor sich hinzumurmeln, laut genug, daß alle im Raum es hören konnten. »Dämliches Huhn, von nichts eine Ahnung.«

Damit hatte Dr. Menowitz nicht nur sein Nahtmaterial gefunden, sondern auch das Ende meines Geduldfadens. Ich warf den Kopf in den Nacken und marschierte zur Tür hinaus.

Draußen zählte ich bis zehn.

Katy kam vorbei und blieb stehen.

»Au weia, was ist denn mit dir los? Du siehst aus, als –« Menowitz kam aus der Tür geschossen, als ich bei fünf angekommen war. Sein Unterkiefer mahlte, und er sah aus wie Rumpelstilzchen bei einem seiner heftigeren Tobsuchtsanfälle. »Was fällt Ihnen ein, während eines chirurgischen Eingriffs einfach den Raum zu verlassen? Ich sollte das Ihrer Ausbilderin melden. Ich werde nicht dulden, daß –«

Ich schnitt ihm das Wort ab. Dr. Menowitz wußte es noch nicht, aber er war im Begriff, es mit einer ganz neuen Seite meiner Psyche zu tun zu bekommen. Unter dem Regime meiner Mutter hatten Zornesausbrüche und Verteidigungsversuche zu den schlimmsten Vergehen gehört. Selbst der kleinste Verstoß gegen dieses Gesetz hatte fürchterliche Strafen nach sich gezogen, und ich hatte Jahre auf der Couch eines Psychotherapeuten verbracht und zentnerweise Bücher gelesen, um zu lernen, was es mit unterdrückten Emotionen auf sich hatte.

Obwohl ich gelegentlich rückfällig wurde, war ich auf dem besten Weg, meine Gefühle zu respektieren und keine Angst davor zu haben, mich zu wehren. Von Dr. Menowitz hatte ich mich lange genug schikanieren lassen.

»Reden Sie gefälligst nicht in diesem Ton mit mir, Dr. Menowitz, und schon gar nicht vor den Patienten. Für wen halten Sie sich eigentlich? Ich kann wohl erwarten, daß man mich wie einen erwachsenen Menschen behandelt. Wir befinden uns hier in einem Lehrkrankenhaus, und ich versuche, hier was zu lernen. Sie haben mich nicht nur in Gegenwart von Schwester Katy, sondern auch vor mehreren Patienten beleidigt, und das brauche ich mir nicht bieten zu lassen.«

Ich sprach etwas leiser und suchte nach einem Mittelweg zwischen Sachlichkeit und Aggressivität. »Ich habe nichts falsch gemacht, und wenn sich hier jemand daneben be-

nommen hat, dann Sie, Dr. Menowitz. Sie sind Arzt, und man darf erwarten, daß Sie sich wie ein Arzt benehmen, nämlich mit Anstand.«
Dr. Menowitz öffnete den Mund und machte ihn wieder zu. Es hatte ihm die Sprache verschlagen. Ich konzentrierte mich auf die zwei Muttermale in seinem linken Augenwinkel, wich nicht von der Stelle und wartete auf seine Reaktion. Es kam keine, aber schließlich besann er sich darauf, daß er laufen konnte, machte auf dem Absatz kehrt und marschierte zurück in die Ambulanz.
Wie jemand, den ein Pferd abgeworfen hatte und der nun wieder in den Sattel klettert, folgte ich ihm und reichte ihm ein Paar saubere Handschuhe.
Er zögerte, bevor er sie nahm, dann sagte er zum erstenmal »Danke.«

Die Ergebnisse von Tonys Blutuntersuchung überraschten mich. Sie waren völlig normal. Dr. Menowitz schien davon unbeeindruckt. Tonys Mutter stand erwartungsvoll auf, als Dr. Menowitz an die Liege herantrat.
»Nun, die Werte Ihres Sohnes sind normal, und abgesehen von den Kopfschmerzen scheint er in guter Verfassung zu sein. Aus neurologischer Sicht gibt es nichts zu beanstanden. Vielleicht hat er sich ein Virus eingefangen, oder es ist die Aufregung vor den Klassenarbeiten. Beides kann Kopfschmerzen und Übelkeit auslösen. Ich glaube nicht, daß Anlaß zur Besorgnis besteht.«
Mrs. Hamilton wirkte erleichtert. »Gott sei Dank«, sagte sie. »Hast du gehört, Tony?«
Tony hielt die Hand vor die Augen und sagte nichts.
»Soll er die nächsten Tage zu Hause bleiben?«
»Sobald er sich besser fühlt, kann er wieder zur Schule gehen«, sagte Dr. Menowitz. Als er an mir vorbeiging, hörte

ich ihn murmeln: »Oder nachdem die Prüfungen vorbei sind.«
Er schrieb etwas auf das Krankenblatt und reichte es mir. »Der Junge kann sich anziehen und nach Hause gehen. Kümmern Sie sich darum.« Er grinste. »Bitte.«
In die Rubrik »Ärztliche Anordnungen« hatte er geschrieben: »Bettruhe. Ernährung nach Wunsch und Mobilisation sobald wie möglich. Gegebenenfalls Analgetika gegen Kopfschmerzen.« Unter »Diagnose« stand: »Akute adoleszente Angstreaktion, verursacht durch Schulstreß.«
Ich brachte das Krankenblatt zu Bett eins und zog den Vorhang zurück. Tony hatte sich nicht gerührt. Seine Mutter versuchte ihn dazu zu bewegen, sich aufzusetzen.
Ich stand da und betrachtete den Jungen. Während der Monate, in denen die Grundsteine unserer Ausbildung gelegt worden waren, war jede von uns unbewußt damit beschäftigt gewesen, jene Bereiche im Pflegeberuf zu erkunden, für die sie die größte Begabung mitbrachte. Für die einen war es der Umgang mit Kindern, andere interessierten sich besonders für Chirurgie, und wieder andere entdeckten in sich Ansätze von Führungseigenschaften.
Janey mit ihrer schnellen Auffassungsgabe und ihrem scharfen Verstand war eine hervorragende Diagnostikerin. Sie schaute sich die Werte eines Patienten an, setzte sie zusammen wie ein Puzzle und kam zum richtigen Befund und zur richtigen Therapie, ohne den Patienten selbst jemals gesehen zu haben.
Für mich waren Zahlen und Berichte zwar wertvolle Hilfsmittel, aber sie vermittelten mir kein eindeutiges Bild vom Zustand eines Patienten. Meine besondere Begabung war eine Art sechster Sinn, ein Gespür für Probleme, bevor sie offen zutage traten.
Ich drehte mich um und ging zur Dr. Menowitz, der wieder

an seinem Schreibtisch saß. Er blickte nicht auf, hörte aber auf zu schreiben. »Jetzt sagen Sie bloß nicht, Sie hätten vorhin was vergessen, als Sie mich so angeblafft haben.«
Ich mußte lachen. Katy, die mit ihrem Mittagessen beschäftigt war, legte die Gabel weg und rechnete anscheinend mit einer erneuten Auseinandersetzung.
»Nein, das nicht. Aber mir ist nicht ganz wohl bei Ihrer Diagnose von dem Hamilton-Jungen.«
Dr. Menowitz lehnte sich zurück, verschränkte die Arme vor der Brust und sah mich an, als hätte ich gerade eine komische Nummer abgezogen. »Tatsächlich? Und was, bitte, beunruhigt Sie, Miss ...?«
»Heron.«
»Also, Miss Heron. Was beunruhigt Sie?«
»Na ja, der Junge macht auf mich nicht den Eindruck, als wolle er sich vor der Prüfung drücken. Seine Mutter hat gesagt, daß er nur gute Noten nach Hause bringt.«
Dr. Menowitz lächelte. »Ein Grund mehr, daß er unter Streß steht. Der Ehrgeiz treibt ihn um. Streber neigen oft zu Migräne, Magengeschwüren und allen möglichen anderen Beschwerden; so was ist typisch für hochgespannte Persönlichkeiten.«
Wenn mein Ulkus das hätte hören können, hätte es sich totgelacht. »Trotzdem«, sagte ich. »Der Junge hat irgendwie nicht die Verbohrtheit eines ehrgeizigen Musterschülers. Es ist nur eine Vermutung, aber ich glaube, mit ihm stimmt wirklich etwas nicht, und schließlich hatte er ja auch eine Synkope.«
»Und was soll ich Ihrer Meinung nach unternehmen, Miss Heron?«
Sein Sarkasmus kam wieder zum Vorschein, und ich blickte verstohlen zu Katy hinüber, die den Kopf auf die Hände gestützt hatte und auf ihren Teller starrte.

»Also, Sie könnten ein neurologisches Konsil veranlassen«, schlug ich vor und wußte nicht recht, wie ich den nächsten Zusammenstoß mit ihm überstehen sollte.
Dr. Menowitz reagierte auf meinen Vorschlag überraschend gelassen.
»Der Neurologe wird nichts anderes feststellen als ich, nämlich nichts. In der Familie des Jungen gab es keine Synkopen, Migränen oder andere neurologische Erkrankungen. Die Vitalfunktionen sind gut; die Blutwerte sind normal; kein Anzeichen von Trauma; alle Reflexe sind intakt. Was, glauben Sie, könnte ich übersehen haben?«
»Ich verstehe zu wenig von Neurologie, um das beantworten zu können. Aber ich habe das Gefühl, daß da etwas nicht in Ordnung ist.«
Er blickte mich an, als zweifle er an meinem Verstand, und ich fuhr hastig fort: »Ich weiß, das hört sich an wie die Beschwörungsformeln irgendeines Wunderheilers, aber ich höre meistens auf meine innere Stimme, wenn sie sich meldet. Sie hat im allgemeinen recht.«
Menowitz stützte die Ellbogen auf die Tischplatte und legte die Hände vors Gesicht. Katy saß genauso da wie vorhin, und ich blickte vom einen zum anderen. Ende der Vorstellung, dachte ich.
»Irene!« brüllte Dr. Menowitz durch die gespreizten Finger. »Verbinden Sie mich mit Dr. Schupbach.« Er schielte mich durch die Lücken zwischen den Fingern an und erklärte: »Dr. Schupbach ist unser Chefneurologe. Ist Ihre innere Stimme jetzt zufrieden, Miss Heron?«
»Oh, ja«, sagte ich. »Vollkommen. Vielen Dank, Dr. Menowitz.«
»Sie brauchen mir nicht zu danken, Miss Heron. Sagen Sie mir lediglich, wie lange Ihre innere Stimme mich noch beglücken wird.«

Katy mischte sich ein. »Heute noch bis um drei, und dann morgen wieder.«
Dr. Menowitz griff nach dem Kugelschreiber und begann zu schreiben. »Phantastisch! Morgen habe ich frei. Dem Himmel sei Dank für diese Gnade.«
Eine halbe Stunde später kam Dr. Schupbach, um sich Tony anzusehen. Während ich ungeduldig auf das Ergebnis wartete, versorgten wir einen Zeckenbiß, bei dem der Kopf des Insekts in der Haut steckengeblieben war, eine Verbrennung mit heißem Öl, einen glimpflich verlaufenen Motorradunfall, eine Schlüsselbeinfraktur und die zweite Überdosis dieses Tages.
Dr. Schupbach kam hinter dem Vorhang hervor. »Ich werde ein CCT für den Jungen veranlassen«, sagte er und schrieb die Anweisung auf die Patientenkarte. »Ich habe das Gefühl, bei der Sache stimmt etwas nicht.«
Dr. Menowitz wirbelte auf seinem Stuhl herum. »Raus mit der Sprache, Miss Heron. Haben Sie diesen Mann hier bestochen?«
Ich hob feierlich die Hand. »Nein. Ich schwöre es.«
Menowitz schüttelte den Kopf und konnte sich nur mit Mühe das Lachen verbeißen.
»Jesus, steh mir bei! Ich bin von Hellsehern und Wahrsagern umgeben. Und auf die verehrten Herren Kollegen ist auch kein Verlaß mehr.«
Dr. Schupbach blickte mich fragend an, und ich sagte mit einem Achselzucken: »Nur ein Witz unter Arbeitskollegen, Herr Doktor.«
Um zehn vor drei brachte ich Tony auf dem Weg zur Vorlesung zur Computer-Tomographie und wünschte ihm viel Glück. Außerdem gab ich ihm Simons Gummielch. »Das ist ein unheimlich starker Talisman«, sagte ich, »mit dem ganz persönlichen Segen vom heiligen Simon.« Tony glaubte si-

cher wieder, ich hätte sie nicht alle. »Auch wenn du es nicht glaubst, behalte ihn.«
Dann ging ich zum allgemeinen Erfahrungsaustausch in den Hörsaal. Als ich von meinen Erlebnissen in der Notaufnahme berichtete, zeigte Pearson keinerlei Interesse an der Geschichte mit Tony und Dr. Menowitz, sondern wollte in allen Einzelheiten wissen, wie wir den Zeckenbiß behandelt hätten. Sie schien das für große Medizin zu halten.
Am Abend kochte ich ein Festessen für Simon. Es gab grünen Salat, Brathähnchen, Püree aus ungeschälten Kartoffeln, frisches Gemüse, und zum Nachtisch seine Leibspeise: Toast mit echtem Ahornsirup.
Beim Essen erzählte ich ihm von den Patienten, die ich heute betreut hatte, was er sehr spannend fand. Wie wir die Finger des Schreiners wieder angenäht hatten, wollte er wissen, und ob das weh getan habe. Dann verstrickten wir uns in einen Diskurs, in dem es um die Frau ging, die zu viele Tabletten geschluckt hatte, und um die Risiken beim Motorradfahren. Die Geschichte von der Zecke und ihren Beißern in der Haut des Patienten mußte ich ihm sechsmal erzählen, bis er endlich einschlief.

Im Gegensatz zum vorangegangenen Tag war die Notaufnahme fast leer. Dr. Bell entfernte einer jungen Privatpatientin ein Muttermal am Bein, und Dr. Mahoney war mit dem Opfer eines leichten Verkehrsunfalls beschäftigt.
Katy begrüßte mich herzlich. »Du hättest gestern dabei sein sollen, als der kleine Hamilton vom CCT zurückkam.«
»Was war denn los?« fragte ich, und mein Magen zog sich zusammen.
»Er hatte eine kleine Ventrikelblutung. Im hinteren Teil des Gehirns war ein Gefäß geplatzt. Dr. Schupbach hat dafür gesorgt, daß er noch vor fünf Uhr auf dem OP-Tisch war.

Heute früh kam er hier vorbei und hat gesagt, daß Tony oben auf der Intensivstation liegt und sich prima fühlt. Ich weiß nicht, wie du das gemacht hast, aber du hast den Nagel auf den Kopf getroffen.«

Sie schüttelte den Kopf. »Ich hab' gedacht, ich hör' nicht richtig, als Dr. Menowitz auf deinen Vorschlag eingegangen ist. Bei dem hast du jetzt einen Riesenstein im Brett. Er hat mich sogar nach deinem Vornamen gefragt, und soweit ich mich erinnere, hat der noch nie jemand mit dem Vornamen angesprochen.«

Dr. Mahoney kam herein und sank auf einen Stuhl. »O Gefilde der Ruhe und des Friedens. Der wilde Haufen der Versehrten ist auf dem Rückzug.« Mit einem blauen Haarband bändigte sie die glatten, hellbraunen Haarsträhnen.

Und zu mir gewandt: »Guten Morgen, Echo aus dem Walde.« Hinter vorgehaltener Hand flüsterte sie Katy laut genug zu, daß ich es auch hören konnte: »Diese unverbesserliche Masochistin scheint wirklich nicht genug zu kriegen.«

Ich setzte mich und schüttelte den Kopf. »Jetzt will ich euch mal was sagen. Mir gefällt die Arbeit hier. Ehrlich. Hier sind die Schwestern nicht so sehr Arbeitskräfte zweiter Klasse. Man sieht sofort einen Erfolg und wie die Leute wieder nach Hause gehen können. Auf den anderen Stationen dauert das manchmal ein halbes Jahr, und manchmal hat man überhaupt kein Erfolgserlebnis. Hier geht alles ruckzuck, und ihr müßt von allem etwas verstehen.« Ich schaute Dr. Mahoney fragend an. »Warum gefällt es Ihnen nicht?«

»Nicht so hastig, Schallwelle. Mit dieser scharfsinnigen Analyse schießen Sie übers Ziel hinaus. Tatsache ist, daß ich gern hier arbeite. Ich möchte sogar behaupten, daß ich meine Arbeit liebe. Etwas anderes käme für mich überhaupt nicht in Frage, aber wenn man hier Tag für Tag die Folgen des Leichtsinns und der Dummheit sieht, mit denen einem die Leute die Zeit für wirklich schwere Fälle stehlen, dann platzt einem eben manchmal der Kragen.«

Sie machte eine kurze Pause zum Atemholen. »Nicht zu vergessen die große Zahl der Reichen und Mächtigen in diesem Lande, die sich für was Besseres halten und wie selbstverständlich erwarten, daß man alles stehen und liegen läßt, um sich mit ihnen zu befassen. Vorgestern kam eine Frau herein, deren Mann irgend so ein hohes Tier in der Wirtschaft ist, und verlangte allen Ernstes, daß ich eine Reanimation liegen lasse, um einen Schnitt an ihrem Finger zu versorgen, damit ihre Tennispartnerin nicht auf sie warten müsse.«

Sie schüttelte den Kopf. »Wissen Sie, was man nach so einem Erlebnis von der Menschheit hält? Oder, falls Sie das noch nicht überzeugt, wie wär's mit den Junkies, die hier in regelmäßigen Abständen mit einer Überdosis eingeliefert werden? Wir retten ihnen das Leben, und sobald sie die Augen wieder aufkriegen, regen sie sich auf, weil wir ihnen ihren Trip versaut haben. Ich hatte mal einen, der lag schon im Koma, und nachdem wir ihn wieder zurückgeholt hatten, ließ er sich auf eigene Verantwortung entlassen, hat in der Tiefgarage auf mich gewartet und mir die Tasche geraubt.«

Nach einer Weile fuhr sie fort. »Das ist noch nicht alles. Vierzehn Tage später haben sie den Kerl wieder hier angekarrt, wieder im Koma, und ich mußte ihn zum zweitenmal retten.«

Dr. Mahoney lachte und drohte mir mit dem Zeigefinger. »Kleines, laß dir gesagt sein, es ist nicht einfach. Ohne Sinn für Humor wäre ich schon längst durchgedreht. Jeder in diesem Beruf braucht einen Ausgleich, sonst verliert er den Verstand oder, was noch schlimmer ist, wird so wie Dr. Menowitz.«

»Laß dir keinen Schrecken einjagen, Echo« mischte sich

Katy ein. »Es gibt einen ganz einfachen Grund, warum wir es hier aushalten.«
Gespannt wartete ich auf die Erleuchtung.
»Es ist die Spannung, weißt du. Es ist ein wahnsinniger Kick. Wir sind richtig süchtig danach. Die Ungewißheit, was als nächstes durch die Tür da reinkommt. Seit acht Jahren bin ich in der Notaufnahme, und keine zehn Pferde bringen mich wieder auf eine normale Station. Das wäre so, als müßte ich aus der Großstadt in irgendein gottverlassenes Kaff in der tiefsten Provinz ziehen.«
Irene kam und gab mir ein Krankenblatt. Ich las laut vor: »Patient klagt über mangelnde Gesprächsbereitschaft des Magens mit dem Besitzer desselben.«
»Also, das nenne ich einen echten Kick, Katy« sagte ich. Dr. Mahoney nahm das Blatt und las. »Wißt ihr«, sagte sie, »heute früh hab' ich noch halb im Schlaf über meinem Müsli gesessen und darauf gewartet, daß es zu mir sagt, ›Steh auf und mach dich auf die Socken‹. Als ich aufwachte, lag ich mit dem Gesicht in der Schüssel. Ich glaube, das war ein Omen, wie der heutige Tag verlaufen wird. Es wäre wohl besser gewesen, ich wäre zu Hause bei meinem Müsli geblieben.«
Der alte Schwarze schlurfte zu Bett vier. Orville Robinson war vierundachtzig, sah aber zwanzig Jahre jünger aus. »Setzen Sie sich hier auf die Trage, Mr. Robinson, damit ich Ihren Blutdruck und Puls messen kann.«
Mr. Robinson hievte seinen knochigen Körper auf die Trage. »Es is' nich das Herz, Missy. Es is' der Magen, der mir Kummer macht.«
Der Mann war mir auf Anhieb sympathisch. Seine Stimme klang friedfertig und gemütlich, und er roch nach frischem Kaffee, was mich an meine Zeit auf Achse erinnerte, an die gutmütigen Landstreicher, die mit mir in den Güterzügen

gereist waren und aufregende Geschichten zu erzählen wußten.

»Mr. Robinson, das machen wir mit jedem, der hierher kommt.«

Mit strengem Blick sagte ich ihm, daß sein Blutdruck 200 zu 110 sei.

»Das kommt daher, weil mein Magen nich' mehr mit mir redet«, sagte er. »Der redet einfach nich' mehr mit mir. Das hab' ich doch schon gesagt, Missy.«

»Was genau meinen Sie mit: Ihr Magen redet nicht mehr mit Ihnen, Mr. Robinson?«

»Na ja, ich mein' damit, daß er mir seit 'n paar Tagen nich' mehr sagt, was er haben will.«

»Er sagt Ihnen, was er haben will?«

»Klar. Wenn er Grünzeug sagt, ess' ich Grünzeug. Wenn er Rippchen sagt, ess' ich Rippchen. Mein Magen und ich sind richtig gute Freunde. Hat mich noch nie im Stich gelassen, bis jetzt.«

»Ich verstehe, Mr. Robinson. Ich frage mal Dr. Mahoney, ob sie Zeit hat, sich ein bißchen mit Ihrem Magen zu unterhalten, okay?«

»Mein Magen sagt, das klingt gut, Missy.«

Ich hätte mich gern noch länger mit Orville Robinson unterhalten, aber als ich den roten Streifen an seiner Karte anbrachte, warteten schon drei weitere Fälle auf mich.

Das war der Nachteil in der Notaufnahme. Man hatte nur wenig Zeit für die Patienten. Die Begegnungen waren intensiv, aber kurz. Wir sahen sie meistens nie wieder, es sei denn, sie gehörten zu den Wiederholungstätern.

Katy beschäftigte sich mit einem entzündeten Insektenstich, und ich hatte mit einem Asthmaanfall und einem Hundebiß in die Wange zu tun. Dann zog Katy das große Los mit einem Patienten, den jemand (kein Hund!) in den Hintern gebissen hatte, und zu Dr. Mahoneys Sternstunden des heutigen Tages gehörten eine Obdachlose, die ihre Gummistiefel seit vier Monaten nicht mehr ausgezogen hatte, und ein halluzinierender zweiundzwanzigjähriger PCP-Süchtiger, der sich drei Zähne ausbrach, als er die Messingschließen der Ledergurte durchbeißen wollte, die ihn auf der Krankenliege festhielten.

Es fiel mir schwer, zu entscheiden, was schlimmer war: Der entsetzliche Gestank der faulenden Füße oder das Toben des Junkies, der sich von bösartigen Riesen verfolgt glaubte, die alle aussahen wie Richard Nixon.

Gegen Mittag kehrte wieder Ruhe ein. Ich bekam keine Gelegenheit mehr, mich mit Mr. Robinson und seinem Magen zu unterhalten. Ich erfuhr nur, daß man ihn dabehalten hatte, um seine gastrointestinalen Probleme abzuklären. Der Hunde- und der Menschenbiß waren auf die Plastische Chirurgie verlegt worden. Dr. Mahoneys Gummifußlady und den Süchtigen hatten die Psychiater von Abteilung D in ihre Obhut genommen.

»Die große Einsatzzentrale im Himmel gönnt uns eine Essenspause«, sagte Dr. Mahoney, während wir zu dritt am Waschbecken standen und uns die Hände wuschen.

»Ich bin völlig fertig, ich leg' mich lieber in Bett eins und mach' ein Nickerchen, statt was zu essen«, sagte Katy.

»Hört zu, Mädchen«, sagte Dr. Mahoney, »Bis drei schaffen wir's schon, und dann –«

Jenseits der automatischen Tür, in der Ferne, vernahmen wir ein markerschütterndes Schreien. Wir standen wie erstarrt da, bis uns ein durchdringender Summton aufschreckte. Der kollektive Adrenalinspiegel im Raum schnellte in die Höhe.

Katy und Dr. Mahoney spritzten in verschiedene Richtungen auseinander, Katy zur Tür, Dr. Mahoney zum Traumaraum. Nur Irene bewegte sich nicht, aber sie hatte bereits die Hand auf den Telefonhörer gelegt.

»Was ist denn jetzt los?« fragte ich verwirrt.

Irene antwortete, ohne sich umzudrehen. Ihr Blick war fest auf die automatische Tür gerichtet. »Ein einfacher Ton heißt, daß eine Schwester in der Halle gebraucht wird, für einfache Verletzungen oder Prellungen. Zweimal Summen heißt, die Hölle ist los und kommt direkt auf uns zu.«

Ich rannte zur Tür. Als ich am Traumaraum vorbeikam, sah ich, wie Dr. Mahoney sich eine Plastikschürze umband und alle Lampen einschaltete.

Die Tür zischte auf, und Katy kam hereingestürzt, in ihren Armen ein Bündel in einer rotweißkarierten Tischdecke.

Eine völlig aufgelöste Frau krallte sich schreiend an Katys Rücken. Als sie mich sah, ließ sie Katys Kittel los, sank auf die Knie und begann hemmungslos zu weinen. Ich ging neben ihr in die Hocke, hielt ihre Hand und versuchte, sie zu beruhigen.

Aus dem Traumaraum rief Katy Irene zu, sie solle Verstärkung anfordern. »Und jemanden von der Pädiatrie«, fügte sie hinzu.

Irene nahm den Hörer ab, und dann hörte ich ihre Stimme blechern über die Lautsprecher der Hausanlage: »Achtung, alle Stationen. Reanimation, Notaufnahme. Ein Pädiater bitte sofort in die Notaufnahme.«

Sie hatte kaum ausgesprochen, als die Tür aufflog, und eine Schar Labortechniker und Anästhesieschwestern und -pfleger an uns vorbeistürmte. Eine Sekunde später kam ein Kinderarzt mit flatternder Krawatte durch eine Seitentür hereingerannt, schlidderte die letzten Schritte bis zum Traumaraum über den Boden und verschwand durch die Tür, die mit einem lauten Schlag ins Schloß fiel.

Die diensthabende Oberschwester kam als letzte; sie war

schwanger und schnaufte schwer. Sie brachte die wimmernde und weinende Frau hinaus in einen Ruheraum.
Ich öffnete die Tür zum Traumaraum einen Spalt, so daß ich gerade noch hindurchschlüpfen konnte.
Um die Untersuchungsliege herum herrschte ein systematisches Chaos. Von dem Patienten sah ich nur eine kleine Hand mit vom Wasser runzelig gewordenen Fingern und einen nassen blonden Haarschopf, der über eine Kinderschulter fiel. Die kleine Hand war ungefähr so groß wie die von Simon.
Dr. Mahoney war dabei, dem Kind den kleinsten Endotrachealtubus in die Luftröhre einzuführen, den ich je gesehen hatte. Sie war angespannt und hochkonzentriert, nichts erinnerte an ihre trockenen Witze von heute vormittag. Neben ihr stand ein Anästhesiepfleger und hielt einen Ambubeutel, nicht größer als seine Faust. Der Kinderarzt war dabei, einen Zugang zu legen, während Katy bei der Herzmassage den EKG-Monitor nicht aus den Augen ließ.
»Stop!« befahl Dr. Mahoney. Die Blicke aller Anwesenden richteten sich auf den Monitor. Eine gerade Linie teilte den Bildschirm in zwei Hälften.
Dr. Mahoney legte ihr Stethoskop auf die Brust des Kleinkindes, um die Lungengeräusche abzuhören, während der Pfleger durch den Tubus Luft in die Lunge des Kindes pumpte.
»Weitermachen, Katy.« Und an einen Labortechniker gewandt: »Ich brauche eine Blutgasanalyse, wenn es irgendwie geht.«
Dr. Mahoney überprüfte die Pupillen des Kindes. »Erweitert und lichtstarr. Das sieht nicht gut aus, Leute.«
Sie blickte sich um und schickte alle hinaus, die nicht gebraucht wurden. Ich wollte ebenfalls gehen, als sie mir zurief: »Echo, Katy hat ein paar Informationen von einem

Nachbarjungen bekommen, aber versuchen Sie doch mal, von der Mutter zu erfahren, was genau passiert ist. Ich muß unbedingt wissen, wie lange das Kind im Wasser war.«

Von Irene ließ ich mir den Namen der Mutter sagen und ging in den Ruheraum. Bei der Bauplanung muß den verantwortlichen Leuten erst zuallerletzt eingefallen sein, daß man so etwas manchmal brauchen könnte, denn der Raum sah aus wie eine nachträglich umgebaute Abstellkammer. Mehr als ein zweisitziges Sofa und ein Stuhl paßten nicht hinein. Auf einem Wandbord lag eine Bibel neben einer häßlichen weißen Tischlampe, die aussah wie eine große Ananas. Die Phototapete zeigte ein Wäldchen im Sonnenschein, durch das sich ein staubiger Pfad zog.

Dahinter stand zweifellos die Idee, daß man in Gedanken nur in den Wald hineinzugehen und davonzulaufen brauchte, um seine Ängste loszuwerden.

Mrs. Hughes hatte keinen Blick dafür. Mit weit aufgerissenen Augen starrte sie auf den orangefarbenen Teppichboden. Die Oberschwester saß bei ihr und versuchte, sie zu einer Tasse Tee zu überreden. Die Mutter des Kindes hörte ihr gar nicht zu.

Als ich die Tür schloß, stand Mrs. Hughes auf. »Was ist mit meiner Kleinen? Ich will wissen, was Sie mit ihr anstellen.« Ihre Stimme überschlug sich. »Ich will zu Amy. Ruft sie nach mir? Sagen Sie doch was. Ich muß sie sehen. Ich gehe jetzt zu ihr, und zwar sofort.«

In ihrer hysterischen Verzweiflung stieß sie mich beiseite und wollte zur Tür. Ich hielt sie an der Schulter fest, und die Oberschwester packte sie um die Taille. Mit vereinten Kräften schafften wir sie zurück zum Sofa. Ich legte der Frau den Arm um die Schultern. Sie zitterte entsetzlich.

Ich sagte mir, daß ich vielleicht die richtigen Worte finden würde, wenn ich mich für kurze Zeit in ihre Lage versetzte.

Ich schloß die Augen und sah Simons Hand anstelle von Amys. Alles in meinem Inneren erstarrte. Mir wurde schlecht.

Die einzigen »richtigen« Worte waren: »Ihrer Tochter geht es gut«, alles andere war grauenvoll.

»Sie können jetzt noch nicht zu Amy, Mrs. Hughes. Die Ärzte und Schwestern –« fast wäre mir »reanimieren sie noch« herausgerutscht –, »tun alles, um ihr zu helfen«, beendete ich den Satz.

Die Frau drehte den Saum ihres Kleides zwischen den Fingern. Sie wiegte den Oberkörper vor und zurück und flüsterte ununterbrochen: »O Gott, o Gott, o Gott, o –«

»Mrs. Hughes, ich weiß, daß das sehr schwer für Sie ist, aber Sie müssen mir sagen, was passiert ist. Die Arzte müssen das wissen, damit sie Amy besser helfen können.«

Die Oberschwester verließ geräuschlos den Raum.

Mrs. Hughes wiegte sich weiter hin und her. Fünf, sechs Minuten vergingen. Unvermittelt begann sie zu sprechen, und ihre Stimme war klar, ruhig und gefaßt.

»Gegen zehn am Vormittag habe ich Amy ins Bett gebracht und bin dann ins Wohnzimmer gegangen, um mich selbst ein bißchen auf dem Sofa auszuruhen. Wir waren schon seit halb sieben auf und ziemlich müde. Um elf bin ich aufgewacht und habe Amys Mittagessen gemacht. Als ich sie um halb zwölf immer noch nicht gehört habe, bin ich nachsehen gegangen. Sie war nicht in ihrem Bett.

Ich hab' sie im ganzen Haus gesucht und nach ihr gerufen. Sie spielt gern Verstecken mit mir. Aber im Haus war sie nicht. Da bekam ich Angst. Der Sohn unserer Nachbarn hat gehört, wie ich nach Amy gerufen habe und ist herübergekommen, um mir suchen zu helfen.

Als ich im Wandschrank unseres Schlafzimmers nachschaute, ist mir der Pool eingefallen. Amy hat keine Angst vor dem Wasser, deshalb haben wir einen Zaun darum gebaut, mit einer verschließbaren Tür. Ich war ganz sicher, daß ich sie wieder zugeschlossen habe, nachdem wir heute morgen schwimmen waren ...«

Mrs. Hughes krallte die Hände in ihr Haar und wimmerte. Ich sah wieder die kleinen runzeligen Finger vor mir und das feuchte blonde Haar. Den Rest der Geschichte konnte ich mir denken, und mir wurde fast übel. Zu meinen verdrängten Ängsten gehörte auch die Angst vor dem Ertrinken. Ich konnte mir keinen grauenvolleren Tod vorstellen, außer vielleicht, zu verbrennen.

Ich streichelte der Frau sanft den Rücken, bis das schreckliche Wimmern aufhörte.

»Ist schon gut«, sagte ich und schluckte krampfhaft, »Sie brauchen mir nicht mehr zu erzählen.«

Mit einem zerrupften Papiertaschentuch wischte Mrs. Hughes ihre Tränen ab. »Doch. Ich möchte Ihnen alles erzählen. Auch meinetwegen. Ich bin in den Garten gerannt und habe gesehen, daß die Tür zum Pool offen stand. Der Nachbarjunge stand am Rand, an der Stelle, wo es am tiefsten ist, und starrte ins Wasser. Ich habe ihn gefragt, was denn los sei, und er hat gerufen, ich solle bleiben, wo ich war, und ist hineingesprungen.

Als ich an der Tür des Zauns war, habe ich Amys blauen Spielanzug neben dem Sprungbrett liegen sehen. Ich konnte nicht ins Wasser schauen. Ich bin fast verrückt geworden, als ich darauf gewartet habe, daß der Junge wieder hochkam. Ich hatte solche Angst und wußte nicht, was ich tun sollte.

Dann erinnere ich mich nur noch an Amys rotes Hemd und an ihre nassen Haare. Ihre Augen waren halb offen, aber sie hat nicht geweint. Der Nachbarjunge hat die Tischdecke vom Terrassentisch geholt und Amy eingewickelt, so daß ich sie nicht mehr sehen konnte.

Der Junge hatte bestimmt genauso große Angst wie ich, aber er hat immer wieder gesagt, daß Amy okay wäre und wir sie schnell ins Krankenhaus bringen müßten. Im Wagen habe ich ihn gefragt, ›Bist du sicher, daß es nichts Schlimmes ist?‹, und er antwortete, ›Bestimmt. Fahren Sie einfach ins Krankenhaus‹. Ich muß gefahren sein wie eine Irre. Dann weiß ich nur noch, daß die Schwester dem Jungen Amy abnahm. Ich hatte solche Angst, daß ich sie nie mehr wiedersehen würde.«

Die Frau saß jetzt ganz still. Das Hin- und Herwiegen hatte aufgehört. »Sie hat noch nicht zu Mittag gegessen. Würden Sie den Schwestern bitte sagen, daß sie ihr etwas zu essen machen sollen. Und fragen Sie auch, wann ich zu Amy kann. Bitte. Ich möchte so gern bei ihr sein.«

Ich mußte mich räuspern, bevor ich sprechen konnte. »Ich werde der Ärztin sagen, was Sie mir erzählt haben, und sie fragen, wann Sie zu Amy dürfen.«

Ich rief die Oberschwester wieder herein und kehrte in den Traumaraum zurück.

Die Stimmung war völlig verändert. Nur Katy, Dr. Mahoney und der Pädiater waren noch da. Der Kinderarzt stand neben der Tür und redete leise mit Dr. Mahoney. Sie ließ den Kopf hängen, und er hatte die Hand auf ihren Arm gelegt. Katy räumte auf.

Der Monitor war ausgeschaltet, und die Kabel mit den Elektroden lagen auf dem Boden. Der Infusionsständer stand noch an seinem Platz, und der winzige Tubus ragte noch aus dem Mund des Kindes. Alles wartete auf den Gerichtsmediziner.

Ich mußte mich dazu zwingen, das Kind anzusehen. Es wirkte gespenstisch, die Kleine so vollkommen still daliegen zu sehen. Selbst im tiefsten Schlaf war immer eine kleine Bewegung zu erkennen. Amy war ungefähr im gleichen Alter wie Simon. Ihre Augen standen halb offen, aber es war kein Leben in ihnen. Im feuchten Haar hingen noch zwei verrutschte Haarspangen mit kleinen rosa Elefanten darauf. Ich löste eine und rückte sie zurecht.

Dr. Mahoney kam herüber. »Was hat die Mutter gesagt?«

»Sie hatten sich beide hingelegt. Als sie aufwachte, hat sie geglaubt, die Kleine würde noch schlafen. Sie hat sogar erst das Mittagessen gemacht, bevor sie das Kind suchen gegangen ist.«

Dr. Mahoney fluchte. »Verdammter Mist!« In ihren Zorn mischte sich Betroffenheit. Ich fragte mich, wieviel von ihrer Wut damit zu tun hatte, daß der Tod schneller gewesen war als sie selbst.

»Das Kind muß mindestens eine dreiviertel Stunde im Wasser gelegen haben, bevor sie es gefunden haben.«

Ich stellte mir den verzweifelten Todeskampf des Kindes vor, während die Mutter nur wenige Meter entfernt schlief. Ein Schauer überlief mich, und ich schlug die Hände vors Gesicht.

»Gütiger Gott«, seufzte Dr. Mahoney. »Können Sie sich vorstellen, mit so was leben zu müssen?«

Ein Weile sagte keine von uns etwas.

»Echo, gehen Sie zu der Mutter und sagen Sie es ihr.« Ich hatte schon den Mund geöffnet, um zu protestieren, aber Dr. Mahoney hob die Hand. »Ich weiß, das ist nicht leicht, und Sie haben so was noch nie gemacht, aber die Oberschwester hat gesagt, daß die Frau Zutrauen zu Ihnen gefaßt hat. Ich komme, so schnell ich kann, um Ihnen zu helfen. Den Vater habe ich schon angerufen. Ein Arbeitskollege fährt ihn hierher, damit er seine Frau abholen kann.«

Sie machte einige Schritte, dann fiel ihr noch etwas ein. »Es war übrigens ihr einziges Kind.«

Katy reinigte das Laryngoskop. Sie sah völlig erschöpft aus.

»Wie soll ich das denn machen?« fragte ich sie verzweifelt. »Wie bringt man einer Mutter bei, daß ihr Kind tot ist?«
Katys Stimme klang unwirsch, und sie blickte mich nicht an. »Man sagt es ihr einfach. Das ist alles. Du wirst dich daran gewöhnen müssen, wenn du in diesem Beruf arbeiten willst. Die sollten euch im Unterricht mal mit der Wirklichkeit vertraut machen. Menschen, einschließlich Babys und Kindern, sterben nun mal. So ist das eben.«
Meine Kehle schnürte sich zu, als ich daran dachte, Mrs. Hughes gegenüberzutreten und ihr die Wahrheit sagen zu müssen. »Katy, und was ist, wenn ich anfange zu heulen?«
»Na und? Dann heulst du eben. Kein Gesetz verbietet dir, zu weinen. Mein Gott, Echo, schließlich bist du ein Mensch. Du darfst mit den Patienten oder ihren Angehörigen weinen. Anlässe gibt es genug, gerade in unserem Beruf. Eure Lehrer trichtern euch ein, daß es verboten ist, in Gegenwart von Patienten Gefühle zu zeigen. Die erzählen dir jede Menge Scheiß von wegen Berufsethos und solchem Blödsinn, aber das ist alles Quatsch.«
Sie nahm eine Schale mit Instrumenten und ging damit zum Schrank. »Also, geh hin und sag's ihr. Mach keine Staatsaktion daraus. Damit quälst du dich nur selbst.«
Sobald ich die Tür des Ruheraums geöffnet hatte, gingen mir die Nerven durch, und meine Augen wurden feucht. Die Oberschwester sah mich zuerst und wußte sofort, was los war. Auf dem Weg hinaus drückte sie meinen Arm.
Mrs. Hughes stand vom Sofa auf und ergriff meine Hand. »Wie geht es Amy? Darf ich jetzt zu ihr?«
Ich konnte ihr nicht in die Augen sehen und wandte den Kopf ab. Ich spürte, wie ihre Blicke auf meinem Profil nach einer Antwort suchten. Als ich sie endlich anschaute, sagte ihr der Ausdruck in meinen Augen alles.

Sie ließ meine Hand los, als wäre sie eine giftige Schlange. »Was ist los? Was ist mit Amy? O Gott, bitte, nein!«

Ich konnte die Tränen nicht mehr zurückhalten. »Sie konnten Amy nicht mehr helfen. Die Ärzte haben alles versucht. Alle haben sich verzweifelt bemüht, sie wieder zurückzuholen, aber es war einfach zu spät. Amy war schon zu –«

Mrs. Hughes schrie auf und hielt sich mit beiden Händen die Ohren zu. »Nein! Nein! Nein! Sie lügen! Sie lügen! Geben Sie mir meine Kleine. Ich will zu meinem Kind!« Sie sprang zur Tür.

Ich packte sie und hielt sie zurück. »Amy ist tot.«

Sie wurde steif, als würde sie gleich einen Krampfanfall bekommen. »Mrs. Hughes, bitte, hören Sie mir zu. Ihr Mann ist auf dem Weg hierher, und Dr. Mahoney kommt auch jeden Moment.«

Die Frau schrie auf, sank auf den Boden und hielt ihren Bauch. »Nein! Bitte sagen Sie, daß das alles nicht wahr ist. Bitte.«

Ich kniete mich neben sie und wollte den Arm um sie legen, aber sie schlug um sich. »Das ist nicht wahr. Das ist nicht wahr! Bitte, sagen Sie mir, daß es nicht wahr ist.«

Ich schüttelte den Kopf. »Das kann ich nicht. Ich habe selbst einen kleinen Jungen in Amys Alter. Ich weiß ...« Weinend zog ich ihren Kopf an meine Schulter.

»Mein Baby«, schluchzte sie. »O Gott, mein armes Baby.«

Ich war hilflos. Der Schmerz der Frau überwältigte mich. Ich konnte nur noch dort knien und sie in meinen Armen halten, bis Dr. Mahoney kam.

Der Rest des Tages verging in bedrücktem Schweigen. Keine von uns wollte etwas essen. Allen hatte es den Appetit verschlagen.

Amys Eltern kamen, um sie ein letztes Mal zu sehen, bevor sie weggebracht wurde. Mr. Hughes blieb an der Tür stehen

und hob die Hand vors Gesicht. Er sagte nur: »O Gott, nein«, und lehnte sich schluchzend gegen den Türrahmen.
Seine Frau trat ganz langsam an die Trage heran, beide Hände fest vor den Mund gepreßt. Dann berührte sie behutsam das kleine Gesicht ihrer toten Tochter, schob den Arm unter ihren Rücken und nahm sie in die Arme. Mit mechanischen Bewegungen entfernte sie den Pflasterstreifen von Amys Arm und zog die Braunüle heraus. Dann zog sie behutsam den Tubus aus Amys Mund und schleuderte ihn weg, weit weg von sich und ihrer Tochter, als wolle sie dem Tod trotzen.
Dr. Mahoney wollte protestieren, ging dann aber hinaus und schloß sich im Ärztezimmer ein.
Die anderen Ärzte, die sonst immer in die Notaufnahme kamen, um mit den Schwestern eine Tasse Kaffee zu trinken, hatten von dem Todesfall gehört und blieben weg. Nur zwei ließen sich die Einzelheiten schildern. Von Katy erfuhr ich später, daß beide kleine Kinder hatten.
Während der nächsten Stunden ging mir Simon nicht mehr aus dem Kopf. Ich konnte es kaum noch abwarten, ihn wiederzusehen.
Ich wollte ihn bei mir haben, seine hellblonden Locken unter meinen Fingern spüren und seinen Kindergeruch riechen. Ich wollte sehen, wie er die Augen zukniff, wenn er sich über irgend etwas totlachte. Ich wollte mir einprägen, wie sein simpler, klarer Kinderverstand den Dingen auf den Grund ging.
Wenn ich ihn je an den Tod verlieren sollte, hätte ich immer noch diese kleinen Erinnerungen, für alle Zeit.
Als ich endlich aus der Tiefgarage herausfuhr, weinte ich und dachte an Mrs. Hughes. Würde das Ehepaar den Schmerz des Verlustes gemeinsam tragen, oder würden gegenseitige Vorwürfe und Anklagen sie einander entfrem-

den? Wie würden sie die Stunden und Tage ausfüllen, die plötzlich so leer geworden waren?
Und wie würde es in der Zukunft sein, wenn der Schmerz etwas abgeklungen war? Würde ein vergessenes Spielzeug hinter dem Sofa die kaum verheilten Wunden wieder aufreißen und das schreckliche Ereignis erneut in Erinnerung bringen?
Im Kindergarten entdeckte ich Simon, der gedankenverloren in der Nase bohrte und einer Geschichte über einen kleinen Bären zuhörte, die die Kindergärtnerin erzählte. Ich wartete, bis die Geschichte zu Ende war und er sich umdrehte.
Er kam auf mich zugerannt, und ich nahm ihn auf den Arm und drückte ihn so fest an mich, daß ich schon Angst bekam, ich könnte ihm etwas brechen.

7. Kapitel

Am Morgen des ersten Ferientages erwachte ich in meinem von den unzähligen Büchern befreiten Bett, als Simon mit seinem »Ich-will-Gesicht« angekrabbelt kam.

»Mommy?«

»Was ist denn?« fragte ich und gähnte.

»Mommy, ich will was.«

»Was denn?« Auf einem Auge schlief ich noch.

Er robbte näher an meinen Kopf heran. »Du weißt schon.«

»Toast mit Honig?« fragte ich und rieb mir den Schlaf aus dem einen bereits offenen Auge.

Er schüttelte den Kopf.

»Willst du Wasser ins Planschbecken lassen und Clark fragen, ob er mit dir spielt?«

Er stemmte entrüstet die Hand in die Hüfte. »Pfff, neeeee.«

»Jetzt weiß ich: Du willst radfahren gehen.«

Heftiges Kopfschütteln.

»Okay, Simon. Ich geb's auf. Ich kann keine Gedanken lesen. Was willst du also?«

Er krabbelte zur Bettkante und zeigte durch das Fenster auf die Bergkette zwischen unserem Dorf und der Küste.

»Ich will da rauf und die Bären suchen und die Zauberhöhlen.«

Eine besseren Vorschlag hätte ich auch nicht machen können.

Simon und ich nutzten die schönen Sommertage gründlich aus. Obwohl uns die Bären aus dem Weg gingen, fanden wir alles, was wir uns nur wünschten entlang des alten

Viehpfades, der unweit unseres Häuschens begann und tief in die Bergwelt hineinführte. In der sauberen Bergluft verbrachten wir manchmal den ganzen Tag oder auch nur einige Stunden auf dem stillen, die meiste Zeit menschenleeren Pfad. Wir ließen Häuser und Autos hinter uns zurück und wanderten über die golden schimmernden Hügel, begleitet vom warmen, würzigen Duft des hohen Grases, das zwischen den Felsen wuchs und von dem Simon behauptete, es rieche wie Zuckerwatte. Nachdem wir uns gegenseitig die Hänge hinaufgeschubst hatten, konnten wir uns im Schatten einiger Redwoods ausruhen. Unter dem Dach der mächtigen Bäume machten wir Rast, aßen unsere Erdnußbutterbrote und tranken kalte Milch aus der Thermosflasche.

Dann legten wir uns, Kopf an Kopf, auf den Rücken und betrachteten die Wolkenbilder, die durch die Lücken zwischen den Baumwipfeln zogen.

»Guck mal, die Hexe mit der großen Nase da drüben. Siehst du das Auge? Sie hat nur eins, ein ganz komisches, großes ... siehst du?«

Nach der Rast gingen wir wieder hinaus in die Sonne und den kühlen Wind. Wir hielten uns rechts, bis wir an die Stelle kamen, wo am Fuß eines steil ansteigenden Hanges der Wald schlagartig aufhörte. Wir blickten uns an, hoben die Augenbrauen – das vereinbarte Startsignal – und rannten los.

Simon kam natürlich immer als erster oben an. Er streckte den Arm aus, fuchtelte damit herum, stieß einen wilden Schrei aus und zeigte mit dem Finger auf mich, die erst auf halber Höhe war und, völlig außer Atem, nur noch im Kriechgang vorankam.

»Es ist immer noch da, Mommy! Es ist noch nicht weg!« Seine Überraschung war so groß und echt wie an jenem Tag,

als er zum ersten Mal von der Anhöhe herab gesehen hatte, was jenseits der Hügelkette lag.
Unter uns lag silberblau die Weite des Pazifischen Ozeans. Er erstreckte sich vom einen Ende des Horizonts bis zum anderen und schien den ganzen Rest der Welt zu bedecken.
Mit Indianergeheul stürmten wir den Hang hinunter. Wir kamen auf ebenes Gelände, dann überquerten wir die Straße und waren am Strand, wo wir mit den Händen auf die Wellen klatschten, um uns zu vergewissern, daß sie auch wirklich echt waren.
Simon baute Sandburgen und ließ ein Heer von Muschelschalenrittern aufmarschieren, während ich das ständige Auf und Ab des Meeres beobachtete.
Als der Wind kühler wurde und Gänsehaut über unsere Arme zu kriechen begann, machten wir uns auf den Rückweg. Diese Zeit nutzten wir für die Bildung. Wie ich es als kleines Mädchen von meinem Vater gelernt hatte, erzählte ich Simon nun alles mögliche über Bäume, Wildblumen und was sich auf der Erde so alles abspielt. Simon hatte Tausende von Fragen, die ich alle beantworten mußte. Ich wurde Zeuge, wie sich ein Universum in seinem Kopf formte, und hörte mir seine Interpretationen an. Mit der Zeit bekam ich ein Gefühl dafür, welche Informationen ihm wichtig waren und welche nicht.
Wenn wir daheim ankamen, warteten meistens schon Janey und ihr Sohn auf der Veranda vor dem Haus auf uns. Die Tüten mit Lebensmitteln, die sie mitgebracht hatten, standen im Schatten meiner großen Datura.
Mit solchen spontanen gemeinsamen Abendessen beschlossen wir die ereignisreichen Tage. Während unsere beiden Söhne, die sich äußerlich sehr ähnlich waren, in ihren geheimnisvollen Kinderwelten spielten, arbeiteten Janey und ich wie zwei altmodische Hausmütterchen in der Küche,

kochten und redeten, erzählten uns gegenseitig Geschichten aus unserem Leben, bis jede so gut wie alles über die andere wußte. Unsere Freundschaft wurde von Tag zu Tag enger. Gemeinsam gingen wir die guten und schlechten Erfahrungen des vergangenen Jahres noch einmal in allen Einzelheiten durch. Oft lachten wir uns halb tot, verschütteten dabei das Essen auf dem Boden oder ließen Teller fallen, weil unsere Hände vor lauter Gekicher nicht mehr richtig funktionierten. Wir schworen uns zum wiederholten Male ernst und feierlich, daß wir auch in den nächsten beiden Semestern unter allen Umständen unser klares Urteilsvermögen und unseren Humor behalten wollten.

Eines Morgens mitten im August stand ich draußen in meinem kleinen Garten und beobachtete das Spiel der Sonnenstrahlen auf den Tomatenblättern. Über Nacht war alles anders geworden. Das Licht des Morgens wirkte blasser, und es war auch nicht mehr so warm wie vorher. Der Geruch von trockenem Laub und reifen Kürbissen hing in der Luft. Der Herbst stand vor der Tür, und es wurde Zeit, wieder an die Schule zu denken.
Ich machte Simon mit der Vorstellung vertraut, ein weiteres Jahr in den Kindergarten gehen zu müssen, indem ich ihn eine neue Tasche aussuchen ließ. Seine Wahl fiel auf eine mit Kermit, dem Frosch, der unablässig grinste und immerzu grün im Gesicht war. Am Abend vor Semesterbeginn las ich Simon die Geschichte vom Grashüpfer und der Ameise vor. Nachdem ich ihm die Moral erklärt hatte, ließ ich die Katze aus dem Sack und sagte, jetzt müßten wir wieder arbeiten und so fleißig sein wie die kleine Ameise.
Simon sagte, daß er vermutlich noch ein Jahr mitmachen könne, aber danach sei endgültig Schluß. Beim Einschlafen fügte er noch hinzu: »Mommy, wenn das Jahr um ist, mußt

du ganz alleine Krankenschwester sein. Ich werd dann nämlich im Kindergarten viel zu viel zu tun haben, um dir dabei helfen zu können.«

Die Klasse versammelte sich in voller Besetzung im alten Auditorium. Die Lücken, die das vorzeitige Ausscheiden unserer unglücklichen Mitschülerinnen gerissen hatte, waren größtenteils wieder aufgefüllt. In den meisten Fällen handelte es sich dabei um Krankenpflegehelferinnen, die sich zur Krankenschwester ausbilden lassen wollten und die Aufnahmeprüfung bestanden hatten. Unsere Klasse bestand jetzt aus achtundvierzig lernbegierigen Schülerinnen, und wir alten Semester freuten uns schon auf die »Neuen«. Eine wie die andere hatten wir uns während des Sommers unter der Sonne Kaliforniens eine gesunde Bräune zugelegt, und reihum sah ich nur strahlende, erholte Gesichter. Ich nahm mir vor, darauf zu achten, wie lange die Bräune anhalten würde. Bestenfalls sechs oder sieben Tage, schätzte ich.
Die neuen Ausbilderinnen, die uns durch die nächsten zwei Semester begleiten würden, stellten sich vor. Mit Ausnahme von Miss Telmack, die einen so feuchten, geleeartigen Händedruck hatte, daß sich danach alle heimlich die Hand am Rock abwischten, machten die Lehrerinnen einen vernünftigen, umgänglichen Eindruck.
Während der Eröffnungsveranstaltung betonten alle, selbst Miss Telmack, daß sie voll und ganz auf unserer Seite stünden. »Ihr seid nun schon so weit gekommen«, sagte Miss Telmack, wobei sie mit ausgebreiteten Armen die Handflächen gen Himmel richtete und mit einer Schulter zuckte, »daß die meisten von euch es sehr wahrscheinlich auch bis zum Abschluß schaffen.«
Damit war die Spannung gebrochen. Jede einzelne von uns, die wir hier versammelt waren, würde diese geflügelten

Worte noch unzählige Male wiederholen, bevor das Jahr um war. Seufzer der Erleichterung und fröhliches Geschnatter erfüllten den Raum. Einige applaudierten sogar.
Tessie, eine kecke Person mittleren Alters, die meine Gruppe als erste turnusmäßige Lehrschwester übernehmen würde, goß noch Öl ins Feuer der allgemeinen Freude, als sie uns fragte, was nach unserer Meinung am Kursprogramm geändert werden sollte. Der erste Vorschlag kam einstimmig. Alle waren dafür, daß die Schwesternhäubchen abgeschafft werden sollten.
Die vier Ausbilderinnen steckten die Köpfe zusammen, und nach zwei Sekunden intensiver Beratung zeigten vier Daumen nach oben.
Tessie hob beschwörend die Hand, um den lautstarken Jubel einzudämmen. »Und außerdem haben wir beschlossen, daß Sie in diesem Jahr Hosenanzüge tragen dürfen, damit Sie noch schneller rennen können als letztes Jahr.«
Freudiges Gelächter mischte sich in den Applaus.
Dann wurden die Haarnadeln aus achtundvierzig Häubchen gezogen, und die fürchterlichen Dinger segelten wie weiße Frisbees durchs Auditorium.
Das letzte Ausbildungsjahr hatte begonnen.

Unsere Gruppe kam in ein großes Kreiskrankenhaus in einem Stadtteil von Oakland, wo vorwiegend Schwarze wohnten. Es war ein idealer Standort, um die ganze Bandbreite der medizinischen Versorgung kennenzulernen. In diesem Krankenhaus waren ständig alle Betten belegt, und die Stationen waren, was das Pflegepersonal anging, chronisch unterbesetzt. Dies hatte zur Folge, daß wir von den Schwestern für voll genommen und als gleichwertige Mitarbeiterinnen angesehen wurden, und daß wir nun auch an schwerere und kompliziertere Fälle herangelassen wurden.

Außerdem wurde uns im Hinblick auf eine möglichst umfassende praktische Ausbildung das Recht eingeräumt, selbständig zu entscheiden, statt wie bisher nur unter Aufsicht und mit Zustimmung der Ausbilderinnen zu arbeiten. Das gab uns das Gefühl, für unsere Patienten voll verantwortlich zu sein, und weckte in jeder von uns den Ehrgeiz, ihr Bestes zu geben.

Dieses Krankenhaus war im wahrsten Sinne des Wortes eine Lehranstalt und arbeitete mit drei verschiedenen Pflegeschulen zusammen. Dementsprechend gab es eine große Zahl von Klinik- und Belegärzten, denen es Freude bereitete, uns mit der Materie vertraut zu machen. Aus welchen Gründen auch immer, ob aus Geltungsdrang oder wegen der Attraktivität einiger besonders hübscher Schülerinnen, wir bekamen in allen Bereichen der Krankenversorgung volle Unterstützung. Man versorgte uns mit Literaturlisten und wies uns auf Artikel in medizinischen und pflegerischen Fachzeitschriften hin. Unsere Ausbilderinnen waren glücklich über das gute Verhältnis zwischen Ärzteschaft und Pflegepersonal auf der einen und uns Schwesternschülerinnen auf der anderen Seite. Sie ermutigten uns, soviel wie möglich von ihnen zu lernen, ermahnten uns aber auch mit der gebotenen Strenge, einen großen Bogen um Verabredungen in Abstell- und Vorratskammern zu machen, für den Fall, daß jemand auf dumme Gedanken kommen sollte.

Tessie, die die Welt von der praktischen Seite sah, hielt sehr viel von dieser Art von Ausbildung »vor Ort«. Für sie war Krankenpflege ein Beruf wie jeder andere und unterlag den Gesetzen von Kosten und Nutzen. Um die Qualität unserer Leistungen zu steigern, rechnete sie uns zum Beispiel vor, wieviel ein Patient das Krankenhaus pro Stunde kostete und multiplizierte diesen rechnerischen Wert mit der Anzahl der Stunden, die wir mit einem Patienten beschäftigt waren.

»Dieser Patient beziehungsweise seine Krankenversicherung«, pflegte sie zu sagen, wobei sie die Rückseite eines alten Briefumschlags hochhielt, auf der sie ihre Berechnungen durchgeführt hatte, »zahlt allein für eure Betreuung etwa dreißig Dollar die Stunde. Das ist eine Menge Geld. Also behandelt ihn so, daß er das Gefühl hat, daß er auch was für sein Geld kriegt.«

Tessie wußte, wieviel eine Tablette kostete, ein Streifen Heftpflaster, ein Päckchen Verbandsmull, einfach alles, was im Krankenhaus benutzt wurde. Als ich einmal damit beschäftigt war, einer Patientin umständlich und unbeholfen einen frischen Verband anzulegen, kam Tessie hinzu und zückte ihren Taschenrechner.

»Dieser Verband«, sagte sie, und ihre Finger huschten so schnell über die Tastatur, daß ich ihnen kaum folgen konnte, »kostet die Patientin zwölf Dollar. Jetzt machen Sie das Ganze noch einmal, und machen Sie ihr einen Verband, dem man auch ansieht, daß er zwölf Dollar wert ist. Das da sieht aus wie ein Zwei-Dollar-Sonderangebot beim Räumungsverkauf.«

Ich mußte mir die Nase zuhalten, um nicht vor Lachen loszuprusten, aber danach legte ich nur noch Verbände an, die aussahen, als hätte sie Cerruti persönlich entworfen.

Unser neues Einsatzgebiet unter Tessies Obhut war die Intensivstation. Hier sollten wir die Medizin auf der Überholspur erleben, oder, wie Tessie sich auszudrücken pflegte: »Wenn ihr hier jemals glauben solltet, ihr wüßtet schon alles, dann braucht ihr euch bloß umzudrehen, um vor einem Berg neuer Katastrophen zu stehen, die euch garantiert Feuer unter dem Hintern machen.«

Am ersten Morgen auf der Intensivstation ging Tessie mit Peggy Nagelbeißer, Janey und mir ins Besprechungszimmer. Sie holte das Beatmungsgerät, an dem sie uns eine Woche lang ausgebildet hatte, aus der Ecke und nahm die Abdeckung ab.

»Bevor ich euch auf die ahnungslose Menschheit loslasse, möchte ich noch einmal betonen, was es alles zu beachten gibt, wenn ihr einen beatmeten Patienten betreut.«

Ohne Peggy anzublicken, streckte sie die Hand aus, zog ihr die Finger vom Mund weg und fuhr fort, als wäre nichts geschehen:

»Diese Maschine ist in der Regel die einzige Sauerstoffquelle des Patienten. Achtet also darauf, daß Dosierung und Fließgeschwindigkeit stimmen und das Zuleitungssystem einwandfrei funktioniert und kein Leck hat.

Weiter. Vergeßt niemals, daß der Patient durch eine Plastikröhre beatmet wird, die in der Luftröhre steckt. Ein Tubus reizt die Schleimhäute in den Atemwegen, deshalb sammelt sich da drin Bronchialsekret an. Selbst wenn der Patient einen großen Teil aus eigener Kraft abhusten kann, müßt ihr ihn immer wieder absaugen, um auch die letzten Reste herauszuholen. Wenn das Zeug drinbleibt, verdickt es sich, wird klebrig und verstopft schließlich den Tubus. Dann kommt es bei dem Patienten zu einer Hypoxämie, aber soweit dürft ihr es gar nicht erst kommen lassen.«

Sie ging um die Maschine herum und achtete nicht auf Peggy, die schon wieder an ihren Fingernägeln kaute.

»Jetzt kommt der wichtigste Teil, also hört gut zu. Achtet immer auf die Alarmsignale der Maschine. Werdet in dieser Beziehung niemals nachlässig. Es hat seine Gründe, warum in die Geräte ein Alarm eingebaut wird. Hört darauf, wenn er sich meldet.«

Tessie zeigte auf einen kleinen schwarzen Knopf rechts oben in der Bedienungskonsole. Er war so unscheinbar und versteckt zwischen anderen Knöpfen und Drehschaltern, daß er kaum auffiel.

»Ich habe euch diesen kleinen Knopf bisher nicht gezeigt, weil ich nicht erleben möchte, daß eine von euch jemand darauf drückt. Am liebsten wäre mir, wenn es ihn gar nicht gäbe. Damit schaltet man die Alarmbereitschaft ab.
Viele Schwestern schalten den Alarm ab, wenn sie den Schlauch vom Tubus abnehmen, um den Patienten abzusaugen, damit dabei nicht die ganze Zeit der Alarm läuft und die Toten in der Leichenhalle aufweckt.«
Peggy kicherte albern, bis sie merkte, daß keine von uns auch nur lächelte. Sie räusperte sich und verstummte abrupt.
»Wie gesagt«, fuhr Tessie fort, »dagegen ist nichts einzuwenden, nur passiert es immer mal wieder, daß danach vergessen wird, den Alarm wieder anzuschalten. Ein Fehler, der einem nur allzu leicht passieren kann.«
Die ganze Zeit über hatte Tessie auf diesen Knopf geblickt.
»Falls aus irgendeinem Grund, zum Beispiel durch eine Bewegung des Patienten, die Sauerstoffzufuhr abgeschnitten wird, während ihr mit etwas anderem beschäftigt seid, kommt es zu einem akuten Sauerstoffmangel im Blut des Patienten, und ihr merkt es nicht, vor allem dann nicht, wenn der Patient ruhiggestellt und relaxiert worden ist.
Das mag euch unwahrscheinlich vorkommen, und ihr sagt euch jetzt wahrscheinlich, ›So was passiert mir doch nicht‹, aber das passiert immer wieder, besonders bei Lernschwestern wie euch.«
Tessie sagte eine ganze Weile nichts mehr. Die Stille begann schon unangenehm zu werden, als sie endlich fortfuhr. Sie blickte uns dabei nicht an und sprach sehr langsam, so als bereite es ihr große Mühe: »Als ganz junge Schwester hatte ich eine gute Freundin, die den Tod einer jungen Frau verschuldete, weil sie auf diesen kleinen Knopf gedrückt und den Alarm abgestellt hatte. Und das, meine Damen, bedeu-

tete das Ende einer vielversprechenden Karriere als Intensivschwester.«

Erneut trat eine lange Pause ein, während Tessie die Maschine wieder zudeckte.

»Und die Moral von der Geschichte: Hände weg von diesem Knopf. Der Alarm bringt euch nicht um, wenn ihr Sekret absaugen oder das System erneuern müßt.«

Tessie schob die Maschine in die Ecke und kam lächelnd zu uns zurück.

»Und noch eins. Es ist nie verkehrt, bei beatmeten Patienten die Hände zu fixieren, auch wenn er oder sie völlig weggetreten zu sein scheinen. Hier gibt es dafür keine feste Regeln, in anderen Kliniken ist es Vorschrift, die Hände zu fixieren. Laßt euch nicht vormachen, daß der Patient brav alles mitmacht. So ein Tubus im Hals ist etwas sehr Unangenehmes, und die meisten versuchen alles mögliche, um ihn loszuwerden.«

Tessie klatschte in die Hände. »So, Mädels, jetzt raus mit euch und an die Arbeit.«

Wir brannten schon darauf, zu unseren Patienten zu kommen, waren aber auch ein bißchen ängstlich, als wir uns auf den Weg zur Intensivstation machten.

Die Intensiveinheit war ein großer Raum ganz in Grün. Zwischen den acht Intensivbetten hingen grüne Vorhänge, die Wände, der Fußboden und die Arbeitskleidung waren grün. Fenster gab es keine, statt dessen weiches, künstliches Licht von der Decke. Die Atmosphäre hätte einschläfernd gewirkt, wären da nicht die nie enden wollenden Geräusche der Respiratoren und Alarme gewesen, und das eklige Schlürfen der Absaugkatheter.

Peggy war für Bett B zuständig, einen siebenundzwanzigjährigen Japaner, der mit seinem Motorrad auf die linke Spur geraten und frontal mit einem entgegenkommenden

Auto zusammengestoßen war. Weil er es für überflüssig gehalten hatte, einen Helm zu tragen, hatten Kopf und Gesicht unliebsame Bekanntschaft mit der rauhen Fahrbahndecke gemacht, bis die Rutschpartie nach dreißig Metern an der Leitplanke endete.
Die Chirurgen, die seine Schädelfrakturen mit Draht zusammengeflickt hatten, wollten erst sehen, ob das Gehirn noch funktionierte, bevor sie sich daran machten, so etwas wie Ordnung in die lädierten Gesichtszüge zu bringen. Bis dahin bedeckten sterile, mit Kochsalzlösung getränkte Kompressen die flache Vertiefung aus blutigen Haut- und Fleischfetzen und Knochensplittern. Nur zwei Löcher waren freigelassen worden, durch die man dunkle Augen sehen konnte, die keine Lider mehr hatten.
Im Bett dahinter lag Janeys Patientin, eine grazile Sechzehnjährige, die sich einen gut besuchten Badestrand ausgesucht hatte, um einen besonders phantasievollen Selbstmordversuch zu unternehmen. Zeugen hatten berichtet, daß sie ein Handtuch ausgebreitet hatte, sich gründlich mit Sonnencreme eingerieben und anschließend innerhalb von fünf Minuten eine Flasche Whisky ausgetrunken hatte. Die leere Flasche hatte sie kopfüber in den Sand gesteckt und sich bäuchlings auf ihr Handtuch gelegt, um sich von den letzten Strahlen der herbstlichen Abendsonne bescheinen zu lassen.
Ein zufällig vorüberkommender Rettungshelfer außer Dienst hatte Verdacht geschöpft, als er sie nach Sonnenuntergang so entspannt daliegen sah. Als sie in die Notaufnahme eingeliefert wurde, betrug die Körpertemperatur knapp 34.5 Grad, und sie atmete kaum noch.
Sie gewann den Preis für den höchsten Alkoholspiegel, der in diesem Krankenhaus jemals bei einem Nicht-Alkoholiker gemessen worden war. Obwohl die Ärzte, die sie behandel-

ten, sich Geschichten von ihren eigenen alkoholischen Ausschweifungen erzählten und Witze über deren Nachwirkungen rissen, stand, wie bei ihrem japanischen Zimmernachbarn, die Frage im Raum, welche bleibenden Schäden ihr Hirn davongetragen hatte.

Janey hatte ganz auf die Schnelle noch einen weiteren frisch operierten Patienten zugewiesen bekommen. Auf dem Krankenblatt lasen wir, daß dem Patienten ein »Bezoar« entfernt worden war.

Wir gingen zum Bücherschrank und lasen, um was es sich bei einem Bezoar handelte, nämlich um einen kleinen Ball im Magen, bestehend aus verklebten, wiederholt zu sich genommenen Unverdaulichkeiten wie zum Beispiel Haaren, Knochen und Fingernägeln.

Daraus zogen wir den Schluß, daß der Patient die seltsame Angewohnheit hatte, Schrottautos anzuknabbern oder seinen Hund sauberzulecken.

Der Chirurg, der den Patienten auf die Intensivstation begleitete, zeigte uns dreien den Bezoar, den er in ein blaues OP-Tuch eingewickelt hatte.

Wir hatten damit gerechnet, etwas Spektakuläres zu sehen, Armaturenteile oder Stücke vom Scheinwerfer, vermischt mit den Überresten eines Zwergpinschers, und waren beim Anblick des Bezoars ziemlich enttäuscht. Der faustgroße Klumpen bestand, soweit wir das definieren konnten, aus einem haarigen Steak, gespickt mit Finger- oder Zehennägeln.

Offensichtlich unbeeindruckt betrachtete Peggy den unappetitlichen Klumpen aus sicherer Entfernung und knabberte dabei seelenruhig weiter an ihren Nägeln. Janey und ich hingegen kamen überein, das Mittagessen heute ausfallen zu lassen. Den Anblick würde man so schnell nicht vergessen, ganz abgesehen vom Gestank, der davon ausging, wie irgend etwas aus den untersten Schichten einer Mülltonne voller Essensreste, die fünf Tage lang in der prallen Sonne gestanden hatte.

Ich hatte die Aufsicht über Bett G, einen kräftigen, kahlköpfigen Burschen, der große Ähnlichkeit mit Meister Proper hatte.

Für einen Menschen, der an einer akuten koronaren Herzkrankheit litt, wirkte Rexford Moore erstaunlich gesund. Seitdem sich seine Lungen mit Flüssigkeit gefüllt hatten, die sein Herz nicht mehr abtransportieren konnte, hing er an der Beatmungsmaschine. Nachdem es gelungen war, das Lungenödem mit Medikamenten zu reduzieren, bestand der nächste Schritt darin, ihn von der Maschine zu entwöhnen. Sie nahm ihm das Atmen schon nicht mehr komplett ab, sondern unterstützte nur noch den eigenen Atemrhythmus des Patienten.

Die Schwestern banden seine Hände die meiste Zeit nicht mehr fest, damit er aufschreiben konnte, was er brauchte. Neben seinem Bett fand ich einen Stoß einseitig beschriebener Blätter mit seinen Mitteilungen Die Schrift war groß und ausgeprägt, aber zittrig.

Als ich mich dem Patienten vorstellte, machte Mr. Moore eine Kopfbewegung in Richtung auf die Schreibutensilien im unteren Fach des Nachtkästchens. Ich löste die langen Mullbinden, mit denen seine Hände gefesselt waren, und reichte ihm Block und Bleistift. Dann stand ich da und kam mir ziemlich blöd vor, während ich die Enden der Mullbinden hielt, die an seinen Händen befestigt waren. Als würde ich einen Hund ausführen.

Seine erste Mitteilung an mich las sich wie die etwas gewaltsam in Reime gesetzte Grußbotschaft zum fünfzigsten Geburtstag des Vorsitzenden eines Kleintierzüchtervereins. »Seid gegrüßt, holde Miss Heron: Rex Moore werde ich ge-

nannt, bin unter Freunden als Scotch bekannt. Vergessen Sie Ihre Scheu, und bleiben Sie mir treu, damit Vertrauen blüht, und Freude einzieht. Sie dürfen mir trauen, und fest auf mich bauen, denn ich bleibe brav, so fromm wie ein Schaf. Vergessen Sie das Gängelband, denn es behindert die Hand. Darf ich mich rasieren? Es wird nichts passieren, kein Schnitt in den Schlauch, den ich immer noch brauch.«
Und am Schluß stand: »P. S.: Sind Sie verheiratet?«
Obwohl er ganz offensichtlich nicht zu den Großen der Dichtkunst gehörte, mußte ich lachen und ließ die Bänder los. »Nein, ich bin nicht verheiratet. Und ja, Sie dürfen sich rasieren. Ich hole Ihnen, was Sie brauchen.«
Ich freute mich, daß er in so guter Verfassung war. Weil ich mich mehr vom Herzen als vom Verstand leiten ließ, siegte der Wunsch, jemandem einen Gefallen zu tun schließlich über Tessies Warnungen. Ich band seine Hände nicht wieder fest, behielt ihn aber ständig im Auge.
Scotch rasierte und wusch sich. Dann putzte er sich die Zähne, wobei er sorgsam darauf achtete, daß der Tubus an seinem Platz blieb, und obwohl ihm die Atemnot zu schaffen machte, bestand er darauf, sich an der Bettkante aufzusetzen.
Gegen halb elf setzte ich mich hin, um meinen Bericht zu schreiben. Ich war mit dem Verlauf des Vormittags zufrieden. Scotchs Puls und Blutdruck waren ein bißchen erhöht, und er wirkte auch ein wenig unruhig, aber jetzt lag er da und war mit einem Kreuzworträtsel beschäftigt. Das Rasieren und Waschen hatte ihn sicher etwas angestrengt, und ich hoffte, daß er bald einschlafen würde.
Fünfzehn Minuten später flog ein Bleistift dicht an meiner Nase vorbei, und im gleichen Augenblick ging der Alarm los. Hektisch und etwas blau um die Lippen, schwang Scotch die Beine über die Bettkante und riß seine Braunüle

heraus, bevor ich mich von meiner Überraschung erholt hatte und auf die Füße kam.

Der Monitor zeigte einen dramatischen Anstieg seiner Herzfrequenz an, und sein EKG wies einige gefährliche, unregelmäßige Ausschläge auf, sogenannte Ventrikuläre Extrasystolen, die, wie ich von Tessie wußte, durch Sauerstoffmangel verursacht werden können.

Als er nach dem Tubus griff, machte ich einen Hechtsprung über das Bett. »Nein!« schrie ich ihm ins Ohr und versuchte, seine Finger von dem Tubus wegzuzerren. Der Mann blickte mich an, als habe er mich noch nie zuvor gesehen, und beendete den Ringkampf, indem er mit einem kräftigen Ruck den Tubus herausriß.

Er würgte einmal kurz, starrte vor sich hin und wankte in Richtung Tür durch den Raum. Die Monitorkabel spannten sich, bis die Elektroden sich von seiner Brust lösten, wie Gummibänder zurückschnellten und gegen die Wand hinter dem Bett klatschten.

Ich umklammerte mit beiden Armen seine Taille und schrie um Hilfe. Bis Janey endlich da war, hatte mich Scotch schon drei Meter durch den Raum geschleift.

»Haltet ihn auf!« schrie ich.

Janey stellte sich ihm in den Weg, doch er fegte sie mit einem Schwung seines Arms zur Seite. Sie überschlug sich einmal, griff aber flink wie ein Wiesel nach seinem linken Bein. Dann kam auch Peggy wie Superman aus dem Nichts herangeflogen und sprang wie ein Klammeraffe auf Scotchs Rücken.

Szenen aus einem alten Frankenstein-Film gingen mir durch den Kopf, als dieser Schrank von einem Mann, dessen Haut sich inzwischen zu einem Grauton verfärbt hatte, uns drei mit steifen Schritten durch den Raum zerrte, als wären wir nichts als lästige Kletten. Ich begann, hysterisch zu lachen, bis mein Kopf gegen Peggys Kinn krachte und mich der Schmerz wieder zur Besinnung brachte.

Zwei Intensivschwestern von den hinteren Betten waren inzwischen auf die groteske Gruppe miteinander verschlungener Leiber aufmerksam geworden und lösten Großalarm aus. Sie stürzten sich ins Getümmel und packten Scotchs anderes Bein. Wir alle schrien durcheinander wie aufgescheuchte Gänse, und keine verstand, was die andere eigentlich wollte. Scotch war der einzige, der Schweigen bewahrte, denn sein Ziel stand fest.

Plötzlich war Tessie da. Sie schob einen Polstersessel vor sich her, der in einer Ecke gestanden hatte, und stieß ihn Scotch genau vor die Beine.

Scotch konnte nichts sehen, weil Peggys Finger mit den abgekauten Nägeln ihm die Augen zuhielten, und rannte blindlings dagegen. Mit kräftigem Griff packte Tessie ihn, riß ihn herum und hinein in den Sessel.

Der Alarm hatte eine Gruppe von Ärzten und Pflegern angelockt, die den um sich schlagenden und beißenden Mann zum Bett zurückbugsierten und ihn wieder intubierten. Tessie legte eine neue Infusion und nahm eine Blutprobe, um die Blutgase zu bestimmen. Ich schnallte die Gummimanschette um seinen Oberarm, um den Blutdruck zu messen. Dabei vermied ich es solange wie möglich, Tessie anzuschauen.

Eine halbe Stunde später lag Scotch ruhig in seinem Bett, und seine Hautfarbe war wieder normal, ebenso der Blutdruck und der Puls. Tessie sah zu, wie ich das Durcheinander um das Bett herum aufräumte. Ich legte mich tüchtig ins Zeug, damit es so aussähe, als hätte ich keine Zeit für ein Gespräch mit ihr.

Mit einem Seufzer drückte Tessie die Handballen in die Augenhöhlen und rieb sich damit über die Wangen. »Ich hab' doch gewußt, daß es eine von euch dreien war, als der Alarm losging.«

Ich hielt den Blick auf meine Hände gerichtet.

»Würde mir vielleicht mal jemand erzählen, was los war?«

Ich hätte nicht sagen können, ob Tessies Ton wirklich so vorwurfsvoll klang, wie ich es mir einbildete; es lag wohl an meinem schlechten Gewissen.

»Keine Ahnung«, sagte ich und zuckte mit den Schultern. »Er hat einen ganz vernünftigen Eindruck gemacht, und von einem Moment zum anderen war er hypoxisch und ist völlig durchgedreht.«

Ich konzentrierte mich wieder aufs Aufräumen. Tessie wartete geduldig auf die Fortsetzung meiner Geschichte.

Ich rang mich dazu durch, ihr alles zu berichten. »Ich hab' ihm die Hände nicht mehr fixiert, weil er so vernünftig war. Bis auf einen leichten Anfall von Atemnot kriegte er immer genug Luft und hat ganz normal geatmet. Mein Gott, Tessie, der Mann hat mir sogar ein Gedicht geschrieben. Nicht im Traum hätte ich damit gerechnet, daß er sich den Tubus herausreißen würde, aber es war genauso, wie Sie gesagt haben.«

Tessie schwieg und ließ mich ausreden.

»Und wie fühlen Sie sich jetzt?« fragte sie.

Meine Stimme war noch ganz heiser vom lauten Schreien, und ich krächzte: »Beschissen. Ich freue mich ja, daß es ihm wieder gutgeht, aber ich fühl' mich immer noch total mies.«

Tessie lächelte. »Gott sei Dank. Wenn es nicht so wäre, müßte ich mir ernstlich Sorgen um Sie machen. Wenigstens wissen Sie jetzt, was Sie nie wieder tun dürfen.«

Sie beugte sich vor und nahm etwas vom Monitor neben dem Bett. »Jetzt zeige ich Ihnen, wie das passiert ist.«

Tessie hielt den Tubus hoch, den Scotch sich herausgerissen hatte.

»Schauen Sie her.«

Am Ende des Tubus klebte ein Schleimpfropfen, der so hart war wie Beton und die Öffnung fast vollständig verstopfte.

»Haben Sie Mr. Moore abgesaugt?« fragte sie mich.

»Ja, zweimal.«

»Und was haben Sie herausgeholt?«

»Gar nichts. Es war überhaupt kein Sekret drin.«

Tessie warf den Tubus in den Abfalleimer.

»Jedenfalls haben Sie das gedacht. Und genau das ist Lektion zwei, die Sie nie mehr vergessen dürfen. Mr. Moore hat ein Lungenödem. Das heißt, es muß sich zwangsläufig Sekret bilden, auch wenn es nur ganz wenig ist. Wenn beim Absaugen nichts rauskommt, spülen Sie den Tubus mit ein paar Millilitern steriler Kochsalzlösung, damit das Sekret nicht verkleben kann. An diesem Schleimpfropfen wäre Mr. Moore fast erstickt.«

Ich rollte empört die Augen: »Ich glaub's einfach nicht, daß er auf mich gewartet hat, um durchzudrehen. Der Pfropfen hat sich wahrscheinlich schon seit drei Tagen da angesammelt, und genau in dem Moment, wo ich komme, macht der Tubus dicht.«

Ich starrte auf eine Falte des grünen Bettvorhangs und erinnerte mich an Janeys und mein feierliches Gelübde in der Küche meines Häuschens, den Humor nicht zu verlieren. Aber auch wenn die Vorstellung von Dr. Frankensteins Monstrum in der Intensivstation, das drei zappelnde und schreiende Schwestern hinter sich her schleifte, eigentlich urkomisch war, nach Lachen war mir jetzt wirklich nicht zumute. »Respiratorische Hypoxie läßt einen Menschen ziemlich schnell völlig irrational reagieren, Echo. Ich habe es mir zur Regel gemacht, immer auf alles gefaßt zu sein, bis zu dem Augenblick, wo der Patient in seinen Wagen steigt und nach Hause fährt.«

Sie ging ans Waschbecken, wusch sich die Hände, trocknete sie ab und kam wieder zu mir herüber. Sie drückte mich kurz an sich. »Jetzt machen Sie kein so belämmertes Gesicht. Dem Patienten geht es wieder gut, und Sie haben zwei sehr wichtige Dinge gelernt.«

»Ja, schon. Aber wie!« Das Schuldgefühl wollte nicht weichen.

Tessie lachte nur. »Manchmal ist das die einzige Art, etwas zu kapieren.«

Ich öffnete den Mund, aber sie ging weg und ließ mich stehen. Vom Ausgang her rief sie mir zu: »Schluß jetzt mit dem Rumgrübeln, es darf wieder gelacht werden. Das war's für heute.«

Tessie lehrte uns nicht nur alles, was man über künstliche Beatmung und Kostenrechnung im Krankenhaus wissen mußte, sie brachte uns auch bei, unser seelisches Gleichgewicht zu bewahren.

»Fangt früh damit an«, sagte sie zu Beginn der ersten dieser spontan improvisierten Sitzungen. »Laßt euch nicht von anderen emotional Ausgebrannten mitreißen. Redet euch alles von der Seele. Was wir hier tagtäglich an Tod und anderen traurigen Dingen zu sehen kriegen, knackt auch die härteste Schale, und man schnappt über. Freßt diesen seelischen Müll nicht in euch rein, sondern teilt ihn mit anderen Menschen. Sagt euch gegenseitig, wie schrecklich ihr euch gefühlt habt, als euer Patient gestorben ist. Erzählt euren Kolleginnen und Kollegen von den Fehlern, die euch passiert sind, und welche Angst ihr hattet. Wenn ihr immer alles runterschluckt, endet ihr über kurz oder lang in der Klapsmühle. Wie meine Ausbilderin immer sagte: ›Spuckt 's aus, bevor ihr's mit nach Hause schleppt.‹«

Tessie hatte natürlich recht, obwohl einige der Mädchen es

für unwahrscheinlich hielten, daß man als Schülerin schon von so etwas betroffen sein könnte. Es gab noch zu viele von uns, die ihre seelischen Belastungen für sich behielten, weil sie glaubten, selbst damit fertig zu werden. Ich hatte nie Probleme damit gehabt, mein Herz auszuschütten, wenn mir danach zumute war. Ich sagte ihnen, es gäbe keinen Grund, sich zu schämen, wir säßen schließlich alle im selben sinkenden Boot, aber meine Bemühungen hatten keinen Erfolg.

Bis die Sache mit Robert passierte, die uns allen die Augen öffnete und uns zu wahrhaft Gläubigen machte.

Robert war ein hervorragender Assistenzarzt, der – wie die meisten jungen Ärzte – glaubte, die ganze Welt kurieren zu können. Die vielen herben Enttäuschungen, die die Erfolge bei weitem überwogen, hatten ihn, anders als viele seiner Kollegen, von dieser Überzeugung nicht abbringen können. Robert glaubte felsenfest, wenn er sich nur genug Mühe gäbe, würden die Lahmen aufstehen und wandeln.

Robert war immer zur Stelle, wenn er gebraucht wurde, und das Wort »Problem« gab es nicht in seinem Wortschatz. Er übernahm viel mehr Patienten, als er es hätte tun müssen, und schuftete wie ein Pferd. Wenn seine Patienten Schmerzen hatten, fühlte er sich dafür verantwortlich. Wenn einer starb, brach er weinend zusammen und machte sich Vorwürfe, daß er nicht genügend oder nicht das Richtige getan hatte, ihn am Leben zu erhalten.

Robert war der Typ, der sich ständig für andere aufreibt. Das bißchen Geld, was er verdiente, lieh er anderen, erfüllte jeden Wunsch, sprang für Kollegen ein, wenn sie herzzerreißende Geschichten erzählten, warum sie diesen oder jenen Dienst nicht übernehmen könnten, und hörte sich geduldig jedermanns Kummer und Sorgen an. Robert hatte die ungewöhnliche Gabe, für alles und jeden Toleranz und Verständnis aufzubringen.

Soweit ich das beurteilen konnte, bat er selbst niemals um einen Gefallen, obwohl ich nicht glaube, daß ihm irgend jemand je wirklich zuhörte. Alle waren zu sehr damit beschäftigt, Roberts Gutmütigkeit auszunutzen, als daß jemand gemerkt hätte, wie er langsam vor die Hunde ging.

An Halloween brach das gesamte Personal die Regeln und erschien verkleidet zum Dienst. Die Schwestern klebten sich gegenseitig Flittersterne oder -herzen auf die Gesichter, und die Ärzte und Assistenten setzten Pappnasen mit Drahtbrillen auf und steckten sich Blasenkatheter als Schwänze an den Hosenboden.

Ich hatte Robert am Morgen gesehen, als ich auf dem Weg zur Station war. Er trug breite, knallrote Hosenträger und hatte sich mit viel weißer Schminke ein sattes Clownsgrinsen ins Gesicht gemalt. Es war mir nichts Ungewöhnliches an ihm aufgefallen. Robert war wie immer: der gute alte Robert. Und wie alle anderen sah ich keinen Grund, hinter das aufgemalte Lachen zu schauen.

Gleich nach dem Mittagessen sedierte ich einen aufgeregten, desorientierten Patienten, als ich aus den Augenwinkeln einen dunklen Schatten draußen vor den Fenstern vorbeihuschen sah. Ich dachte, es sei eine Möwe oder ein anderer großer Seevogel, der sich in die Stadt verirrt hatte, öffnete ein Fenster und schaute hinaus. Als ich mich ein wenig weiter hinausbeugte und über die Brüstung in die Tiefe blickte, sah ich unten auf dem Parkplatz etwas liegen, das wie eine zerbrochene Marionette aussah. Der Wind spielte mit den Schößen des weißen Arztkittels, und einer der roten Hosenträger hatte sich beim Aufprall gelöst.

Roberts Abschiedsbrief enthielt genaue Anweisungen für die weitere Behandlung seiner schwerkranken Patienten und die Bitte um Vergebung an alle, die über seinen Tod betrübt sein könnten.

Während der Gedenkfeier hielt die Direktorin der psychiatrischen Abteilung eine kurze Ansprache, in der es darum ging, daß Selbstmord für die Hinterbliebenen eine unannehmbare Todesart sei. Um ähnlichen Tragödien vorzubeugen, boten sie und der anwesende Geistliche dem Klinikpersonal ihren Beistand an.

Selbst im Tode hatte Robert seinen Mitmenschen noch einen Dienst erwiesen. Es war auffallend, wie sehr sich die menschlichen Beziehungen zwischen uns Schülerinnen wie auch unter dem Krankenhauspersonal verbesserten. Jeder hatte ein freundliches Wort für andere, man kümmerte sich umeinander, und Fragen wie »Alles in Ordnung?« oder »Möchtest du darüber reden?« waren an der Tagesordnung.

Im November kam der turnusmäßige Wechsel im Ausbildungsprogramm, und wir bekamen eine andere Lehrerin. Der Abschied von Tessie fiel uns allen schwer (sie sagte, das wäre bloß die Angst vor der Selbständigkeit, die wir aus unseren Kindheitstagen noch mit uns herumschleppten), aber wir freuten uns auch darauf, andere Stationen kennenzulernen.

Man setzte uns davon in Kenntnis, daß wir am Kreiskrankenhaus Oakland bleiben würden, unter der Betreuung von Miss Geraldine Telmack.

Die Monate mit Miss Telmack schleppten sich hin wie eine Ewigkeit. Sie konnte mich von Anfang an nicht leiden und teilte mir das nach den ersten drei Wochen auch in einem Gespräch unter vier Augen mit.

Sie zupfte nervös an der Ecke ihres Schreibblocks und meinte, sie habe gehört, daß ich eine sehr gute Schülerin sei, aber soweit sie das beurteilen könne, sei mit mir kein Blumentopf zu gewinnen. Sie sagte, ich wäre zu »aufsässig« für eine Schwesternschülerin und faßte ihre Klage zu einem handlichen Bündel zusammen, indem sie behauptete, ich hätte dieselbe Charakterschwäche wie ihre Schwester Mavis. Ich fand nie heraus, was sie eigentlich genau an mir auszusetzen hatte, außer, daß ich sie an ihre Schwester Mavis erinnerte, aber sie ließ mich vom ersten Tag an ihre Abneigung spüren.

Ich konnte ihr nichts recht machen. Egal, wie sorgfältig und gründlich ich war, Miss Telmack fand immer etwas zu kritisieren. Meine Pflegeplanungen waren »zu unscharf formuliert«, meine Eintragungen waren zu knapp gehalten, ich »trödelte« bei den Patienten, mein Haar hing mir auf den Kittelkragen, meine Zwölf-Dollar-Designer-Verbände dauerten ihr zu lange, und – das betonte sie immer wieder – ich würde im Umgang mit den Patienten eine »seltsame« Art von Humor an den Tag legen, denn die Patienten, so behauptete sie steif und fest, lachten über mich, nicht mit mir. Die Liste der Unzulänglichkeiten, die Miss Telmack bei mir zu entdecken glaubte, war endlos.

Miss Telmack machte mich rasend, und ich erzählte jedem, der es hören wollte, von ihren Schikanen. Natürlich war Janey diejenige, der ich damit am häufigsten in den Ohren lag. Ihre erste Frage, wenn sie mich sah, lautete inzwischen nicht mehr »Wie geht's?« sondern »Wie geht's mit Miss Telmack?«

In Simons Gegenwart versuchte ich, glücklich und unbekümmert zu wirken, aber er war ein sensibles Kind und spürte den Druck, unter dem ich stand. Er begann damit, mir zusätzlich zu seinen Überraschungsgeschenken kleine Zettel in die Taschen zu stecken. Mit wenigen Ausnahmen stand darauf: »Simon had Momy liep.« Darunter malte er mit gelbem Farbstift ein rundes Smiley-Gesicht mit einem ganz breiten Lächeln.

Ich war ein notorischer Feiertagsmuffel, aber dieses Jahr

konnte ich es kaum erwarten, daß endlich Weihnachten würde. Je näher die Festtage heranrückten, desto glücklicher fühlte ich mich. Denn der Beginn der Weihnachtsferien bedeutete das Ende meiner Leidenszeit bei Miss Telmack.
Es war sechs Uhr früh, draußen herrschte noch tiefe Dunkelheit, als ich die letzten Patienten dieses Einsatzes übernahm, der mir unter der Bezeichnung »Terrormack-Periode« unvergessen bleiben wird. Mein Herz floß über vor Glück und Freude. Ganz entgegen meiner Art summte ich »Jingle Bells« vor mich hin, eine Melodie, die mir seit Jahren nicht mehr über die Lippen gekommen war.
Auf dem Einsatzplan standen zwei Zeilen in Miss Telmacks gestochen scharfer, akkurater Handschrift.

Zweites Ausbildungsjahr – Heron
Station sechs, Bett fünf – Patient: Wilson, Richard

Erst war ich angenehm überrascht, dann wurde ich mißtrauisch. Warum nur ein Patient, wenn es bisher immer drei oder mehr gewesen waren?
Janey trat hinter mich und blickte mir über die Schulter. »Mann! Du Glückspilz! Eine Ein-Mann-Schau. Und ich dachte, Miss Telmack hätte mit dir nichts am Hut.«
Ich drehte mich zu Janey um und lachte. Sie sah aus wie wir alle: fix und fertig.
»Die Kernfrage hier, Janey, lautet nicht, was Geraldine Telmack mit mir am Hut hat, sondern was die dicken schwarzen Ringe unter deinen Augen bedeuten. Wie lange hast du letzte Nacht geschlafen?«
Als Antwort gähnte Janey nur, und wir mußten beide lachen.
»Das sind die Medikamente«, sagte sie und zitterte mit den Händen, als litte sie unter schwersten Entzugserscheinun-

gen. »Ich habe bis zwei Uhr meine Arzneimittelkartei auswendig gelernt.«
»So wie du aussiehst, glaub' ich eher, daß du die Mittelchen alle selbst ausprobiert hast.«
Janey griff in ihre große Ledertasche und holte ein Kästchen aus durchsichtigem Plastik heraus, das zu zwei Dritteln mit DIN A7-Karteikarten gefüllt war. Sie ging damit um, als enthielte es die Antworten auf alle ungelösten Geheimnisse des Lebens.
Sie hielt mir das Kästchen hin. »Schau«, sagte sie mit flüsternder Stimme, »schau in meine Kristallkugel, darin siehst du deine Zukunft.«
Der Karteikasten, den sie mir unter die Nase hielt, war der wertvollste Besitz einer Pflegeschülerin. Gleich nach der ersten Unterrichtsstunde in Pharmakologie hatten wir alle damit begonnen, uns Arzneimittelkarteien anzulegen. Wir informierten uns eingehend über jedes Medikament, von dem wir jemals gehört und das wir verabreicht hatten oder von dem wir annahmen, daß wir es eines Tages verabreichen würden. Alles Wissenswerte darüber schrieben wir auf Karteikarten, die wir in Kästchen oder Schachteln – ich benutzte beispielsweise einen Schuhkarton – sammelten. Die Anzahl dieser Karten, die wir mit der Zeit zusammenbrachten, war für uns gleichbedeutend mit dem Stand unseres Wissens in Arzneimittelkunde.
Wenn wir uns um fünf Uhr morgens zu viert oder fünft in einem Auto auf den Weg zum Krankenhaus machten, vertrieben wir uns die fünfundvierzigminütige Fahrtzeit mit Medikamenteraten. Alle außer der Fahrerin hatten ihre Karteikästen auf dem Schoß. Eine von uns zählte einige Eigenschaften eines Medikamentes auf, und die anderen mußten raten, worum es sich handelte.
Der Grund für unsere Arzneimittelhysterie lag darin, daß

sich in der medikamentösen Behandlung von Patienten im Laufe der Jahre vieles verändert hatte. Es war längst nicht mehr so wie in den alten Filmen, wo die Schwester ins Krankenzimmer kam, den Patienten mit der einzigen Begründung, »Das wird Ihnen guttun«, freundlich, aber sehr bestimmt dazu aufforderte, die kleine weiße Tablette einzunehmen und wieder entschwand.

Wenn heute eine Krankenschwester vor den Medikamentenschrank tritt, steht sie vor einer Aufgabe von gewaltigen Dimensionen. Von uns wurde nicht nur verlangt, daß wir die einzelnen Pharmaka in- und auswendig kannten, einschließlich ihrer chemischen Zusammensetzung, Auswirkungen auf den Organismus, Nebenwirkungen, Kontraindikationen und geeigneten Dosierungen, sondern wir mußten auch sicherstellen, daß der Patient nicht allergisch dagegen war und überprüfen, ob es mit irgendeinem anderen Medikament, mit dem er bereits behandelt wurde, inkompatibel war. Wenn über alle diese Fragen endlich Klarheit bestand, mußten noch sämtliche Unterlagen und Aufzeichnungen über den Patienten geprüft und die ärztlichen Anweisungen eingeholt werden und nicht zuletzt der Patient selbst befragt werden, bevor Tablette oder Spritze endlich zum Einsatz kamen.

Ich wandte den Blick von Janeys Arzneimittelkartei ab und konzentrierte mich wieder auf meine Einsatzplanung. »Ich brauche nicht in die Zukunft zu sehen, um zu wissen, daß Miss Telmack mir mit diesem Richard Wilson etwas ganz Besonderes zugedacht hat.«

Janey wollte eine Bemerkung machen, stieß sich aber plötzlich von der Wand ab, gegen die sie sich gelehnt hatte, um sich auf den Weg zu ihrer Station zu machen. Als sie dicht an mir vorbeikam, zischte sie: »Achtung, die Bullen.«

Das Quietschen von Gummisohlen auf dem polierten Bo-

denbelag und der Geruch nach Kleiderstärke verrieten mir, daß sich Miss Telmack im Anmarsch befand.
»Heron?« kreischte sie hinter mir. Geraldine hatte eine Stimme wie ein Feldwebel.
Ich tat so, als sei ich in den Einsatzplan vertieft. »Ja, Miss Telmack?«
»Warum haben Sie sich die Unterlagen des Patienten noch nicht vorgenommen?«
»Dazu bin ich noch nicht gekommen, Miss Telmack. Ich bin erst seit ungefähr dreieinhalb Minuten hier.«
»Dann haben Sie bereits drei Minuten verschwendet. Ich an Ihrer Stelle würde mich etwas mehr zusammennehmen und mich sehr gründlich mit den Aufzeichnungen über den Patienten beschäftigen. Sie werden mit diesem jungen Mann einige sehr ungewöhnliche Probleme bekommen, und ich bin schon gespannt, wie die angebliche Musterschülerin damit fertig wird.« Sarkasmus mischte sich in den Kasernenhofton.
Während die Säure von neuem die Wände meines Magens attackierte, wandte sich Miss Telmack ab und ging. Ich beobachtete, wie ihr Häubchen im Takt zum Quietschen ihrer Schritte auf und ab hüpfte, und biß das Nagelbett meines linken Zeigefingers blutig wie Peggy J. Nagelbeißer.
»Zu Befehl, Miss Telmack!« rief ich hinter ihr her, aber so leise, daß sie es nicht hören konnte. »Alles, was Sie wünschen.«
Dann unterdrückte ich meine Aufsässigkeit und eilte zu dem Patienten, um mir die Unterlagen anzusehen und zu erfahren, mit welchen »ungewöhnlichen Problemen« ich es zu tun haben würde.
Wilson, Richard, Alter: fünfundzwanzig. Diagnose: chronische myeloische Leukämie im Endstadium.
Na und? Es war nicht das erste Mal, daß ich einen jungen Menschen betreute, und unheilbare Krebsfälle hatte ich

auch schon mehrmals gehabt. wozu also die ganze Aufregung?
Ich las Krankenbericht und Pflegeplanung und erfuhr, daß der junge Mann ein Jahr lang Profi-Baseball gespielt hatte, bevor er erkrankte. Seine engsten Verwandten waren die Mutter und eine Schwester. Nach mehreren Behandlungen, auf die er nicht angesprochen hatte, hatte man ihn hierher gebracht. Dies würde sein letzter Klinikaufenthalt sein. Seit vierundzwanzig Stunden lag er mit Leber- und Nierenversagen im Halbkoma. In einem umrandeten Feld in der rechten unteren Ecke des Krankenblattes war ein Eintrag in roter Tinte, der den Patienten als »nicht reanimationspflichtig« auswies.
»Nicht reanimationspflichtig« bedeutete, daß keine Wiederbelebungsversuche unternommen werden sollten, wenn es zum Kreislaufversagen käme. Im Klartext hieß das, daß wir ihn in Frieden sterben lassen würden.
Mr. Wilson bekam nur zwei Medikamente: Morphin und Valium, beide wie vom Arzt angeordnet oder bei Bedarf. Die Pflege schien sich hauptsächlich auf seine individuellen Bedürfnisse zu beziehen: ihn bequem lagern, waschen und ihm das Sterben so leicht wie möglich zu machen.
Ich blätterte durch alle Unterlagen und las die Arztberichte. Aus allen ging mehr oder weniger dasselbe hervor: Der Patient reagierte nur noch auf starke Schmerzreize. Die Prognose war aussichtslos, und die meisten Ärzte rechneten fest damit, daß Richard Wilson den Abend dieses Tages nicht mehr erleben würde.
Punkt sieben Uhr versammelten wir uns im Schwesternzimmer zur Tagesbesprechung. Miss Telmack saß am Kopf des Tisches und führte den Vorsitz. Sie schien sehr zufrieden mit sich zu sein.
Janey berichtete von ihren drei Patienten und erklärte, wie

sie sie zu betreuen beabsichtige. Bei ihrem Patienten mit der dekompensierten Rechtsherzinsuffizienz mußte die Atmung genau beobachtet werden, außerdem war dafür zu sorgen, daß er seine Medikamente bekam und die salzarme Diät eingehalten wurde. Die zweiunddreißigjährige Rauschgiftabhängige mit akuter bakterieller Endokarditis stand nicht nur im Hinblick auf ihre Vitalfunktionen unter ständiger Beobachtung, sondern auch um zu verhindern, daß ein Besucher ihr Heroin zusteckte. Und dann war da noch der einundsechzigjährige Alkoholiker mit starkem Entzugssyndrom, der wegen dem drohenden Delirium tremens und Krampfanfällen sediert werden mußte.

Die übrigen Schülerinnen hatten nur die üblichen Wald-und-Wiesen-Patienten zu betreuen: Schlaganfälle, Medikamentenabusus, Krebs, Herzinfarkte, gastrointestinale Blutungen, Unfallverletzungen und so weiter.

Als ich an der Reihe war, über meine Aufgaben zu berichten, schämte ich mich fast, zuzugeben, daß ich nur einen Leukämie-Patienten im Endstadium hatte, höchstens zwei Medikamente verabreichen mußte und mich ansonsten nur um den Allgemeinzustand des Kranken zu kümmern brauchte.

Ich bin sicher, daß meine Kolleginnen sich fragten, was hier gespielt wurde, zumal Miss Telmack während meines ganzen Vortrags so zufrieden, fast schon hämisch grinste und mit dem Radiergummiende ihres Bleistifts auf den Tisch klopfte.

Normalerweise war sie mit kritischen Bemerkungen, schnippischen Einwänden und bissigen Ermahnungen schnell bei der Hand, wenn etwas nicht ihren Vorstellungen entsprach, aber an diesem Morgen sagte sie kein einziges Wort, während ich mein geplantes Vorgehen erläuterte. Fast hätte ich sie darum gebeten, einige ätzende Äußerungen von sich zu geben, denn danach hätte ich mich wesentlich besser gefühlt.

Mein armseliger Vortrag dauerte nur zwei Minuten, einschließlich der in die Länge gezogenen Pausen zwischen den Sätzen.

Einige der anderen blickten sich an und hoben vielsagend die Augenbrauen.

Endlich stand Miss Telmack auf, und obwohl sie sich an uns alle wandte, hatte mich die Paranoia schon so sehr in der Gewalt, daß ich das untrügliche Gefühl hatte, sie spreche nur zu mir allein.

»Wir treffen uns dann in vier Stunden wieder. Sie werden mich nicht zu Gesicht bekommen, aber seien Sie versichert, daß ich jede Ihrer Bewegungen genau beobachten werde.«

Ihr abgründiges Lächeln machte mich schaudern.

Janey drückte unter dem Tisch meine Hand und sah mich an, als hätte ich gerade meine Kündigung erhalten.

Richard Wilson sah umwerfend gut aus. Er war Mulatte und hatte eine Haut wie goldbrauner Samt. Makellos spannte sie sich über seine hohen, kräftig ausgeprägten Wangenknochen.

Sein Körper war schweißgebadet. Flecken von Exkrementen und Blut bedeckten das Bettzeug. Ich streckte die Hand aus, um seine Stirn zu berühren, und zog sie wieder zurück, als hätte ich glühende Kohlen berührt. Durch die halb geschlossenen Lider war nur das Weiße seiner Augen zu erkennen.

»Richard?« Eins. »Richard?« Zwei. »Richard!« Drei.

Keine Reaktion.

Ich habe mich nie daran gewöhnen können, jemanden mit einer Nadel zu stechen, um Schmerzreflexe zu prüfen; deshalb kniff ich ihn in den Oberarm. Er stöhnte und schien sich anzustrengen, die Augen zu öffnen. Ich erhaschte einen

kurzen Blick auf die braune Iris, dann war wieder nur das Weiße zu sehen.
Ich maß den Blutdruck. Er war erschreckend niedrig: 68 zu 40. Ich spürte, wie mein Adrenalinspiegel in die Höhe schnellte, aber die rote Eintragung auf seinem Krankenblatt hielt mich zurück. Keine Reanimation. Ich sah auf der Tafel an seinem Bett nach, wann er die letzte Dosis Morphin bekommen hatte. Zehn Milligramm vor weniger als fünfundvierzig Minuten. Davor war es dieselbe Dosis gewesen, verteilt auf jeweils anderthalb Stunden.
Ich sah mir die Verordnung an und las sie mehrere Male: »Bei Schmerzen Morphinhydrochlorid, fünf bis zehn Milligramm intravenös, stündlich.«
Aus meiner Arzneimittelkartei wußte ich, daß das schon für normale Fälle eine ziemlich hohe Dosis war, und erst recht für einen Patienten wie Richard Wilson, dessen Leberfunktion stark beeinträchtigt war. Wenn er weiterhin soviel Morphin in so kurzen Abständen bekam, wie die Verordnung vorsah, würde das seine Atmung immer mehr dämpfen, bis hin zum Atemstillstand.
Ich hängte die Tafel wieder ans Bett. Es war üblich, Patienten in einer Situation wie dieser Schmerzmittel in hohen Dosen zu verabreichen, das wußte ich, aber ich hatte noch nie darüber nachgedacht, daß ich so etwas eines Tages selbst tun müßte.
Ich steckte ein großes Badehandtuch in einen Plastiksack, goß Flüssigseife und warmes Wasser hinein und legte den Sack neben Richard aufs Bett. Als der Sack seinen Arm berührte, gab er einen erstickten Laut von sich und knirschte mit den Zähnen. Sein Körper versteifte sich.
Ich fühlte seinen Puls. Er war unregelmäßig und schwach. Der Blutdruck war 70 zu 38, zu niedrig, besonders bei einem Patienten, der unter solchen Schmerzen litt wie dieser hier.

Panik ergriff mich, und ich rannte hinüber ins Nachbarzimmer, wo Janey gerade ihren Herzpatienten wusch.

In der Tür blieb ich wie festgenagelt stehen. Janey saß auf der Bettkante, und der Kopf des weißhaarigen Mannes ruhte an ihrer Schulter. Beide weinten. Er tätschelte ihre Schulter und sprach mit starkem ausländischem Akzent.

»Ich erst vier, als Soldaten kommen und mein Vater und mein Mutter tot. Ich sehen alles, große Angst, bis Soldaten Kartoffelsack über mich stecken und werfen mich über Mauer von Kloster. Die Nonnen gut zu mir, aber alle in Familie nicht mehr sehen. Ich Glück haben, weil Soldaten noch nicht töten Kinder damals ...«

Ich kam mir wie ein Eindringling vor und wandte mich ab. Es war erstaunlich und ein wenig beängstigend, welches Zutrauen die Patienten zu den Schwestern entwickelten und wie leicht sie ihre innersten Gefühle offenbarten. Wir waren wie Dienstmädchen, denen man die Schlüssel zu allen Räumen gegeben hatte und die darin längst vergessene Dinge entdeckten, die niemand sonst jemals zu Gesicht bekommen hatte.

Ich rannte zurück in mein Zimmer. Ich wollte noch einmal nach Mr. Wilson sehen und dann Miss Telmack anpiepsen lassen, aber sie war schon da, stand am Bett und maß den Blutdruck. Als sie mich kommen hörte, drehte sie sich um und funkelte mich zornig an.

»Wo haben Sie gesteckt? Was fällt Ihnen ein, den Patienten im Stich zu lassen und draußen herumzustrolchen?«

Der Ton ihrer Stimme verriet mir, daß es besser wäre, ihr die Wahrheit zu sagen. »Ich wollte Hilfe holen«, sagte ich und geriet wieder in Panik. »Ich habe niemanden gefunden, deshalb wollte ich Sie rufen, ich schwöre es!« Nur mühsam unterdrückte ich den Drang, hinzuzufügen, daß ich auf der Stelle tot umfallen wollte, wenn es nicht wahr wäre.

Das zornige Funkeln in Miss Telmacks Augen wich einem Ausdruck mißtrauischen Zweifelns. Sie öffnete den Mund, um etwas zu sagen, aber ich kam ihr zuvor.

»Ich weiß nicht, was ich machen soll. Der systolische Blutdruck ist nur siebzig, und er hat starke Schmerzen. Wenn ich ihm Morphin gebe, fürchte ich, daß der Blutdruck ganz wegbleibt. Ich wollte ihn waschen und das Bettzeug wechseln, aber er hat so große Schmerzen. Er verbrennt innerlich. Ich habe die Temperatur noch gar nicht gemessen, aber ich bin sicher, daß sie –«

Ich glaubte, nicht richtig zu sehen, als Miss Telmack wieder selbstzufrieden grinste. Mein Haß auf sie erreichte einen neuen Höhepunkt.

»So, so«, sagte sie und verschränkte die Arme vor der Brust. »Und was gedenken Sie jetzt zu tun? Das hier ist der Augenblick der Wahrheit, Mädchen. Stellen Sie sich vor, Sie sind hier ganz allein auf Station mit sechs schweren Fällen, und es ist niemand da, der Ihnen helfen könnte. Was machen Sie jetzt mit Mr. Wilson?«

»Ich werde den Arzt anrufen und ihn fragen, ob er –«

»Sie haben gar keine Zeit, einen Arzt zu rufen«, fuhr sie mir hämisch dazwischen, »und außerdem wird der Ihnen auch nicht helfen. Er hat die Verordnung heute früh selbst geschrieben und kennt die Situation genausogut wie Sie. Außerdem hat er keine Zeit, sich Ihr Gejammer anzuhören.«

»Aber, Miss Telmack«, flüsterte ich, »das heißt doch nichts anderes, als daß ·von der Schwester verlangt wird, den Patienten umzubringen.«

Miss Telmack brauste wütend auf: »Wie können Sie es wagen, zu behaupten, das, was wir hier tun, hätte den Tod eines Menschen zum Ziel? Sie helfen ihm, seine letzten Stunden ohne Schmerzen zu verbringen. Wachen Sie endlich auf, Schwester Heron, und finden Sie sich mit der Realität ab!«

Ich war entsetzt. Das war eine völlig neue Erfahrung, und ich war darauf überhaupt nicht vorbereitet. Ich schloß die Augen, um Miss Telmacks Anblick für einen kurzen Moment nicht mehr ertragen zu müssen und einen klaren Gedanken fassen zu können.

Aber anstatt die beruhigende Weite des Ozeans vor mir zu sehen, tastete ich mich durch dichten Nebel, sah mich schemenhaft selbst, wie ich Morphium in den Gummiverschluß der Infusionsflasche spritzte, das langsam durch den Schlauch auf seine Vene zuströmte, immer dichter heran, bis ...

»Ich kann das nicht!« flüsterte ich, starr vor Entsetzen. Ich öffnete die Augen und blickte Miss Telmack an. »Das mache ich nicht! Ich werde diesem Mann kein Morphin geben. Mein Leben lang würde ich mir vorwerfen, an seinem Tod schuld zu sein. Das ertrage ich nicht. Von mir aus schmeißen Sie mich raus, tun Sie, was Sie wollen, aber ich mache das nicht.«

Angstvoll beobachtete ich Miss Telmacks Gesichtsausdruck. Das Grinsen war immer noch da, aber ich sah auch noch etwas anderes. Es erschien mir wie Mitgefühl, Trauer und tiefes Wissen, alles in einem.

»Na schön, Heron, jetzt waschen wir ihn und geben ihm etwas gegen das Fieber. Wenn wir damit fertig sind, können Sie sich um die Medikamente kümmern.«

Dieser Sinneswandel kam mir ein bißchen zu plötzlich, und mir schwante nichts Gutes. Das Gefühl drohenden Unheils lastete wie hundert Mühlsteine auf meiner Seele.

Miss Telmack zog Mr. Wilson das Flügelhemd aus, und ich breitete das große, in Seifenlauge eingeweichte Handtuch über seinen nackten Körper. Von den Schultern abwärts tupften wir ihn behutsam ab. Wir berührten ihn kaum, aber als wir bei seinen Füßen angelangt waren, war das anfängliche Stöhnen zu einem schwachen, hohen Wimmern angeschwollen.

Der Schweiß lief mir aus allen Poren, und ich mußte die Zähne zusammenbeißen. Ich spürte Miss Telmacks Blicke und wartete darauf, daß sie etwas sagte. Es war zwar ein ganz normaler Vorgang in der Pflege, einen Patienten zu waschen und das Bettzeug zu wechseln, aber im Fall von Mr. Wilson hätte ich vorher etwas gegen seine Schmerzen unternehmen müssen, was ich nicht getan hatte.

Ich legte ihn auf die Seite, schob ihn vorsichtig bis an die Bettkante heran und wusch Rücken und Gesäß. Anschließend drückte ich Badetuch und Bettlaken zu einem Wulst zusammen, breitete ein frisches Laken über die freie Stelle der Matratze und rollte den Patienten über den Wulst. Auf der anderen Seite des Bettes entfernte Miss Telmack das Badetuch und das alte Laken und zog das frische glatt. Dann maß sie rektal seine Temperatur: 39,3°. Mit einer raschen Bewegung führte sie ein Aspirinzäpfchen ein.

Ich pumpte Luft in die Gummimanschette, um den Blutdruck zu messen, und hoffte, daß er hoch genug wäre, damit ich ihm eine Spritze geben könne.

»Achtzig zu vierundvierzig«, sagte ich beklommen. Richard Wilsons Jammern war schwächer geworden. Ich wünschte, ich könnte etwas gegen seine Schmerzen tun, ohne den Mann für immer zum Schweigen zu bringen.

»Ja? Und was nun? Was werden Sie jetzt tun, Heron?«

»Ich weiß nicht. Ich möchte noch etwas Zeit vergehen lassen. Wenn sein Blutdruck bei fünfundachtzig ist, gebe ich ihm drei Milligramm Morphin für den Anfang.«

Miss Telmack starrte mich wütend an. »Hören Sie denn nicht, wie der Patient schreit? Er hat Schmerzen. Was hindert Sie daran, diesen Mann in Frieden sterben zu lassen? Erklären Sie mir das mal, Heron, denn ich glaube nicht, daß irgend jemand anderes Verständnis dafür aufbringt, wenn sie ihn diesen Torturen aussetzen.«

Ich blickte auf Richard Wilson hinab, den jungen Mann, den Berufssportler, und erinnerte mich an ein kleines Mädchen von sieben Jahren, das über einem toten Vogel stand und zum Himmel hinauf schwor, nie wieder ein anderes Lebewesen zu töten.

»Miss Telmack, bitte, verstehen Sie mich doch. Ich möchte nicht den Tod dieses Mannes verursachen. Ich habe Angst – ich möchte ...« Meine Stimme brach.

Miss Telmack zog mich auf den Flur hinaus, wo wir uns an die Wand lehnten. Schwestern eilten vorüber, traten aus Krankenzimmern oder gingen hinein, und der Chefarzt unserer Abteilung, begleitet von einer kleinen Gruppe Assistenzärzte, machte seine Visite.

»Patienten gesund pflegen ist die angenehme Seite unseres Berufes.« Miss Telmacks Stimme klang weich. »Die andere Seite ist weder leicht, noch angenehm, aber es gibt sie trotzdem. Wir helfen Menschen nicht nur, wieder gesund zu werden, sondern wir helfen ihnen auch beim Sterben. Wenn der Tod unvermeidlich ist, gehört es zu Ihren Aufgaben, dem Patienten dieses Stadium mit allen Ihnen zur Verfügung stehenden Mitteln zu erleichtern. Sie dürfen diesen jungen Mann nicht im Stich lassen. Er braucht Ihre Hilfe.«

Was sie sagte, klang vernünftig, aber im Grunde lief es doch darauf hinaus, daß ich hineingehen und Richard Wilson ein oder zwei Morphinspritzen geben sollte.

»Haben Sie so etwas schon mal gemacht?« fragte ich sie.

Miss Telmack zögerte keine Sekunde. »Schon oft«, sagte sie, »und ich hoffe nur, daß jemand da ist, um dasselbe für mich zu tun, sollte ich jemals in diese Lage kommen.«

Das klang so überzeugend, daß ich ihr glaubte.
»Heron, haben Sie schon einmal so furchtbare Schmerzen gehabt, daß Sie keinen anderen Wunsch mehr hatten, als von diesen Schmerzen befreit zu werden?«
Ich mußte daran denken, wie ich mir die Achillessehne mit einer rostigen Gartenhacke durchtrennt hatte, und auch an Simons Geburt, aber es hatte in meinem ganzen Leben bisher keinen Fall gegeben, wo die Schmerzen so stark gewesen wären, daß ich mir den Tod herbeigewünscht hätte.
»Nein. So schlimm war es noch nie.«
Miss Telmack seufzte resigniert. »Also gut, Heron, es liegt ganz bei Ihnen. Aber ich möchte, daß Sie bei Ihrem Patienten bleiben und ihn genau beobachten. Sie haben einige Minuten Zeit, es sich durch den Kopf gehen zu lassen. Wenn Sie zu dem Schluß kommen sollten, daß Sie dieser Aufgabe seelisch nicht gewachsen sind, piepsen Sie mich an. Andernfalls komme ich später vorbei, um zu sehen, wie Sie zurechtkommen.«
Sie schrieb etwas auf einen kleinen Block, den sie aus der Tasche holte, und steckte den Stift wieder in den Haarknoten unter ihrer Haube. Sie entfernte sich einige Schritte. »Überlegen Sie mal, Heron: Der junge Mann hat keine Chance, zu überleben. Er wird nie wieder aufwachen und Baseball spielen.«
Ich lehnte noch eine Weile an der Wand, nachdem Miss Telmack gegangen war, und strich mit den Fingern über meine silberne Herrenarmbanduhr. Ich drehte das Gehäuse um und blickte auf die Widmung auf der Rückseite: »Kopf hoch, Schwester – Deine Freunde.« Ein warmes Gefühl überkam mich, als ich an die Freunde und Nachbarn dachte, die mir diese Uhr nach der bestandenen Aufnahmeprüfung geschenkt hatten. Ich fragte mich, was sie wohl denken würden, wenn Sie mich jetzt sähen, wie ich überlegte, ob es

richtig war, das Sterben eines fünfundzwanzigjährigen Mannes zu beschleunigen, indem ich ihm Schmerzmittel gab. Ich ging zu Mr. Wilson hinein. Er stöhnte immer noch. Ich versuchte, ihm die Zähne zu putzen, aber sein Zahnfleisch blutete so stark, daß ich es aufgab. Statt dessen sprühte ich ihm Mundwasser in den Mund und saugte die Flüssigkeit wieder ab, damit er nicht daran erstickte.
Fünf Minuten später war sein Blutdruck bei 82, und ich piepste Miss Telmack an, damit sie mich beim Verabreichen des Morphins beaufsichtigte. Während ich auf sie wartete, versuchte ich, meine Angst zu verdrängen. Ich blickte auf den attraktiven jungen Mann und dann durch die offene Tür hinaus auf den Flur. Dann schloß ich die Augen und stellte mir vor, ich wäre Richard Wilson.
Ich fühle das Bettlaken und die harte Matratze. Ich atme ein. Ich ersticke, meine Lungen sind wie Blei. Ich habe rasende Schmerzen im ganzen Körper. Ich will schreien oder brüllen, aber ich kann es nicht. Meine Zunge ist rissig und geschwollen, und mir fehlt die Kraft.
Es riecht nach Desinfektionsmitteln und Urin. Mein Atem stinkt nach geronnenem Blut. Ich möchte mich übergeben, und die Magensäure steigt mir in die Kehle. Ich brenne, mein ganzer Körper steht in Flammen. Selbst das leichte Bettlaken, unter dem ich liege, fühlt sich auf der Haut an wie Sandpapier. Die Stimmen aus der Sprechanlage jagen mir glühende Nadeln durchs Gehirn.
Der Patient im übernächsten Bett, ein geistig verwirrter alter Mann mit einem gebrochenen Schenkelhals und Blähungen, furzt laut, rüttelt am Bettgitter und flucht.
O Gott, denke ich, bitte mach, daß das aufhört.
Ich öffnete die Augen. Miss Telmack stand vor mir und blickte mich mißtrauisch an. »Alles in Ordnung, Heron? Sie sehen blaß aus.«

»Es geht schon wieder. Ich habe nur versucht, mir vorzustellen, wie man sich an seiner Stelle fühlt.« Ich schaute zu Richard Wilson hinüber.
Miss Telmack verdrehte die Augen. Für meine Angewohnheit, mich in die Rolle der Patienten zu versetzen, um sie besser zu verstehen, hatte sie noch nie viel übrig gehabt.
Aber es klang so gar nicht nach Miss Telmack, als sie dann fragte: »Und wie hat sich das angefühlt?«
»Nicht gut. Ich möchte ihm etwas Morphin geben, aber nicht die volle Dosis. Der Blutdruck ist etwas höher, deshalb dachte ich an fünf Milligramm.«
»Fünf Milligramm bewirken bei ihm gar nichts«, sagte sie. »Sie verschwenden nur Ihre und meine Zeit. Sie müssen ihm soviel geben, wie nötig, wenn Sie etwas gegen die Schmerzen ausrichten wollen. Dieser Mann verträgt einiges an Schmerzmitteln, aber ich will Ihnen entgegenkommen. Geben Sie ihm acht Milligramm jetzt und nochmal fünf nach der Mittagspause.
»Ich kann nicht«, flüsterte ich und blickte zur Seite.
Miss Telmack holte tief Luft und atmete langsam aus. »Na schön, Heron. Sie haben es nicht anders gewollt. Nach der Mittagspause bleiben Sie im Besprechungszimmer. Lesen Sie was, denken Sie nach, tun Sie, was Sie wollen, aber lassen Sie sich nicht mehr auf der Station blicken. Ich werde mich selbst um Ihren Patienten kümmern. Ich kann Sie hier nicht mehr brauchen.«
Sie wandte sich ab, zog den Schlüssel zum Giftschrank aus der Tasche und ging zum Schwesternzimmer. Ich wußte nicht, was ich tun sollte. Es war bisher in unserer Klasse noch nie vorgekommen, daß man eine Schülerin von der Station gewiesen hatte.
Auf Umwegen ging ich zum Besprechungszimmer. Ich fühlte mich schuldig und hatte Angst. Der Zwischenfall war mir

peinlich. Ich hoffte, Tessie zu begegnen, spielte sogar mit dem Gedanken, sie ausrufen zu lassen, aber ich wußte auch, daß die Zeit dafür nicht reichen würde. Während der Mittagsbesprechung schwitzte ich Blut und Wasser. Janey hatte ihren gesprächigen Tag und brauchte fast eine halbe Stunde, um über ihre Patienten zu berichten. Miss Telmack erwähnte mit keinem Wort, was sich zwischen uns beiden abgespielt hatte.

»Sie können jetzt essen gehen. Dreißig Minuten Pause, dann sind Sie wieder bei Ihren Patienten.«

Sie blickte kein einziges Mal in meine Richtung.

In der Kantine sah ich, wie sich Miss Telmack mit der Stationsschwester von Station sechs unterhielt. Sie standen bei der Kaffeemaschine, und das Gespräch schien sich um etwas Ernstes zu drehen. Als sie mich sahen, verstummten sie und gingen weg.

Ich saß vor meiner Suppentasse und hatte Magenkrämpfe. Janey kam mit ihrem Teller herüber und setzte sich neben mich. Ich blickte auf und sah zu, wie ihr das Stethoskop vom Hals rutschte und mitten in ihrem Kartoffelbrei landete. Janey wischte es mit der Serviette ab, als wäre nichts geschehen, und blickte mir forschend ins Gesicht, weil ich nicht gelacht hatte.

»Sag mal, Mädchen, du siehst aus wie nach einem positiven Schwangerschaftstest mit gleichzeitiger Kündigung. Was ist los?«

»Ich bin von der Station geschickt worden, Janey. Miss Telmack hat meinen Patienten übernommen.«

Janey verschluckte sich an ihrem Kartoffelbrei. »Was?«

»Ich hatte Angst, ihm Morphin zu geben, weil sein Blutdruck so niedrig ist und weil er ohnehin kaum noch Luft kriegt. Ich wollte nicht diejenige sein, die ihn völlig über den Jordan schickt.«

Der Klumpen in meinem Magen stieg mir in die Kehle.

»O Scheiße«, sagte Janey. »Was wirst du jetzt machen, oder besser, was wird Geraldine jetzt mit dir machen?«

Ich schob die Suppe weg, die ich noch nicht angerührt hatte. »Ich weiß nicht. Ich denke, vielleicht ist Krankenpflege doch nicht das Richtige für mich. Vielleicht sollte ich lieber wieder als Kanzleisekretärin arbeiten oder mir einen anderen, ruhigen Job suchen, wo nicht von einem verlangt wird, daß man Leute umbringt. Ich will nicht, daß jemand leidet, aber ich möchte auch nicht diejenige sein, die ihn davon erlöst, indem ich sein Leben beende.«

Janey hielt meine Hand, während die ganze Geschichte aus mir herausbrach.

»Irgendwie sehe ich ja ein, daß Miss Telmack recht hat«, sagte ich zum Schluß, »aber ich wünschte, ich hätte mehr Zeit gehabt, darüber nachzudenken.«

Als Janey sprach, klang ihre Stimme leise und eindringlich. »Über was hättest du denn nachdenken wollen, Echo? Miss Telmack hat dir diesen Patienten gegeben, weil Sie weiß, wie gefühlsbetont du reagierst; sie hat genau gewußt, daß du in einen seelischen Konflikt geraten würdest. Wir alle werden früher oder später mit dieser Situation konfrontiert werden. Vielleicht wollte sie, daß du uns ein Beispiel gibst. Verstehst du, was ich meine? Nach dem Motto: Wenn Heron das schafft, dann packt ihr anderen es allemal.«

Ich mußte zugeben, daß Janey recht hatte, zumindest teilweise. Was immer ihre Motive auch gewesen sein mögen, Miss Telmack hatte mir die Gelegenheit gegeben, das Problem zusammen mit ihr anzugehen, statt ganz allein damit fertig werden zu müssen.

»Ich nehme an, das ist so ein Fall, der in keinem Lehrbuch steht. Meinst du nicht?« fuhr Janey fort. Sie sah mich an, als wäre ich ein Kind, das im Gedränge seine Eltern verloren hatte. Sie war Balsam für meine Nerven, und ich war ihr unsagbar dankbar.

Ich nickte und rührte gedankenverloren in der kalten Suppe. Janey stand auf, nahm ihre Tasche und griff nach meiner. Sie half mir, vom Stuhl aufzustehen, als wäre ich eine alte Frau mit Arthritis.

»Komm schon, Echo. Versuch 's doch auch mal von der anderen Seite zu sehen. Wenn wieder einmal so etwas passiert, bist du uns einen gewaltigen Schritt voraus.«

Und das nächste Mal? Ich war mir sicher, daß es viele nächste Male geben würde. In allen Krankenhäusern auf der Welt verabreichten Schwestern Tag für Tag Patienten wie Richard Wilson Schmerzmittel. Ich fragte mich, ob mir das jemals leichtfallen würde?

Ich saß allein im Besprechungszimmer, legte den Kopf auf die Tischplatte und schloß die Augen. Ich sah Richard Wilson in seinem Bett vor mir und fragte mich, wie es ihm wohl ginge. Er würde sterben, ohne daß eine von uns etwas daran würde ändern können.

Ich stand auf und ging in dem kleinen Raum auf und ab. Ich kam mir vor wie in einer Gefängniszelle. Durch den Türspalt spähte ich hinaus und wartete, bis der Flur leer war. Dann rannte ich zum Lift. Es war fünf Minuten vor halb zwei. Ich hatte eine und eine dreiviertel Stunde Zeit.

Ich drückte auf den Knopf vom ersten Stock und fuhr hinunter zur Krankenhauskapelle.

Obwohl ich keiner Kirche angehörte, fühlte ich mich von der entrückten Stille angezogen, die allen Gotteshäusern eigen ist.

Ich erinnerte mich an eine dunkle Winternacht zu einer Zeit, als die Kirchentüren noch nicht zugesperrt werden mußten, als ich nach einem warmen Plätzchen suchte. Es war die Kirche nicht weit vom Haus meiner Eltern. Drinnen fühlte

ich mich sicher und geborgen. Ich stand vor dem Beichtstuhl und hüllte mich in seinen Vorhang aus schwerem rotem Samt. Der Wachsgeruch von den brennenden Opferkerzen am Nebenaltar stieg mir in die Nase, und ich begann, von Wundern zu träumen. Am Fuße einer Madonnenstatue schlief ich ein und träumte, daß sie von ihrem Podest stieg und mich in ein warmes Haus brachte, wo es nach Pfefferkuchen roch. Sie würde mich lieben wie ihre Tochter, niemals betrunken sein, mich nicht anschreien und auch nicht damit drohen, mich im Schlaf zu erwürgen.
Als ich wieder erwachte, wußte ich, daß Wunder niemals dann geschehen, wenn man sie braucht, aber ich hatte einen Ort gefunden, wo ich allein war und nachdenken konnte.
Ich hatte gehört, daß die Krankenhauskapelle fast immer leer war, bis auf jene Gelegenheiten, wenn sie für heimliche Romanzen zweckentfremdet wurde.
Erleichtert stellte ich fest, daß das Gerücht wenigstens zur Hälfte der Wahrheit entsprach: keine Menschenseele war zu sehen. Ich setzte mich in die hinterste Ecke des Raumes, in die das gedämpfte Licht nicht reichte. Nachdem meine Augen sich an die Dunkelheit gewöhnt hatten, sah ich, daß die Bänke mit blauem Samt gepolstert waren und der Altar aus einem weißen Marmorblock gehauen war.
Meine Erschöpfung war so groß, daß ich nur noch auf das große Holzkreuz starren konnte, das von der Decke herabhing. Der Christus aus Porzellan, den man daran befestigt hatte, schaute immerzu auf seine durchbohrten Füße.
Würde Jesus etwas dagegen gehabt haben, wenn man ihm eine Morphinspritze gegeben hätte, während er am Kreuz starb? Ich glaube schon. Ich erinnerte mich noch schwach an die Religionsstunden, die ich hatte besuchen müssen, und an die frommen Schwestern, die uns kindlichen Sündern eintrichterten, daß »Der Erlöser« (Falte gefälligst die

Hände, du sündige kleine Rotznase!) für eine gute Sache gelitten hatte und damit der Menschheit einen großen Dienst erwiesen hatte.
Richard Wilson hatte der Menschheit keinen großen Dienst zu erweisen. Sein Leiden war sinnlos. Er würde sterben, weil er krank war, und wir konnten es nicht verhindern.
Wenn ich sein Sterben beschleunigte, war ich dann eine Mörderin? Im Geiste hörte ich die Nonnen die zehn Gebote aufsagen. Beim fünften blieben sie hängen: »Du sollst nicht töten.« Aber war es nicht so, daß ich den Sinn des Leidens nicht verstand und mich dagegen auflehnte? Wäre Richard Wilson ein Tier gewesen, das leiden mußte, hätte es keine Zweifel gegeben. Jeder Mensch hätte es für einen Akt der Barmherzigkeit gehalten, seinen Qualen ein Ende zu setzen. Verdienten Menschen es, schlechter behandelt zu werden als andere Lebewesen?
Ich blickte wieder auf den Christus aus Porzellan und dachte an den kleinen Messingbuddha auf dem Küchenbord über meinem Herd. Als ich sprach, richtete ich die Worte an beide: »Also gut, ihr erleuchteten Wesen, wie seht ihr das? Ist es erlaubt, jemanden von seinem Leiden zu befreien, indem man sein Sterben beschleunigt? Würdet ihr das gutheißen?«
Die Antwort kam von der Kapellentür, die aufging und zwei schwarze Frauen einließ. Sie setzten sich auf die erste Bank, ohne mich zu sehen.
Die eine war älter als die andere und extrem fett. Die jüngere war schlank und sehr hübsch. Das Gesicht mit der samtenen braunen Haut und den kräftigen Wangenknochen erinnerte mich an Richard Wilson.
Die ältere Frau kniete nieder und wiegte den Oberkörper vor und zurück. »O Herr, steh uns bei.« Sie sagte es nur einmal.
Die junge Frau neigte sich vor und legte den Kopf auf die Schulter ihrer Mutter. Ihre Stimme war sanft. »Ist ja gut,

Mama. Es ist besser so. Jetzt braucht niemand mehr zu leiden.« Ihre Stimme klang, als wäre ihr eine große Last von der Seele genommen. Dann hörte ich nur noch leises Beten und verhaltenes Schluchzen.

Was das Mädchen gesagt hatte, ging mir nicht aus dem Sinn. Wieder und wieder hörte ich die Worte: »Jetzt braucht niemand mehr zu leiden«, wie von einer defekten Schallplatte, als ich mich eine halbe Stunde später durch die Flure zum Besprechungszimmer schlich. Ich war dabei, meine Eindrücke und Empfindungen auf einem Blatt Papier festzuhalten, als Miss Telmack hereinkam, sich vor mich hinstellte und die Arme vor der Brust verschränkte, wie meine Mutter, als ich neun war und etwas ausgefressen hatte.

»Mr. Wilson ist eben gestorben ...«

Sie sagte das in einem Ton, als habe sie einen persönlichen Sieg errungen.

Ich reagierte nicht darauf. Schon in der Kapelle, angesichts der beiden Frauen, hatte ich es geahnt, und die Nachricht stimmte mich noch trauriger. Gleichzeitig war ich aber auch erleichtert.

»... und Sie werden eine Menge Ärger kriegen«, beendete sie den Satz und grinste.

»Ja«, sagte ich. Mehr fiel mir nicht ein. Ich wußte, daß Miss Telmack gehofft hatte, mehr zu hören; trotzdem sprach sie weiter.

»Erstens ist die Stationsschwester wütend auf Sie, weil Sie Mr. Wilson so lange ohne Schmerzmittel gelassen haben, und will Sie auf ihrer Station nicht mehr sehen.«

Sie schwieg, um zu sehen, welche Auswirkungen das auf mich hatte. Als ich fünf war, hatte mein Vater mir beigebracht, was ein Pokergesicht ist.

»Zweitens werde ich einen Bericht darüber schreiben, der in Ihre Personalakte kommt.«

Als wäre ich ein Gefangener auf dem Weg zum Schafott, fügte sie hinzu: »Haben Sie dazu noch etwas zu sagen?«

Ich überlegte, nahm meinen Mut zusammen und straffte innerlich die Schultern. »Sie haben recht, wenn Sie sagen, man dürfe den Patienten nicht leiden lassen, aber ich bin noch nicht soweit, diese Verantwortung auf mich zu nehmen. Sie haben auch recht, mich darauf aufmerksam zu machen, daß mir dieses Problem noch öfter begegnen wird und ich noch lernen muß, besser damit umzugehen, aber ich werde mich nie wohl dabei fühlen, jemandem wie Mr. Wilson starke Schmerzmittel geben zu müssen. Ich bin sogar froh, daß es mir so schwer fällt. Jedenfalls weiß ich, daß ich mir sehr gründlich überlegen werde, was ich tue, wenn es eines Tages notwendig werden sollte, jemandem das Sterben zu erleichtern.«

Ich machte eine Pause und dachte an Janeys Worte in der Kantine.

»Ich danke Ihnen, daß Sie mir diesen Patienten anvertraut haben, und es tut mir leid, daß ich Sie enttäuscht habe.«

Miss Telmack zeigte sich davon nicht beeindruckt. »Das haben Sie hübsch gesagt, Heron, aber ich bin immer noch nicht überzeugt davon, daß Sie den nächsten Patienten nicht wieder stundenlang leiden lassen, während Sie sich ›gründlich überlegen, was Sie tun‹.«

Ich stand auf und schüttelte den Kopf. Die Überzeugung, im Recht zu sein, die mir bisher die meisten Schwierigkeiten in meinem Leben eingebrockt hatte, verwahrte sich gegen Miss Telmacks Härte.

»Miss Telmack, ich bin alles andere als stolz auf mein Benehmen. Haben Sie schon mal daran gedacht? Ich kann Menschen nicht leiden sehen, das macht mich wahnsinnig. Wenn ich eines Tages genügend Patienten von ihren Schmerzen erlöst und ihre Leiden beendet habe, kann ich vielleicht genauso gut damit leben, wie die übrigen Schwestern es zu tun scheinen, aber zum letzten Mal, Miss Telmack, bevor ich diese Frage für mich nicht geklärt habe, können Sie mich nicht dazu zwingen, gegen meine Überzeugung zu handeln, indem Sie Berichte über mich schreiben oder mich von der Station schicken. Ich brauche Zeit zum Nachdenken, und wenn die Zeit gekommen ist, werde ich tun, was von mir erwartet wird. Tut mir leid. Ich nehme an, Sie wollten, daß ich diese Prüfung bestehe, aber erst muß ich mit mir selbst ins reine kommen.«

Ich nahm meine Bücher, griff nach meinem Mantel und ging zur Tür. Ich kam mir schrecklich tapfer vor und auch ein bißchen wie eine tragische Heldin in einem Drama. »Ich gehe jetzt. Heute halte ich es hier nicht mehr aus. Ich fahre nach Hause.«

Zu meiner großen Verwunderung protestierte Miss Telmack nicht. Sie winkte mich nur aus dem Raum und sagte: »Von mir aus, Heron, tun Sie, was Sie wollen, mir ist es egal.«

Auf dem Weg in die Tiefgarage mußte ich an Miss Telmack denken. Noch schlechter fühlte ich mich, wenn ich an Richard Wilson dachte. Als ich um die Ecke bog, begegnete ich der Leichentrage, einer tiefen Pritsche mit falschem Boden, damit man die Toten nicht sah, wenn sie in die Leichenhalle im Keller gerollt wurden. Sie kam aus der Richtung von Richard Wilsons Zimmer.

Als die Pfleger die Trage an mir vorbei schoben, klopfte ich auf den Kastendeckel und sah zu, wie sie im Aufzug verschwand.«

»Mach's gut, Richard«, sagte ich leise. »Es tut mir leid, daß ich dir nicht helfen konnte, aber das hatte einen wichtigen Grund. Nächstes Mal werde ich an dich denken.«

8. Kapitel

Mit einem Ruck hielten der Rollstuhl und seine Insassin vor Bett eins an.

Ich beugte mich über die alte Stadtstreicherin, die in der Gegend als Rolling Rosa bekannt war, um die Bremse festzustellen. Dabei passierten zwei Dinge gleichzeitig: ich sah, wie sich ihr Haar, das wie ein verlassenes Vogelnest aussah, aus eigener Kraft bewegte, und ich bekam eine mächtige Dosis des Geruchs ab, der von ihr ausging.

Ohne darüber nachzudenken, welchen Eindruck das auf die anderen Patienten machen würde, prallte ich zurück und schlug die Hand vor den Mund. Der ranzige Gestank ihres ungewaschenen Körpers trieb mir die Tränen in die Augen. Ich drehte das Gesicht zur Wand und atmete saubere Luft ein, wobei ich hoffte, meine Fähigkeit aus Kinderzeiten nicht verloren zu haben, sehr lange die Luft anhalten zu können.

Ich rieb mir die Augen, um die Ablagerungen von meinen Kontaktlinsen zu entfernen, die das flüchtige Trugbild ausgelöst haben könnten, und trat näher heran, um mir noch einmal Rosas Hinterkopf anzusehen.

Tatsächlich, das Haar bewegte sich wieder; ich hatte mich nicht getäuscht! In der oberen Schicht der verfilzten Haarrolle im Nacken der Alten wimmelte es wie in einem Ameisenhaufen. Mir wurde beinahe übel.

»Was'n los, Kleine?« kreischte Rosa ungehalten. »Was treibst du überhaupt da hinten. Warum geht's nich' weiter?«

Ich sah noch einmal nach, ob ich die Bremse fest angezogen

hatte, dann beugte ich mich zu Rosas rechtem Ohr herab, auf dem sie noch ohne Hörgerät hören konnte, stammelte, so gut das bei angehaltenem Atem möglich war, eine Entschuldigung und zog mich wieder einige Schritte zurück. In sicherer Entfernung ließ ich die Luft aus den Lungen, wischte mir die Augen und begab mich auf die Suche nach jemand, der mir bestätigen sollte, was ich eben gesehen hatte.
Obwohl mir Rosas widerlicher Körpergeruch noch in der Nase brannte, befand ich mich im siebten Himmel. Der längste und trübseligste Winter meines Lebens hatte den Lauf der Welt nicht aufhalten können und dem Frühjahrssemester Platz gemacht. Schon im Januar hatte ich begonnen, die Stunden bis zum Abschlußexamen zu zählen. Bei 2880 hatte ich angefangen und war jetzt bei 201 angelangt.
Seit Anfang März hatten unsere Lehrerinnen immer wieder Andeutungen gemacht, daß uns zum Semesterschluß eine geheimnisvolle »Überraschung« bevorstehen würde. Mitte April wurden wir aufgefordert, drei Bereiche zu nennen, in denen wir besonders gern arbeiten würden, und anzugeben, in welchen Krankenhäusern wir am liebsten tätig wären.
Ich beschloß, es den Bürokraten leicht zu machen, indem ich als erste, zweite und dritte Wahl die Notaufnahme in der Redwoods Klinik angab. Janey überraschte mich damit, daß sie für die Chirurgie im Kreiskrankenhaus Oakland votierte. Sie meinte, die minutiös geplanten Arbeitsabläufe in einem OP wären genau das Richtige für sie, und nachdem sie bereits Bekanntschaft mit einem Bezoar gemacht hatte, könne sie sowieso nichts mehr erschüttern.
Bei den meisten unserer Mitschülerinnen hatten Janey und ich schon im voraus gewußt, wofür sie sich entscheiden würden. Nur bei Peggy J. Nagelbeißer hatten wir gründlich daneben getippt. Weil sie sich gern um Babys und Kinder kümmerte, hatten wir angenommen, sie würde die Pädiatrie

wählen. Statt dessen zog Peggy es vor, auf der Station für Infektionskrankheiten zu arbeiten. Sie erklärte uns, daß sie sich dort am ehesten das Nägelkauen abgewöhnen würde.

In der ersten Maiwoche teilte uns Claudia, unsere letzte Ausbilderin, in die neuen Aufgabengebiete ein. Am kommenden Montag hatte ich mich in der Notaufnahme des Redwoods Klinikums bei Schwester Katy Rankin und Dr. Susan Mahoney einzufinden.

Aus ebenso unerfindlichen Gründen, wie ich Miss Telmack ein ständiger Dorn im Auge gewesen war, hatte ich bei Claudia von Anfang an einen Stein im Brett. Sie kümmerte sich rührend um mich und sorgte sich auf Schritt und Tritt um mein Wohlergehen. Nachdem sie uns die Dienstpläne ausgehändigt hatte, rief sie mich zu sich und fragte mich, ob ich mir meine Entscheidung auch gründlich überlegt hätte.

»Die Notaufnahme ist sonst bei Schülerinnen nicht sonderlich beliebt«, sagte sie mit einem besorgten Blick. »Man kommt dort kaum zur Ruhe, und die seelischen Belastungen sind enorm. Sind Sie ganz sicher, daß Sie während der letzten Woche Ihrer Ausbildung ausgerechnet dort arbeiten wollen? Ich könnte Sie in eine andere Abteilung schicken, falls Sie es sich noch einmal überlegen wollen.«

Ich mußte an die kleine ertrunkene Amy denken, und eine Sekunde lang schwankte ich. Dann dachte ich an Tony und Amys Mutter und an all die verzweifelten Suizidversuche.

»Nein«, sagte ich fest entschlossen, »ich bin mir ganz sicher. Da kann ich am meisten lernen, und gleichzeitig kann ich vielen Menschen helfen.«

Insgeheim fragte ich mich aber, ob mich diese Woche in der Notaufnahme nicht vielleicht doch von der absurden Vorstellung kurieren könnte, ein Leben im Zustand der Dauerkrise sei wirklich das, was ich mir vorstellte.

Am ersten Tag in der Notaufnahme war nicht viel los. Dr.

Mahoney, Katy und ich hatten genügend Zeit, Wiedersehen zu feiern. Katy mit ihrem phänomenalen Gedächtnis für Patienten, die sie nur einmal gesehen hatte, und an die sie sich noch nach Jahren mit aller Klarheit erinnerte, berichtete mir das Neueste über einige meiner Starpatienten vom vergangenen Jahr.

Ihre blauen Augen leuchteten, als sie erzählte, daß Tony seine Prüfungen mit Auszeichnung bestanden hätte. Sie sagte, erst vor ein paar Wochen habe sie ihn gesehen, wie er mit ein paar Freunden bei einem Football-Spiel aus Jux die gegnerische Mannschaft angefeuert hatte. »Nur schade, daß Dr. Menowitz nicht dabei war, um seinen unter Prüfungsstreß leidenden Streber mit eigenen Augen zu sehen.«

Ich lachte und erinnerte mich an Dr. Menowitz' völlig abwegige Erklärung von Tonys Kopfschmerzen.

»Die Sache mit Amys Mutter ist weniger schön«, fuhr Katy fort. »Etwa einen Monat nach dem Unfall hat sie durchgedreht und ist in der Psychiatrie gelandet. Ihr Mann hat sich scheiden lassen und hat dann seinen Job verloren, weil er ständig betrunken war.« Sie überlegte. »Wenn ich mich recht erinnere, hat mir irgend jemand erzählt, Amys Mutter hätte sich wieder gefangen und würde inzwischen in San Rafael als Bibliothekarin arbeiten. Jedenfalls hoffe ich, daß das stimmt. Was die hat durchmachen müssen, reicht für den Rest ihres Lebens.«

Dr. Mahoney wußte auch einiges zu berichten, nachdem Katy fertig war. »Das wichtigste Ereignis des Jahres, letzten Dezember, haben Sie verpaßt, Echo. Die Kollegen von der Chirurgie haben ein Rundschreiben in Umlauf gebracht, daß sie sich selbst ein Weihnachtsgeschenk gemacht und Dr. Drigley mit Erfolg nahegelegt hätten, zu kündigen.«

»Das gibt's doch nicht!« rief ich und klatschte in die Hände.

»Ich sage immer die Wahrheit über meine geschätzten Herren Kollegen«, entgegnete sie mit gespielter Ernsthaftigkeit. »Soweit ich weiß, stand der alte Drigley sowieso schon kurz davor, die Approbation entzogen zu bekommen. Dann hat er bei einer Handoperation plötzlich Schwierigkeiten gekriegt. Er ist dermaßen ausgerastet, daß er sich geweigert hat, die Blutsperre aufzumachen, obwohl der Anästhesist ihn mehrmals darauf aufmerksam gemacht hatte, daß es allerhöchste Zeit dazu wäre. Nachdem er die Blutzufuhr lange genug abgeschnitten hatte, war die Nervenschädigung schließlich groß genug, daß der Patient die Hand nicht mehr richtig gebrauchen konnte. Das war wohl der Tropfen, der das Faß zum Überlaufen brachte. Jedenfalls habe ich Drigley seitdem nicht mehr gesehen.«

Katy fiel etwas ein. »Ich weiß nicht, ob du das hören willst, aber du erinnerst dich doch noch an Orville Robinson, den netten alten Schwarzen mit dem Magen-CA. Sie haben ihn entlassen, und im Juli kam er wieder, um zu sterben. Bis zuletzt hat er den Leuten erzählt, er sei nur deshalb krank geworden, weil sein Magen böse auf ihn war und nicht mehr mit ihm reden wollte.«

»Und da wir gerade von netten Menschen sprechen«, mischte sich Dr. Mahoney ein und lächelte geheimnisvoll, »Sie sollten sich mal Dr. Menowitz ansehen.«

Ich verzog das Gesicht. »Muß das sein?«

»Im Ernst, Echo. Dr. Menowitz ist ein völlig anderer Mensch geworden, seit er jede Woche zur Therapie geht«, sagte sie. »Sie werden ihn nicht wiedererkennen. So lieb wie jetzt war der noch nie in seinem Leben.«

Eine Stunde später übten wir uns immer noch in der hohen Kunst des Lästerns, als sich eine hübsche, etwas rundliche Frau zu uns gesellte. Sie wurde mir als Gus vorgestellt, und war vor kurzem dem Schwesternteam der Notaufnahme zugeteilt worden. Sie stammte aus Tennessee und hatte den

Job bekommen, obwohl sie nur ein Jahr Klinikerfahrung vorweisen konnte. So blöd es auch war, konnte ich doch nicht verhindern, daß mich der Neid packte.
Gus war mir auf Anhieb sympathisch. Sie hatte ein umgängliches, freundliches Wesen, wie man es bei Leuten aus den Südstaaten häufig findet, und ihr Lachen war genauso ansteckend wie das Wiehern meines Cousins Ralph.

Es gehörte zu den wenigen Sternstunden meiner Kindheit, wenn ich drei Wochen auf der Farm meiner Tante Martha verbringen durfte. Sobald ich meinen Koffer ins Zimmer gebracht hatte, lief ich zum Kuhstall hinüber, der an Tante Marthas Hof angrenzte. Dort gab es einen Jungen, den ich Cousin Ralph nannte.
Gemeinsam molken wir die Kühe, kletterten zwischen den Dachbalken der Scheune herum, klauten den Hühnern die Eier, und die absolute Krönung war, wenn wir im Butterfaß Butter schlagen durften, wobei wir uns gegenseitig abwechselten. Nach etwa einer Woche, wenn der Reiz des Neuen verflogen war, wurde es meine Lieblingsbeschäftigung, Cousin Ralph das Leben schwerzumachen. Es dauerte zwei Jahre, bis er eine Strategie gefunden hatte, sich zu revanchieren, aber die stammte dafür direkt aus der Feder des berüchtigten Marquis de Sade.
Cousin Ralph überredete mich zu einem Limonadewetttrinken, bei dem es, darum ging, mit möglichst wenigen Schlukken soviel Limonade wie möglich zu trinken, und das so schnell wie möglich. Die nächste halbe Stunde wich er nicht von meiner Seite, bis ihm eine Stimme in seinem teuflischen Gehirn sagte, daß die Zeit reif war. Dann begann er mir sämtliche blöden Witze zu erzählen, die er kannte.
Beim ersten Kichern, das ich ausstieß, warf Cousin Ralph den Kopf in den Nacken und gab ein wieherndes Lachen

von sich, das die schlafenden Fledermäuse unter dem Scheunendach aufgeschreckt herumflattern ließ. Dieses Wiehern war so ansteckend, daß ich unweigerlich einen Lachanfall kriegte, was dazu führte, daß ich sofort auf die Toilette mußte. Ich schaffte es gerade noch bis zur Tür von Tante Marthas Klo – die Cousin Ralph natürlich vorsorglich von innen zugesperrt hatte, bevor er durchs Fenster hinausgeklettert war. Für Tante Martha, die alles noch mit der Hand wusch, bedeutete das Großwaschtag ...

Es dauerte nicht lange, bis Gus meine schwache Stelle gefunden hatte: sie brauchte nur loszulegen wie Cousin Ralph, und schon hielt ich mir den Bauch und rannte zur Toilette.
Noch am ersten Tag beschlossen Katy, Dr. Mahoney und Gus einstimmig, mir eine Art Feuertaufe zuteil werden zu lassen. Selbst Irene beteiligte sich an der Verschwörung; sie war angewiesen, mich zu rufen, sobald ein Patient aus dem Warteraum hereingeholt wurde.
»Keine Extrawürste, Echo im Walde«, sagte Dr. Mahoney. »Sie werden jeden Patienten, der hier reinkommt, untersuchen, mir assistieren und alles tun, was gerade anliegt.«
Das war keine leere Drohung; von den fünfundzwanzig Patienten, die am Mittwoch zwischen sieben Uhr früh und halb zwei am Nachmittag kamen, untersuchte ich zwanzig und assistierte bei fünfzehn verschiedenen Behandlungen. Ich half, Angelhaken aus Fingern zu entfernen, Schultergelenke zu reponieren, Blasenspülungen vorzunehmen, legte Magensonden und zog Fäden. Besonders fasziniert schaute ich zu, wenn Wunden genäht wurden.
Mein Interesse an Verletzungen blieb nicht unbemerkt, und während des Mittagessens nahm Dr. Mahoney ein Stück Schaumstoff, machte einen tiefen Schnitt hinein und brachte mir bei, wie man eine einfache chirurgische Naht setzt.

Seit ich als Grundschülerin im Handarbeitskurs bei einer Bluse die Ärmel an den Kragen genäht hatte, haßte ich Nadel und Faden wie die Pest, aber menschliche Haut zusammenzunähen, das war etwas ganz anderes. Ich fand es einfach toll, wie die ausgefransten Ränder sauber zugeschnitten und anschließend vernäht wurden, daß es so aussah, als wäre nichts geschehen. Erstaunlicherweise hatten die Patienten nicht das rechte Verständnis für solche Handarbeitskünste und sträubten sich vehement dagegen, wenn sie an die Reihe kamen.

Erwachsene Menschen, die längst gelernt hatten, sich zu beherrschen, fingen an, nach ihrer Mom zu jammern, sobald sie die Nahtutensilien sahen. Kinder schrien natürlich erst recht wie am Spieß, und alles gute Zureden half nichts. Selbst das in Aussicht gestellte Eis oder der doppelte Cheeseburger mit Pommes frites verfehlten meist ihre Wirkung. Die Kinder waren ja nicht blöd und durchschauten unser Heile-heile-Gänschen-Gerede von den Wundernadeln und Zauberfäden, weil es am Ende eben doch wehtat.

Wenn gar nichts mehr half, zwängten wir die kleinen Patienten in ein Gestell aus Holz und Leinwand, so daß sie sich nicht mehr rühren konnten, während wir die Wunde vereisten und nähten.

Dr. Mahoney zog es vor, daß die Schwestern das Kind festhielten, womit ich meine liebe Not hatte. Sobald ich sah, wie die kleinen Lippen zu zittern begannen und spürte, wie die niedlichen Geschöpfe zappelnd versuchten, sich aus meiner Umklammerung zu befreien, mußte ich den Blick abwenden, um nicht loszuheulen. Meine Schwäche machte aber keinen Eindruck auf Katy und Gus, und sie zeigten mir die verschiedenen einhändigen Verrenkungen, mit denen man ein um sich schlagendes und sich die Seele aus dem Leib brüllendes Kind niederhalten, beruhigend auf den kleinen

Satansbraten einreden und außerdem noch die Eltern im Auge behalten konnte, für den Fall, daß Mom und Dad blaß um die Nase werden sollten.
Bei meinem ersten Versuch in dieser Nahkampftechnik lag ich quer über einer widerspenstigen Dreijährigen, während Dr. Mahoney die Platzwunde auf ihrer Stirn nähte. Ein Stück abseits stand die siebenjährige Schwester der Patientin neben ihrem Vater, schaute interessiert zu und prahlte damit, daß der Anblick von Blut ihr überhaupt nichts ausmache. Als ich kurz darauf noch einmal hinschaute, sah ich, wie ihre Augen ganz glasig wurden, und im nächsten Moment kippte sie um. Dad, dessen rosige Hautfarbe sich in ein fahles Grau verwandelt hatte, bückte sich, um sie aufzuheben und legte sich gleich daneben.

Bevor ich mich hinabgebeugt hatte, um die Bremse von Rolling Rosas Rollstuhl anzuziehen, hatte ich geglaubt, alles erlebt zu haben, was es zu erleben gab, aber Rosas Geruch belehrte mich eines Besseren.
Wie Katy schien auch Irene jeden zu kennen, der hier in der Gegend lebte. Sie konnte einem die Lebensgeschichte fast jedes Patienten erzählen, dessen Unterlagen einmal durch ihre Hände gegangen waren. Entweder handelte es sich um einen entfernten Verwandten ihrer riesigen Familie oder der ihres Mannes, oder um jemanden, den sie vor einem Vierteljahrhundert im Urlaub kennengelernt hatte, oder um eine gute Bekannte der Freundin ihrer Nachbarin.
Rosa, erfuhr ich von Irene, war Stammkundin. So etwa einmal in der Woche schaute sie mal in der Notaufnahme vorbei. Manchmal hatte sie wirklich Beschwerden, meistens hatte sie es aber nur auf eine warme Mahlzeit und ein Plauderstündchen mit den Ärzten und Schwestern abgesehen. Irene schaute sich verstohlen um und erklärte mir, daß Ro-

sas Mann gestorben war und sie ohne einen Cent zurückgelassen habe (»Manche Leute behaupten, er hätte ihr zwölf Dollar hinterlassen«), und daß ihre Kinder (»Meine Schwester hat irgendwo gelesen, daß sie einen Sohn und eine Tochter hat«) sich nicht um sie kümmerten.

Ohne Aussicht auf einen Job hatte Rosa Zuflucht auf den Straßen von San Francisco gesucht und sich in eigener Regie zur Stadtstreicherin weitergebildet. Einige Jahre hatte Rosa ihre Obdachlosen-Karriere in relativem Luxus verfolgt (»Diese Leute verdienen einen Haufen Geld mit dem Schrott, den sie aus den Mülltonnen klauben«), bis sie von einem Taxi angefahren wurde und danach von der Hüfte abwärts gelähmt war. (»In den Zeitungen stand, sie war betrunken ... lief genau vor's Auto ... wollte das Taxiunternehmen verklagen ... hat aber keinen Cent gekriegt«.)

Jetzt lebte sie von Sozialhilfe (»Die Kohle zieh'n sie uns vom Gehalt ab!«) und hauste zusammen mit ihren vier Katzen und einer gefleckten Promenadenmischung in einem ausgemusterten Schulbus am Ortsrand von Sausalito. Wenn sie nichts anderes zu tun hatte, was fast immer der Fall war, sammelte sie noch mehr streunende Hunde und Katzen ein.

Sie hing an den Viechern wie eine Mutter an ihren Kindern (»Von ihren eigenen hat sie ja, weiß Gott, nicht viel gehabt«), fütterte sie von dem bißchen Geld, das sie vom Sozialamt bekam, und was nicht für Futter draufging, brachte sie zu einem Tierarzt, der über die Gesundheit ihrer verwilderten Schützlinge wachte und deren Gebrechen versorgte.

Wenn die Tiere wieder in einigermaßen vorzeigbarem Zustand waren, kümmerte sich Rosa persönlich darum, daß sie ein anständiges Zuhause bei tierlieben Menschen fanden. In bestimmten elitären Kreisen in und um San Francisco galt es mittlerweile als très chic, einen von Rosas ehemaligen Streunern als Haustier sein eigen nennen zu dürfen.

Für ihre Schützlinge sorgte Rosa hingebungsvoll, aber mit ihrer eigenen Hygiene nahm sie es weniger genau. Diesmal war sie gekommen, weil ihre Kopfhaut brannte und juckte. Nach allem, was ich bisher gesehen und vor allem gerochen hatte, glaubte ich ihr das aufs Wort.

Dr. Mahoney und Katy waren damit beschäftigt, einem Betrunkenen ein Stück Steak aus der Luftröhre zu entfernen, deshalb wandte ich mich an Gus, die gerade ihre Mittagsbrote ausgepackt hatte.

»Tut mir leid, dich beim Essen zu stören, Gus, aber könntest du mir bei Rolling Rosa helfen? Ihre Haare bewegen sich, und das kommt mit Sicherheit nicht daher, daß es hier zieht.«

Gus blickte an mir vorbei zu Rosa hinüber und winkte. »Klar. Rosa und ich verstehen uns prima, besonders seit sie das letzte Mal hier war und mich in die Hand gebissen hat.«

Gus ging in die Ambulanz, wo sie einen langärmeligen Untersuchungskittel und Gummihandschuhe anzog und sich eine OP-Haube aus Papier übers Haar stülpte. Sie wartete, daß ich mich ebenso verkleidete.

»Bei Rosa weiß man nie«, erklärte sie. »Die lebt da draußen am Rand der Zivilisation in ihrem Schrottauto mit all dem Viehzeug und ohne fließendes Wasser, und an deiner Stelle würde ich mich ohne Schutzanzug nicht an sie heranwagen.«

Ich zog Handschuhe an, verzichtete aber auf den Schutzkittel und die Kappe. »Das muß doch schrecklich für sie sein, wenn wir in diesem Aufzug angerückt kommen, Gus. Die kommt sich doch vor wie eine Aussätzige.«

»Wie du willst, Echo«, sagte Gus achselzuckend. »Ich habe noch zwei Stunden mit anderen Patienten vor mir, dann gehe ich nach Hause zu meinem Mann, meinen beiden Kindern und unserem Hund, und ich sage dir, keiner von denen, einschließlich des Hundes, hat die geringste Lust, sich das einzufangen, was Rosa hat. Wenn du mit ihr fertig bist, wirst du dir nichts sehnlicher wünschen als ein Ganzkörperkondom.«

Ich überlegte, daß Gus eigentlich recht hatte, und als wir uns Rosa zuwandten, sahen wir beide aus wie zwei Besucher von einem anderen Planeten. Rosa schaute erst mich an, dann Gus. Ich erwartete eine scharfe Bemerkung, aber sie schüttelte nur den Kopf und sagte: »So schlimm?«

Gus nickte stumm, und während wir beide die Luft anhielten, hoben wir Rosa aus dem Rollstuhl und legten sie auf die Untersuchungsliege. Das war keine leichte Aufgabe, denn obwohl Rosa angeblich nicht genug zu essen bekam, brachte sie ein erstaunliches Gewicht auf die Waage.

Gus schien der ranzige Gestank weniger zu stören als mich, denn sie atmete ganz normal, als sie die Vorhänge um die Liege zuzog.

»Mein Gott, Rosa«, sagte sie. »Warum gehst du nicht ab und zu mal in die Badewanne. Du riechst fürchterlich.«

Gus war ein rhetorisches Wunderkind. Egal, was sie sagte, ob sie schimpfte oder tadelte, aus ihrem Mund klang es immer freundlich und verbindlich.

»Ach komm, Gussie, du weißt doch genau, daß ich zuhause kein Wasser und keine Wanne hab', und in die öffentlichen Bäder komm' ich mit dem Rollstuhl nich' rein.« Sie schniefte abfällig. »Die Viecher stört's nich', und wißt ihr, zu vornehmen Abendgesellschaften geh' ich schon lange nich' mehr.«

Rosas gackerndes Gelächter klang wie die Schreie eines waidwunden Pfaus.

Gus und ich begannen die oberste Schicht von Rosas zahlreichen Röcken und Pullovern zu entfernen, die sie vor langer Zeit übereinander angezogen und seither nicht mehr ausgezogen hatte.

»Das ist keine Entschuldigung, Rosa«, fuhr Gus fort. »Wenn du schon so eifrig für deine verwahrlosten Tiere sorgst, kannst du dich ruhig auch mal selber waschen.«
Ohne Warnung stieß Rosa den schmutzigen, verfärbten Zeigefinger mehrmals heftig gegen Gus' Schulter. »Mach' lieber, daß du in die Hufe kommst, Schwester, und schau nach, was mit meinem Kopf los ist.«
Gus beachtete Rosas Stöße nicht und fuhr mit ihrer Arbeit fort, ohne etwas zu antworten. Mich jedoch störte Rosas Verhalten. Ihre Feindseligkeit paßte nicht zu dem Bild der harmlosen Exzentrikerin, als die man mir Rosa geschildert hatte.
Nachdem wir die dritte Kleiderschicht entfernt hatten, waren wir zu Rosas Unterhemd vorgedrungen. Der vor Schmutz starrende Stoff war völlig morsch und zerriß unter unseren Fingern.
Rosas Oberkörper sah aus wie ein abstraktes Gemälde aus verschiedenfarbigen Dreckflecken in unterschiedlicher Größe und Form. Unter den Achseln und am Hals war die Haut rot und entzündet. Ich reichte Rosa ein Flügelhemd und bat sie, es anzuziehen. Sie wies es brüsk zurück.
»Mach du das gefälligst«, sagte sie unwirsch. »Ich bin müde.«
Ich hatte keine Lust, mit ihr zu streiten, und streifte ihr das Hemd über die Arme. Die alte Frau begann mir auf die Nerven zu gehen.
Gus zog die Untersuchungslampe heran, bis sie über Rosas Kopf hing. Aus sicherer Entfernung betrachtete sie das Haar und den Nacken der Alten. Dann schüttelte sie sich und wich noch weiter zurück. Sie deutete auf Rosas Hinterkopf und flüsterte mir zu: »Läuse.«
Ich beugte mich vor, um besser sehen zu können. Die kleinen, hellgrauen Parasiten turnten gemächlich in Rosas Haar

herum und krabbelten in den Falten der Nackenhaut. Nichts Böses ahnend hob ich neugierig die verfilzte Haarrolle an, um mir Rosas Kopfhaut anzusehen. Eine große, glänzend braune Küchenschabe fiel zu Boden und rannte unter den Nachttisch, was ihre sechs Beine hergaben. Halb kreischend, halb lachend sprang Gus gegen die Wand zurück. Ich klammerte mich an das entfernteste Ende des Vorhangs und wimmerte vor Entsetzen. Küchenschaben waren für mich schlimmer als Ratten.

Jetzt begann auch meine Kopfhaut zu jucken, und ich hatte das Gefühl, als krieche etwas über dem linken Ohr auf meinem Kopf herum. Ich wollte mich gerade kratzen, als mir einfiel, daß ich mit dem Handschuh Rosas Haare angefaßt hatte. Ich erstarrte und spürte jetzt das Krabbeln auch auf meinen Armen. Ich blickte zu Gus hinüber. Sie hatte die Schulter hochgezogen und versuchte, damit ihre Wange zu reiben.

»Rosa, du hast eine ganze Menge kleine Krabbeltierchen mitgebracht«, sagte Gus und wischte sich mit der Schulter den Schweiß von der Oberlippe.

»Dann macht sie weg, verdammt noch mal. Deswegen bin ich ja hier«, antwortete Rosa mit einem finsterem Blick in unsere Richtung.

Gus trat ans Fußende der Liege. »Wir werden dir die Haare abschneiden müssen, damit wir sehen können, warum die Kopfhaut entzündet ist. Dr. Mahoney wird dir ein spezielles Shampoo und desinfizierende Seife mitgeben, wenn du nach Hause gehst, und du mußt alle deine Sachen und das Bettzeug damit waschen. Schaffst du das?«

Ich beobachtete, wie Rosa diesen Vorschlag gedanklich verarbeitete. Nach einer Minute starrte sie uns herausfordernd an. »Kommt gar nich' in Frage. Viel zuviel Arbeit für einen armen alten Krüppel.«

Gus seufzte. »Also gut, Rosa, in diesem Fall müssen wir das Gesundheitsamt benachrichtigen, damit du irgendwo untergebracht wirst und jemanden bekommst, der sich um dich kümmert. Wir können auf keinen Fall zulassen, daß du da draußen herumziehst und dein Ungeziefer überall verstreust.«

Diese unerwartete Wende des Gesprächs wirkte wie ein Keulenschlag und trieb Rosa die Tränen in die Augen. »Und meine Tiere? Ich hab' ein Kätzchen, das mit so 'ner Pipette gefüttert werden muß. Wer soll sich'n darum kümmern?«

Gus ging in die Hocke und blickte Rosa verständnisvoll an. »Ich rufe im Tierheim an, damit sie deine Tiere versorgen, bis du wieder gesund bist. Und von heute an, Rosa, möchte ich, daß du besser auf dich aufpaßt. Du mußt mir versprechen, anders zu leben als bisher. Die Leute werden nämlich nicht mehr nett zu dir sein, wenn du dich weiter so gehen läßt. Das verstehst du doch, oder?«

Mit Tränen in den Augen nickte Rosa widerstrebend.

Gus überließ es mir, die verlauste Haarrolle abzuschneiden. Mit Heftpflaster klebte ich einen Müllbeutel an Rosas Hals, hielt die Öffnung auf und griff nach der Verbandsschere.

Ich wollte das Ungeziefer so schnell wie möglich in sicherem Gewahrsam wissen, aber nach dem ersten Schnitt durch das verfilzte graue Haar hielt ich unvermittelt inne. Das Geräusch der Schere weckte schlimme Erinnerungen. Ich versuchte, den unangenehmen Gedanken zu verscheuchen, und machte einen weiteren Schnitt, aber die Erinnerung wurde nur noch stärker und verdichtete sich zu einem Bild.

Ich saß im kalten Vorratskeller unseres Hauses auf einem Hocker und weinte leise vor mich hin, während Mutter mir eine emaillierte Blechschüssel auf den Kopf stülpte und um den Rand der Schüssel herum mein ohnehin schon kurzes

Haar noch kürzer abschnitt. Mit strenger Stimme belehrte sie mich, daß Eitelkeit bei einer Dreizehnjährigen ein Zeichen von Schamlosigkeit und Sündhaftigkeit sei.
Ich zog die Schere aus Rosas Haaren.
»Warum machst du nich' weiter?« keifte sie.
Ich kam wieder zu mir und schnippelte an der Haarrolle herum, bis sie in den Müllbeutel fiel. Die Kopfhaut darunter war blutig gekratzt und entzündet.
»Du meine Güte, Rosa, Sie haben sich ganz blutig gekratzt.«
Ich ließ sie einen Blick auf den schmutzigen Haufen verlauster Haare im Müllbeutel werfen, bevor ich ihn mit einem Gummiband zuschnürte.
Rosa zuckte unbeeindruckt mit den Schultern. »Hör zu, Schwester, erspar mir die Einzelheiten. Das is' schließlich deine Sache, dich darum zu kümmern.«
Da platzte mir der Kragen. Ich fühlte mich ausgenutzt. Diese Frau stellte eine Forderung nach der anderen, und nichts, was man für sie tat, genügte ihr. Sie erwartete nur immer mehr.
Ich schluckte, knirschte mit den Zähnen und legte los: »Da sind Sie aber ganz gewaltig auf dem Holzweg, Lady!« Mein Protest brach mit solcher Wucht und Lautstärke aus mir hervor, daß Rosa zusammenzuckte und vor Überraschung große Augen machte. »Das ist nicht meine Sache, sondern Ihre. Sie kommen hier rein und machen einen auf bedauernswerten Krüppel, und wir sind Ihre Leibeigenen, die nur dazu da sind, untertänigst nach Ihrer Pfeife zu tanzen. Soll ich Ihnen mal was sagen, Rosa? Ich finde das zum Kotzen. Es gibt einen Haufen Leute, die schlimmer dran sind als Sie, aber die lassen sich nicht so hängen. Hören Sie auf, andere auszunutzen. Tun Sie auch mal selber was, Rosa. Strengen Sie sich ein bißchen an, versuchen Sie mal, nicht einfach so dahin zu vegetieren.«

Ich riß mich zusammen. Plötzlich schämte ich mich, die alte Frau so angeschrien zu haben. Verstohlen blickte ich durch den Spalt des Vorhangs, um zu sehen, ob mich außer Rosa noch jemand gehört hatte.

Dr. Mahoney stand am Bett gleich nebenan, maß den Puls eines Patienten und blickte auf. »Leibeigene?« fragte sie leise und hob die Augenbrauen. Ich zuckte die Achseln, bekam einen roten Kopf und zog den Vorhang wieder zu.

Rosa hatte angefangen zu weinen. Sie versuchte, mit ihrem Finger nach mir zu stoßen, aber ich blieb außer Reichweite. »Hol jemand anders, der sich um mich kümmert, keine solche Kratzbürste wie du. Ich hab' schließlich meine Rechte. Die andere Schwester soll kommen, sonst hänge ich euch einen Prozeß an, wegen unterlassener Hilfeleistung!« Rosa schneuzte sich in den Hemdsaum und wischte sich die Tränen aus den Augen.

Sie blickte zur Seite und murmelte: »Freches kleines Biest! Behandelt einen armen Krüppel wie ein Stück Dreck.«

Hin- und hergerissen zwischen meinem Mitleid und dem Wunsch, sie anzuschreien, versuchte ich, mir ein anderes Bild von Rosa zu machen. Ich stellte mir vor, wie sie adrett gekleidet und mit manikürten Nägeln in ihrem mustergültig aufgeräumten Wohnzimmer saß und in einem Buch über Blumenarrangements las. Zu ihren Füßen dösten zufrieden und ungezieferfrei die gefleckte Promenadenmischung und die vier Katzen.

»Vergessen wir's, Rosa«, sagte ich. »Beruhigen Sie sich. Ich hole Gus.« Ich steckte meinen Schutzkittel und die übrigen Sachen in einen Plastiksack und ging.

Ich war gerade dabei, Gus zu erklären, warum Rosa mich »gefeuert« hatte, als der Alarmsummer einmal ertönte. Ich gab Gus Rosas Krankenblatt und ging in die Eingangshalle hinaus.

Das Paar auf der anderen Seite der Halle fiel mir sofort auf. Beide gingen barfuß, er in einem seltsamen weißen Gewand mit Fransen, sie in einem purpurfarbenen langen Kleid. Beide trugen mehrere Ketten aus orangefarbenen Perlen.
Der Mann trug einen etwa zehnjährigen Jungen auf dem Arm; er hatte offensichtlich Fieber, sein Gesicht war stark gerötet und vor Schmerzen verzerrt. Das Kind versuchte das Weinen zu unterdrücken, indem es die Wangen aufblies und sich auf die Unterlippe biß. In der Hand, die der Junge krampfhaft auf den Bauch drückte, hielt er ein kleines orangefarbenes Buch, das er auf Anweisung der Mutter von Zeit zu Zeit küßte.
Sobald ich die Familie hereingeführt hatte, legte Dr. Mahoney, die sich gerade um Rosa gekümmert hatte, ihre Schutzkleidung ab und nahm sich des Jungen an. Sie stellte den Eltern einige Fragen über die Symptome des Kindes, untersuchte es und ordnete eine Blutuntersuchung an.
Der Mann und die Frau beobachteten alles, was Dr. Mahoney tat, mit großem Interesse, stellten auch ganz vernünftige Fragen, aber ich hatte das Gefühl, daß sie das Geschehen wie aus weiter Ferne verfolgten.
Nachdem Dr. Mahoney die Ergebnisse aus dem Labor erhalten hatte, teilte sie den Eltern mit, daß ihr Sohn mit neunzigprozentiger Wahrscheinlichkeit an einer akuten Blinddarmentzündung litt.
Der Mann schaute sie nur geistesabwesend an und begann, ziellos durch den Raum zu wandern. Ohne näher auf sein seltsames Verhalten einzugehen, folgte ihm Dr. Mahoney und erklärte, warum der Junge sofort operiert werden müßte. Sie schilderte alle Gefahren, die mit einem Blinddarmdurchbruch verbunden waren, erklärte, was eine akute eitrige Peritonitis sei und warum sie zum Tode führen könnte. Egal, was sie sagte, der Mann schien sich nicht dafür zu

interessieren. Dr. Mahoney ging zum Telefon auf Irenes Schreibtisch und griff nach dem Hörer.
»Nachdem Sie keinen Hausarzt angegeben haben, an den ich mich wenden könnte, möchte ich gern Dr. Bell, einen der Chirurgen hier im Klinikum, bitten, sich Ihren Jungen anzusehen.«
Der Mann machte einen Schritt auf Dr. Mahoney zu. »Lassen Sie das!« schrie er sie an. Dann hatte er sich wieder in der Gewalt und fügte etwas ruhiger hinzu: »Mein Sohn wird nicht operiert.«
Dr. Mahoney legte den Hörer zurück auf die Gabel und blickte den Mann fassungslos an. »Wie bitte?«
»Gott wird für meinen Sohn sorgen. Die Gebote unseres Glaubens verbieten uns, unser Kind operieren zu lassen. Gott wird ihn heilen.«
Ich ließ mich von Dr. Mahoneys ruhiger, leiser Stimme nicht täuschen, denn ich wußte aus eigener Erfahrung, wie es ist, wenn man am Ende seiner Geduld ankommt.
»Sie scheinen nicht verstanden zu haben, was ich eben erklärt habe. Deshalb wiederhole ich es noch einmal«, sagte Dr. Mahoney. »Ich bin mir so gut wie sicher, daß Ihr Sohn eine akute Blinddarmentzündung hat. Der Blinddarm wird platzen, wenn er nicht sehr bald operativ entfernt wird. Falls es zu einem solchen Blinddarmdurchbruch kommen sollte, besteht die Gefahr, daß Ihr Sohn an der Infektion stirbt.« Dr. Mahoney blickte fest in das versteinerte Gesicht des Mannes. »Haben Sie jetzt verstanden?«
Die Mutter des Kindes trat hinzu, hochmütig und arrogant. »Nein, Frau Doktor, Sie sind diejenige, die die Wege unseres Herrn nicht versteht. Aus unseren Gebeten wird der Herr erfahren, daß eines Seiner Kinder krank ist. Er wird Seine heilenden Kräfte aussenden, damit unser Sohn gesund wird. Kein Chirurg, sondern Gott wird den Knaben heilen.«

Dr. Mahoney sah nach dem kranken Kind und ging wieder zu den Eltern. »Warum sind Sie hergekommen, wenn Sie nicht wollen, daß wir den Jungen behandeln?«
Der Mann schien mit dem Lauf der Dinge zufrieden zu sein und nahm seinen Sohn auf den Arm. »Wir mußten uns doch vergewissern, daß er auch wirklich krank ist. Wir wollten den Herrn nicht wegen harmloser Bauchschmerzen belästigen.«
Dr. Mahoney trat zur Seite, um die Familie vorbeizulassen. »Wir danken Ihnen für Ihre Hilfe, Frau Doktor«, murmelte der Mann, als er an ihr vorüberging. »Gott segne Sie.«
Dr. Mahoney funkelte den Mann an: »Einen Augenblick noch.«
Der scharfe Befehlston in ihrer Stimme ließ die beiden innehalten. Mit der sachlichen, monotonen Stimme eines Streifenpolizisten, der einem Verhafteten seine Rechte vorliest, fuhr Dr. Mahoney fort: »Bevor Sie gehen, müssen Sie oder Ihre Frau ein Formular unterschreiben, in dem Sie erklären, daß Sie weder mich noch das Krankenhaus für eventuelle gesundheitliche Schäden oder den Tod des Kindes verantwortlich machen, nachdem Sie eine ärztliche Behandlung verweigert haben.«
Sie holte Luft und fuhr fort: »Ich sehe mich außerdem gezwungen, Sie darauf aufmerksam zu machen, daß die Zurückweisung ärztlicher Behandlung im vorliegenden Fall im Sinne des Gesetzes als Kindesmißhandlung ausgelegt werden könnte. Wir werden umgehend das Jugendamt benachrichtigen, und Sie müssen damit rechnen, daß man Ihnen das Sorgerecht für den Jungen entzieht. Nach dem Strafgesetzbuch des Staates Kalifornien können Sie außerdem wegen versuchten oder vollendeten Totschlags angeklagt werden, falls Ihr Sohn als Folge Ihrer Handlungsweise ernste Gesundheitsschäden erleidet oder stirbt.«

Sie zeigte auf mich und Katy. »Miss Heron und Miss Rankin können bezeugen, daß ich Sie über alle diese Punkte unterrichtet habe. Unterschreiben Sie jetzt bitte das Formular.«
Irene hatte es schon auf dem Schreibtisch liegen. Der Mann lächelte nur wissend und unterschrieb, ohne zu zögern. »Gott wird meine Familie schützen«, sagte er leise und ging zum Ausgang. »Unser Glauben gibt uns Kraft.«
Dr. Mahoney sah zu, wie das Paar zur Tür ging, und rief ihnen nach: »Die Kraft des Glaubens allein wird nicht reichen! Sie brauchen ein Wunder.«
Sie wandte sich an Irene. »Rufen Sie bitte das Jugendamt an.«
»Dr. Mahoney, wie können Sie die Leute einfach mit dem Jungen gehen lassen?« fragte ich fassungslos.
Ihr Zorn über das unvernünftige Verhalten der Eltern lag noch in ihrer Stimme, als sie zu mir sagte: »Ich kann sie schließlich nicht mit Gewalt aufhalten. Genausowenig, wie Sie Rosa dazu zwingen können, sich zu waschen und ein anderes Leben zu führen. Ich melde die Sache dem Jugendamt, mehr kann ich nicht tun.«
Dr. Mahoney blickte mich eindringlich an. »Mein Gott, nun machen Sie kein so entsetztes Gesicht, Echo. Die kommen schon wieder. Ich könnte schwören, daß sie zurückkommen.« Sie beschäftigte sich mit einigen Papieren auf Irenes Schreibtisch. »Man kann auf solche Leute nicht dauernd aufpassen, und es würde auch gar nichts nützen. Sobald Sie ihre Hand loslassen, fallen sie wieder zurück in den alten Trott.«
»Aber wie kommen Sie selber damit zurecht?« fragte ich und wunderte mich, wie sie nach dem Zwischenfall so gelassen sein konnte.
»Besser als früher.« Dr. Mahoney lächelte schwach und be-

trachtete ihre Hände. »Sie hätten mich mal als junge Assistenzärztin erleben sollen, eine wahre Jungfrau von Orléans der Medizin, ein Musterbeispiel von Rechtschaffenheit. Ich habe immer noch meine Ideale, aber ich habe es aufgegeben, die Leute überzeugen zu wollen. Das kostet viel zuviel Zeit und Nerven. Wissen Sie eigentlich, daß wir eine Liste von achtundachtzig Patienten haben, die hier nur behandelt werden dürfen, wenn ihr Zustand wirklich akut lebensbedrohlich ist, weil sie dafür bekannt sind, daß sie uns und das Gesundheitssystem schamlos abzocken? Sie müssen schon raufgehen auf die anderen Stationen, wenn Sie es mit einigermaßen normalen, freundlichen Menschen zu tun haben wollen, die mit normalen Beschwerden wie Pneumonie oder Thrombose ins Krankenhaus kommen.«
Sie strich mir eine Haarsträhne aus der Stirn. »Wenn Sie sich eines Tages dazu entschließen sollten, in der Notaufnahme zu arbeiten, müssen Sie lernen, mit Ihren Gefühlen richtig umzugehen und sie zu beherrschen. Sonst kriegen Sie graue Haare, sind permanent unglücklich und nervös, und niemand kann was mit Ihnen anfangen.
Ärzte haben solche Probleme nur selten. Von der ersten Vorlesung an lernen wir, alles vom Standpunkt der Wissenschaft aus zu betrachten, immer recht zu haben. Unser Verhältnis zu den Patienten ist anders als das des Pflegepersonals. Das ist nicht unbedingt immer von Vorteil. Aber wenn ich hier herumrennen und dauernd in Tränen ausbrechen würde und ständig sauer auf alles und jeden wäre, dann würde ich innerhalb einer Woche den Verstand verlieren und wäre meinen Job los.
Man muß hier mit einem Riesenhaufen verschiedener Situationen und Empfindungen jonglieren, und jeder muß selbst sehen, daß er das einigermaßen hinkriegt.«

Gus' Mantel und ihre Handtasche auf dem Tisch an der Wand waren an diesem Mittwochmorgen um halb acht die einzigen Anzeichen menschlichen Lebens. Nur noch sieben Tage bis zur Abschlußfeier.

Die Kaffeemaschine brodelte und zischte und füllte die Luft mit dem aromatischen Duft nach frischem Kaffee. Das Rauschen der Toilettenspülung hinter der Tür auf der anderen Seite des Raums verkündete das bevorstehende Erscheinen von Gus. Mit ihrem langen, lockigen braunen Haar sah sie aus wie eine Country- und Western-Sängerin. Strahlend kam sie auf mich zugetänzelt.

»Hey, hey, Echo-Baby! Wie geht's dir an diesem herrlichen Morgen?«

Gus war der einzige Mensch in meinem Bekanntenkreis, der morgens um halb acht so gut drauf sein konnte. Ich vermutete, daß sie schon einige Tassen Kaffee mit den Schwestern vom Nachtdienst getrunken hatte, während sie sich anhörte, was im Laufe der Nacht alles passiert war.

Voller Bewunderung berührte sie mein Haar. »Junge, Junge, dieses Läuseshampoo muß wirklich toll sein, so wie das glänzt.«

Sie lachte wie Cousin Ralph, und gegen meinen Willen stimmte ich ein.

»Also, Echo, heute besteht die Notaufnahme aus Dr. Mahoney, dir und mir und einer Aushilfe, falls wir uns eine erbetteln, ausleihen oder klauen können. Katy, die Ratte, hat um fünf angerufen und sich krank gemeldet. Sie hat der Kollegin vom Nachtdienst gesagt, das einzige Mittel gegen ihre Krankheit sei ein Tag am Strand mit ihrem Freund. Wir fahren also nur mit halber Kraft, aber der Laden ist geöffnet, die Kundschaft kann kommen. Florence Nightingale wird vor Stolz im Grabe rotieren.«

Am Schluß des Monologs kam Irene herein und steuerte

gemächlichen Schrittes auf die Kaffeemaschine zu. Sie wünschte uns einen guten Morgen, goß sich eine Tasse Kaffee ein und lehnte sich gegen das Waschbecken. Dann runzelte sie die Stirn, während sie trank.

»Ich muß euch was erzählen«, sagte sie. »Als ich eben auf den Parkplatz kam, war da was sehr Seltsames im Gange.« Sie machte eine Pause, was bei ihr ganz ungewöhnlich war; sonst redete sie immer wie ein Wasserfall. »Ich habe Bruchstücke einer Unterhaltung in einem roten Wagen dicht neben der Eingangstür mitbekommen. Es ging mich natürlich nichts an, aber als ich vorbeigegangen bin, sagte eine Frauenstimme so etwas wie ›Ich bin verletzt, du mußt mir helfen.‹ Vielleicht hab' ich mich auch verhört, aber –«

Irene redete weiter, während Gus und ich uns auf den Weg zum Parkplatz machten. Wie Irene gesagt hatte, parkte dicht beim Eingang ein großer, roter Wagen. Vorsichtig näherten wir uns, als wir die laute Stimme eines Mannes hörten und stehenblieben, um zu hören, was er sagte.

»Was willst du überhaupt, du blöde Kuh? Ich bring' dich da nicht rein. Du bist selber schuld. Steig gefälligst aus und geh allein.«

Der rohe Ton schreckte uns auf, und Gus marschierte um das Heck des Wagens herum und klopfte ziemlich energisch gegen das Fenster der Fahrerseite. Einen Augenblick lang geschah gar nichts. Gus hob gerade die Hand, um noch einmal zu klopfen, als sich das Fenster mit einem elektrischen Summen öffnete. Der Mann war in den Sechzigern, hatte ein gerötetes Gesicht und eine bullige Figur. Er hatte sichtlich Schwierigkeiten, seinen Blick auf Gus' weißen Kittel und das Namensschild zu fixieren. Schwankend wandte er sich an seine Beifahrerin.

»Hier is 'ne Krankenschwester«, sagte er. »Kanns' sie ja bitten, daß sie dir hilft.« Dann wandte er sich an Gus. »Meine

Frau hat sich mit 'ner Zigarette verbrannt«, lallte er. »Sie will mit Ihn'n reden.« Er stemmte die Arme gegen das Lenkrad und drückte den Körper gegen die Sitzlehne, so daß Gus die Frau auf dem Beifahrersitz sehen konnte.

Gus blickte kurz hinein, erstarrte und fuhr zurück. »Eine Trage!« schrie sie. »Sofort!«

Ich rannte in den Traumaraum, griff mir eine Trage und schob sie vor mir her. Irene blickte mich neugierig an.

»Suchen Sie Dr. Mahoney. Sagen Sie ihr, daß es dringend ist. Es geht um –« Dann fiel mir ein, daß ich gar nicht wußte, was mit der Frau in dem Auto los war.

Als ich auf den Parkplatz hinauskam, beugte sich Gus gerade durch die offene Beifahrertür in das Wageninnere. Sie hörte das Rollen der Räder und wandte mir ein entsetztes Gesicht zu.

»Schnell, Echo! Hilf mir, sie rauszuheben.«

Ich rollte die Trage dicht an die Beifahrertür heran und roch etwas, das mich an ein schwelendes Lagerfeuer erinnerte.

»Zum Glück ist sie genauso betrunken wie er«, flüsterte Gus.

Ich blickte auf die Frau hinab.

Das einzige, was ich erkennen konnte, war eine zusammengesunkene menschliche Gestalt, ein Paar halb verkohlte Hausschuhe und der Ärmel eines karierten gesteppten Hausmantels. Mit Hilfe dieser Anhaltspunkte konnte ich den Rest der verbrannten Gestalt vor meinem inneren Auge zusammenfügen.

Meine Blicke wanderten von den Hausschuhen zum Kopf, der aussah wie der einer Schaufensterpuppe, der man die Perücke weggenommen und den Schädel schwarz angemalt hatte. Über den Ohren stand von den Flammen gekräuseltes Haar vom Kopf ab. Ich neigte mich weiter vor, um Mund und Nase ausfindig zu machen, als zwei blaue Augen aufgingen und mich anstarrten.

»Hallo, Schätzchen, ich bin Estelle«, sagte sie mit einer Stimme wie ein Reibeisen. Ihre Zähne waren gelb vom Nikotin, und ihre Alkoholfahne schlug mir ins Gesicht wie ein stinkender Wischlappen. »Hast du vielleicht ein Taschentuch oder so was, damit ich mir den Dreck aus der Kehle husten kann?«

»Natürlich, sofort«, antwortete ich, und meine Nerven flatterten, weil meine Erfahrungen mit Verbrennungen dieses Ausmaßes gleich Null war. »Jetzt legen wir Sie erst mal hier auf die Trage, und dann hole ich Ihnen eine Schachtel Kleenex. Okay, Estelle?«

Ihr Kopf schwankte auf den Schultern hin und her, und sie kicherte, wie nur Betrunkene kichern können. »Das ist lieb von dir.«

Die Frau reichte mir kaum bis zur Schulter und wog bestimmt weniger als fünfzig Kilo. Mühelos hoben Gus und ich sie auf die Trage. Sobald wir uns ein Stück vom Wagen entfernt hatten, zog der Mann die Beifahrertür von innen zu, ließ den Motor aufheulen und brauste mit quietschenden Reifen vom Parkplatz. Die Frau drehte nicht mal den Kopf, aber sie hob die Stimme. »Du mieser Drecksack! Ich hoffe, du fährst gegen 'nen Laternenpfahl und brichst dir dein verdammtes Genick!«

Während wir im Laufschritt durch die leeren Flure zum Traumaraum eilten, berichtete mir Gus, was sie von dem Mann in Erfahrung gebracht hatte. Seine Frau sei mit brennender Zigarette eingeschlafen und lichterloh brennend wieder aufgewacht. Er konnte sich nicht mehr daran erinnern, wie lange das schon her war.

Irene warf einen Blick auf die verbrannte Frau, als wir an ihrem Schreibtisch vorbeihasteten, wirbelte auf ihrem Drehstuhl herum und starrte gegen die Wand.

Ich schnappte mir eine Kleenexschachtel. In meiner Hast riß

ich zu viele Tücher heraus und verstreute die Hälfte davon auf dem Boden. Estelle streckte den spindeldürren rechten Arm aus, anscheinend das einzige Körperteil, das nicht verbrannt war, und griff nach einer Handvoll Papiertücher. Sie hustete rasselnd und spuckte einen Klumpen grauen Schleims mit kohlschwarzen Streifen in die Tücher.
»O Scheiße!« sagte Gus leise und packte mich am Arm. »Die Atemwege haben auch was abgekriegt. Wir müssen uns beeilen.« Sie legte eine Sauerstoffbrille in die Nasenlöcher der Patientin, wobei sie sorgfältig darauf achtete, keine verbrannte Haut zu verletzen, und stellte die Sauerstoffzufuhr auf vier Liter pro Minute ein.
Irene kam an die Tür des Traumaraums. »Dr. Mahoney ist gerade bei einer Intubation auf der Intensiv. Sie sagte, ihr sollt die Stellung halten, so gut es geht. Sie kommt, sobald sie kann.«
Ich warf Gus einen verzweifelten Blick zu. »Hilfe!« keuchte ich wie eine Ertrinkende. »Ich hab' keine Ahnung, was ich machen soll. So was wie das hier habe ich noch nie gesehen. Du mußt mir sagen, wie es jetzt weitergeht.«
»Klar«, antwortete sie, und ich konnte förmlich sehen, wie es in ihrem Kopf arbeitete. »Das packen wir schon. Das Hauptproblem sind die Atemwege, aber vorläufig ist das okay. Du kümmerst dich um ihre Vitalfunktionen, und ich mach' die Infusion fertig.«
Mit der Schere entfernte ich den verkohlten Ärmel von Estelles rechtem Arm und maß Blutdruck und Puls, während Gus die Infusion vorbereitete.
Wir waren so sehr in unsere Arbeit vertieft, daß wir zusammenschraken, als die Frau plötzlich mit lauter Stimme sagte: »Der Mistkerl hätte mich schon viel früher herbringen sollen, aber er war viel zu besoffen.« Dann kicherte sie. »Aber so besoffen wie ich war er natürlich nicht ...«

Gus legte einen Stauschlauch um Estelles Arm und reinigte die Haut mit Alkohol. Sie griff nach der Braunüle und fragte: »Was meinen Sie mit ›schon viel früher‹? Wann ist das denn passiert?«

Estelle ignorierte die Frage und zog ihren Arm weg. Sie tastete ihren Kopf ab und zupfte ein Büschel verbrannter Haare heraus. Ihre Hand schwankte hin und her, als sie zu erkennen versuchte, was sie da gefunden hatte. »Igitt! Das ist ja ekelhaft! Ich muß ja furchtbar aussehen«, murmelte sie.

Gus holte sich mit sanfter Gewalt den Arm zurück und suchte nach der großen Vene in der Ellenbogenbeuge. Sie hatte sie schnell gefunden, schob die Braunüle hinein und drehte den Infusionshahn weit auf, damit die Flüssigkeit möglichst schnell einfließen konnte.

Gemeinsam entfernten wir, was von dem Hausmantel noch übrig war. Bald lag ein Haufen schwarz verbrannter Baumwollfetzen, vermischt mit anderen Stoffstreifen, vermutlich von einem Nachthemd aus Flanell, auf dem Boden.

Ich hatte in meinem ganzen Leben noch nie so schnell gerechnet wie jetzt, als ich mit Hilfe der »Neunerregel« einzuschätzen versuchte, wieviel Prozent von Estelles Körperoberfläche verbrannt waren. Die Brust, mit Verbrennungen zweiten und dritten Grades, machte achtzehn Prozent aus, der linke Arm neun Prozent, der Kopf ebenfalls neun, und so ging es weiter. Am Ende waren es zweiundsiebzig Prozent.

Dem Aussehen und der Stärke der Verbrennungen nach hatte das Feuer an ihren Füßen begonnen und sich an der Vorderseite des Körpers hinaufgearbeitet. Der rechte Arm war unversehrt, weil er vermutlich von irgend etwas bedeckt oder weggestreckt gewesen war, desgleichen Gesäß und Rücken, die in dem Sessel geruht hatten.

Gus versuchte, den Hausschuh von Estelles rechtem Fuß zu

ziehen und mußte um die Kunststoffteile herumschneiden, die geschmolzen waren und auf der Haut klebten. Als ich den rechten Hausschuh entfernte, sah ich, daß vier Zehen fehlten. Ich schaute in dem Hausschuh nach und entdeckte einen Klumpen aus geschmolzenem Plastik und Nylon, in dem die fehlenden Zehen steckten.

Wir bedeckten Estelle mit zwei keimfreien Tüchern, die wir mit steriler Kochsalzlösung tränkten. Während wir noch damit beschäftigt waren, kam Dr. Mahoney herein.

Nachdem wir ihr gesagt hatten, was wir wußten – viel war es nicht –, horchte sie die Lunge der Verletzten ab und untersuchte die Verbrennungen. Mit besorgtem Gesicht ging sie zur Tür und sprach hastig auf Irene ein. »Fordern Sie sofort ein Beatmungsgerät an, damit ich sie intubieren kann, dann rufen Sie im Labor an. Ich brauche in zehn Minuten einen Krankenwagen, und setzen Sie sich mit dem Verbrennungszentrum der Uniklinik in Verbindung. Sagen Sie denen Bescheid, daß wir ihnen eine Patientin mit schweren Verbrennungen von über siebzig Prozent schicken. Ich gebe dann die Einzelheiten durch, sobald Sie mit den Leuten gesprochen haben.«

Dr. Mahoney beugte sich dicht über Estelles Gesicht. »Wie geht es Ihnen? Ich bin Dr. Mahoney. Können Sie mir sagen, wie und wann das passiert ist?«

»Hallo, Schätzchen. Ich bin Estelle.« Dr. Mahoneys Frage schien sie vergessen zu haben, denn sie schloß gleich darauf die Augen.

»Estelle, bleiben Sie bitte noch ein bißchen wach, damit Sie mir sagen können, was passiert ist. Schlafen können Sie später.«

Estelle hustete und spuckte rußigen Schleim aus. »Mein Alter und ich haben gestern abend ordentlich einen gehoben und haben Zoff gekriegt. Ich war so wütend auf den alten

Sack, daß ich mehr gesoffen hab' als sonst und mit 'ner brennenden Zigarette in der Hand eingepennt bin.«
Die Frau wurde zunehmend kurzatmig. Dr. Mahoney erhöhte die Sauerstoffzufuhr und rief zu Irene hinaus, sie solle nachfragen, wo das Beatmungsgerät und das Intubationsteam blieben.
»Als ich aufgewacht bin, hat schon alles gebrannt ... hab' versucht, die Flammen auf meinem Mantel mit den Händen auszuschlagen, aber es ging nicht.«
»Wann war das, Estelle?«
»Ach, ich weiß nicht genau, vielleicht so gegen fünf.«
Dr. Mahoney blickte Gus und mich an. Sie traute offenbar ihren Ohren nicht. »Estelle, jetzt ist es fast acht. Was haben Sie während der letzten drei Stunden gemacht? Waren Sie bewußtlos?«
Estelle winkte mit der Hand. »Ich weiß, ich weiß ... hab' den alten Scheißer gebeten, mich ins Krankenhaus zu fahren, aber er hat gesagt, das geschieht mir recht, und daß ich mich verbrannt hätte, wär' allein meine Schuld. Er war stocksauer und sagte, so würd' er nicht fahren, er müsse erst nüchtern werden, bevor er mich ins Krankenhaus schaffen könne.«
»Warum haben Sie nicht den Notarzt gerufen?« Ich konnte nicht glauben, daß die Frau in diesem Zustand so lange gewartet hatte.
Estelle stieß ein Schnaufen aus. »Soll das ein Witz sein? Der alte Drecksack hätte mich umgebracht, wenn ich 'n Notarzt geholt hätte, mit Sirene und all so'm Quatsch. Wir haben auch so schon genug Ärger mit den Nachbarn.«
Irene rief Dr. Mahoney ans Telefon, und sie ging hinaus. Ich suchte inzwischen alles zusammen, was ich brauchte, um Estelle zu katheterisieren.
»Was haben Sie denn gemacht, während Sie darauf gewartet

haben, daß Ihr Mann nüchtern genug wird, um Sie herzufahren?« fragte Gus.
Estelles Blick war in die Ferne gerichtet, während sie sich zu erinnern versuchte.
»O Schätzchen, ich war so blau, ich kann mich nicht mehr erinnern. Ich glaub', ich hab' versucht, das Durcheinander in meinem Zimmer aufzuräumen, aber ich mußte mich gleich wieder hinsetzen, weil ich nicht stehen konnte.«
Der Anästhesiepfleger mit dem Beatmungsgerät kam hereingeschossen und blieb ruckartig stehen, als er Estelle sah. Dann machte er sich an die Arbeit.
Dr. Mahoney war inzwischen wieder da und berührte Estelle am Arm, wo die Haut nicht verbrannt war. »So, Estelle, ich sage Ihnen, was ich jetzt tun werde. Ich werde Ihnen einen Schlauch durch die Nase in die Luftröhre schieben, damit Sie leichter atmen können. Sie werden schlafen und nichts davon spüren. Wenn Sie aufwachen, werden Sie in einer Spezialklinik in San Francisco sein, wo Patienten mit Verbrennungen versorgt werden.« Dr. Mahoney wartete einen Augenblick. »Sind Sie damit einverstanden, daß ich das tue?«
Estelle schien kurz davor, das Bewußtsein zu verlieren. »Is' schon okay«, sagte sie undeutlich.
»Haben Sie Schmerzen?« fragte Dr. Mahoney.
»Nein. Bin nur müde ... wahnsinnig müde.«
Dr. Mahoney sah meinen fragenden Blick und beantwortete die Frage, bevor ich sie aussprechen konnte.
»Sie spürt nichts, weil sie unter Schock steht und weil der Alkohol noch nachwirkt. Außerdem sind bei solchen Verbrennungen die Nervenenden zerstört, die normalerweise die Schmerzempfindungen weiterleiten.«
Nachdem Estelle sediert und intubiert war, wickelte Gus sie in keimfreie, mit steriler Kochsalzlösung getränkte Verbän-

de, bis sie aussah wie eine Mumie. Sie legte eine Decke über sie, um das bißchen Körperwärme, das Estelle noch erzeugen konnte, darunter festzuhalten.

Ich machte mich daran, einen Silikonkatheter in Estelles Harnröhre einzuführen. Behutsam, um die Verbände nicht zu verschieben, drückte ich ihre Beine auseinander und zog die Lampe näher heran.

Es war, als stieße man in einer Brandruine auf einen nahezu bis zur Unkenntlichkeit verkohlten Gegenstand. Entsetzt starrte ich auf die Stelle zwischen Estelles Beinen, wo die Genitalien hätten sein müssen. Ich schüttelte den Kopf, um meine Gedanken zu ordnen, und suchte in dem zerstörten Gewebe, bis ich die stark entzündete, geschwollene Öffnung der Harnröhre gefunden hatte. Ich führte den Katheter ein und wurde mit einigen Tropfen mahagonibraunen Urins belohnt.

Gus verabreichte der Patientin eine geringe Dosis Morphin, und vierzig Minuten nach ihrer Einlieferung war Estelle auf dem Weg in die Spezialklinik. Der Rest des Vormittags verging ohne aufsehenerregende Zwischenfälle.

Während der Mittagspause unterhielten wir uns über Estelles Aussichten, mit dem Leben davonzukommen.

»Sie hat so gut wie keine Chance«, sagte Dr. Mahoney. »Sie hat schwerste Verbrennungen, über siebzig Prozent der Haut und des Unterhautgewebes sind geschädigt, die Atemwege sind in Mitleidenschaft gezogen, es hat viel zu lange gedauert, bis sie versorgt werden konnte, und als Alkoholikerin ist ihre allgemeine gesundheitliche Verfassung sowieso nicht die beste. Ich würde sagen, daß sie den heutigen Tag nicht überlebt.«

»Man kann es ihr nur wünschen«, murmelte Gus niedergeschlagen. »Was für ein Leben wäre das noch, mit all den Schmerzen und Verstümmelungen?«

»Und was passiert mit ihrem Mann?« wandte ich mich an Dr. Mahoney. »Wird der jetzt verhaftet?«
Dr. Mahoney blickte mich überrascht an. »Nein. Warum denn?«
»Ich weiß nicht. Vielleicht wegen unterlassener Hilfeleistung, weil er sich doch erstmal geweigert hat, sie ins Krankenhaus zu fahren.«
Dr. Mahoney setzte sich. »Unglücklicherweise, mein kleiner Naivling, ist das keine strafbare Handlung. Wir haben hierzulande einen Haufen Gesetze, die uns zu guten Samaritern machen und die Patienten vor ärztlichen Kunstfehlern schützen sollen, aber wenn Sie auf der Straße an jemandem vorbeigehen, der daliegt und verblutet, und Sie helfen ihm nicht, ist das in Kalifornien kein Verstoß gegen das Gesetz. Moralisch gesehen mag so ein Verhalten inakzeptabel sein, aber eine strafbare Handlung ist es nicht. Das wird Sie überraschen, und in anderen Ländern ist das anders geregelt, aber hier bei uns ist es nun mal so.«
»Aber der Mann hat doch praktisch daneben gestanden und zugesehen, wie seine Frau leiden mußte, und hat trotzdem nichts unternommen. War er denn nicht verpflichtet, ihr zu helfen?«
Dr. Mahoney schüttelte den Kopf. »Nein. Glauben Sie mir, Echo, er war zu gar nichts verpflichtet. Etwas anderes wäre es, wenn er sie selbst angezündet oder bewußtlos geprügelt hätte, aber das hat er ja nicht getan.«

Noch am Abend verfolgte mich das Bild von der verbrannten Frau und der Szene im Wagen, obwohl ich mich fest auf die kleinen häuslichen Freuden und das Zusammensein mit Simon konzentrierte.
Nach dem Abendessen rief ich Janey an und berichtete ihr, was passiert war.

»Siehst du, Echo«, sagte sie, »genau deshalb hat Claudia dich gefragt, ob du deine Entscheidung nicht noch einmal überdenken willst.« Es lag eine untypische Spur von Gereiztheit in Janeys Stimme.

»Nimm mich, zum Beispiel«, fuhr sie fort. »Ich habe einen angenehmen, ruhigen, garantiert keimfreien Tag im OP verbracht. Alles hat seinen geregelten Lauf genommen und endete mit einer sauberen Naht. Es gab nichts, was ich mit nach Hause schleppen und meinem Ulkus zum Nachtisch servieren konnte, nichts, was mir schlaflose Nächte bereiten könnte.

Du dagegen hast dich für ein Leben im Irrenhaus entschieden, wo du dich mit ausgebrannten menschlichen Fackeln unterhalten und dir bösartige alte Weiber und Kakerlaken vom Leib halten mußt. Ich weiß, du hast eine Schwäche für ausgefallene und abartige Sachen, aber du darfst dich davon nicht fertigmachen lassen, Echo.«

»Hast du dich vielleicht zufällig mit Dr. Mahoney unterhalten?« fragte ich mißtrauisch. »Die redet nämlich genauso wie du.«

Eine Pause trat ein, während jede mit ihren eigenen Gedanken beschäftigt war.

»Ach, fast hätte ich es vergessen«, setzte ich die Unterhaltung fort. »Ich habe heute zwei Bewerbungsformulare bei der Pflegedienstleitung abgeholt, eins für dich, eins für mich.« Ich mußte lachen, als mir wieder einfiel, wie die Verwaltungsangestellte mich angesehen und mit den Blicken förmlich Stück für Stück auseinandergenommen hatte, bevor sie mir die Anträge gab.

»Was für Bewerbungsformulare?« fragte Janey.

»Aber, Janey. Haben sie dir im OP am Gehirn herumgeschnipselt, als du mal nicht aufgepaßt hast? Bewerbungsformulare für einen Job. Du weißt doch, das, was man tun muß, um diese netten grünen Scheinchen zu kriegen, für die es so viele schöne Sachen gibt, wie zum Beispiel was zu essen, einen neuen Duschvorhang oder eine funktionierende Heizung.«

»Ach, ja! Jetzt erinnere ich mich. Wir können mit dem, was wir machen, tatsächlich Geld verdienen, nicht wahr? Ich hab' völlig vergessen, daß es noch einen vernünftigen Grund dafür gibt, daß wir uns für die Krankenpflege entschieden haben.«

Wieder trat eine Pause ein, und ich konzentrierte mich auf die Katze, die ich auf den Block neben dem Telefon malte.

»Echo?«

Die Schnurrhaare gefielen mir nicht. »Hm?«

»Glaubst du, daß wir das Examen schaffen und wirklich richtige Krankenschwestern werden?«

Janeys Stimme klang sehr leise, bei ihr hieß das, daß sie sich Sorgen machte.

Ich hörte auf zu kritzeln, hielt den Block auf Armeslänge vor mich hin und betrachtete mein Werk. Eine große Künstlerin war ich wahrhaftig nicht. »Wenn wir es nicht schaffen, Janey, dann bleibt mir nichts anderes übrig, als mich auf eine kleine Farm in Bakersville zurückzuziehen und Hühner zu züchten. Und du?«

»Klingt nicht übel«, meinte sie, »aber Hühner machen mich nervös.«

»Keine Bange. Wenn du das Zeug zu einer Krankenschwester hast, hältst du es auch mit Hühnern aus.«

»Dann sehen wir uns also in exakt einhundertundsiebenundsechzig Stunden auf der Abschlußfeier, Echo.«

»Richtig.«

Nach dem Gespräch mit Janey lag ich in der Dunkelheit des Schlafzimmers, starrte an die Decke und dachte an Estelle und ihren Mann. Mir ging ein Gedanke im Kopf herum, der

mich in dieser oder jener Form schon in so manchen Nächten nicht hatte einschlafen lassen, als ich ein Kind war. Ich versuchte, mir darüber Klarheit zu verschaffen, warum Menschen imstande waren, sich und anderen schlimme Dinge anzutun. Und obwohl ich schon unzählige Male Zeuge solch unmenschlichen Verhaltens gewesen war, hatte ich noch keine Erklärung dafür gefunden und mich auch nicht daran gewöhnen können. Diese Wunden zu heilen, die Scherben wieder zu kitten, war einer der Gründe, warum ich mich für den Pflegeberuf entschieden hatte. Ich hatte nie verstanden, was im Kopf eines Menschen vorging, der anderen Menschen Leid zufügte. Auf meiner Skala menschlicher Unzulänglichkeiten rangierte so etwas an der gleichen Stelle wie Massenmord und Kindesmißbrauch.
Gegen Mitternacht fielen mir endlich die Augen zu. Ich träumte von einem nächtlichen Erlebnis im Jahr 1950, als ich an der Seite meines Vaters auf dem Beifahrersitz eines alten Buick eingeschlafen war. Ein furchtbares Geräusch schreckte mich auf, und ich sah einen roten und orangefarbenen Widerschein auf Dads Gesicht. Ängstlich blickte ich durch die Windschutzscheibe.
In einiger Entfernung brannte eine Scheune lichterloh. Menschen rannten umher, um vor den Flammen zu retten, was zu retten war.
Selbst auf diese Entfernung konnte ich die Hitze spüren, die durchs offene Seitenfenster hereindrang. Und plötzlich – ich wußte nicht, wie – war mein Vater unter den Leuten bei der brennenden Scheune.
Ich verlor ihn aus den Augen und wartete, starr vor Entsetzen. Ich konnte kaum atmen. Dann sah ich ihn, wie er an einem Strick ein in Panik geratenes Pferd aus der Scheune zerrte.
Das flammende Inferno lag bereits weit hinter uns, als er

mich in die Nase kniff, was bedeutete, daß alles in Ordnung sei. »Man darf keine Kreatur leiden lassen«, sagte er. »Wir müssen allen helfen, die aus eigener Kraft dazu nicht fähig sind.«

Unversehens wurde aus dem Traum ein Alptraum, in dem ich wie in Zeitlupe durch eine Feuersbrunst rannte und Simon auf den Armen trug. Verzweifelt blickte ich an mir herab, um zu sehen, was mich daran hinderte, schneller zu laufen, und stellte fest, daß meine Füße zu zwei unförmigen Klumpen Kunststoff geschmolzen waren.

Schweißgebadet wachte ich auf und rang nach Luft. Meine Haut brannte.

Ich brauchte nicht auf die Uhr zu sehen, um zu wissen, wie spät es war. Vier Uhr morgens, die Stunde, in der die Alpträume kamen, die Beklemmungen und manchmal auch quälende Blitze der Erkenntnis.

Den Auftakt des Tagdienstes am Donnerstag machte ein Häftling aus San Quentin, dem jemand einen spitzen Gegenstand in die Brust gestoßen hatte. Wir hielten das schon für ein schlechtes Zeichen für den weiteren Tagesablauf, aber nachdem wir ihn nach der Behandlung ans Gefängnishospital zurücküberwiesen hatten, schleppte sich der Rest des Tages dahin wie eine müde Schnecke.

Katy war von ihrer mysteriösen Krankheit genesen und vertrieb uns den größten Teil des Vormittags mit endlosen Erzählungen über die einmalige Schönheit der kalifornischen Küste.

Dr. Menowitz hatte Dienst. Trotz der erfreulichen Berichte, die ich über ihn gehört hatte, wirkte er mürrisch, obwohl er sich insgesamt Mühe zu geben schien.

Mir fiel auf, daß Gus bedrückt wirkte; sie lachte nur selten, und es klang gar nicht mehr wie Cousin Ralph. Im Laufe des

Vormittags kriegte ich sie allein zu fassen und fragte, was denn los sei.
»Ich habe die ganze Nacht nicht richtig geschlafen. Hab' lauter Blödsinn von verbrannten Händen geträumt, die aus den Wänden heraus nach mir gegriffen haben.«
Über eine Stunde lang unterhielten wir uns über unsere Träume und versuchten, sie zu deuten. Obwohl es nun auch nichts mehr nutzte, war ich froh, nicht die einzige zu sein, die um vier Uhr früh von Alpträumen heimgesucht wurde.
Gegen Mittag war immer noch nichts los. Niemand schien heute beim Kochen zu verunglücken oder sich während der Mittagspause das Bein oder den Arm zu brechen. Gus und Katy unterhielten sich, und Dr. Menowitz hatte sich an seinen kleinen Schreibtisch zurückgezogen und las.
Als ich einmal vorbeiging, blickte er auf, und in diesem kurzen Augenblick wurde mir klar, daß er ein sehr unglücklicher Mensch war. Er merkte, daß er sich eine Blöße gegeben hatte, lächelte gezwungen, und dann ging der Rolladen wieder herunter, den er zwischen sich und der Welt errichtet hatte. Aus einem plötzlichen Impuls heraus zog ich einen Stuhl heran und setzte mich zu ihm.
»Sind Sie eigentlich glücklich, Dr. Menowitz?«
Damit hatte er nicht gerechnet und stotterte: »Ich, äh, na ja, relativ glücklich, denke ich.« Er lehnte sich auf dem Stuhl zurück und verschränkte die Arme vor der Brust. Dann merkte er, daß er unbewußt eine Abwehrhaltung eingenommen hatte und entspannte sich etwas. Er beugte sich vor und legte die Arme auf den Tisch.
»Warum fragen Sie?«
»Ich weiß nicht. Vermutlich, weil Sie auf mich keinen glücklichen Eindruck machen.«
Er zuckte die Achseln. »Ich bin nicht unglücklich. Ich bin so wie jeder andere, nehme ich mal an.«

Er rutschte auf seinem Stuhl herum, lächelte und verwarf wieder, was er eben gesagt hatte. »Wenn mein Therapeut hier wäre, würde er über diesen Spruch lachen. Er erwartet von mir, daß ich nach der Wahrheit strebe und nicht in die alten verlogenen Ausflüchte zurückfalle.« Er hob die Hand zum Zeichen, daß jetzt etwas Wichtiges käme. »Formulieren wir es einmal so: Ich bin nicht unglücklich im eigentlichen Sinne des Wortes. Vielmehr bin ich ein im Innersten unzufriedener Einzelgänger, der vor zwischenmenschlichen Beziehungen zurückschreckt und sich selbst nicht ausstehen kann.«

»Ach, du meine Güte!« lachte ich. »Und da haben Sie sich ausgerechnet diesen Beruf ausgesucht?«

Dr. Menowitz lachte ebenfalls, und sein Gesicht veränderte sich völlig. Das ständig Abweisende, der finstere Blick waren wie weggewischt. Er wiegte den Kopf hin und her und zuckte wieder mit den Schultern. »Das ist alles Onkel Arnolds Schuld«, erklärte er. »Mein Onkel Arnold war Arzt. Er mochte Kinder, hat aber nie geheiratet. Als ich geboren wurde, scheint Onkel Arnold beschlossen zu haben, daß ich der ideale Ersatz-Sohn wäre. Während ich aufwuchs, hat er mir immer alles gegeben, was ein Kind sich nur wünschen konnte, aber als Gegenleistung mußte ich so sein, wie Onkel Arnold mich haben wollte.

Als ich auf die High School kam, hat er einen Pakt mit meinen Eltern geschlossen. Er wäre bereit, mein Studium zu bezahlen, wenn ich in seine Fußstapfen träte und Arzt würde. Das war natürlich ein Angebot, das keine vernünftige jüdische Familie ausschlagen konnte. Wie nicht anders zu erwarten, wurde ich nicht gefragt, was ich einmal werden wollte, und so begann der unglückliche Morton Menowitz Medizin zu studieren, um ein guter jüdischer Arzt zu werden.«

Dr. Menowitz hielt inne und suchte in meinem Gesicht nach Anzeichen, daß mich seine Geschichte langweilte.
»Ich bin nicht gern Arzt«, fuhr er fort. »Das war ich nie. Die Leute kommen her und halten mich für Gott den Allmächtigen. Es wird von mir erwartet, daß ich sie wieder auf die Beine bringe und ihrem Leben eine andere Richtung gebe, aber ich bin eigentlich gar nicht scharf darauf, die Menschheit vor sich selbst zu retten. Ich habe keine Lust, mich mit einem Kettenraucher auseinanderzusetzen, der seit fünfundzwanzig Jahren zweieinhalb Schachteln am Tag raucht, und der ausrastet, wenn ich ihm sage, daß seine Thoraxaufnahmen gar nicht gut aussehen.«
Dr. Menowitz stellte einen Fuß auf die Querstrebe zwischen den Beinen meines Stuhls und stützte das Kinn auf die Handfläche. »Können Sie sich vorstellen, daß ich schon einen Monat im voraus weiß, was in den nächsten dreißig Tagen auf mich zukommen wird? Das allein genügt schon, um mich schneller unter die Erde zu bringen, als wenn ich vier Schachteln Zigaretten am Tag rauchen würde. Ich wünsche mir etwas mehr vom Leben. Ich will zumindest einmal am Tag etwas Aufregendes erleben, etwas Unerwartetes, das mich aufrüttelt, selbst wenn es nur eine winzigkleine Überraschung ist.«
Dr. Menowitz lehnte sich zurück und streckte die Arme über den Kopf. »Ich würde gern etwas anderes machen, aber ich bin ein Feigling.« Er lachte verlegen und fügte hinzu. »Soll ich Ihnen sagen, was ich gern sein würde?«
Ich nickte und machte mich auf eine Überraschung gefaßt.
»Ob Sie es glauben oder nicht, ich habe schon immer davon geträumt, Förster zu sein und Gedichte zu schreiben; draußen in den Wäldern, ganz allein, die Natur zu besingen.«
Dr. Menowitz' Beichte löste Schuldgefühle in mir aus. Ich machte mir Vorwürfe, nie versucht zu haben, hinter den

Panzer eisiger Ablehnung zu schauen, mit dem er sich umgab.

»Erinnern Sie sich noch daran, wie ich Sie letztes Jahr zusammengestaucht habe?« fragte ich. »Mein Gott, in meinen Augen waren Sie damals das größte Rindvieh auf Erden.«

Er lächelte. »Sie hatten völlig recht. Eine Menge Leute haben mich für ein Rindvieh gehalten. Ich war so wütend auf mich selbst, daß die Wut in regelmäßigen Abständen alles um mich herum niedergewalzt hat, wie ein Schneeball, der einen Berg hinunterrollt. Mein Therapeut behauptet, ich hätte am Rand der psychischen Selbstzerfleischung gestanden. Gräßliche Vorstellung.«

»Wissen Sie, was Sie tun müssen?« fragte ich. Der Gedanke, Dr. Menowitz' Leben neu zu ordnen, war aufregend.

Er schüttelte den Kopf.

»Sie nehmen ein Jahr unbezahlten Urlaub, suchen sich eine Hütte oben in den Bergen, denken nach, dichten, finden zu sich selbst und überlegen sich, wie Sie Ihr restliches Leben gestalten wollen.«

Dr. Menowitz lachte. »Mit dreiundvierzig ist man zu alt, um davonzulaufen.«

»Das ist nicht wahr! Außerdem laufen Sie nicht davon, Sie schlagen nur eine andere Richtung ein. Mom, Dad oder Onkel Arnold haben Ihnen beigebracht, daß Sie brav in Ihrem Ställchen bleiben sollen, und Sie haben sich daran gehalten. In den Pflegeheimen sitzen reihenweise alte Männer, die niemals wußten, wer sie eigentlich sind und was sie im Leben wirklich erreichen wollten. Es ist noch nicht zu spät für Sie. Was ist denn schon ein Jahr?«

Dr. Menowitz hob die Hände, als müsse er sich vor meinem Enthusiasmus schützen. »Nun mal langsam mit den jungen Pferden. So einfach ist das nicht. Vor einer Entscheidung von solcher Tragweite muß einiges berücksichtigt werden, beispielsweise eine anspruchsvolle Frau, die das Landleben und alles, was sie von ihren Parties fernhält, haßt. Wenn man ihr den Luxus wegnimmt, den sie sich vom Gehalt eines Arztes leisten kann, wäre es mit ihr nicht mehr auszuhalten. Außerdem habe ich ein großes Haus mit Pool, das abbezahlt werden muß, und zwei große Hunde, die nie gehorchen gelernt haben.«

Dr. Menowitz schwieg und schien die Liste seiner Verpflichtungen im Geiste zu vervollständigen. Dann sprach er weiter:

»Als ich mit der Therapie angefangen habe, habe ich nach einer Methode gesucht, mich schnell aus meinen Verstrikkungen zu lösen, nach einer Art Wundermedizin. Dann wurde mir klar, daß das so nicht geht. Ich habe immer noch keinen gangbaren Weg gefunden, um der Mensch zu werden, der ich sein möchte, ohne dabei das Leben anderer völlig umzukrempeln.« Er schwieg und machte ein bedrücktes Gesicht.

»Wenn ich Sie richtig verstanden habe, dann fühlen Sie sich nicht wohl in geordneten Umständen und sind unglücklich in der materiellen Geborgenheit.« Ich schüttelte bedauernd den Kopf. »Das ist die umständlichste Art, sich das Leben selber schwer zu machen, die ich mir vorstellen kann. Aber ... ich höre da zwischen den Zeilen heraus, daß Sie angefangen haben, in der richtigen Richtung zu denken.«

Dr. Menowitz schaute mir unverwandt in die Augen, und sein Blick verriet mir, was jetzt kommen würde.

»Haben Sie Lust, am Samstag mit mir in den Bergen wandern zu gehen?« fragte er und bestätigte meine Befürchtungen.

Trotz meiner äußerlichen Gelassenheit errötete ich wie ein Teenager. Krampfhaft suchte ich nach einer Antwort, die ihn nicht verletzen würde.

Szenen aus einem Film flimmerten vor meinen Augen: Dr. Menowitz und ich, hingestreckt auf einem Hügel mit Blick aufs Meer. Wir lesen einander selbstverfaßte Gedichte vor und verbinden uns gegenseitig die wundgelaufenen Füße. Ich nenne ihn sogar Mort.

Da wird plötzlich ein Standbild auf die Leinwand projiziert und überblendet die Idylle: ein bedrohlich wirkender, düster blickender Mensch, und darüber die Warnung: DIE HEIMLICHE BEDROHUNG DURCH DEN MANN IN DER MIDLIFE-CRISIS!

Das riß mich in die Wirklichkeit zurück.

»Seien Sie bitte nicht böse, aber die Antwort ist nein.«

Dr. Menowitz konnte seine Enttäuschung nicht verbergen. Alle Illusionen, die er sich gemacht hatte, waren verflogen.

»Vielleicht überwindet Ihre Frau eines Tages ihre Abneigung gegen das Landleben, und dann können wir gemeinsam eine Bergwanderung unternehmen, aber bis dahin werden Sie längst in den Wäldern von Oregon leben und die Welt mit Ihren Gedichten beglücken.«

Dr. Menowitz lächelte traurig, wie ein Kind, dem sein Luftballon weggeflogen ist. Für einen kurzen Augenblick vergaß ich die Verhaltensregeln, die man uns beigebracht hatte, und legte die Hand auf seinen Arm.

»Was bleibt, sind Wünsche«, sagte er und seufzte.

Der Freitag begann mit einer Mischung unterschiedlicher Gefühle: Melancholie, himmelhoch jauchzende Freude und leise Wehmut. Noch einhundertundzwanzig Stunden bis zur Abschlußfeier. Ich kam mir vor wie ein Läufer, der kurz vor dem Ziel zum Endspurt ansetzt. An diesem letzten Tag meiner Ausbildung würde ich topfit sein. Von innerer Stärke und von Selbstvertrauen beseelt, würde ich die Balance zwischen Intellekt und Gefühl halten und jede Herausforderung annehmen, wie eine erprobte Kämpferin in der Schlammschlacht des Pflegeberufs.

Wie immer, wenn man mit festen Vorsätzen ans Werk gehen möchte, passierte an diesem Morgen in der Notaufnahme gar nichts. Ich setzte mich in eine entlegene Ecke des Raums und beschäftigte mich mit einem Lehrbuch, während innere Stärke und Selbstvertrauen Däumchen drehten.

Gegen Mittag gähnte Dr. Mahoney ausgiebig und sagte, sie wolle ins Arztzimmer gehen und sich ausruhen. Gus und Kelly räumten ein bißchen auf und ließen sich von Irene unterhalten, die laut aus der Klatschspalte der Zeitung vorlas.

Eine halbe Stunde später war ich drauf und dran, die Nagelfeile aus der Handtasche zu holen und meine Fingernägel zu bearbeiten, als Irene mich bat, ein paar Berichte ins Sekretariat zu bringen. Ich war sofort bereit, denn ich wußte, sobald ich draußen wäre, würde ein Patient auftauchen. Es war mir egal, was mit ihm los war, selbst wenn es nur eine Verdauungsstörung war, würde er mit offenen Armen empfangen werden.

Als ich wieder zurückkam, waren die Betten immer noch leer. Enttäuscht holte ich meine Nagelfeile und begann zu feilen, als mir auffiel, wie still es war. Ich merkte, daß ich ganz allein in der Notaufnahme war.

Ich ging zur Toilette, klopfte an die Tür und fragte, ob Gus drin wäre. Als ich keine Antwort bekam, rief ich nach Irene und Katy. In der Notaufnahme blieb es still wie in einer ägyptischen Grabkammer.

Ich wanderte zum Schwarzen Brett hinüber und studierte die Aushänge. Als ich den Bericht über penile Frostbeulen bei Winter-Joggern zum zweitenmal gelesen hatte, summte der Notfallalarm zweimal.

Ich rannte zur Tür und mußte dabei an Amy denken, das ertrunkene kleine Mädchen. Die Erinnerung daran brachte meine Gehirnzellen in Schwung. Also, Echo, was sind die Grundprinzipien bei Notfällen? A: Atemwege freihalten; B: Beatmen, Mund zu Nase; C: Cardiovaskuläre Reanimation, Herzdruckmassage.

Ich bekam Angstzustände, als die automatische Tür zischend aufging und meinen Spurt jäh beendete.

In der Öffnung erschienen Dr. Mahoney, Irene, Katy und Gus mit einer großen Torte. Obendrauf, zwischen rosa Marzipanröschen und zwei brennenden Kerzen, stand in brauner Schokoladenschrift: »Herzlichen Glückwunsch, Schwester Heron.«

Im ersten Moment wußte ich nicht, ob ich wachte oder träumte, bis ich meine fünf Sinne wieder beieinander hatte und begriff.

Die anderen wußten nicht, was mein Zögern zu bedeuten hatte, und blickten sich gegenseitig an. Gus sprach als erste: »Eigentlich wollten wir damit ja bis um drei warten, aber dann haben wir uns gedacht, wir machen es lieber jetzt, wo sowieso nichts los und gleich Mittagspause ist.«

Ich lächelte, und meine Erstarrung löste sich. »Herrgottnochmal, Leute, habt ihr mich erschreckt. Habt ihr nicht daran gedacht, daß ich einen Herzinfarkt hätte kriegen können?«

Dann begannen wir alle gleichzeitig zu reden, und die Patienten und Besucher draußen in der Halle verdrehten die Köpfe, um zu sehen, was los war. Einige kamen sogar herüber und lasen, was auf der Torte stand.

Irene rief in der Küche an und bestellte eine Literpackung Eiscreme. Sie behauptete, wir hätten hier vier Diabetespatienten mit akuter Hypoglykämie.

Vom vielen Zucker und Feiern wurde uns richtig schwindlig. Darüber hinaus sorgten Dr. Mahoney und Gus mit hu-

moristischen Einlagen dafür, daß wir uns aufführten wie betrunkene Hühner.
Um zwei ging die automatische Tür auf, während gleichzeitig der Summer ertönte. Das durchdringende Schreien eines Babys drang herein.
»Zumindest steht fest, daß dieses Kind nicht unter Atemnot leidet. Ein gutes Zeichen«, sagte Dr. Mahoney, als wir uns im Gänsemarsch auf die Quelle des Geräusches zubewegten.
Vor einem Riesen von Mann in blauem Arbeitsanzug kamen wir zum Stehen. Er hielt das schreiende Kind, als wäre es ein Ding von einem anderen Planeten.
Unbeholfen drückte er das Bündel Dr. Mahoney in die Arme, und als wären wir ein einziger Körper mit vier Köpfen und acht Beinen, gingen wir hinüber zur nächsten Trage. Dr. Mahoney entfernte das große blaue Tuch, in das das kleine Mädchen eingewickelt war. Die Haut war mit Abschürfungen übersät und von Straßenschmutz bedeckt.
Der Mann nahm den blauen Fetzen von Dr. Mahoney entgegen und sagte entschuldigend: »Tut mir leid, Frau Doktor, aber ich hatte nichts anderes.«
Dr. Mahoney tastete den Schädel der Kleinen ab, schaute in Augen und Ohren und strich behutsam mit den Händen über den winzigen Körper, während der Mann fortfuhr:
»Ich heiße Paul Jepson. Ich arbeite als Fahrer für eine Spedition in Los Angeles.«
Mr. Jepson folgte Dr. Mahoney hinüber zum Waschbecken. Sie legte das Becken mit weichen Handtüchern aus und ließ warmes Wasser einfließen. Aus dem Geschrei des kleinen Mädchens war ein leises Wimmern geworden, während es mit Dr. Mahoneys Brille spielte.
»Ich war mit meinem Truck kurz vor dem Ortsschild von San Rafael, als etwa vierhundert Meter vor mir ein Wagen plötz-

lich abbremste und zum Straßenrand hin ausscherte, als hätte er eine Panne.
Dann hab' ich gesehen, wie sich eine Frau aus dem hinteren Fenster rauslehnte. Die hat geschrien, als wolle jemand sie umbringen oder so, und hat was auf die Straße geschmissen. Erst dachte ich, es wär nur 'n Bündel alter Klamotten, aber als es auf der Straße gelandet ist, ist das Kind rausgefallen. Ich hab' angehalten, bin hin, so schnell ich konnte, und hab' es aufgehoben. Ich hatte Angst, jemand anderes könnte denken, es sei nur 'ne Puppe und einfach drüberfahren.
Na ja, ich hab' meinen Truck stehenlassen und hab' den nächsten Wagen angehalten, der vorbeikam, weil ich dachte, so krieg' ich die Kleine am schnellsten ins Krankenhaus.«
Stumm sahen wir zu, wie das Baby im Wasser planschte, während Dr. Mahoney ihm vorsichtig den Straßenschmutz abwusch.
zwei Minuten später hob sie das Kind heraus und wickelte es in eine Flanelldecke. »Ich kann im Moment nur sagen, daß es ein Glück ist, daß diese Knirpse so gelenkig sind. Soweit ich es beurteilen kann, hat sie außer den Abschürfungen keine weiteren Verletzungen.«
Irene ging gerade hinaus, um aus der Kinderabteilung eine Flasche Säuglingsnahrung und einen Babyschlafanzug zu holen, als zwei Streifenpolizisten hereinkamen und nach dem Kind und dem Lastwagenfahrer fragten, der es mitgenommen hatte.
Mr. Jepson war sehr erleichtert, als er erfuhr, daß er keinen Strafzettel bekommen würde, weil er den Truck unbeaufsichtigt gelassen hatte. Nachdem er seine Aussage gemacht hatte, durfte er gehen.
Die Polizisten bekamen jeder ein Stück von meiner Torte und Kaffee, während sie ihren Bericht schrieben und uns

den Teil der Geschichte erzählten, den wir noch nicht kannten.
»Die Kleine heißt Phoebe. Sie ist sechs Monate alt. Vor einer Viertelstunde haben Kollegen in San Rafael die Mutter aufgegriffen. Sie ist auf dem Freeway herumgeirrt, hat versucht, Autos anzuhalten, und machte einen völlig verwirrten Eindruck. Sie redete ständig davon, daß sie ein Kind suchen würde.
Sie hat ausgesagt, daß sie mit dem Vater des Kindes unterwegs gewesen sei und daß sie sich mit ihm wegen Drogen gestritten hätte. Der Vater wiederum behauptet, sie habe gedroht, sich und das Kind umzubringen, hätte dann aber nur das Kind aus dem Fenster geschmissen.«
Dr. Mahoney, die mit dem Baby spielte, blickte kurz zu mir herüber. »Erinnern Sie sich an das, was ich Ihnen vor ein paar Tagen gesagt habe, daß es mir nichts mehr ausmacht, was andere Leute tun?«
Ich nickte.
»Das war gelogen. Es macht mich krank.«
Das Telefon läutete. Katy hob ab und reichte den Hörer einem der Polizisten. Er hörte eine Weile zu, legte die Hand auf die Muschel und wandte sich an uns. »Meine Kollegen sind der Meinung, daß die Mutter ärztlich behandelt werden sollte, bevor sie sie vorübergehend festnehmen.« Er machte eine Pause. »Sie wollen sie hierher bringen.«
Wie aus einem Munde brach es aus uns allen heraus: »Nein!«
»Tut mir leid, Officer«, sagte Dr. Mahoney. »Es wäre für uns eine zu große Zumutung, diese Frau versorgen zu müssen. Keine von uns wäre in der Lage, sie unvoreingenommen zu behandeln, nach allem, was vorgefallen ist. Sagen Sie Ihren Kollegen, sie sollen sie in die Madison-Klinik bringen.« Die Madison-Klinik war nur knapp acht Kilometer entfernt.

Die kleine Phoebe blieb über Nacht zur Beobachtung bei uns. Am nächsten Tag wurde sie dem Jugendamt übergeben. Ein halbes Jahr später erfuhren wir, daß ein Gericht ihrer Mutter das Sorgerecht für Phoebe zurückgegeben hatte. Keine von uns konnte diese Entscheidung verstehen.

9. Kapitel

Nur noch zwei Stunden bis zur Abschlußfeier.
Ich hatte die einzelnen Strähnen meines langen Haares um kleine Büchsen gewickelt, die ursprünglich gefrorenes Orangensaftkonzentrat enthalten hatten und die ich immer als Lockenwickler benutzte und schoß im Haus herum wie eine nervöse Gazelle. Mein Gemütszustand wechselte zwischen angespannter Erwartung und akuter Geistesabwesenheit.
Ein paar Stunden zuvor, als ich noch einigermaßen normal denken konnte, hatte ich Simon zu Patrick gebracht. Ich wollte ihm nicht zumuten, seine überdrehte Mutter in ihren emotionalen Wechselbädern miterleben zu müssen. Bisher war alles glimpflich verlaufen: ich hatte lediglich die Milch in den Wäscheschrank gestellt, meine Bluse in die Gefriertruhe gelegt, Mooshie im Besenschrank eingeschlossen und zehn Minuten lang verzweifelt nach meinen weißen Strümpfen gesucht, bevor ich feststellte, daß ich sie schon anhatte. Jedesmal, wenn ich mich dabei erwischte, daß ich wieder irgendeinen Blödsinn anstellte, schaute ich mich beklommen um, ob mich vielleicht jemand durchs Fenster beobachtete.
Zum wiederholten Male legte ich Make-up auf und wischte es wieder weg, weil es einfach nicht klappen wollte. Beim letzten Versuch mit dem Lippenstift hätte man mich für Draculas Tochter nach der Bluthochzeit halten können, und das Rouge auf den Wangen sah aus wie eine Verbrennung zweiten Grades. Ich gab es auf und fand mich damit ab, nicht wie Julia Roberts auszusehen.

Vier Stunden hatte ich im Geschäft für Berufsbekleidung verbracht und Dutzende weißer Schwesterntrachten anprobiert, bis ich endlich eine Minute vor Ladenschluß eine gefunden hatte, die mir für die Abschlußfeier gut genug erschien. Das erste, was ich tat, als ich mein Häuschen betrat, war, den alten blau-weiß gestreiften Kittel in den Altkleidersack des Roten Kreuzes zu stopfen. Nachdem ich die neue Uniform aus weichem, weißem Baumwollstoff über den Kopf gestreift hatte, stellte ich mich vor den Spiegel, um die Verwandlung in Augenschein zu nehmen.
Die hübsche Krankenschwester, die mir gegenüberstand, war tatsächlich ich. Ich wußte es genau, weil ich mich in den Arm gekniffen und mein Gegenüber dasselbe getan hatte.
Um sechs rief Peggy an und sagte, die Klasse hätte plötzlich beschlossen, daß wir zur Abschlußfeier unsere Schwesternhäubchen tragen sollten. Wie eine Irre wühlte ich im Kleiderschrank, in Kommodenschubläden und alten Koffern auf dem Speicher. Um halb sieben, als das weiße Scheusal immer noch nicht aufgetaucht war, dämmerte mir, daß ich an der unwahrscheinlichsten Stelle suchen mußte. Ich fand den leicht verbeulten Kopfputz in Simons Spielzeugtruhe zwischen einer kaputten Spieluhr und einem Baseballschläger aus Plastik.
Der alte Chevy muß meinen Geisteszustand gespürt und den magischen Autopilot eingeschaltet haben, denn als ich auf den Parkplatz fuhr, konnte ich mich an die Fahrt zur Universität nicht erinnern.
Durch den Nebeneingang betrat ich das Auditorium und blickte zum letzten Mal auf die Uhr. Von so vielen Stunden fiebernder Erwartung waren nun nur noch zehn Minuten übriggeblieben.
Eine Erstsemestlerin empfing mich mit einer halb aufgeblühten Rose. Sie wirkte ein wenig neidisch, als sie mir die

Blume an die Schulter steckte. Dabei plapperte sie unentwegt, wie schön und aufregend es doch sei, Krankenschwester zu werden. Ich sah sie nachdenklich an und nickte stumm. In einem Jahr würde sie ihre Unschuld und ihre Idealvorstellungen verloren haben und auf den Boden der herben Tatsachen zurückgekehrt sein.

Wie aus dem Nichts tauchte Janey auf und kam zu mir herüber. Ihr Gesicht glühte, und mit ihrem schulterlangen blonden Haar sah sie hinreißend aus. Sie lächelte und umarmte mich.

Ich trat einen Schritt zurück, schaute meine Kampfgefährtin an und schüttelte den Kopf. »Janey? Weißt du eigentlich, daß ich dich nie gefragt habe, warum du Krankenschwester werden wolltest?«

Sie zuckte die Achseln. »Damals dachte ich, es wäre eine gute Idee. Als alleinerziehende Mutter ist mir aufgegangen, daß man es im Leben zu etwas mehr bringen muß. Ich wollte beweisen, daß ich auch einer größeren Aufgabe gewachsen bin.«

Damenhaft an einem rot lackierten Fingernagel knabbernd, gesellte sich Peggy zu uns. Wir sprachen nicht mehr viel, sondern lehnten nur am Treppengeländer und beobachteten, wie die übrigen Mitglieder unserer Klasse sich auf dem Gang hinter der Bühne einfanden.

Wir sahen wirklich toll aus, ganz in Weiß, jede mit einer roten Rose an der Schulter. Ich hörte das nervöse Kichern und Bruchstücke von Unterhaltungen, an die sich eine Stunde später niemand mehr erinnern würde.

Punkt sieben setzte die Musik ein, und jeweils zu zweit nebeneinander betraten achtundvierzig Schülerinnen gemessenen Schrittes das Auditorium. Ich merkte, wie mir die Kehle eng wurde und ich Schwierigkeiten mit dem Atmen bekam.

Unten im Parkett, in der ersten Sitzreihe, entdeckte ich zwischen Freunden und Nachbarn Simon, der auf Patricks Schoß saß. In der feierlichen Stille des Auditoriums begann er, in seine kleinen Hände zu klatschen, und wie ein Funke sprang die Freude auf die anderen über, und alle begannen laut zu applaudieren. »Da ist meine Mommy!« rief Simon durch den Sturm des Applauses und zeigte in meine Richtung. »Guckt mal, das ist meine Mommy!« Die Leute lachten und klatschten weiter.

Auf dem Weg zu den Stuhlreihen auf dem Podium kam ich an einer Frau vorbei, die mir irgendwie bekannt vorkam. Sie zwinkerte mir zu, und ich zwinkerte zurück. Ich versuchte, mich zu erinnern, wer das sein könne und wo ich sie schon mal gesehen hatte.

Als ich mich umdrehte, um meinen Platz einzunehmen, sah ich unter mir die vielen Menschen, die sich uns zu Ehren hier eingefunden hatten. Alle freuten sich, diese Feier miterleben zu dürfen.

Das Ergreifende dieses Augenblicks machte mir die Kehle noch enger, und ich bekam feuchte Augen. Janey merkte, was los war, und zog mich auf den Stuhl hinunter. »Jetzt doch noch nicht, Mensch!« flüsterte sie mir ins Ohr.

»Aber Janey, ich bin einfach so glücklich, am liebsten würde ich –«

Tessie, die die Festveranstaltung leitete, räusperte sich und klopfte gegen das Mikrophon. Stille kehrte ein.

Ihr Lächeln reichte von einem Ohr bis zum anderen, als sie zu uns gewandt sagte: »Wie ihr seht, haben meine Kolleginnen und ich euch nicht zuviel versprochen, als wir sagten, daß ihr es schaffen würdet.« Dann wandte sie sich wieder dem Mikrophon zu, stellte es auf die passende Höhe ein und richtete das Wort an die Gäste. »Auch wenn ich nicht im Namen aller spreche, so möchte ich doch gegenüber den hier versammelten jungen Damen in Weiß zum Ausdruck bringen, daß Sie alle, eine wie die andere, ganz außerordentlich bezaubernd aussehen, und daß ich sehr, sehr stolz auf Sie bin!«

Lauter Applaus brandete durch das Auditorium. Eine Träne machte sich selbständig, rollte über meine Wange und tropfte auf Janeys Arm. Sie blickte auf den nassen Fleck und verdrehte die Augen. »Noch nicht, Echo«, flüsterte sie.

Tessie wartete, bis der Applaus verklungen war.

»Vor einer Woche erfuhr ich von unserer verehrten Frau Direktor, daß ich heute abend eine kurze Ansprache halten sollte. Nachdem ich die Bedeutung des Wortes im Lexikon nachgeschlagen hatte, sagte ich ihr, daß angesichts meines mitteilsamen Naturells das Adjektiv ›kurz‹ mit dem Begriff ›Ansprache‹ für mich nicht zu vereinbaren sei. Ich machte sie darauf aufmerksam, daß ich keine Garantie für ein pünktliches Ende dieser Feier übernehmen könne und vielmehr die Gefahr bestehe, daß wir alle noch morgen hier sitzen.«

Wir kicherten. Alle wußten aus persönlicher Erfahrung, daß Tessie sich bei ihren Vorlesungen gern mitreißen ließ und nur mühsam zu einem Ende fand.

»Aus diesem Grund wurde beschlossen, auf eine Festansprache zu verzichten. Statt dessen möchte ich euch ein paar wahre Worte über den Krankenpflegeberuf und über euch selbst mit auf den Weg geben.«

Tessie machte eine Pause, während sie jede einzelne von uns anblickte. »Ihr habt euch einen der nobelsten Berufe der Welt ausgesucht. Ich habe das Recht, das zu sagen, weil ich seit vielen Jahren Tausende junger Leute kennengelernt, mit ihnen gearbeitet und sie zu Schwestern und Pflegern ausgebildet habe. Von ihnen habe ich aus erster Hand gelernt, was für außergewöhnliche Menschen es sind, die sich dem Pflegeberuf widmen wollen.

Für die euch anvertrauten Patienten ist die Krankenschwester ein Wesen mit vielen Gesichtern. Ihr seid Kämpferinnen gegen Tod und Schmerz, Spezialistinnen darin, Leben und Gesundheit zu erhalten; gleichzeitig übernehmt ihr die Rolle der Mutter, der Schwester, der besten Freundin, des Psychiaters; ihr seid Lehrerin, Zauberin, Bezugsperson, Sekretärin, Wahrsagerin, Politikerin, aber zu allererst seid ihr mitfühlende Menschen, die ihr Verständnis, ihr Mitgefühl und ihre Liebe in selbstloser Hingabe dort einsetzen, wo sie am nötigsten gebraucht werden.

Und mutig seid ihr obendrein. Ihr zögert nicht, euch der Gefahr von Erkrankungen und Verletzungen auszusetzen, die jeder Tag eures Berufslebens mit sich bringt, obwohl ihr wißt, daß ihr keinen Dank dafür zu erwarten habt. Euer Arbeitstag ist lang und anstrengend, während ihr den allgegenwärtigen Tod in die Schranken zu weisen versucht, der in Sekundenschnelle alles zunichte machen kann, was ihr an Mühsal auf euch genommen habt. Und doch sitzt ihr jetzt hier, mit lächelnden Gesichtern und voll großer Erwartungen.

Der wichtigste Wesenszug menschlichen Daseins, der zugleich das Fundament eures Berufs bildet, steht euch allen ins Gesicht geschrieben. Es ist die vornehmste Charaktereigenschaft eines Menschen, denn, meine lieben, aufopfernden jungen Damen, das Fundament des Pflegeberufes ist die Fähigkeit, Liebe geben zu können.«

Tessie machte eine Pause. Im Auditorium war es mucksmäuschenstill.

»Wenn ihr mich fragen würdet, welches der beste Rat wäre, den ich euch geben könnte, würde ich antworten: Bewahrt euch die Ideale, mit denen ihr heute hier angetreten seid. Und wenn ihr mich dann fragen würdet, wie man das am besten macht, dann würde meine Antwort lauten: haltet die

Augen offen, benutzt euren Verstand und hört vor allem immer darauf, was euch euer Herz rät.«
Tessie trat vom Mikrophon zurück und lächelte. Der Applaus war ohrenbetäubend.
Ich nutzte die günstige Gelegenheit, senkte den Kopf und fing an zu schluchzen. Janey drückte meine Hand, mußte aber selber schlucken. »Noch nicht«, flüsterte sie mit zitternder Stimme.
Tessie ließ einige Minuten verstreichen, dann hob sie die Hand und bat um Ruhe »Wir kommen zum eigentlichen Anlaß dieser Feierstunde. Ich werde jetzt die Graduantinnen paarweise aufrufen, damit sie sich gegenseitig die Schwesternnadeln anstecken.«
Fünfzehn Minuten später waren Janey und ich an der Reihe. Ich schaffte es, Janey die goldene Nadel mit dem grünen Email an den Kragen zu stecken, ohne sie zu stechen. Janey hingegen schien ewig zu brauchen. Ich drückte das Kinn auf die Brust und versuchte zu sehen, was sie da machte. Erst jetzt fiel mir auf, daß sie am ganzen Körper bebte und vor lauter Tränen nicht sehen konnte, was sie tat. »Noch nicht, du sentimentale Heulsuse!« flüsterte ich. »Warte, bis wir wieder sitzen.«
Janey brachte ein schwaches Kichern zustande, schloß die Augen und steckte mir die Nadel rein nach Gefühl an.
Nach dem Festakt kam es zur allgemeinen Verbrüderung zwischen Schülerinnen und Gästen. Jeder umarmte jeden, Tanten, Großväter, Kusinen und Kinder, Leute, die man noch nie zuvor gesehen hatte.
Die junge Frau, die mir beim Einmarsch in den Saal zugezwinkert hatte, drückte mich an sich. Ich blickte in die goldbraunen Augen, und plötzlich fiel mir ein, wer diese hübsche schlanke Frau war. Es war Marie, der ich voriges Jahr bei der Geburt ihres Sohnes geholfen hatte. Ich ergriff ihre

Hände, zog sie auseinander, trat zurück und betrachtete sie. »Sie sehen phantastisch aus«, sagte ich. »Woher haben Sie gewußt, daß heute die Abschlußfeier ist?«
Marie griff nach der kleinen Hand, die von hinten an ihrem Kleid zupfte. »Ich habe oft über Sie nachgedacht, nachdem Jesse geboren wurde. Als ich im College angerufen habe, um mir Ihre Adresse geben zu lassen, haben sie mir auch gesagt, daß heute die Feier sein würde Da dachte ich mir, nachdem Sie bei meinem großen Ereignis dabei waren, sollte ich auch bei Ihrem dabei sein. Außerdem wollte ich Ihnen zeigen, was damals dabei rausgekommen ist.«
Marie trat ein Stückchen zur Seite, und ich sah ein Paar goldbrauner Augen hinter Maries Rock hervorlugen. Der Knirps strotzte förmlich vor Gesundheit, und nichts deutete darauf hin, daß seine Geburt so kompliziert gewesen war. Ich schüttelte die kleine Patschhand und machte ihn mit Simon bekannt.
»Meine Mommy hat den großen Preis gewonnen!« schrie er voller Stolz. »Hast du gesehen, wie meine Mommy das goldene Abzeichen gekriegt hat?«
»Natürlich habe ich das gesehen«, antwortete Marie und lächelte. Sie nahm Jesse auf den Arm.
Simon zog an meiner Hand zum Zeichen, daß ich mich zu ihm herunterbeugen sollte. Er wollte mir offensichtlich etwas mitteilen, was niemand anderes hören sollte. Als mein Kopf auf gleicher Höhe mit seinem war, legte er beide Hände um mein Ohr und flüsterte in den Trichter: »Mommy, ich bin viel, viel stolzer auf dich als alle anderen.« Seine Worte überschlugen sich fast, so schnell sprach er.
Ich küßte ihn auf seine Locken. »Ich danke dir, Liebling, und ich bin auch ganz, ganz stolz auf dich, weil du dir so große Mühe gegeben hast, mir zu helfen.«
Simon deutete auf seine lebhafte Art an, daß er mir noch et-

was zuflüstern müsse. Die nächsten drei Tage würden wir nur noch im Flüsterton kommunizieren.
»Mommy, wenn ich dir noch ein bißchen mehr helfen soll, dann gehe ich eben später in den Kindergarten.«
Die kindliche Aufrichtigkeit des Angebotes ging mir so zu Herzen, daß ich schon wieder heulen wollte. Noch nicht ... noch nicht.

Eine Woche vor dem Staatsexamen kratzten Janey und ich unsere kläglichen Ersparnisse zusammen und zogen in ein ruhiges, kleines Hotel. Wir nahmen zwei Reisetaschen mit Kleidern und vier große Koffer voll Bücher mit. Die Kinder waren bei ihren Vätern untergekommen, so daß wir uns voll und ganz aufs Lernen konzentrieren konnten.
Unser Plan bestand darin, jeweils einen Tag und die darauffolgende Nacht einem der fünf Prüfungsfächer zu widmen. Für den Mittwoch war Psychiatrie angesagt, für den Donnerstag Pädiatrie; es folgten Innere Medizin und Chirurgie. Am Sonntag war Geburtshilfe an der Reihe.
Der diesjährige Unabhängigkeitstag am 4. Juli fiel bezeichnenderweise auf den darauffolgenden Montag. Nachdem wir die Bücher eingepackt hatten, gingen wir an den Strand zum Schwimmen, sahen uns drei Filme an, aßen im Hotel zu Abend und genehmigten uns eine Flasche Sekt, worauf wir nur noch dasaßen und kicherten. Als Janey von der Damentoilette zurückkam und eine Klopapierschlange hinter sich herzog, die sich in ihrer Unterhose verfangen hatte, wurde uns klar, daß es Zeit fürs Bett war.
Dienstag um sieben wachten wir beide gleichzeitig auf. Wir hatten uns für diesen Tag eine Wanderung vorgenommen, waren aber viel zu nervös, um daran auch nur zu denken. Um acht packten wir die Bücher wieder aus, büffelten weiter und fragten uns gegenseitig ab.

Um drei saßen wir im Auto und waren auf dem Weg nach Sacramento. Es war so heiß, daß die vom Asphalt aufsteigenden Hitzewellen die Luft flirren ließen. Die große Hitze hatte auch etwas Gutes; sie betäubte die Prüfungsangst etwas, so daß wir uns über das Examen unterhalten konnten, als beträfe es nur unsere Mitschülerinnen und ginge uns persönlich überhaupt nichts an.

»Ich glaube, die meisten werden es schaffen«, sagte ich. »Was meinst du, Janey?«

»Wahrscheinlich. Wenn nicht, können sie immer noch ohne Examen arbeiten und die Prüfung im Januar wiederholen.«

Ich seufzte. »Schrecklich. Kannst du dir vorstellen, wie diesen armen Schweinen zumute sein muß, so was zweimal durchstehen zu müssen?«

Janey schüttelte nur den Kopf und blickte starr auf die Straße. Die Ringe unter ihren Augen schienen noch eine Spur dunkler zu werden, als sie sagte: »Heutzutage muß man mit allem rechnen. Ich habe gehört, daß die Prüfungsfragen diesmal besonders schwer sein sollen, weil es zu viele Pfleger und Schwestern gibt, die alle auf den Arbeitsmarkt drängen.«

Das hatte sie von mir gehört, schien es aber nicht mehr zu wissen. »Nun ja, ich finde, uns bleiben nur zwei Möglichkeiten. Entweder bestehen wir die Prüfung, oder wir fallen durch. Jetzt hat es keinen Zweck mehr, eine Unterschriftenaktion gegen die verschärften Prüfungsbestimmungen zu starten.«

Janey öffnete das Handschuhfach und holte eine Flasche mit einem Antazidum heraus. Sie schüttelte sie, schraubte die Kappe ab und nahm einen großen Schluck. »Ja, du hast recht.«

Draußen zogen goldene Felder vorüber, während wir eine ganze Weile kein Wort mehr sagten. Ich verdrängte meine

Angst, indem ich mich auf ein Spiel besann, das ich als Kind auf Reisen immer gespielt hatte Dabei stellte ich mir die Landschaft mit ihren Hügeln und Tälern als den Körper eines Riesen vor, auf dem wir herumkrabbelten wie die Flöhe im Fell eines Hundes. Die Bäume und Gräser waren die Körperhaare des Riesen, und die Häuser und Teiche waren Muttermale und Pickel. Die Zäune stellte ich mir als verheilte Narben vor. Dieses Phantasiebild beschäftigte mich die nächsten zwei Kilometer, dann verlor es seinen Reiz. Als nächstes flüchtete ich mich in die Vorstellungswelt, indem ich mir die hübscheste Farm aussuchte, an der wir vorbeikamen, und mir vorstellte, ich wäre die Besitzerin des Anwesens.

Ich war gerade dabei, meiner Lieblingskuh mit einem hochdramatischen Kaiserschnitt aus der Verlegenheit zu helfen, als Janeys Stimme durch den Stall hallte und mich zurückholte in die real existierende Welt eines alten VW-Käfers.

»Was ist, wenn einem während der Prüfung schlecht wird und man alles vollkotzt? Glaubst du, daß man die Prüfung dann noch mal machen muß?«

»Vermutlich nicht«, antwortete ich und malte mir diese grauenhafte Situation in allen Farben aus. »Wahrscheinlich muß man nur die vollgekotzten Seiten neu schreiben.«

Janey schien sich darüber große Sorgen gemacht zu haben, denn sie seufzte erleichtert. »Das beruhigt mich etwas. Ich würde mich echt in den Hintern beißen, wenn ich noch einmal von vorn anfangen müßte.«

Inzwischen war es fünf Uhr, und wir befanden uns bereits im Stadtgebiet von Sacramento. Zwei Häuserblocks vom Kongreßzentrum entfernt, wo man uns zwei Tage lang auf Herz und Nieren prüfen würde, lag das Motel, in dem wir schon ein Jahr im voraus Zimmer gebucht hatten. Vom Motel aus war quer über die Straße ein Transparent gespannt mit der Aufschrift: WIR GRÜSSEN DIE KRANKENSCHWESTERN UND PFLEGER KALIFORNIENS – ALLES BELEGT.

»Sie können von Glück sagen, daß Sie rechtzeitig reserviert haben«, begrüßte uns der bebrillte Zwerg an der Rezeption. »Dieses Jahr herrscht ein Andrang, wie wir ihn noch nie zuvor erlebt haben. Im ganzen Stadtzentrum ist kein einziges Zimmer mehr zu kriegen, weder für Geld noch gute Worte.«

Janey und ich schauten uns aus den Augenwinkeln an. Je mehr Examenskandidaten, desto geringer unsere Chancen, war unsere einhellige Meinung, und die Paranoia nahm beängstigende Ausmaße an.

Mehrere Kolleginnen aus unserer Klasse waren schon da. Peggy und zwei weitere Schwestern aus unserer Gruppe wohnten im Nachbarzimmer, die übrigen waren im ersten Stock untergebracht.

Wir schleppten gerade unsere Bücherkoffer vom Wagen ins Zimmer, als Peggy schwankend in der offenen Zimmertür erschien, in der Hand ein Glas, und uns ziemlich undeutlich begrüßte:

»He, ihr zwei Süßen, in 207 steigt 'ne Party. Hat schon vor 'ner Stunde angefangen. Müßt eure eigenen Flaschen mitbringen, egal was, wenn's nur reichlich ist.« Sie schwankte von einem Bein aufs andere und kicherte hysterisch.

Ich machte ein strenges Gesicht und schüttelte den Kopf. »Nein danke, Peggy. Wir wollen lernen und uns dann hinlegen. Ich an deiner Stelle würde auch –«

»Ach, kommt schon, seid nicht so stur. Ihr müßt mitfeiern. Vergeßt die Prüfung, ihr alten Miesmacher, macht euch nicht lächerlich.« Sie taumelte auf den Flur hinaus, stolperte über den Kokosläufer und verschwand im Nachbarzimmer.

Ich schloß die Tür und drehte den Schlüssel zweimal um, um den Wahnsinn in Zimmer 207 auszusperren. Ein Glück, daß ich Janey bei mir hatte, die gute alte, vernünftige Janey.

»Nach dem Abendessen gehen wir noch einmal die verschiedenen Therapien bei Arthritis durch. Was hältst du davon?«
Janey hatte den Vorhang zurückgezogen und schaute auf den Innenhof mit dem Pool hinaus. Draußen auf der Terrasse tanzten einige aus Zimmer 207 zu lauter Rockmusik.
Sie schien meine Frage nicht gehört zu haben, sondern starrte nur etwas verträumt hinaus ins Freie.
»Weißt du, Echo, eigentlich würde es nichts schaden, wenn wir mal für eine Stunde ausspannen, du und ich. Vielleicht sind wir ja wirklich alte Miesmacher.«
Die Angst, Janey könnte die Fronten wechseln und zur Partybande überlaufen, zwang mich, zu einem psychologischen Trick zu greifen. »Wenn du unbedingt willst – von mir aus, geh ruhig rüber«, entgegnete ich und schniefte mißbilligend. »Aber denk dran, Janey, Miesmacher haben vielleicht weniger Spaß am Leben, aber sie vermasseln auch keine Prüfungen.«
Nach dem Abendessen fragte ich Janey über die unterschiedlichen Abnutzungserscheinungen bei degenerativen Gelenkerkrankungen aus, als ein besonders penetranter Lustschrei, begleitet von hemmungslosem Gelächter, vom Pool herüberschallte.
Janeys sehnsüchtiger Blick erinnerte mich an ein Reh, das man in ein Gehege gesperrt hat.
»Ich glaube, Echo, wenn wir rübergehen würden, nur auf ein Bier und um ein bißchen zu tanzen, dann würden wir heute nacht bestimmt viel besser schlafen.«
Ich warf der Möchtegern-Überläuferin einen strafenden Blick zu, der sie in ihren Sessel zurück trieb. Als Zugabe erklärte ich ihr noch einmal, wie wichtig es sei, acht Stunden durchzuschlafen, wobei ich ihr außerdem anhand von eindrucksvollen, aber kaum nachprüfbaren Statistiken vor-

rechnete, wie viele Gehirnzellen durch Alkoholkonsum und Tanzen vernichtet wurden.

Um zehn legten wir die Bücher weg und stellten die Klimaanlage auf die höchste Stufe, um mit dem Summen und Rauschen die Geräuschkulisse aus Zimmer 207 zu übertönen.

Janey sah sich im Fernsehen noch die Nachrichten an, während ich meine fünfzehnminütigen Stretching-Übungen machte, wie jedesmal, wenn am nächsten Tag etwas Wichtiges bevorstand, badete und in der Mikrowelle eine Tasse Milch warm machte. Dann duschte Janey, und ich schaute mir eine Fernsehsendung an, die so seicht war, daß ich mich am nächsten Tag nicht mehr daran erinnern konnte.

Um halb zwölf lag ich auf dem Rücken und starrte zur Zimmerdecke hinauf, die weiß durch die Dunkelheit schimmerte.

»Janey?«

»Ja?«

»Janey, ich kann nicht einschlafen. Wenn ich nicht schlafe, verhaue ich morgen garantiert die Prüfung.«

»Gar nichts wirst du verhauen. Glaub bloß nicht, daß du die einzige bist, die heute nacht nicht schlafen kann. Ich kriege auch kein Auge zu.«

»Janey, ich hab' Angst. Was ist, wenn ich durchfalle?«

Janey gähnte. »Dann versuchst du es im Januar noch mal, so wie viele andere auch, einschließlich mir.«

»Aber ich will im Januar nicht noch mal schreiben müssen!«

»Dann nimm dir vor, es im ersten Anlauf zu schaffen, und schlaf jetzt.«

»Janey?«

»Was?« Ihre Stimme klang schläfrig. Der Gedanke, daß sie mich mit meinen Sorgen für den Rest der Nacht allein lassen könnte, machte mir Angst.

»Janey, wie kannst du nur so cool sein, so kurz vor der Prüfung? Du tust gerade so, als wäre morgen ein ganz normaler Tag. Das begreife ich einfach nicht. Ich verstehe nicht, wie du –«

»Pscht«, machte Janey. »Reg dich ab. Denk nicht mehr daran.«

Einige Minuten strichen dahin. Ich versuchte, meine Muskeln und Gelenke zu entspannen, und mußte an Gicht denken.

Wie von der Tarantel gestochen setzte ich mich im Bett auf. Von Gicht hatte ich keine blasse Ahnung. »Janey! Wach auf, Janey! Wir haben die Behandlung von Gicht ... Janey?«

Keine Antwort. Ich lehnte mich hinüber und hob das Kissen hoch, unter das sie sich verkrochen hatte. Sie schlummerte sanft.

Ich horchte auf Janeys gleichmäßige Atemzüge, dann begann mir das Geräusch der Klimaanlage auf die Nerven zu gehen. Ich versuchte mir auszumalen, was schlimmer sein würde: die Hitze im Zimmer oder das Röhren, wie von einem Achtzehntonnen-Lastwagen direkt neben dem Bett. Ich besann mich auf die Ratschläge von Dale Carnegie und versuchte das Geräusch in etwas Positives zu verwandeln. Also stellte ich mir vor, daß ich am Steuer eines Schwerlasters säße und auf dem Highway dahinbrauste. Morgen gäbe es gar keine Prüfung, ich wäre gar keine Krankenschwester, und alles dies spiele sich nur in der Phantasie eines unbekümmerten Fernfahrers ab.

Gegen fünf, während ich mich gerade mit den Symptomen der rheumatoiden Arthritis beschäftigte, fiel ich in einen leichten Schlaf. Als um sechs der Wecker klingelte, machte ich die verklebten Augen auf und sah, wie Janey sich aufsetzte und gähnte. »O Mann!« sagte sie und streckte die

Arme über den Kopf. »Ich habe die ganze Nacht kein Auge zugetan.«

Noch halb im Schlaf suchte ich meine Jeans und das T-Shirt zusammen und zog mich auf dem Bett an. Ich steckte ein paar Klemmen ins Haar und schlurfte zum Badezimmer, wo Janey vor dem Spiegel ihr Haar bürstete, sich schminkte und vor sich hin pfiff. Ich schaffte es kaum, mir die Zähne zu putzen, ohne die Bürste fallen zu lassen. Als ich endlich soweit war, mir das Gesicht zu waschen, probierte Janey bereits das dritte Kleid an.

»Janey, würdest du mir bitte sagen, was zum Teufel du da eigentlich treibst?« Ich bemühte mich nach Kräften, Miss Telmacks Stimme nachzuahmen. »Vor uns liegen die anstrengendsten und nervenaufreibendsten achtundvierzig Stunden unseres Lebens, und du führst dich hier auf, als würdest du dich auf die Miss-Amerika-Wahl vorbereiten.«

Janey tupfte den Lippenstift mit einem Kleenextuch ab. »Ich weiß, Echo, aber falls mein Foto in die Zeitung kommt, möchte ich gut aussehen.«

Es war genauso gekommen, wie ich befürchtet hatte: ich konnte nicht mehr logisch denken. »Zeitung? Was für ein Foto?«

»Na, du weißt schon.« Janey hielt beide Hände auseinander, um anzudeuten, wie groß die Schlagzeile auf der Titelseite sein würde. »Prüfungskoller – Junge Krankenschwester läuft Amok.«

Beim Frühstück stärkte sich Janey mit einem Drei-Eier-Käseomelett, einem großen Glas Orangensaft und einer Riesenportion Pfannkuchen. Ich hingegen mußte mich dazu zwingen, ein kleines Glas Milch hinunterzuwürgen, wobei ich mich verzweifelt bemühte, Janey nicht beim Essen zuzusehen. Wo blieb hier die Gerechtigkeit? Sie saß da und

futterte wie ein Scheunendrescher, während ich nichts hinunterkriegte. Das war nicht fair.
Wir folgten der Menge ins Kongreßzentrum. Ich hatte Mühe, die Frühstücksmilch bei mir zu behalten, aber Janey machte bereits Pläne für das Mittag- und Abendessen. Durch eine der zwölf großen Drehtüren betraten wir das Gebäude.
Drinnen hatte man das Gefühl, in einem riesigen Stadion zu stehen. Tausende von Frauen und Männern saßen bereits an langen Tischreihen. Die meisten starrten vor sich hin, viele der Gesichter waren leichenblaß. Ich fragte mich, ob sie sich nur wegen der bevorstehenden Prüfung Sorgen machten oder ob sie an das Überangebot von Pflegekräften dachten, das in ein paar Tagen über den Arbeitsmarkt hereinbrechen würde.
Janey und ich fanden unsere Plätze auf der rechten Seite des Auditoriums neben einem Notausgang. Ich nahm das mit Erleichterung zur Kenntnis. Wenigstens würden es nur ein paar Schritte bis zur Tür sein, falls ich mich davonschleichen wollte oder mich übergeben mußte. Dann brauchte ich nur noch dafür zu sorgen, daß die Tür zu war, bevor die Schreikrämpfe einsetzten.
Ich setzte mich hin, faltete die Hände vor dem Gesicht und konzentrierte mich darauf, die aufsteigende Panik niederzukämpfen.
Ich war gerade damit beschäftigt, gegen die dritte Welle anzukämpfen, als ich den Alarm eines Infusomaten vernahm. Ich suchte in meinem Gehirn alles zusammen, was ich über akustische Halluzinationen gespeichert hatte, aber als der Lärm nicht nachließ, merkte ich, daß ich nicht die einzige mit Wahnvorstellungen war. Aber keiner der vielen Menschen im Raum sagte auch nur ein Sterbenswörtchen.
Ich folgte der allgemeinen Blickrichtung und sah ganz vorn

im Raum ein Krankenbett stehen. Ich kniff die Augen zusammen und konnte auf dem Bett eine Frau erkennen, deren Bein in einer Extensionsvorrichtung aufgehängt war. Sie hatte einen venösen Zugang im Arm und klopfte nervös mit dem Bleistift auf das Bett-Tischchen, das man ihr quer über den Schoß gestellt hatte. Neben dem Bett stand eine Schwester, die den Alarm des Infusomaten ausschaltete und eine volle Flasche an den Ständer hängte.
Später erfuhr ich, daß es sich um eine Schwesternschülerin handelte, die vor zwei Wochen einen Verkehrsunfall gehabt hatte und sämtliche Hebel in Bewegung gesetzt hatte, um die Prüfung mitmachen zu können. Ihren Namen habe ich nie erfahren, aber ihr Anblick löste bei mir eine Bewußtseinsänderung aus. Mir fiel wieder ein, was Tessie gesagt hatte: daß wir tapfere Menschen seien, wir Krankenschwestern und -pfleger.
Alle, die wir hier zusammensaßen, hatten zwei bis vier Jahre harter Ausbildung hinter uns. Eine weitere Prüfung würde uns nicht umhauen. Die Übelkeit verging, und ich sah den Herausforderungen der Mammutprüfung mit einer gewissen distanzierten Gelassenheit entgegen. Nachdem die betäubende Wirkung der Magensäure nachgelassen hatte, begann mein Magen zu knurren. Erst in vier Stunden würde es etwas zu essen geben; solange mußte er durchhalten.
Zusammen mit Nr.2-Bleistiften wurde ein Merkblatt verteilt: keine Gänge in den Waschraum ohne Aufsichtsperson, keine Gespräche zwischen den Prüflingen nach Ausgabe der Prüfungsaufgaben; und sobald man fertig war, hatte man sich durch den nächstliegenden Ausgang zu entfernen und bis zur nächsten Prüfung draußen zu bleiben.
Janey saß in der Reihe vor mir. Einen ihrer Bleistifte hatte sie schon durchgebissen.
»Pssst! He, Janey! Sag doch was.«

Janey schreckte auf und drehte sich um. Mir wurde bange ums Herz, als ich sah, daß ihr frohgemutes Lächeln verflogen und einem besorgniserregenden Zombie-Look gewichen war.

»O mein Gott, Echo, ich hab' Schiß!«

Am Ende von Janeys Tischreihe stand eine der aufsichtführenden Lehrerinnen und begann, die Prüfungsaufgaben auszuteilen, ein Blatt nach dem anderen.

»Keine Angst. Du schaffst es, und ich auch. Ich garantiere es dir.«

Janey schloß für einen Moment die Augen. »Bist du sicher?« fragte sie zweifelnd.

»Absolut. Und noch was, Janey.«

»Was denn?«

»Kopf hoch.«

»Du auch«, sagte sie und lächelte. Die Aufseherin gab ihr die Blätter mit den Aufgaben.

Nachdem das Zeichen zum Anfangen gegeben war, zeigten Janey und ich uns gegenseitig den erhobenen Daumen und machten uns an die Arbeit.

Beim Abendessen gingen wir Hunderte von Fragen noch einmal durch. »Was hast du über den Wilms-Tumor geschrieben? Welche Werte hast du bei ABGs eingesetzt? Hättest du gedacht, daß man über rheumatoide Arthritis so viele Fragen stellen kann? Was hast du als Ursache für ... genannt? Weißt du noch, was du bei der Frage über ...?«

Gegen neun Uhr gähnten Janey und ich um die Wette. Ich verzichtete auf mein Stretching und das Glas warme Milch und kletterte ins Bett, während mir schon die Augen zufielen. Ich war gerade dabei, einzuschlafen, als Janey sich auf den Ellbogen aufstützte und zum leeren Fernsehschirm hinüber sagte: »Echo?«

»Hmm?«
»Ich glaube, deinen Plan mit dem Hühnerzüchten können wir an den Nagel hängen.«
Am nächsten Morgen trödelten wir beim Frühstück herum und schlenderten anschließend in aller Ruhe zum Kongreßzentrum hinüber. Wir genossen die warmen Strahlen der Morgensonne.
»Noch zwei Fächer«, sagte Janey, und es klang wie eine Warnung.
»Ja. Ich hoffe nur, daß die Frau mit der Extension noch da ist. Die ist für mich einfach der beste Glücksbringer, den ich je hatte.«
Janey lachte wie in guten alten Zeiten. »Sowas kann auch nur dir einfallen, Echo.«
Janey sagte nichts mehr, nachdem wir das Gebäude betreten hatten. Ich forderte sie dazu auf, zu der Kollegin im Krankenbett hinüberzuschauen. Sie schüttelte den Kopf. »Mit der Prüfung habe ich keine Probleme. Ich weiß nur nicht, wie ich mich wieder an ein normales Leben gewöhnen soll, wenn das alles vorbei ist.«

Auf der Fahrt nach Hause schaltete Janey das Radio ein, und ich ruckte und hüpfte im Rhythmus der Musik auf meinem Sitz herum, daß die Leute in den vorbeifahrenden Autos uns seltsame Blicke zuwarfen.
Nachdem Janey mich vor meinem rosa Knusperhäuschen abgesetzt hatte, schwebte ich wie eine Elfe über den Rasen. Ich suchte in der Handtasche nach dem Hausschlüssel, als ich drinnen das Telefon läuten hörte
Einmal, zweimal ... Wo, zum Teufel, waren die Schlüssel? Dreimal ... viermal. Ah, da waren sie ja! Wie eine Irre rammte ich den Schlüssel ins Schloß ... fünfmal, sechsmal. Beim neunten Klingeln (es mußte jemand sein, der mich unbe-

dingt sprechen wollte) hatte ich den Hörer in der Hand und meldete mich, völlig außer Atem.

»Hallo?«

»Selber hallo«, sagte die einzige Stimme auf der Welt, die genauso wie meine klang.

»Hey, Stormy. Wie geht's dir? Was macht das Leben?«

»Echo, mir geht's prima, alles läuft phantastisch!«

Meine Schwester Storm hatte etwas auf dem Herzen, was sie mir unbedingt mitteilen mußte, das war klar, aber wenn man mit Storm redete, dann bestimmte sie das Tempo der Unterhaltung.

»Was ist los?«

»Ooch, so dies und jenes.«

Mein Schwesterherz beliebte, mich auf die Folter zu spannen. Ich würde es ihr Wort für Wort aus der Nase ziehen müssen.

»Wie geht's den Kindern?«

»Ooch, prima, prima. Alles ist einfach –«

»Prima?« ergänzte ich.

»O ja.«

Ich kam der Sache schon näher. Sie atmete schneller.

»Dann erzähl doch mal, wie's bei deinem Job in der Bank so läuft.«

»Ich hab' gekündigt.«

Bingo! »Oh?«

»Sitzt du?« fragte sie und kicherte. Ich konnte mir vorstellen, wie sie drüben in Chicago am Telefon auf und ab hüpfte.

»Ja«, schwindelte ich.

»Ich habe gerade meine Zulassung für die Krankenpflegeausbildung bekommen. Im August fange ich an. Jetzt mußt du mir alles ganz genau erzählen.«

Ich holte tief Luft, setzte mich auf die Fensterbank und machte mich auf ein sehr, sehr langes Gespräch gefaßt.

10. Kapitel

Der Nachtdienst im Redwoods-Klinikum fing an, mir ernsthaft auf den Geist zu gehen.

Früher oder später passierte das jedem. Niemandem machte es Spaß, nachts zu arbeiten, und Nachtmenschen, die behaupteten, sie hätten ihre Freude daran, waren meist blasse, eigenbrötlerische Typen. Man hatte bei ihnen irgendwie das Gefühl, daß sie in der Finsternis sonderbare und perverse Dinge anstellten.

Ich hatte an meinem Geburtstag für fünf Dollar fünfundachtzig die Stunde zu arbeiten begonnen; das war Anfang Juni gewesen. Jetzt hatten wir Ende Juli, und es kam mir vor, als wären inzwischen mehrere Jahre vergangen. Arbeiten und Schlafen war das einzige, wozu ich noch Zeit hatte. Als mir einmal nach einem Eisbecher mit Früchten zumute war, den ich mir dann doch nicht gönnte, gab mein Appetit auf und verabschiedete sich. Die Pfunde schmolzen dahin, und mein Verstand verkümmerte von Tag zu Tag mehr.

Am meisten fehlte mir Simon. Ich hatte jeden sechsten Tag frei. In der Zwischenzeit sah ich Simon nur während der paar Minuten, wenn ich ihn morgens nach dem Dienst um halb acht bei Patrick abholte, ihm sein Frühstück machte und ihn anschließend in die Kindertagesstätte brachte. Nachdem ich ihn abgeliefert hatte, stolperte ich zurück zu meinem Häuschen, wo ich es gerade noch bis zum Bett schaffte, mich komplett angezogen hineinfallen ließ und sofort einschlief. Patrick holte Simon am Nachmittag von der Tagesstätte ab und nahm ihn mit zu sich. Erst am nächsten Morgen sah ich meinen Sohn wieder.

Von all diesen unerfreulichen Dingen einmal abgesehen, paßte ich von meinem ganzen Wesen her überhaupt nicht in den Nachtdienst, und die anderen wußten das. Ich war nicht nur eine blutige Anfängerin, sie spürten auch (mit diesem untrüglichen Sinn, den nur Nachtmenschen zu haben scheinen), daß ich genau das Gegenteil von ihnen war, also ein absoluter Tagmensch. Deshalb schoben sie mir die meisten Patienten zu und taten so, als sei ich unsichtbar. Schon in der ersten Woche stellte ich fest, daß Nachtmenschen unter zeitweiliger Taubheit litten. Sie hörten weder meine Bitten um Hilfe noch das Klingeln meiner Patienten.

Oft saß ich hundemüde im Aufenthaltsraum und fragte mich, was um alles in der Welt ich verbrochen hatte, daß ich zu einer so unmöglichen Zeit arbeiten mußte. Ich legte den Kopf auf die warme Tischplatte und haderte mit dem Schicksal. Mit geschlossenen Augen ließ ich zum tausendsten Mal das Einstellungsgespräch in meinem Kopf ablaufen, das mir diesen Alptraum-Job eingebracht hatte.

Als ich das Personalbüro betrat, erkannte ich die Sekretärin sofort wieder; es war dieselbe, die mir damals, kurz vor dem Examen, das Bewerbungsformular ausgehändigt hatte. Sie blickte mich mißtrauisch an, als ich sagte, ich wäre wegen eines Vorstellungsgespräches hier. »Um welche Stelle geht es?« fragte sie kurz angebunden. Ich zuckte unter ihrem kalten, unpersönlichen Behördenblick zusammen. Mir war, als hätte man mir meinen erwartungsvollen Frohmut mit Fußtritten ausgetrieben.

»Um ehrlich zu sein, ich weiß nicht genau, um was für eine Stelle es sich handelt. Ich habe vor kurzem mein Examen gemacht, und in dem Brief, den ich bekommen habe, stand, daß ich heute zu einem Vorstellungsgespräch kommen sol-

le, mit Mrs. ...« Der Name war mir entfallen, und ich suchte in meiner Handtasche nach dem Brief.
»Sie sind also graduierte Schwester ohne staatliche Zulassung. Sind Sie sicher, daß Sie hier richtig sind?« Die Sekretärin sprach so laut, daß die übrigen Besucher, die warteten, bis sie an der Reihe waren, von ihren Zeitschriften aufblickten.
Diese Frau hatte definitiv den falschen Job. Apothekerin hätte besser zu ihr gepaßt; sie war genau der Typ, der einen Kunden leise und diskret nach seinen Wünschen fragte, um dann durch den ganzen Laden zu brüllen: »He Joe, haben wir noch 'ne Schachtel von den Hämorrhoiden-Zäpfchen da? Die Dame hier im roten Mantel braucht ganz dringend welche!«
Ich fand das amtliche Schreiben und reichte es ihr. Sie hielt es mit zwei Fingern an einer Ecke und las. Als sie fertig war, zeigte sie auf einen Stuhl in der Ecke. »Na schön, warten Sie dort drüben, bis Mrs. Miller Zeit für Sie hat.«
Ich schlich mich in meine Ecke und las gerade einen Artikel über die Bedeutung der Backpflaume für den menschlichen Organismus, als eine Frau mit einem Gesicht, das zu meiner größten Verblüffung wie eine weiße Backpflaume aussah, aus ihrem ganz in Königsblau gehaltenen Büro trat und mir ein verkniffenes Lächeln schenkte. Ich fragte mich, ob es wohl weh tat, wenn so viele Runzeln alle gleichzeitig in Bewegung gerieten.
Das ausgeblichene orangerote Haar mit den silbrigen Fäden war zu einem Knoten hochgekämmt, der aussah wie ein Vogelnest, und die gestärkte Uniform erinnerte mich so sehr an weiße Zeichenpappe, daß ich versucht war, die Hand auszustrecken, um es nachzuprüfen.
»Miss Heron, nehme ich an?« Sie sprach mit unverkennbarem britischem Akzent.

Ich streckte die Hand aus. Die Frau schien Angst zu haben, ich könnte sie damit berühren. »Freut mich, Sie kennenzulernen«, sagte ich in meinem besten Amerikanisch. Sie berührte meine Hand flüchtig mit ihren feuchten Fingern. Es war ihr sichtlich unangenehm, und mir erst recht.

»Ich bin Mrs. Miller, die Pflegedienstleiterin des Redwoods-Klinikums. Kommen Sie doch bitte mit in mein Büro.«

Ich saß ihr an dem großen Mahagonischreibtisch gegenüber und betrachtete die übrige Einrichtung des Raums, während Mrs. Miller Akten und Papiere hin und her schob. An der Wand unmittelbar hinter ihr hing ein Aquarell von zwei rotwangigen Kindern, die in einem typisch englischen Park mit ein paar Enten spielten. Unter dem Bild stand ein Tischchen mit einem chinesischen Teeservice aus weißem Porzellan mit blauem Blümchendekor.

Mrs. Miller räusperte sich; der Mund der Backpflaume streckte sich mehrmals und zog sich wieder zusammen. Der Blick aus ihren ausdruckslosen Augen klebte förmlich an meinem Gesicht.

»Wir haben uns Ihre Personalakte angesehen und einige Informationen über Sie eingeholt, meine Liebe«, sagte sie nicht eben unfreundlich. Ich fühlte mich nicht ganz wohl dabei und fragte mich, ob Rolling Rosa ihre Drohung wahrgemacht und mich bei der Verwaltung angeschwärzt hatte.

»Wir wissen, daß Sie zu den besten Schülerinnen Ihrer Gruppe gehört haben, und mehrere Schwestern hier im Redwoods-Klinikum, die Sie bei der Arbeit beobachten konnten, haben Sie wärmstens empfohlen.«

»Oh?« sagte ich und mußte innerlich lächeln. Dem Himmel sei Dank für Katy und Gus.

»Das Redwoods-Klinikum sieht es als eine seiner vornehmsten Aufgaben im Dienste der Allgemeinheit an, nur wirklich herausragende Pflegekräfte einzustellen«, fuhr Mrs. Miller fort, und ich mußte mir auf die Zunge beißen, um nicht laut herauszulachen. »Deshalb kann ich Ihnen eine befristete Vollzeitstelle als Nachtschwester auf der chirurgischen Station anbieten.« Sie lächelte, als hätte sie für mich das große Los gezogen. Ich hingegen fühlte mich, als hätte sie mir mitgeteilt, daß sie mir das Sorgerecht für Simon entziehen lassen wolle.

»Als Nachtschwester? Ich – ich kann nicht nachts arbeiten. Ich bin überhaupt kein Nachtmensch. Um neun schlafe ich regelmäßig ein, und außerdem habe ich einen Sohn, der noch in den Kindergarten geht. Ich bin alleinerziehende Mutter, und ich habe auch keine Verwandten, die sich um ihn kümmern könnten.«

»Ohne staatliche Anerkennung haben Sie nicht allzu viel Auswahl«, sagte sie spitz. Die Backpflaumenrunzeln vertieften sich, und ihre Augen wurden schmal. »Nachtschwester in der Chirurgie oder gar nichts. Ich könnte mir vorstellen, daß die meisten jungen Schwestern vor Freude in die Luft springen würden, wenn ihnen eine solche Gelegenheit geboten würde.«

Was für eine Gelegenheit? fragte ich mich. Zu einem Nachtgespenst zu werden?

Sie griff nach einem Blatt Papier und überflog es. »Mal sehen ... ah, ja, am 5. Juni, nächsten Mittwoch, glaube ich, könnten Sie Ihren Dienst antreten.«

Ich zuckte zusammen. »Aber das ist mein Geburtstag«, protestierte ich. »Mir wäre es lieber, wenn ich an meinem Geburtstag nicht arbeiten müßte. Könnte ich nicht einen Tag später anfangen?«

»Nein. Es bleibt beim nächsten Mittwoch. So steht es hier im Dienstplan. Sehen Sie her.« Sie zeigte mit einem knochigen, sorgfältig manikürten Finger auf eine Spalte. Ich sah, daß mein Name mit zwei R geschrieben worden war.

»Der Plan kann jetzt nicht mehr geändert werden, tut mir leid«, sagte sie. »Dafür ist es zu spät.« Sie raschelte mit dem Bogen und legte ihn in eine Schublade.

»Haben Sie noch Fragen, Miss Heron?« Sie faltete die Hände auf dem Schreibtisch.

»Um wieviel Uhr –«

»Seien Sie um dreiundzwanzig Uhr hier. Pünktlich!« Sie blickte auf mein Haar. »Diese Mähne muß natürlich bis dahin weg.«

»Ich soll mir die Haare abschneiden lassen?« Der Schweiß trat mir auf die Oberlippe.

»Zumindest stecken Sie es hoch, so daß es nicht auf den Kragen herabhängt.« Sie sagte das in einem Ton, als mache sie damit ein großes Zugeständnis. »Kein modischer Firlefanz im Haar, kein Parfüm und natürlich kein Schmuck. Die Schwesternkleidung muß weiß und makellos sauber sein, und Make-up ist auf das Allernotwendigste zu beschränken.« Dann fiel ihr noch etwas ein, und sie griff in die Schreibtischschublade. Einen Augenblick lang schöpfte ich wieder Hoffnung. Vielleicht hatte sie etwas übersehen, sich geirrt, und würde mir jetzt sagen, daß ich doch für den Tagdienst eingeteilt werden könne. Statt dessen zog sie ein rot eingebundenes Büchlein heraus und reichte es mir. Auf dem Einband stand in schwarzer Prägeschrift: REDWOODS-KLINIKUM – LEITFADEN FÜR PFLEGEPERSONAL.

»Tragen Sie das im Dienst immer bei sich, Miss Heron. Prägen Sie sich die Vorschriften ein und halten Sie sich daran, dann werden Sie keine Probleme bekommen.« Mrs. Miller schloß zweimal kurz hintereinander die Augen. »Möchten Sie sonst noch etwas wissen, Miss Heron?«

Was ich gehört hatte, reichte mir völlig. Noch mehr wissen zu wollen, wäre reinster Masochismus gewesen.

Jeder Mensch, der lange genug gelebt und auch nur ein

Minimum an Erfahrungen gesammelt hat, weiß, daß ein Unglück selten allein kommt.

Aus einer Telefonzelle auf dem Flur des Verwaltungsgebäudes rief ich Janey an.

»Hallo«, sagte ich. Es klang wie das Stöhnen eines waidwunden Rehs. »Ich habe gerade den Weltuntergang erlebt. Den Job habe ich bekommen, aber ... Willst du's hören? Nachtdienst in der Chirurgie. Und an meinem Geburtstag muß ich anfangen. Jetzt komm bloß nicht auf die Idee, mir zu gratulieren.«

Ich wußte, daß Janey lächelte. »Ich habe auch eine Neuigkeit für dich. Willst du's hören?«

Ich nickte und hielt die Luft an.

»Ich habe gerade Bescheid bekommen, daß ich in zwei Wochen an einem sechswöchigen Lehrgang für OP-Schwestern teilnehmen kann. Nach dem Lehrgang haben sie mir eine feste Stelle in Aussicht gestellt, im Tagdienst, mit einem Gehalt, das mich echt von den Socken gehauen hat, und sämtlichen sozialen Leistungen.«

»Mensch, Janey, das ist ja phantastisch!«

»Hmmm ...«

»Oder etwa nicht?«

»Schon ...« Janey hielt die Luft an, und vor meinem inneren Auge zogen düstere Wolken auf.

»Was heißt hier ›schon‹, Janey?« Mein Herz setzte bei jedem zweiten Schlag aus.

»Das Krankenhaus, wo sie mir die Stelle angeboten haben ...«

»Ja, was ist damit?«

»Das ist unten in San Diego.«

Ich setzte mich auf die kleine Sitzbank in der Telefonzelle und preßte die Stirn gegen den Apparat. Von San Francisco bis San Diego waren es mehr als achthundert Kilometer. Ein Mann mit einem Aktenkoffer klopfte von draußen gegen die

Scheibe der Telefonzelle und hob fragend die Augenbrauen. Ich knurrte und scheuchte ihn weg.
»Ich konnte das doch nicht ablehnen, Echo. Ich hatte schon zugesagt, bevor ich kapiert hab', daß ich dann umziehen und alles hier aufgeben muß.« Ihre Stimme klang um eine ganze Oktave tiefer, als sie fortfuhr: »Sei nicht traurig, Echo, ich besuch' dich hier oben, oder du kommst runter zu mir. In Südkalifornien scheint das ganze Jahr über die Sonne, das magst du doch ...« Sie verstummte. Ich rieb mir die Schläfe mit den Fingerknöcheln und fühlte mich sterbenselend.
»Wann ziehst du um?« fragte ich.
Janey zögerte, dann sagte sie: »Morgen in einer Woche. Ich muß mein ganzes Zeug zusammenpacken, eine Spedition finden und mir da unten eine neue Wohnung suchen, und das alles in einer Woche.«
Eine Weile herrschte Schweigen. Der Mann mit dem Aktenkoffer war immer noch da. Er tippte mit dem Finger auf seine Armbanduhr und machte ein ungehaltenes Gesicht.
»Soll ich dir beim Packen helfen?« Ich stand auf und drehte dem Mann den Rücken zu.
»Wirklich?« fragte Janey und seufzte erleichtert. »Ich hatte schon Angst, du wärst sauer.«
»Bin ich auch. Ich suche nur eine Möglichkeit, dein bestes Porzellan in die Finger zu bekommen.«
»Tzzzz. Mann, wirst du mir fehlen.«
»Ja«, sagte ich und schluckte den Frosch in der Kehle hinunter. »Du mir auch.«

Am Morgen des Umzugstages standen Janey und ich zitternd und heulend in der Einfahrt zu ihrem Haus. Der kleine VW-Käfer war vollgepackt mit Kartons und Zimmerpflanzen, und auf dem Dach war ein großer Schaukelstuhl festgezurrt.

Ich stieß mit der Schuhspitze gegen einen Reifen. »Du mieses Aas! Ich kann's immer noch nicht glauben, daß du wirklich weggehst.« Ich putzte mir die Nase und wimmerte herzzerreißend. Sollte sie ruhig sehen, was sie mir antat.

Ich hatte mich nicht geirrt. Janey bekam einen ausgewachsenen Weinkrampf. »Ich hab' doch nicht wissen können, daß es so schwer sein würde, wegzuziehen.«

»Mein Gott, Janey! Was hast du denn gedacht? Wir waren schließlich zusammen an der Front. Guckst du dir denn nie so alte Kriegsfilme an, in denen ehemalige Kampfgefährten sich voneinander verabschieden müssen?«

»Doch«, sagte sie und wischte die Tränen weg. »Nur daß es da meistens einen von beiden erwischt hat und der dann den Heldentod stirbt. Das macht den Abschied irgendwie leichter.«

Als uns die Telefonrechnungen an den Rand des Bankrotts gebracht hatten, hielten wir den Kontakt mit langen, inhaltsschwangeren Briefen aufrecht. Ich trug Janeys Briefe überall mit mir herum. Aus ihnen schöpfte ich die Kraft, die ich brauchte, um besonders widerwärtige Situationen zu meistern.

Aus allem, was Janey mir mitteilte, schloß ich, daß es ihr hervorragend ging. Schon am ersten Tag in San Diego hatte sie ein süßes kleines Haus direkt am Strand gefunden. Die Arbeit machte ihr Freude. Sie verdiente doppelt soviel wie ich, ging am Abend schlafen und stand am Morgen wieder auf. Und die Krönung von allem war, daß sie nach den ersten vier Wochen ihres Kurses in dem Stationsarzt der Onkologiestation den Mann ihres Lebens gefunden hatte. Das einzige, was ich vorzuweisen hatte, waren dunkle Ringe unter den Augen.

Die Tür des Stationszimmers ging auf, und die diensthabende Schwester kam herein Sie war übermüdet und schlecht

gelaunt. Ich setzte mich auf und blickte auf die Uhr. Viertel nach elf, und in dem kleinen Raum war es so stickig wie unter einer elektrischen Heizdecke.
Im Hochsommer herrschten Backofentemperaturen auf den Stationen. Die Verwaltung beharrte darauf, daß es aus »technischen Gründen« nicht möglich wäre, die Krankenzimmer mit Klimaanlagen auszurüsten. Dies schien allerdings nicht im Widerspruch dazu zu stehen, daß die Verwaltungsbüros alle vollklimatisiert waren. Aber nach einer Begründung dafür hatte bisher noch niemand zu fragen gewagt.
Ich war die letzte, die den Einsatzplan zu sehen bekam. Von insgesamt achtzehn Patienten auf der Station hatte ich acht zu betreuen. Bis halb eins mußten sämtliche Vitalfunktionen kontrolliert und alle weiteren Untersuchungen erledigt sein. Fünf Patienten brauchten neue Verbände, wobei zwei davon komplizierte Fälle waren und viel Zeit in Anspruch nehmen würden. Alle Patienten bis auf einen kriegten Medikamente, einmal um Mitternacht, das nächste Mal um sechs Uhr morgens. Um das Maß voll zu machen, war ein Patient verwirrt, ein weiterer aggressiv und ein dritter schlichtweg durchgeknallt. Ich hatte den Plan noch nicht zu Ende gelesen, da wußte ich, daß mir eine richtig heiße Nacht bevorstand.
Die beiden anderen Schwestern waren Musterexemplare von Nachtmenschen, und der abweisende Ausdruck auf ihren Gespenstergesichtern sagte mir deutlich, daß ich mich hüten sollte, ihnen in die Quere zu kommen.
Ich erinnerte mich wieder an Dale Carnegie, und in einem Anfall von positivem Denken setzte ich mir ein Ziel. Innerhalb einer Stunde würde ich alle Vitalfunktionen kontrolliert, die nötigsten Untersuchungen erledigt und alle Medikamente einschließlich Schlaftabletten und Schmerzmittel ausgeteilt haben. Ich holte tief Luft, schnappte mir das auto-

matische Thermometer, bevor die anderen es sich unter den Nagel reißen konnten, und machte mich auf den Weg.
Zimmer 402 beherbergte einen neunzehnjährigen Schizophrenie-Patienten, der vor vier Tagen wegen einer Mandeloperation von der Psychiatrie hierher verlegt worden war. Mr. Bonowski, so hieß er, war mein »einfacher« Patient. Er hatte alles gut überstanden, und am nächsten Morgen sollte er wieder in die Psychiatrie zurückverlegt werden. Unglücklicherweise war das nicht früh genug, wie sich herausstellte.
Als ich das Zimmer betrat, stellte ich fest, daß er wieder umgeräumt hatte. Für Mr. Bonowski war es das höchste der Gefühle, wenn er irgendwo die Einrichtung neu gestalten konnte: in Arztpraxen, Kaufhäusern, ja sogar auf dem Polizeirevier. Das gehörte zu der tiefgreifenden Regression, die für seine endogene Psychose typisch war. Als ich Mr. Bonowski sah, wußte ich, daß er weit über den Bereich hinaus regrediert war, den man noch als tiefgreifend bezeichnen konnte.
Wie ein Affe hing er am Bettgalgen. Das fettige blonde Haar hatte er so zusammengezwirbelt, daß es wie Stacheln nach allen Seiten von seinem Kopf abstand. Dazu riß er die Augen weit auf, so daß er aussah, als erlebe er gerade die Überraschung seines Lebens.
»Wie wär's, wenn Sie jetzt wieder runterkommen?« schlug ich vor, nahm den Stuhl vom Tisch und stellte ihn wieder auf den Boden.
Mr. Bonowski stieß ein undefinierbares Dschungelgeräusch aus und ließ sich auf die Matratze herabplumpsen.
Ich erklärte ihm, daß ich Temperatur und Puls messen wollte und ihm anschließend ein paar Tabletten geben müßte. Das schien ihm nicht zu gefallen, denn er kletterte wieder auf den Bettgalgen und turnte daran herum.

Ich kam langsam in Stimmung und köderte ihn mit dem Versprechen von Bananen, so daß er schließlich heruntergeklettert kam und mir erlaubte, Temperatur und Puls zu messen, nachdem er vorher mein Stethoskop ausgiebig beschnüffelt, abgelutscht und für gut befunden hatte.

Mr. Bonowski rieb seinen Bauch und zeigte auf seinen Mund. Zeit für die Mitternachtsfütterung im Dschungel. In der Küche füllte ich ein Glas mit Milch, holte eine schöne, gelbe Banane aus dem Kühlschrank und eilte zurück in sein Zimmer. Ich tat so, als bemerkte ich nicht, daß er den Nachttisch in den Kleiderschrank verfrachtet hatte. Mr. Bonowski saß nach Menschenart im Bett, aber ich merkte, daß er wieder etwas im Schilde führte. Ganz artig nahm er die Pillen, schälte die Banane und biß hinein. Den ersten Bissen behielt er im Mund, aber den Rest der Banane schmierte er sich in die Augenbrauen.

Ich schüttelte sein Kopfkissen auf, zog die Bettdecke zurecht und ging zur Tür. »Gute Nacht, Tarzan.«

Als die Tür ins Schloß fiel, hörte ich eine ganz normale menschliche Stimme sagen: »Vielen Dank, Jane.«

Dieses war der erste Streich, sagte ich zu mir und beglückwünschte mich, daß alles problemlos abgelaufen war. Es war erst zehn Minuten nach Mitternacht, und die Schweißflecken unter meinen Achseln hielten sich in Grenzen. Wie eine nächtliche Version von Florence Nightingale, adrett in strahlendes Weiß gekleidet und elastischen Schrittes, segelte ich in Zimmer 404.

In Bett eins lag in majestätischer Haltung und mit einem dicken, überaus intellektuell wirkenden Buch vor der Nase etwas, wovon Frauen ihr Leben lang träumen. Dieser siebenunddreißig Jahre alte postoperative Leistenbruchpatient war zweifellos das bestaussehende männliche Wesen, das ich jemals gesehen hatte. Lässig hingestreckt, in einem tau-

benblauen Krankenhemd aus reiner Baumwolle mit modisch abgerundeten Kragenecken kam er mir vor wie Apoll im Götterspital des Olymp. Sofort verwandelte ich mich in eine über die eigenen Füße stolpernde, wirr vor sich hin brabbelnde Idiotin, die man nicht mal auf Stubenfliegen hätte loslassen dürfen.
»Ich muß Ihren Pulsdruck, äh – Ihren Blutdruck messen«. Ich kicherte verlegen und griff lässig nach der Blutdruckmanschette im Metallkorb an der Wand.
Das hätte ich nicht tun sollen, denn das Spiralkabel, das die Manschette mit dem Manometer an der Wand verband, rutschte aus der Steckverbindung und der Stecker traf eines von Apolls leuchtend blauen Augen, die wegen der getönten Kontaktlinsen noch blauer aussahen.
Ich stürzte zu ihm, um nach seinem Auge zu sehen. Dabei blieb ich mit dem Fuß an dem geschwungenen Bein des altmodischen Nachttisches hängen, so daß sich der Inhalt des darauf stehenden Wasserglases, inklusive der Eiswürfel, in seinen Schoß ergoß. Er sah mich an, als hätte ich mich unerlaubt aus der Krankenhauswäscherei entfernt und mich als Schwester verkleidet.
Ich stammelte hastig ein paar Entschuldigungen und eilte hinaus, um frisches Bettzeug, ein neues Hemd und einen Eisbeutel für sein lädiertes Auge zu holen. In der Rekordzeit von acht Minuten hatte ich sein Bett frisch bezogen, Puls, Blutdruck und Temperatur gemessen, das Auge untersucht und alles zusammengesucht, was ich brauchte, um den Verband zu wechseln.
Aber Apoll verwehrte mir den Zugang zu der Operationswunde, indem er mir seine herrlich muskulöse Schulter gegen die Brust stieß und heftig mit den blauen Augen rollte. Dann schaute er mich gelangweilt an, seufzte verhalten und sagte: »Kommen Sie später noch mal vorbei. Für's Gute-

nachtsagen ist es noch zu früh.« Sein Gesicht war völlig ausdruckslos.
»Gutenachtsagen?« fragte ich perplex.
»Na, Sie wissen schon. Warme Milch, was zum Knabbern und eine schöne, ausgiebige Rückenmassage. Sagen wir, in einer halben Stunde?« Er gähnte und vertiefte sich wieder in sein kluges Buch. Dieser Schönling gehörte offenbar zu jener Sorte von Männern, für die Krankenschwestern, Dienstmädchen und Nutten ein und dasselbe waren.
Auf meiner Uhr war es Viertel vor eins. Ich hatte meinen Zeitplan etwas überzogen, konnte es aber trotzdem schaffen, wenn ich nur positiv genug dachte.
Im zweiten Bett von Zimmer 404 lag meine achtundsiebzigjährige, leicht desorientierte transurethrale Prostataresektion, drei Tage post-OP. Ich zog den Vorhang zwischen seinem und Apolls Bett zurück. Mr. O'Reilly war splitternackt und strampelte stumm und verbissen, um sich aus seiner Fixierung zu befreien.
Diese Methode, einen Patienten im Bett zu fixieren, war eine der segensreichsten Erfindungen der Pflege, die Verwirrte oder erregte Patienten daran hinderte, aus dem Bett zu fallen oder auf den Fluren umherzuirren. Es handelte sich um eine kleine Weste mit zwei langen Bändern auf dem Rücken, die ans Bett gebunden werden konnten und auf diese Weise den verwirrten Patienten ›sanft‹ daran erinnerten, daß er oder sie im Bett lagen. Kurz gesagt handelte es sich um eine Art Zwangsjacke, die den Patienten am Aufstehen hinderte.
Mr. O'Reilly hatte einen Fuß auf den Boden gestellt, mit dem anderen stemmte er sich verzweifelt gegen das Bettgitter. Von der Taille aufwärts hatte er sich in der Fixierweste verstrickt. Ich packte ihn vorn an der Weste und zerrte das Gewirr aus Stoff und Bändern herunter.
»Was machst du denn hier, Mädchen?« fragte er unschuldig

und sauste im nächsten Augenblick schnurstracks in Richtung Tür. Ich griff mir die Weste, hastete hinter ihm her und stolperte über eines der herabhängenden Bänder.
Apoll beobachtete das Geschehen aus sicherer Entfernung. Als ich einmal während des Gerangels zu nahe ans Fußende seines Bettes herankam, zog er die Knie an und rutschte ans Kopfende. (Lieber Gott, halt mir bloß diese Verrückte vom Leib).
Ich bekam Mr. O'Reillys Arm erst zu fassen, nachdem er schon die Tür aufgerissen hatte. Die Schwestern draußen sahen mich mit einem nackten alten Mann ringen und gleichzeitig um mein Gleichgewicht kämpfen, weil sich meine Füße inzwischen in den Fetzen der Weste verfangen hatten. Aber sie hatten nur einen verächtlichen Blick für mich übrig und nahmen dann keine weitere Notiz mehr von mir. Was hätte ich sonst auch erwarten sollen?
Ich schaffte es, die Tür wieder zuzuschlagen, Mr. O'Reilly wieder sein Nachthemd überzuziehen und ihn ins Bad zu führen. »Hier wollten Sie doch hin, Mr. O'Reilly, oder nicht?« Ich zeigte ihm die Toilette.
Mr. O'Reilly machte zunächst ein ratloses Gesicht, dann legte er die Hand vor den Mund. »Oh, oh«, sagte er mit großen, unschuldigen Kinderaugen.
Ich dachte noch über die Bedeutung dieser Worte nach, als ich etwas Warmes an meinem linken Bein hinunterlaufen spürte. Das mußte ja so kommen, dachte ich, denn in dieser Nacht hatte ich gegen die Vorschriften verstoßen und keine Strümpfe angezogen. Ein nasses Quietschen ertönte aus meinem Schuh, als ich zur Seite trat. Mr. O'Reilly war die Sache sichtlich peinlich. Er drängte mich aus dem Badezimmer und schloß die Tür hinter sich. »Geh weg, Mädchen!« rief er heraus. »Ich muß mich mit meinem Anwalt beraten. Komm später wieder.«

Ich bemühte mich, mich außerhalb des Blickfelds von Bett eins zu halten, während ich mein Bein wusch und Papierhandtücher in meinen Schuh stopfte. Solange Mr. O'Reilly auf der Toilette beschäftigt war, dachte ich, konnte ich mich um meinen nächsten Patienten kümmern und dann Mr. O'Reilly wieder ins Bett bringen.

Die beiden Schwestern im Stationszimmer tranken Kaffee und unterhielten sich. Als sie mich sahen, unterbrachen sie ihr Gespräch lange genug, um mir zu sagen, daß das Ruflicht über der Tür von Zimmer 410 schon seit einer Stunde brannte. Eine Stunde! Ich blickte auf die Uhr. Zu meinem Entsetzen war es bereits halb zwei.

Mr. Dickinson in Zimmer 410 war sechsundvierzig Jahre alt, mit festem Wohnsitz in San Quentin. Bei einem Ausbruchsversuch hatte ihm ein Wachtposten ins Bein geschossen. Er war nun, schon seit über drei Wochen bei uns, weil die Wunde sich infiziert hatte und die Entzündung einfach nicht abklingen wollte, egal, was wir dagegen unternahmen.

Die Sicherheitsvorkehrungen bei Mr. Dickinsons Unterbringung waren äußerst streng. Rund um die Uhr bewachten zwei Sicherheitskräfte die Tür zu seinem Zimmer, ein dritter befand sich bei ihm im Raum. Als ich ihn zum erstenmal behandelte, bestach ich einen der Posten mit Kaffee und Kuchen, um zu erfahren, warum Mr. Dickinson in der Todeszelle saß. Ich bereute sofort, daß ich gefragt hatte. Mr. Dickinson, auch als »Dick der Killer« bekannt, hatte nicht weniger als zwei Morde, eine Entführung und vier Vergewaltigungen auf dem Kerbholz.

Ich schoß in das Zimmer hinein und vergewisserte mich zunächst, daß der Posten gleich hinter mir war, bevor ich mich dem Bett näherte. Mit zusammengebissenen Zähnen verlangte Mr. Dickinson nach seiner Spritze und sagte, er wolle

eine anständige Dosis, als Entschädigung dafür, daß ich ihn so lange hatte warten lassen.
Im Stationszimmer sah ich mir die Verordnung an und stellte fest, daß der behandelnde Arzt erst am Abend vorher die Dosis halbiert hatte, um Mr. Dickinson allmählich von dem Schmerzmittel zu entwöhnen.
Mit einem gezwungenen Lächeln kehrte ich zu Mr. Dickinson zurück. Die Spritze hatte ich in die Tasche gesteckt. Ich kontrollierte zunächst Temperatur und Blutdruck, und während er an der Decke nach der großen schwarzen Spinne suchte, von der ich behauptet hatte, sie hänge genau über seinem Bett, gab ich ihm die Injektion.
»Wieviel war das?« fragte er mit seiner rauhen Stimme und musterte mich mißtrauisch. Ich wußte, daß es das Recht eines Patienten war, zu wissen, wieviel er von einem Medikament erhielt.
Ich wusch mir so unbefangen wie möglich die Hände, und in das Rauschen des Wassers hinein murmelte ich die Höhe der Dosis, in der Hoffnung, daß er es nicht verstehen würde. Aber Mr. Dickinson hatte Ohren wie ein Luchs.
»Du gottverdammte miese Nutte –« Wenn Blicke hätten töten können, dann hätte ich in meinem Blut auf dem Boden gelegen. »Ich will den Rest von dem Zeug haben, du Schlampe, sonst mach ich dich fertig.«
Ich erstarrte. Der Posten – es war derselbe, den ich mit Kaffee und Kuchen verführt hatte – zog mich aus dem Zimmer und meinte, wenn ich mit dem Patienten fertig wäre, sollte ich jetzt lieber gehen. Über die Schulter schaute ich noch einmal ins Zimmer hinein und sah, wie Mr. Dickinson etwas auf einen Zettel schrieb. Er hob drohend den Kugelschreiber und brüllte, daß er meinen Namen auf seine Todesliste gesetzt habe. Ich konnte nur hoffen, daß er nicht auch noch meinen Nachnamen herauskriegen würde.

Irgend etwas beunruhigte mich, und ich blickte auf meine Notizen. Mr. Dickinson war einer der Patienten, bei denen der Verband gewechselt werden mußte. Ich fragte mich, ob das vielleicht die Schwester vom Frühdienst übernehmen könnte. Nachdem ich noch einmal zu ihm hineingeschaut hatte, stand für mich fest, daß sie es sicher gern tun würde.
Als ich draußen auf dem Flur war, begann die Klingel von Zimmer 404 zu läuten. Ich rannte den Gang hinunter und sah die beiden anderen Nachtschwestern vor der Badezimmertür stehen und hineinschreien, während Mr. O'Reilly von drinnen herausschrie.
»Laß mich raus, Mädchen. Ich will hier raus. Warum sperrt ihr einen armen alten Mann im Klo ein?«
Mr. O'Reilly bekam die Tür nicht mehr auf, und die Klingel ließ sich nur vom Badezimmer aus abstellen. Außerdem hörte er nichts, weil er stocktaub war und sein Hörgerät auf seinem Kopfkissen lag.
Ich rannte hinaus zum Notfallwagen, wo die Ersatzschlüssel aufbewahrt wurden. Als ich wieder vor der Badezimmertür stand, schob ich den schon leicht angerosteten Schlüssel ins Schloß und drehte ihn um 360 Grad herum. Prompt blieb er stecken und ließ sich nicht mehr bewegen. Und bist du nicht willig ..., dachte ich und drehte mit Gewalt. Erst knirschte es, dann knackte etwas hörbar. Als ich den Schlüssel herauszog, stellte ich fest, daß er abgebrochen war. Ich war erstaunt, über welche Kräfte ich verfügte. Eins zu Null für mich. Dann rief ich den Hausmeister, der mit seinem Werkzeugkasten anrücken mußte.
Als ich vom Telefon zurückkam, hatte sich Mr. O'Reillys Ratlosigkeit in Verzweiflung verwandelt. »Beim Erzengel Michael und allen himmlischen Heerscharen, Mädchen, mach die Tür auf, sonst ersticke ich hier drinnen!« Seine Stimme überschlug sich ein paar Mal.

Zehn Minuten später, nachdem der Hausmeister es mit sechs verschiedenen Werkzeugen versucht hatte, war die Tür immer noch nicht offen. Der Hausmeister sagte, da gäbe es noch ein Werkzeug, mit dem er es noch nicht probiert habe, und das wolle er jetzt suchen gehen. Sobald er es gefunden habe, würde er wiederkommen.

Mir war schwindlig, und ich lehnte mich gegen die Tür. Die beiden anderen Nachtschwestern hatten mich inzwischen wieder im Stich gelassen. Ich sah, wie sie draußen sterile Wattetupfer erst in die Klingel und dann in ihre Ohren steckten.

Seit fünf Minuten hatte ich nichts mehr von Mr. O'Reilly gehört, und der kalte Schweiß brach mir aus. Ob er einen Herzinfarkt bekommen hatte? In seinem Alter mußte man mit so was rechnen, erst recht nach einer solchen Aufregung ... Wie eine Verrückte rüttelte und zerrte ich an der Türklinke. Hatte sich etwas bewegt? Ich zog noch fester, legte mich mit sämtlichen meiner dreiundneunzig Pfund Lebendgewicht ins Zeug.

Hinter mir erschien Apoll. »Ich mach das schon«, sagte er wahnsinnig cool, jeder Zoll der Mann für alle Lebenslagen. Bevor ich ihn daran hindern konnte, hatte er mich beiseite geschoben und sich gegen die Tür geworfen, als wäre sie eine Beleidigung seiner Männlichkeit. Ich packte ihn um die Taille und versuchte ihm zu erklären, warum er sich so kurz nach der Operation nicht anstrengen dürfe, als es plötzlich einen lauten Krach gab.

Die Tür hing wie ein nasser Waschlappen an einer Angel im Rahmen. Apoll blickte ungläubig erst auf die abgerissene Türklinke in seiner Hand und den nackten Mr. O'Reilly, der grinsend im Türrahmen stand.

»Einen wunderschönen guten Morgen, ihr Burschen und Mädchen!«

Ich blickte auf und sah die Oberschwester, die vom Flur aus zu uns hereinschaute. Die hatte mir gerade noch gefehlt! Sie sah sich die Trümmer der Badezimmertür an, dann mich, dann Apoll, dann Mr. O'Reilly. Zuletzt schüttelte sie den Kopf. »Heron, ich kann nur hoffen, daß Ihr Bericht sich anders liest, als beim Anblick dieses Schlachtfelds zu befürchten ist.«

Ich ließ Apoll auf der Bettkante sitzen und führte Mr. O'Reilly zu seinem Bett, streifte ihm ein frisches Hemd über, verschnürte ihn wieder in einer neuen Weste und machte doppelte Knoten in die Bänder.

Als ich zu Apoll zurückkam, hielt er immer noch die Türklinke in der Hand und war starr vor Angst, verbluten zu müssen, weil die frische Naht nach der Anstrengung blutete. Ich sah mir die Wunde an und versicherte ihm, daß der Vorgang des Verblutens einige Zeit in Anspruch nehme und die Naht nur ein wenig gezerrt sei, aber ansonsten völlig intakt. Also kein Grund, sich Sorgen zu machen.

Nachdem ich ihm den Türgriff entwunden hatte, legte ich einen frischen Verband an und sagte ihm, daß ich viel zu viel zu tun hätte, um ihm mit Milch, Keksen und Rückenmassage Gute Nacht zu sagen, daß ich aber in zwei Stunden wieder vorbeischauen würde, um nachzusehen, ob er noch atmete.

Ich war noch ziemlich benommen von den Ereignissen und blickte auf die Uhr. Die Medikamente hätten um Mitternacht verabreicht werden sollen, also vor zwei Stunden. Außerdem mußte ich einen Bericht über den Vorfall schreiben, und das würde endlos dauern. Vor Verzweiflung stiegen mir die Tränen in die Augen, und weil ich unbedingt Hilfe brauchte, wandte ich mich an die jüngere und weniger abweisende der beiden Nachtschwestern. Nachdem ich eine Viertelstunde lang vor ihr auf den Knien herumgerutscht war und gebettelt hatte, zeigte sie eine Spur von Mitgefühl und erklärte sich dazu bereit, die Medikamente an meine Patienten zu verteilen, allerdings unter der Bedingung, daß ich einen Wochenenddienst für sie übernehmen würde.

Ich betrat Zimmer 406 mit der schmerzhaften Einsicht, daß positives Denken im Pflegeberuf nichts half.

Mr. Vasconcelos war dreiundfünfzig Jahre alt und hatte vor zwei Monaten eine Schwellung am Nacken entdeckt. Um die »Eiterbeule rauszuschneiden«, hatte seine Frau einen chirurgischen Eingriff vorgenommen und die Schwellung mit dem Küchenmesser aufgeschnitten. Zwei Tage später hatte sich die Wunde entzündet, und in Fortsetzung der Heimtherapie hatte man auf Breiumschläge nach einem »Familienrezept« von Mrs. Vasconcelos zurückgegriffen.

Schließlich kamen sie zu dem Schluß, daß es nun wohl doch an der Zeit wäre, zum Arzt zu gehen, denn der Mann hatte hohes Fieber, und der Nacken war inzwischen von der fortgeschrittenen Staphylokokkeninfektion gelb und violett verfärbt. Es hatte über drei Stunden gedauert, das nekrotische Gewebe zu entfernen.

Der ekelhafte Eitergestank warf mich fast um, als ich die Tür öffnete. Mr. Vasconcelos saß im Dunkeln und blickte zum Fenster. Er war ein kahlköpfiger, kräftiger Mann mit einer tätowierten Schlange auf dem einen Arm und einem Drachen auf dem anderen. Irgendwie erinnerte er mich an einen Seemann oder an einen geistesgestörten Axtmörder.

Ich sagte »Guten Morgen« und bekam ein Grunzen zur Antwort. Puls, Blutdruck und Temperatur waren normal, was ich ihm auch sagte, weil ich glaubte, das würde seine Stimmung heben und ihn etwas gesprächiger machen. Aber nichts dergleichen geschah. Er grunzte nur noch einmal, tief aus dem Bauch heraus.

Seine Wundtoilette war eine komplizierte Angelegenheit. Es

ging darum, abgestorbenes Gewebe aus der ziemlich großen Wunde zu entfernen, damit diese dann von innen heraus zuheilen konnte. Mit einer sterilen langen Pinzette zog ich die alten Kompressen von dem gähnenden Loch, wo früher einmal die eine Hälfte des Nackens gewesen war. »Jungejunge«, sagte ich, »was für ein Riesenverband.« Ich hatte größte Mühe, den Brechreiz zu unterdrücken. Mr. Vasconcelos grunzte zweimal.

Als nächstes legte ich Tupfer, die mit einer sterilen heilungsfördernden Lösung getränkt waren, in die Wunde. Darüber kamen zunächst angefeuchtete, dann trockene Kompressen. Zum Schluß wickelte ich eine lange Binde um seinen Hals, so daß er aussah, als trage er einen schmalen weißen Schal.

»So, das hätten wir! Und jetzt machen wir ein schönes, erholsames Schläfchen, Mr. Vasconcelos.«

Mr. Vasconcelos drehte sich langsam auf seinem Stuhl herum, bis er mir ins Gesicht sehen konnte. Er hob eine buschige Augenbraue, zeigte auf die Tür und grunzte.

Weiter ging's zum nächsten Patienten. Ich war inzwischen ein gutes Stück vorangekommen. Das sagten mir meine müden Knochen und das taube Gefühl im Kopf. Wurde es nicht langsam Zeit, nach Hause zu gehen? fragte ich mich. Nein, natürlich nicht, die Nacht war noch jung. Auf der Uhr war es Viertel vor drei.

Mit Zimmer 408 würde ich nicht viel Arbeit haben. Mrs. Daughn war eine fünfundsechzigjährige Patientin mit Lungenkrebs im Endstadium und lag schon seit zwei Tagen im Koma. Im Raum herrschte gedämpftes Licht, und im Schein der Nachtbeleuchtung konnte ich ihr Profil erkennen. Die feinen, aristokratischen Gesichtszüge waren entspannt, nichts deutete darauf hin, daß sie Schmerzen hatte.

Ich wollte ihre Ruhe nicht stören. »Hallo«, flüsterte ich. »Ich messe nur schnell die Temperatur und den Blutdruck, dann lasse ich Sie wieder in Ruhe.«

Im Schein der Taschenlampe fand ich die Blutdruckmanschette und legte sie ihr um den Arm, ohne ihre Körperlage zu verändern.

»Heute war ein schöner Tag«, sagte ich und stellte mir vor, meine Stimme könnte durch ihre Bewußtlosigkeit dringen und sie beruhigen. »Der Himmel war so wunderbar blau.«

Ich pumpte Luft in die Manschette.

»Ich weiß noch, wie ich früher als kleines Mädchen in solchen warmen Nächten ...«

Durch das Stethoskop war nichts zu hören. Ich klopfte gegen die Membrane und rückte die Ohrstöpsel zurecht.

»Ich erinnere mich noch, wie ich in warmen Nächten wie heute heimlich aufgestanden und zum Fluß hinuntergegangen bin, um ...«

Immer noch kein Blutdruck. Ich griff nach dem Handgelenk der Frau und zuckte instinktiv zurück, als meine Hand eiskaltes Fleisch berührte. Ich schaltete die Deckenbeleuchtung ein.

Nach meiner Schätzung war sie schon seit mindestens drei Stunden tot. Ihre entspannte Haltung sagte mir, daß sie friedlich gestorben war – wenigstens hatte sie nicht leiden müssen.

Während ich sie wusch und ihren Körper in eine Baumwolldecke hüllte, meldete sich Dale Carnegie wieder zu Wort und erinnerte mich fröhlich daran, daß ich jetzt nur noch sieben Patienten hätte. Offensichtlich war positives Denken nicht meine Stärke, denn ich sagte ihm, er solle endlich die Klappe halten. Ich schaute hinab und fragte mich, ob das da unten meine Füße waren, oder ob mir vielleicht jemand heiße Bleiklötze angehängt hatte, während ich nicht aufgepaßt hatte. Ich unterdrückte ein Gähnen und ignorierte die Uhr,

die mir ins Gesicht starrte und mich darauf aufmerksam machen wollte, daß es schon halb vier war.
In Zimmer 410 lag ein gewisser Leroy T. Love. Auf dem Weg dorthin hatte ich das unbestimmte Gefühl, beobachtet zu werden, und schaute mich nach der Zentrale um. Über dem Schreibtisch lehnten meine beiden Kolleginnen. Sie hatten sich auf die Zehenspitzen gestellt, um mir besser nachblikken zu können, kicherten und wünschten mir viel Glück. Nachtmenschen haben einen verschrobenen Sinn für Humor.
Der schnarchende Mr. Love war fünfundzwanzig Jahre alt und mein erster Patient mit einer Zirkumzision. Noch nie zuvor hatte ich einen Verband am Penis gewechselt. Und obwohl ich nicht wußte, wie man dabei vorgeht, dachte ich mir, daß es ja wohl nicht allzu schwierig sein könne.
Ganz sanft rüttelte ich an dem großen Muskelpaket unter der Bettdecke. Darunter kam nach und nach ein schlaftrunkener Mr. Love zum Vorschein, ein etwa zwei Meter langer Schwarzer.
»Sie müssen Mr. Love sein«, sagte ich und sah zu, wie der Hüne seine Gliedmaßen entfaltete. Er nickte zum Zeichen, daß er in der Tat dieser und kein anderer sei.
Ich erklärte ihm, wer ich sei und was ich vorhatte, und wartete mit angehaltenem Atem auf einen Einwand. Er machte aber keinen, sondern fiel nur auf das Kopfkissen zurück und schnarchte weiter.
Ich maß Temperatur und Blutdruck und machte mich ans Werk. Vorsichtig zog ich die Bettdecke weg. Zu meiner Überraschung sah ich, daß der Penis des Mannes, von mehreren Lagen Verbandsmull umwickelt, zwischen den Schenkeln in einer Vorrichtung ruhte, die wie eine winzige Hängematte aussah.
Von irgendwoher kam mir der Gedanke, ob ich dem Penis

vielleicht ein Glas Limonade anbieten sollte. Der Einfall war so absurd und komisch, daß ich mich nicht beherrschen konnte und kurz laut auflachte, bevor ich die Hand auf den Mund drückte.

Mr. Love wachte auf und öffnete das eine Knopfauge. »Was gibt's denn da zu lachen?« fragte er mit tiefer Stimme.

Ich fragte mich, wie man sich in einer solchen Situation richtig verhielt, und kam zu dem Ergebnis, daß ich mit Ehrlichkeit wohl am besten fahren würde. »Ich mußte über die kleine Hängematte hier lachen. Das sieht so komisch aus!« Pause. »Finden Sie das nicht auch komisch?«

Mr. Love lachte nicht, ja, er lächelte noch nicht einmal. Aber er machte das zweite Auge auf, ebenfalls ein Knopfauge, und sagte: »Ich schätze, ich sollte wohl lieber aufpassen, während Sie da unten rumfummeln, Mädchen.«

Offensichtlich fand Mr. Love die Sache überhaupt nicht komisch. »Klar, natürlich. Kein Problem.« Ich entfernte den alten Verband und achtete sorgfältig darauf, die Hängematte nicht aus ihrer Lage zu bringen. Die Naht war sauber, heilte gut, und nichts deutete auf eine Entzündung hin.

»Sieht prima aus!« sagte ich und strahlte ihn an.

Mr. Love zog die Augenbrauen bis zum Haaransatz hinauf.

Erst jetzt wurde mir die Doppeldeutigkeit meiner Worte bewußt. Ich hatte das Gefühl, mich verkriechen zu müssen. »Ich meine, die Wunde ist wirklich gut verheilt ... keine Entzündung ... äh, ich meine, keine Rötung und so.«

Alles klar.

Mr. Love beobachtete tatsächlich jeden Handgriff, den ich an ihm vornahm. Vorsichtig, ganz vorsichtig legte ich den neuen Verband an und versuchte, eine Unterhaltung in Gang zu bringen. Meine Neugier ließ mir keine Ruhe und drohte mir mit einem schlaflosen Tag, falls ich nicht die Frage stellte, die mir schon die ganze Zeit auf den Lippen brannte. Ich nahm all meinen Mut zusammen. »Sagen Sie, Mr. Love, wenn Ihnen die Frage nichts ausmacht, warum haben Sie das in Ihrem Alter noch machen lassen?« Ich wagte es nicht, von meiner Arbeit aufzublicken.

»Ich tauche viel«, antwortete er.

Oh? (Liebe Janey, Du wirst es nicht glauben ...)

Ich hatte den Eindruck, daß Mr. Love entweder kein Mann vieler Worte war oder ganz einfach zu schläfrig, um sich näher darüber auszulassen. Ich beschloß also, nicht weiter nachzubohren. Eines Tages, wenn ich mal nicht so müde sein würde, würde ich vielleicht begreifen, was er gemeint hatte.

Ich legte das frisch verpackte Glied wieder in seine Hängematte, deckte den dazugehörigen Mann zu und ging zum nächsten Patienten.

Mr. Eugene Landau, ein einundvierzigjähriger Paraplegiker, hatte als Privatpatient das Einzelzimmer am Ende des Flurs. Er hatte einen stark entzündeten Dekubitus am Kreuzbein. Eugene tat mir leid, obwohl mit ihm schlecht auszukommen war. Er brüllte ständig herum und beschimpfte alle, die ihm helfen wollten, vor allem die Schwestern. Wenn er uns nicht mit Flüchen eindeckte, dann brachte er uns mit seinen Anzüglichkeiten auf die Palme. Nachdem er mehrmals ermahnt und zurechtgewiesen worden war, schien Eugene in letzter Zeit seine Taktik geändert zu haben. Sein neuester Trick bestand darin, daß er klingelte und sich entblößte und zu masturbieren begann, sobald die Schwester das Zimmer betrat.

Die Schwierigkeiten hatten inzwischen solche Ausmaße angenommen, daß die weiblichen Mitglieder des Pflegepersonals einen großen Bogen um sein Zimmer machten und häufig nicht reagierten, wenn er läutete. Ich hatte schon wiederholt anonyme Bemerkungen auf sein Krankenblatt

geschrieben, in denen ich auf das Problem aufmerksam machte und die Empfehlung aussprach, daß der behandelnde Arzt einen Psychiater hinzuziehen solle, aber bisher hatte sich in dieser Richtung noch nichts getan.
Als wolle er die Welt besonders deutlich auf seine Anwesenheit hinweisen, hatte Eugene das Fernsehgerät so laut gestellt, daß er mich nicht hereinkommen hörte. Der Rauch einer Marihuanazigarette hing in der Luft wie ein schwerer Samtvorhang. Nach den Klinikvorschriften wäre ich verpflichtet gewesen, darüber einen Bericht zu schreiben. Aber das hatte bisher keine Schwester getan, obwohl wir genau wußten, daß wir uns auf sehr dünnem Eis bewegten, wenn wir zuließen, daß Eugen in seinem Zimmer kiffte.
Ich berührte ihn am Arm.
Mr. Landau zuckte zusammen und beschimpfte mich, weil ich ihn angeblich vorsätzlich zu Tode erschrecken wollte. Ich scherte mich nicht um seine dreckigen Ausdrücke und sagte, daß ich nur gekommen wäre, um Temperatur und Blutdruck zu messen und um seinen Dekubitus zu verbinden. Das schien nun wieder Eugene nicht zu scheren, und er schlug mir vor, daß ich mich statt dessen auf sein Gesicht setzen sollte.
Für solche Sprüche hatte er sich heute wirklich nicht den richtigen Zeitpunkt ausgesucht. Gestreßt und wütend über seine ständigen Anzüglichkeiten, schrie ich ihn an, daß ich mir solche Bemerkungen verbitte und daß es außerdem untersagt sei, im Krankenhaus Gras zu rauchen.
Ich schaltete den Fernseher aus und öffnete alle Fenster. Mr. Landau schaute wutentbrannt zu. Mit militärischer Kaltschnäuzigkeit, die ich von Miss Telmack gelernt hatte, maß ich Blutdruck und Temperatur und vermied es dabei, ihn anzusehen. Als ich die Gummimanschette wieder in das Fach an der Wand zurücklegte, zog Mr. Landau die Bettdek-

ke bis zu den Schultern hinauf und sagte, daß ich eine dreckige Fotze sei und ihn in Ruhe lassen solle.
Ich seufzte. »Es ist wirklich schade, daß Sie das sagen, denn wir sind noch lange nicht fertig miteinander. Ich muß den Verband wechseln. Kommen Sie schon, Eugene, seien Sie kein Spielverderber. Sie sind ohnehin seit zwei Stunden überfällig.«
Eugene war nicht geneigt, mir entgegenzukommen, worauf ich ihn mit bestem Telmack-Stahl in der Stimme anschnauzte: »Umdrehen!«
Eugene konterte, indem er das Licht ausschaltete und mir eine Bezeichnung an den Kopf schmiß, die ich vor langer Zeit an einer Wand in der U-Bahn von New York gelesen hatte, und die ich hier nicht wiedergeben möchte.
Ich schaltete das Licht wieder ein und redete zu ihm wie zu einem zweijährigen Kind, das er vom Gemütszustand her auch war, und das zu werden ich mich auf dem besten Wege befand. Wir zogen hier eine echte Machtprobe ab, aber ich war viel zu müde, es auf ein Kräftemessen mit ihm ankommen zu lassen. Am liebsten hätte ich meinen Frust laut herausgeschrien.
Draußen auf dem Flur hörte ich die Alarmglocke zum zweitenmal läuten. Diese Runde ging an Mr. Landau.
Der »Notfall« lag in Mr. Dickinsons Zimmer. Wie hatte ich das nur vergessen können? Er hätte schon vor fünf Minuten die Spritze gegen seine Schmerzen bekommen sollen.
Ich zog eine Spritze mit der vollen Dosis Demerol auf und machte mich auf den Weg zu seinem Zimmer. Meine Laune war genauso übel wie seine. Die drei Wachmänner von der Vollzugsanstalt waren auf ihren Stühlen eingeschlafen. Das paßte ja hervorragend.
Absichtlich stolperte ich über das ausgestreckte Bein eines der Schläfer, aber er wachte nicht auf. Gut so.

Mr. Dickinson öffnete den Mund, um mich verbal so richtig fertigzumachen, aber ich zeigte ihm die Spritze, bevor er Luft geholt hatte.

»Keinen Laut!« warnte ich ihn. »Wenn Sie auch nur ein Sterbenswörtchen sagen, kriegen Sie von mir keinen Tropfen von diesem Zeug.«

Mr. Dickinson machte den Mund wieder zu und drehte sich herum, damit ich an seine Hüfte herankäme. Er war fast so fromm wie ein Lämmchen. Ich verpaßte ihm eine Fahrkarte ins Land der Träume in den Glutaeus.

Meine schlechte Laune schien sich zu verselbständigen. Ich stürmte in Eugenes Zimmer, knipste das Licht an und schlug die Bettdecke zurück.

Mit der frischen, dämonischen Energie, die durch meine Adern strömte, drehte ich ihn auf den Bauch, entfernte den alten Verband und legte einen neuen an. Eugene beschimpfte mich zwar, aber wesentlich verhaltener, und ich wußte, daß er den Wink mit dem Zaunpfahl verstanden hatte.

Als ich mit seinem Verband fertig war, schaltete ich die Deckenbeleuchtung aus, aber es blieb hell im Raum. Verblüfft blickte ich zum Fenster. Draußen ging gerade die Sonne auf, und die ersten Strahlen blendeten meine müden Augen. Meine Uhr zeigte halb sieben.

Ich nutzte den letzten Adrenalinstoß aus, verteilte im Eiltempo die Sechs-Uhr-Medikamente und ging zum Schwesternschreibtisch. Hier lagen die Krankenblätter meiner acht Patienten fein säuberlich in Reih und Glied wie kleine Soldaten. Ich rechnete mit etwas über einer Stunde für die Kurven, und dann mußten noch zwei Berichte geschrieben werden.

Die beiden anderen Nachtschwestern wirkten frisch und ausgeruht. Sie lächelten mich an, und irgendwie schaffte ich es, sie nicht anzuschreien oder unflätige Dinge zu ihnen zu sagen.

Das vertraute Klingeln der Stechuhr dröhnte wie Kirchenglocken in meinen Ohren, als ich mich endlich um Viertel nach acht auf den Heimweg machte. Ich machte mir gar nicht erst die Mühe, auszurechnen, was die Überstunden einbringen würden, sondern dachte nur daran, daß ich in fünfzehn Stunden wieder hier stehen würde, um meinen Dienst anzutreten. In einem letzten Anfall positiven Denkens nahm ich mir vor, acht Stunden zu schlafen und die restlichen sieben dafür zu verwenden, nach einem Ausweg aus der Nachtschicht-Tretmühle zu suchen.

San Francisco erlebte in diesem Jahr einen wundervollen, himmelblauen Altweibersommer wie aus dem Bilderbuch. Ich bekam davon ebensowenig mit wie von meinem übrigen Leben.

Am ersten Dienstag im September, einen Tag nach Labor Day, schaffte ich es mit übermenschlicher Anstrengung, Simon wie gewohnt bei Patrick abzuholen, zu meinem Häuschen zu fahren, Frühstück zu machen, ihm die Haare zu kämmen, seine neuen Schuhe zuzubinden, ihm zu erklären, was an seinem ersten Schultag passieren würde, und ihm zu zeigen, wo er nach der Schule auf Patrick warten sollte. Dann schob ich ihn durch die in leuchtendem Orange gestrichene Tür, die in die aufregende Welt eines Vorschülers führte.

Auf dem Rückweg nach Hause setzte ich mich auf den Randstein, um die Schnürsenkel meiner Schwesternschuhe zu lockern, und lehnte mich mit dem Rücken an den Baumstamm hinter mir. In meinem Tagtraum war ich auf der Examensfeier der Stanford Universität und wurde Zeuge, wie Simon sein Diplom in Empfang nahm – mit Auszeichnung, versteht sich. Zwei Stunden später erwachte ich an derselben Stelle, immer noch an den Baum gelehnt, nur daß ich etwas zur Seite gesunken war und vor mich hinsabberte. Ein freundlicher Polizist mit semmelblondem Haar kniete neben mir und schüttelte mich an der Schulter.

»Alles in Ordnung, Lady?«

Ich wischte mir die Spucke vom Kinn und tat so, als wäre es für mich die natürlichste Sache der Welt, im Rinnstein zu schlafen.

»Oh, hallo, Officer. Schöner Tag heute.«

Der Mann lachte. »Hallo. Mein Name ist White. Ich kam gerade zufällig vorbei. Eine Krankenschwester, die am Straßenrand sitzt und schläft, so was sieht man nicht alle Tage. Sie hatten wohl Nachtdienst, wie?«

»Ja. Ich hab' meinen Sohn zur Schule gebracht und wollte mich nur kurz hinsetzen, um meine Schuhe etwas lockerer zu binden, und da –«

»Schon gut, mir brauchen Sie das nicht zu erklären. Ich hab' selber sechs Jahre Nachtdienst geschoben. Hab' mich nie daran gewöhnt, nachts zu arbeiten.«

»Wem sagen Sie das«, seufzte ich und hätte am liebsten losgeheult. Mit meiner Selbstbeherrschung war es nicht mehr weit her. »Es wird mir einfach zuviel.«

Ich stand auf und wäre beinahe wieder hingefallen. Ich streckte mich. »Also, vielen Dank. Ich gehe jetzt lieber nach Hause, bevor ich hier mitten auf der Straße einschlafe und ein Verkehrschaos verursache.«

Officer White band meine Schnürsenkel zu. »Ich fahre Sie gern nach Hause«, bot er mir an.

Ich konnte mir meine Nachbarn hinter ihren Gardinen lebhaft vorstellen (»Halb elf am Vormittag, und sie wird von der Polizei nach Hause gebracht ... immer noch in ihren Schwesternklamotten ... Was die wohl jetzt wieder angestellt hat? Tuschel-tuschel.«) »Nein, vielen Dank. Das ist nicht nötig. Ich wohne gleich um die Ecke. Und ich verspreche hoch und heilig, nicht wieder einzuschlafen, bevor ich im Bett liege.«

Simons zweiter und dritter Schultag verliefen ohne Zwischenfälle. Ich hatte mir geschworen, mich nie wieder auf einen Randstein zu setzen. Am Freitag hielten wir zu zweit einen Familienrat ab und kamen überein, daß er von nun an den vier Häuserblocks langen Weg bis zur Schule allein gehen würde. Hinter mir schrien die Katzen nach ihrem Frühstück, als ich mich von Simon verabschiedete. Mein Bett wartete auf mich, weich, warm und gemütlich ...

Auf den Verandastufen drehte Simon sich noch einmal um. »Tschüs, Mommy. Schlaf schön.«

Ich lächelte, hielt mich am Türrahmen fest und bückte mich, um meine Schuhe auszuziehen.

Draußen ging Simon rückwärts die Einfahrt hinunter und winkte. Seine Schritte wurden etwas kleiner. »Wiedersehen, Mommy.« Ich winkte mit der linken Hand, mit der anderen zog ich die Schleifen der Schnürsenkel auf. Dann streifte ich beide Schuhe von den Füßen und ging einen Schritt von der Tür zurück. Simon war an der Ecke zur Hauptstraße und winkte immer noch. »Wiedersehen, Mommy. Ich hab' dich lieb«, rief er mit kläglicher Stimme. Er weinte.

Meine erste Reaktion war, zu ihm hinaus zu laufen und ihn zur Schule zu bringen. Dann besann ich mich. Er mußte es eines Tages doch allein schaffen; warum also nicht gleich? Ich schloß langsam die Tür und hörte seinen verzweifelten Hilferuf: »Wiedersehen, Mommy. Ich geh' jetzt.«

»Auf Wiedersehen, Simon. Ich hab' dich lieb.«

Lächelnd drückte ich die Tür ins Schloß, fütterte die Katzen und kroch ins Bett. Zwei Sekunden später befand ich mich bereits in einem meiner üblichen Morgenträume.

Er begann damit, daß mich Mrs. Miller, die Pflegedienstleiterin, durch eine finstere Höhle jagte. Als ich aus der Höhle herauskam, stand ich vor meinem Häuschen und sah Mr. Bonowski an einem dicken Gummiband vom Telefonmast herabhängen und auf und nieder hüpfen, rauf in den Himmel, runter auf die Fahrbahndecke. Jedesmal, wenn sein Kopf auf die Straße schlug, gab es ein Geräusch, als klopfe jemand gegen eine Tür.

Mir war, als würde ich in Sirup schwimmen, als ich merkte, daß tatsächlich jemand draußen an die Haustür klopfte. Ich schaute auf die Uhr. Neun. Stöhnend wälzte ich mich aus dem Bett, fiel auf die Knie, richtete mich mühsam auf und taumelte zur Tür.

Vor mir stand Officer White, und auf seiner Schulter saß Simon. »Gehört der junge Mann hier zu Ihnen?« fragte er und lachte.

Noch völlig benommen blinzelte ich ein paarmal. Gehörte der zu mir oder nicht? fragte ich mich.

»Ich hab' das Kerlchen eine Querstraße weiter auf dem Randstein sitzen sehen, und er hat so geweint ... hat gesagt, er habe sich verlaufen. Da hab' ich mir gedacht, daß das vielleicht Ihrer sein könnte; die Vorliebe für Randsteine scheint bei Ihnen ja in der Familie zu liegen.«

Simon fing an zu zappeln und wollte runter. Officer White stellte ihn auf den Boden, und Simon griff nach meiner Hand. »Nicht böse sein, Mommy.«

Ich kam endlich zu mir, lächelte und kniete mich neben Simon. Ich blickte ihn fragend an. »Was war denn los, Liebling?«

Simons Kinn begann zu zittern, und er schlang die Arme um meinen Hals. »Ich hab' Angst gekriegt. Ich hab' die orange Tür nicht gefunden, und da hab' ich gedacht, ich bin in der falschen Schule. Und dann ist ein großer Junge gekommen

und hat gesagt, ich soll wieder in den Kindergarten gehen. Da bin ich weggelaufen.«
Zehn Minuten später öffnete ich die orangefarbene Tür, und Simon gesellte sich zu den anderen Kindern. Dann kam er noch einmal zu mir, um mich zu beruhigen. »Jetzt ist alles okay, Mommy. Es war nur ein kleiner Blackout.« Ich mußte lachen und fragte mich, wo er diesen Begriff aufgeschnappt hatte. Aber Simon fing wirklich an, erwachsen zu werden, und ich fürchtete, daß ich diese Entwicklung verpassen könnte.

Als ich eines Nachts die Post durchging, stieß ich auf einen Umschlag mit dem Aufdruck »Consumer Affairs« in einer Ecke des Kuverts. Ich hielt es für eine Werbesendung und warf den Umschlag in den Papierkorb. Die einzige Gelegenheit, die ich noch hatte, um als Konsument in Erscheinung zu treten, war in dem Supermarkt auf dem Weg zum Klinikum, der die ganze Nacht hindurch geöffnet war. Der Umschlag landete mit der Vorderseite im Papierkorb, und ich blickte noch einmal auf den Absender: »Sacramento, Kalifornien.« Moment mal. Ich rieb mir die Augen und las weiter: »Zulassungsstelle für Krankenpflegeberufe.«
Ich bückte mich, fischte den Brief aus dem Papierkorb, riß den Umschlag auf und überflog den Inhalt. Die Mitteilung war in elegantem Skript gedruckt.
»Herzlichen Glückwunsch zum erfolgreich bestandenen Krankenpflegeexamen! ... überreichen Ihnen hiermit Ihre Anerkennungsurkunde als staatlich geprüfte Krankenschwester ... leiten Sie eine Kopie der Urkunde sobald wie möglich an Ihren Arbeitgeber weiter ...«
Ich drückte das Schreiben an meine Brust und schloß die Augen. »Danke, liebe Schülerin mit der Extension«, flüsterte ich. »Du hast mir Glück gebracht. Ich danke dir.«

Am Donnerstag hing eine Nachricht von Mrs. Miller an meiner Stechkarte, in der sie mich bat, mich nach Dienstschluß am nächsten Morgen in ihrem Büro einzufinden. »Nun, wie kommen Sie auf der Station zurecht, meine Liebe?« fragte sie. Sie wirkte ausgeglichen und ausgeruht, als habe sie die ganze Nacht tief und fest geschlafen.
Ich starrte sie an und deutete auf die dunklen Ringe unter meinen geröteten Augen. »Überhaupt nicht. Ich bin kein Nachtmensch, Mrs. Miller. Ich möchte miterleben, wie mein Sohn heranwächst. Ich möchte wieder zurück ins Land der Lebenden.«
Ich glaube nicht, daß Mrs. Miller mit einer so unverblümten Antwort gerechnet hatte, denn sie ging nicht weiter darauf ein.
»Diese Arbeit hat Sie zu einem besseren Menschen gemacht, Miss Heron. Aus Ihrer Personalakte geht hervor, daß Sie sehr tüchtig und zuverlässig sind.« Ihre zarten Nasenflügel flatterten leicht, als sie ausatmete und dabei lächelte. Ihre Zähne waren groß und rechteckig wie kleine Marmorgrabsteine.
Ich wußte, daß die Oberschwester das nur deshalb in meinen Personalbogen geschrieben hatte, damit sie mich dort behalten konnten. Die brauchten schließlich jemand, den sie schikanieren konnten.
»Aber nachdem Sie nun in die Reihen der examinierten Krankenschwestern aufgenommen wurden«, sagte Mrs. Miller geziert, »möchte ich Ihnen einen Vorschlag machen, den Sie sich gut überlegen sollten.«
Ich rutschte an die Stuhlkante vor und hatte große Mühe, einigermaßen Haltung zu bewahren. Ich war hundemüde.
»Wir haben sechs offene Stellen in der Kardiologie. Nächste Woche beginnt ein vierzehntägiger Lehrgang. Bis jetzt haben sich vier Bewerberinnen dafür eingetragen, und ich

dachte mir, daß Sie vielleicht daran interessiert wären, an diesem Kurs teilzunehmen?«
Ich war wie vom Donner gerührt und traute meinen Ohren nicht. Es war, als hätte ich sechs Richtige getippt. Kardiologie? Die Klinikverwaltung war tatsächlich bereit, mich als Kardiologie-Schwester auszubilden? Ich öffnete den Mund und machte ihn gleich wieder zu. Mißtrauen legte seine klammen Finger um mein Herz. Irgendwo hatte die Sache bestimmt einen Haken.
»Verzeihen Sie die Frage, Mrs. Miller. Handelt es sich dabei um Tag- oder Nachtdienst?«
Während ich die Luft anhielt, schob Mrs. Miller die Papiere auf ihrem Schreibtisch hin und her, zögerte kurz und zog dann ein Blatt heraus. »Hmmm, mal sehen. Ah, ja! Es ist noch eine Stelle im Spätdienst frei und außerdem eine Vollzeitstelle im Nachtdienst. Nachdem Sie sich inzwischen an die Nachtarbeit gewöhnt haben, werden Sie wahrscheinlich der Nachtwache den Vorzug geben.«
Hörte die Frau schlecht, oder war sie eine Sadistin? »Nicht unbedingt, Mrs. Miller. Ich würde sehr gern im Spätdienst arbeiten. Setzen Sie bitte meinen Namen auf die Liste ... und, Heron schreibt man nur mit einem R.«

Jemanden in zwei Wochen für die kardiologische Pflege ausbilden zu wollen, war so, als wollte man einer Ameise in zwanzig Sekunden einen Ballen Heu in den Rachen schieben. Stationsschwester Annie, die große Ähnlichkeit mit einem Bullterrier hatte, war unsere Ausbilderin, das heißt, um genau zu sein, war sie eigentlich unser Babysitter. Wir waren zu siebt, alle frisch von der Schulbank, und saßen in dem kleinen Aufenthaltsraum der Kardiologie, wo wir uns mit den Erkrankungen des kardiopulmonalen Systems und ihrer Behandlung beschäftigten.

Schwester Annie schaffte es, uns nicht nur das Tagespensum beizubringen, sondern gestaltete den Unterricht so interessant, daß wir uns jeden Abend auf den nächsten Tag freuten, weil wir noch mehr wissen wollten. Als die zwei Wochen um waren, bescheinigte sie uns, daß wir nun dazu befähigt wären, unsere Ausbildung auf der Station fortzusetzen.

Als ich am ersten Abend meinen Dienst antrat und meine Stechkarte aus ihrem Fach zog, hing mein neues Namensschild daran. Ich blickte es ehrfurchtsvoll an. Hinter meinem Namen standen die Buchstaben RN-CCU. Zum erstenmal wurde mir richtig bewußt, daß ich tatsächlich das Ziel erreicht hatte, für das ich all die Mühen und Anstrengungen auf mich genommen hatte. Meine Träume waren in Erfüllung gegangen, und zum erstenmal in meinem Leben war ich stolz auf mich.

»Hallo. Haben die Ihren Namen falsch geschrieben, oder stimmt sonst was nicht?« Ich wirbelte herum und sah eine schlanke, attraktive Frau mit langem schwarzem Haar, die mich besorgt anblickte. Ich schätzte sie auf etwa einssiebzig und ihr Gewicht auf höchstens neunzig Pfund. Vorsichtig nahm sie mir das Namensschild aus der Hand und las es.

»Sie sind also die Neue mit dem komischen Namen«, sagte sie, lächelte und nickte mit dem Kopf. »Mein Name ist Jan Tobin, ich leite das Team im Spätdienst, und ich freue mich, Sie bei uns zu haben.« Sie hatte eine angenehme Stimme und sprach sehr deutlich, so daß es sich anhörte, als mache sie nach jedem Wort eine kleine Pause.

Nachdem wir uns die Hand gegeben hatten, druckste sie ein wenig herum, sagte aber nichts und drehte nur nervös an einem ihrer langen, dünnen Finger. Sie war so mager, daß sich ihre Beckenknochen deutlich unter ihrem Kittel abzeichneten.

»Meine Güte, gibt Ihnen Ihre Mutter nicht genug zu essen?« fragte ich schließlich und drückte leicht ihren Arm. Er fühlte sich an wie ein abgenagter Hühnerknochen. Jan öffnete überrascht den Mund, dann lachte sie laut heraus. Die dünne Hand flatterte zum Mund hinauf, und sie blickte mich unter ihren langen, schwarzen Augenwimpern hervor an.
»Doch, ja, schon«, sagte sie zaghaft, »und ich krieg auch immer eine Belohnung, wenn ich mein Gemüse ganz aufgegessen habe.«

In der Kardiologie ging es genauso aufregend und hektisch zu wie in der Notaufnahme, allerdings nicht ganz so chaotisch. Hier lief alles in geordneten Bahnen ab. Die Station bestand aus zwei Einheiten, die durch eine große Doppeltür getrennt waren. Der Akutbereich hatte vier große, verglaste Abteile, die im Halbkreis um die zentrale Überwachungsanlage angeordnet waren. In diesen Glaskästen geschahen Wunder.
Hier stand Patienten mit lebensbedrohlichen Herzerkrankungen die gesamte Palette der medizinischen Technologie zur Verfügung: Herzschrittmacher, Echokardiographie, PTCA, modernste Beatmungsgeräte sowie sämtliche Medikamente zur Behandlung von Herz- und Gefäßerkrankungen.
Von den Schwestern in der Kardiologie wurde mehr Urteilsvermögen und Facherfahrung verlangt als in anderen Abteilungen. Jede Schwester war für einen Patienten zuständig und verantwortlich. Sie mußte sich nicht nur mit allen diagnostischen und lebenserhaltenden Geräten auskennen, sondern auch über die Krankheitsverläufe und alle möglichen Komplikationen Bescheid wissen.
In der Akutabteilung durfte eine Pflegekraft selbständig Medikamente verabreichen und bestimmte Behandlungs-

und Untersuchungsmaßnahmen veranlassen. Sie war während ihres Dienstes ständig in der Nähe ihres Patienten, registrierte jede Veränderung seines Zustandes und achtete besonders auf unauffällige Alarmzeichen, die möglicherweise eine Katastrophe ankündigten. Die Kardiologen bezeichneten die Schwestern und Pfleger oft als ihr zweites Paar Hände und Augen.

Die Wachstation beherbergte die zentrale Überwachungsanlage mit den EKG-Monitoren und außerdem sieben Zweibettzimmer. Hier wurden diejenigen Patienten untergebracht, die in der Akutabteilung behandelt worden waren, sowie Patienten mit chronischen oder ausreichend stabilisierten Herz- und Kreislauferkrankungen. Der Betrieb hier war weniger hektisch als im Akutbereich, obwohl auch hier bei allen Patienten Lebensgefahr bestand.

Häufig waren es die Pflegekräfte der Kardiologie, die darüber entschieden, in welchen der zwei Bereiche der Patient aufgenommen werden sollte. Die meisten Kardiologieschwestern und -pfleger hatten soviel Erfahrung, daß sie diese Entscheidung auf den ersten Blick treffen konnten.

Jan machte mich persönlich mit den diffizileren Aspekten der Intensivpflege vertraut. Geduldig erklärte sie mir alles, von der Auswertung eines EKGs bis zu den Feinheiten der Befunderhebung. Sie war ohne Zweifel eine der hervorragendsten Kardiologie-Schwestern, der ich jemals begegnen würde.

Außerdem verfügte Jan über die Gabe, ihre Mitarbeiterinnen zu Höchstleistungen anzuspornen, ohne ihnen das Gefühl zu geben, ausgenutzt zu werden. Obwohl sie eine seltsame Mischung von Anmut, Zartgefühl, Naivität, Freundlichkeit und Sinn fürs Praktische zu sein schien, merkte ich, daß sie durchaus auch Sinn für Frivolitäten hatte.

Während meiner Ausbildung entwickelte sich zwischen Jan

und mir eine Freundschaft, die von gegenseitigem Verständnis und Respekt geprägt war. Im Grunde waren wir zwei völlig gegensätzliche Charaktere, aber wir ergänzten uns auf ideale Weise, ohne daß wir uns hätten dazu zwingen oder anstrengen müssen. Immer wieder tauchten Situationen auf, wo ich sie aus ihrem Schneckenhaus herauszerrte, in das sie sich gelegentlich verkroch, und wenn ich zu übermütig wurde, war sie es, die mich auf den Boden der Tatsachen zurückholte.

Eines Abends sah sie mir zu, wie ich Mr. Viscousi untersuchte, einen älteren Mann mit einer dekompensierten Herzinsuffizienz.

Mr. Viscousi litt nicht nur an einer Herzerkrankung, sondern auch an einem stark ausgeprägten SMK- oder »Schütteln-Sie-mein-Kissen-auf«-Syndrom. Er gehörte zu jener Sorte von Patienten, die, sobald die Schwester den Raum betrat, das Fernsehgerät ausschalteten oder unterbrachen, was immer sie sonst gerade taten, und zu jammern anfingen, daß sie am ganzen Körper entsetzliche Schmerzen hätten und sich furchtbar schwach fühlten. Mr. Viscousi stellte jede Lappalie, sei es ein Ziehen im Gedärm oder ein Rülpser, als lebensbedrohlich hin, um unser Mitgefühl und unsere Aufmerksamkeit auf sich zu lenken.

Jan stand neben mir und machte mich auf Details aufmerksam, die ich bei meinem Befund übersehen hatte oder über die ich zu flüchtig hinweggegangen war. Gleichzeitig war sie gegenüber Mr. Viscousi die Liebenswürdigkeit in Person und zeigte sich besorgt über seine Pseudo-Wehwehchen und eingebildeten Beschwerden.

Als ich die Bettdecke zurückschlug, um nachzusehen, ob sich an seinen Beinen und Füßen Ödeme gebildet hatten, zeigten unverkennbare Indizien, daß er den Urin nicht halten konnte.

»Das macht doch nichts, Mr. Viscousi«, sagte Jan verständnisvoll. »Wir beziehen das Bett gleich neu, damit Sie sich wieder wohl fühlen.«

Mr. Viscousi wußte genau, wie er am meisten Kapital aus dieser Situation schlagen konnte. »O mein Gott, mein Gott«, quakte er. »Ich bin viel zu schwach, um mich zu bewegen. Wie wollen Sie denn mein Bett machen, wenn ich drinliege?«

Ich stemmte die Hände in die Hüften und verdrehte die Augen. »Dann schweben Sie eben ein bißchen.«

Den Blick, den Jan mir zuwarf, hätte man als Warnblinkanlage einsetzen können. Sie winkte mich auf den Flur hinaus. »So etwas gibt es hier nicht«, sagte sie. »Es ist geschmacklos, auf Kosten des Patienten Witze zu machen. So etwas möchte ich von Ihnen nicht wieder hören.«

Ich verteidigte mich, indem ich ihr berichtete, daß ich erst vor einer Stunde Mr. Viscousi gesehen hatte, wie er munteren Schrittes vom Kiosk zurückgekommen war, mit Eiscreme und Keksen beladen wie ein Packesel.

»Das tut überhaupt nichts zur Sache«, entgegnete sie. »Der Mann ist krank genug, um hier zu sein. Er hat sicher einen Grund, warum er unsere Aufmerksamkeit auf sich lenken will. Vielleicht fühlt er sich einsam, oder vielleicht geht es ihm wirklich nicht gut. In dieser Abteilung gilt dasselbe wie vor Gericht: Im Zweifel für den Patienten. Und ziehen Sie niemals vorschnelle Schlüsse aus dem Verhalten eines Patienten. Manchmal haben wir Leute hier, die sind wie Zeitbomben. Auf den ersten Blick scheint alles in Ordnung zu sein, und eine Sekunde später kann man mit der Reanimation anfangen. Vergessen Sie nicht, daß er derjenige ist, der mit einer Herzkrankheit im Bett liegt, nicht Sie.«

Ich dachte über ihre Worte nach und kam zu dem Schluß, daß sie recht hatte – jedenfalls bis zu einem gewissen

Punkt –, obwohl ich den Eindruck hatte, daß Jan ihren Beruf viel zu ernst nahm. Ich beschloß, etwas dagegen zu unternehmen und sie ein bißchen aufzumuntern.

Die Gelegenheit dazu kam zwei Nächte später, nach einem turbulenten Dienst und einem Sterbefall. Jan hatte mich solo arbeiten lassen, während sie sich mit bewährtem Feingefühl und diplomatischem Geschick um alles andere kümmerte. In Situationen, wo ich oder andere Schwestern unter der ständigen Belastung nervös wurden oder die Geduld verloren, stand Jan wie ein unerschütterlicher Fels in der Brandung und fand sogar noch Zeit, einem Angehörigen die Blutwerte eines Patienten zu erläutern oder einem Arzt auf taktvolle Weise klarzumachen, warum einer seiner Patienten in eine andere Abteilung verlegt werden mußte.

Um elf waren wir fünf Schwestern so erschöpft, daß wir nur noch herumalbern konnten. Wir hielten es für angebracht, dafür zu sorgen, daß Jan mitalberte.

Ich weiß nicht mehr genau, von wem der Einfall stammte, aber nachdem wir mehrere Minuten lang getuschelt und uns Zettel mit geheimen Botschaften zugesteckt hatten, verließen wir einzeln die Station und trafen uns draußen im Vorraum, wo Jan uns nicht sehen konnte.

So geräuschlos wie möglich bildeten wir eine menschliche Pyramide – drei der jüngeren Schwestern bildeten auf Händen und Knien das Fundament, ich und eine weitere Kollegin kletterten auf ihre Rücken. Sobald das Schwanken und Wackeln aufgehört hatte und unser Bauwerk stabil war, riefen wir nach Jan. Wir hörten, wie sie sich darüber beschwerte, daß niemand da sei und wo wir denn alle steckten. Als sie um die Ecke kam, kriegten wir uns vor Lachen überhaupt nicht mehr ein. Anstatt uns zurechtzuweisen, sah Jan sich nur nach allen Seiten um, zog die Schuhe aus und kletterte an uns hinauf, um die Pyramide zu vervollständigen.

Mrs. Cervecki, die einen Herzschrittmacher bekommen hatte, öffnete die Tür ihres Zimmers, um nachzusehen, was das Gekicher zu bedeuten hatte. Jan stand ganz oben auf einer Pyramide aus fünf Krankenschwestern, versuchte das Gleichgewicht zu halten und trotzdem so zu tun, als wäre das etwas ganz Normales, während sie verzweifelt nach einer einigermaßen logischen Erklärung für diesen absonderlichen Vorgang suchte.
Ein schelmisches Glitzern trat in Mrs. Cerveckis Augen, als sie lachend ihre Hausschuhe auszog. Dann setzte sie ihre 180 Pfund in Bewegung und stürmte auf unser lebendes Standbild zu. In vollem Lauf stellte sie den Fuß auf das nächstbeste Hinterteil, um ihre Körpermassen in luftige Höhen zu hieven. Das Fundament knickte ein, und die untere Mädchengruppe fiel auf den Bauch. Das brachte auch die oberen Etagen zum Einsturz, so daß sich sechs Schwestern und eine Herzpatientin kreischend und lachend auf dem Boden wälzten, bis allen die Luft ausging. Bis wir uns wieder aufgerappelt hatten und auf den Füßen standen, waren alle nicht bettlägerigen Patienten auf den Flur herausgekommen und zollten uns unter lautem Gelächter Beifall.
Am Ende meiner Ausbildungszeit auf der Kardiologie überredete ich Jan dazu, nach dem Dienst mit mir essen zu gehen. Während wir auf unser Essen warteten, erzählte ich ihr meine Lebensgeschichte. Ich war genau in der richtigen Stimmung und geriet mächtig in Fahrt, als ich sah, wie ihre Augen zu leuchten begannen, wenn die Rede auf etwas besonders Verrücktes oder Riskantes kam. Als der Nachtisch serviert wurde, beendete ich meinen Monolog mit der Geschichte von Mr. O'Reilly und seiner gewaltsamen Befreiung aus der Toilette, in der er sich eingesperrt hatte.
»So, und jetzt bist du dran. Ich rede mir die ganze Zeit den

Mund fusselig, während du nur dasitzt und dir Notizen machst. Die wahre und einzige Jan Tobin soll vortreten und einige Skandälchen aus ihrem aufregenden Leben zum besten geben.«

Jan zögerte. Sie wirkte verunsichert und nervös, als hätte ich von ihr verlangt, auf dem Hochseil den Grand Canyon zu überqueren.

»Na ja, verglichen mit deinem war mein Leben stinklangweilig. Ich – ich weiß nicht, was ich dir erzählen soll, außer daß ich eine normale Kindheit hatte, obwohl ich immer schon ziemlich introvertiert –«

Ihre Stimme brach ab. Ich beugte mich erwartungsvoll vor. »Ja, und?«

Sie drehte an jedem einzelnen ihrer Finger, als könnte sie den Rest ihrer Lebensgeschichte aus ihnen herausziehen. »Hmmm, laß mich mal nachdenken. Ich, äh, ich wollte immer schon Krankenschwester werden. Ich bin ein Typ, der nicht mehr locker läßt, wenn er sich einmal etwas in den Kopf gesetzt hat, und alles, was ich mache, muß perfekt sein. Das habe ich von meinem Vater, der war genauso. Ich schaue mir gern Filme an, interessiere mich für jede Art von Musik, trage mit Vorliebe Saphire und liebe gelbe Rosen. Eines Tages möchte ich mal ins Theater gehen, kochen lernen und nach Italien fahren.« Sie beugte sich vor und starrte in ihre Kaffeetasse. »Und ... und ich ...« Sie verstummte.

»Und was?« bohrte ich weiter.

Jan seufzte kläglich und blickte mich an. Mit ihrem schmalen Gesicht, den ausgeprägten Wangenknochen und den mandelförmigen, dunkelbraunen Augen sah sie aus wie eine junge Indianerin in einem Western-Film.

»Ich habe das Hodgkin-Lymphom.« Sie machte ein Gesicht wie Simon, wenn er etwas ausgefressen hatte.

Mein Herz setzte aus. »Soll ich deine Zeitschriftenabos jetzt

schon kündigen, oder hat es noch ein, zwei Monate Zeit?«
Ich lachte, obwohl sich mir der Magen umdrehte.
Jan seufzte, als hätte ich sie vor einer großen Schande bewahrt. »Ich wußte, daß ich mich auf dich verlassen konnte, irgend so was zu sagen. Kaum jemand weiß, was mit mir los ist. Es ist eines der am besten gehüteten Geheimnisse der Welt.«
»Aber warum denn? Ich könnte mir vorstellen, daß es besser wäre, wenn es die Leute wüßten, wegen des seelischen Beistands und so.«
Sie schüttelte den Kopf. »So funktioniert das nicht. Wenn die Leute wissen, daß du Krebs hast, behandeln sie dich ganz anders. Manche gehen dir aus dem Weg, andere glotzen dich an, als hättest du zwei Köpfe. Am meisten gehen mir die Typen auf den Geist, die wie auf Eierschalen um mich rumschleichen. Ich erinnere mich, wie ich mit drei Freundinnen, die wußten, was los ist, in einem Café saß. Ich hab' das Saccharintütchen aufgemacht, das man immer zum Kaffee dazukriegt. Damals war gerade dieser Mordswirbel, von wegen Saccharin sei ein Kanzerogen und so. Erinnerst du dich? Jedenfalls haben plötzlich alle drei die Luft angehalten, als hätte ich mir Zyankali in meinen Kaffee gekippt. ›Was ist denn los?‹ habe ich gefragt. ›Habt ihr Angst, ich könnte Krebs kriegen?‹
Das sollte ein Witz sein, aber meine drei Freundinnen saßen nur da und haben mich angestarrt, als wäre ich das bedauernswerteste Wesen auf dieser Welt. Eine fing an zu schluchzen und rannte auf die Toilette ... Mein Gott, war das absurd.« Jan schob ihr langes Haar hinter das Ohr. »Die Leute entwickeln eine krankhafte Neugier für andere, wenn es ums Sterben geht. Das Komische dabei ist nur, daß jeder mal drankommt; nur, die meisten wissen nicht, wann es soweit ist.

Für mich zählt einzig und allein, ein normales Leben zu führen, bis mein biologischer Wecker klingelt. Und dann wünsche ich mir, im Schlaf zu sterben, gleich tot zu sein, um anderen nicht zur Last zu fallen.«

Wir starrten schweigend auf den kleinen gelben Klecks von einem Stückchen Vanilleeis, das von meinem Teller auf das Plastikset gefallen und geschmolzen war. Mit der Messerspitze machte ich ein Blümchen daraus.

»Seit wann weißt du, was mit dir – was los ist?«

»Vor zwei Jahren hat es angefangen, daß ich mich irgendwie komisch fühlte, und da war so eine Schwellung am Hals, die einfach nicht wegging. Nachdem ich einige Monate gewartet hatte, bin ich schließlich zum Arzt gegangen. Ich weiß noch, wie er reinkam und sich hinter seinen Riesenschreibtisch setzte.« Jan zog das Kinn ein und imitierte die Stimme eines alten Mannes. »›Nun, Miss Tobin, Sie haben die Hodgkin-Krankheit. Soweit sich das beurteilen läßt, würde ich sagen, daß Ihnen noch sechs Monate bis höchstens zwei Jahre bleiben ... aber machen Sie sich keine allzu großen Hoffnungen, das lymphatische System ist bereits stark angegriffen.‹« Jan verdrehte die Augen. »Ich war so wütend, daß ich ihn hätte an die Wand klatschen können. ›Einen Dreck werde ich tun und sterben‹, hab' ich ihm gesagt. ›Ich bin doch erst dreiundzwanzig!‹« Jan lachte, aber ihre Augen waren traurig. »Als ob es mich hätte retten können, daß ich erst dreiundzwanzig war. Kurz und gut, ich hab' darauf gewartet, daß jemand kommt und mir sagt, daß das Ganze ein Irrtum wäre, aber es kam niemand. Da habe ich beschlossen, es dem alten Knacker zu zeigen. Das ist jetzt zwei Jahre her, und ich bin immer noch in Remission. Meine Wunschvorstellung ist, eines Morgens in der Zeitung zu lesen, daß sie ein Mittel dagegen entwickelt haben und daß ich das reife Alter von

vierzig, mit etwas Glück vielleicht fünfundvierzig Jahren erreichen könnte.«
Sie drehte den Kopf und schaute auf das Vanilleeisblümchen auf meinem Dinnerset. »Ein Glück für dich, daß du mich damals nicht auf der Station erlebt hast. Mein Gott, war ich eine Furie! Der Schatten, mit dem ich leben mußte, hat für mich alles schwarz gemacht.«
»Und was ist dann passiert? Mir ist bisher noch gar nicht aufgefallen, daß deine Kolleginnen in Deckung gehen, wenn du kommst.«
Jan lachte. »Du kannst mir glauben, so war es aber. Aber das wurde alles anders, als ich mal einen Patienten hatte, der auf eine Herztransplantation wartete.« Ihre Augen begannen zu leuchten, und ihre Stimme wurde ganz aufgeregt, als sie sich erinnerte.
»Der hätte dir gefallen, er war etwas ganz Besonderes, unheimlich lebendig. Er hat nur einen Tag gebraucht, um mit der ganz einfachen Tatsache, daß zum Leben auch Mut gehört, meinen Panzer zu knacken. Er hat mir gesagt, Menschen, die wüßten, daß sie auf Abruf leben, könnten sich aussuchen, ob sie Trübsal blasen und in Verzweiflung versinken oder anderen ein gutes Vorbild sein wollten.«
Sie seufzte. »Jedenfalls habe ich es satt, von allen Seiten bemitleidet zu werden. Ich möchte endlich aus meinem Schneckenhaus rauskriechen und richtig loslegen, solange ich noch Zeit habe.«
»Warum arbeitest du dann noch? Warum schmeißt du den Krempel nicht hin und tust all das, was du schon immer gern tun wolltest? Hau richtig auf den Putz.«
Jan wickelte ein leeres Zuckertütchen um einen ihrer bleistiftdünnen Finger. »Das reizt mich nicht. Ich liebe meine Arbeit. Für andere Menschen zu sorgen, erhält mich am Leben. Die Verantwortung gibt mir Kraft. Wenn ich gesagt

habe, daß ich loslegen möchte, dann meine ich damit nicht, daß ich alles umkrempeln oder davonlaufen möchte. Ich möchte nichts anderes als so leben wie normale Menschen, Dinge tun, die für andere ganz selbstverständlich sind, zum Beispiel ins Theater zu gehen, ohne mir darüber Gedanken zu machen, daß die Leute in der Reihe hinter mir die Flecken von der Bestrahlung sehen könnten, oder bei schlechtem Wetter einen Spaziergang zu machen, ohne Angst vor einer Erkältung zu haben. Für dich sind das ganz alltägliche Dinge, aber für mich sind es riskante Unternehmungen.«

Ich wartete, bis die Kellnerin das Geschirr abgeräumt hatte.

»So, jetzt hast du's geschafft, Jan«, sagte ich. »Ich werde keine Ruhe geben, bevor ich dich nicht durch sämtliche Museen und Theater geschleift und über alle Wanderwege gezerrt habe. Ich werde persönlich dafür sorgen, daß du dich vor Abenteuern nicht mehr retten kannst.«

Jans Lächeln war so rätselhaft wie das der Mona Lisa. »Prima! Ich bin für jede Schandtat zu haben, aber du darfst nicht vergessen, daß meine Stunden gezählt sind. Daß ich jetzt in Remission bin, heißt nicht, daß es nicht jederzeit wieder losgehen kann, und dann hättest du einen Krüppel am Hals, den du mit Erdbeer-Daquiries füttern und den Berg rauftragen müßtest, damit er die Aussicht genießen kann.«

»Weißt du«, sagte ich und blickte sie von der Seite an, »für eine dürre Bohnenstange, die sonst kaum den Mund aufmacht, hast du ein echtes Talent, Bomben platzen zu lassen, daß einem richtig warm ums Herz wird. Sag mir rechtzeitig, wann ich den Organisten bestellen soll.«

»Ha-ha-ha, sehr komisch. Hör zu, Echo. Ich will dir ja nur klarmachen, auf was du dich als meine Freundin einläßt. Ich möchte dir nur die Aufregung und den Ärger ersparen, wenn ich auf einem deiner Wanderwege plötzlich tot umfalle.«

»Mach dir deswegen bloß keine Gedanken. Mit solchen Problemen befasse ich mich erst dann, wenn es soweit ist.«
Simon war ganz hingerissen von Jan. Er sagte, sie wäre wie eine gute Fee, mit einer Stimme wie Honigtoast.
Nachdem wir fast alle Museen in San Francisco abgeklappert und einige der leichteren Wanderwege auf dem Mount Tamalpais erkundet hatten, stürzten wir uns zu dritt ins Theaterleben. Jan liebte alles, was auf dem Spielplan stand, von Ibsen bis Neil Simon. Sie saß wie verzaubert im dunklen Parkett, verfolgte jede Bewegung der Schauspieler auf der Bühne, und ihre Augen strahlten selbst bei den dramatischsten Szenen vor kindlicher Freude.
An einem windigen, regnerischen Abend, als wir das Theater in San Francisco verließen, packte Simon Jans Hand und zog sie ängstlich ins Foyer zurück.
Verwundert blickten wir ihn an. »Was ist los? Was hast du denn, Simon?« fragte Jan.
»Der Wind«, sagte er und zeigte mit ängstlichem Gesicht hinaus in die Dunkelheit. »Ich hab Angst, daß er dich wegpustet.«
Ein Schatten huschte über Jans Gesicht, dann lachte sie. »Dann müssen du und deine Mom mich ganz fest an den Händen halten.«
Simon fand die Idee gut. »Stimmt's, Mommy, wir lassen den Wind Jan nicht wegpusten.«
Simons Besorgnis um Jan rührte mich fast zu Tränen. Ich legte meine Arme um beide und drückte sie fest an mich. »Bestimmt nicht, Simon. Wir verstecken Jan so gut, daß der Wind sie niemals findet.«

11. Kapitel

Der Kopf des alten Mannes sank auf die Kissen wie ein weißer Vogel, der sich, von einem langen Flug ermüdet, in sein Nest niederläßt. Ich schloß halb die Augen und versuchte, ein jüngeres Gesicht auf die dünne, blau geäderte Haut zu projizieren, die sich über den Gesichtsknochen spannte. Er ergriff mit seinen blassen Fingern meine Hand und führte sie an seine Brust über dem Herzen. Ich fragte mich, ob vielleicht die Kraft meines Körpers durch eine Art von Osmose auf seinen übergehen könnte.

Sein faltiger Mund spannte sich zu einem weichen Lächeln, und diese kleine Gefühlsregung genügte, um eine Brücke gegenseitigen Verstehens zu schaffen. Ich konnte an seinen altersmüden Augen ablesen, daß er ein weiser, empfindsamer Mensch war, eine zarte, zerbrechliche Schale, die nur noch durch die Kraft seines Geistes zusammengehalten wurde.

Für ihn war ich so etwas wie ein Engel der Barmherzigkeit, der sein Bettzeug wechselte, ihm Tabletten gab und etwas von ihm abzuwenden versuchte, von dem er genau wußte, daß es unausweichlich war. Er konnte nur hoffen, daß ich nicht zu jung wäre, um zu wissen, daß man auch mit vierundachtzig Jahren noch ein menschliches Wesen ist.

»Hallo, Mr. Turk. Erinnern Sie sich an mich? Ich heiße Echo. Ich habe Sie für kurze Zeit betreut, nachdem Sie eingeliefert wurden.«

»Bitte, vergessen Sie den Mister. Nennen Sie mich einfach Turk.« Seine Stimme war angenehm und etwas rauh von den vielen Wörtern, die während seines langen Lebens über seine Stimmbänder gegangen waren. »Freut mich zu sehen, daß Sie mir treu geblieben sind, Ethel.«

Es kam häufig vor, daß Menschen, die nicht mehr gut hören konnten, mich Ethel nannten. Ich beugte mich herab und brachte meine Lippen dicht an sein Ohr heran. »Nicht Ethel sondern Echo, wie das Echo im Walde.«

»Oh, wie ungewöhnlich«, sagte er. Ich sah, wie der Blick seiner rot geränderten Augen über die Zimmerdecke huschte. »Sie sind natürlich zu jung, um das kleine Lied zu kennen, das wir als Pfadfinder immer gesungen haben.« Er räusperte sich schwach und hielt einen zittrigen Finger mit arthritischen Gelenken in die Höhe. Mit brüchiger Altmännerstimme begann er zu singen: »Aus dunklen Waldes tiefem Schoß, dringt Echos Ruf verheißungsvoll ...«

Ich kannte das Lied von Kindheit an. Ich stimmte in seinen Gesang ein und begleitete ihn bis zum Ende der ersten Strophe. Dann ging ihm der Atem aus, und er lachte keuchend.

»Was ist denn daran so lustig?« fragte ich. »Habe ich falsch gesungen?«

Turk schüttelte den Kopf und lächelte versonnen, als wäre er mit seinen Gedanken ganz woanders. »Nein, das ist es nicht. Sie haben mich nur an jemand erinnert, als Sie anfingen zu singen. Sie hatte die gleiche Stimme wie Sie, und das Haar hing ihr auch immer so in den Nacken.« Er zeigte auf einige kleine Haarsträhnen, die aus dem Knoten gerutscht waren.

Ich sah das Leuchten seiner Augen und mußte daran denken, wie schnell ich mich daran gewöhnt hatte, mit älteren Menschen umzugehen. Sie hatten so viele erstaunliche Dinge zu erzählen, wenn man sich die Zeit nahm, ihnen zuzuhören. Aber die meisten Leute taten das nicht und interessierten sich nicht für diese wandelnden Geschichtsbücher,

mit Ausnahme der Kinder. In der kurzen Zeit ihres Heranwachsens hatten sie ein natürliches Gespür für die Bedeutung dessen, was ältere Menschen ihnen mitteilen konnten.
»Und wie hieß die Lady, der ich so ähnlich bin?« fragte ich. Ich streckte die Hand aus, um die Bettdecke von seinem Kinn zu ziehen.
Turks Blick war wieder auf die Zimmerdecke gerichtet. Während er über meine Frage nachdachte, drehte er unbewußt den schlichten Goldreif an seinem Ringfinger. Ich ergriff seine Hand und hielt sie ans Licht, um den Ring genauer zu betrachten. An der Stelle, wo er etwas breiter war, erkannte ich einen fein gravierten Adlerkopf. Es bedurfte keiner besonderen Erfahrung, um zu erkennen, daß der Ring aus einer Zeit stammte, als man noch Wert auf handwerkliches Können gelegt hatte.
»Eigentlich hieß sie Nettie, aber ich habe sie immer nur Ned genannt, weil sie so gar nichts Mädchenhaftes an sich hatte.« Turk sah, daß ich den Ring bewunderte, und blickte selbst darauf, als habe er etwas entdeckt, was ihm vorher nie aufgefallen war. »Für die damalige Zeit war sie ein richtiger Draufgänger, das kann ich Ihnen sagen. Sie konnte genausogut reiten und mit dem Lasso umgehen wie wir Jungens ... Und ein Dickschädel war sie.« Turk stieß einen langen Pfiff aus und schüttelte den Kopf. »Gott, sie konnte stur sein wie ein Maulesel. Wenn das Mädchen sich mal etwas in den Kopf gesetzt hatte, war sie nicht mehr davon abzubringen.«
Ich verstieß gegen eine der eisernen Krankenhausregeln, als ich mich zu ihm auf die Bettkante setzte. Er sah mich fragend an.
»Ich will es mir nur ein bißchen gemütlich machen«, sagte ich, »ich möchte nämlich die ganze Geschichte hören, Turk. Und lassen Sie ja nichts aus.«
Sichtlich erfreut, wenn auch ein wenig verlegen winkte

Turk ab. »Also, ich weiß nicht recht ... Ein junges Mädchen wie Sie interessiert so was doch nicht. Es sind doch bloß die Erinnerungen eines alten Mannes.«

»Einspruch, Euer Ehren«, sagte ich und tat so, als wäre ich ungehalten. »Wie viele Leute haben heutzutage schon Gelegenheit, jemandem zuzuhören, der 1896 geboren wurde und der einem aus erster Hand erzählen kann, wie es früher war? Wenn ich eine Zeitreise machen könnte, dann würde ich mir die Jahre um die Jahrhundertwende aussuchen.«

Der alte Mann hob mahnend den Finger und legte den Kopf schief. »Nein, das würden Sie nicht tun, mein Engel. Ich sage Ihnen, damals war alles ganz anders als heute, keine Autos, keine Flugzeuge. Das Leben war nicht einfach. Im Fernsehen wird diese Zeit immer romantisch und elegant dargestellt, aber die einfachen Leute haben sie ganz anders erlebt.«

Ich stützte das Kinn auf die Hände und schlug die Beine übereinander. »Ich weiß, daß das Leben damals schwierig war, aber ich glaube, mir hätte es trotzdem gefallen. Ich finde die Vorstellung unheimlich spannend: keine Kreditkarten, keine Autobahnen, kein Sommersmog. Ist Ihnen eigentlich klar, daß Sie zu den ganz wenigen Menschen gehören, die die Welt erlebt haben, bevor sie zubetoniert wurde?«

Turk schaute mich mit glänzenden Augen an und schüttelte verwundert den Kopf. »Kaum zu glauben, sie war genauso – träumte immer von anderen Zeiten.«

»Also gut, jetzt will ich es genau wissen«, sagte ich. »Jetzt müssen Sie mir die ganze Geschichte erzählen.«

Turk befeuchtete seine Lippen und zupfte an der Bettdecke herum, als wüßte er nicht, was er mit seinen Händen anstellen sollte. Er legte den Kopf aufs Kissen zurück, so daß ich sehen konnte, wie sein Adamsapfel auf- und niederruckte. Nach einer Weile begann er zu sprechen.

»Ned war ungefähr in meinem Alter. Wir Jungen haben kaum Notiz von ihr genommen, weil sie sich immer wie ein Bauernjunge aufführte. Wenn wir etwas angestellt haben, wollte sie immer dabei sein. Für uns war sie wie eine Laus im Pelz, und im Grunde hat sich keiner für sie interessiert. Eines Tages – ich glaube, ich war damals sechzehn – hörte sie auf, Zöpfe zu tragen, und hängte ihre Jeans an den Nagel.« Turk schaute aus dem Fenster in den Oktoberregen. Er hielt den Blick in die Ferne gerichtet und begann wieder zu sprechen. »Sie war eine richtige Schönheit, mit blondem Haar, das ihr bis auf den Rücken reichte, und einer Taille, so schmal wie ein Zaunpfosten. Wir haben uns in eine Meute liebeskranker Hunde verwandelt und sind ihr hinterhergelaufen, wohin sie auch ging.« Turk lächelte still vor sich hin. »Wenn das so weitergegangen wäre, hätten wir uns gegenseitig umgebracht, weil jeder den anderen ausstechen wollte.

Schließlich hat sie sich für mich entschieden. Sie hat gesagt, es gefiele ihr, wie ich mit Tieren rede, als ob sie eine Seele hätten, und« – Turk errötete leicht – »weil meine Augen aussähen wie die eines Adlers. Sie hatte eine unglaublich lebhafte Phantasie, diese Ned; wenn wir allein waren, hat sie mich immer ihren ›sanften Adler‹ genannt.«

Turk hatte vergessen, daß ich neben ihm saß, und sein Blick war weit entrückt. »Ich erinnere mich noch, daß ich einmal die Woche, am Samstagabend, mit ihr ausgehen durfte. Nach dem Abendessen habe ich mich ins Schlafzimmer meiner Eltern geschlichen und vom Toilettentisch meiner Mutter einen Tropfen Lavendelduftwasser geklaut, das sie nur sonntags benutzte, wenn sie zur Kirche ging. Das habe ich mir ins Haar geschmiert. Wenn ich aus dem Haus ging, habe ich gerochen wie ein Parfümladen. Meine Brüder haben sich natürlich einen Spaß daraus gemacht, rannten hinter mit her und haben mich damit aufgezogen. ›Schaut euch an den eitlen Pfau, wie er rennt zu seiner Frau!‹ haben sie mir immer nachgerufen.« Er lächelte gedankenverloren, bis ich ihn in die Gegenwart zurückholte.

»Und wie ging es weiter?« fragte ich. »Haben Sie Ned geheiratet?«

Er schüttelte den Kopf. »Nein. Aber ich hätte es tun sollen. Wir waren ein Herz und eine Seele.« Turk lächelte. »Sie war meine erste Freundin, und für sie war ich auch der erste.« Er hob eine Augenbraue, drohte mit dem Zeigefinger und blickte mich tadelnd an. »Ihr jungen Leute glaubt, daß ihr all das, was ihr so auf den Rücksitzen eurer Autos treibt, selbst erfunden habt. Ha! Daß ich nicht lache. Ich kann Ihnen sagen, es gibt nichts Schöneres, als mit einem Mädchen im frischen Heu unter dem Scheunendach herumzuturteln.

Wir waren beide abenteuerlustige Menschen und hatten große Pläne. Nach der Verlobung beschlossen Ned und ich, daß wir sofort nach der Hochzeit auf einem Passagierdampfer arbeiten und nach Europa fahren wollten. Ned hatte nämlich in einem Buch ein Bild vom Eiffelturm gesehen und wollte ihn unbedingt aus der Nähe sehen. Anschließend wollten wir in Kalifornien nach Gold schürfen, und uns danach ein Haus in Florida kaufen und am Strand wohnen.« Turk legte sich auf seinem Kopfkissen zurück und schaute in den Regen hinaus. Ich schwieg, weil ich ahnte, daß die Geschichte einen unglücklichen Ausgang nehmen würde.

»Sie war ein völlig verrücktes Huhn, aber, bei Gott, mir hat sie fast den Verstand geraubt, so schön war sie. Eines Tages, ungefähr sechs Wochen vor unserer geplanten Hochzeit, kam ein Bekannter ihres Vaters zu Besuch. Die beiden haben wohl Gefallen aneinander gefunden ... Drei Wochen später sind sie zusammen verschwunden.«

Turk tastete nach dem Ring an seinem Finger. »Für mich brach fast die Welt zusammen. Irgendwie bin ich darüber hinweggekommen, und sechs Jahre später habe ich meine Frau kennengelernt.
Grace ist schon lange tot. Sie ist 1963 gestorben ... Magenkrebs. Sie war keine Schönheit, aber eine gute, bodenständige Frau mit einem Sinn fürs Praktische, und meinen Jungen war sie eine wundervolle Mutter. Ich brauchte mir nie Gedanken zu machen, daß sie einen anderen Mann auch nur anschauen würde ...
Ich habe mich trotzdem immer gefragt, ob ich nicht den schönsten Teil meines Lebens verpaßt habe, weil ich nie versucht habe, Ned wiederzufinden ...« Turk winkte mich näher heran. »Ich habe Grace und die Jungen wirklich geliebt, und ich habe ihnen alles gegeben, was sie brauchten, aber es gab Momente, da konnte ich an nichts anderes denken als an Ned, zum Beispiel während eines Weihnachtsessens, oder als Louis geboren wurde ... zu den unmöglichsten Zeiten.«
»Was ist aus Ned geworden?«
»Ich weiß nicht ... hab mich nie danach erkundigt«, antwortete er aufrichtig. »Aber ohne ein paar ungelöste Rätsel macht das Leben doch keinen Spaß, oder?«
Turk wirkte auf einmal sehr klein und zusammengeschrumpft, wie ein Ballon, dem die Luft ausgegangen ist, und ich merkte, daß es Zeit war, das Thema zu wechseln.
»Ihre Söhne scheinen Sie sehr gern zu haben.«
Turk streckte sich, als könnte ihn diese Bewegung von der Erinnerung an Ned befreien. »Ja, sind feine Jungs ... na ja, inzwischen eher erwachsene Männer. Aber für mich bleiben sie immer meine Jungs. Louis kommt nach seiner Mutter: praktische Einstellung, gutes Gespür fürs Geschäftliche. John ist eher wie ich: sentimental und weich. Sind beide gut

verheiratet, und ihre Kinder sind auf dem College oder haben auch schon geheiratet.«
Turk veränderte seine Lage, und seine Stimme wurde leiser: »Feine Kerle, alle beide ...«
Er verzog das Gesicht, und ich bemerkte, daß er noch etwas blasser geworden war. Sein EKG hatte sich verändert; in einem Bereich waren die Zacken länger als vorher, ein Zeichen, daß sein Herz nicht genug Sauerstoff bekam.
»Haben Sie Schmerzen, Turk? Sagen Sie mir, was los ist.«
Er holte mühsam tief Atem. »Keine Schmerzen, nur so ein leichter Druck ... hier.« Er zeigte auf sein Brustbein.
Ich überprüfte den Blutdruck, der höher war als normal, und gab ihm eine Nitroglyzerinkapsel, die er unter der Zunge zergehen lassen sollte. Als das gegen den Druck nicht half, spritzte ich im drei Milligramm Morphin, worauf er alle Schmerzen vergaß.
Ich beschloß, mit der weiteren Untersuchung zu warten, bis er keine Schmerzen mehr hatte, hielt seine Hand und wartete, bis er eingenickt war.
Am Überwachungsmonitor schaltete ich den Alarm wieder ein, den ich vor unserer Unterhaltung mit Turk ausgeschaltet hatte. Sofort piepste und schnarrte es an allen Ecken und Enden. Zwei Bildschirme zeigten Turks Herzstromkurven. Über den Kurven blinkte die Datums- und Zeitanzeige, auf die Sekunde genau. Wenn jetzt jemand von der Straße hereingekommen wäre, hätte er geglaubt, sich in die Kulisse von *Raumschiff Enterprise* verirrt zu haben.
Ich setzte mich und sah mich um. Alonso Turk und ich hatten den gesamten Akutbereich für uns allein. Nach einem Jahr Ausbildung auf der Kardiologie hatte ich alle Voraussetzungen erfüllt, um im Überwachungsbereich zu arbeiten. Aber Jan fand, das sei nicht genug und machte mich persönlich mit all den komplizierten Vorgängen vertraut, mit

denen man es im Akutbereich zu tun bekam. Nach drei anstrengenden und teilweise auch frustrierenden Monaten hatte sie mich so weit gebracht, daß ich mein Debut in der gnadenlosen Welt der Akutpflege geben konnte, und sie bestand darauf, mir immer die schwerstkranken Patienten zuzuteilen. Als Turk eingeliefert wurde, ging gerade mein zweites Jahr in der Kardiologie zu Ende.

Weil Turks Herz stark geschädigt war, mußte ich damit rechnen, daß die Rhythmusstörungen stärker werden könnten. Mein Blick wanderte ständig zwischen ihm und dem Monitor hin und her.

Der alte Mann lag in der Mitte der in weiches Licht getauchten Glaskabine, umgeben von einem Gewirr aus Infusionsständern, Kabeln und Schläuchen. Er hob die Hand, um sich an der Nase zu kratzen, und mir wurde zum erstenmal richtig klar, daß dieser Vierundachtzigjährige ein akut lebensbedrohliches Krankheitsgeschehen überstanden hatte, das viele jüngere Menschen nicht überlebt hätten.

Zwei Tage vor seiner Einlieferung hatte Turk, wie er annahm, einen harmlosen Grippeanfall gehabt. Schnupfen und Durchfall ließen etwas nach, aber es blieben ein hartnäckiger Husten, Engegefühle in der Brust und Schwindelanfälle zurück, die einfach nicht vergehen wollten. Selbstbewußt und unabhängig wie er war, hatte Turk mit Medizinern wenig im Sinn und schlug hartnäckig alle Angebote seiner Söhne aus, ihn zu einem Arzt zu bringen. Er zog es vor, die Symptome mit Aspirin und Zitronenmelissentee mit Honig zu behandeln.

Zwei Tage später war er morgens von einem starken Druck in der Brust aufgewacht. Er nahm zwei Aspirin mit einer Tasse Tee, die er gleich wieder erbrach. Aber für ihn war das noch lange kein Grund, sich ins Bett zu legen. Er beschloß, einen Schluck Pfefferminzextrakt zu trinken, um seinen Magen zu beruhigen und den Druck in der Brust zu lindern. Als er gerade vor dem Küchenschrank stand und die Hand nach dem Fach mit den Gewürzen und Kräutern ausstreckte, spürte er, wie sein Herz stolperte und dann wie rasend zu schlagen begann. Der Schweiß brach ihm aus, ihm wurde schlecht, er mußte sich übergeben und verlor das Bewußtsein. John, sein jüngerer Sohn, fand ihn eine halbe Stunde später auf dem Küchenboden liegen, auf halbem Weg zum Wohnzimmer, mit dem Telefon zwischen den Knien.

Ohne auf die Proteste seines Vaters zu achten, rief John den Notarztwagen, und eine Stunde später wurde Turk mit einem inferolateralen Myokardinfarkt in den Akutbereich der Kardiologie aufgenommen. Dr. Purdy, Turks Hausarzt, der sich schon zur Ruhe gesetzt hatte und nur noch gelegentlich praktizierte, überließ die weitere Behandlung Dr. Joseph Cramer, dem jüngsten und begabtesten Kardiologen unserer Klinik.

Nach einer Woche hatte Turk, der großen Wert auf Privatsphäre legte und es gewohnt war, über sein Leben selbst zu bestimmen, die Nase gründlich voll vom Krankenhaus. Er war zwar immer freundlich und befolgte alle Anweisungen, aber es war deutlich zu sehen, daß er von Tag zu Tag deprimierter wurde. Es war Dr. Cramer gelungen, den Blutdruck mit Beta-Blockern und ACE-Hemmern zu senken und Turk von den ständigen Schmerzen zu befreien. An eine Verlegung in die Überwachungseinheit war aber noch gar nicht zu denken.

Von draußen schaute Jan durch die Doppeltür herein und winkte. Ich winkte zurück. »Alles okay?« fragte sie. »Du siehst so einsam und verlassen aus in dieser großen Höhle.«

»Danke der Nachfrage; den Bären und mir geht's bestens.«

Sie deutete mit dem Daumen zur Tür, die auf den Flur hin-

ausging. »Im Wartezimmer sitzen Mr. Turks Söhne. Sie wollen ihren Vater besuchen. Geht das?«
Ich war nicht gerade begeistert davon, den alten Mann ausgerechnet jetzt zu stören, aber andererseits wußte ich auch, daß es Ärger geben würde, wenn ich den Besuch nicht erlaubte, insbesondere von seiten des älteren Sohnes.
Die meisten Probleme bei Besuchen von Angehörigen ergaben sich aus der Vorschrift, daß jeweils nur zwei Personen das Krankenzimmer betreten durften und die Besuchsdauer auf zehn Minuten begrenzt war. Außerdem kam es immer wieder zu hitzigen Auseinandersetzungen zwischen Pflegepersonal und Besuchern, wenn diese gebeten wurden, das Zimmer zu verlassen, weil der Patient Ruhe brauchte, oder wenn sie draußen warten sollten, weil der Kranke untersucht oder anderweitig betreut werden mußte. Wir verbrachten soviel Zeit damit, die aufgeregten Gemüter zu beruhigen, den Polizisten zu spielen oder uns aus Familienstreitigkeiten herauszuhalten, daß es manchmal schwierig war, die Geduld nicht zu verlieren.
Ich nickte widerstrebend. »Also gut. Aber sag ihnen gleich, daß sie nur ein paar Minuten bleiben dürfen. Vorhin hatte er wieder Schmerzen, und ich möchte nicht, daß es schlimmer wird.«
Niemand hätte behaupten können, daß Louis und John nicht an ihrem Vater hingen. Sie kamen jeden Tag zweimal ins Krankenhaus und blieben bei ihrem Vater, bis die Schwester ihnen sagte, nun sei es genug.
Louis, ein nüchterner, untersetzter Typ, kräftig gebaut, Ende fünfzig, gehörte zu jener Sorte von Angehörigen, die überall einen ärztlichen Kunstfehler witterten.
Er beobachtete mißtrauisch alles, was vorging, wollte wissen, warum dies und jenes geschah, notierte sich sämtliche Medikamente, die sein Vater bekam, und jedes Wort, das im

Zimmer fiel. Wenn er hereinkam, hielt er schon den kleinen Notizblock in der Hand und steckte ihn erst wieder ein, wenn er das Zimmer verließ.
Normalerweise schätzten es die Schwestern, wenn Angehörige Fragen stellten, und ermunterten sie sogar dazu, aber in Louis Turks Fall hatte man das Gefühl, daß alles, was man sagte, vor Gericht gegen einen verwendet werden würde. Es war ihm gelungen, uns zusätzlich einzuschüchtern, indem er sich gleich am ersten Tag unsere Namen geben ließ und sie in sein Protokoll eintrug. Außerdem hatte er wissen wollen, wie lange jede einzelne von uns schon in der Kardiologie arbeitete und welche Qualifikationen wir hatten. Louis kam mir vor wie ein Untersuchungsrichter, und die Flut von Forderungen, mit denen er uns eindeckte, hatten meistens nichts mit dem zu tun, was sein Vater wollte oder brauchte.
Anfangs war es noch einfach, seine Anforderungen zu erfüllen: Vaseline für die Lippen des Kranken, Tropfen für die Augen, Trinkhalme für die Getränke, vier Kopfkissen statt zwei. Aber schon am zweiten Tag verlangte Louis, daß sein Vater von den Schwestern gefüttert werden sollte, obwohl Turk heftig dagegen protestierte.
Mit Engelsgeduld erklärten wir ihm, daß es seinen Vater kränken und demoralisieren würde, wenn wir ihn behandelten wie ein kleines Kind, daß sein Selbstvertrauen darunter leiden und sein Zustand sich verschlechtern würde. Aber Louis konnte es nicht vertragen, wenn man sich seinen Anweisungen widersetzte, und fing an, sich darüber zu beschweren, daß wir uns nicht genug um seinen Vater kümmerten. Nach ein paar Tagen begannen die meisten von uns seine Besuche zu fürchten.
John war mindestens fünf Jahre jünger als sein Bruder. Er war einfühlsam und freundlich zu allen Leuten, genau so

wie Turk ihn mir beschrieben hatte. Oft half er uns, Turk umzubetten und zu waschen; er setzte ihn auf die Bettpfanne und leerte sie danach aus; er ging uns zur Hand, wenn das Bett neu bezogen wurde. Zunächst war es Turk unangenehm, sich von seinem Sohn helfen zu lassen, und auch John war es peinlich, aber das legte sich sehr schnell, und zwischen Vater und Sohn entstand eine innige, vertrauensvolle Beziehung.

Louis kam herein und nickte mir zu. »Wie geht es ihm?« fragte er. John, der seinem Bruder gefolgt war, klopfte mir auf die Schulter und drückte meinen Arm. Aus der schroffen Art, wie Louis sich abwandte, schloß ich, daß ihm das Benehmen seines Bruders peinlich war.

»Er hatte von Zeit zu Zeit Schmerzen in der Brust. Vor etwa vierzig Minuten habe ich ihm Nitroglyzerin und Morphin gegeben, und seither schläft er.«

»Wieviel Morphin haben Sie ihm gegeben?« fragte Louis.

»Drei Milligramm«, sagte ich und blickte auf den Notizblock, der aus seiner Jackentasche ragte. »Gerade genug, um die Schmerzen zu lindern.«

Louis hatte schon wieder seinen »Kunstfehler-Blick« und wollte gerade zu einer weiteren Frage ansetzen, als John ihn unterhakte und zur Zimmertür seines Vaters führte.

»Vielen Dank, Schwester«, sagte er über die Schulter. »Wir bleiben nur ein paar Minuten.«

Durch die Glasscheibe sah ich, wie John die Hand seines Vaters ergriff und ihn auf die Stirn küßte. Turk wollte John auf die Wange küssen, traf aber nicht und erwischte ihn am Kinn.

Louis stand streng und steif am Fußende des Bettes und sagte nichts.

Ich schrak auf, als das Telefon klingelte.

»Ein geheimnisvoller junger Mann ist auf Leitung eins und

erwartet, daß seine Mutter ihm Gute Nacht sagt«, verkündete Jans Stimme.
»Danke, Boss.« Ich lachte und drückte die blinkende Taste.
»Hallo, Mom.« (›Mommy‹ war out; so was sagten nur Babys, aber doch keine Erstkläßler.)
»Hallo, Liebling. Gehst du gerade ins Bett?«
»Claro. Dad sagt, daß ich vorher noch ein Eis haben kann, wenn ich mir nachher die Zähne putze. Ist das okay?«
»Okay. Aber nur eine Kugel.«
Simon druckste und seufzte mehrmals, dann stellte er mir die übliche Liste von Fragen. Dieses Ritual spielte sich immer zwischen uns ab, wenn er mich in der Klinik anrief. Wenn man bedenkt, daß seine Eltern geschieden und beide berufstätig waren, dann hatte er von Patrick und mir mehr, als viele seiner Freunde von ihren Eltern, die nicht geschieden waren. Der Bereitschaftsdienst erlaubte es mir, manchmal drei oder vier Tage in der Woche mit ihm zu verbringen, während Patrick ihn zu sich nahm, wenn ich Spätschicht hatte. Wenn wir uns dann nach zwei, drei Tagen wiedersahen, gab es immer eine Menge zu erzählen.
»Was haben deine Patienten heute, Mom?«
»Ich habe nur einen Patienten, Simon. Ein alter Mann namens Turk mit einem Herzanfall. Sein Herz schlägt nicht so wie es soll, und die Brust tut ihm weh.«
»Hat der auch Asthma?«
Seit sich herausgestellt hatte, daß Simon Asthma hatte, glaubte er, alle Leute, die ins Krankenhaus kamen, hätten Atembeschwerden.
»Nein. Dann hätte er Glück gehabt. Es ist viel schlimmer.«
»Muß er – muß er st-sterben?«
»Ich hoffe nicht. Er ist ein netter alter Herr, aber ich fürchte, sein Herz ist schon sehr müde.«
Simon legte die Hand auf die Muschel, und ich hörte ihn ru-

fen: »He, Dad! Mom sagt, das Herz von ihrem Patienten ist schon ganz müde.« In der Ferne hörte ich Patrick, der irgend etwas angemessen Betroffenes sagte.

»Mom, mußt du morgen auch arbeiten?« meldete sich Simon wieder.

»Nein. Am Wochenende habe ich drei Tage hintereinander frei. Wir könnten in den Bergen wandern gehen, falls du Lust hast, oder vielleicht laden wir Jan zum Abendessen ein und gehen anschließend ins Kino, oder, wenn du darauf bestehst, räumen wir mal dein Zimmer auf. Bevor ich heute zur Arbeit gegangen bin, habe ich gesehen, wie zwei Socken unter deinem Bett hervorgekrochen kamen.«

Simon kicherte. »Gehen wir doch mit Jan in einen Gruselfilm, dann kriegen wir alle richtig doll Angst, okay?«

Aus den Augenwinkeln sah ich auf dem Monitor zwei Extrasystolen hintereinander und sprang hin, um die Kurve ausdrucken zu lassen. Louis hatte das blinkende Warnlicht am Monitor neben dem Bett seines Vaters bemerkt und blickte besorgt zu mir heraus.

»Darüber reden wir, wenn du morgen von der Schule kommst«, sagte ich hastig. »Ich muß los, Liebling. Bis morgen. Ich hab' dich lieb.«

»Ich dich auch, Mom.«

Ich legte den Hörer auf und hatte kaum bis drei gezählt, als Louis neben dem Schreibtisch auftauchte. John war dicht hinter ihm. Louis beugte sich zu mir herab, und für einen kurzen Augenblick glaubte ich, den Geruch von Alkohol wahrzunehmen.

»Was waren das eben für komische Ausschläge auf dem Monitor meines Vaters?«

Ich zeigte ihm den Streifen mit dem Ausdruck der beiden Zacken. »Meinen Sie die hier?« fragte ich, als wäre es nichts Besonderes.

Louis nickte.

»So was nennt man ventrikuläre Extrasystolen. Das bedeutet eine vorübergehende Störung im Reizleitungssystem des Herzmuskels, so daß der Herzschlag zu früh kommt. Bei einem geschädigten Herzen, oder wenn der Schlag zur falschen Zeit kommt, kann dadurch eine ganze Reihe vorzeitiger Schläge ausgelöst werden.

Wir beobachten das deshalb so genau, weil solche vorzeitigen Kontraktionen bedeuten, daß das Herz nicht wirklich schlägt und folglich auch kein Blut bewegt wird. Man könnte sagen, daß das Fehlzündungen sind.«

John kam einen Schritt näher und studierte den ausgedruckten EKG-Streifen, während er an seinem Daumennagel kaute. »Was kann man dagegen tun?« fragte er in einem sehr viel freundlicheren Ton als sein Bruder.

»Ich habe Ihnen doch gesagt, daß Ihr Vater mit der Infusion zwei Medikamente bekommt, Procainamid und Lidocain. Die unterdrücken solche Extrasystolen. Bei den meisten Patienten genügt eines dieser beiden Mittel; aber Ihr Vater hatte einen schweren Infarkt, und der Herzmuskel ist stark angegriffen. Außerdem ist sein Blutdruck zu hoch.«

»Und was ist, wenn er eine ganze Serie solcher Extrasystolen bekommt und die Medikamente nicht helfen?« wollte Louis wissen.

»In diesem Fall defibrillieren wir das Herz mit einem Stromstoß. Manchmal springt das Herz dabei zurück in einen normalen Rhythmus, manchmal auch in eine andere Arrhythmieform.«

Louis blickte zu seinem Vater hinüber und trat einen Schritt zurück, als wolle er damit andeuten, daß er die Möglichkeit, daß so etwas seinem Vater zustieße, kategorisch ausschließe.

»Vater war immer schon ein starker, kerngesunder Mann. Er

wird auch das hier überstehen, wenn Sie Ihren Job anständig machen.«

Ich nahm John den EKG-Streifen aus der Hand und hängte ihn zu den anderen an der Tafel neben dem Monitor. »Vergessen Sie bitte nicht, daß Ihr Vater vierundachtzig Jahre alt und sein Herz stark geschädigt ist«, sagte ich, ohne von meiner Arbeit aufzublicken.

Louis brauste auf: »Was soll das nun wieder heißen?«

Eines meiner inneren Warnlämpchen blinkte auf. Ich mußte aufpassen, was ich sagte. Das galt nicht nur in Hinblick auf eventuelle juristische Überlegungen, sondern es betraf auch einen ganz persönlichen Vorsatz, den ich mir auf Grund der Erfahrungen mit einem meiner ersten Herzpatienten zu eigen gemacht hatte. Ohne mir äußerlich etwas anmerken zu lassen, rief ich mir den Vorfall mit einer gewissen verschämten Belustigung ins Gedächtnis zurück.

Der Patient war ebenfalls ein alter Mann gewesen, der wie Turk einen schweren Herzinfarkt gehabt hatte. Kurz nach seiner Einlieferung ins Krankenhaus waren er und seine Frau übereingekommen, daß die Natur ihren Lauf nehmen sollte, falls sich sein Zustand verschlechterte. Wenig später bekam er schwere Herzrhythmusstörungen, die auf keinerlei medikamentöse Therapie ansprachen. Sein Blutdruck war praktisch nicht mehr meßbar.

Der Patient sprach weder, noch bewegte er sich. Nur gelegentlich öffnete er die Augen, um sich zu orientieren, wie er es nannte (Bin ich schon tot und im Himmel?).

Als ich glaubte, es ginge mit ihm zu Ende, kam der behandelnde Kardiologe, Dr. Morrison, um nach ihm zu sehen. »Er wird in den nächsten Minuten sterben«, sagte er, nachdem er den Mann untersucht hatte. »Notieren Sie sich die Zeit. Ich schaue jetzt noch nach ein paar anderen Patienten und komme anschließend zurück, um seinen Tod zu erklären.«

Ich räumte das Zimmer auf, schaltete den Monitor aus und öffnete die Vorhänge, damit der Mann im Schein der Nachmittagssonne sterben konnte. Mit ernstem Gesicht begab ich mich ins Wartezimmer, um seine Frau zu holen. »Es geht zu Ende«, sagte ich reichlich theatralisch. »In ein paar Minuten ist es vorbei.« Wir schluchzten beide verhalten, als ich die Frau ins Krankenzimmer führte. Sie setzte sich zu ihrem Mann ans Bett und sprach mit leiser, weicher Stimme zu ihm, wie Leute an Sterbebetten es tun. Sie beugte sich über ihn und streichelte seinen Kopf.

Nachdem fünfundvierzig Minuten vergangen waren, stand sie auf, streckte sich und blickte mich fragend an. Ich maß den Blutdruck des Sterbenden und stellte fest, daß er normal war. Ich schaltete den Monitor wieder ein. Das EKG war unverändert. Mir fiel auch auf, daß er nicht mehr ganz so blaß war.

Dr. Morrison bemühte sich sichtbar, seine Überraschung zu verbergen, als er hereinkam, um den Eintritt des Todes zu bestätigen, aber an einem verräterischen Zucken in seinem Gesicht erkannte ich, daß er sich nicht erklären konnte, warum der Patient noch lebte. Obwohl alle Anzeichen dagegen sprachen, versicherte er der Frau, daß es nur noch eine Frage von Minuten sei – bestenfalls einer Stunde, vielleicht auch zwei. Sie lächelte nur nachsichtig und tätschelte seine Hand.

Als es Zeit zum Abendessen wurde, sagte die Frau, daß sie jetzt Hunger habe und etwas essen wolle. Seit Stunden hatte sie ihrem Mann aus der Zeitung vorgelesen. Sie ging in die Cafeteria. Als sie eine Stunde später wieder zurückkam, hatte ihr Mann Urin gelassen und bat darum, etwas trinken zu dürfen. Um halb zwölf war mein Dienst zu Ende, und als ich ging, saßen beide in seinem Zimmer vor dem Fernseher und schauten sich die Spätnachrichten an.

Zwei Wochen danach sah ich denselben Mann draußen vor der Eingangshalle, wie er sich von einer Schwester verabschiedete und mit seiner Frau in ein Taxi stieg.
Damals hatte ich beschlossen, in Zukunft mit Prognosen äußerst zurückhaltend zu sein.
Ich räusperte mich. »Das heißt, Mr. Turk, daß Sie die Tatsachen objektiv betrachten und einsehen müssen, daß es nicht allein in unseren Händen liegt, ob Ihr Vater am Leben bleibt oder stirbt.«
John stand auf. »Ich glaube, wir sollten jetzt gehen.« Und zu mir gewandt: »Sie haben sicher noch viel zu tun. Komm, Lou, das Abendessen wartet.« Verkniffen und stumm folgte Louis seinem Bruder. An der Tür drehte sich John noch einmal um.
»Mein Bruder wird ihn nicht so ohne weiteres gehen lassen.« Es klang wie eine Entschuldigung.
Durch die Glaswand blickte ich zu Turk hinein. »Ihr Vater ist ein sehr liebenswerter Mensch, John. Ich verstehe sehr gut, daß Sie beide so an ihm hängen.« Es kam keine Antwort, und als ich mich umblickte, war John fort.
Ich ging leise in Turks Zimmer und hob vorsichtig seinen Arm in die Höhe, um ihm die Gummimanschette zum Blutdruckmessen anzulegen, ohne seinen Schlaf zu stören. Turk wachte trotzdem auf und öffnete eines seiner Adleraugen.
»Hallo, Engelchen.«
»Hallo, Adlerauge. Zeit für den Check-up. Herz, Lunge, Öl und Wasser.« Der kleine Scherz kam nicht an.
Turk war sehr blaß, und mir fiel auf, daß er die linke Hand zur Faust geballt hatte. Sein Blutdruck war beunruhigend hoch.
»Haben Sie wieder Schmerzen, Turk?«
»Es geht schon«, antwortete er.
»Turk«, sagte ich eindringlich, »Sie wissen doch, daß Sie es

uns sagen müssen, wenn es auch nur ein ganz kleines bißchen wehtut. Wir wollen etwas unternehmen, bevor die Schmerzen einsetzen, nicht erst, wenn sie schon da sind, okay?«

Turk nickte. »Ich habe nur nichts gesagt, weil die Schmerzen diesmal in meinem Rücken sind, nicht in der Brust.«

Panik stieg in mir hoch. Rückenschmerzen bei einem Patienten mit einem frischen Infarkt waren ein bedenkliches Zeichen. Während meiner kurzen Zeit in der Kardiologie hatte ich das zweimal erlebt, und in beiden Fällen hatte sich ein Herzwandaneurysma entwickelt, das einige Zeit später perforierte.

»Ich gebe Ihnen noch etwas Morphin und rufe Dr. Cramer. Das gefällt mir gar nicht – diese Geschichte von den Schmerzen im Rücken.«

Turk öffnete die Augen und ergriff meinen Arm, um mich zurückzuhalten. Seine Finger fühlten sich an wie Eiszapfen. »Engelchen, falls mir etwas passiert, dann müssen Sie mir versprechen, mir keinen von diesen Schläuchen in die Lunge zu schieben und mich auch an keine dieser Maschinen zu hängen, die Menschen am Leben erhält.«

Ich wollte Turk schon zurechtweisen, daß es unvernünftig sei, so etwas zu sagen, aber ich tat es nicht. Seine Augen baten mich, ihm zuzuhören. Statt dessen fragte ich: »Was meinen Sie damit? Wollen Sie damit sagen, daß wir nicht versuchen sollen, Sie zu retten, falls etwas passiert?«

Er zögerte mit der Antwort, bevor er seinen Entschluß faßte. »Ich möchte nicht mehr leben, wenn das nur mit Hilfe einer Maschine möglich ist«, sagte er langsam. »Ich bin jetzt vierundachtzig, Engelchen, ich habe meine Söhne großgezogen und meine Enkel heranwachsen sehen. Ich habe in meinem Leben hart gearbeitet und alles bekommen, was mir das Schicksal zugedacht hat. Jetzt wünsche ich mir nur noch, daß mein Leben auf natürliche Weise endet. Ich möchte in meinem eigenen Bett sterben. Von diesen modernen Arzneien und Apparaten halte ich nicht viel. Das kommt mir so vor, als wollte man dem lieben Gott heimlich ins Handwerk pfuschen, wenn er gerade mal mit was anderem beschäftigt ist.«

Ich strich ihm über das schüttere weiße Haar. »Ich werde Dr. Cramer erzählen, was Sie mir eben gesagt haben, und er wird mit Louis und John darüber sprechen. Die letzte Entscheidung liegt bei ihnen, und, um ganz ehrlich zu sein, Turk, ich glaube nicht, daß Louis damit einverstanden ist, daß wir Sie einfach so sterben lassen. Er wird sich mit Händen und Füßen dagegen wehren.«

Fast wäre Turk aus dem Bett gesprungen. »Verdammt noch mal! Liegt er hier oder ich? Denken Sie bloß nicht, ich würde aus mir einen lebenden Leichnam machen lassen, der nicht einmal mehr mit den Augenlidern zucken kann und Windeln tragen muß.«

Der alte Mann kämpfte mit den Tränen, und ich berührte ihn leicht am Arm. »Ist schon gut, Turk. Ich werde Dr. Cramer noch heute abend Bescheid sagen. Wir werden alles tun, damit die Sache geregelt wird, falls es zum Schlimmsten kommt. Aber so wie ich Sie kenne, werden Sie bestimmt hundert Jahre alt.«

Turk ergriff meine Hand und küßte sie. »Ich will keine hundert Jahre alt werden, Engelchen«, sagte er traurig, aber bestimmt. »Das können Sie mir doch nicht im Ernst wünschen.«

»Warum denn nicht, Turk?« fragte ich.

»Ich habe schon genug erlebt. Ich weiß inzwischen so viel, daß ich ...« Er schwieg und schloß die Augen.

Diese Antwort hatte ich schon mehrmals von älteren Patienten gehört, wenn die Rede aufs Sterben kam. Der Ausdruck in ihren Augen hatte mich immer davon abgehalten, nachzubohren, um zu erfahren, was sie damit sagen wollten. Ich weiß es bis heute nicht.

Ich gab Turk Morphin und blieb bei ihm, bis er eingeschlafen war. Dann rief ich Dr. Cramer an.

Dr. Joseph Cramer war sechs Monate nach mir zum Stammteam der Kardiologie gekommen, und die meisten Mitarbeiter, wie auch die Patienten, wußten nicht so recht, was sie von diesem Mann halten sollten. Oberflächlich betrachtet war er ein echter Exzentriker. Er bewegte sich so steif, als hätte er einen Besenstiel verschluckt, redete ständig halblaut vor sich hin und lachte bei den unmöglichsten Anlässen. Mit Leuten, die er nicht kannte oder denen er nicht traute, sprach er nur, wenn es unbedingt notwendig war.

Als Arzt machte er den Eindruck eines Mannes von zurückhaltendem, fast abweisendem Charakter, der seine Aufgaben als Kardiologe mit der Präzision einer Maschine erfüllte. Er gehörte zu den wenigen Medizinern, die kritische Situationen meistern konnten, ohne die Kräfte seiner Mitarbeiter über Gebühr zu strapazieren und, was noch wichtiger war, ohne sich Feinde zu machen. Er las die Berichte des Pflegepersonals, fragte uns nach unserer Meinung und hielt – womit er sich von den meisten seiner Kollegen unterschied – auch in schwierigen Momenten sein Ego unter Kontrolle. Meiner Ansicht nach verstieß er gegen den ärztlichen Verhaltenskodex, weil er offen zugab, wenn er sich geirrt hatte.

Ich hatte zwei Monate gebraucht, in denen ich seine gemurmelten Selbstgespräche entschlüsselte und beobachtete, wie er mit den siebenundsechzig ausgeprägten und eigenwilligen Persönlichkeiten des Kardiologie-Pflegeteams umging, bevor ich darauf kam, daß der Schlüssel zum Verständnis dieses ungewöhnlichen Menschen in seinem trockenen, zeitweilig etwas zynischen Humor lag.

Es dauerte fünf Minuten, bis ich Dr. Cramer am Telefon hatte. »Hallo, Joe, hier ist Echo. Ich bin heute abend für Turk zuständig, und ich fürchte, wir kriegen Probleme. Er hat retrosternale Schmerzen, und jetzt sind auch noch Schmerzen im Rücken dazugekommen. Das Morphin scheint nicht richtig zu wirken. Außerdem geht sein Blutdruck demnächst durch die Decke, und er hat deutlich mehr Extrasystolen als in den letzten Tagen.«

»Also«, sagte Joe, »dann wollen wir doch mal sehen, ob Sie bei mir was gelernt haben. Erzählen Sie mir mal, was Sie zu unternehmen gedenken.«

Ich dachte kurz nach und schrieb mir auf, was ich anordnen wollte, wobei ich es gleichzeitig am Telefon durchgab. »Ich brauche ein 12-Kanal-EKG und eine BGA, außerdem Kalium und Herzenzyme, um zu sehen, ob sich der Infarkt ausgedehnt hat und wo die Extrasystolen herkommen. Dann würde ich ihm Nitro geben, um den Blutdruck runterzukriegen.«

Ich bekam einen gelinden Schreck, als ich auf das Krankenblatt blickte und feststellte, daß Turks Urinausscheidung während der letzten vierundzwanzig Stunden drastisch zurückgegangen war. »Er braucht Lasix, ich würde sagen, vierzig Milligramm für den Anfang.« Ich zögerte.

»Noch was?« fragte Joe, womit er mich darauf hinweisen wollte, daß es tatsächlich noch etwas gab.

»Eine Thoraxaufnahme, um festzustellen, woher die Schmerzen im Rücken kommen.«

»Was glauben Sie, was mit dem Patienten los ist?«

»Ein Aneurysma?«

»Wirklich ein Jammer, daß Ihre Mutter Sie auf den Kopf hat fallen lassen, Heron. Mit etwas emotionaler Unterstützung hätten Sie glatt das Medizinstudium geschafft.«

»Das kann ich ja immer noch nachholen, wenn Sie mir die

Adresse in Mexiko geben, wo Sie sich Ihren Doktor med. gekauft haben, Joe.«
»Tut mir leid, die haben den Laden dichtgemacht, nachdem ich meine Zulassung hatte.«
Ich nahm den Telefonhörer von der linken in die rechte Hand und gab Turk ein Zeichen, der durch die Glastrennwand blickte und mich suchte.
»Da wir gerade von dichtmachen sprechen, Joe. Da kommt noch ein Problem auf Sie zu, das so schnell wie möglich gelöst werden muß.«
»Jetzt bin ich aber gespannt.«
»Sie müssen mit Turks Söhnen über seinen Reanimationsstatus sprechen. Er hat mir gerade eben in aller Deutlichkeit zu verstehen gegeben, daß er auf keinen Fall reanimiert werden möchte.«
»Für einen Vierundachtzigjährigen eine sehr vernünftige Entschcidung«, entgegnete Joe. »Ich werde mit den Söhnen reden, sobald wir wissen, was los ist.«
»Für einen Vierunddreißigjährigen kapieren Sie erstaunlich schnell, aber erwarten Sie nicht zuviel von dem älteren Sohn. Der ist stur wie ein Maulesel.«
»Ist das das Heron-Kriterium für Widerspenstigkeit – die Kooperationsbereitschaft von Einhufern?«
»Nein, das ist einer meiner Begriffe für richtig harte Nüsse.«
»Das muß ich mir merken. Rufen Sie mich wieder an, wenn Sie die Untersuchungsergebnisse haben.«
Kurz darauf kam Jan, und gemeinsam werteten wir das angeforderte EKG aus. Jan piepste Dr. Cramer an, während ich nach Turk sah und ihm eine weitere Dosis Morphin gab, damit er beim Röntgen weniger Schmerzen hatte.
Das Telefon klingelte einmal. »Und, was liegt an?« fragte Joe, nachdem ich abgehoben hatte.
»Sieht aus, als ob sich der Infarkt auf die Vorderwand aus-

weitet. Er hat ST-Streckenveränderungen in allen Vorderwand-Ableitungen.«

»Typischer Befund«, sagte Joe. »Soll ich Ihnen den traurigen Rest auch noch erzählen, oder wollen Sie es lieber nicht hören, weil Sie sowieso bald nach Hause gehen?«

Ich seufzte und setzte mich hin. »Sagen Sie es mir lieber jetzt, dann habe ich wenigstens was, womit ich mich während meiner drei freien Tage beschäftigen kann.«

»Der Radiologe hat mich gerade angerufen. Turk hat ein frisches Aorten-Aneurysma. Sie hatten recht.«

Auch das noch. Turk hatte nicht nur einen massiven Infarkt, jetzt bestand auch noch die Gefahr, daß die Hauptarterie platzte.

»Umwerfend«, sagte ich, und sackte in mich zusammen. »Mein Ulkus läßt grüßen.«

»Also, Heron, was machen wir jetzt?«

»Katheter?«

»Gar nicht schlecht für jemand, der so in den Seilen hängt.«

Ich stöhnte. Das bedeutete, daß Turk zwei weitere Zugänge bekommen würde. Der Pulmonaliskatheter würde über eine Vene durch die rechte Herzkammer in die Lungenarterie eingeführt werden, um die Leistungskraft des Herzens zu messen. Außerdem würde ein zweiter, arterieller Katheter in eine periphere Arterie gelegt werden, um den arteriellen Blutdruck zu messen.

»Es ist doch völlig idiotisch, bei einem Vierundachtzigjährigen mit einem schweren Infarkt, der jetzt auch noch ein Aneurysma hat und nur in Ruhe gelassen werden möchte, Katheter zu schieben. Wie lange soll das denn so weitergehen?«

»Wenn es stimmt, was Sie mir von dem Sohn des Patienten erzählt haben«, entgegnete Joe, »dann wird das noch eine ganze Weile so weitergehen. Jedenfalls bleibt uns auch vom medizinischen Standpunkt aus nichts anderes übrig, als die beiden Katheter zu legen, und zwar schnell. Wenn der Patient das allerdings ablehnt, kann ich ihn nicht dazu zwingen. Aber ich gehe jede Wette mit Ihnen ein, daß der Sohn, sobald er erfährt, daß sein Vater sich weigert, innerhalb von zwanzig Minuten hier auftauchen und ihn so unter Druck setzen wird, daß er doch zustimmt.«

»Na gut. Und was wäre, wenn wir zumindest einen eingeschränkten Reanimationsstatus vorschlagen würden? Das wäre immer noch besser als eine volle Reanimationspflicht.«

Ich war mir ziemlich sicher, daß Turk auch das ablehnen würde, obwohl bei einer eingeschränkten Reanimation nur ein Minimum an Wiederbelebungsmaßnahmen eingesetzt wird: keine Intubation, keine Herzdruckmassage und höchstens eine oder zwei Defibrillationen. Medikamente werden fast immer gegeben, aber ohne stabilen Kreislauf war das eigentlich nur eine Geste des guten Willens. Es hatte vor allem eine Alibifunktion gegenüber der Familie, und für den Patienten bedeutete es nur eine kleine Unannehmlichkeit.

»Ich werde die Söhne anrufen und ihnen sagen, wie es um ihn steht und ihnen von Ihrem Vorschlag erzählen. In einer Dreiviertelstunde komme ich hinüber, um persönlich mit dem Patienten zu reden. Bereiten Sie inzwischen schon mal alles vor.« Joe machte eine Pause und fügte hinzu: »Und noch etwas, Echo. Bringen Sie es ihm schonend bei, damit er keinen Schock kriegt, wenn wir da alle reinmarschiert kommen.«

Niedergeschlagen sah ich zu Turk hinüber, der friedlich schlief. »Na schön, ich werde alles vorbereiten. Aber ich bin froh, daß ich bald Feierabend habe und dieses Verbrechen nicht mit ansehen muß.«

»Bis bald, barmherzige Samariterin«, sagte Joe und legte auf.

Einige Minuten später hatte ich das nötige Material in Turks Zimmer gebracht und riß die Verpackungen auf. Er war wach und sah mir mißtrauisch zu. »Was haben Sie denn mit dem ganzen Zeug vor?«

»Dr. Cramer möchte, daß Sie zwei weitere Katheter bekommen. Einen, um zu sehen, wieviel Blut ihr Herz transportiert, und den anderen ...«

Turk schüttelte den Kopf. »Kommt nicht in Frage, Engelchen. Sagen Sie Dr. Cramer, daß er sich die Mühe sparen kann, und den ganzen Krempel räumen Sie jetzt schön wieder weg. Ich werde nicht zulassen, daß er in diesen alten Körper noch irgendwelche Schläuche reinsteckt. Ist das klar?«

Es fiel mir schwer, Turk nicht zu sagen, daß Dr. Cramer bereit war, seine Wünsche zu respektieren, aber ich wußte auch, daß Louis am Ende seinen Vater soweit bringen würde, daß er der Fortsetzung der Behandlung zustimmte. Ich machte also weiter mit den Vorbereitungen und stellte den Meßwandler bereit.

»Louis und John kommen her, um mit Ihnen darüber zu reden. Dr. Cramer kommt gleich danach. Die Entscheidung liegt in jedem Fall bei Ihnen.«

Turk konnte das alles nicht glauben und schüttelte den Kopf. »Das ist doch verrückt. Mitten in der Nacht kommt ihr auf solche Ideen. Louis und John kommen auch noch, sagen Sie? Was wird hier eigentlich gespielt?«

»Aber Sie wissen doch, Turk, die Medizin schläft nie. Wir wecken Sie ja auch mitten in der Nacht auf, um Ihnen eine Schlaftablette zu geben.«

Ich war mit der Vorbereitung des arteriellen Zuganges fertig, und hängte ihn neben Turks Bett. Dann bereitete ich den Pulmonaliskatheter vor. »Dr. Cramer wird Ihnen alles erklären, bevor er etwas unternimmt.«

Turk strich sich mit zitternder Hand über den Kopf. »Zum Verrücktwerden ist das«, sagte er und seufzte.
Ich berichtete Dana, der Teamleiterin des Nachtdienstes, über Turks Zustand und Dr. Cramers Anweisungen, dann ging ich zurück, um Turk Gute Nacht zu sagen. Wahrscheinlich sah ich ihn zum letzten Mal, denn alles deutete darauf hin, daß er nicht mehr am Leben sein würde, wenn ich nach drei Tagen meinen Dienst wieder antrat.
Er öffnete ein Auge. »Warum sind Sie noch nicht zu Hause und schlafen?« fragte er.
»Ich gehe gleich«, antwortete ich. Ich beugte mich über ihn und küßte ihn auf die Wange. »Seien Sie brav, bis ich wieder da bin. Und lassen Sie die anderen Schwestern in Ruhe, sonst werde ich eifersüchtig. Louis und John werden bald hier sein. Dr. Cramer wird auch kommen, also ruhen Sie sich noch ein bißchen aus.«
Turk griff nach meiner Hand und küßte sie. Er zitterte.
»Bis zum nächsten Mal, Engelchen, und Gott segne und beschütze Sie.«
Plötzlich hatte ich einen dicken Kloß im Hals. Ich küßte ihn ein letztes Mal und floh aus dem Zimmer. An der Stationstür drehte ich mich um und sah ihn durch die Glastrennwand an. Turk warf mir eine Kußhand zu und lächelte.

Übers Wochenende nahmen Simon und ich sein Zimmer in Angriff und räumten gründlich auf. Das war immer mit interessanten Entdeckungen verbunden. Die unmöglichsten Dinge kamen zum Vorschein, zum Beispiel eine alte Bananenschale unter seinem Bett, die so einen dichten Pelz aus Schimmel bekommen hatte, daß wir sie für eine Tarantel hielten und beide vor Entsetzen losschrien. Am Samstagabend hatten wir sieben Plastiktüten voll alter Kleidungsstücke und leicht demolierter Spielsachen zusammen, die

wir zur Sammelstelle bringen wollten. Darüber hinaus hatten wir ganze Arbeit geleistet und den Weg zur Tür wieder freigemacht.
Am Sonntagnachmittag betrat Simon, flankiert von Jan und mir, furchtlos das Kino, um sich den Gruselfilm anzusehen, der auf den Plakaten als der schaurigste Film aller Zeiten angekündigt wurde.
Zweieinhalb Stunden später verließen wir den Zuschauerraum wieder. Wir blinzelten in die Helligkeit des späten Nachmittags und waren froh, endlich wieder in die Welt der Normalität zurückkehren zu dürfen. Aber die Nachwirkungen unseres Ausflugs in das Land des Grauens hielten noch eine ganze Weile an. Beim kleinsten Geräusch zuckten wir zusammen, hielten den Atem an und warteten mit vor Entsetzen geweiteten Augen auf das schleimige Scheusal, das uns aus einer finsteren Ecke heraus anspringen würde.
An diesem Abend ging Simon nur sehr widerstrebend schlafen. Er bestand darauf, daß Jan und ich unter seinem Bett nachsahen und das Zimmer nach hungrigen Monstern absuchten, die darauf aus waren, einen zarten kleinen Jungen mit Asthma zu verschlingen.
Um halb zehn kam er, zum fünften Mal an diesem Abend, schreiend ins Wohnzimmer gerannt, wo Jan und ich gemütlich vor dem Kamin saßen und heißen Amaretto tranken. Diesmal war er fest davon überzeugt, daß er den Herzschlag des Ungeheuers draußen vor dem Fenster gehört hatte. Jan nahm ihn auf den Schoß und streichelte sein Haar, bis er schließlich einschlief.
Wir saßen vor dem Feuer und blickten in die züngelnden Flammen. Aus der Stereoanlage kamen die Klänge des zweiten Brandenburgischen Konzerts, F-Dur, von Johann Sebastian Bach. Ich hatte es bisher vermieden, über die Arbeit zu reden, weil ich Angst hatte, etwas über Turk zu hören.

Jan mußte das gemerkt haben, denn als ich die Spannung nicht länger ertragen konnte und das Gespräch auf meinen Patienten bringen wollte, versuchte sie mich davon abzulenken.

»Es ist schon komisch«, sagte sie und starrte ins Kaminfeuer. »Sobald zwei oder mehrere Schwestern zusammenkommen, reden sie unweigerlich über die Arbeit, das Krankenhaus, den Stations-Tratsch, Liebe und Sex. Wie kommt das eigentlich?«

Ich öffnete den Mund und tat so, als wäre ich überrascht. »Du meinst, es gibt noch andere Themen?«

»Bist du ganz sicher, daß du hören willst, was mit Turk passiert ist, Echo? Wenn du wieder Dienst hast, siehst du ihn sowieso. Warum wartest du nicht, bis es soweit ist?«

»Nur in groben Züge, Jan, damit ich besser schlafen kann«, bettelte ich.

Jan seufzte und gab nach. »Der ältere Sohn hat alle auf die Barrikaden gebracht, weil er darauf besteht, daß im Notfall das volle Reanimationsprogramm durchgezogen wird. Er läßt nicht locker, obwohl Joe ihm in aller Deutlichkeit gesagt hat, daß es sehr schlecht aussieht. Es scheint ihm aber ziemlich egal zu sein, was der Arzt sagt, oder wie sehr sein Vater leidet. Der Mann glaubt, er muß seinen Vater auf jeden Fall am Leben erhalten, koste es, was es wolle. Der jüngere Sohn, John, sagt nicht viel; der versucht nur immer, die Wogen zu glätten, so gut es geht. Ich glaube aber nicht, daß er seinen Bruder überzeugen wird.« Sie trank einen Schluck Amaretto, ehe sie fortfuhr:

»In der Nacht, nachdem du gegangen warst, kamen die Söhne und die ganze Verwandtschaft. Turk hat schließlich nachgegeben. Aber als Joe ihn klipp und klar gefragt hat, was er selber will, ist Louis dazwischengegangen und hat seinem Vater verboten, noch irgend etwas zu sagen.

Schließlich haben sie sich dahingehend verständigt, daß erst mal alles beim alten bleibt, bis Louis und John sich darauf geeinigt hätten, was weiter zu geschehen habe. Du kannst dir natürlich schon denken, was dabei herausgekommen ist.«

Ich legte den Kopf in die Hände und spürte ein flaues Gefühl im Magen. »Nein, und ich will es auch nicht hören.«

Jan machte eine kurze Pause und fuhr dann fort: »Um ein Uhr nachts waren die Katheter drin. Um sechs hatte er ständig Schmerzen in Brust und Rücken. Der Blutdruck war bei zweihundertzehn zu hundertzehn. Wir haben versucht, mit Nitroprussid und Mengen von Lasix den Blutdruck herunterzukriegen. Aber das war zuviel, und der Blutdruck ging auf siebzig zu vierzig runter. Turk wurde ganz grau im Gesicht und war verwirrt. Also haben wir das Nitroprussid wieder abgesetzt und das Fußende hochgestellt, um den Blutdruck wieder in die Höhe zu treiben. Außerdem haben wir ihm Dopamin gegeben.« Jan rutschte mit Simon auf dem Schoß vorsichtig ein wenig vom Feuer weg.

»Um es kurz zu machen: Der Blutdruck blieb unten, und er wurde tachykard. Schließlich haben wir das volle Programm durchgezogen.«

Ich schlug die Hände vors Gesicht und spähte zwischen den Fingern hindurch. »O nein! Sag bloß nicht, daß sie ihn intubiert und defibrilliert haben.«

Jan nickte. »Doch. Defi, Herzdruckmassage, die ganze Palette. Das Schlimmste dabei ist, daß er die meiste Zeit bei Bewußtsein war und alles mitbekam. Dann haben sie noch Dr. Van Buren gerufen, weil Turk etwas von seinem Erbrochenen aspiriert hatte, bevor wir ihn intubiert haben. Jetzt hat er zu allem Unglück auch noch eine Aspirationspneumonie.«

Ich hörte zu, wie die Holzscheite im Kamin knisterten, dann

blickte ich wieder zu Jan hinüber. »Warum machen wir es den Leuten bloß so schwer, in Frieden zu sterben?«
»Ich weiß auch nicht«, sagte sie und blickte auf Simon hinab. »Ich glaube, die Ärzte wollen meistens einfach nicht aufgeben, bevor sie alles versucht haben, und außerdem haben sie Angst, daß man ihnen einen Prozeß anhängt. Die Angehörigen haben Schuldgefühle, oder sie haben einfach Angst vor dem Verlust eines lieben Menschen.«
Jan lächelte. »Nach allem, was ich schon erlebt habe, würde ich mir am liebsten ›Keine Reanimation‹ auf die Brust tätowieren lassen, damit alle wissen, daß ich in Ruhe gelassen werden möchte. Nur wird sich keiner daran halten, wenn es einmal soweit ist. Ich habe meine Eltern praktisch gezwungen, eine Erklärung zu unterschreiben, daß sie nicht darauf bestehen werden, mich künstlich am Leben zu erhalten.«
Jan machte es nichts aus, unbeschwert über ihren eigenen Tod zu sprechen, aber obwohl ich in der Lage war, sie aufzumuntern und aus den Stimmungstiefs herauszuholen, in die sie gelegentlich fiel, wollte ich nicht daran denken, daß sie eines Tages »telefonisch nicht mehr erreichbar« sein würde, wie sie es ausdrückte.
Als Jan und ich uns etwa ein Jahr kannten, hatten wir an einem freien Tag auf einem Hügel in der Sonne gelegen und auf die Bucht von San Francisco hinuntergeblickt. Es war heiß, und der Aufstieg war anstrengend gewesen. Erschöpft lagen wir im Gras und träumten vor uns hin.
Ich erinnere mich noch, wie sie munter drauflos plapperte, ob eine Feuer- oder eine Erdbestattung besser sei, als ich die Augen schloß und fühlte, wie ich in einen schwarzen Strudel des Nichts hineingezogen wurde. Jans Stimme, die Wärme der Sonnenstrahlen auf meinem Gesicht, der Duft des Grases – alles war schlagartig weg. Für einen Sekundenbruchteil hatte ich die überwältigende Vorahnung, daß eine

Form des Todes so ähnlich sein würde wie eine Vollnarkose: totaler Verlust aller Wahrnehmungen. Ich versuchte mir vorzustellen, für immer in diesem Zustand zu sein, und plötzlich ergriffen mich Angst und tiefe Traurigkeit.

Zu dieser Beklemmung gesellte sich eine quälende Erinnerung aus meiner Schulzeit. Die Nonnen hatten uns erklärt, wie lange die Ewigkeit und der Tod dauerten. Ich sah die Nonne vor mir, wie sie vor der Klasse auf und ab ging und sagte: »Stellt euch eine Eisenkugel vor, so groß wie die Sonne« – dabei machte sie eine weit ausholende Bewegung mit beiden Armen, daß ihr schwarzer Habit sich blähte –, »und alle Million Jahre fliegt ein kleiner Spatz daran vorbei und berührt die Kugel ganz leicht mit dem Flügel. Solange, wie es dauert, bis der kleine Spatz die Kugel abgewetzt hat, daß sie nur noch so groß ist wie ein Stecknadelkopf, wird eure Seele bei Gott dem Allmächtigen im Himmel sein, oder« – hier machte sie eine Pause und blickte drohend auf die notorischen Sünder unter uns – »in der Hölle schmoren und furchtbare Qualen erleiden.«

Auf dem Heimweg erzählte ich Jan von meinem Erlebnis auf dem Hügel und fragte sie, ob der Gedanke ans Sterben ihr Angst mache.

»Nein«, sagte sie, als wäre das ganz selbstverständlich. »Der einzige Grund, warum du Angst davor hast, ist, daß du nur ganz selten an deinen eigenen Tod denkst. Du stellst dir als erstes vor, daß deine Wahrnehmungen und deine emotionalen Bindungen verloren gehen.

Wenn du aber gezwungen bist, Tag für Tag mit deinem Tod zu rechnen, dann erkennst du schnell, daß das nichts anderes ist als das natürliche Ergebnis des Lebens. An der Gesetzmäßigkeit dieses Zyklus' kannst du sehen, daß das, worauf es wirklich ankommt, jenseits der Bindungen liegt, die du im Laufe deines Lebens eingehst. Wenn du begriffen hast, daß Leben und Sterben einen tieferen Sinn haben, kannst du leichter loslassen. Ich lebe schon lange mit dem Tod und habe meinen Frieden mit ihm geschlossen. Das einzige, wovor ich Angst habe, ist das Sterben selbst. Ich hoffe nur, daß es schnell und sauber geht, im Schlaf, kein Krankenhaus, keine Infusionen, einfach so.«

Ich nickte und überließ mich für einen Moment meinem selbstfabrizierten Elend, indem ich mir vorstellte, wie sehr Jan mir fehlen würde. Jan spürte, wie mir zumute war und rieb mir mit ihrer dünnen Hand den Rücken. »Jetzt krieg bloß keine Depressionen wegen etwas, das noch gar nicht passiert ist. Freu dich über das, was jetzt ist.« Jan seufzte. »Du ahnst ja nicht, wie froh ich bin, daß du so bist wie du bist.«

»Doch. Ich weiß«, antwortete ich. »Wir sind einander sehr ähnlich. Manchmal glaube ich sogar, ich weiß, was in dir vorgeht, wenn du dich mal wieder in dein Schneckenhaus verkriechst und alles für dich behältst.«

Die Wut und Enttäuschung in Turks Blick waren unverkennbar. Ich hatte ihn verraten; wir alle hatten ihn verraten. Als er mich sah, versuchte er zu sprechen, aber der Tubus hinderte ihn daran, und er bekam einen Hustenanfall. Sein Gesicht lief rot an und verzerrte sich. Sein Arme waren mit dunkelroten und gelben Blutergüssen übersät, und die Handgelenke waren wundgescheuert von seinen nutzlosen Versuchen, sich aus den Fesseln zu befreien, die ihn am Bett festhielten.

In jeder Körperöffnung steckte ein Schlauch oder eine Röhre: im Mund der Tubus, zusammen mit einem Mundkeil, mit dem sie ihm die Kiefer auseinandergezwängt hatten; in der Nase eine Magensonde; in der Jugularisvene der Pulmonaliskatheter; zwei Braunülen im linken Arm, eine weitere im rechten; der arterielle Zugang in der Leiste; ein Blasenka-

theter in der Harnröhre und ein Darmrohr im After, um flüssigen Stuhl abzuleiten. Alles Dinge, die Turk wie die Pest haßte.
Der Alarm des Beatmungsgeräts und das Rasseln des Schleims im Tubus schienen ihn zu verhöhnen, als er den Mund zu einem lautlosen Schrei öffnete. Er preßte die Augenlider zusammen, und Tränen liefen durch die tiefen Furchen in seinem Gesicht.
Sein Anblick erfüllte mich mit Wut und Mitleid. Bei der Übergabe hatte ich von den Schwestern vom Frühdienst erfahren, was Jan mir schon vor dem Kamin erzählt hatte. Neu war nur, daß Turk sich inzwischen weigerte, von seinen Söhnen und dem Pflegepersonal Notiz zu nehmen.
Ich sah nach den ärztlichen Anordnungen in der Patientenkurve, um festzustellen, ob alle abgezeichnet worden waren. Um acht Uhr morgens war Dr. Purdy dagewesen und hatte einige unwesentliche schriftliche Anweisungen hinterlassen. Zwanzig Minuten später hatte Dr. Van Buren vier Anordnungen gegeben, die alle Verordnungen von Dr. Purdy wieder aufhoben. Um neun Uhr fünfzehn hatte Dr. Cramer fünf neue Verordnungen aufgeschrieben, die zwei Anordnungen Van Burens aufhoben und eine von Dr. Purdy bestätigten.
Der reinste Affenzirkus, dachte ich, obwohl ich schon viel Schlimmeres erlebt hatte, wenn drei oder mehr Ärzte an der Behandlung eines Patienten beteiligt waren. In solch einem Fall weiß meistens die rechte Hand nicht, was die linke tut. Hinzu kamen die üblichen klinikinternen Rivalitäten und persönliche Starallüren, so daß es den Pflegekräften häufig nicht möglich war, den Angehörigen des Patienten genaue Auskünfte zu geben. Mit Schaudern dachte ich an Patienten, die das Pech hatten, von sechs oder mehr Ärzten behandelt zu werden.

Als nächstes las ich die Verlaufsnotizen durch. Ich hatte große Mühe, die vier verschiedenen Handschriften zu entziffern. Die erste Seite enthielt die Eintragungen von Dr. Purdy.

> 9/2 08:00 Uhr – Pat. stabil, ansprechbar. BGA den Umständen entsprechend gut. Vereinzelte Rasselgeräusche in allen Lungenbereichen. Thoraxaufnahme zeigt diffuse Atelektasen in beiden Lungenflügeln. Chirurg. Konsil durch Dr. Bell zur Abklärung einer möglichen Aneurysma-Resektion.
>
> S. Van Buren, M.D.

Ich schickte einen verzweifelten Blick zur Zimmerdecke. »O mein Gott!« sagte ich laut. Das sollte wohl ein Witz sein. Die dachten doch tatsächlich daran, einen vierundachtzigjährigen Patienten zu operieren, der nichts anderes wollte, als daß man ihn in Ruhe sterben ließ. Ich las die zweite Eintragung:

> 9/2 09:30 Uhr – Pat. benötigt weiterhin Nitro und Antiarrhythmika. Pat. ansprechbar und offensichtlich von seiner Situation nicht begeistert. Vitalfunktionen labil. Hämoglobin und Hämatokrit vermindert. Weiterhin Extrasystolen und Rhythmusstörungen. Auf Verlangen des Sohnes chirurg. Konsil durch Dr. Bell veranlaßt. Beide Söhne von der Schwere der Situation in Kenntnis gesetzt. Älterer Sohn beharrt weiterhin auf maximalem Therapieverfahren.
>
> Joseph Cramer

> 9/2 10:15 Uhr. – Chrirurg. Konsil auf Wunsch von Dr. J. Cramer. Pat. 84 J., m.; Aneurysma dissecans der Aorta. Angesichts des fortgeschrittenen Alters und des instabilen Zustands des Pat. erscheint mir ein operativer Eingriff

zum gegenwärtigen Zeitpunkt als nicht realistisch. Mit kollegialen Grüßen

R. G. Bell

Der letzte Eintrag stammte von Dr. Purdy. Mit blauer Tinte und fahriger Handschrift hatte er geschrieben:

9/2 13:00 Uhr – Zustand des Pat. weiter verschlechtert. Ein trauriger Fall.

David Purdy

Angewidert schlug ich die Akte zu, griff nach Block und Bleistift und ging zu Turk hinein. Als er mich sah, begann er an seinen Fesseln zu zerren und klopfte zornig mit seinem Ring gegen den Metallrahmen des Bettes. Ich nahm mit sanfter Gewalt seine Hand in meine.

»Turk, bitte hören Sie mir zu«, sagte ich dicht an seinem Ohr. »Ich verstehe, daß Sie wütend sind, und es tut mir sehr leid. Ich habe den anderen gesagt, daß Sie das hier nicht wollen. Dr. Cramer hat auch versucht, Ihnen das zu ersparen. Es ist für alle furchtbar.« Turk zerrte an seinen Fesseln, und die Tränen begannen wieder zu fließen.

»Ich habe Ihnen Block und Bleistift gebracht. Ich möchte, daß Sie aufschreiben, was Sie möchten, und ich verlasse mich darauf, daß Sie die Schläuche nicht anrühren.«

Turk nickte aufgeregt. Ich band seine Hände los, behielt aber die Fixiergurte fest in der Hand. Das Erlebnis mit Scotch Moore war in meiner Erinnerung noch sehr lebendig.

Turk schrieb sehr langsam, malte einen Buchstaben nach dem anderen. Es dauerte mehrere Minuten, bis er fertig war. Das Ergebnis sah aus wie Simons erste Versuche mit dem ABC. »Aufhören. Bitte.«

Ich las die Nachricht mit einem Gefühl der Hilflosigkeit. »Ich rede noch einmal mit Dr. Cramer, Turk. Glauben Sie mir, das ist alles, was ich tun kann. Ich finde auch, daß es ein himmelschreiendes Unrecht ist, was man Ihnen hier antut.«

Als Antwort griff Turk wieder nach Block und Stift und begann zu malen, aber er drückte so heftig auf, daß die Bleistiftspitze abbrach. Trotzdem hörte er nicht auf, sondern kratzte die Zeichen mit dem gesplitterten Holz ins Papier. Seine Erregung ließ ihn schneller atmen als die Beatmungsmaschine, so daß der Alarm ununterbrochen schrillte.

Er reichte mir den Block. »Ihr habt kein Recht. Will in Frieden sterben. Quälerei.«

Ich schob die Schläuche und Kabel beiseite und schaffte etwas Platz, um mich auf die Bettkante zu setzen. »Turk, Louis und John wollen Sie nicht verlieren. Das müssen Sie doch verstehen.«

Turk wollte wieder schreiben.

»Mein Tod ... nicht ihrer! Regeln falsch.«

Ich las die Worte, während er sie schrieb, lachte verbittert und nahm ihm den Block ab, als er fertig war. »Das sehe ich genauso, Turk«, sagte ich und stand auf.

Das Schreiben hatte ihn angestrengt, und er sank auf das Kissen zurück und schloß die Augen. Ich wollte in seiner Nähe bleiben und beschäftigte mich damit, ihn abzusaugen, seine Vitalfunktionen und die Einstellung der Geräte zu überprüfen und mir alles zu notieren.

Um halb sechs kam Joe vorbei und setzte sich an den Zentralmonitor. »Miss Heron, wie schön, daß Sie heute hier bei uns sein können, um –« Er brach ab, als er mein Gesicht sah. Jan nannte diesen Gesichtsausdruck meine »präklimakterische Abwehrhaltung«.

»Was ist los? Was habe ich falsch gemacht?« fragte er.

»Ich würde sagen, ich bin ziemlich sauer.«

Joe zeigte mit dem Finger auf seine Brust. »Auf mich?«

»Auf euch alle. Und tun Sie jetzt bloß nicht so, als wüßten Sie nicht, warum alle Schwestern hier auf 180 sind. Wie konnten Sie zulassen, daß man dem armen alten Mann das antut, Joe?«
Bevor Dr. Cramer etwas entgegnen konnte, nahm ich den Block mit Turks Mitteilungen und hielt ihn ihm vor die Nase. »Hier, sehen Sie sich das an, das hat er geschrieben.«
Joe blickte auf den Block, ohne danach zu greifen. »Glauben Sie mir, Echo, ich habe es versucht. Ich habe mich heute morgen mit den Angehörigen zusammengesetzt. Aber der ältere Sohn ist nicht umzustimmen. Er ist felsenfest davon überzeugt, daß –«
Empört warf ich die Arme in die Luft. »Mein Gott, Joe! Wer hat hier eigentlich das Sagen? Ist es denn allen völlig egal, was Turk selbst will? Ich meine, schließlich ist es doch sein Leben, und –«
Bei dieser Bemerkung hob Joe die Augenbrauen.
»Schon gut, schon gut«, fuhr ich fort. »Meinetwegen ist es sein Tod, wenn Ihnen das besser gefällt. Aber keinen interessiert das, alle tun so, als würde er überhaupt nicht existieren, und entscheiden über seinen Kopf hinweg. Und dann dieser sture Schwachkopf von Sohn, der sagt, ›Nein, Dad, du mußt am Leben bleiben und diesen ganzen Scheiß mitmachen, weil ich es nicht aushalte, um dich zu trauern‹. Da fragt man sich doch, ob der Kerl seinem Vater unbewußt irgend was nachträgt oder einen Schuldkomplex mit sich herumschleppt oder sonstwas.«
Joe wartete geduldig, bis ich mich abreagiert hatte und die Hände in den Schoß legte. »Sind Sie jetzt fertig?« fragte er.
Ich nickte.
»Turk ist vierundachtzig Jahre alt und ist juristisch gesehen nicht mehr voll geschäftsfähig. Er wird künstlich beatmet und steht unter dem Einfluß starker Medikamente. Die An-

gehörigen könnten also behaupten, daß er geistig nicht mehr in der Verfassung ist, eigene Entscheidungen zu treffen. Wenn ich mich weigern würde, ihn weiter zu behandeln, würde sein Sohn sich einen anderen Arzt suchen, der genau das tun würde, was wir jetzt tun, und obendrein würde er vermutlich versuchen, uns etwas anzuhängen.
Sehen Sie, mir tut das Ganze sehr leid, nur sehe ich das etwas anders, und deshalb rege ich mich auch nicht so auf. Ich war bestimmt nicht scharf darauf, Turk die Katheter zu verpassen, aber weil ich keine andere Wahl hatte, habe ich die moralischen Bedenken dabei ausgeklammert. Für mich ist das eine Möglichkeit, in Übung zu bleiben, damit ich keine Probleme kriege, wenn hier ein Fünfzigjähriger reinkommt, der noch zwanzig Jahre leben könnte.«
Joe griff nach der Krankenakte und fuhr fort: »Und damit nicht alles an mir hängen bleibt: Dr. Morrison meint, wir sollten das ganze Repertoire ausreizen.«
Dr. Morrison war ein Kollege von Dr. Cramer. Er gehörte zu jenen Ärzten, die sich mehr für die angenehmeren Seiten des Lebens interessierten, beispielsweise für die Höhe seiner Honorare. Das Wohl der Patienten kam erst an zweiter Stelle.
»Was hat der denn für ein Problem?« fragte ich respektlos. »Kommt da der verdrängte Sadismus durch oder ist wieder eine Rate für seine Villa fällig?«
Joe zuckte nur mit den Schultern und blätterte die Laborzettel durch. »Um mit Shakespeare zu antworten: ›O Urteil, du entflohst zum blöden Vieh, / Der Mensch ward unvernünftig! – Habt Geduld! / Mein Herz ist in dem Sarge hier beim Cäsar, / und ich muß schweigen, bis es mir zurückkommt.‹«
Mein Magen revoltierte. »Ich finde das einfach zum Kotzen!«
»Ach, kommen Sie, Echo. Ist das denn wirklich so schlimm,

wenn wir den Patienten noch ein paar Tage am Leben erhalten?«

»Ja, Joe, das ist schlimm. Sie brauchen ja nicht ständig hier zu sitzen und das mit anzusehen und sich Gedanken zu machen, was als nächstes passieren könnte. Sie kriegen nicht mit, wie dreckig es ihm geht.«

Joe ergriff meine Hände, die vor Erregung flatterten, und hielt sie fest. »Ich will Ihnen doch nur klarmachen, daß es viel schlimmer sein könnte. Ich mach' es ihm doch schon so leicht wie möglich.«

Er ließ meine Hände wieder los und vertiefte sich wieder in die Akte. Nach einer Weile stand er auf.

»Brauchen Sie noch Anweisungen von mir? Ist soweit alles klar?«

Ich nickte.

»Ich gehe jetzt. Dr. Morrison hat Rufbereitschaft, und wenn was sein sollte, rufen Sie ihn. Falls ich mich noch daran erinnern kann, wo ich wohne, fahre ich jetzt nach Hause. Meine Familie hat mich in diesem Jahr kaum zu Gesicht bekommen. Neulich hat meine Frau angerufen und erzählt, unsere Tochter hätte ein Foto von mir gefunden und gefragt, wer denn der Mann da sei.«

Ich brachte ein schwaches Lächeln zustande.

»Das wirklich Komische war, daß meine Frau meinte, sie habe eine ganze Weile überlegen müssen, bevor sie der Kleinen eine Antwort geben konnte.«

Er blickte durch die Glastrennwand zu Turk hinein. »Wenn ich es schaffe, rufe ich von zu Hause an und erkundige mich, wie es ihm geht.«

Nach dem Abendessen überprüfte ich Turks Geräte und saugte den Tubus und den hinteren Teil seines Rachens ab. Ich ertappte mich dabei, daß ich den Geräten und Zahlen mehr Beachtung schenkte als dem Patienten selbst. So etwas kam immer wieder mal vor. Patienten und Angehörige beschwerten sich zurecht darüber.

Ich wandte mich Turk zu und berührte seine Schulter, um ihm zu zeigen, daß ich ihn nicht vergessen hatte. »Es tut mir leid, wenn es so aussieht, als würde ich Sie nicht beachten. Das kommt durch die ganze Technik hier. Manchmal verbringen wir mehr Zeit mit den Maschinen als mit den Patienten.«

Turk hielt die Augen geschlossen, und ich sah, daß er blasser geworden war und schwitzte. Sein Gesicht war schmerzverzerrt.

»Turk, was ist los? Haben Sie Schmerzen in der Brust?«

Als Antwort verzog er das Gesicht noch mehr.

Der systolische Blutdruck war innerhalb weniger Sekunden von hundertvierzig auf zweihundert gestiegen, und die Herzfrequenz lag bei hundertzwanzig. Ich glaubte, daß die Anzeige nicht stimmen konnte, also maß ich Puls und Blutdruck per Hand. Die Werte stimmten mit den Angaben der Maschine überein.

Innerhalb einer Minute gab ich ihm vier Milligramm Morphin, drehte den Zufluß des Nitro auf und erhöhte die Sauerstoffzufuhr am Beatmungsgerät. Auf dem Monitor sah ich drei Extrasystolen hintereinander. Schnell verabreichte ich ihm eine weitere Dosis Lidocain und rannte zum Telefon.

Nach dem zwölften Läuten meldete sich endlich der Auftragsdienst. »Hier ist die kardiologische Station im Redwoods Klinikum. Ich muß dringend mit Dr. Cramer sprechen. Es geht um seinen Patienten Alonso Turk.«

»Ist das ein Notfall?« fragte eine nasale Frauenstimme.

»Ja, es ist sehr dringend. Ich muß unbedingt mit Dr. Cramer sprechen.«

»Tut mir leid, Dr. Morrison hat Rufbereitschaft. Aber der befindet sich gerade auf dem Weg nach San Francisco.«

»Was zum Teufel treibt er in der Stadt, wenn er Bereitschaft hat?«
»Ich habe keine Ahnung. Vielleicht ein dringender Fall. Hat die Sache nicht noch zehn Minuten Zeit?«
Ich legte die Hand vor die Augen und bemühte mich, höflich zu sein. »Nein, es kann nicht warten. Was ist denn mit seinem Piepser? Können Sie ihn nicht anpiepsen?«
»Habe ich eben schon für jemand anderen versucht, aber er hat sich noch nicht gemeldet. Ich vermute, er ist irgendwo auf der Stadtautobahn oder auf der Golden-Gate-Brücke. Er ruft bestimmt gleich zurück, sobald er ein Telefon gefunden hat.«
»Okay. Danke. Und versuchen Sie es bitte weiter. Es ist wirklich wichtig.«
»Wird erledigt.«
Ich legte auf und dachte kurz daran, Dr. Purdy anzurufen. Aber ich verwarf die Idee gleich wieder. Als ich ihn das erste Mal wegen eines Notfalls angerufen hatte, mußte ich alles dreimal wiederholen (Dr. Purdy war schwerhörig und bewegte sich am Rande der Senilität), und selbst dann hatte er noch nicht begriffen, um was es ging. Er fragte mich mehrmals, ob die Patientin regelmäßigen Stuhlgang habe. Ich erklärte ihm, daß das Problem nichts mit der Verdauung zu tun habe, und er verordnete einen Schwenkeinlauf.
Ich rief Dr. Van Burens Vermittlungsstelle an und mußte mehrmals ganz laut und deutlich sagen, daß es sich um einen Notfall handelte, bevor die Telefonistin mich weiter verband. Dann dauerte es noch eine volle Minute, bis Dr. Van Buren an den Apparat kam.
»Ja?« fragte er gereizt. Offensichtlich ärgerte er sich über die Störung.
Die ungehobelten Manieren des Mannes beeindruckten mich nicht. Sie paßten zu ihm. Dr. Van Buren sah gut aus, dunkel-

haarig, mit einem Körper wie Arnold Schwarzenegger und einem Ego, vor dessen Aura sich die Sonne verstecken konnte. Während meiner zwei Jahre im Redwoods Klinikum hatte ich aus der Gerüchteküche des Krankenhauses genug über ihn gehört, um die intimsten Details seines Lebens auswendig aufsagen zu können. Viele der Geschichten stammten allerdings mit Sicherheit aus diversen Arztromanen.

Van Buren hatte so viele Schwestern verführt und gleich wieder abserviert, daß es nichts Ungewöhnliches war, zu erleben, wie zwei oder mehr Betroffene ihre Erfahrungen austauschten. Sowohl seine Hauruck-Methoden im Bett als auch seine Masche, sich aus jeder Beziehung sofort wieder herauszuwinden, nachdem er sein Ziel erreicht hatte, waren allgemein bekannt. Meist konnte man mit ziemlicher Sicherheit sagen, wo das neueste Opfer arbeitete; bestimmte Stationen mied er wie der Teufel das Weihwasser.

Wie alle interessanten Gerüchte verbreiteten sich auch die Nachrichten von seinen zahlreichen Affären wie ein Lauffeuer von der Küche bis zur Pathologie. Als sie schließlich die Verwaltung erreichten, bekamen einige der betroffenen Schwestern einen Verweis von der Pflegedienstleitung, während Dr. Van Buren in das Gremium zur Bewahrung und Förderung ethischer Prinzipien im Heil- und Pflegeberuf gewählt wurde.

»Hallo, Dr. Van Buren. Hier ist Schwester Heron von der Kardiologie. Ich bin für den Patienten Alonso Turk zuständig, und sein Zustand verschlechtert sich zusehends. Um genau zu sein, ich glaube, er macht es nicht mehr lange. Der Blutdruck ist bei zweihundert, der Puls bei hundertzwanzig, und er hatte eine ganze Serie von Extrasystolen. Außerdem sieht er aus, als ob er jeden Moment den Bach runtergehen könnte.«

Nachdem ich mit meinem Bericht fertig war, trat eine lange

Pause ein. Dann hörte es sich an, als würde der Telefonhörer von einer Tischplatte aufgehoben.

»Ahhh, mal sehen, wie war noch der Name des Patienten?« fragte er. Es war ganz deutlich zu hören, daß er sich bemühte, nicht zu lachen.

»Turk, Alonso Turk, vierundachtzig, Kardiologie, Akutbereich. Sie haben ihn heute morgen bei der Visite gesehen«, sagte ich trocken.

»Ah, ja. Mr. Turk. Netter alter Herr mit einem Widerling von Sohn. Was war noch mal das Problem?«

Ich hörte das Rascheln von Stoff (Bettlaken?) und ein gedämpftes Kichern. Ich fragte mich, ob es wohl eine war, die ich kannte. Mühsam hielt ich meinen Ärger im Zaum und wiederholte, was ich ihm eben schon gesagt hatte. Nachdem ich damit fertig war, hörte ich Dr. Van Buren seufzen. »Wenn ich das richtig verstanden habe, dann betrifft das doch Dr. Cramer. Das ist doch ganz offensichtlich ein Fall für einen Kardiologen, nicht für mich.«

»Das ist mir klar, Dr. Van Buren. Aber Dr. Cramer hat dienstfrei. Dr. Morrison hat Rufbereitschaft, aber der ist unterwegs in die Stadt und für die nächsten zehn Minuten nicht erreichbar. Mein Patient steuert auf eine Reanimation zu, und ich brauche hier einen Arzt, der ihn zumindestens schon mal gesehen hat.«

»Moment mal«, sagte Dr. Van Buren. Ich hörte, wie er die Hand (oder ein Kissen?) über die Muschel legte, dann eine gurrende Frauenstimme, gefolgt von lautem Gelächter.

Er meldete sich wieder. Seine Scheinheiligkeit war kaum zu überbieten.

»Also gut, lassen Sie eine BGA machen, außerdem Hb, HK und ein komplettes Blutbild. Und eine Thoraxaufnahme. Wenn Sie die Werte haben, melden Sie sich wieder. Der Radiologe soll mich zu Hause anrufen.«

»Was ist eigentlich wichtiger, Dr. Van Buren, die Werte oder der Patient?« fragte ich empört. »Ich kann Ihnen versichern, daß Mr. Turk jeden Augenblick wegbleiben kann.«
»Hören Sie, Miss Heron, wenn Morrison sich in zehn Minuten nicht meldet, dann rufen Sie mich noch einmal an, dann komme ich vorbei. Sollte der Patient vorher zum akuten Notfall werden, wissen Sie ja, was zu tun ist, und unten in der Notaufnahme ist schließlich auch noch ein Arzt«
Ich schwieg.
»Ich wüßte nicht, was ich sonst noch tun könnte«, fuhr Dr. Van Buren fort. »Immerhin ist der Mann vierundachtzig.« Es hörte sich an wie eine Entschuldigung.
Wieder trat eine Pause ein. Dann sprach Dr. Van Buren weiter, und diesmal klang seine Stimme etwas weicher. »Was ich noch fragen wollte, Schwester Heron. Sind Sie die hübsche große Rothaarige, die jeden Dienstag da oben arbeitet?«
»Nein«, sagte ich. »Zum Glück nicht!«
»Was? Was haben Sie gesagt?«
»Nichts. Gute Nacht, Dr. Van Buren.« Ich legte auf und ging zurück zu Turk. Er war blaß und kaltschweißig. Ich schaltete die Deckenbeleuchtung ein und betrachtete seine Nase.
Jede von uns hatte ihre ganz persönliche Methode, Katastrophen vorherzusagen. Annie, zum Beispiel, hatte mir einmal erzählt, daß bei ihr die Alarmglocke schrillte, wenn bei einem Patienten Schwächegefühle mit gleichzeitigem Stuhldrang auftraten. Für Jan war es, wenn der Patient zu frieren begann, schläfrig wurde und »komische Schmerzen« im Rücken bekam. In meinem Fall war es die Nase des Patienten – wenn sie anfing, wie graue Knetmasse auszusehen.
Turks Nase sah aus wie ein Klumpen grauer Glaserkitt.
Bestürzt rannte ich hinaus, um die Laboruntersuchungen

und das Röntgen zu veranlassen, wie Dr. Van Buren es angeordnet hatte, dann eilte ich zur Überwachungsabteilung, wo Jan die Monitore beobachtete und das Krankenblatt eines Neuzugangs studierte.

Als sie mein Gesicht sah, sprang sie auf. »Was ist los?«

»Turk geht es immer schlechter, und ich krieg' niemanden zu fassen, den das auch nur im geringsten interessiert. Ich will Joe zu Hause anrufen.«

»Wo steckt Morrison? Der hat doch Bereitschaft.«

»Morrison ist irgendwo auf der Golden-Gate-Brücke, unterwegs in die Stadt. Kannst du dir das vorstellen?«

Jan legte die Hand auf die Wange wie eine alte Frau, die gerade festgestellt hat, daß ihre Katze den Kanarienvogel gefressen hat. »Was hat der denn in San Francisco verloren, wenn er Bereitschaftsdienst hat?« fragte sie.

»Jan, ich weiß es nicht, und es ist mir auch völlig egal. Ich möchte einfach nur Dr. Cramer zu Hause erreichen. Hast du seine Nummer?«

»Echo, du weißt doch, daß Annie das gar nicht gern sieht.«

»Ist mir egal. Annie ist schon so lange Stationsschwester, die hat das bestimmt selber schon ein paarmal gemacht. Selbst wenn die Vermittlung Dr. Morrison erreicht, braucht der mindestens eine halbe Stunde, bevor er hier ist, und bis dahin ist Turk tot. Ich nehme das auf meine Kappe, ich will Dr. Cramer hier haben. Er mag Turk, und ich glaube nicht, daß er mir hinterher deswegen Schwierigkeiten machen wird.«

»Die Telefonnummern sind in Annies Schreibtisch in der rechten Schublade. Aber von mir weißt du das nicht, kapiert?«

»Irgendwie hab' ich gerade wieder einen Alzheimer-Anfall. Wie heißt du nochmal?«

Nach dem zweiten Klingeln meldete sich ein zartes Stimmchen.
»Hier ist Melissa Cramer. Kann ich Ihnen helfen?« Im Hintergrund hörte ich jemand lachen und in die Hände klatschen.
Ich nahm meinen ganzen Mut zusammen. »Ist dein Vater da, Melissa?«
»Ja, der ist da. Wer ist da, bitte?«
»Sag ihm, es ist Echo.«
Ein unmißverständliches Geräusch verriet mir, daß eine kleine, unbeholfene Kinderhand versuchte, die Muschel zuzuhalten.
»Für dich, Daddy. Ein Echo«, verkündete sie stolz.
Ich mußte lächeln.
Dann hörte ich Joes Stimme und kam mir vor wie eine Schiffbrüchige, die in der Ferne die Küste auftauchen sieht: »Hallo?«
»Gott sei Dank, Joe. Bitte seien Sie nicht böse, weil ich Sie zu Hause anrufe, aber Turk geht mir hier den Bach runter, und niemand hat Zeit oder Lust, etwas zu unternehmen. Ich brauche hier einen Arzt, der sich mit ihm auskennt.«
»Verdammt noch mal! Wo zum Teufel steckt Morrison?«
Mir brach der Schweiß aus. Ich hatte Joe noch nie fluchen hören.
»Ob Sie's glauben oder nicht, Joe, Ihr Kollege ist wegen eines Notfalls unterwegs nach San Francisco. Bis er zurückkommt, ist es zu spät. Dr. Purdy weiß sowieso nicht, wo hinten und vorn ist, und Dr. Van Buren sagte, ich solle auf Morrison warten oder den Arzt von der Notaufnahme rufen.«
Joe seufzte und schwieg. Im Hintergrund hörte ich seine Frau und Melissa darüber diskutieren, ob Puh der Bär ein Junge oder ein Mädchen sei.

»Um was geht es also genau?« fragte Joe schließlich.
»Meinem Gefühl nach wird er innerhalb der nächsten halben Stunde sterben«, sagte ich. »Sein Blutdruck ist fast an der Decke, sein Pulmonalis-Druck auch, die Gesichtsfarbe ist miserabel, er ist tachykard, friert und hat Schweißausbrüche. Außerdem hat er starke Schmerzen, gegen die Morphin nicht hilft, seit zwei Stunden hat er keinen Urin mehr ausgeschieden, und –«
Joe unterbrach mich. »Mit anderen Worten, es geht ihm dreckig.«
»Bitte, Joe.«
»Also gut. Geben Sie mir die Telefonnummer seines Sohnes. Vielleicht gibt er nach und erleichtert seinem Vater das Sterben. Ich bin in zehn –«
Im Hintergrund hörte ich, wie seine Frau mit dem Fuß aufstampfte. »Das ist doch wohl nicht dein Ernst, Joe! Wo ist Morrison?«
Dr. Cramer bedeckte die Muschel mit der Hand, und dem gedämpften Gemurmel am anderen Ende der Leitung nach hatte es auch Nachteile, mit einem Arzt verheiratet zu sein, besonders mit einem guten Arzt.
Joe meldete sich wieder. »Entschuldigen Sie die Unterbrechung«, sagte er. »Die Mannschaft meutert.«
»Bestellen Sie Ihrer Frau, daß es mir sehr leid tut. Versprechen Sie ihr, nächste Woche mit ihr auf die Bermudas zu fliegen oder sonst wohin, wo sie vor der Klinik sicher ist. Wir sehen uns also in zehn Minuten.«
Fünf Minuten später gab mir Jan die Blutgaswerte; Turks O_2 war viel zu niedrig. »Eben haben sie aus der Radiologie angerufen. Seine Lunge ist ein einziger Schatten, und das Aneurysma perforiert demnächst«, sagte Jan. Ich wollte sie gerade fragen, was ich tun sollte, als sie an mir vorbei die Hand ausstreckte und auf den Knopf am Drucker drückte.

»Er fällt ab!« schrie sie. Auf dem Monitor sah ich, daß die Herzfrequenz auf 40 abgesunken war. Wie auf Kommando rannten wir beide zu Turks Zimmer und zogen den Notfallwagen hinter uns her.

Turks Blutdruck war ebenfalls abgefallen; der systolische Wert lag bei 70. Als ich das Fußende des Bettes hochstellte, öffnete Turk mühsam die Augen. Der leere Blick verriet mir, daß er mich nicht mehr erkannte und auch sonst nichts mehr wahrnahm; er war dabei, die Schwelle vom Leben zum Tod zu überschreiten.

Jan gab Atropin, um die Herzfrequenz zu steigern. Ich drehte das Nitro ab und hängte eine Dopamininfusion an, in der Hoffnung, damit den Blutdruck wieder in die Höhe zu bekommen.

Mit einem feuchten Waschlappen wischte ich Turks Mund ab, band seine Hände los und drehte ihn auf die Seite, um ein ovales Holzbrett unter ihn zu schieben, für den Fall, daß eine Herzdruckmassage nötig werden sollte.

Jan nutzte die kurze Pause, um jemanden zu suchen, der sie an den Monitoren im Überwachungsbereich vertreten könnte. Durch die Glaswand des Abteils sah ich, wie die Tür aufging und Dr. Cramer hereinkam.

Er blickte erst Turk an, dann mich. »Sie haben nicht übertrieben.«

Ich schüttelte den Kopf und hob eine Augenbraue.

Joe verstand meine stumme Frage und wandte den Blick ab. »Nein. Er besteht auf voller Reanimation«, sagte er leise.

»Dachte ich mir«, sagte ich zutiefst enttäuscht, obwohl ich mir hätte denken können, daß Louis seine Sturheit bis zum bitteren Ende beibehalten würde.

Joe beugte sich zu Turk herab. »Turk! Turk, können Sie mich hören?«

Turk war kaum noch ansprechbar, aber er schaffte es trotzdem, den Kopf ein wenig in die Richtung zu drehen, aus der Joes Stimme kam.

»Ich habe Louis angerufen. Sie sind schon auf dem Weg hierher.«

Turk hob kurz die Hand und krallte die Finger in die Luft, als suche er einen Halt. Dann versteifte sich sein Körper, und die Augäpfel verdrehten sich, bis nur noch das Weiße zu sehen war. Ich schaute auf den Monitor. In riesigen Zacken wanderten Extrasystolen dicht gedrängt über den Schirm. Sie sahen aus wie Zaunpfähle.

Ich schüttelte den alten Mann und rief seinen Namen. Er reagierte nicht. Ich ließ ihn auf die Matratze zurücksinken und schrie nach Jan. Atemlos kam sie hereingerannt, weiß wie ein Bettlaken.

Ich hob die Faust und schmetterte sie auf Turks Brustbein. Ich hoffte, der Schlag würde das Reizleitungssystem des Herzens stimulieren und den Rhythmus normalisieren. Aber alles, was ich damit erreichte, war, daß ich ihm die Luft aus der Lunge trieb.

Jan riß die Schubfächer des Notfallwagens auf, und Joe trug das blaue Kontaktgel auf die Elektroden des Defibrillators auf. Auf sein Kommando hin sprangen wir vom Bett zurück, um jeglichen Körperkontakt mit Turk zu vermeiden. Joe beugte sich aus den Hüften weit vor, legte die Elektroden auf Turks Brust und verabreichte ihm einen 400-Watt-Schock. Das Geräusch, das dabei entstand, wird mich mein Leben lang begleiten.

Turks Körper bäumte sich auf; seine Arme wurden etwa einen halben Meter in die Luft geschleudert wie die einer Stoffpuppe, die von einem zornigen Kind geschüttelt wird.

Jan und ich beobachteten den Monitor und warteten auf ein Ergebnis der Defibrillation. Ich warf einen Blick auf Turks Gesicht. Seine Lippen waren zu einem unregelmäßigen

Kreis verzogen, und er hatte die Augen in maßlosem Entsetzen aufgerissen, als blicke er geradewegs in die Folterkammer der Hölle. Ich verdrängte den Anblick und dachte an den freundlichen alten Herrn, der das Lied vom Echo sang.
Auf dem Bildschirm zeigten sich vereinzelte Ausschläge, die Frequenz betrug nur siebenunddreißig Schläge pro Minute.
Ich drückte meine Finger in Turks Leiste. »Kein Puls.«
»Herzmassage«, befahl Joe mit ruhiger Stimme.
Ich kletterte auf das Bett, kniete mich neben Turk, legte beide Hände übereinander auf die Mitte des Brustkorbs und komprimierte mit dem Gewicht meines Oberkörpers rhythmisch den Brustkorb, um den Kreislauf wieder in Gang zu bringen. Wie in Zeitlupe legte Turk mit erstaunlicher Kraft die Finger um meine Handgelenke und zog meine Hände von seiner Brust.
Ich blickte hinab auf seine Augen. Die Lider flatterten wie zwei kleine Flügel, dann gingen sie auf, und ich blickte in die Tiefen einer erschöpften Seele.
Ich folgte dem Rat einer inneren Stimme und hielt inne. »Es tut mir leid, Turk«, sagte ich und sah Joe an. »Ich kann ihm das nicht antun. Das ist unmenschlich.«
Joe wandte sich an Jan. »Schwester Tobin, bitte übernehmen Sie die Herzmassage.«
Jan zog mich vom Bett weg und begann, Turks Brustkorb zu bearbeiten. Joe und ich beobachteten den Monitor. Jans Bemühungen zeigten keinerlei Wirkung.
»Ich gehe jede Wette ein, daß er eine Tamponade hat«, murmelte Joe. »Also gut, Herzmassage stop. Was macht der Puls?«
Jan und ich suchten verzweifelt nach einem Puls. Nichts.
Joe griff nach der langen Kanüle auf dem Notfallwagen und führte sie ganz langsam an der Brustbeinspitze ein, bis von der Nadel kaum noch etwas zu sehen war. Dann aspirierte er

ganz sanft, und die Spritze füllte sich mit fünfzig Millilitern dunklen Blutes, das sich im Herzbeutel angesammelt hatte und verhinderte, daß die Herzkammern sich füllten.

Im selben Moment fühlte ich wieder einen Puls. Turks Blutdruck stieg schnell von 38 auf 46 an, dann auf 62. Ich warf Joe einen erleichterten Blick zu. Sein Gesicht blieb ausdruckslos.

Er beugte sich über Turk und schrie ihm ins Ohr: »He, Turk! Hören Sie mich?«

Turk bewegte nur schwach den Kopf.

Vierzig Sekunden vergingen, während wir zusahen, wie die Werte wieder abfielen, 60, 43 ... Wieder setzten ventrikuläre Extrasystolen ein, das Herz spielte erneut verrückt.

Joe griff nach den Elektroden und gab noch etwas Kontaktgel darauf. »Noch mal Herzmassage«, sagte er.

Jan kletterte wieder aufs Bett und begann von neuem, den Brustkorb zu komprimieren.

Ich sah, wie Joe zögerte, bevor er Turk noch einmal defibrillierte.

»Geben Sie ihm einen Morphinbolus von fünf Milligramm«, sagte er mit fester Stimme.

Jan und ich blickten ihn fragend an.

»Wir können doch nicht so weitermachen, ohne ihm etwas gegen die Schmerzen zu geben«, erklärte er.

Ich stach die Nadel in die Verschlußkappe von Turks Infusionsflasche und injizierte das Morphin. Instinktiv wußte ich, daß diese Dosis seinen Todeskampf ein für allemal beenden würde. Während ich zusah, wie die Flüssigkeit durch den durchsichtigen Plastikschlauch unaufhaltsam auf Turks Vene zufloß, mußte ich an den jungen Baseballspieler Richard Wilson denken.

Ich erinnerte mich genau, wie ich mich gefühlt hatte, als der Tod für mich noch etwas Neues war. Damals hatte ich noch nichts von seinen zwei Gesichtern gewußt. Für mich war der Tod nichts anderes als ein Dieb gewesen, der den Menschen das Leben stahl. Daß er auch als Erlöser auftreten könnte, hatte ich zu jener Zeit noch nicht verstehen können. Miss Telmack hatte recht gehabt. Es gehörte zum Pflegeberuf, Menschen von ihren Qualen zu befreien, wenn der Tod die einzige Lösung war.

Turks Blutdruck fiel von 30 auf 20.

»Das wär's«, sagte Joe. »Sein Herzbeutel läuft wieder voll, und ich finde, der Mann hat seine Ruhe verdient. Wir haben ihn lange genug aufgehalten.«

Turks Körper entspannte sich, als das Morphium zu wirken begann, und ich stellte den Alarmknopf auf Aus. Während ich seine Hand hielt, dachte ich, daß es irgendwie vom Schicksal vorherbestimmt war, daß ich am Ende seines Lebens bei ihm sein würde. Weil ich wußte, wie sehr Turk den Tubus haßte, ließ ich die Luft aus der Manschette entweichen, die ihn in der Luftröhre fixierte. Im gleichen Moment drang tief aus Turks Kehle ein würgender Laut, das letzte Zeichen des Übergangs vom Leben zum Tod.

Der Blutdruck sank von 20 auf Null, und das EKG zeigte eine gerade Linie. Joe schaltete den Monitor aus.

Als Joe die Tür zum Wartezimmer öffnete, sah ich Louis am Fenster stehen. Er hielt seinen Hut mit beiden Händen und starrte zornig in die Dunkelheit hinaus. John saß auf einem Stuhl und las in einem schwarz eingebundenen Buch.

Etwas später kam Louis, der erstaunlich gefaßt schien, allein in Turks Zimmer. Er stellte sich an die übliche Stelle am Fußende des Bettes. Da stand er lange und schien auf etwas zu warten. Ich hätte nicht sagen können, worauf. Schließlich trat er an die Seite des Bettes heran, nahm die Hand seines Vaters, zog ihm den Ring mit dem Adlerkopf vom Finger und steckte ihn sich selbst an. Turks übrige Sachen, ein

Paar urinbefleckte Hosen, ein Unterhemd mit abgerissenem Träger, eine karierte Jacke, ein Paar alte braune Schnürschuhe, eine Brille mit verbogenem Gestell und mehrere Blumensträuße von den anderen Familienmitgliedern, sollten wir wegwerfen. John erwähnte er mit keinem Wort, und ich fragte ihn auch nicht nach seinem Bruder.

Ich sah mich im Zimmer um und versuchte, das Durcheinander zu ignorieren. Mein Blick fiel auf einen Strauß blauer Ranunkeln mit weißen Chrysanthemen, der ohne Absender für Turk abgegeben worden war. Ich hatte scherzhaft zu Turk gesagt, daß sie vielleicht von Ned wären, und er hatte angefangen zu weinen.

Ich nahm eine der leuchtend blauen Blumen und steckte sie mir ins Haar.

»Also, Turk«, sagte ich. »Jetzt mache ich Sie ein bißchen zurecht, und dann dürfen Sie hier raus.« Ich bückte mich, um ein blutbeflecktes Laken aufzuheben, als ich aus den Augenwinkeln zu bemerken glaubte, wie Turks Brust sich hob. Ich erstarrte mitten in der Bewegung und blickte angestrengt hin, aber es war nur eine optische Täuschung gewesen, ein Wunschbild meiner Phantasie.

Die Röhren und Schläuche von Turks Körper zu entfernen, erfüllte mich mit Befriedigung. Es war, als würde ich ihn von etwas Unreinem befreien. Ich öffnete das Päckchen, das die Materialien für die Vorbereitung zum Transport in die Leichenhalle enthielt, und nahm den ersten der drei benötigten Gegenstände heraus: das braune Namensschild. Ich schrieb seinen Namen und die Patientennummer darauf und band den Anhänger an seinen linken großen Zeh. Der zweite Gegenstand war eine Vorlage aus weichem, saugfähigem Material. Ich drehte Turks Körper auf die Seite und legte sie unter sein Gesäß, um letzte Körperausscheidungen aufzufangen. Der dritte Gegenstand war ein dünner Stoffstreifen, etwa einen Meter lang. Es war Vorschrift, daß den Toten für den Transport in die Leichenhalle die Hände zusammengebunden wurden, damit die Arme nicht herumbaumelten.

Ich wickelte den Streifen nur locker um Turks Handgelenke.

»Alles fertig für die letzte Reise, Turk. Wenn Sie Ned begegnen, brauchen Sie sich wenigstens nicht zu schämen. Sehen Sie nur zu, daß –«

»Echo?«

Ich wirbelte herum. Milly, die Pflegedienstleiterin, stand in der offenen Tür und starrte Turk an.

»Mein Gott, Milly, haben Sie mich erschreckt!« sagte ich in vorwurfsvollem Ton. Es war mir peinlich, dabei überrascht worden zu sein, wie ich mich mit einem Toten unterhielt.

»Wenn Sie Zeit haben, möchte ich kurz mit Ihnen sprechen«, sagte sie kühl.

»Jetzt gleich, Milly? Hat das nicht Zeit bis später? Ich bin noch völlig durcheinander. Wir haben gerade einen Patienten verloren, und ich –«

Milly zeigte dafür kein Verständnis. Das überraschte mich nicht sonderlich. Sie gehörte zu den Schwestern, die an nichts anderes dachten als an Vorschriften, Bestimmungen und Anweisungen.

»Ich denke, das duldet keinen Aufschub, Echo«, sagte sie und fuhr fort, ohne eine Entgegnung abzuwarten: »Man hat mich davon in Kenntnis gesetzt, daß Sie während der Essenspause im Trainingsanzug das Klinikgelände verlassen. Außerdem ist mir aufgefallen« – ihre Stimme wurde um eine Oktave höher – »daß Sie keine vorschriftsmäßigen Schwesternschuhe tragen. Das sind zwei Verstöße gegen die Klinikordnung. Haben Sie dazu etwas zu sagen, bevor es in Ihre Personalakte aufgenommen wird?«

Ohne ihr eine Antwort zu geben, holte ich ein sauberes Laken aus einer Schublade und breitete es über Turk, um seinen Körper vor Millys Blicken zu schützen. Sie packte eine Ecke des Tuches und schlug es zurück. Dann griff sie nach seinen Händen und zerrte an dem Band um die Gelenke. »Sie haben vergessen, seine Hände ordentlich zusammenzubinden.«

Ich zog ihr das Band aus der Hand und ließ Turks Arm auf das Bett zurücksinken. »Ich habe es nicht vergessen. Ich finde es nur abstoßend, den Toten die Hände zu fesseln. Das ist barbarisch.«

Milly packte grob Turks Handgelenke und schnürte sie wortlos so fest zusammen, daß die papierdünne Haut an den Gelenken aufsprang. Blut sickerte in die weiße Gaze.

»Die Leichenbestatter mögen es nicht, wenn die Hände frei sind«, sagte sie. Ihr Doppelkinn wackelte von der Anstrengung, mit der sie die Knoten festzog. »Sie sagen, davon bekommen die Arme blaue Flecken. Das steht alles in den Vorschriften. Wenn Sie sich die Zeit nehmen würden, sie durchzulesen, wüßten Sie das.«

»Wenn alle Schwestern sich nur an die Vorschriften halten würden, würden wir hier überhaupt nichts zustande kriegen. Wir würden rumlaufen wie kleine Mäuse und uns nicht trauen, irgend was zu sagen oder zu tun.« Ich schwieg und blickte auf Turk herab.

»Und was ich Sie noch fragen wollte, Milly«, fuhr ich fort und bemühte mich, meine Stimme nicht allzu ätzend klingen zu lassen, »wann haben Sie das letzte Mal einen Toten gesehen, der mit nackten Armen aufgebahrt wurde?«

Milly überging meine Bemerkungen mit steinernem Gesicht. »Haben Sie noch etwas zu sagen wegen der Schuhe und der Vorfälle während der Essenspause?«

»Sie lassen nicht locker, wie?« Ich schüttelte den Kopf und brachte mein Gesicht ganz dicht an ihres heran. »Na schön.

Ich habe etwas zu meinen Schuhen zu sagen. Sie sind bequem. Seit ich sie trage, habe ich keine Rückenschmerzen mehr.«

»Mag sein, aber, so leid es mir tut, Sie können sie nicht länger tragen. Alle Schwestern haben die vorgeschriebenen weißen Schwesternschuhe anzuziehen.« Milly hatte die blaue Ranunkel in meinem Haar entdeckt und streckte die Hand aus, um sie herauszuziehen. Ich packte ihren Arm und wich zurück.

»Blumen im Haar sind ein Verstoß gegen die Kleiderordnung«, sagte sie.

»Immer mit der Ruhe, Milly. Ein Verstoß nach dem anderen. Wir sind noch bei den Schuhen. Meine sorgen für eine vernünftige Haltung. Was ist denn wichtiger, mein Rücken oder die Kleiderordnung?«

Milly verlor langsam die Geduld und trat von einem Fuß auf den anderen. »Patienten und Besucher erwarten von den Schwestern, daß sie wie Schwestern aussehen, und Schwestern tragen nun mal weiße Schuhe.«

»Solche Argumente sind der Grund, warum ich niemals in die Verwaltung gehen würde. Ihr glaubt wirklich, ihr könnt hinter euren Schreibtischen sitzen und dem Pflegepersonal vorschreiben, wie es sich zu benehmen hat.

Hier liegt ein toter Mann. Wir haben alles versucht, um sein Leben zu retten. Ich habe ihn gepflegt, und ich habe ihm gegenüber meine Pflicht erfüllt, so wie ich es für richtig halte und wie ich es gelernt habe. Ich habe ihn kennengelernt; er war ein guter Mensch; jetzt ist er tot. Ich wünschte, Sie könnten ihn fragen, ob es ihn gestört hat, daß ich keine weißen Schwesternschuhe anhatte, und ob es ihm etwas ausgemacht hätte, wenn meine Schuhe rot gewesen wären und meine Haare grün. Ich möchte wetten, die Antwort hätte Sie überrascht.«

Ich schwieg, und Milly senkte den Blick. »Wenn ich Sie richtig verstehe, dann –«
»Ganz recht. Ich werde weiter Joggingschuhe bei der Arbeit tragen, Milly. Das können Sie ruhig in meine Akte schreiben.«
»Dann ist Ihnen ja wohl auch klar, daß Sie mit einer Abmahnung wegen Verstoßes gegen die Kleiderordnung zu rechnen haben.«
»Wenn ich nun einen braunen orthopädischen Schuh tragen müßte, weil ein Bein fünf Zentimeter kürzer ist als das andere, wäre das mit den Vorschriften vereinbar?«
»Durchaus«, antwortete Milly etwas verunsichert. »Solange es Sie nicht bei der Arbeit behindert ...«
»Genau das ist der springende Punkt«, hakte ich ein. »Durch meine Schuhe kann ich effizienter und länger arbeiten. Warum sind sie dann nicht erlaubt?«
»Ein orthopädischer Schuh ist ein ärztlich verordnetes Kleidungsstück.«
»Also gut, dann besorge ich mir für meine Schuhe ein Rezept von einem Orthopäden. Wird das genügen?«
Milly wußte nicht recht, was sie sagen sollte. »Ich weiß nicht, aber ich glaube, das geht nicht.« Sie begann, in ihren Taschen zu kramen, als ob sie darin die Antwort finden könnte.
Ich kam ihr zuvor und sprach das zweite Thema an. »Ich bestreite nicht, daß ich während der Essenspause das Gelände verlasse.«
Mein Eingeständnis schien sie zu überraschen. »Wo gehen Sie hin?«
»Es geht Sie zwar nichts an, was ich während meiner Freizeit mache, aber ich sage es Ihnen lieber selbst, bevor Sie es von den anderen hören: ich treffe mich mit Dr. Van Buren auf dem Parkplatz.«

Millys Oberlippe begann zu zucken, was bei ihr soviel hieß, wie daß sie schockiert war.
»Vor ein paar Monaten habe ich angefangen zu joggen, um fit zu bleiben«, lenkte ich ein. »Manchmal habe ich vor dem Dienst keine Zeit, also nutze ich die Essenspause, um ein paar Kilometer zu laufen. Danach dusche ich und ziehe mich wieder um.«
»Das schaffen Sie alles in dreißig Minuten?« fragte sie.
»Nein«, sagte ich. »Meistens brauche ich dazu fünfundzwanzig Minuten.«
Milly wandte sich ab. »Damit müssen Sie aufhören. Wenn Sie sich außerhalb des Geländes verletzen oder einen Unfall haben, übernimmt die Klinik keine Haftung.«
»Wollen Sie damit sagen, daß ich das Gelände während der Pause nicht verlassen darf?«
»Ich finde die Idee mit dem Joggen nicht gut, Echo. Es wäre besser, Sie würden das lassen, zumal Sie in der Kardiologie arbeiten. Man weiß schließlich nie, wann Sie dort gebraucht werden.«
Ich seufzte. »Also gut, ich werde auf dem Klinikgelände bleiben.«
Milly lächelte.
»Aber –«
Milly runzelte die Stirn.
»– dann werde ich von jetzt an die dreißig Minuten als Überstunden aufschreiben.«
»Das können Sie nicht«, sagte Milly herablassend.
»Und ob ich das kann, Milly«, entgegnete ich. »Wenn eine Pflegekraft ihre Essenspause nicht in Anspruch nehmen kann, weil die Arbeit es nicht erlaubt, dann hat sie Anspruch auf Bezahlung der geleisteten Überstunden. Das stimmt doch, oder?«
»Ja, rein formal schon, aber die meisten Schwestern ver-

zichten auf die Pause, ohne sie als Überstunden zu berechnen.«

Ich lachte so sarkastisch, wie es mir nur möglich war. »Das mag wohl sein, liebe Pflegedienstleiterin, aber hier sehen Sie eine Kollegin, die sich nicht über den Tisch ziehen läßt und dabei noch ein freundliches Gesicht macht.« Ich deckte Turks Leiche wieder zu und schob den Notfallwagen an Milly vorbei. »Was, schätzen Sie, kostet den Patienten ein Tag in der Kardiologie?« fragte ich unvermittelt.

»Zwischen sechshundert und tausend Dollar.«

»Und was bekomme ich für einen Dienst? Brutto?«

»Etwa sechzig Dollar.«

»Und wer kümmert sich während jeder Sekunde, die er hier ist, um den Patienten?«

»Das Pflegepersonal. Aber Sie können nicht einfach –«

»Moment mal, Milly, nicht so schnell. Sie haben recht: die Schwester oder der Pfleger kümmert sich die ganze Zeit um den Patienten. Und aus diesem Grund habe ich nicht vor, dem Krankenhaus etwas zu schenken, weil es nämlich bereits über alles verfügt, was ich habe: meine Zeit, meine Kraft und meine Seele. Ich verlange nichts weiter als dreißig Minuten von achteinhalb Stunden, eine halbe Stunde, die mir gehört und in der ich mich von der Arbeit erhole. Wenn ich hier im Gebäude bleibe, kann ich mich nicht entspannen, denn der Betrieb läuft weiter, auch während der Pause.«

»Wie Sie meinen«, sagte Milly. »Ich werde mit Mrs. Miller darüber sprechen. Aber bis dahin stempeln Sie Ihre Stechkarte, wenn Sie das Gelände verlassen, damit wir einen Beleg haben, daß es außerhalb der Arbeitszeit geschehen ist, falls Ihnen draußen etwas passiert.«

Ich steckte das Laken um Turk fest. »Wird gemacht, Milly. Jetzt lassen Sie mich bitte meine Arbeit machen.«

Zwei Wochen nach Turks Tod fand ich einen Umschlag in

meinem Briefkasten. Er enthielt eine Postkarte mit zwei Möwen in Nahaufnahme, die durch die Wolken flogen. Darunter stand: »Sie können, weil sie glauben, daß sie es können.« Ich drehte die Karte um. Die Handschrift war etwas nach links geneigt:

Liebe Schwester Heron,
es ist nun zehn Tage her, daß Vater gestorben ist, und ich vermisse ihn noch genauso wie am ersten Tag. Man sagt zwar, daß die Zeit alle Wunden heilt, aber es geht so furchtbar langsam.
Louis hat sich völlig zurückgezogen. Er kapselt sich ab und behält seine Gefühle für sich, wie er es schon immer getan hat. Ich glaube, er zerbricht innerlich, aber wir werden es wohl nie erfahren.
Ich bin Vater sehr nahegestanden, und mit ansehen zu müssen, wie er sich jeden Tag weiter von uns entfernte, war, als wäre ich Zeuge meines eigenen Sterbens. Sie haben mir die Kraft gegeben, es durchzustehen, indem Sie so aufopfernd und hingebungsvoll für Vater gesorgt haben.
Der beiliegende Gegenstand hat Vater gehört. Er hat ihn immer bei sich getragen, so lange ich ihn kenne. Weil er Sie so gern mochte, und weil Sie bei ihm waren, als er starb, glaube ich in seinem Sinne zu handeln, wenn ich Ihnen diesen Talisman anvertraue.
Möge er Ihnen Glück bringen. Noch einmal vielen herzlichen Dank für Ihren Beistand.

Unterschrieben war die Karte mit »John Turk.«
Im Umschlag steckte ein Stückchen Karton, auf dem mit Klebestreifen eine dünne Goldmünze befestigt war, etwa so groß wie ein Vierteldollarstück. Die eine Seite zeigte einen Adlerkopf, der genauso aussah wie der auf Turks Ring, auf

der anderen Seite war der ganze Vogel im Flug über die Berge zu sehen.

Ich strich mit dem Finger leicht darüber. Wie oft mußte Turk die Münze während seines langen Lebens zwischen Daumen und Zeigefinger gerieben haben? Bevor ich die Münze in das Geheimfach meiner Geldbörse steckte, legte ich sie auf den Daumennagel und schnippte sie in die Luft. Sie wirbelte um die eigene Achse und stieg in die Höhe wie eine golden schillernde Seifenblase am Nachthimmel. Mit einer schnellen Bewegung fing ich sie im Fallen auf und klatschte sie auf den Handrücken.

Langsam nahm ich die Hand weg. Das goldene Auge des Adlers starrte mich an.

12. Kapitel

Wie eine Schlange nach dem Biß zuckte Mr. Lefoies Fuß in dem spitzen schwarzen Schuh zurück. Der scharfe, brennende Schmerz zuckte durch mein Knie und raste wie ein Elektroschock die Nerven des Unterschenkels entlang. Ich taumelte zum Bett, packte den wildgewordenen, gemeingefährlichen Fuß mit beiden Händen und mußte mich beherrschen, ihn nicht vom arthritischen Knöchel des Mannes zu reißen.

Die anderen Schwestern standen neben dem Bett und zogen scharf den Atem ein, als sie mein schmerzverzerrtes Gesicht sahen. Als hätte der Angriff jeder einzelnen von ihnen gegolten, machten sie sich gemeinsam daran, den verwirrten Mann wieder in sein Bett zu bugsieren.

Jan und Linda ergriffen jede einen Arm des alten Mannes, während Catherine und Lucy versuchten, seine wild um sich schlagenden Beine zu bändigen. Jemand zählte bis drei, dann hoben sie ihn mit Schwung auf das Bett und klappten die Seitengitter hoch.

»Hilfe, Hilfe, so helft mir doch!« schrie Mr. Lefoie. Er hatte einen starken französischen Akzent. »Ich muß raus aus diesem Flugzeug. Ich muß Maurice finden.«

Obwohl die Situation jeglicher Komik entbehrte, mußte Linda kichern, während sie Mr. Lefoies Hände abwehrte, mit denen er nach ihrem Gesicht krallte. Das machte ihn nur noch wütender, und er versuchte, sie zu beißen. Aber in weiser Voraussicht hatte Catherine ihm die Zahnprothese weggenommen, so daß Linda ungeschoren davonkam.

Lucy kam mit der Fixierweste und schloß die Tür, damit das Geschrei des Mannes nicht die anderen Patienten aufschreckte.
»Ihr niederträchtigen Kidnapper! Ich werde euch anzeigen. Maurice wird euch ins Gefängnis stecken, wo ihr verfaulen könnt, ihr Huren, ihr Amazonen, ihr widerlichen –«
»Das reicht, Jean-Paul«, sagte Jan sanft. »Sie sind hier im Krankenhaus, und wir sind die Krankenschwestern, die Sie pflegen werden. Wir wollen uns nicht mit Ihnen streiten; wir wollen Ihre Freunde sein. Wir wollen doch nicht, daß Sie –«
Mr. Lefoie schlug mit der Faust nach ihr. Dr. Cramer kam herein und sah, wie sie dem Angriff auswich.
»Na, Mädels, alle Hände voll zu tun mit Mr. Lefoie, wie?« fragte Joe und grinste.
Als er Dr. Cramer sah, faltete Mr. Lefoie die Hände wie zum Gebet und begann zu betteln: »Bitte, bitte, Captain, sorgen Sie dafür, daß diese Furien mich in Ruhe lassen. Ich muß raus aus der Maschine, sonst passiert noch etwas ganz Schreckliches. Maurice wird furchtbar böse auf Sie sein, wenn er das erfährt.«
Joe legte die Hand auf Jean-Pauls Schulter. »Ist schon gut, Jean-Paul. Sie sind hier nicht im Flugzeug, sondern im Krankenhaus. Diese netten Damen sind Ihre Krankenschwestern, und ich« – Joe zwinkerte und lächelte verschwörerisch – »bin Ihr Captain.«
»Joe!« sagte ich streng. »Der Mann ist schon verwirrt genug; Sie müssen es nicht noch schlimmer machen.«
Joe wandte den Kopf und blickte mich über die Schulter hinweg an. Ich rieb mein Knie, das immer mehr anschwoll und bereits dick wie eine Grapefruit war.
»Sagt mal, was habt ihr mit dem armen Mann eigentlich angestellt?« fragte Joe scheinheilig.

Ich hörte auf, mein Knie zu reiben, und humpelte zu ihm hinüber. »Ich bin nur mit meinem Knie ein bißchen zu nahe an seinen Fuß herangekommen«, entgegnete ich. »Wenn Sie uns das nächste Mal wieder einen Patienten schicken, dann wäre es sehr freundlich von Ihnen, uns vorher zu sagen, daß er um sich schlägt, damit ich mir rechtzeitig Knieschützer überziehen kann.«

Mr. Lefoie, der streitsüchtige, zweiundsiebzigjährige Franzose, war Dr. Cramers Privatpatient. Er war zur Beobachtung hier und sollte die Nacht im Krankenhaus verbringen. Während des Nachmittags hatte er sich von seiner charmantesten Seite gezeigt, mit den Schwestern geflirtet und uns Fotos seiner Enkel gezeigt. Nach dem Abendessen war er eingeschlafen, um halb acht wieder aufgewacht und hatte nach der Schwester geläutet.

Als ich das Zimmer betrat, salutierte er militärisch, und ich legte die Fingerspitzen an die Schläfe und stand stramm. »Leutnant, richten Sie Maurice bitte aus, er möge hereinkommen. Der arme Mann friert sich da draußen sonst zu Tode.«

Ich salutierte noch einmal, machte auf dem Absatz kehrt und ging hinaus, um im Wartezimmer nach dem sich zu Tode frierenden Maurice zu suchen, von dem ich annahm, daß er Mr. Lefoies Sohn sei. Fünf Minuten später kehrte ich ohne den geheimnisvollen Monsieur Maurice in Mr. Lefoies Zimmer zurück.

Mr. Lefoie saß geduldig auf dem Bett, hatte seine Hose verkehrt herum angezogen und trug nur einen Schuh. Ein Brötchen, das vom Abendessen übriggeblieben war, steckte in der Brusttasche seines Hemdes. Sehr förmlich verkündete er, daß er nunmehr bereit sei, das Flugzeug widerstandslos zu verlassen. Erst als er danach immer noch nicht lachte, wurde mir klar, daß ich es mit einem »Abendspinner« zu tun hatte.

Mr. Lefoie war einer von Tausenden älterer Menschen, die während des Tages völlig normal, freundlich und umgänglich sind. Sobald aber die Sonne untergegangen ist, leiden sie unter den verschiedensten, von Fall zu Fall wechselnden Psychosen. Manchmal werden sie bösartig und aggressiv, bilden sich ein, man hätte sie als Geisel genommen; dann wieder halten sie sich für ihren eigenen Doppelgänger; und in anderen Fällen sind sie sich zwar ihrer Identität bewußt, haben aber einen »unsichtbaren Begleiter«, mit dem sie ausführliche, lebhafte Gespräche führen. Längst verstorbene Ehepartner, Eltern und Freunde stehen von den Toten auf und leisten ihnen Abend für Abend Gesellschaft. Ich hatte mir schon öfter heftige Vorhaltungen anhören müssen, weil ich diesen unsichtbaren Besuchern nichtsahnend auf die Zehen getreten war oder mich auf ihren Schoß gesetzt hatte.

Bei Sonnenaufgang war der Spuk vorbei, und der Patient kehrte in die Welt der Normalität zurück, ohne sich daran zu erinnern, was während der Nacht losgewesen war.

Joe untersuchte mein Knie und drückte mit dem Finger auf die Stelle, wo es am meisten wehtat. Ich zuckte vor Schmerz zusammen. »Ich glaube, Sie sollten das lieber behandeln lassen«, meinte er fürsorglich.

»Hör auf den Rat vom Onkel Doktor, Echo«, sagte Jan, die damit beschäftigt war, Mr. Lefoie die Weste anzuziehen. »Leg einen Eisbeutel drauf. Ich sage Lucy, sie soll einen Rollstuhl holen und dich in die Notaufnahme runterfahren.«

»Ich kann doch hier nicht weg«, jammerte ich. »Um acht sind die Vitalfunktionen fällig, zwei Betten müssen frisch bezogen werden, und ich muß mich darum kümmern, daß alle ihre Gebisse ordentlich putzen.«

Joe und Jan wechselten einen Blick. Jan stemmte die Hand auf die knochige Hüfte. »Und wie stellst du dir das vor?«

fragte sie ungeduldig. »Willst du mit einem dicken Knie durch die Gegend humpeln, damit alle Patienten es mitkriegen und die arme, verkrüppelte Schwester bemitleiden? Vergiß es, du gehst runter in die Notaufnahme. Cathy und Linda werden deine Patienten übernehmen. Ab mit dir!«

Zehn Minuten später schob mich Lucy im Rollstuhl in die Notaufnahme und übergab mich der Obhut eines jungen Pflegers mit Bürstenhaarschnitt. Er hob mich auf Bett fünf und schob den Rollstuhl in eine Ecke.

»Hier geht's mal wieder rund«, sagte er und schüttelte den Kopf. »Wir haben schon Hilfe von den anderen Stationen angefordert. So schlimm hab' ich es hier noch nie erlebt.«

Dann sagte er nichts mehr, maß Blutdruck und Puls, legte ein Kissen unter mein Knie, rückte den Eisbeutel zurecht, den ich die ganze Zeit über festgehalten hatte, und rannte hinüber zur Ambulanz, um sich um ein laut schreiendes Kind zu kümmern.

Die gesamte Notaufnahme war in Aufruhr. Es herrschte ein ohrenbetäubender Lärm. Alle Tragen waren belegt. In den Traumaraum und Gyn-Raum konnte ich nicht hineinsehen, aber aus der Zahl der Schwestern und MTAs, die ständig ein- und ausgingen, schloß ich, daß auch diese Räume belegt waren.

Auf der einen Seite des Schreibtisches lag ein kleiner Stoß Krankenblätter von Patienten, die noch auf die Aufnahmeuntersuchung warteten, und auf der anderen ein größerer Stapel mit blau markierten Blättern. Ich kam mir vor wie bei MacDonalds während der Mittagszeit: Bestellungen rein, Hamburger raus, Tempo, Tempo.

Soweit ich sehen konnte, waren zwei Ärzte im Einsatz. Ich kannte beide flüchtig, weil sie bei Notfällen in der Kardiologie ausgeholfen hatten. Der eine war ein großer, sympathischer Schwarzer, der andere ein kleiner, asiatischer Typ, der

immer so aussah, als wäre er überfordert oder geistesabwesend oder beides.
Die zwei Aushilfsschwestern hatten alle Hände voll zu tun. Eine kam an meinem Bett vorbei, erkannte mich und flüsterte mir aus dem Mundwinkel zu: »Jetzt weiß ich wieder, warum ich es nicht erwarten kann, hier rauszukommen.«
Ein Pflegehelfer flitzte umher, verteilte Medikamente, rannte mit Untersuchungsmaterial ins Labor und schob Tragen zum Röntgen.
Katy kam aus dem Traumaraum geschossen und schrie, daß sie Hilfe brauche. Der schwarze Arzt reagierte sofort, und beide verschwanden wieder hinter der Tür. Ich hatte gerade noch feststellen können, daß Katy mindestens im siebten Monat schwanger war.
Der andere Arzt war mit einer Asiatin in Bett vier beschäftigt. Sie trug bereits das Krankenhaushemd, hatte aber noch Strümpfe und Schuhe an. Ihr Gesicht war zu einer Grimasse verzogen, während sie beide Hände gegen den Unterleib drückte. Der Arzt stellte ihr Fragen in einer Sprache, die ich nicht verstand. Sie antwortete leise, benutzte dabei manchmal eine mir ebenfalls unverständliche Zeichensprache und zeigte auf verschiedene Stellen ihres Bauches. Mit sichtlichem Widerwillen tastete der Doktor die angegebenen Stellen am Bauch mit spitzem Finger ab, als wolle er sich die Hände nicht schmutzig machen, und nickte dabei gewichtig mit dem Kopf.
Wenig später kamen zwei Streifenpolizisten mit einer jungen Schwarzen in Handschellen herein. Ihr Haar war völlig zerzaust und die Kleider hingen ihr in Fetzen vom Leib. Ich hätte nicht sagen können, ob sie zerrissen oder zerschnitten waren. Sie heulte und stammelte zusammenhangloses Zeug. Aus einer tiefen Schnittwunde auf der rechten Wange lief Blut und tropfte auf Schulter und Brust ihrer Windjacke. Die

Polizisten sprachen mit dem Pfleger, und ich bekam mit, daß es eine Messerstecherei wegen eines Mannes gegeben hatte und daß die andere Frau tot war. Unsere Patientin war wegen Mordes festgenommen worden.
Katy kam wieder aus dem Traumaraum, jetzt deutlich ruhiger und entspannter. Sie wandte sich an den Mann am Schreibtisch: »Tyrone, rufen Sie den Transportdienst an und sagen Sie ihnen, daß wir den Kasten brauchen. Ein Transport aus dem Traumaraum in den Keller.«
Sie wandte sich der jungen Frau in Handschellen zu, untersuchte die Schnittwunde und legte einen Notverband an. Dann schickte Sie die Polizisten mit der Gefangenen hinaus in die Halle, wo sie warten sollten, bis ein Bett frei wurde. Als sie sich umdrehte, entdeckte sie mich.
»Schau mal an, was haben wir denn da«, sagte sie und kam zu mir ans Bett, um mich zu umarmen. Es war schön, nicht mehr zur Schar der anonymen Patienten zu gehören.
»Mein Gott, ich hab' dich ja seit einer Ewigkeit nicht mehr gesehen.« Katy zog den Vorhang gerade weit genug zu, daß man uns nicht mehr sehen konnte.
»Ich weiß, und es tut mir leid«, antwortete ich schuldbewußt. »Ich hätte schon längst mal vorbeischauen sollen, aber ich komme immer auf den letzten Drücker zum Dienst, und danach sehe ich zu, daß ich auf dem schnellsten Weg nach Hause komme.«
»Ich kann dich gut verstehen. Bei mir ist es genauso. Zum Beispiel heute abend – ich kann kaum noch richtig denken.«
Sie setzte sich mit einem dankbaren Seufzer auf die Trage und legte ein Bein hoch. Der Fußknöchel war stark geschwollen. »Seit die drüben in der Madison-Klinik die Notaufnahme wegen Umbauarbeiten geschlossen haben, ist hier abends immer der reine Rummelplatz. Der Wahnsinn

nimmt kein Ende. Das Personal reicht hinten und vorne nicht, deshalb haben sie mich gefragt, ob ich die nächsten Wochen Spätdienst machen könnte. Ich hab nicht nein gesagt, weil ich den Nachtzuschlag gut brauchen kann und« – Katy strich mit der Hand über ihren dicken Bauch – »ich und der kleine Bruno hier drin auf diese Weise jeden Morgen ausschlafen können.«
»Wann ist das denn passiert?« fragte ich und tätschelte den Ballon unter ihrem Kittel.
»Steve und ich haben vor einem Jahr geheiratet. Und plötzlich wollte er alles auf einmal: ein Haus, einen Hund, ein Kind, und dann ab in die Sozialhilfe. Und wie läuft's bei dir? Was machen die Männer? Wie geht's deinem kleinen blonden Engel?«
»Simon geht's prima. Vor zwei Tagen ist er zu seinen Großeltern nach Texas gefahren, um sich in den Sommerferien richtig verwöhnen zu lassen. Und was die Männer angeht, das ist gar nicht so einfach. Du kennst ja die Statistik: auf einen heiratsfähigen Mann kommen drei ledige Frauen. Ab und zu lerne ich mal jemanden kennen, der mit mir ausgehen möchte, und meine Freundinnen geben sich die größte Mühe, mich zu verkuppeln, aber herausgekommen ist dabei noch nichts. Ich meine, ich hab' einfach noch keinen getroffen, der mich umgehauen hätte. Außerdem verbringe ich die meiste Zeit hier in der Klinik, bei Simon oder mit Freundinnen.«
Katy schaute nach, was unter dem Eisbeutel war.
»Was ist mit deinem Knie?«
»Ach, nichts Besonderes. Ein Durchgangssyndrom hat mir eins verpaßt.«
»Bei denen kann man nicht vorsichtig genug sein. Wenn du nicht aufpaßt, machen sie dir das Leben zur Hölle.«
Ich versuchte, durch den dünnen Vorhang zu erkennen, was

draußen los war, um mich auf andere Gedanken bringen zu lassen.
»Wer sind die ganzen Leute?« fragte ich.
Katy zog den Vorhang ein Stückchen beiseite, um mit mir hinauszuschauen. »Wenn du das Personal meinst: der schwarze Medizinmann ist Dr. Judd – ein netter Kerl, mächtig auf Draht. Der andere ist Dr. Kin. Auch in Ordnung. Flippt gelegentlich aus, wenn's hier zu verrückt wird. Die sind seit einem Jahr bei uns.
Dr. Mahoney und Dr. Menowitz sind natürlich auch noch da. Bei der Mahoney hab ich das Gefühl, daß ihr allmählich der Saft ausgeht. Bei Menowitz ist das ja schon seit Jahren so, von einigen kurzen Unterbrechungen einmal abgesehen, da hat sich nichts geändert. Gus hat gekündigt. Sie arbeitet jetzt in einem Krankenhaus drüben an der East Bay in der Notaufnahme, wo es noch irrer sein soll als bei uns, falls das überhaupt möglich ist. Aber sie hat mir erzählt, daß es ihr zuviel wird und daß sie ab nächsten Monat wieder bei uns anfängt, im Bereitschaftsdienst.« Katy sah sich um, ob sie gebraucht wurde. »Als ich mit dem Spätdienst angefangen habe, war ich total überrascht, wieviel Spaß mir die Arbeit mit den Leuten hier macht. Wir haben hier abends vorwiegend ziemlich junges Personal, und die sind freundlicher als die meisten vom Frühdienst. Sie halten irgendwie mehr zusammen, benehmen sich einfach menschlicher oder so. Es ist schwer zu erklären.«
»Bei uns oben ist das auch so«, sagte ich. »Wir sind wie eine verschworene Gemeinschaft abgedrehter Weiber.«
Durch das allgemeine Hintergrundgeräusch gellte das Geschrei eines Kindes.
»Was hat denn das Kind im Nahtraum?« fragte ich und verrenkte den Kopf, um besser sehen zu können.
»Wahrscheinlich gefällt dem Kleinen nicht, wie Dr. Judd ihn

zusammenflickt«, sagte Katy und lachte. »Sein Vater hat ihm beim Fernsehen mit 'ner Bierflasche einen Scheitel gezogen, weil der Junge ihm versehentlich ins Bild gelaufen ist.«
Es schüttelte mich. Katy bemerkte den Ausdruck auf meinem Gesicht und winkte ab. »Was hast du? Das ist noch harmlos im Vergleich zu dem, was wir heute sonst schon hatten. Den Anfang hat ein Schwuler aus dem Kubaner-Viertel gemacht, der heulend hier reinkam und lauter unverständliches Zeug geredet hat. Wir haben zuerst gedacht, er wäre einer von der normal durchgeknallten Sorte, bis wir ihn untersucht hatten. Er ist in der Nacht mit Drogen vollgepumpt und dann von seinen sogenannten Freunden vergewaltigt worden. Als besonderen Spaß haben Sie ihm den Penis mit dreiunddreißig Sicherheitsnadeln am Bauch festgesteckt. Als ich ihn zuletzt gesehen habe, waren sie immer noch dabei, die Dinger rauszuziehen.«
Im Hauptraum war die Hölle los, und ich spürte, wie die altbekannte Erregung in mir aufstieg. »Was habt ihr sonst noch Interessantes hier?« fragte ich Katy.
Sie überlegte eine Weile, lehnte sich auf den Ellenbogen zurück und legte auch das zweite Bein auf die Trage. »Mal sehen ... im Gyn-Raum wartet eine Frau mit einer extrauterinen Schwangerschaft auf ein Bett in der Gynäkologie. Im Traumaraum liegt ein Toter, der zu Hause einen Herzstillstand hatte. Die Frau in Bett zwei hat schweres Asthma, das wir weder mit Bricanyl noch mit Theophyllin in den Griff kriegen; die wird es nicht mehr lange machen. Die Zwillinge in Bett eins haben Pseudokrupp. Der Patient in Bett drei hat starke Schmerzen in der Brust – Verdacht auf Infarkt – und kommt zu euch auf die Akute. Bett vier ist ein unklarer Bauch, und die Frau mit den teuren Klamotten im zweiten Ambulanzbett macht Zicken: sie will sich partout nicht ausziehen, obwohl sie hohes Fieber hat.«

Katy beugte sich zu mir herab und flüsterte mir ins Ohr: »Nebenan liegt eine Frau, von der wir annehmen, daß sie Darmblutungen hat. Seit zwei Stunden wartet sie schon darauf, daß in der Inneren ein Bett frei wird.«
»Mein Gott«, sagte ich. »Ich hab' völlig vergessen, wie anders das hier unten ist als bei uns auf der Kardiologie.«
Katy stand auf und streckte sich wie eine trächtige Katze, die es satt hat, ihren Wurf noch länger mit sich herumzuschleppen.
»Ich habe gehört, daß hier im Bereitschaftsdienst was frei wird«, sagte sie und schaute mich von der Seite her an. »Soll in ein paar Tagen ausgeschrieben werden. Wie wär's?«
Mir wurde ganz heiß vor Aufregung. »Glaubst du, die würden mich als Aushilfe in der Notaufnahme einstellen und mich gleichzeitig in der Kardiologie arbeiten lassen?«, fragte ich und überlegte bereits, wie ich meine verfügbare Zeit auf die beiden Stationen verteilen könnte. Allerdings sagte ich mir auch, daß ich mir keine allzu großen Hoffnungen machen durfte. »Hier arbeitet doch sonst niemand in zwei Abteilungen gleichzeitig, oder?«
Katy zuckte die Achseln. »Na und? Das heißt doch gar nichts. Versuch's doch einfach mal und bewirb dich. Sei kein Frosch, Echo. Ich weiß doch, wie gern du hier arbeitest. Wir könnten hier jemand mit deinen Erfahrungen von der Kardio gut gebrauchen, und außerdem kennst du dich hier bereits aus. Du brauchtest nichts weiter zu tun, als den nächsten MICN-Lehrgang zu besuchen.«
»MICN?«
»*Mobile Intensive Care Nurse*. Der Kurs ist Voraussetzung dafür, daß du in der Notaufnahme arbeiten darfst. Du machst eine Prüfung in Traumatologie und lernst alles, was man über den Funkverkehr bei Notarzteinsätzen wissen muß. Dann bekommst du die Erlaubnis, die Rettungswagen

über Funk zu leiten und den Rettungs-Assis Behandlungsanweisungen zu geben. Du weißt schon: Zehn-vier, bitte kommen, verstanden, Ende ... und so weiter.«
Eine rothaarige Schwester lief an uns vorbei zur Tür, die in die Halle führte, und schrie: »Schnell! In der Damentoilette hat jemand einen Krampfanfall.«
Katy drückte meinen Arm. »Ich muß los. Denk drüber nach.« Dann lief sie hinter der Rothaarigen her.

Dr. Judd schickte mich zum Röntgen. Nachdem sich herausgestellt hatte, daß nichts gebrochen war, verschrieb er mir etwas gegen die Schmerzen und gab mir den üblichen Rat, die Schwellung mit Eis zu behandeln und das Bein zwei Tage lang zu schonen und hochzulagern.
Ich bekam zwei Krücken, mit denen ich in die Personalabteilung humpelte, um mich krank zu melden und meine Bewerbung für die Bereitschaftsstelle in der Notaufnahme abzugeben.
Milly saß an ihrem Schreibtisch, sortierte Akten und lächelte dabei, was mich sehr verwunderte. So hatte ich sie noch nie gesehen.
»Hallo«, sagte ich an der Tür.
Sie erschrak, blickte auf, und das Lächeln verschwand, als sie meine Krücken sah. »Was haben Sie denn angestellt?«
»Einer unserer lebenslustigen Patienten hat mir gegen das Knie getreten. Ich muß mich krank melden.« Ich wartete darauf, daß sie mir einen Vortrag über Sicherheitsvorkehrungen im Umgang mit Patienten halten würde und wie schwierig es sei, einen Ersatz für mich aufzutreiben.
Statt dessen rollte Milly ihren Schreibtischstuhl zu dem grauen Stahlaktenschrank, der hinter ihr an der Wand stand. »Das tut mir leid«, sagte sie, und es klang, als meinte sie es sogar ehrlich. »Ich weiß, wie weh solche Tritte ans

Knie tun.« Sie öffnete die zweite Schublade von oben, zog einen gelben Vordruck aus einem Hängeordner und reichte ihn mir. »Tun Sie ordentlich Eis drauf und schonen Sie das Bein. Am besten, Sie legen sich hin. Brauchen Sie jemanden, der Sie nach Hause fährt? Wenn Sie noch etwas warten, kann ich Sie mitnehmen.«

Ich schaute mir unauffällig ihre Pupillen an, ob sie vielleicht unter Drogeneinfluß stand. Diese radikale Veränderung war mir unheimlich. Der feuerspeiende Drache hatte sich zur guten Samariterin gemausert. Ich konnte es einfach nicht glauben.

»Sehr freundlich von Ihnen, aber danke, ich kann fahren ... es ist ja nicht weit. Noch mal, herzlichen Dank.« Ich wandte den Blick ab und redete ganz schnell, wie ich es als Kind immer getan hatte, wenn ich etwas unbedingt haben wollte, aber von vornherein wußte, daß man es mir abschlagen würde. »Außerdem möchte ich ein Bewerbungsformular ausfüllen. Es geht um die Stelle in der Notaufnahme. Ich würde gern in beiden Abteilungen arbeiten.«

Ein Anflug von Mißmut huschte über ihre Züge. »Ich weiß nicht, ob das möglich ist«, sagte sie.

»Gibt es eine Bestimmung, die das verbietet?« fragte ich. Bei dem Gedanken, mit ihr über die antiquierten Vorschriften der Krankenhausverordnung debattieren zu müssen, begannen meine Magennerven zu vibrieren.

Milly stand auf und trat hinter dem Schreibtisch hervor. »Nein«, sagte sie, »eigentlich nicht. So was ist bisher noch nicht vorgekommen. Ich kenne auch niemanden, der masochistisch genug wäre, in zwei Intensivabteilungen zu arbeiten ... noch dazu ausgerechnet in diesen beiden. Sie müssen natürlich eine Prüfung als MICN ablegen, das wissen Sie sicher.« Milly überlegte kurz, beugte sich etwas vor und lächelte. »Ach, was soll's? Bewerben Sie sich einfach, dann werden wir ja sehen, ob der Antrag bewilligt wird. Ich wüßte nicht, warum es nicht erlaubt sein sollte, eine Schwester in zwei verschiedenen Abteilungen einzusetzen, und –«

Sie brach ab, als sie bemerkte, daß ich auf ihre Füße starrte und lächelte. Sie trug ein Paar grauer Laufschuhe mit lila Streifen.

Milly lief rot an und begann zu stottern: »Ach so, ja, die Schuhe, ich ... mir taten die Füße so weh ... ich habe immer Rückenschmerzen gehabt, die ganze Zeit schon, seit ich Krankenschwester bin, und als Sie sagten, daß Sie auch ... da hab' ich mir halt auch welche gekauft, schreckliche Dinger, gehören absolut nicht ins Krankenhaus, aber ...« Milly riß sich zusammen, hörte auf zu stottern und lachte. »Kurz und gut, das sind die bequemsten Schuhe, die ich jemals besessen habe, und außerdem gehe ich in vier Tagen und drei Stunden in Rente, also, was soll's?«

Am liebsten hätte ich laut gelacht. Das also war der Grund für ihren Sinneswandel. Milly war nicht schizophren, sie war ganz einfach dabei, auszusteigen.

»Gratuliere«, sagte ich aufrichtig. »Übrigens, wie ist das nun mit der Essenspause? Darf man das Klinikgelände verlassen oder nicht?«

»Diese Vorschrift gibt es tatsächlich, aber im Kleingedruckten heißt es, daß das Verlassen des Krankenhausbereiches statthaft ist, wenn die betreffende Person ihre Stechkarte stempelt, wenn sie geht und kommt. Die Verwaltung wollte das nicht an die große Glocke hängen. Die Mitarbeiter sollen sich auch während der Pausen im Gebäude aufhalten, für den Fall, daß sie gebraucht werden.«

»Und die Kleiderordnung, die weißen Schwesternschuhe?« fragte ich weiter und zeigte auf ihre Füße.

Milly lächelte und zuckte mit den Schultern. »Ach, die ... na ja, die habe ich geändert.«

Ich saß am Wohnzimmerfenster, sah zu, wie das Eis im Beutel schmolz, und hatte schon die Krücke herangezogen, um in die Küche zu gehen und aus dem Gefrierfach frische Eiswürfel zu holen, als das Telefon läutete.

»Wie kommst du zurecht?« Es war Jan.

»Ich bin imstande, mich aufzusetzen und feste Nahrung zu mir zu nehmen. Und wie geht's dir?«

Jan zögerte kaum merklich. »Gut. Hast du Lust, mit mir ins Kino zu gehen, oder bekommt das lange Sitzen deinem Knie nicht?«

»Mit Eisbeutel und Krücken schaffe ich es schon. Ich muß hier mal raus, bevor mir die Decke auf den Kopf fällt. Seit Simon bei seinen Großeltern ist, komme ich mir vor wie in einem Mausoleum. Ich habe schon sämtliche Bücher aus der Bücherei gelesen und bin inzwischen so tief gesunken, daß ich Strümpfe stopfe, bloß um etwas zu tun. Holst du mich ab?«

»Mach ich. Um sieben bin ich da.«

Eine Stunde später parkte Jan ihren Wagen auf der Straße vor meinem Häuschen. Ich beobachtete sie durchs Fenster, wie sie zur Haustür ging. Sie hatte sich verändert; ihre Schritte waren unsicher, und sie hielt den Kopf nicht so hoch wie sonst. Ich öffnete die Tür und zog an ihrem Haar, unsere übliche Begrüßungszeremonie.

»Hallo, Dickerchen, wie geht's?« fragte ich.

Sie zögerte wieder, wie vorhin am Telefon, und sah mich nicht an. In meinem Inneren regte sich ein dumpfer Schmerz.

»Ach, ganz gut«, sagte sie ausdruckslos. Sie hielt mir die Tür auf und zog an meinem Zopf, als ich an ihr vorbeiging.

Im Kinofoyer roch es nach frischem Popcorn. Ich betrachte-

te die alten Plakate mit kraftstrotzenden Leinwandhelden und ihren tief dekolletierten Gespielinnen.
Ich kaufte mir eine Tüte Popcorn, und Jan holte sich die üblichen Knusperchips und eine Cola. Wir gingen die Rampe hinauf zum Zuschauerraum, als Jan stehenblieb und sich unter einem Plakat mit Clark Gable in »Vom Winde verweht« an die Wand lehnte. Er blickte genau auf sie herab.
Sie wandte sich mir zu und sagte »Hey!«
Ich hatte gerade den Mund voll Popcorn.
»Waf?« Ein halb zerquetschtes Maiskorn landete auf ihrer Bluse. Ich zupfte es weg und sah sie an, wartete darauf, daß sie weitersprach.
»Meine Blutwerte werden wieder schlechter, die Remission ist vorbei. Nächsten Dienstag fange ich mit der Chemotherapie an.«
Meine erste Reaktion war, mit dem Kauen aufzuhören. Dann begann ich wie eine Wilde weiterzukauen und schluckte die ganze Ladung Popcorn auf einmal hinunter. Das Popcorn rutschte mir durch die Speiseröhre wie eine Ladung Schrotkörner.
Es fängt wieder an, dachte ich verzweifelt. Es geht wieder los, und ich kann nichts dagegen machen.
»Okay« sagte ich langsam. »Wann gehen wir Perücken kaufen? Ich kenne da einen tollen Laden in der Market Street, da geben sie einem noch einen falschen Schnurrbart gratis. Garantiert ohne Flöhe und Motten, oder man kriegt sein Geld zurück.«
Jan lachte. »Mann«, sagte sie und ging weiter zur Tür des Zuschauerraums, »hätte ich mir ja denken können. Kalt wie eine Hundeschnauze, und keine Spur von Mitgefühl.«

Nach dem Film fuhren Jan und ich zum Mount Tamalpais hinauf und parkten an einem Aussichtspunkt, der von den Einheimischen »Four Corners« genannt wurde. Von dort aus konnte man die ganze Bucht sehen. Jan war still und gefaßt, und ich spürte, daß sie zufrieden war, in diesem Augenblick am Leben zu sein. Das Autoradio dröhnte, und die Bässe ließen das Armaturenbrett vibrieren.

Ich packte den Stier bei den Hörnern. »Wie lange weißt du es schon?« fragte ich.

»Seit drei Tagen«, antwortete Jan, als spräche sie von etwas völlig Belanglosem. »Ich hab dir nichts davon gesagt, weil ich erst mit mir selbst ins reine kommen wollte. Trotz meiner ganzen philosophischen Einstellung hat mich das doch ganz schön umgehauen.«

»Ich glaub's dir.«

»Ich hab's gar nicht gemerkt, aber ich hatte in irgendeinem geheimen Winkel doch ein bißchen Hoffnung gebunkert, und als ich erfahren habe, was los ist, war mir, als wäre mein ganzer Mut in den Boden gestampft worden. Ich habe mich gefühlt, als wäre ich irgendwie hintergangen worden oder so.«

Sie kurbelte das Fenster herunter, und eine frische Brise von der Bucht wehte herein. Jan atmete tief durch und lehnte den Kopf gegen den Türrahmen.

»An dem Nachmittag, als ich es erfahren habe, hatte ich Dienst. Ich war nur noch wütend auf alle, die lebten und gesund waren.«

»Warum hast du mir nicht schon früher was gesagt?«

»Ich habe etwas Zeit gebraucht, um Kräfte zu sammeln und mich mit der Situation abzufinden. Ich mußte erst mal meinen Hoffnungsvorrat loswerden.«

»Aber Jan ...«, protestierte ich.

»Keine Angst, ich werf' schon nicht das Handtuch. Ich werde die Chemo durchziehen und kämpfen, wie ich es immer schon getan habe, aber ich werde die Tage so nehmen, wie sie kommen. Wenn es soweit ist, bevor ich alles geschafft habe, was ich mir vorgenommen habe ... na ja, dann ist es eben soweit.«

Wir schwiegen eine ganze Weile und hörten der Musik zu. Es war ein Oldie-Sender mit Songs wie »Blue Moon« und »Teen Angels«, und ich versuchte, den Druck in meiner Brust zu verdrängen, indem ich überlegte, wo ich damals war, als diese Lieder aufkamen. Es half nichts. Ich verlor immer wieder den Faden und mußte an Jan denken.

»Wie ist das eigentlich bei der Chemo? Wird dir dabei schlecht?«

»Wenn es so ist wie das letzte Mal, ja.«

»Kann ich dabei sein und dir helfen? Dir den Kopf halten, den Rücken massieren und so?«

»Nein«, sagte Jan fast abweisend, als wäre der Vorschlag völlig unzumutbar. Ich wandte den Kopf ab, damit sie nicht sehen konnte, wie sehr sie mich damit verletzt hatte. Sie legte die Hand auf meine Schulter.

»Ich weiß, daß du mir helfen willst. Aber ich mag niemanden in meiner Nähe haben, wenn es mir schlecht geht. Ich muß das allein durchstehen.«

»Tapfer, tapfer«, sagte ich in dem Bemühen, witzig zu sein, »aber du läßt dir da die Chance auf eine wirklich erstklassige Pflege durch die Lappen gehen.« Ich schaute wieder aus dem Fenster, weil ich wußte, daß es keinen Sinn hatte, Jan etwas ausreden zu wollen. Sie war die sturste Person, die ich je gekannt hatte – mich selbst ausgenommen.

»So, und jetzt wechseln wir das Thema«, sagte Jan.

Ich überlegte und sagte nach einer Weile: »Ich hab' eine Neuigkeit für dich. Ich habe mich für einen Bereitschafts-Job in der Notaufnahme beworben.«

»Das finde ich toll«, sagte Jan. Doch sofort änderte sich ihr Gesichtsausdruck. »Moment mal, nein, das ist ja schrecklich! Was ist denn mit der Kardiologie! Hast du das Annie schon gesagt?«

»Nein. Ich will ja nicht weg, sondern in beiden Abteilungen arbeiten. Die Kardio geht mir allmählich auf den Geist. Wir haben da jeden Tag dasselbe: Herz und Lunge, Lunge und Herz, und immer dieselbe Altersgruppe von fünfzig an aufwärts. Ich brauche dringend etwas Abwechslung. In der Notaufnahme wollen sie mich haben, und ich glaube nicht, daß Annie etwas dagegen hat, wenn eine von uns als Botschafterin des guten Willens zeitweise da unten arbeitet.«

Jan legte den Kopf schief und hörte sich an wie eine Mutter, die ihrem starrköpfigen Sprößling klarzumachen versucht, daß man nicht im Meer schwimmen geht, wenn es von Haien wimmelt. »Du mußt natürlich selber wissen, was du tust, aber ich bin mir ziemlich sicher, daß Abwechslung nicht das einzige ist, was du da unten erleben wirst.«

Mit ihrem letzten Verwaltungsakt setzte Milly gegen alle ungeschriebenen Regeln durch, daß ich die Stelle in der Notaufnahme bekam. Irgendwie schaffte sie es sogar, die Zwickmühle zu umgehen, daß man einerseits die Prüfung als MICN in der Tasche haben mußte, bevor man in der Notaufnahme zugelassen wurde, andererseits jedoch fest in der Notaufnahme angestellt sein mußte, um an dem MICN-Kurs überhaupt teilnehmen zu können.

Ich richtete es so ein, daß ich im Spätdienst in der Notaufnahme oder auf der Intensivstation arbeitete, damit ich jeden Morgen nach San Francisco fahren konnte, um an dem Lehrgang teilzunehmen.

Als es Juli wurde, konnte ich mich über einen Mangel an Abwechslung nicht beklagen. Wie Katy vorausgesagt hatte,

war das Chaos der Normalzustand in der Notaufnahme. In diesem Jahr hatten wir einen außergewöhnlich heißen Sommer, und die Hitze des Tages hielt bis in die frühen Morgenstunden an. Ich machte sehr schnell die Erfahrung, daß hohe Temperaturen in Kombination mit Vollmond die Notaufnahme in einen Alptraum verwandelten.
In der Hitze schienen Gewalttätigkeit und Wahnsinn zur Höchstform aufzulaufen. Je heißer es wurde, desto mehr Menschen waren unterwegs, tranken und fuhren anschließend zum Abkühlen hinaus an die Strände oder auf den engen Straßen hinauf in die Berge, um zuzusehen, wie der Nebel vom Meer unter der Golden-Gate-Brücke hereinrollte. Für uns hieß das schwere Karambolagen, Badeunfälle und eine Überdosis nach der anderen.
Schlimmer noch als die Hitze war der Vollmond. Die Leute flippten reihenweise aus, nicht nur in den üblichen Risikogruppen, sondern auch die sogenannten Normalen. Die erste Nacht des Mondwechsels war das Signal zum großen Rundumschlag. Das Personal in der Notaufnahme glaubte felsenfest an die alte Medizinerregel: »Ist der Mond schön groß und rund, wird's im Notdienst richtig bunt.«
An einem schwülheißen Freitag stieg ich aus meinem Wagen und schaute zum Himmel hinauf. Die Sonne stand im Westen und der Mond schimmerte matt im Osten. Ich zog den Riemen meiner Tasche über die Schulter und machte mich auf den Weg zum Eingang. Dabei mußte ich an Dr. Mahoneys knappe Bemerkung denken, als ich zum ersten Dienst in der Notaufnahme erschienen war. Während des ganzen Weges über den Parkplatz wiederholte ich ihre Worte: »Idiotin ... Idiotin ... Idiotin ...«
Die Tür schwang auf, und ich schritt erwartungsvoll hinein in die Hölle.
Drinnen herrschte ein unglaubliches Durcheinander. Jedes

Bett war belegt, desgleichen zwei fahrbare Tragen auf dem Flur, die man sich von der Chirurgie ausgeliehen hatte. Neben der Tür standen drei Stühle, und auch darauf saßen Patienten und warteten.
Zwei Gefängniswärter aus San Quentin waren da, ein Polizist aus San Rafael und einer von der Funkstreife. Sie gaben sich die größte Mühe, den Pflegern, Ärzten und Schwestern nicht im Weg zu stehen, die von Bett zu Bett eilten. Eine große blonde Frau von etwa dreißig Jahren steuerte mit schwankenden Schritten auf die Damentoilette zu, stieß frontal gegen die Wand neben der Tür, entschuldigte sich vielmals, sank auf die Knie und begann hemmungslos zu lachen. Carol, eine Schwester vom Tagdienst, stellte sie wieder auf die Beine, führte sie in die Toilette und rannte weiter in die Ambulanz.
Angesichts der angespannten Atmosphäre eilte ich so schnell ich konnte zum Aufenthaltsraum, wo ich meine Tasche an einen Haken hängte. In meiner Hast stolperte ich über einen halb zusammengeklappten Rollstuhl, den jemand mitten auf dem schmalen Gang stehen gelassen hatte. Wütend stieß ich ihn beiseite und klappte ihn ganz auf. NOTAUFNAHME – BITTE ZURÜCKBRINGEN stand in großen Buchstaben auf der Rückenlehne. Ja, aber ordentlich zurückbringen, dachte ich und schob den Rollstuhl zu den anderen am Ende des Ganges.
Irene saß am Schreibtisch, eifrig damit beschäftigt, Krankenakten anzulegen, während mehrere Patienten sie mit Fragen und Forderungen bombardierten. Zwei Telefone läuteten zur gleichen Zeit, aber Irene kümmerte sich nicht darum. Sie tat mir leid, und damit das ständige Läuten endlich aufhörte, nahm ich den Hörer ab.
»Notaufnahme.«
»Oh, äh, hallo«, sagte eine überraschte Mädchenstimme. Ich

hatte Mühe, etwas zu verstehen, was in erster Linie der großen Blondine zu verdanken war, die inzwischen die Toilette verlassen hatte, mit um die Knie baumelnder Strumpfhose durch den Raum wankte und jeden, der ihr dabei in die Quere kam, anschrie, wir hätten ihre Handtasche gestohlen. Der Streifenpolizist führte sie mit sanfter Gewalt durch einen Nebeneingang hinaus.

»Mein Freund hat mir eben gesagt, er hat Gona ... Goner ... Gonö ... Sie wissen schon, so'n Tripper eben, und ich glaub', ich hab's jetzt auch. Ich hab' eben da unten nachgeschaut, und da ist so ein kleiner roter –«

Ich kam mir herzlos und gemein vor, als ich sie mitten im Satz unterbrach und sie mit der Standardantwort abwürgte, mit der wir alle Leute abwimmeln mußten, die über das Telefon medizinischen Rat einholen wollten.

»Tut mir leid, wir sind im Moment völlig überlastet, und außerdem dürfen wir übers Telefon keinen medizinischen Rat geben. Kommen Sie her, dann werden wir Ihnen gern helfen.«

»Aber ich hab' doch kein Geld«, klagte die junge Mädchenstimme, »und mein Freund sagt –«

»Dann wenden Sie sich bitte an die kommunale Notversorgung oder eine soziale Einrichtung, die kostenlose Betreuung anbietet.« Ich blickte auf und sah Joy, die Kollegin vom Frühdienst, am Schreibtisch stehen und mit den Fingern ungeduldig auf die Tischplatte trommeln. Sie wollte ihren Übergabebericht loswerden und nach Hause gehen. Das Mädchen am Telefon begann zu weinen, und ich merkte, wie mein Herz weich wurde. Zum hundertsten Mal, seit ich in der Notaufnahme arbeitete, schwor ich mir, nie mehr ans Telefon zu gehen.

Ich bemühte mich, so verständnisvoll wie möglich zu sein und trotzdem die Sache schnell hinter mich zu bringen.

»Hören Sie, beruhigen Sie sich wieder und fahren Sie zur kommunalen Notversorgung rüber, bevor die zumachen. Wissen Sie, wo das ist?«

»Ja.« Die Stimme wurde noch leiser, und mein Schuldgefühl wuchs.

»Dann fahren Sie gleich hin und lassen sich untersuchen, okay?«

»Ich bin doch erst fünfzehn, und ich hab' kein Auto.«

Joy berührte meinen Arm und bedeutete mir, ich solle endlich Schluß machen.

»Dann nimmst du eben den Bus.«

»Glauben Sie nicht, daß ich damit bis morgen warten könnte?« fragte das Mädchen, und es klang schon etwas hoffnungsvoller.

»Klar.« Meine Ungeduld war nicht zu überhören. »Du stirbst schon nicht, wenn du einen Tag wartest.«

»Danke«, sagte das Mädchen und fügte etwas pathetisch hinzu: »Sie haben mir das Leben gerettet.«

»Das freut mich«, antwortete ich ohne rechte Begeisterung und legte auf.

Ich hatte den Hörer noch nicht wieder richtig auf die Gabel gelegt, als Joy mit ihrer Übergabe begann. Während ich ihr zuhörte, schaute ich mich um, wer außer mir noch Dienst hatte. Ich sah Gus und Beth, beides kompetente Schwestern und mit der Arbeit in der Notaufnahme bestens vertraut. Das gab mir Mut.

»Falls du es noch nicht gemerkt haben solltest, wir sind voll bis unters Dach«, setzte mich Joy ins Bild. »Die Patienten stapeln sich hier wie frische Omeletts und müssen auf die Stationen verteilt werden ... einer ist noch unterwegs, der auf die Kardio-Intensiv soll, und im ganzen Haus ist kein Bett mehr frei. Dr. Judd und Dr. Mahoney arbeiten im Akkord. Dr. Judd ist drüben in der Verwaltung, um zu klären,

ob nicht ein paar stationäre Patienten in andere Kliniken verlegt oder entlassen werden können. Ich habe die Hausleitung darauf aufmerksam gemacht, daß wir die Notarztwagen umleiten müssen, wenn nicht unverzüglich was passiert. Ich hoffe, dieser Wink mit dem Zaunpfahl bewirkt, daß wir mehr freie Betten kriegen.«
Die Blondine kam wieder hereingestürmt und schrie herum, bis der Polizeibeamte sie erneut hinauszerrte. Joy schenkte dem Tumult nicht die geringste Beachtung, sondern sprach nur lauter, um den Krach zu übertönen.
»Das Wartezimmer ist rammelvoll. Die meisten neuen Fälle hat sich bis jetzt noch niemand angeschaut, und es sind ein paar dabei, die möglichst schnell untersucht werden müssen. Die meisten warten schon seit über zwei Stunden. Ich trau' mich schon gar nicht mehr raus; die Leute sind stocksauer. Die Mittagspause mußten wir ausfallen lassen, und wir hatten noch nicht einmal Zeit, die Verbandswagen aufzufüllen oder die Notfallausrüstung zu überprüfen. Außerdem geht uns das Bettzeug aus, und die Schmerzmittel und chirurgischen Materialien werden knapp. Irene hat schon dreimal in der Zentrale angerufen, damit jemand kommt und Material bringt, aber bis jetzt war noch niemand da.«
Joy blickte sich um und straffte die Schultern.
»Okay, kommen wir zur Sache. Die Frau im Gyn-Raum hat einen inkompletten Abort und wartet darauf, daß ein OP frei wird. Den Patienten in Bett eins hat die Polizei von San Rafael zur Krisenintervention eingeliefert. Er behauptet, er hätte nicht genug Vietcong kaltgemacht, und ist wild entschlossen, noch ein paar ›gelbe Hälse‹ durchzuschneiden. Absurderweise haben die vom Krisenzentrum ausgerechnet einen Vietnamesen geschickt, der sich um ihm kümmern soll.«
Gus hatte zugehört und brach in ihr Cousin-Ralph-Wiehern

aus, was wiederum dazu führte, daß Joy ihren Bericht unterbrach und zu kichern begann. Dann fuhr sie fort:
»Wir hoffen nur, daß sie den gleich wieder mitnehmen. In Bett zwei liegt ein Achtzigjähriger mit Nierenversagen, der in den Westflügel verlegt werden soll. Der Verlegungsbericht ist fertig, und die da drüben wissen Bescheid; wir warten jetzt nur noch darauf, daß ein Bett für ihn frei wird. Der Junge in Bett drei hat sich wahrscheinlich das Schlüsselbein gebrochen und wartet auf den Kinderarzt. Der Patient in Bett vier hat eine Verbrennung zweiten Grades am Bein, die versorgt werden muß, dann kann er wieder entlassen werden. In Bett fünf haben wir noch einen Verrückten. Er behauptet, eine innere Stimme würde ihm befehlen, in Gegenwart alter Frauen zu masturbieren.«
Joy trat vorsichtshalber einen Schritt von Irenes Schreibtisch zurück, bevor sie hinzufügte: »Bei Irene hat er es schon zweimal versucht; sie ist immer noch völlig durcheinander. Wir haben einen Wachmann zu ihm gesetzt, bis endlich jemand vom psychosozialen Dienst gekommen ist, und dreimal dürft ihr raten, wen sie geschickt haben.«
»O mein Gott«, sagte Beth und kicherte. »Eine ältere Frau. Stimmt's?«
»Ja, mit schlohweißen Haaren«, antwortete Joy und fuhr fort:
»In der Ambulanz, Bett eins, eine Stichwunde in der Brust aus San Quentin; hat eine Pleuradrainage gekriegt und wartet ebenfalls auf die OP. In Bett zwei: ein Motorradfahrer mit tiefen Schnittverletzungen im Hintern, von einer Schaufensterscheibe, durch die er unbedingt durchfahren mußte. Ist schon genäht. Im Traumaraum liegt ein schwerer Asthmaanfall, künstlich beatmet, wartet auf ein Intensivbett. Dann haben wir noch jemand draußen im Flur: eine Fensterputzerin, die zwei Stockwerke tief vom Gerüst gefal-

len ist. Sie hat sich dabei offensichtlich zwei schwere Wirbelbrüche zugezogen, darf also nicht bewegt werden.«

Joy drehte sich um, und wir folgten ihrem Beispiel. »Jetzt zu den blauen Stühlen: Der Junge mit dem gelben Skateboard hat wahrscheinlich 'ne Schlüsselbeinfraktur und wartet aufs Röntgen. Der alte Japaner mit der Schirmmütze hat sich den Finger verstaucht und muß geschient werden. Der Typ ohne Hemd und Schuhe mit dem gebrochenen Nasenbein war schon beim Röntgen, aber die Aufnahmen sind noch nicht da. Abgesehen von der Fraktur hat er über zwei Promille Alkohol im Blut. Vom Polizeirevier in San Rafael ist schon jemand unterwegs, um ihn einzubuchten, sobald wir mit ihm fertig sind.«

Gus hob die Hand und wandte sich zum Gehen. »Das wird mir zuviel. Ich hau' ab.«

Joy lachte, packte sie am Ärmel und zog sie zum Schreibtisch zurück.

»Draußen auf dem Flur steht eine Trage mit einer sechzehnjährigen Aspirin-Überdosis, die ein Brechmittel verpaßt gekriegt hat. Mit den Tablettenstückchen, die sie ausgekotzt hat, könnte man zwei Flaschen füllen. Wir warten noch auf die Blutwerte, bevor wir sie dem psychosozialen Dienst übergeben. Ihre Mutter hat sich geweigert, herzukommen, und der Vater befindet sich in den Flitterwochen mit seiner gerade volljährig gewordenen neuen Braut.

Der Zweijährige im Kinderbettchen hat hohes Fieber, kam hier mit Krämpfen rein ... wartet auf den gleichen Pädiater wie der Junge mit dem Schlüsselbeinbruch. Die Mutter des Kleinen sieht aus, als ob sie was mit den Nieren hat; außerdem scheint sie Fieber zu haben. Ich bin noch gar nicht dazugekommen, ihr zu raten, sich untersuchen zu lassen.«

Joy streckte sich und rieb ihr Kreuz.

»Ich bleib' noch eine Stunde oder so hier, bis ihr die Sache im Griff habt. Meine Schwägerin weiß Bescheid und kümmert sich um das Abendessen für die Kinder. Ich habe also noch etwas Zeit, zumindest so lange, bis mein Mann nach Hause kommt.«

Gus ernannte sich selbst zur Schichtleitung und übernahm den Funkverkehr mit den Rettungswagen; zwischendurch half sie aus, wo Not am Mann war. Beth übertrug sie die Ambulanz und den Traumaraum einschließlich des Kinderbettes. Für die Betten eins bis fünf und für den Gyn-Raum war ich zuständig.

Als Joy schließlich um sieben Uhr nach Hause ging, hatten wir den ersten Schwung Patienten weiterverlegt und fast alle Krankenakten bearbeitet. Niemand hatte Zeit gehabt, etwas zu Abend zu essen oder auch nur auf die Toilette zu gehen.

Dr. Mahoney und Dr. Judd hatten beide ausgesprochen schlechte Laune, und obwohl wir uns nach Kräften bemühten, einigermaßen Ordnung in das Durcheinander zu bringen, schien nichts ihre Stimmung heben zu können.

Gegen acht kam Lori, die neue Schichtleitung des Wachdienstes mit einem Tablett mit Sandwiches, frischem Obst und Getränken herein. Wir aßen während der Arbeit und verschlangen zwischen zwei Patienten hastig ein Sandwich oder eine Banane.

Gegen neun ließ der Ansturm etwas nach, so daß wir wieder anfangen konnten, klar zu denken und die nächsten Schritte zu planen. Zu dritt füllten wir möglichst viele Vorratswagen und -schränke auf, bis um halb zehn die große Galavorstellung dieses Tages begann. Sie bestand aus einem Mann Ende zwanzig, der sich bei einem Selbstmordversuch eine Kugel durch den Kopf gejagt hatte. Die eine Gesichtshälfte war beim Austritt des Geschosses weggerissen worden, der Blutverlust war enorm, aber der Mann lebte noch.

Gus und Beth verschwanden im Traumaraum, ich kümmerte mich um die Patienten im Hauptraum.
Gegen zehn waren vier der fünf Tragen im Hauptraum geräumt, und ich hätte beim Anblick der frisch bezogenen, leeren Betten vor Freude weinen können. Ich setzte mich auf einen Stuhl und roch zum erstenmal an diesem Abend meinen eigenen Schweiß. Ich verdrehte die Augen und tat so, als würde ich ohnmächtig. Dann gewann die Erschöpfung die Oberhand, und ich begann zu lachen wie jemand am Rande des Nervenzusammenbruchs. Ich hörte erst auf, als das Zischen der automatischen Tür und das verzweifelte Schluchzen einer Frau in mein Bewußtsein drangen.
Zwei Polizeibeamte kamen herein, ein Mann und eine Frau. Zwischen sich führten sie eine attraktive Frau, die ich auf Anfang Zwanzig schätzte. Sie trug eine weite weiße Baumwollhose und eine ärmellose weiße Bluse, die vorn von der rechten Schulter bis über die linke Brust aufgerissen war. Der Polizist kam zu mir herüber, drehte der schluchzenden Frau den Rücken zu und flüsterte: »Sie ist vergewaltigt worden.«
Ich sprang auf, brachte die junge Frau in den Gyn-Raum und bat die Polizistin, bei ihr zu bleiben. Ihrem Kollegen gab ich ein Zeichen, daß er mit mir hinausgehen sollte.
Draußen kamen uns zwei weitere Polizisten entgegen, die einen mit Handschellen gefesselten Mann mit sich zerrten. Die Polizisten waren große, kräftige Männer, und ihr Gefangener, der klein und schmächtig war, stolperte hinter ihnen her. Schon auf die Entfernung von zwanzig Schritten sah ich, daß er schmutzig war und heftig am Kopf und im Gesicht blutete. Seine Arme wiesen mehrere offene Wunden auf.
»Dieses Schwein hier war's«, sagte der Beamte, der die Frau hereingebracht hatte.

Ich wies die Polizisten an, den Mann in die Ambulanz zu bringen, ging voraus und holte eine Packung Kompressen, die ich mit Desinfektionslösung tränkte. Die Handschellen hatten die Blutzirkulation in den Händen abgeschnürt, und ich bat die Polizisten, sie dem Gefangenen abzunehmen, damit ich die Verletzungen an den Armen besser behandeln konnte.

»Danke«, sagte der Mann etwas kleinlaut und leise, worauf der größere der beiden Polizisten rot anlief, den Mann im Genick packte und sein Gesicht grob auf das Kissen drückte. Das geschah so blitzschnell und mit solcher Brutalität, daß ich erschrocken einen Satz rückwärts machte.

»Hey, du Drecksack, laß ja die Schwester in Ruhe!« schrie der Polizist ihn an.

Der Polizist, der die junge Frau hereingebracht hatte, berührte meinen Arm und zog mich aus dem Raum. Draußen berichtete er mir, was vorgefallen war.

»Die Frau heißt Kirsten Searles, wohnt in Mill Valley. Sie ist am Stinson Beach spazierengegangen, als dieses Arschloch sie überfallen und mit einem Gewehr bedroht hat. Er hat gesagt, er würde sie umbringen, falls sie sich wehren oder weglaufen würde, und dann hat er sie vergewaltigt.«

»Was ist mit ihm passiert?« fragte ich.

Der Polizist grinste vieldeutig wie Telly Savallas als Leutnant Kojac. »Das war das Mädchen«, sagte er. »Hat das Schwein ganz schön zugerichtet. Seit einer Woche sind wir schon hinter dem her. Innerhalb von fünf Tagen haben zwei junge Frauen ihn wegen Vergewaltigung angezeigt. Wahrscheinlich waren's noch mehr. Die eine war erst dreizehn. Außerdem wird er in Salinas wegen bewaffnetem Raubüberfall gesucht, und in Monterey wegen Fahrerflucht.« Der Polizist schüttelte den Kopf. »Was soll ich sagen? Der Kerl ist der letzte Abschaum.«

Die Schreibkraft, die während des Spätdienstes Irenes Aufgaben übernahm, reichte mir zwei Formulare für Vergewaltigungsfälle und mehrere Aufkleber mit dem Namen und Geburtsdatum des Opfers. Bevor ich sie danach fragen konnte, teilte sie mir mit, daß die einzige verfügbare Aushilfe in die Pädiatrie abgezogen worden sei, aber jemand von der Beratungsstelle für Vergewaltigungsopfer unterwegs sei.

Kurz darauf betrat ich den Gyn-Raum. Die Bezeichnung Raum für dieses Loch in der Wand war maßlos übertrieben. Auf einer Fläche von knapp sieben Quadratmetern waren darin ein gynäkologischer Untersuchungsstuhl, ein Deckenwärmer und mehrere kleine Schränke untergebracht. Die junge Frau saß auf einem Hocker, hatte den Kopf in die Hände gelegt und zitterte am ganzen Leib. Das kurze, dunkelblonde Haar war feucht und mit Sand verklebt. Ich gab der Polizistin ein Zeichen, den Raum zu verlassen.

»Kirsten?«

Sie nickte stumm, ohne aufzublicken.

Ich kniete mich vor sie hin und legte die Hand auf ihr Knie.

»Ich heiße Echo. Sie brauchen keine Angst zu haben. Wenn Sie weinen wollen, dann tun Sie es, und wenn Sie mir Ihr Herz ausschütten wollen, dann höre ich Ihnen zu.«

Kirsten legte ihre Hand über meine und drückte sie. Die kleine Geste war so rührend, daß mich das Mitgefühl fast überwältigte, trotz der Schutzmauer, die ich um meine Gefühle errichtet hatte.

»Jetzt sage ich Ihnen erst einmal, was als nächstes passiert«, fuhr ich fort. »Okay?«

Kirsten nickte und legte die Hand vor die Augen.

»Sie sind hier, damit wir nachsehen können, ob Sie verletzt worden sind und weil die Polizei einen Untersuchungsbericht für ihre Unterlagen braucht.

Ich messe jetzt erst Puls und Blutdruck. Dann muß ich Ihnen

ein paar Fragen stellen. Danach wird Dr. Mahoney Sie genau untersuchen. Sie wird Ihnen etwas Blut abnehmen und ein paar Vaginal-Abstriche machen. Es wird jemand vom Beratungszentrum kommen, Ihnen frische Sachen zum Anziehen bringen und Ihnen helfen. Die Frauen von der Vergewaltigungshilfe haben dasselbe durchgemacht wie Sie und verstehen Ihre Situation.«

Kirsten hob den Kopf und blickte mich zum erstenmal an. Ihr hübsches Gesicht war so unschuldig wie das eines Kindes, aber in ihrem Blick lagen soviel Schmerz und Traurigkeit, daß es mir einen Stich ins Herz versetzte.

Sie nahm meine Hände in ihre. »Wissen Sie, was er mit mir gemacht hat?« fragte sie verzweifelt, als könne sie es noch gar nicht fassen.

Ich nickte.

»Wissen Sie auch, daß er meinen Hund umgebracht hat? Er hat Lady erschlagen, einfach so, als wär's gar nichts. Ich habe sie bekommen, als ich sieben war, und jetzt ist sie tot.«

Ich brachte die Worte heraus, obwohl meine Kehle wie zugeschnürt war. »Es tut mir so leid, Kirsten. Sagen Sie mir, was ich für Sie tun kann.«

Kirsten ließ den Kopf hängen und fing wieder an zu weinen. Ich stand auf, drückte sanft ihren Kopf an mich und wiegte sie hin und her.

Nach einer Weile richtete sie sich auf und schüttelte den Kopf. Sand flog in alle Richtungen.

»Ich ziehe mich jetzt aus. Entschuldigen Sie, daß ich mich so kindisch benommen habe.«

»Kirsten, Sie brauchen sich nicht zu entschuldigen. Ihre Reaktion ist doch völlig verständlich und auch ganz natürlich. Sie haben alles Recht der Welt auf Verständnis und Mitgefühl.«

Kirsten war aufgestanden, und ich brachte ihr ein Patientenhemd. Dann öffnete ich eine rechteckige braune Schachtel mit dem Aufdruck NACHSORGE VERGEWALTIGUNG, nahm zwei braune Papiertüten mit der Aufschrift KLEIDUNG heraus und legte sie neben Kirsten auf den Boden. »Stecken Sie Ihre Sachen bitte da hinein«, sagte ich.

Kirsten lachte und schluchzte gleichzeitig, und ich blickte sie fragend an.

»Meine Mutter hat mir immer gesagt, ich soll saubere Unterwäsche anziehen, wenn ich aus dem Haus gehe – für den Fall, daß ich mal ins Krankenhaus müßte. Hätte ich nur auf sie gehört.«

Ich lächelte. »Machen Sie sich deswegen keine Gedanken. Ich glaube, es gibt niemanden, der diesen Rat seiner Mutter jemals beachtet hätte. Ich habe noch nie erlebt, daß jemand hier mit sauberer Unterwäsche reingekommen ist.«

Während sie sich auszog, ging ich in den Hauptraum hinaus, wo Dr. Mahoney eigenhändig die Vitalfunktionen von zwei Patienten kontrollierte. Gus, Beth und Dr. Judd waren noch im Traumaraum bei dem Kopfschuß.

Dr. Mahoney blickte kurz von dem Krankenblatt auf, das sie in der Hand hielt. »Stecken Sie ihn in ein Patientenhemd«, rief sie mir durch den Raum zu und winkte mit dem Daumen in Richtung Ambulanz. »Und säubern Sie die Wunden, damit ich sehen kann, was los ist.«

In der Ambulanz stellte ich fest, daß ich dem Mann nicht in die Augen sehen konnte. Während ich zu ihm sprach, sah ich den Polizisten an.

»Sie müssen Ihre Sachen ausziehen und das Krankenhemd hier anziehen«, sagte ich und beobachtete den Polizisten. »Dann reinige ich Ihre Verletzungen, damit sie versorgt werden können.«

»Ja, Schwester«, antwortete der Mann. Er hatte eine erstaunlich weiche Stimme. »Die Socken auch, Schwester?«

Ich sah ihn mir zum erstenmal richtig an. Sein Gesicht war von Aknenarben übersät, er hatte dunkelbraune Augen und trug einen Schnurrbart. Die Zähne waren braungelb verfärbt, und aus einem der oberen Schneidezähne war ein Stück herausgebrochen. Im linken Ohrläppchen trug er einen goldenen Ring, und an einer Kette um den Hals hing ein klotziges Kreuz aus Silber mit falschen Türkisen.

Sein gemeiner Gesichtsausdruck überraschte mich. Ich wußte nicht recht, warum, aber er paßte einfach nicht zu seiner Stimme. »Ja, die Socken auch«, sagte ich.

Ich ging hinaus und schaute durch die kleine Glasscheibe in den Traumaraum. Um den Patienten mit der Schußwunde waren mehrere Ärzte versammelt, unter ihnen auch ein Neurochirurg. Der Mann war intubiert worden und krampfte heftig. Gus und Beth hatten alle Hände voll zu tun, so daß ich mich umdrehte und wieder wegging.

Durch das verspiegelte Fenster warf ich einen Blick in den Gyn-Raum. Kirsten lag zusammengekauert auf der Untersuchungsliege. Ich ging hinein. »Alles in Ordnung?« fragte ich.

Kirsten nickte, sah aber aus, als wollte sie jeden Moment zu weinen anfangen. Ich maß Puls und Blutdruck und trug die Werte in das Krankenblatt ein. Anschließend hob ich die beiden Kleidertüten vom Boden auf und versiegelte sie. Aus dem Wärmegerät zog ich eine Decke und breitete sie über Kirsten. Als ich sie ihr unter das Kinn schob, begann sie zu schluchzen und verbarg ihr Gesicht im Kissen. Ich rieb ihren Nacken, bis sie das Gesicht zur Wand drehte und einzudösen schien.

Ich ließ sie ausruhen und ging wieder in die Ambulanz hinüber. Ohne die beiden Polizisten und den Gefangenen anzusehen, ließ ich warmes Wasser in eine Schüssel laufen, goß desinfizierende rote Flüssigseife hinein und brachte die

Schüssel zur Trage hinüber. Ich griff nach oben und schaltete die Lampe ein.

»Legen Sie sich bitte hin«, sagte ich und schaute in die Schüssel.

Der Mann folgte der Aufforderung, und einer der Polizisten verließ den Raum. Der andere lehnte sich gegen das Waschbecken und begann, ein Formular auszufüllen.

Ich weichte einen Waschlappen in der Seifenlauge ein, drückte ihn aus und versuchte, unter dem blutverklebten Haar die Platzwunden zu finden und zu reinigen. So sehr ich mich auch bemühte, den Sand aus den Wunden herauszuwaschen, es rieselte immer wieder neuer aus seinen Haaren hinein, und die Wunden begannen zu bluten.

Ich trat einen Schritt zurück und sah mir die Arme und Hände des Mannes an. Im linken Arm war eine tiefe Fleischwunde von etwa sieben Zentimetern Durchmesser, und zwei weitere kleinere befanden sich am rechten Unterarm. Zwischen den Fingern beider Hände hatte er Tätowierungen. Als ich näher hinschaute, konnte ich die Wörter Tod und Haß lesen.

»So geht das nicht«, sagte ich. »Es wäre am besten, wenn Sie den Kopf und die Arme unter den Wasserhahn halten.«

Der Polizeibeamte beobachtete aufmerksam jede Bewegung des Mannes, als er sich aufsetzte, von der Trage rutschte und zum Waschbecken wankte. Einen knappen Meter vor dem Becken knickten seine Knie ein, und er streckte die Hand aus, um sich am Beckenrand festzuhalten. Ich machte eine instinktive Bewegung, um ihm zu helfen, aber der Polizist schob mich aus dem Weg und packte den Mann am Gürtel, um ihn aufrecht zu halten.

»Was soll das, Donatini?« fragte er mit barscher Stimme.

»Gar nichts, Mann, nur 'n kleiner Schwächeanfall. Is' das vielleicht auch verboten?«

Der Polizist schüttelte den Mann und fauchte ihn an: »Halt's Maul, du Scheißkerl.«
Vorsichtig trat ich zu den beiden und drückte auf den Fußhebel. Warmes Wasser floß aus dem Hahn, und ich bedeutete dem Mann, daß er die Arme unter den Strahl halten sollte. Nachdem ich den Sand aus den Wunden gewaschen hatte, wickelte ich beide Arme in saubere Handtücher. Anschließend kam der Kopf an die Reihe.
Ich sah zu, wie das rosa gefärbte Wasser aus seinem Haar lief und in den Abfluß gurgelte, dann seifte ich die Kopfhaut ein, spülte den Seifenschaum heraus und gab dem Mann ein Handtuch.
Er trocknete sich Kopf und Haare ab und legte sich wieder auf die Trage. Ich rasierte die Haare rund um die Platzwunden und legte ein steriles Handtuch darüber.
»Wann war Ihre letzte Tetanusimpfung?« fragte ich und blickte auf das Krankenblatt. Ich hatte keine Lust, noch einmal in dieses grausame Gesicht zu sehen.
»Als ich auf der High School war. Da hat mir irgend so'n Arschloch 'ne Bierflasche über'n Schädel gedroschen. Weiß nicht mehr, in welchem Jahr das war, aber bald danach haben sie mich rausgeschmissen. Das war in Minnesota; steht alles in den Akten.«
Ich sah nach dem Geburtsdatum: 25. Oktober 1943. »Ich muß nur wissen, ob seit der letzten Impfung fünf Jahre vergangen sind«, sagte ich. »Alles andere interessiert mich nicht.«
»Okay, okay. Is' schon lange her.« Der Mann lachte, und es lief mir kalt den Rücken hinunter.
Ohne noch etwas zu sagen, zog ich eine Tetanusspritze auf und gab sie ihm. Dabei sah ich, wie sich sein Blick in mein Gesicht bohrte und dann zu meinen Brüsten hinunterwanderte. Ich fühlte mich abgestoßen und auch etwas eingeschüchtert. Draußen nahm ich mein Namensschild ab. Gott

sei Dank, es war das Schild für die Notaufnahme, auf dem nur der Vorname stand.

Ich öffnete die Tür zum Gyn-Raum. Kirsten saß auf dem Untersuchungstisch und hatte sich die Decke umgehängt. Ich sah, daß sie nicht mehr weinte.

»Wollen wir anfangen«, fragte ich, »oder brauchen Sie noch etwas Zeit?« Ich legte die Formulare zurecht.

»Es geht schon«, antwortete sie. »Ich möchte es hinter mich bringen.«

Ich ging die Liste der Fragen durch und markierte diejenigen, bei denen es um die Beschreibung des Täters ging.

»Fertig?«

Kirsten nickte.

»Also, wo ist der Überfall passiert?«

»Am Stinson Beach, in der Nähe der Umkleidekabinen.«

»Wann?«

»Gegen halb zehn, glaube ich. Um halb acht bin ich mit Lady von zu Hause losgefahren. Ich wollte mit ihr spazierengehen. Es war dunkel geworden, und ich war auf dem Rückweg zum Parkplatz. Dann habe ich ein Geräusch gehört und jemand auf mich zukommen gesehen. Ich hatte aber keine Angst, weil Lady ja bei mir war.« Tränen stiegen in ihre Augen.

»Er ist an mir vorbeigegangen, und ich hab' gesehen, daß er irgendwas in der Hand trug, das in eine Jacke oder ein Hemd eingewickelt war. Er hat irgendwas gesagt, wie ›Hey, Baby‹, und ich bin schneller gegangen. Dann hat Lady plötzlich angefangen zu knurren, aber ich hab' mich nicht umgedreht, weil ich gemerkt habe, daß er hinter mir war. Ich fing an zu laufen, aber er hat mich hinten an der Bluse gepackt und zu Boden gerissen. Dann hat er mir die Mündung des Gewehrs an den Hals gedrückt und gesagt, ich sollte aufstehen.

Lady hat gebellt und ihn angesprungen. Plötzlich hat er das Gewehr umgedreht und Lady mit dem Kolben auf den Kopf geschlagen. Sie hat gejault und ist hingefallen. Er hat noch einmal zugeschlagen, ihr Kopf ist auf die Seite gesunken, und dann hat sie sich nicht mehr gerührt.

Ich wußte nicht, was ich tun sollte.« Kirstens Stimme war lauter geworden, und sie begann wieder zu zittern.

»Ich wollte weglaufen, aber er hat mich eingeholt und gesagt, wenn ich das noch einmal versuchen würde, würde er mich umbringen. Es würde ihm nichts ausmachen, mich zu töten, er hätte schon eine ganze Menge Leute kaltgemacht. Ich hab' gebettelt, daß er mir nichts tun soll. Ich hab' alles erzählt, was mir gerade einfiel: daß ich schwanger wäre und Syphilis hätte. Er hat nur gelacht, hat mich an den Füßen gepackt und mich über den Sand zu den Klippen am Wasser geschleift.«

Ich legte die Formulare beiseite und hielt ihre Hände.

»Da hab' ich richtig Angst gekriegt, weil ich wußte, daß ich ihm total ausgeliefert bin. Ich wollte wegrennen, aber er hat mich die ganze Zeit mit dem Gewehr bedroht.«

Kirsten wischte sich das Gesicht an der Schulter ab.

»Ich muß irgendwie das Bewußtsein verloren haben, denn ich erinnere mich nur noch an Bruchstücke, wie an einen Film, den man vor langer Zeit gesehen hat.

Das nächste, woran ich mich erinnere, ist, daß mir vor lauter Haß auf ihn schlecht wurde und ich kotzen mußte, aber das hat ihn nicht abgehalten. Er wollte mir die Hose runterreißen, und ich hab' geschrien und nach ihm getreten. Da hat er mir den Gewehrlauf so fest an die Kehle gedrückt, daß ich kaum noch Luft gekriegt hab'.«

Kirsten richtete sich etwas auf und sah mich fast schuldbewußt an.

»Ich hatte furchtbare Angst, sterben zu müssen. Ich hab' gewußt, wenn ich mich wehre, würde er mich umbringen. Ich hab' nur noch das Kreuz an seiner Kette vor meinem Gesicht baumeln sehen und ihn immer wieder sagen hören: ›Gefällt's dir, Baby? Sag schon, gefällt's dir?‹«

Kirsten drückte die Stirn gegen meinen Arm und preßte die Hand vor den Mund, um einen Aufschrei zu ersticken. Sie zitterte am ganzen Körper, ihre Lider waren fest zusammengepreßt, und aus dem Schrei wurde ein Wimmern.

Ich strich ihr übers Haar. »Es wird vorbeigehen, Kirsten. Jetzt ist das alles noch zu frisch, aber eines Tages haben Sie es überwunden.«

Es dauerte fünf Minuten, bis die junge Frau sich wieder gefaßt hatte und sich aufrichtete. Als sie sprach, hatten sich Zorn und Empörung in den Schrecken gemischt.

»Als er fertig war, hat er das Gewehr beiseite gelegt. Ich hab' danach gegriffen und ihn dabei in den Arm gebissen. Ich weiß nicht mehr, wie, aber ich bin auf die Beine gekommen und hab' ihm mit aller Kraft in die Eier getreten. Dann hab' ich ihm das Gewehr auf den Kopf gehauen. Ich dachte schon, ich hätte ihn k.o. geschlagen, aber er ist wieder hochgekommen und hat versucht, mir die Faust ins Gesicht zu schlagen. Da hab' ich noch mal zugeschlagen, diesmal fester, und diesmal blieb er liegen.

Ich hab' überlegt, ob ich ihn erschießen soll. Ich wollte es tun, aber ich hab's nicht geschafft, warum weiß ich nicht. Jetzt wünschte ich, ich hätte es getan.

Als er wieder zu sich kam, hab' ich ihn auf Händen und Knien vor mir herkriechen lassen, bis wir zu einem Haus an der Uferstraße kamen. Die Leute da haben die Polizei angerufen. Sie haben ihn verhaftet, und einer der Beamten hat mich hergefahren.«

Kirsten blickte auf ihren Schoß. Sie sah erschöpft aus. »Die Polizisten haben mir versprochen, daß sie Lady holen und sich um sie kümmern.« Sie schüttelte den Kopf und seufzte. »Hätte ich ihn doch nur umgebracht.«

Wir saßen stumm da, als wenige Minuten später die Frau von der Beratungsstelle für Vergewaltigungsfälle hereinkam. Ich ging hinaus und traf in der Tür auf Dr. Mahoney. Sie gab mir ein Zeichen, daß sie draußen mit mir sprechen wollte. Wir gingen in einen ruhigen Teil des Hauptraums, wo ich ihr die Geschichte erzählte, die ich von Kirsten gehört hatte.

Als ich fertig war, schüttelte Dr. Mahoney den Kopf, nahm die Formulare und drehte sich wortlos um.

»Dr. Mahoney?«

Die Ärztin seufzte und ließ die Schultern hängen. »Mir ist jetzt nicht nach Reden, Echo, egal was, ich mag nicht. Ich erledige das mit den Formularen, Sie machen in der Ambulanz weiter. Der Kerl ist genäht. Jetzt röntgen sie noch seinen Schädel und den Brustkorb. Wenn er zurückkommt, verbinden Sie das Dreckstück. Die Aufnahmen bringen Sie mir. Dann sorge ich dafür, daß er auf schnellstem Wege hier verschwindet. Der Reinigungsdienst soll eine Putzfrau schikken. Ich möchte, daß alles saubergemacht wird, was der angefaßt hat.« Sie öffnete die Tür. »Wenn ich Sie brauche, rufe ich Sie.«

Alle Betten waren leer, bis auf Nummer vier, das mit einer unglaublich dicken Schwarzen mit Asthma belegt war. Sie bekam eine Inhalationsbehandlung und atmete gierig die mit einem Medikament angereicherten Dämpfe ein.

Gus und Beth brachten den Traumaraum in Ordnung. Der Mann mit dem Kopfschuß war soweit stabilisiert, daß er auf die Chirurgie verlegt worden war, wo man zu retten versuchte, was zu retten war.

Ich sah Gus eine Weile bei der Arbeit zu. Sie blickte auf, stemmte die Hände in die Hüften und sagte: »Wenn man es nicht selber erlebt hätte, würde man es nicht für möglich halten.« Ich nahm an, daß sie damit die Vorgänge dieses Abends meinte.

»Kann man wohl sagen«, stimmte ich ihr zu. »Erinnere mich daran, daß ich beim nächsten Vollmond zu Hause bleibe. Nicht vergessen.«

»Wird gemacht, Echo. Das nehmen wir uns jeden Monat vor, und jeden Monat fallen wir wieder um und machen Dienst.«

»Nicht meine Wenigkeit«, sagte ich und tippte an meine Brust. »Ich besorge mir einen Mondphasenkalender und schaue immer erst nach, bevor ich mich einteilen lasse.«

Dr. Judd kam hinter mir heran und lächelte breit. »Kinderchen«, sagte er, »jetzt hört doch endlich auf, hier rumzumaulen. Habt ihr schon mal in Atlanta in einer heißen Vollmondnacht in der Notaufnahme gearbeitet? Ich kann euch sagen, dagegen ist das hier das reinste Paradies.«

Die Klingel des Gyn-Raums summte, und ich war gerade auf dem Weg dorthin, als der Vergewaltiger in Begleitung der beiden Polizisten und eines Röntgenassistenten in den Hauptraum kam. Er grinste mich so widerlich an, daß mir schlecht wurde.

Ich ließ mir von dem Assistenten die Röntgenaufnahmen geben, ging zurück zum Traumaraum und sagte an der Tür zu Beth: »Kannst du mir einen großen Gefallen tun? Im Nahtraum muß einer verbunden und anschließend entlassen werden. Ich fass' den nicht mal mit einer zehn Meter langen Stange an.«

Sie war nicht gerade begeistert, willigte aber ein, und ich brachte die Röntgenaufnahmen zu Dr. Mahoney. Sie warf einen kurzen Blick darauf und zuckte mit den Schultern.

»O.B.«, sagte sie und wandte sich wieder Kirsten zu, die die Hand der Frau von der Beratungsstelle umklammert hielt. Dr. Mahoney untersuchte sie und erklärte ihr dabei genau, was sie gerade tat. Sie nahm die Proben, die die Staatsanwaltschaft für ihre Anklage brauchte. Ich beschriftete inzwischen die Etiketten und tat die Proben in die entsprechenden Behälter oder Umschläge. Nach der Untersuchung stellte Dr. Mahoney Kirsten ein Rezept für ein Breitband-Antibiotikum aus, für den Fall, daß der Mann sie mit einer Geschlechtskrankheit infiziert haben sollte. Danach durfte Kirsten sich anziehen und in Begleitung der Beraterin die Klinik verlassen.

»Als erstes werd' ich ganz heiß duschen«, sagte Kirsten. »Ich fühl' mich so dreckig.«

Ich half ihr, die Jeans und das T-Shirt anzuziehen, welche die Frau von der Beratungsstelle für sie mitgebracht hatte. Daß mehr nötig sein würde als eine heiße Dusche, bevor sie sich wieder sauber fühlte, behielt ich für mich. Es würde Jahre dauern, bevor sie den Vorfall am Strand seelisch bewältigt haben würde.

Ich holte ihr ein Paar Einmalschuhe aus Papier und begleitete sie zur Tür, wo sie mich umarmte. »Danke. Sie waren so nett zu mir. Sie haben mir das Gefühl gegeben, daß es nicht meine Schuld war.«

Ich drückte sie an mich. Als wir den Raum verließen, sah Kirsten sich dem Mann gegenüber, der sie vergewaltigt hatte. In der ersten Schrecksekunde standen sie einander starr gegenüber, und ihre Schritte verlangsamten sich zu ruckartigen Bewegungen. Es war, als hätte jemand den Film im Projektor angehalten.

Kirsten stieß einen gellenden Wutschrei aus und stürzte sich mit ausgestreckten Händen auf den Mann. Als ich mich ihr in den Weg stellte, stieß sie mich zur Seite, aber es gelang mir, sie festzuhalten.

In dem Mann ging eine Veränderung vor, als er sein Opfer wiedererkannte. Er verzog das Gesicht zu einem hämischen

Grinsen. »Was'n los, Baby?« fragte er provozierend. »Kannst du nicht genug kriegen?«
Sofort rissen die beiden Polizisten den Mann von den Füßen und stießen ihn zu Boden. Der größere von beiden stellte den Fuß auf den Nacken des Mannes und drückte sein Gesicht auf den Fußboden.
»Konnten Sie nicht warten?« fuhr er mich an. Sein Gesicht war puterrot vor Zorn, und die Adern an seinem Hals traten deutlich hervor. »Schaffen Sie sie raus ... sofort!« Zusammen mit der Beraterin zog ich Kirsten in die Eingangshalle hinaus.
Stotternd versuchte ich, mich bei Kirsten zu entschuldigen, aber sie unterbrach mich.
»Lassen Sie nur, das macht nichts«, sagte sie und begann zu weinen. »Schlimmer kann es gar nicht mehr werden.«
Als ich nach einer Weile wieder in den Hauptraum zurückkam, waren die Polizisten und ihr Gefangener fort. An der Stelle, wo der Polizist den Kopf des Mannes mit dem Fuß festgehalten hatte, sah ich eine kleine Blutlache auf dem Bodenbelag.

Ich hielt vor meinem Häuschen und schaltete die Scheinwerfer des Chevy aus. Das Haus lag im Dunklen. Der kurze Weg durch den Vorgarten erschien mir düster und bedrohlich, und das kleine Stück bis zur Veranda kam mir vor wie ein endloser Marsch durch Feindesland. Ich nahm meine Tasche und meinen Pullover vom Beifahrersitz, öffnete die Tür, überlegte es mir aber anders und zog sie langsam wieder zu.
Unter der Kühlerhaube klopfte und knackte es, als der Motor abkühlte, und ich lauschte angestrengt auf ungewöhnliche Geräusche von draußen.
Fünf Minuten lang saß ich im Wagen und wagte kaum zu

atmen. Dann stieg ich aus, sah mich nach allen Richtungen um und schlich wie ein Einbrecher zur Haustür.
Das Herz schlug mir bis zum Halse. Ich griff nach dem Türknauf, traute mich aber nicht, die Tür aufzumachen, weil ich Angst hatte, daß drinnen ein Mann mit harten, kalten Augen auf mich warten könnte.
Dann schlug meine Furcht in Wut um. Ein Leben lang hatte man mir eingetrichtert, daß man als Frau ständig auf der Hut sein und mit dem Schlimmsten rechnen müsse. Wie oft hatte ich schon auf das bescheidene Vergnügen verzichtet, nach Einbruch der Dunkelheit allein spazieren zu gehen, bloß weil ich eine Frau war und weil »solche Männer« sich auf den Straßen herumtrieben und auf mich lauerten?
Hinter mir hörte ich das Knirschen von Kies.
Ich wirbelte herum und drückte mich in eine dunkle Ecke der Veranda. Meine Stimmbänder waren wie gelähmt. Ich konnte nichts erkennen, aber die Ohren funktionierten noch, und ich vernahm eine vertraute Stimme. »Bitte entschuldige, daß ich dich erschreckt habe. Ich bin's, Joan. Ist alles okay?«
Die verschwommenen Umrisse nahmen Gestalt an, und ich sah meine Nachbarin unten an den Verandastufen stehen. »Ich wollte dir keine Angst einjagen. Ich hab' deinen Wagen gesehen, und als im Haus kein Licht anging, dachte ich mir, ich komm' mal rüber und schau' nach, was los ist.«
Ich atmete erleichtert auf und versuchte zu lachen. »Es ist alles okay. Ich hab' mich nur vor der Dunkelheit gefürchtet. Das nächste Mal lasse ich das Licht auf der Veranda brennen.« Ich steckte den Schlüssel ins Schloß und sperrte auf. »Komm doch noch auf ein Glas Wein oder Bier rein«, sagte ich und stieß mutig die Tür auf.
»Das mach' ich doch sofort«, sagte sie. »Ein Glas Wein, wenn's recht ist.«

Ich goß uns zwei große Gläser gut gekühlten kalifornischen Chablis ein und erzählte ihr, was ich an diesem Abend erlebt hatte. Während ich sprach, sah sie mich an, als läse ich aus einem besonders schrecklichen Polizeibericht vor. Nach einer Weile schüttelte sie sich. »Grauenvoll«, sagte sie. »Wie hältst du das bloß aus?«

»Ich weiß nicht«, antwortete ich. »Früher habe ich gedacht, daß ich nichts anderes tun wollte, als Menschen zu helfen, aber jetzt ...« Ich suchte nach den richtigen Worten, um ihr meine Gefühle zu schildern, ohne daß es sich zu abgebrüht anhörte. »Jetzt kommt es mir manchmal vor, als ob ich irgendwie außerhalb des Geschehens stehen würde, so als wäre ich nur eine Statistin in einem besonders blutrünstigen Action-Film.«

Joan schüttelte nur den Kopf, trank ihr Glas aus und schwieg. Es war, als hätte sich zwischen uns beiden eine Wand aufgerichtet, die jede Verständigung unmöglich machte. Das passierte öfter, wenn ich »normalen« Bekannten, die nicht aus der Welt des Krankenhauses kamen, von meinen Erfahrungen erzählte

»Ich bewundere dich wirklich«, sagte sie nach einer längeren Pause und fügte hinzu, »aber ich glaube, was du da machst, das könnte ich nicht. Ich würde entweder überschnappen oder anfangen zu trinken.«

Ich mußte lachen, denn mir fielen die vielen Schwestern und Pfleger ein, die Zuflucht im Alkohol suchten, im Dienst heimlich tranken und große Mühe hatten, ihre fünf Sinne beieinander zu halten.

Nachdem Joan gegangen war, ging ich durch alle Räume im Haus, verriegelte Fenster und Türen und zog mich aus, um unter die Dusche zu gehen.

Das warme Wasser entspannte mich. Ich kicherte leise vor mich hin, als ich daran dachte, wie albern ich mich beim

Nachhausekommen angestellt hatte. Ich wusch mir gerade die Haare, als meine Gedanken auf Abwege gerieten und mir die Szene unter der Dusche in dem Hitchcock-Thriller ›Psycho‹ vorgaukelten. Ich schüttelte die Vorstellung ab und begann, eine fröhliche Melodie zu summen, was aber eher kläglich klang, weil mir bei den Schreckensvisionen die Luft weggeblieben war.
Eine Minute später ging es mir schon wieder besser, und mein Gesang erfüllte das Badezimmer, als ich durch den Duschvorhang sah, wie sich die Tür zum Bad langsam, Zentimeter um Zentimeter öffnete.
Ich fing an, aus Leibeskräften zu schreien, griff nach der Bürste mit dem langen Stiel für den Rücken, sprang aus der Duschkabine und riß die Tür auf.
Draußen stand Emilio, der offensichtlich hatte nachsehen wollen, warum es im Badezimmer so laut war. Er war genauso überrascht wie ich, machte einen Buckel, fauchte und spuckte, sauste mit steil aufgerichtetem Schwanz wie der Blitz den Gang hinunter und verschwand durch die offene Tür in Simons Zimmer.
Um ein Uhr lag ich hundemüde im Bett, konnte aber nicht einschlafen. Ich überlegte, ob ich mir mit einem weiteren Glas Chablis die nötige Bettschwere verschaffen sollte, ließ es aber bleiben, weil ich genau wußte, was mein Ulkus dazu sagen würde. Also machte ich Entspannungsübungen. Nach der fünften Übung hörte ich immer noch seltsame Geräusche, sah das Rattengesicht des Vergewaltigers und hörte ihn fragen: »Was'n los, Baby? Kannst du nicht genug kriegen?« Seltsamerweise erinnerte ich mich nicht mehr daran, wie Kirsten aussah, aber ich spürte immer noch ihre Hände, die meinen Arm festgehalten hatten.
Ich wünschte, Simon wäre hier und schliefe nebenan. Fünf Minuten vergingen, dann stand ich auf, schlich auf Zehen-

spitzen über den Gang, bahnte mir einen Weg durch seine auf dem Boden verstreuten Spielsachen und kletterte in sein Bett. Das Bettzeug roch nach ihm, und meine Angst legte sich etwas.

Emilio wagte sich schließlich aus seinem Versteck unter der leeren Spielzeugtruhe, sprang aufs Bett und kroch an meinem Bein hoch. Als er meinen Bauch erreicht hatte, schnupperte er nach allen Richtungen, überzeugte sich davon, daß keine weitere Explosion mehr erfolgen würde, und rollte sich auf meiner Brust zum Schlafen zusammen.

Das ist gut, dachte ich. *Wenn jemand im Haus ist, wird mich die Katze warnen.* Im Mondschein beobachtete ich die Ohren des Katers, ob sie zuckten.

Allmählich beruhigten sich meine Nerven, und auf der Innenseite meiner Lider begannen rotgoldene Wirbelchen zu tanzen; ein Zeichen, daß ich kurz vor dem Einschlafen war. Meine selbstgezimmerte Meßlatte menschlicher Grausamkeiten ging mir kurz durch den Kopf, und ich fragte mich, warum ich mich über manche Dinge nicht mehr so aufregte wie früher. Manchmal fühlte ich mich als unbeteiligte Beobachterin einer Welt, in der der Irrsinn das Zepter schwang.

Im Dahindämmern sah ich eine Bühne mit einem Tänzer bei einer Solonummer, hinter ihm eine weibliche Tanztruppe in Schwesternkitteln, die den schwachsinnigen Text des alten Hits »How Do You Do What You Do?« sangen.

Die Show lief zunächst wie am Schnürchen, aber auf einmal war die Bühne leer, und ich befand mich in der vertrauten Kulisse meines Tauben-Traumes. Vor einem Jahr hatten diese Träume angefangen und sich seitdem nicht mehr verändert. Es beginnt in meinem Elternhaus, oben an den Betonstufen, die in den Keller hinunterführen. Ich stehe allein davor, gelähmt vor Angst und bösen Vorahnungen, denn gerade ist mir die Sache mit der Taube eingefallen.

Ich habe nur sehr vage Vorstellungen davon, wer mir die Taube in Pflege gegeben hat oder warum dieses Geschöpf der Lüfte in einem Kellerloch eingesperrt sein muß. Ich weiß nur, daß ich wieder einmal vergessen habe, den Vogel zu füttern und mich um ihn zu kümmern.
Ich laufe die Treppe hinunter. Unten ist es kalt und feucht. Meine schlimmsten Befürchtungen bewahrheiten sich. Die Taube liegt im Käfig und atmet kaum noch. Ich nehme sie ganz vorsichtig heraus, lege sie auf meine Hand und füttere sie. Dabei schwöre ich mir, sie niemals wieder zu vernachlässigen. Nach einer Weile richtet sie das Köpfchen auf, schaut mich mit ihren kleinen Vogelaugen an und flattert aus eigener Kraft in den Käfig, wo sie sich auf die Stange hockt. Vor Erleichterung beginne ich zu weinen.
Noch im Traum, während ich die Stufen hinaufgehe, enthüllt sich mir die Bedeutung des Traums: Der weiß gefiederte Vogel, das Symbol des Friedens und der Liebe, ist ein Teil meiner eigenen Seele.

13. Kapitel

Es war der übliche Montagsspätdienst auf der Kardiologie, und alles bewegte sich in den gewohnten Bahnen: die gewohnten Diagnosen und Prognosen, Leben und Tod, Schmerz und Linderung.

Jan und ich saßen im Überwachungsbereich und behielten die EKG-Monitore im Auge. Zehn Kurven bewegten sich in gleichmäßigem Rhythmus von links nach rechts über die fluoreszierenden Bildschirme, Formen und Linien, chiffriertes Leben.

»Das wird ein ruhiger Abend«, sagte ich, nahm den Blick von den Monitoren und schaute Jan an.

»Möglich«, antwortete sie, »aber solche Voraussagen mache ich nicht gern. Kaum hat man den Mund aufgemacht, kommt es meistens schon wieder ganz anders. Sei froh, daß so wenig los ist; es könnte die Ruhe vor dem Sturm sein.«

Jan lächelte und rückte die Spange zurecht, die ihr langes Haar im Nacken zusammenhielt. Ihr schönes, dichtes Haar war erschreckend dünn geworden, aber weil sie sich vor und während jeder chemotherapeutischen Behandlung Eisbeutel auf den Kopf legte, brauchte sie keine Perücke zu tragen, jedenfalls bis jetzt noch nicht. Dieser bescheidene Sieg über die Krankheit war ihr heimlicher Stolz und ihre stille Freude.

Schon als ich sie kennenlernte, hatte sie nur aus Haut und Knochen bestanden, jetzt waren es fast nur noch Knochen. Aber es gelang ihr, diesen Zustand durch lockere, voluminöse Kleidung zu verbergen. Nur einer Handvoll Leuten auf der Station war aufgefallen, daß ihre Hautfarbe sich ins Gelbliche verändert hatte, und daß sie fortwährend hustete. Alte Gerüchte erhoben sich aus ihrer modrigen Gruft, aber sie beschränkten sich auf die Station. Wenn neugierige Kolleginnen zu mir kamen und wissen wollten, was los wäre, bekamen sie von mir den Rat, sie sollten Jan selbst fragen. Ich wußte genau, daß sie sich das nicht trauen würden. Bisher hatte es auch noch niemand getan.

Jan, Simon und ich verbrachten jetzt soviel Zeit wie möglich miteinander. Simon spürte, daß etwas Ungewöhnliches vorging, und stellte sehr gezielte Fragen. Ich hielt es inzwischen nicht mehr für angebracht, um den heißen Brei herumzureden, und einen Neunjährigen zu belügen, wäre mir entschieden gegen den Strich gegangen. Also sagte ich ihm die Wahrheit, mehr um ihn auf das Unvermeidliche vorzubereiten, als um seine kindliche Neugier zu befriedigen.

Er hörte mir wortlos und mit großen Augen zu und wollte nur wissen, wann Jan sterben müsse. Ich sagte, daß niemand das wüßte, vielleicht in ein paar Monaten oder Jahren, aber auf jeden Fall bald.

Später hörte ich ihn auf den zwei Holzstufen, die von der Küche in den kleinen Hof hinter dem Häuschen hinabführten. Er verhandelte ernsthaft mit dem lieben Gott. Mooshie lag auf seinem Schoß, als Zeuge seiner guten Absichten. »Mach, daß sie nicht stirbt«, betete er eindringlich. »Ich geb' ihr was von meinem Blut ab, das die bösen Zellen totmacht, aber sie darf einfach nicht ... noch ganz lange nicht.«

»Ich bin am Verhungern«, sagte Jan und schaute auf die Uhr. »Übernimmst du hier, während ich essen gehe?«

Ich nickte und beobachtete weiter die Monitore. »Geh ruhig. Meine Patienten sind versorgt, die Sechs-Uhr-Medikamente sind auch schon verteilt. Laß dir Zeit, aber überfriß dich nicht. Du hast in letzter Zeit ganz schön zugelegt. Wenn du

so weitermachst, platzt du noch aus deinen Schlabberklamotten.«
Gegen ihren Willen mußte Jan lachen.
»Was sagt eigentlich die Waage, sechzig Pfund, oder sind's siebzig?«
Jans Versuch, mich entrüstet anzusehen, scheiterte kläglich.
»Damit du's weißt, du Clownsgesicht, ich wiege siebenundachtzig Pfund, Tendenz steigend.«
Bevor ich reagieren konnte, drückte sie mir einen Stempel auf den Arm, den sie in der Tasche versteckt hatte. In roter Stempeltusche stand auf meiner Haut: ZURÜCK AN DIE INNERE ABTEILUNG. »Damit jeder weiß, wo du hingehörst.« Sie lachte.
Lucy und Catherine, die zufällig vorbeikamen, wollten wissen, was los war. Es entwickelte sich eine regelrechte Stempelorgie. Nach fünf Minuten machte Jan sich mit einem verschmierten ENTLASSEN auf der Wange auf den Weg zur Kantine, während Lucy und Catherine mehrere ärztliche Standardverordnungen auf verschiedenen Stellen ihrer Kittel vorzuweisen hatten.
Ich war wieder allein und lehnte mich auf meinem Stuhl zurück. Die Stille im Raum war fast erdrückend. Vor mir piepsten die Monitore in zehn unterschiedlichen Rhythmen, jeder einzelne die Stimme eines unruhigen menschlichen Herzens. Ich langte hinüber und drehte bei einigen die Lautstärke höher.
Es hörte sich an wie eine sonderbare Musik. Zimmer 17 gab im Walzerrhythmus den Takt an, während der Herzschrittmacher in Zimmer 5 in gleichmäßigem Viervierteltakt die Begleitung dazu lieferte, unterstützt vom Vibrato des Vorhofflimmerns in Zimmer 8.
Ich schloß die Augen und hörte zu. Die Geräusche waren fast tröstlich, wie das Zirpen der Grillen an einem träg-

heißen Sommerabend, und ich döste vor mich hin, bis mich das Klingeln des Telefons aus meinen musikalischen Fantasien riß.

»Kardiologie. Kann ich Ihnen helfen?«

»Notaufnahme.« Es war Gus, aber sie erkannte meine Stimme nicht. »Wir haben hier eine Privatpatientin von Dr. Peters zur Aufnahme in die Akute. Sie heißt Sondra Nelson. Wann können wir sie zu Ihnen raufschicken?«

Ich seufzte. Jan hatte anscheinend recht gehabt mit der Ruhe vor dem Sturm.

»Hey, Gussi. Ich bin's, Echo.«

Gus hielt sich nicht länger mit offiziellen Formulierungen auf.

»Hallo, Echo, also noch mal von vorn. Wie sieht's aus bei euch da oben? Hier unten geht's mal wieder drunter und drüber, und Mann, das ist vielleicht 'ne komische Tante, die ich dir da raufschicke.«

Ich quetschte mir ein pathetisches Seufzen aus der Lunge. Soviel zum Thema ruhiger Abend. Jan kam mit einem Tablett herein. Ich machte ihr ein Zeichen, sie solle an den anderen Apparat gehen, und legte die Hand über die Muschel.

»Hör mit! Das ist Gus von der Notaufnahme, mit einem akuten Neuzugang.«

Jan stellte das Tablett ab und nahm den Hörer.

»Okay, Gussie, die Chefin hört mit, also schieß los.«

»Wie gesagt, das Ganze ist total komisch«, sagte Gus. »Und wenn ich ehrlich sein soll, ich hab' eigentlich keine Ahnung, was mit der Lady los ist. Ihr Mann hat sie zu uns gebracht, sagte, sie bekäme nicht genug Luft. Dr. Judd hat sie kurz untersucht und dann gleich Dr. Peters angerufen. Beide geben sich ziemlich zugeknöpft, und keiner sagt einem hier, was wirklich Sache ist. Sie haben die Vorhänge um das Bett die ganze Zeit zugezogen gelassen, seit sie hier ist. Ich vermute,

das große Schweigen hat damit zu tun, wer die Frau ist. Ihr werdet sie auf Anhieb erkennen.«
Gus hatte einen ausgesprochenen Hang zum Melodramatischen. Sie machte eine bedeutungsvolle Pause, um die Spannung auf den Höhepunkt zu treiben, und fuhr fort: »Sie ist die Frau von Gavin Nelson. Nelson Enterprises ... San Francisco, New York, London.«
Ich brauchte mich nicht sonderlich anzustrengen, um mir ein Foto aus einer Illustrierten in Erinnerung zu rufen. Das Bild zeigte eine zierliche, elegante Frau in Begleitung ihres äußerst erfolgreichen Gatten bei der Siegerehrung auf der Pferderennbahn in Bay Meadows.
Im Arm hielt sie einen riesigen Strauß Rosen, mit der anderen Hand, die in einem weißen Handschuh steckte, winkte sie der Zuschauermenge zu. Mrs. Nelson war eine klassische Schönheit; ihr strahlendes Lächeln hätte jedem Titelbild zur Ehre gereicht.
Gavin Nelson, der attraktive Ehemann, hatte den Arm um die zierliche Taille seiner Frau gelegt und blickte voll Bewunderung auf sie hinab. Kurzum: die Nelsons waren der Inbegriff von Gesundheit, Glück und Lebensfreude.
»Dr. Peters' aktuelle Diagnose lautet«, sagte Gus und räusperte sich vielsagend, »Kurzatmigkeit.«
Jan und ich blickten uns an. »Kurzatmigkeit?« wiederholte ich und fragte mich, ob ich richtig gehört hatte. »Ich werd' hier auch kurzatmig, wenn ich mir überlege, wie wir mit fünf Leuten noch einen Neuzugang bewältigen sollen. Und außerdem, Gus, seit wann ist Kurzatmigkeit eine Indikation für die kardiologische Akute? Das hört sich nach einer absichtlichen Fehlbelegung an.«
Eine Fehlbelegung konnte viele Gründe haben. Manchmal war es nur eine unabsichtliche Fehldiagnose des behandelnden Arztes, wenn ein Patient kränker zu sein schien, als es

tatsächlich der Fall war. Häufig steckten jedoch schwierige äußere Begleitumstände dahinter, auf die der Arzt Rücksicht nehmen mußte. Meist waren diese Umstände »politischer« Natur.

Dem Pflegepersonal waren solche Fehlbelegungen verhaßt. Nicht nur, daß dadurch dringend gebrauchte Betten belegt wurden und Zeit verschwendet wurde; in neun von zehn Fällen handelte es sich auch noch um extrem anspruchsvolle Patienten, die einen ständig auf Trab hielten.

Wahrscheinlich war Mrs. Nelson so eine »politische« Gefälligkeitsbelegung. Meistens waren das Angehörige des höheren Geldadels, die wegen irgendwelcher Bagatellbeschwerden in einer Klinik betreut werden wollten. Sie oder ihre Angehörigen bestanden meist auf einem Einzelzimmer mit einer Schwester ganz für sich allein; selbstverständlich mit individueller Verpflegung à la carte. Für den behandelnden Arzt waren solche Patienten natürlich eine Goldgrube, und wenn er seine Schäfchen in einer Akutpflegeeinheit unterbrachte, war gewährleistet, daß auf alle ihre Launen und Bedürfnisse eingegangen wurde.

»Ich weiß, ich weiß; ich habe Dr. Peters auch gesagt, daß ihr nicht gerade vor Begeisterung an die Decke gehen werdet«, meldete sich Gus wieder zu Wort, »aber er sagt, an dem Fall wäre mehr dran, als man auf den ersten Blick sieht. Er will euch später alles erklären. Im Moment möchte er, daß die Patientin so schnell wie möglich zu euch raufverlegt wird.

Über die Frau weiß ich nur, daß sie zweiundvierzig Jahre alt ist und gesünder aussieht als ich. Sie behauptet steif und fest, daß ihr überhaupt nichts fehlt und daß sie nur in der Klinik bleibt, weil Dr. Peters es wollte. Sie hat mir ›gestattet‹, Blutdruck und Temperatur zu messen, aber damit hatte es sich auch schon. Sie hat ein bißchen Fieber, und mir ist auf-

gefallen, daß sie unter Belastung etwas kurzatmig ist, aber besonders bedrohlich kam mir das nicht vor.«
Im Hintergrund konnte ich das vertraute Brodeln des üblichen Notaufnahme-Chaos hören.
»Tut mir leid, Kinder, mehr kann ich euch nicht bieten, weil ich schlicht und einfach nicht mehr weiß. Übrigens«, fügte Gus hinzu, »ich schicke sie in voller Montur zu euch rauf; sie hat sich strikt geweigert, eines unserer zauberhaften Yves Saint Laurent-Designer-Nachthemdchen anzuziehen. Wann könnt ihr sie übernehmen?«
Jan legte den Hörer auf und ging hinüber zum Bettenplan. Sie war die einzige Teamleiterin, die ich kannte, die immer sorgfältig darauf achtete, für jeden Patienten die Pflegekraft auszuwählen, die von ihrer Persönlichkeit her am besten zu ihm paßte. Jan brauchte nicht lange, um ihre Wahl zu treffen; sie teilte Ella, einer nüchternen, ruhigen Kollegin mit einer geradlinigen So-und-nicht-anders-Mentalität, meinen Angina-pectoris-Patienten zu; Catherine, die Plaudertasche mit dem sonnigen Gemüt, bekam meine introvertierte, schweigsame Rechtsherzinsuffizienz; und Lucy, der freundlichsten und stillsten in unserer Gruppe, gab sie die Patientin, die ihrem kürzlich amputierten Bein nachtrauerte. Ich bekam Sondra Nelson.
Gus hatte am Telefon gewartet. »Kannst du mir eine Viertelstunde Zeit lassen?« fragte ich sie.
Gus zögerte, und ich konnte fast hören, wie sie sich innerlich krümmte. »Na ja, es wird schon irgendwie gehen. Wir sind ein bißchen knapp an Betten, aber fünfzehn Minuten halte ich schon noch durch.«
Jan brachte das Tablett mit ihrem Abendessen zu den Monitoren herüber und setzte sich. »Ich passe hier auf. Zieh du schon mal los und mach das Zimmer fertig.«
Ich ging an der Stationsküche vorbei und holte mir einen

Apfel aus dem Kühlschrank, denn das Abendessen konnte ich vergessen. Kauend setzte ich meinen Weg zum Akutbereich fort und überlegte, was wohl mit Sondra Nelson los sein könnte. In Zimmer drei knipste ich das Licht an, schlug die Bettdecke zurück, holte ein zusätzliches Kopfkissen aus dem Schrank und schaltete den Monitor ein.

Handtücher, Elektroden, Krug mit Wasser, Sauerstoffflasche, Absauggerät – alles griffbereit.

Elias Peters war einer der wenigen Onkologen unseres Bezirks. Er war ein wirklich hervorragender Arzt. Ich hatte noch nie gehört, daß er eine Fehlbelegung veranlaßt hätte; warum sollte er jetzt damit anfangen? Welchem Druck hatte er nachgegeben, und warum hatte er das getan?

Ich bereitete die Infusion vor: fünfprozentige Dextroselösung, ein Stauschlauch und eine mittelstarke Braunüle. Nachdem ich auch einen Infusomaten angefordert hatte, sah ich mich im Zimmer um. Im gleichen Moment flog die Tür auf, und das Ehepaar Nelson, sonnengebräunt und attraktiv, kam auf die Station gerauscht, begleitet von einem aufgeregten Bettenfahrer, der einen leeren Rollstuhl vor sich her schob.

Als er mich erblickte, kam er sofort auf mich zugeschossen. »Sie wollte nicht im Rollstuhl heraufgebracht werden«, sagte er laut und konnte es offensichtlich immer noch nicht glauben. »Ich habe noch nie erlebt, daß jemand zu Fuß in die Akute kommt! Das – das ist gegen die Vorschrift!«

Ich lachte und tätschelte seinen Arm. »Ist schon in Ordnung. Machen Sie sich deswegen keine Gedanken. Hauptsache, Sie haben Sie hergebracht, egal wie. Danke.«

Der Mann war ganz rot im Gesicht vor Empörung darüber, daß ich die Patientin wegen ihres unerträglichen Verhaltens nicht zur Rede gestellt hatte. Achselzuckend wandte er sich

ab und trollte sich mit seinem Rollstuhl; dabei hielt er den Kopf schief, um seinen Unmut nachhaltig kundzutun.
Ich stellte mich der Patientin vor. Das Foto, an das ich mich erinnerte, war der Wahrheit nicht gerecht geworden. Die großen haselnußbraunen Augen in dem feinen, ovalen Gesicht zogen sogleich meine Aufmerksamkeit auf sich. Trotz der dunklen Schatten darunter lag ein Strahlen in ihnen, das alles um sie herum zu durchdringen schien. Sie war sehr klein, aber ihre würdevolle Haltung ließ sie größer erscheinen.
Keine Frage, die Frau war eine eindrucksvolle Erscheinung, aber etwas an ihr beunruhigte mich. Bei näherem Hinsehen erkannte ich hinter diesen wunderschönen Augen einen Anflug von Entsetzen, wie bei einem kleinen Tier, das in einer Falle saß.
»Mrs. Nelson, ich werde Sie heute abend bis Mitternacht betreuen, anschließend übernimmt dann die Nachtschwester Ihre Pflege.«
Mrs. Nelsons Gesichtsausdruck veränderte sich schlagartig. Mit einer ruckartigen Bewegung warf sie das glänzende blonde Haar aus dem Gesicht. »Ich habe hier nichts verloren!« brach es mit einem heftigen, lauten Flüstern aus ihr heraus. »Dieses ganze Theater ist völlig absurd! Mir fehlt überhaupt nichts, und ich sage Ihnen gleich, daß ich unter allen Umständen spätestens Donnerstag wieder zu Hause sein möchte. Es tut mir leid, aber wir verschwenden nur Ihre Zeit.«
Ihr Atem ging schnell und flach. Das Sprechen hatte sie so sehr angestrengt, daß sie fast keuchte.
Ich unterdrückte den Impuls, ihr zu widersprechen, und nahm statt dessen ihre Hand. Sie war klein und fühlte sich kalt an. Die Kindheitserinnerung an den toten Vogel in meiner Hand ging mir durch den Kopf.

»Ich glaube nicht, daß das hier Zeitverschwendung ist«, entgegnete ich so ruhig wie möglich.

Mrs. Nelson bemühte sich krampfhaft, mir nicht in die Augen zu sehen und starrte auf die makellos sauberen weißen Bodenfliesen.

»Es ist meine Aufgabe, Ihnen zu helfen, damit Sie wieder gesund werden und so schnell wie möglich wieder nach Hause können. Ich würde gern –«

»Ich habe Ihnen doch schon gesagt, mir fehlt nichts!« fuhr sie mich an. »Ich bin völlig gesund; ich bin so gesund wie ... wie ...« Sie begann zu zittern.

Gavin Nelson legte beschützend den Arm um die Schultern seiner Frau.

Unvermittelt entzog mir die Frau ihre Hand und legte sie etwas unbeholfen auf die Brust, als wisse sie nicht recht, was sie damit anfangen sollte. Schließlich schob sie sie zum Schlüsselbein hinauf und zupfte mit zitternden Fingern an ihrem Hals herum.

Mein Lächeln wich einem Stirnrunzeln. Mrs. Nelson gehörte offensichtlich zu jener Sorte von Patienten, die in jeder Situation die Oberhand behalten mußte. Mein Instinkt sagte mir, daß Mrs. Nelson kurzerhand die Klinik verlassen würde, falls sie sich bevormundet fühlen sollte. Ich würde dafür verantwortlich gemacht werden. Belegärzte sahen es gar nicht gern, wenn das Pflegepersonal ihre Patienten aus dem Haus ekelte.

Ich hatte das deutliche Gefühl, daß hier etwas vorging, was auf den ersten Blick nicht zu durchschauen war. Deshalb nahm ich all meine Geduld zusammen und sagte so einfühlsam wie möglich: »Es tut mir wirklich leid, Mrs. Nelson, aber lassen Sie mich Ihnen bitte helfen, damit alles bereit ist, wenn Dr. Peters kommt. Es dauert nicht lange, und Ihr Mann kann draußen im Wartezimmer warten.«

Mr. Nelson beugte sich zu seiner Frau herab und sprach zu ihr wie zu einem widerspenstigen, verzogenen Kind. »Ja, Liebling, tu bitte, was die Schwester sagt. Ich bleibe ganz in der Nähe. Mach dir keine Sorgen, wir werden diese Geschichte klären und dann gehen wir wieder nach Hause. Ich verspreche dir, es wird alles wieder gut.«

Sondra Nelson blickte ihren Mann an. »Versprichst du mir das wirklich, Gavin?«

»Ja, du kannst dich ganz fest darauf verlassen. Donnerstag bist du wieder daheim.« Er blickte zu mir herüber und blinzelte mir zu, als würde sein Versprechen dadurch bestätigt.

Ich widerstand der Versuchung, ihm mit einem Blinzeln zu antworten, und zog einen Stuhl für Mrs. Nelson heran.

Sie musterte mich ausdruckslos. »Ich stehe lieber«, sagte sie mit fester Stimme. Im stillen entschied ich, daß mein Übergabebericht an den Nachtdienst das Wort ›dominant‹ enthalten würde.

Ich bedeutete Mr. Nelson, mir ins Wartezimmer zu folgen. Nachdem ich die Tür zum Krankenzimmer hinter uns geschlossen hatte, wandte er sich mir zu und sagte eindringlich: »Sie müssen meine Frau so rücksichtsvoll wie möglich behandeln. Sie hat ganz bestimmte Vorstellungen, wie alles sein sollte.«

»Bestimmte Vorstellungen?« wiederholte ich und fragte mich, ob ich mit Mrs. Nelson möglicherweise größere Schwierigkeiten bekommen würde, als ich gedacht hatte.

»Meine Frau sieht die Dinge häufig anders als die meisten Menschen. Man könnte sagen, daß sie unter bestimmten Umständen ein wenig exzentrisch ist. Wenn sie sich einmal etwas in den Kopf gesetzt hat, weicht sie nicht mehr davon ab. Dabei bleibt es. Sie hält sich für völlig gesund.

Ich mußte sie fast mit Gewalt in die Notaufnahme bringen. Dabei hätte ich nicht im Traum gedacht, daß man sie hierbe-

halten würde.« Er stockte. »Sie ist deswegen sehr böse auf mich.«
»Ich werde sie äußerst rücksichtsvoll behandeln, Mr. Nelson«, entgegnete ich, und damit war das Thema für mich abgeschlossen. Ich spürte die große Unsicherheit des Mannes. Er hätte gern noch mehr gesagt, aber die ganze Sache war ihm offenbar ungemein peinlich.
Als ich in das Stationszimmer zurückkam, lehnte Mrs. Nelson am Empfangsschalter und klopfte ungeduldig mit der Fußspitze auf den Boden.
»Das wird aber auch Zeit«, beschwerte sie sich. »Was hat mein Mann Ihnen erzählt – daß ich realitätsfern bin oder etwas ähnlich Lächerliches?« Sie warf den Kopf in den Nakken. Ohne meine Antwort abzuwarten, klemmte sie die Handtasche unter den Arm und ging auf die verglasten Abteile zu. »Also gut, spielen wir diese Farce zu Ende.«
Ich führte Mrs. Nelson zu ihrem Zimmer. Die Situation entbehrte nicht einer gewissen Komik, dachte ich. Eine Patientin marschierte voll angekleidet und augenscheinlich ohne jegliche Beschwerden in ein Intensivbehandlungszimmer, als betrete sie eine Hotelsuite.
Es war völlig anders als sonst. Normalerweise liegt der Patient auf einer Trage, die in Windeseile hereingeschoben wird, Infusionsschläuche und EKG-Kabel hängen herum, Schwestern und Ärzte rennen neben der Trage her und schreien Anweisungen.
Ich reichte Mrs. Nelson eines der blauen Krankenhemden. »Bitte, ziehen Sie das an. Lassen Sie es offen, damit der Rükken freibleibt.«
Sie musterte das unförmige Gewand mit Widerwillen. Zunächst sagte sie kein Wort und spielte mit den Knöpfen an ihrem Kleid. »Muß ich das wirklich anziehen? Ich könnte mir doch etwas von zu Hause bringen lassen.«

Ich nahm ihr das Hemd aus der Hand und hielt es hoch. Lachend sagte ich: »Na ja, es ist nicht gerade Dior, aber bei den Untersuchungen ist es bequemer.«
Ich verschwieg ihr, daß der Schnitt dieses einfachen Baumwollhemdes einen ganz bestimmten Zweck erfüllte. Man kam leichter an die Venen und Arterien des Patienten heran, und bei einer Reanimation konnte man das Hemd schnell herunterreißen oder aufschneiden.
Sie fügte sich in das Unvermeidliche und begann, sich langsam auszuziehen. Offensichtlich versuchte sie, Zeit zu schinden. Ich spürte, daß meine Anwesenheit ihr unangenehm war, entschuldigte mich und ging hinaus. Soviel Schüchternheit bei einer Frau in ihrem Alter war ungewöhnlich, aber ich hatte mich daran gewöhnt, daß die meisten Menschen sich anders verhielten, als man es von ihnen erwartete.
Als ich zurückkam, lag Mrs. Nelson im Bett und hatte das Laken bis unters Kinn hinaufgezogen. Ein merkwürdig schwerer, muffiger Geruch erfüllte den Raum. Ich hatte das schon früher einmal gerochen, hätte aber nicht sagen können, was es war und wo es mir begegnet war.
»Sehr schön«, sagte ich so beiläufig wie möglich. »Jetzt werde ich Sie an den EKG-Monitor anschließen; dann messe ich den Blutdruck und horche Herz und Lunge ab, bevor der Arzt kommt.«
Völlig verängstigt blickte sich Mrs. Nelson im Zimmer um, als suche sie einen Fluchtweg. Ihre Hilflosigkeit rührte mich, und ohne es zu wollen, verfiel ich in denselben Ton wie vorhin ihr Mann und sprach zu ihr wie zu einem Kind: »Es ist alles in Ordnung. Sie haben nichts zu befürchten. Ich werde Ihnen nicht wehtun. Ich werde Ihnen alles erklären, was ich tue, und wenn Ihnen etwas unangenehm sein oder wehtun könnte, sage ich es Ihnen vorher. Okay?«

Mrs. Nelson nickte.
Ich nahm eine Handvoll Elektroden.
»Jetzt klebe ich Ihnen diese weißen Plättchen auf die Brust. Dann schließe ich an jedes ein Kabel an. Die übertragen die Herzströme, so daß man Ihr EKG auf dem Bildschirm des Monitors neben Ihrem Bett sehen kann.«
Lächelnd legte ich die drei Kabel über ihre Knie und zog das Bettlaken herunter.
Das blaue Krankenhemd war nicht zugebunden, und als ich das Laken wegzog, glitt es von ihrer Brust herunter. Wir erstarrten beide und hielten den Atem an.
Mit wild klopfendem Herzen starrte ich auf das, was von der linken Brust der Frau noch übrig war. Ich sah einen porösen Klumpen verhärteten schwarzen und grauen Gewebes mit kleinen Flecken, die aussahen wie grüne Schimmelpilze. In der Mitte, wo die Brustwarze hätte sein sollen, gähnte ein fünf Zentimeter großes Loch, aus dem bräunlicher Eiter quoll: ein kleiner Vulkan aus faulendem Fleisch.
Mrs. Nelson atmete hastig ein, und für einen Augenblick glaubte ich, die Muskeln der Brustwand sehen zu können. Der penetrante, dumpfe Geruch stieg mir in die Nase, und mein Magen begann zu revoltieren. Automatisch legte ich die Hand über meine eigene Brust, als wolle ich sie vor dem schützen, was ich hier sah.
Das also war die Ursache für den Geruch, der den ganzen Raum erfüllte: der Geruch sich zersetzenden menschlichen Gewebes, ein Hauch des Todes. Jetzt wußte ich auch, wo ich das schon einmal gerochen hatte: auf der Krebsstation des Krankenhauses in Oakland, wo ich während meiner Ausbildung unter Aufsicht von Miss Telmack und Tessie gearbeitet hatte.
Mrs. Nelson starrte mich mit glasigen Augen an, ohne mich wirklich zu sehen. Dann wurde ihr bewußt, daß ich ihr Ge-

heimnis entdeckt hatte. Sie zog sich das Hemd über die Brust.

Die Gefühle brachen wie eine Sturzwelle über mich herein: Mitleid, Traurigkeit, vor allem aber ungläubiges Entsetzen. Meine innere Ruhe brach zusammen wie ein Kartenhaus.

Verzweifelt um einen seelischen Halt bemüht, erinnerte ich mich an ein Gespräch mit meinem Vater nach der Abschlußfeier. Ich hatte ihm einige der Schauergeschichten erzählt, die ich in der Notaufnahme erlebt hatte, und gehofft, ihm damit einen Schrecken einzujagen. Das war mir nicht gelungen. Unbeeindruckt sagte er mir, daß ich in meinem Beruf immer wieder erschütternde Dinge erleben würde, auch wenn ich glaubte, schon alles gesehen zu haben. Er gab mir den Rat, mit Mitgefühl auf solche unvorhergesehenen Situationen zu reagieren, nicht nur um des Patienten, sondern auch um meiner selbst willen.

Ich wußte nicht, was ich tun sollte, deshalb besann ich mich auf Dads Rat und nahm all meine innere Kraft zusammen.

»Mrs. Nelson, bitte sehen Sie mich an«, sagte ich leise.

Als erwache sie aus einer Trance, wandte sie mir das Gesicht zu, müde und trotzig zugleich, wie das Gesicht eines Kindes, das nicht mit dem Spielen aufhören möchte, obwohl es Zeit zum Schlafengehen ist.

»Ja?« fragte sie geistesabwesend.

»Mrs. Nelson, seit wann ist Ihre Brust in diesem Zustand?«

Mrs. Nelson blickte hinab auf ihre grauenvoll entstellte Brust, als sähe sie sie zum erstenmal. »Ach, das meinen Sie? Das ist nur ein Bluterguß, den habe ich mir vor ein paar Monaten bei der Gartenarbeit geholt.«

Ich konnte es nicht fassen. Ungläubig wiederholte ich: »Bluterguß?«

Mrs. Nelson sah meinen Gesichtsausdruck und stotterte: »Ich will damit ... ich meine, das ist ... ich habe mich mit der

Gartenschere gestoßen, als ich vergangenen Spätherbst die Rosen schneiden wollte, aber der blaue Fleck wurde immer größer. Ich verstehe gar nicht, warum er nicht weggeht.«

Hatte sie während all dieser Monate die grauenhafte Veränderung wirklich nicht wahrgenommen, die sich vor ihren Augen abspielte, an ihrem eigenen Körper?

Ich erinnerte mich an die Mengen von Schmerzmitteln, die die Patienten gebraucht hatten, die so gerochen hatten wie Mrs. Nelson. »Wollen Sie damit sagen, daß Sie keine Schmerzen hatten?«

»Nein«, sagte Mrs. Nelson ruhig. Sie glaubte fest daran. »Keine Schmerzen.«

Es trat eine lange Pause ein. Dann sprach sie unvermittelt mit etwas schriller Stimme weiter: »Das ist wirklich lächerlich. Ich, also, ich war so ... ich meine, in letzter Zeit hatte ich etwas Mühe mit dem Atmen, aber das kommt von den vielen Pollen, von der Allergie. Ich bin sehr allergisch auf Gräser und so etwas, das ist alles, es ist nur ...«

Ihre Stimme erstarb, während ich ihr fest und beharrlich in die Augen blickte.

»Mrs. Nelson«, sagte ich leise, »das Gewebe Ihrer linken Brust ist stark geschädigt. Das ist kein Bluterguß. Das ist etwas sehr viel Ernsteres.«

Mrs. Nelson sah mich an wie ein Kind, dem man ein Märchen erzählt. »Meinen Sie wirklich?« fragte sie, und ihre Augen waren groß vor Erstaunen. Dann versteifte sich ihre Haltung, als habe man sie in einem unpassenden Augenblick überrascht.

»Na schön, was immer es auch sein mag«, sagte sie herablassend. »Jedenfalls muß ich am Donnerstag wieder zu Hause sein. An diesem Tag habe ich eine Dinnerparty mit zwanzig Gästen, und mit solchem Unsinn möchte ich nicht belästigt werden.«

Wie zur Bestätigung klopfte sie auf ihre Brust. Einige Sekunden lang geschah gar nichts, dann fing sie lautlos an zu weinen, bis sie husten mußte und nach Luft rang.
»O bitte, kann ich nicht ein paar Antibiotika nehmen und nach Hause gehen, wenn ich verspreche, mich ein paar Tage lang auszuruhen?«
Ihr flehentliches Bitten erinnerte mich an die vielen Male, wo ich in ähnlichen Situationen Patienten verzweifelt um Heilung hatte betteln hören, mit dem feierlichen Versprechen, dieses und jenes, ja überhaupt alles tun zu wollen, wenn sie nur schnell wieder gesund würden. Das Schlimme an solchen Fällen war nur, daß es meistens schon zu spät war, wenn sie zu uns kamen.
»Nein«, sagte ich nach einer Weile. »Sie werden Donnerstag nicht heimgehen können. Sie werden wahrscheinlich besondere Medikamente brauchen, und man wird Sie röntgen müssen. Wir werden Sie also noch eine Weile hierbehalten müssen.«
Sie sah so verloren und verängstigt aus, daß mich große Traurigkeit überkam. Wieviel durfte ich dieser Frau sagen? Wieviel von dem, was ich ihr sagte, würde sie begreifen, akzeptieren? Nicht viel, dachte ich, jedenfalls zum jetzigen Zeitpunkt.
Ich brachte die Elektroden auf Mrs. Nelsons Oberkörper an, wobei ich das geschädigte Gewebe sorgfältig aussparte, und schloß die Kabel an. Dann bat ich sie, sich aufzusetzen und horchte die Lunge ab. Der Gasaustausch war minimal.
In Gedanken stellte ich mir die Röntgenaufnahme vor. Das Bild ihrer Lunge würde aus nichts anderem bestehen als aus großen weißen Flecken, die das unkontrollierte Wuchern des Tumors zeigten.
Ich stellte den Krug mit Trinkwasser auf das Tischchen neben dem Bett. Mrs. Nelsons Blick war fest auf den Monitor

gerichtet, und sie beobachtete die etwas unregelmäßigen Ausschläge des EKGs.
»Aber ich komme doch bald wieder heraus, nicht wahr?« fragte sie, ohne den Monitor aus den Augen zu lassen.
Als Krankenschwester durfte ich mich nicht dazu äußern, wie die Diagnose meiner Meinung nach ausfallen würde, solange Dr. Peters nicht mit ihr darüber gesprochen hatte. Ich hatte bereits gegen die Regeln verstoßen, als ich ihr sagte, daß ihr Zustand ernst sei.
Ich wandte das Gesicht ab. »Das ist schwer zu sagen«, log ich. »Ich hole jetzt Ihren Mann, bevor der Arzt kommt.«
Mrs. Nelson nahm den Blick vom Monitor und fragte: »Ist es möglich, daß Sie mir Papier und etwas zum Schreiben bringen? Ich möchte mir eine Liste machen, was ich für die Einladung am Donnerstag noch alles erledigen muß.«
Sie bemerkte meinen Blick und fügte rasch hinzu. »Nun ja, nur für den Fall, daß ...«
Für den Fall, daß was? dachte ich. Daß ein Wunder geschieht?
Mr. Nelson saß in aller Ruhe im Wartezimmer und las in der Zeitung. Er machte den Eindruck eines Mannes, mit dem das Leben es gut gemeint hatte.
Er begrüßte mich lächelnd.
Ich hockte mich auf die Kante des Stuhls ihm gegenüber und war von meiner plötzlichen Reaktion selbst überrascht: ich nahm ihm sein Verhalten übel.
»Haben Sie eine Vorstellung davon, was mit Ihrer Frau los ist?« fragte ich ruhig und bestimmt.
Er blickte mich verständnislos an. Dann sagte er: »Na ja, sie hat ein bißchen Schwierigkeiten mit dem Atmen, und –«
Ich schnitt ihm brüsk das Wort ab. »Wann haben Sie das letzte Mal die Brust Ihrer Frau gesehen?« Meine Stimmbänder schienen nicht mehr richtig zu funktionieren, und ich

fühlte, wie mir bei der Anstrengung, meinem Unmut nicht freien Lauf zu lassen, die Röte ins Gesicht stieg.

»Ach, Sie meinen den Bluterguß? Den habe ich vor acht Monaten das erste Mal gesehen und meiner Frau gesagt, daß sie besser zum Arzt gehen sollte. Aber ich habe Ihnen ja vorhin schon gesagt, daß Sondra ihren eigenen Willen hat. Vermutlich haben wir beide die Sache einfach auf sich beruhen lassen.

Wir haben beide sehr viel um die Ohren. Sondra hat eine Menge gesellschaftlicher Verpflichtungen.« Mr. Nelson lächelte breit und fügte hinzu: »Es wird ihr bestimmt bald wieder gutgehen. Sie werden sie nicht lange hierzubehalten brauchen.«

Mein Zorn hatte den Siedepunkt erreicht. Das ist doch der helle Wahnsinn, dachte ich. So blind kann doch niemand sein ...

»Haben Sie denn nicht gesehen, daß das Brustgewebe Ihrer Frau stark geschädigt ist? Haben Sie den eigenartigen Geruch nicht bemerkt? Ich verstehe einfach nicht, wie Sie so etwas Ernstes so lange ›einfach auf sich beruhen lassen‹ konnten.«

Erst als zwei Besucher auf dem Flur stehenblieben und mich anstarrten, fiel mir auf, daß ich immer lauter gesprochen hatte und inzwischen schrie. Ich klappte den Mund zu und legte die Hand gegen meine Wange. Mein Gesicht glühte.

Mr. Nelson rutschte an die Stuhlkante. Sein Lächeln war verschwunden, und er rieb sich mit den Fingerspitzen die Stirn.

»Ich ... ich weiß nicht, was ich sagen soll. Ich dachte, es wäre nicht so schlimm. Man hat Sondra überhaupt nichts angemerkt. Sie war ständig auf den Beinen, hat nie den Eindruck gemacht, daß ihr etwas fehlt. Den Bluterguß habe ich seit ...

äh –« Er schwieg und blickte verlegen zu Boden. »Es war nämlich so, daß vor ein paar Monaten Sondra ... äh, Probleme mit dem Schlafen bekam, sie wachte nachts immer wieder auf und –« Er rutschte nervös auf dem Stuhl herum und sprach leiser. »Sie ist aus unserem gemeinsamen Schlafzimmer ausgezogen und hat im Gästezimmer übernachtet, um mich nicht zu stören. Sie sagte, an ihren Schlafstörungen sei ihre Allergie schuld.

Ich habe mir nichts dabei gedacht, bis ich merkte, wie erschöpft sie immer aussah, und die Atembeschwerden während des Tages wurden auch immer schlimmer.

Dann und wann habe ich gedacht, das kann doch nicht normal sein, aber wir sind seit fast zwanzig Jahren verheiratet, und solche Phasen kommen schließlich immer wieder mal vor.«

Für Mr. Nelson war die Sache damit offensichtlich erledigt.

»Sobald sie wieder nach Hause darf, möchte ich sie mit einer Art zweiten Hochzeitsreise überraschen, irgendwohin ans Mittelmeer. Ich bin sicher, daß sie sich dort wunderbar erholt.«

Jetzt wußte ich, wie sie es angestellt hatte, die Wahrheit vor ihm zu verbergen. Als er ihre Brust zum letztenmal gesehen hatte, war vermutlich nur eine leichte Verfärbung der Haut zu sehen gewesen.

Mein Zorn verwandelte sich in Mitgefühl, und das innere Tauziehen ging wieder los. Es war nicht richtig von mir, meine Wut an diesem Mann auszulassen. Ich mußte die Sache nüchtern sehen. Aber andererseits: er war schließlich intelligent und gebildet. Selbst wenn er nicht gewußt hatte, was mit der Brust seiner Frau los war, hätte ihm doch ihr angegriffener Gesundheitszustand auffallen müssen, und er hätte die Sache nicht »auf sich beruhen lassen« dürfen, als handle es sich um eine lästige Nebensächlichkeit.

Mr. Nelson wollte die Tragweite dessen, was ich ihm gesagt hatte, immer noch nicht zur Kenntnis nehmen. »Glauben Sie wirklich, daß es so schlimm ist?« fragte er.
Wieder stand ich vor dem Problem, keine Informationen an Patienten und deren Angehörige weitergeben zu dürfen, aber ich war inzwischen soweit, daß mir die Vorschriften ziemlich egal waren. Was ich gesehen hatte, ließ mir einfach keine Ruhe, und Mr. Nelsons Weigerung, den Tatsachen ins Auge zu sehen, ärgerte mich maßlos.
»Schlimm?« sagte ich, und meine Hände zitterten. »Was Sie vor einigen Monaten gesehen haben, hat sich zu etwas sehr Ernstem entwickelt. Es könnte sie das Leben kosten.«
Mr. Nelsons Blick konnte ich entnehmen, daß er meiner Einschätzung der Lage keine große Bedeutung beimaß. Für ihn war ich bloß eine Schwester, eine Hilfskraft, die Bettpfannen ausleerte und Tabletten verteilte. Egal, wie klar ich mich ausdrückte, würde er das Wort »Krebs« sowieso überhören.
Wir standen gleichzeitig auf. Es war eine peinliche Situation; es gab nichts mehr zu sagen. Nun ging es nur noch darum, ob die Patientin überleben würde.
»Ich schlage vor, Sie gehen jetzt zu Ihrer Frau und bleiben bei ihr. Ich muß noch ein paar Dinge im Stationszimmer erledigen. Dr. Peters wird gleich hier sein.«
Ich gab mir einen Ruck. »Jetzt wäre der richtige Moment für Sie beide, offen miteinander zu sprechen und enger zusammenzurücken, als in letzter Zeit.«
Als Mr. Nelson zu seiner Frau ans Bett trat, lächelte er etwas verlegen, aber sie wandte den Blick ab und erwiderte das Lächeln nicht. Stille legte sich über den Raum. Er drehte seine Zeitung zwischen den Händen, während sie den Rand der Bettdecke einrollte.
Vielleicht würden sie sich dem Ernst der Lage stellen und

darüber sprechen, wenn ich sie allein ließe. Dieses Schweigen konnte doch nicht endlos so weitergehen.
Ich ging hinaus zum Stationszimmer. Die Erschöpfung machte sich bemerkbar, und ich schaute auf die Uhr. Sieben. Seit der Ankunft von Mrs. Nelson war erst eine Stunde vergangen. Mit starrem Blick beobachtete ich die Monitore, ohne sie wirklich zu sehen. Kurz darauf hörte ich, wie die Tür aufging und erkannte Dr. Peters' Schritte.
Der bärtige junge Arzt setzte sich auf Jans Stuhl, nahm die Brille ab und stützte das Kinn auf die Hand. Mehrere Minuten lang beoboachteten wir die Kurven auf den Monitoren, ohne uns zu rühren oder etwas zu sagen. Das machte mich nervös. Elias konnte sonst nie länger als ein paar Sekunden stillsitzen.
Schließlich wandte ich den Kopf und schaute ihn an. Sein Gesicht war nachdenklich, und ich erkannte gleich, daß er sich keine großen Hoffnungen machte.
»Elias, ich verstehe das nicht«, sagte ich. »Wie kann so was passieren?«
»Ich weiß nicht, Kid«, antwortete er. Aus einem mir unerfindlichen Grund nannte er mich immer Kid, obwohl er nicht wesentlich älter war als ich. »Ich habe Krebs schon in den häßlichsten Formen kennengelernt, und ich bin Menschen begegnet, die sich mit aller Macht einzureden versuchten, daß sie nicht krank wären. Aber ich habe noch nie erlebt, daß jemand so hartnäckig die Augen davor verschlossen hat wie Mrs. Nelson. Das betrifft die Patientin ebenso wie ihren Mann und alle anderen aus ihrer näheren Umgebung. Sie muß doch Freundinnen haben, die geahnt haben müssen, daß da irgend etwas nicht in Ordnung war.«
Er seufzte und lehnte sich auf dem knarrenden Stuhl zurück.
»So wie ihre Brust aussieht, würde ich sagen, daß der Tumor

bereits seit zwei Jahren wächst, vielleicht sogar schon länger. Was sich währenddessen in ihrem Kopf abgespielt hat, werden wir wohl nie in allen Einzelheiten erfahren, aber es ist schon sehr erstaunlich, wenn man alle Umstände in Betracht zieht.«

»Und wie ist ihre Prognose?« fragte ich.

Elias blickte mich an, als hätte ich den Verstand verloren. Dann fuhr er mit den Fingern durch das zerzauste schwarze Haar. »Was denn für eine Prognose? Wahrscheinlich hat sie schon Metastasen im ganzen Körper.

Wenn sie vor zwei Monaten zu uns gekommen wäre, hätten wir vielleicht noch ein oder zwei Jahre für sie rausholen können.« Elias stand auf. »Jetzt ist es ganz einfach zu spät.«

Er ging zu Mrs. Nelson hinein und zog die Vorhänge zu.

Ich wollte nicht lauschen, war aber doch neugierig, was hinter der Glaswand gesprochen wurde, und bekam einige Worte mit: »Wann? ... Zu lange ... sieht nicht gut aus ... Warum? ...«

Dr. Peters kam wieder heraus und sah noch niedergeschlagener aus als vorher. Er schlug das Krankenblatt auf. »Ich habe es ihnen gesagt«, flüsterte er, während er durch die Akte blätterte. »Sie haben kein Wort gesprochen. Keine Fragen. Nichts. Beide saßen nur da und starrten mich an, als wäre ich ein Mörder oder so was.«

»Die Fragen kommen schon noch, Elias. Es dauert eine Weile, so etwas zu begreifen.«

Er blickte von den Aufnahmeformularen auf. »Das Problem ist nur, Kid: wenn sie schließlich mit mir reden wollen, was soll ich ihnen dann sagen?«

»Sie können ihnen sagen, daß sie sich auf den Tod vorbereiten müssen«, antwortete ich.

Während der nächsten Stunden wurde ich Zeuge einer unfaßbaren Veränderung, die mit Mrs. Nelson vor sich ging. Über Monate hinweg war es ihr gelungen, nach außen hin gesund zu wirken und die Menschen in ihrer Umgebung zu täuschen. Jetzt aber, nur wenige Stunden nach ihrer Einlieferung, verfiel sie vor meinen Augen.

Ihr Herzrhythmus wurde unregelmäßig, und die Atemnot nahm zu. Aber am erschreckendsten war die Veränderung ihres Äußeren. Sie schien um zwanzig Jahre gealtert. Ihr Gesicht wirkte eingefallen, und eine graue Blässe hatte ihre Haut überzogen.

Ich hatte dieses Phänomen schon früher erlebt, hatte aber keine Erklärung dafür, jedenfalls keine, die in der Welt der Logik und der Medizin akzeptabel gewesen wäre. Ich war der Ansicht, es hätte etwas mit der endgültigen Niederlage der Lebensgeister zu tun.

Mrs. Nelson widersetzte sich allen meinen Bemühungen, ihr die Situation zu erleichtern. Sie wies die Schmerzmittel zurück, die Dr. Peters verordnet hatte. Die Sauerstoffbrille akzeptierte sie nur unter der Bedingung, daß sie den Zufluß selbst steuern durfte.

Im Schutz dieser Mauer aus Verweigerung und Ablehnung beschäftigte sich Mrs. Nelson mit Fernsehen oder damit, Listen zusammenzustellen, was sie bis zum kommenden Donnerstag noch alles erledigen müsse. Wenn ich versuchte, sie in ein Gespräch zu verwickeln, wehrte sie meine Fragen mit einsilbigen Antworten ab und reagierte so abweisend, daß ich entgegen meiner sonstigen Art zu dem Schluß kam, daß es das beste sei, sie in Ruhe zu lassen.

Es wurmte mich gewaltig, der Frau nicht helfen zu können, und als ich um Mitternacht meine Stechkarte stempelte, fühlte ich mich wie eine totale Versagerin.

Am darauffolgenden Abend hatte ich Dienst in der Notaufnahme und verbot mir selbst, bei Mrs. Nelson vorbeizuschauen. Ich hatte Angst, sie könnte auf eigene Verantwortung das Krankenhaus verlassen haben und nach Hause gegangen sein, um ihre Dinnerparty am Donnerstag vorzubereiten. Insgeheim hoffte ich aber doch, daß ich im Laufe des Abends Gelegenheit bekäme, mit einem Herzpatienten in die Kardiologie hinaufzufahren. Aber an diesem Abend hatte offenbar niemand Herzbeschwerden. Statt dessen kamen am laufenden Band Leute herein, die über Unterleibsschmerzen und Migräne klagten.

In der Notaufnahme ging es ziemlich hektisch zu, obwohl niemand hätte sagen können, woran das lag. Es war ein Dienstag, es war weder heiß, noch regnete es; wir hatten keinen Vollmond, und der Ferienbeginn lag noch in weiter Ferne. Außerdem war die Notaufnahme der Madison-Klinik nach dem Umbau wieder offen. Um neun hatten wir zwölf Fälle von Bauchschmerzen und sieben Migräneanfälle behandelt, zweifellos ein Rekord, darin waren wir uns alle einig.

Um halb zehn kam eine kräftige, untersetzte Frau mit rotem Haar im Burberry-Regenmantel an den Empfangsschalter und verlangte, daß ein Arzt nach ihrer neunzigjährigen Mutter draußen im Auto sehen sollte, die zu krank sei, um gehen zu können.

Nachdem man sie davon in Kenntnis gesetzt hatte, daß unsere Ärzte keine Patienten auf dem Parkplatz behandelten, ließ sich die Frau widerstrebend dazu herab, ihre Mutter anzumelden, während Beth und ich eine Trage zum Wagen hinausschoben. Auf dem Rücksitz des großen Mercedes kauerte eine verkrümmte alte Frau. Sie war blind, fast völlig taub und bekam offensichtlich nicht mehr viel von dem mit, was sich um sie herum abspielte. Ihre Beinmuskeln waren so atrophiert und die Kniegelenke so versteift, daß nichts außer einem göttlichen Akt oder einer Stange Dynamit sie hätte bewegen können. Sie war genau das, was Turk als lebende Bettkartoffel bezeichnet hatte.

Sobald wir die alte Frau in die Nische von Bett zwei geschoben hatten, begann die Tochter, die bisher wie ein Feldwebel hin- und hermarschiert war, zu toben.

»Wo bleibt der Arzt?« schrie sie. »Niemand ohne entsprechende Qualifikationen rührt meine Mutter an!«

Beth und ich verstanden nicht recht, was die Frau meinte, und wir schauten sie fragend an.

»Das hat schon alles seine Ordnung«, sagte ich, »und jeder, der Ihre Mutter anrührt, ist dafür ausgebildet und ausreichend qualifiziert.«

Ich nahm die Blutdruckmanschette von der Wand und legte sie um den Arm der alten Frau. »Ich bin staatlich geprüfte Krankenschwester und werde jetzt den Blutdruck Ihrer Mutter und den Puls –«.

Die Frau packte mich hinten am Kittel und zerrte mich von der Trage zurück. »Sie sind keine Krankenschwester, Sie sind eine Hochstaplerin. Ich verlange einen Arzt. Oder soll ich die Zeitung anrufen und ihnen von diesem Saustall hier erzählen?«

Es war plötzlich in der Notaufnahme sehr still geworden. Die anderen Patienten hatten gemerkt, daß sich etwas zusammenbraute, und reckten die Hälse, um zu sehen, was da los war.

Dr. Mahoney kam aus der Ambulanz und streifte die blutigen Handschuhe ab. »Ich bin Dr. Mahoney«, sagte sie zu der Frau. »Was ist das Problem?« Sie bewegte kaum die Lippen, und ich wußte, daß sie innerlich kochte.

»Meiner Mutter geht es nicht gut. Ich wünsche, daß sie von einem Arzt untersucht wird«, wiederholte die Frau.

»Ich bin Ärztin.« Dr. Mahoneys Gesicht lief rot an. »Um was für einen dringenden Notfall handelt es sich denn?«

Unvermittelt versetzte die Tochter Dr. Mahoney einen Stoß. »Sie sind kein Doktor. Sie sind eine Frau!« schrie sie mit überschnappender Stimme. »Ich verlange einen richtigen Doktor. Niemand kommt Mrs. Caballero, meiner Mutter, zu nahe, ohne sich vorher ausgewiesen zu haben. Ich habe vom CIA eine Liste aller qualifizierten Ärzte bekommen; Sie können mich also nicht hinters Licht führen.« Sie fuchtelte mit der Faust vor Dr. Mahoneys Gesicht herum. »Wollen doch mal sehen, wer hier das Sagen hat, Sie oder die Regierung.«

Die Stille im Raum war fast mit den Händen zu greifen.

Dr. Mahoney trat einige Schritte zurück und starrte die Frau fassungslos an. Dann forderte sie mit ruhiger Stimme Mrs. Caballeros Unterlagen an und beauftragte den Verwaltungsangestellten, den Wachdienst zu rufen. Außerdem bat sie ihn, die übrigen Patienten hinauszubringen.

Ohne Hast, um keine Panik auszulösen, wurden alle gehfähigen Patienten in die Eingangshalle hinausgeführt. Die anderen brachte man in die übrigen Behandlungsräume und schloß die Türen hinter ihnen.

Dr. Mahoney und ich wandten der Tochter den Rücken zu, was in meinen Augen an Todesverachtung grenzte, und studierten Mrs. Caballeros Krankenakte. Vor zwei Jahren war sie das letzte Mal hier gewesen. Die Geschichte las sich wie der Aufmacher eines Skandalblättchens.

Mrs. Caballeros Tochter Evelyn hatte einen Elektriker gerufen, um einen Kurzschluß auf dem Dachspeicher ihres Hauses zu reparieren. Dabei hatte sie nicht damit gerechnet, daß er außer der schadhaften Stelle in der Leitung auch ihre alte Mutter finden würde, die in einem Besenschrank auf dem obersten Treppenabsatz eingesperrt war. Seit fast zwei Jahren »beschützte« Evelyn ihre Mutter vor dem FBI, dem russischen Geheimdienst, verschiedenen Viren und Bakterien und radioaktivem Fallout, indem sie sie in der Besenkammer versteckte und die Tür nur öffnete, um ihr etwas zu essen zu bringen und das Laken auf der Matratze zu wechseln. Man hatte die alte Frau in ein Pflegeheim gebracht. Durch eine gerichtliche Verfügung war Evelyn in psychiatrische Behandlung überwiesen worden und entging so einer Anklage wegen vorsätzlicher Körperverletzung und Freiheitsberaubung.

Die Leiterin des Pflegeheims, die wir gleich darauf anriefen, war den Tränen nahe vor Erleichterung. Im Laufe des Vormittags, berichtete sie uns, hatte Evelyn mit offizieller Erlaubnis der Heimleitung ihre Mutter zu einer Eisdiele in der Nähe des Pflegeheims gefahren. Als sie zum Mittagessen noch nicht zurückgekommen war, hatte man die Polizei benachrichtigt, die seitdem nach der entführten Heiminsassin suchte.

Beth griff nach dem roten Telefon mit der Aufschrift HOT LINE, über das sie direkt mit dem Polizeirevier verbunden war. Dr. Mahoney und ich pirschten uns an Evelyn heran, die uns fürchterliche Grimassen schnitt.

»Tut mir leid, Evelyn«, sagte Dr. Mahoney, »aber Ihre Mutter muß zur Beobachtung bei uns bleiben.«

Evelyn grinste und schnippte mit dem Finger unter Dr. Mahoneys Nase. »Ha! Den Teufel wird sie tun. Ich bleibe keine Sekunde länger in dieser Bruchbude, und meine Mutter nehme ich mit. Wollen doch mal sehen, was der Präsident der Vereinigten Staaten dazu sagt.«

Sie hantierte vergeblich am Schließmechanismus des Bettgitters herum. Darüber geriet sie so in Rage, daß sie versuchte, das Gitter abzureißen. »Ich lasse mir Mutter nicht noch mal wegnehmen!« schrie sie. »Sie gehört mir.«

Dr. Mahoney wagte sich etwas näher an sie heran. »Wir haben die Polizei verständigt, Evelyn. Ihre Mutter muß bei uns bleiben, und Sie müssen sich wieder beruhigen.«

»Das brauche ich mir nicht bieten zu lassen. Ich bin eine freie Bürgerin dieses Landes. Ich habe das Recht, Ihr skandalöses Verhalten der Zeitung zu melden. Ich werde Sie wegen Hochstapelei festnehmen lassen, weil Sie sich als Doktor ausgeben. Ich werde Ihnen das Fernsehen auf den Hals hetzen.«

Mrs. Caballero, die während der ganzen Zeit auf der Trage friedlich vor sich hin geschaukelt hatte, drehte den Kopf und lauschte in die Richtung, aus der der Lärm kam. »Äh, was hast du gesagt, Evi?«

Ich trat von der anderen Seite an die Trage heran und tätschelte Mrs. Caballeros Arm. »Es ist alles okay. Kein Grund zur Aufregung.«

»Äh? Was haben Sie gesagt? Wer sind Sie überhaupt?« Mrs. Caballero lehnte sich in meine Richtung.

»Ich bin Krankenschwester. Sie sind im Krankenhaus, und –« Ich brach ab, als Evelyns Faust über die Trage geschossen kam und mich am Kopf streifte.

»Wenn Sie sie nicht in Ruhe lassen, bringe ich Sie um. Ich habe einen Revolver in meiner Handtasche. Der Präsident hat ihn mir gegeben und mir gezeigt, wie man damit umgeht.« Sie fummelte am Schnappverschluß ihrer Handtasche herum, und aus dem Augenwinkel sah ich den Verwaltungsangestellten hastig vom Stuhl rutschen und unter den Schreibtisch kriechen. Beth brachte sich im Traumaraum in Sicherheit, und einer der Pflegehelfer kroch auf allen Vieren in die Ambulanz. Auch ich versuchte, möglichst viel Abstand zwischen mich und die schießwütige Evelyn zu bringen. Nur Dr. Mahoney blieb unbeweglich stehen und blickte über die Schulter der Frau hinweg zur Tür. Zwei Polizeibeamte kamen herein, gefolgt von zwei Männern vom Sozialdienst, mit dem Wachmann als Nachhut. Die Männer schwärmten aus und kamen langsam auf Evelyn zu. Sie folgte der Richtung von Dr. Mahoneys Blick und drehte sich um.

Anstatt die Flucht zu ergreifen, stieß sie ein gellendes Lachen aus und rannte mit hocherhobenen Fäusten auf die Angreifer zu. Sie verpaßte einem der verblüfften Polizisten einen Kinnhaken und trat ihm dann gezielt zwischen die Beine.

Das anschließende Gerangel dauerte gute zwei Minuten. Schließlich gelang es den vier noch kampffähigen Männern, die wild um sich schlagende und nach allen Seiten tretende Frau auf die Matte zu schicken, sie auf den Bauch zu drehen und Hand- und Fußgelenke mit Handschellen auf dem Rücken aneinanderzufesseln.

Beth, die durch die Sichtscheibe in der Tür zum Traumaraum alles beobachtet hatte, kam angelaufen, um Dr. Mahoney zu helfen, die sich um den k.o. geschlagenen Polizisten kümmerte, der sich immer noch vor dem Schreibtisch krümmte.

Mrs. Caballero hatte den Tumult mitbekommen und wollte unbedingt wissen, was los war. »Was treibt ihr denn da draußen?« rief sie schrill.

»Nichts«, beruhigte ich sie. »Es ist schon vorbei.«

Die blinde alte Frau lehnte sich über das Seitengitter, klapperte mit ihrer lockeren Zahnprothese und fragte: »Ist das Evelyn? Prügelt sie sich schon wieder?«

Drei Männer, Dr. Mahoney und ich hievten die gefesselte hysterische Frau auf eine fahrbare Trage und deckten sie mit einem Laken zu. Beim Hinausfahren versicherte sie uns, daß der Präsident über die Entwicklung der Dinge alles andere als erfreut sein würde.

Ich hob ihre Handtasche auf, die bei dem Durcheinander

unter den Wäschekarren gerutscht war, und öffnete sie neugierig. Unter Bergen von rosa Kleenextüchern und Schachteln mit Pfefferminzdrops lag ein glänzender schwarzer *Saturday Night Special.*

»Evelyn?« hörte ich die alte Frau rufen. »Bist du's, Evelyn?«

»Evelyn ist in guten Händen, Mrs. Caballero«, sagte ich. »Sie wird auf einer anderen Station versorgt, und um Sie werden wir uns hier kümmern. Danach dürfen Sie wieder nach Hause.«

Die alte Frau rückte von mir ab und fauchte in die allgemeine Richtung, in der sie mich vermutete: »Verpiß dich!« schrie sie erbost. »Ich bleibe in keinem gottverdammten Krankenhaus.«

Dr. Mahoney und ich blickten uns an. »Der Apfel fällt nicht weit vom Stamm«, sagten wir im Chor.

Dann legte Dr. Mahoney den Kopf in den Nacken und stieß ein brüllendes Lachen aus, das zwar etwas irre klang, aber extrem ansteckend war. Der Verwaltungsangestellte, Beth, der wieder zu Kräften gekommene Polizist und ich stimmten in das hysterische Gelächter ein.

Am Mittwoch hatte ich frei. Der Vorfall mit Mutter und Tochter am Abend davor hatte mich zwar für eine Weile abgelenkt, aber Mrs. Nelson ging mir nicht aus dem Sinn und drängte sich immer wieder in meine Gedanken. Sonst dachte ich außerhalb der Klinik nur selten an Patienten, es sei denn, Simon bettelte um eine besonders gruselige Gutenachtgeschichte, aber als ich schlafen ging, begleitete mich Mrs. Nelson immer noch.

Um vier Uhr früh, bei meinem allmorgendlichen Rendezvous mit Alpträumen und Erkenntnissen, fand ich die Erklärung für meine rätselhafte Obsession. Ich träumte, daß ich durch eine Gemäldegalerie spazierte und vor einem Bild von Salvador Dalí stehenblieb, das ich noch nie zuvor gesehen hatte. Als ich genauer hinschaute, erkannte ich, daß die über einer surrealistischen Wüstenlandschaft schwebende Frauengestalt ich selbst war. Der Blick meines Ebenbildes war auf eine von Dalís berühmten »geschmolzenen« Uhren gerichtet, und an der Stelle, wo meine Brüste sein sollten, befand sich ein Fenster, durch das man eine Grapefruit sehen konnte.

Dieser Traum holte eine Erinnerung aus der Versenkung, wohin ich sie vor langer Zeit aus Scham verdrängt hatte. Mit Anfang zwanzig, als ich tagsüber als Kanzleisekretärin arbeitete und mich nachts in den rund um die Uhr geöffneten City-Lights-Buchläden herumtrieb, hatte sich in mein geordnetes Doppelleben eine unheimliche Bedrohung in Gestalt eines Knötchens in meiner linken Brust eingeschlichen. Wie bei Mrs. Nelson wuchsen und verdichteten sich meine Ängste zu einer undurchdringlichen Mauer der Verdrängung. Etwa achtzehn Monate lang nahm ich die fortschreitenden Veränderungen nicht zur Kenntnis, bis mein Hausarzt bei einer Routineuntersuchung feststellte, daß das erbsengroße Kügelchen inzwischen die Größe einer Mandarine hatte.

Er hatte mich gleich dabehalten; ich durfte mir nicht einmal eine Zahnbürste von zu Hause holen. Zwei Stunden später lag ich in einem Krankenhausbett, und eine Schwesternschülerin kam in mein Zimmer, um einen Teil meines Schenkels zu rasieren, wobei sie mir erklärte, daß das ganz normal wäre. Sollte eine Brustamputation nötig sein, würde die Haut meines Schenkels als Transplantat benutzt werden, um die Wunde zu schließen.

Am Nachmittag, als ich allmählich aus der Narkose erwachte, hörte ich ganz in der Nähe jemanden fürchterlich würgen, während meine tastenden Finger mir mitteilten, daß mein gesamter Brustbereich ein einziger dicker Verband war. Meine Schmerzrezeptoren meldeten ein Brennen unter der linken Achsel.

In panischem Entsetzen fand ich meine Stimme wieder und fragte die Schwester, die im Aufwachraum Dienst hatte, ob meine Brust noch da war. Sie sagte, das wüßte sie nicht, ich sollte lieber noch ein bißchen schlafen.

Nachdem man mich in mein Zimmer gebracht hatte, stellte ich den drei Schwestern, die sich abwechselnd um mich kümmerten, dieselbe Frage, aber keine von ihnen wollte mir verraten, welches Geheimnis unter den Verbänden versteckt war. Am Waschbecken neben meinem Bett war eine dicke Putzfrau damit beschäftigt, den Schwamm über einem Eimer mit scharfer Waschlauge auszudrücken und mit bewundernswerter Gründlichkeit den täglichen Berg von Krankheitserregern wegzuschrubben. Sie bemerkte mein verzweifeltes Gesicht, lächelte und sagte Hallo.

Ich klammerte mich an dieses Lächeln und die freundliche, warme Stimme wie eine Ertrinkende an ein Rettungsboot. Mit einer Flut herausgestotterter Worte erklärte ich ihr meine Seelenqualen und flehte sie an, mir zu helfen. Wortlos legte die freundliche Frau den Schwamm weg und zog mir die Bettdecke von den Beinen. Angesichts meines verwirrten Blicks lachte sie und zeigte auf mein Bein. Während ihrer Arbeit als Putzfrau hatte sie genug gesehen, um eins zu wissen: Wenn am Bein ein Verband ist, ist nur noch eine Brust übrig.

»Ist okay, Lady«, versicherte sie mir mit einem breiten Lächeln. »Sind beide noch dran.«

Mein erster Gedanke am Donnerstag morgen galt Mrs. Nelson. Ich war fest entschlossen, eine Verbindung zu ihr zu bekommen, solange dafür noch Zeit war. Ich würde ihr von meinem eigenen Erlebnis erzählen, damit sie sähe, daß es keinen Grund gab, sich von allen verlassen zu fühlen und sich zu schämen. Bei Mr. Nelson wollte ich mich entschuldigen und ihm sagen, daß ich mich aus Sorge um seine Frau zu den Zornesausbrüchen hatte hinreißen lassen.

Um Viertel vor drei fuhr ich auf den Parkplatz hinter dem Krankenhaus. Ich hatte mir genau zurechtgelegt, was ich den beiden sagen wollte, und hastete, zwei Stufen auf einmal nehmend, die Treppen hinauf. Als ich die Tür zum Akutbereich aufstieß, merkte ich sofort, daß etwas nicht stimmte. Es lag eine solche Spannung in der Atmosphäre, daß ich das Gefühl hatte, ich wäre in einem Zirkuszelt und sähe dem Hochseilartisten in der Zirkuskuppel bei der Arbeit ohne Netz zu.

Der knallrot lackierte Notfallwagen stand an der Tür zu Mrs. Nelsons Abteil. Die Deckenbeleuchtung war eingeschaltet. Durch den Spalt zwischen dem Boden und dem Vorhang um das Bett konnte ich mindestens sechs Paar Beine erkennen. Der Endlosstreifen mit dem EKG, der aus dem Drucker lief, war vom Tisch gefallen und lag eingerollt auf dem Boden. Ich kniete mich hin und suchte in dem meterlangen Streifen nach dem Anfang.

Der Ausdruck las sich wie eine Reportage. Zu Beginn der Aufzeichnungen hatte sich Mrs. Nelsons Herzfrequenz lediglich verlangsamt, die Abstände zwischen den Zacken wurden größer. Unvermittelt fielen die breiten Kammerkomplexe zu einer flatternden, unsystematischen Linie zusammen wie die ersten Schreibversuche eines kleinen Kindes: Kammerflimmern. Als nächstes folgte eine schwarze hohe Zacke, als der Schreiber des EKGs beim ersten Stromstoß des Defibrillators über den Rand des Papierstreifens hinausschoß.

Ich hatte genug gesehen. Der Rest des EKGs interessierte

mich nicht mehr. Ich ließ den Streifen auf dem Boden liegen und ging zu Mrs. Nelson hinein.

Im hellen Licht der Neonröhren sah sie gespenstisch aus, wie eine Wachspuppe. Ein dünner roter Faden lief aus ihrem Mund, und ein Arm baumelte über die Bettkante herab.

Obwohl die Hände der Schwester, die die Herzdruckmassage durchführte, die Sicht behinderten, konnte ich doch erkennen, daß sich an der entstellten Brust nichts verändert hatte. Es war kein Wunder geschehen, alles war wie vorher.

Der Infusionsschlauch an ihrem linken Arm zuckte bei jedem Stoß auf den Brustkorb, und die Flasche, die am Infusionsständer hing, schlug scheppernd gegen das Metall. Wie von selbst begann mein Fuß im Takt auf den Boden zu klopfen, bis ich es bemerkte und sofort damit aufhörte.

Elias stand am Kopfende des Bettes. Er sah traurig und erschöpft aus. Ich beobachtete ihn einige Augenblicke, dann betrachtete ich die Gesichter der übrigen Personen im Raum.

Der Anästhesiepfleger pumpte mit dem grünen Ambubeutel zusätzlichen Sauerstoff in die Lunge der Patientin, während die MTA sich darauf konzentrierte, die Leistenvene für die Blutabnahme zu palpieren.

Der Pharmakologe stand am Notfallwagen und zog Spritzen mit verschiedenen Medikamenten auf, die er auf den Tisch neben dem Bett legte. Jede Spritze war mit einem Etikett versehen, um Verwechslungen vorzubeugen.

Intensivschwestern gingen ein und aus und brachten Instrumente und Geräte. Lori, die Teamleiterin des Frühdienstes, stand mit Papier und Stift in einer Ecke und notierte sich alles, während Lucy allen anderen im Raum den Rükken zuwandte, sich auf den Herzmonitor konzentrierte und den Rhythmus bekanntgab, sobald dieser auf dem Schirm zu erkennen war.

Niemand nahm Notiz von Mrs. Nelson, der verängstigten, sterbenden Frau.

Ich fragte mich, ob wir Angehörige der Heilberufe vielleicht vergessen haben könnten, daß jeder Körper eine Seele und einen Verstand besitzt, und daß jeder Patient ein Mensch ist.

Die Leute vom Labor interessierten sich in erster Linie dafür, wie gut die Venen waren, der Pharmakologe beurteilte einen menschlichen Körper nach seinem Gewicht, das für die richtige Dosierung der Medikamente wichtig war. Selbst die Pfleger und Schwestern sahen den Patienten nur als einen Teil ihrer Arbeit, eingeteilt in Akut, Überwachung und Selbständig. Gab es überhaupt noch jemanden, der sich den Patienten als denkendes, fühlendes und leidendes menschliches Wesen vorstellen konnte, als Mutter von Kindern, als Partner in einer Liebesbeziehung?

Ich blickte Sondra Nelson an und stellte mir vor, wie sie fröhlich lachend am Strand entlang lief. Sie war eine Frau, die geliebt, gelacht, gehaßt und geweint hatte. Sie war im Regen spazierengegangen, hatte Schokoladeneis gegessen, eine unglückliche Freundin getröstet und Ausflüge mit dem Fahrrad gemacht. Sie hatte Dinge getan, die jeder Mensch tut. Und jetzt, wo wir alle um sie herumstanden, sollte sie nicht mehr zu uns gehören?

Aus dem Augenwinkel bemerkte ich das Intubationsbesteck auf dem kleinen OP-Tisch. Am Rand der Schale lag ein langes, stählernes Laryngoskop, mit dem man die Zunge zur Seite drücken und die Stimmbänder freilegen konnte. Daneben sah ich den dreißig Zentimeter langen, undurchsichtigen weißen Tubus liegen. Bei der Intubation würde man ihr diese Röhre in die Luftröhre schieben bis dicht oberhalb der Abzweigung des linken und rechten Hauptbronchus. Das andere Ende würde über ein unüberschaubares Gewirr von

blauen und farblosen Kunststoffschläuchen an das Beatmungsgerät angeschlossen werden.
Die Reanimation wurde abgebrochen, als der Monitor wieder einen normalen Herzrhythmus zeigte. Mrs. Nelson atmete wieder aus eigener Kraft.
Der Wunsch, sie zu trösten, war überwältigend, und ich bahnte mir eine Gasse zum Bett. Als sie mich erkannte, begann sie zu weinen und griff nach meiner Hand. Die Kraft, mit der sie sie festhielt, überraschte mich.
Ich neigte mich zu ihr hinab. »Ich habe während der letzten zwei Tage oft an Sie gedacht«, sagte ich. »Es gibt so viel, was ich Ihnen sagen wollte. Ich weiß, wie schrecklich das ist, was Sie durchmachen müssen, und ich wünschte, ich könnte es ändern.«
Ihre großen Augen schwammen in Tränen. Sie warf den Kopf mehrere Male von einer Seite zur anderen, als könne sie damit alles abschütteln. Ihr Atem ging stoßweise.
Sie hielt meine Hand umklammert, als sei sie das Leben selbst. Ihre Lippen formten Worte, die ich nicht verstehen konnte.
Ich beugte mich noch tiefer hinab. Mein Ohr berührte fast ihre Lippen. Der Geruch von getrocknetem Blut und Erbrochenem drehte mir den Magen um, und ich hielt die Luft an.
Erst verstand ich nur ein Wort: Donnerstag. Als ich mich ganz auf ihre Stimme konzentrierte, verstand ich auch den Rest: »Donnerstag nach Hause, Donnerstag nach Hause, Donnerstag ...«
Die Zeit stand für uns beide still. Die hektische Betriebsamkeit im Raum rückte weit in den Hintergrund, und auf einmal war nur noch Stille um uns herum. Außer ihr und mir schien niemand mehr hier zu sein. Wir hielten uns fest an den Händen, und unsere Blicke versanken ineinander.
Es war, als würde mir ein glühender Eisenstab durchs Ge-

hirn geschoben, als ich daran dachte, daß mir dieser Alptraum damals nur durch unwahrscheinliches Glück erspart geblieben war.

Ich brachte meinen Mund dicht an ihr Ohr und sagte: »Es ist alles okay. Heute dürfen Sie wieder nach Hause, Sondra. Es ist Donnerstag, und Sie dürfen nach Hause. Ich verspreche es Ihnen.«

Ihr Griff lockerte sich, und sie schloß die Augen. Tränen liefen über ihre bleichen Wangen. Wie hypnotisiert beobachtete ich, wie eine Träne von einem Fleckchen geronnenen Blutes aufgehalten wurde, wie Wasser und Blut sich vermischten, an dem Hindernis vorbei weiterliefen und vom Kinn auf das Kopfkissen tropften. Der Stoff saugte den Tropfen auf. Zurück blieb ein kleiner, rosafarbener Fleck.

Die Sätze, die ich auswendig gelernt hatte, spielten jetzt keine Rolle mehr. Wir alle lebten mit Ängsten, die wir aus unserem Bewußtsein verdrängt hatten. Aber Sondra Nelsons Angst war übermächtig geworden und hatte sich als undurchdringlicher Schatten über ihren Geist gelegt, der nicht mehr wahrhaben konnte, daß der Krebs ihren Körper zerstören und schließlich vernichten würde.

Ich beugte mich wieder hinab. »Sondra, ich muß Sie kurz allein lassen, weil ich im Stationszimmer zu tun habe. Aber ich bin gleich wieder da. Ich werde Ihnen helfen. Machen Sie sich keine Sorgen, ich bin gleich wieder bei Ihnen.«

Sie blickte mich aus ihren schönen, haselnußbraunen Augen eindringlich an. Mit brüchiger Stimme fragte Sie: »Bestimmt?«

Ich drückte fest ihre Hand. »Ganz bestimmt.«

Elias folgte mir aus dem Raum und winkte mich zu sich heran. Ich sah es seinem Gesicht an, wie schrecklich er sich fühlte. Er schüttelte den Kopf. »Was meinen Sie, soll ich sie intubieren? Dann würde sie höchstens noch einen, zwei

Tage länger leben. Sie hat überall Metastasen.« Elias legte die Stirn gegen die Wand. »Ich werde das Gefühl nicht los, daß wir ihr überhaupt nicht geholfen haben, daß wir versagt haben, wenn wir nicht irgendwas tun.«

Im Kampf ums Überleben eines Patienten steht man oft vor der Entscheidung, wieviel Schmerzen man in Kauf nehmen soll, um jemanden für einen weiteren Tag oder auch nur für wenige Minuten am Leben zu erhalten.

Im Fall von Sondra Nelson konnten wir das Ende möglicherweise noch zwei Tage hinauszögern, indem wir sie künstlich beatmeten. Trotz der Beruhigungsmittel würde sie mitbekommen, wie das Beatmungsgerät durch den Tubus Luft in ihre Lunge preßte; man würde ihre Hände festbinden, und sie würde nicht mehr sprechen können. Sie wäre nichts weiter als ein stummer Gefangener ihrer eigenen Ängste. Am Ende würde sie doch sterben, genauso wie Turk gestorben war.

Es gab noch eine andere Möglichkeit. Wir konnten ihr das Sterben erleichtern, ihr die Schläuche und Nadeln ersparen.

Die Tatsachen sprachen für sich. »Wir haben den Punkt erreicht, wo wir sie in Frieden sterben lassen sollten, Elias«, sagte ich. »Tun Sie ihr das nicht noch einmal an. Ich denke, es ist das beste, was wir tun können.«

Nach einer Weile nickte Elias. »Dann rede ich jetzt mit Mr. Nelson. Die endgültige Entscheidung liegt bei ihm. Es wird nicht einfach für ihn sein. Der arme Mann ist am Ende seiner Kräfte. Weder er noch seine Frau waren auf so etwas vorbereitet.«

Elias machte sich auf den Weg zum Wartezimmer, und ich begann mit den Aufräumarbeiten im Stationszimmer, klebte die EKG-Ausdrucke an Mrs. Nelsons Kurve und heftete die Laborzettel ab.

Dabei fiel mir eine Eintragung von Dr. Peters vom Vortag

auf: »Patientin und Ehemann von Prognose in Kenntnis gesetzt. Beide sind sich inzwischen des Ernstes der Lage bewußt.«

Ich legte die Kurve beiseite und blickte auf. Mr. Nelson war hereingekommen. Er wirkte um Jahre gealtert, und als er sprach, vernahm ich die Stimme eines Fremden. »Dr. Peters hat mir eben gesagt, daß meine Frau sterben wird. Ich verstehe es immer noch nicht. Sie hat doch gesagt, es sei nur ein Bluterguß. Das hat sie mir immer wieder gesagt. Und jetzt auf einmal stellt sich heraus, daß es Krebs ist ...«

Er mußte sich Mühe geben, nicht laut zu werden. Seine Schultern, fielen nach vorne, und er legte die Hand vors Gesicht. »Warum hat sie denn nichts gesagt? Ich hätte ihr doch helfen können. Hätte ich mich doch nur mehr um sie gekümmert. Wie konnte das überhaupt passieren? Wie ist das möglich, daß –«

Der Mann begann zu weinen, als er endlich die volle Wahrheit erfaßte. Mit dem Daumen wischte er die Tränen weg und hielt den Blick auf den Boden gerichtet.

»Ich weiß nicht, was ich tun soll.« Mr. Nelsons Stimme bebte. »Ich möchte nicht, daß sie leidet. Ich möchte auch nicht, daß sie stirbt.« Er räusperte sich und blickte mich mit geröteten Augen an. »Können wir denn gar nichts mehr für sie tun?«

»Nein«, sagte ich und kam mir vor, als stoße ich ihm ein Messer ins Herz. »Alles, was wir noch unternehmen könnten, würde ihr nur unnötige Schmerzen bereiten. Und es gibt keine Möglichkeit mehr, den Tod für längere Zeit hinauszuzögern.«

Ich stand auf, legte den Arm um den Mann und hielt ihn fest, bis das Schluchzen nachließ. Er wußte es noch nicht, aber er tat das einzige, was er für seine Frau noch tun konnte: er trauerte um sie.

Ich begleitete Mr. Nelson zum Zimmer seiner Frau. An der Tür blieben wir stehen. Das Bett stand in der Mitte des Raumes, und Mrs. Nelson stöhnte und drehte den Kopf unablässig von einer Seite zur anderen.
Die Schwester vom Frühdienst verabreichte ihr eine geringe Menge Morphium intravenös. Ich merkte mir die Zeit: 15 Uhr 42.
Mr. Nelson starrte seine Frau an, und sein Gesicht war abgespannt und blaß. »Gott steh mir bei«, sagte er.
Dr. Peters kam herein und legte die Hand auf Mr. Nelsons Schulter.
Mr. Nelson drehte sich zu ihm um und sagte leise: »Es ist genug. Keine Schmerzen mehr, kein Leiden. Jetzt möchte ich mit ihr allein sein.«
Er hatte seine Entscheidung getroffen, einen Entschluß aus tiefempfundener Liebe für einen anderen Menschen.
Dr. Peters ließ Mrs. Nelsons Zimmer räumen. Der rote Notfallwagen wurde hinausgeschoben, die grelle Beleuchtung ausgeschaltet. Nur die Infusion, die den Herzrhythmus stabil hielt, wurde fortgesetzt. Die Reanimation war vorüber; Mrs. Nelson konnte in Frieden sterben.
Zusammen mit Mr. Nelson betrat ich das Zimmer, das in gedämpftes Licht getaucht war. Ich ging zum Monitor neben dem Bett und schob ihn an die Wand, um Platz zu machen.
Als ich mich umdrehte, sah ich Mr. Nelson neben seiner Frau auf dem Bett liegen. Er hielt sie in den Armen, ihr Kopf ruhte auf seiner Schulter. Leise sprach er zu ihr, küßte ihr Haar und ihr Ohrläppchen. Mrs. Nelson war zu schwach, um ihm zu antworten, und drückte immer wieder seine Hand, als wolle sie ihm ein Zeichen geben, das nur er verstand.
Ich beobachtete sie eine Weile, und fühlte, wie mir die Tränen kamen. Krebs, der hinterhältige Meisterdieb, hatte ein weiteres Leben gestohlen.

Ich traf Elias im Arztzimmer, wo er gerade seine Aufzeichnungen über Mrs. Nelson abschloß.
Als er meine rotgeweinten Augen sah, stand er auf und legte den Arm um meine Schulter. Es war eine Erlösung, die Wärme eines Menschen zu spüren, der das gleiche durchgemacht hatte wie ich, und ich ließ den Kopf auf seine Brust sinken.
»Ich sag' Ihnen, Kid, manchmal denke ich, wir haben uns den falschen Beruf ausgesucht«, flüsterte er.
Ich schniefte als Antwort.
Elias zog sein Jackett an und räumte die Unterlagen weg. »Es ist verdammt schwer, das Ende kommen zu sehen und es trotzdem nicht abwenden zu können«, sagte er.
Wir lächelten uns traurig an.
Elias öffnete die Tür zum Flur. »Also, Kid, der nächste Fall wartet schon. Halten Sie hier die Stellung.«
Wie recht er hatte. Der nächste Fall. So ging es weiter und weiter, und alles, was wir tun konnten, war kämpfen.
Drei Stunden später starb Mrs. Nelson in den Armen ihres Mannes. Ich hörte ihn hinter der Glastrennwand weinen, und das Geräusch werde ich nie vergessen.
Auf dem Monitor wurde das EKG flacher, die Zacken sanken zusammen, bis sie nur noch eine gerade Linie bildeten.
Es war Donnerstag, und Mrs. Nelson war zu Hause.

14. Kapitel

Diesen September würde niemand auf der Kardiologie so schnell vergessen. In diesem Monat erfüllte sich Jan einen Herzenswunsch und fuhr nach Italien. Außer ihr nahmen zur gleichen Zeit noch vier weitere Kardiologieschwestern ihren Jahresurlaub. Schließlich wußte jeder, daß im September nie viel los war.

Fünfundzwanzig Tage hintereinander war in beiden Bereichen der Station kein einziges Bett länger als eine Stunde unbelegt. Die Anweisung von oben hieß jedesmal, nur noch diesen einen Neuzugang aufzunehmen, und dann nur noch diesen einen nächsten, und natürlich alles auf einmal zu erledigen, und das selbstverständlich sofort, aber ohne in Gegenwart der Patienten den Eindruck von Hast oder Ungeduld zu vermitteln.

Wir schufteten bis zum Umfallen, machten Doppelschichten, zusätzliche Wochenenddienste und opferten unsere freien Tage. Die Stimmung war gereizt, aber die meisten von uns lernten, die Belastung mit Anstand zu tragen.

Um nicht völlig vor die Hunde zu gehen, sagten wir uns immer wieder, daß wir nur zwei Hände und zwei Füße hatten und eben damit auskommen mußten. Wir taten, was wir konnten, und konzentrierten uns auf die wirklich wichtigen Pflegemaßnahmen. Extras und besondere Vergünstigungen wie Rückenmassagen, lange Unterhaltungen und kleine Imbisse außerhalb der normalen Essenszeiten wurden vorläufig zurückgestellt und sollten später wieder aufgenommen werden – vielleicht nächsten Monat.

Inmitten dieser Dauerkrise verkündete Mrs. Mather immer wieder seufzend, daß sie diese modernen Krankenschwestern und Pfleger einfach nicht verstehen könne.

Mrs. Mather war die Frau eines unserer Patienten, Charles Mather. Von dem Moment an, als Mr. Mather zwei Tage vor seiner geplanten Entlassung einen massiven Hinterwandinfarkt erlitt, ging Mrs. Mather in die Geschichte der Kardiologie als die Angehörige ein, die die meisten Präzedenzfälle schuf.

Ich hätte nicht sagen können, inwieweit es etwas damit zu tun hatte, daß sie früher Krankenschwester gewesen war, denn normalerweise kam man sich unter Kolleginnen entgegen, wo es nur ging. Aber Mrs. Mather setzte auf Biegen und Brechen durch, was sie wollte, nämlich Charles' Pflege zu übernehmen.

Ganz inoffiziell verlegte Mrs. Mather ihren Lebensmittelpunkt auf die Kardiologie, wo ihr stillschweigend der Status eines ehrenamtlichen Dauergastes eingeräumt wurde. Sie durfte bei allen Untersuchungen und Behandlungen ihres Mannes dabeisein und konnte Einblick in seine Kurve nehmen, wann immer sie wollte. Im Verlauf von nur zwei Tagen übernahm sie fast die komplette Grundpflege, wobei sie uns ständig bei den speziellen Aufgaben behinderte.

Mrs. Mather nahm alle Mahlzeiten in Gesellschaft ihres Mannes ein, schlief auf einem Sofa neben seinem Bett und benutzte die Personaldusche und -toilette. Niemand sagte ein Wort, als sie im Raum neben dem Besprechungszimmer ihre Handwäsche zum Trocknen aufhängte.

Aber obwohl wir uns die größte Mühe gaben, machte sie es uns sehr schwer, ihre Anwesenheit zu ignorieren. Fest entschlossen, sich von dem jungen Gemüse nicht auf die hinteren Plätze verweisen zu lassen, versäumte sie keine Gelegenheit, uns über ihre Ansichten zu unseren neumodischen

Pflegemethoden ins Bild zu setzen. Wenn Mr. Mather seine Medikamente bekam, überprüfte sie jede Pille oder Injektion, um sicherzugehen, daß die Dosis auch wirklich stimmte. Wenn wir ihren Mann untersuchen wollten, mußten wir buchstäblich über sie hinwegsteigen, um an ihn heranzukommen, und bei jeder Blutabnahme mußten sich die MTAs ihre Vorträge über iatrogene Infektionen anhören.

Es war nicht so, daß man Mrs. Mather als herrische Person hätte bezeichnen können. Sie kommandierte nicht herum, drückte sich auch sehr zivilisiert aus, aber sie hatte eine ganz bestimmte Art, jede kleinste Handlung mit Habichtsblick zu beobachten, sich zu räuspern und vielsagend die Augenbrauen hochzuziehen, wenn ihr etwas nicht paßte. Unsere sorgfältig formulierten Erklärungen machten nicht den geringsten Eindruck auf sie; stets bewies sie uns mit ausführlichen und ermüdenden Gegendarstellungen, daß die alten Methoden eben doch die besseren gewesen seien. Viele Schwestern nahmen ihr ihre ständige Einmischung und ihr Mißtrauen übel, aber die meisten von uns ließen sie achselzuckend gewähren. Es war uns klar, daß die Frau von dem Bedürfnis getrieben wurde, bei ihrem Mann zu sein und ihren Wert als Ehefrau und ehemalige Krankenpflegerin unter Beweis zu stellen.

Meine kurze Begegnung mit dem Ehepaar Mather ereignete sich an dem Nachmittag, als Charles aus der Akuten ausquartiert werden sollte, um einem achtundzwanzigjährigen Notfallpatienten Platz zu machen, der unten in der Aufnahme auf ein Bett wartete. Nachdem ich von der Teamleitung die Kurzfassung des Verlegungsberichts erhalten hatte, wurde ich angewiesen, Mr. Mathers Sachen zusammenzupacken, ihn in den Überwachungsbereich hinüberzufahren und in meine kleine Gruppe aus bisher drei Patienten aufzunehmen. Dies alles dürfte in zehn Minuten zu erledigen sein, hoffte man.

Als ich Charles' Zimmer in der Akuten betrat, saß Mrs. Mather auf seiner Bettkante und maß seinen Puls. Sofort stach ihr mein bunter Kittel mit den großen Beuteltaschen in die Augen, und sie hörte auf zu zählen und starrte mich sprachlos an.

»Hallo, Mr. Mather. Ich habe eine gute Nachricht für Sie. Sie sind mit sofortiger Wirkung in die Überwachungsabteilung befördert worden.«

Mr. Mather lächelte, stolz auf die Fortschritte, die seine Gesundheit machte.

»Na, das wird aber auch Zeit, daß ich mal andere Wände anstarren kann. Ich hoffe nur, daß das neue Zimmer eine Toilette hat. Ich habe es gründlich satt, immer diese verdammte Bettpfanne benutzen zu müssen.«

»Sie bekommen nicht nur ein Badezimmer, Sie dürfen zum Essen sogar aufstehen und sich in einen Sessel setzen.«

Die Sorgenfalten zwischen Mrs. Mathers Augen vertieften sich. »Warum erfahren wir das erst jetzt? Und wer hat das veranlaßt?«

»Entschuldigen Sie bitte, Mrs. Mather, aber wir brauchen das Bett für einen dringenden Notfall. Außerdem ist Dr. Cramer der Ansicht, daß Mr. Mather schon längst in die Überwachungsabteilung hätte verlegt werden können.«

Diese Erklärung genügte ihr nicht. »Finden Sie nicht, daß das ein bißchen voreilig ist?« fragte sie. »Es ist doch noch nicht mal eine Woche her.«

Ich sah einen Schatten des Zweifels auf Mr. Mathers Gesicht und beeilte mich, sein anfängliches Vertrauen in seine Genesung wiederherzustellen.

»O nein, heutzutage verlegen wir die Patienten so schnell wie möglich. Wir fangen auch so schnell wie möglich mit der Mobilisation an. Ihr Mann hat sich sehr gut gemacht, eigentlich hätte er gestern schon verlegt werden können.«

»Hörst du's, Mutter?« sagte Mr. Mather. »Hör auf, dir Sorgen zu machen.« Er blickte in meine Richtung. »Sagen Sie bitte meiner Frau, sie soll aufhören, sich Sorgen zu machen.«

Ich blickte Mrs. Mather fest in die Augen und sagte: »Hören Sie auf, sich Sorgen zu machen.«

Nach einer zweiminütigen Untersuchung, die Mrs. Mather dazu nutzte, wie ein sperriges Möbelstück überall im Weg herumzustehen, traf ich die Vorbereitungen für Mr. Mathers Verlegung. Auf dem unteren Teil des Bettes verstaute ich seine Kleidung, die Sauerstoffflasche, Zeitschriften, Bücher, den tragbaren EKG-Monitor, seine Krankenakte sowie die große Urinflasche und bugsierte das Bett in die richtige Position, damit es durch die Tür geschoben werden konnte. Ein Stich im Kreuz erinnerte mich daran, daß die Zeiten vorbei waren, als mein Rückgrat aus unzerstörbarem Spezialgummi bestanden hatte.

Ich zog die Vorhänge von den Glaswänden zurück und sah mich um. In den anderen Zimmern herrschte hektische Betriebsamkeit. Alle Patienten wurden künstlich beatmet. Dr. Morrison war dabei, dem Patienten in Bett zwei einen Herzkatheter zu legen, und die beiden anderen Schwestern, darunter auch die Kollegin, die bisher Mr. Mather betreut hatte, waren vollauf beschäftigt. Ich schaute durch die Doppeltür hinüber zum Überwachungsbereich. Klingeln surrten, Telefone läuteten, während Pflegepersonal, Aushilfen und Schreibkräfte wie Ameisen in alle Richtungen durcheinander rannten.

Ich ließ den Transportdienst anpiepsen und erfuhr, daß die Bettenfahrer die nächste Stunde ausgebucht seien, was nichts Ungewöhnliches war, nachdem die Verwaltung zwecks Kosteneinsparung »überflüssige« Dienstleistungen gestrichen und uns einen unserer zwei Transportpfleger im Spätdienst wegrationalisiert hatte. Das Management vertrat hartnäckig die Meinung, diese Planstelle sei einer der Gründe für die Kostenexplosion, wohingegen die Schwestern, die bei schwergewichtigen oder verwirrten Patienten dringend auf die Hilfe dieser Männer angewiesen waren, eine völlig entgegengesetzte Auffassung vertraten. Unsere wiederholten Eingaben, wieder einen zweiten Pfleger einzustellen, hatten bisher nichts gefruchtet.

Verwaltung gegen Pflegepersonal hieß dieses politische Duell, das in jedem Krankenhaus, ob klein oder groß, ausgetragen wurde. Die Bürokraten hatten von den Bedürfnissen des Pflegepersonals keine Ahnung, oder es kümmerte sie nicht, obwohl ihnen inzwischen klargeworden sein mußte, daß ohne uns gar nichts ging.

Schon als Berufsanfängerin hatte ich begriffen, daß jeder Klinikbetrieb völlig zum Erliegen kommen würde, wenn das gesamte Pflegepersonal geschlossen nach Hause ginge. Ein Krankenhaus ohne Pfleger und Schwestern wäre nicht mehr als eine Absteige für kranke Menschen. Aber Jahr für Jahr versuchte man, Personalkosten einzusparen, wenn die Budgets ausgehandelt wurden. Sozialleistungen wurden gekürzt und die gestiegenen Lebenshaltungskosten für irrelevant erklärt, während die hohen Tiere in der Verwaltung Gehälter einstrichen, von denen wir nur träumen konnten. Daß das, was wir verdienten, gerade mal zum Leben reichte, zählte nicht. Pflegepersonal war leicht zu ersetzen.

Ich schaute auf das schwere Bett mit Mr. Mather und all dem anderen Zeug darauf, spürte meine Rückenschmerzen und seufzte. Widerstrebend bat ich schließlich Mrs. Mather, mir zu helfen.

Wir hatten Charles' neues Zimmer fast erreicht, als Mrs. Mather unvermittelt stehenblieb.

»Was gibt's?« fragte ich.
»Da ist ja noch jemand in seinem Zimmer«, flüsterte sie.
Ich blickte über die Schulter und sah Mr. Pastro, der freudig winkte. »Charles und Vivian Mather, darf ich Sie mit Arthur Pastro, Ihrem Zimmernachbarn, bekannt machen.«
Mr. Mather erwiderte den Gruß, sichtlich angetan von der Aussicht auf Abwechslung. »Hey, Art. Spielen Sie zufällig Poker ... sagen wir, Einsatz einen Penny?«
Mr. Pastro nickte eifrig. »Vergessen Sie die Pennys, Charlie. Wir spielen um Whisky.«
Die beiden Männer brachen in Gelächter aus. Hier hatten sich zwei verwandte Seelen gefunden; endlich jemand im selben Boot, mit dem man über den Krankenhausfraß und über die lästigen Vorschriften und Anweisungen schimpfen konnte. Sie würden sich Mut machen, wenn es einem mal nicht so gut ging, und vor allem würden sie sich gegenseitig zum Lachen bringen.
Ich freute mich über diese Entwicklung. Wenn zwei Patienten im selben Raum gut miteinander auskamen, ließ sich ein deprimierender, trostloser Krankenhausaufenthalt leichter ertragen, und nicht selten entwickelte sich daraus eine lebenslange Freundschaft. In einer solchen entspannten Atmosphäre wurden die Patienten schneller gesund, und Rückfälle kamen seltener vor.
Mrs. Mather sah das ganz anders, das konnte ich ihrem Gesicht ansehen. »Ich bestehe auf einem Einzelzimmer«, sagte sie. »Charles braucht Ruhe, um wieder zu Kräften zu kommen.«
Ich öffnete den Mund, um zu widersprechen, aber Mr. Mather kam mir zuvor. »Sei nicht albern, Viv. Das ist doch völlig in Ordnung so«, sagte er und blinzelte Arthur zu. »Außerdem können Art und ich ein paar richtige Gespräche unter Männern gut gebrauchen.«

Ich lächelte. »Ihr Mann hat recht, Mrs. Mather. Ein bißchen Ablenkung wird ihm gut tun.«
Mrs. Mather zeigte ihre Mißbilligung, indem sie keine Hand mehr rührte, während ich das schwerbeladene Bett ins Zimmer rollte.
Mr. Mather erholte sich schnell. Am dritten Tag nach seiner Verlegung in den Überwachungsbereich ging er schon auf dem Flur spazieren, und er konnte es kaum noch erwarten, bis er nach Hause durfte.
Obwohl sie etwas mitgenommen aussah, begleitete Mrs. Mather ihren Mann mit stolz erhobenem Haupt auf seinen Ausflügen und spielte hingebungsvoll die Rolle des Schutzengels, der die arme Seele sicher durch das Jammertal des Todes geführt hatte.

Als ich an diesem kühlen Septemberabend nach Hause kam, sah ich schon von weitem, daß in meinem Häuschen alle Lichter brannten. Simon verbrachte die Nacht bei Patrick, und die Katzen waren nicht gewitzt genug, um einen Lichtschalter zu betätigen. Ich war zwar in letzter Zeit sehr vergeßlich geworden, aber ich wußte genau, daß ich das Licht nicht angelassen hatte, auf jeden Fall nicht alle Lampen im Haus.
Auf Zehenspitzen pirschte ich mich zur Veranda hinauf und klopfte an die Haustür. Der Duft von Knoblauch und Basilikum drang durch die Türritzen, und mir lief das Wasser im Mund zusammen. Das war ein gutes Zeichen, denn ich hatte noch nie gehört, daß Einbrecher oder Vergewaltiger sich die Zeit mit Kochen vertrieben, während sie auf ihre Opfer lauerten.
Ich öffnete die Tür und trat leise in den warmen Flur. Mooshie und Emilio begrüßten mich, indem sie ihre schmalen Siamesenkörper an meinen Beinen rieben und es mir fast

unmöglich machten, ins Wohnzimmer zu schleichen, ohne über sie zu stolpern.

Ich hörte das Klappern von Tellern und Pfannen in der Spüle, dann schlug der hölzerne Kochlöffel gegen den großen Edelstahltopf, in dem ich immer Spaghettisauce kochte.

Vorsichtig spähte ich durch den Spalt der Küchentür, hielt die Luft an und schrie los: »Jaaaaaneeeey!«

Der Kochlöffel flog in hohem Bogen durch die Luft, als Janey in meinen Freudenschrei einstimmte. Wir umarmten uns lachend, daß die Rippen knackten, schrien und quietschten um die Wette und verhaspelten uns bei dem Versuch, alles auf einmal zu erzählen.

»Wie kommst du denn hierher? Mein Gott ... du siehst klasse aus ...«

»Sollte eine Überraschung sein. Oh Mann, du siehst auch toll aus, oh ...«

»Gott, du hast ja keine Ahnung, wie sehr du mir gefehlt hast.«

»Doch! Ich weiß ... mir geht's genauso. Briefe sind –«

»Kein Ersatz. Ich weiß ... Wem sagst du das? Wie ... wann –«

»Deine Vermieterin hat mir den Schlüssel gegeben. Ich mußte dich plötzlich unbedingt besuchen, bin einfach zum Flughafen gefahren und hergeflogen. Morgen muß ich wieder nach San Diego ... hab' Spaghetti gekocht ... eine Flasche Sake hab' ich auch dabei. O Gott, ist das schön, dich zu sehen.«

»Verdammt, Janey, ich sag' dir, ich bin so glücklich, ich könnt' glatt durchdrehen!«

»Aber nicht gleich. Du mußt mir erst alles erzählen.«

»Und du auch!«

Wir redeten die ganze Nacht. Alles, was wir uns zu erzählen hatten, mußte auf einmal heraus, konnte nicht bis zum Morgen warten. Nachdem das Geschirr abgewaschen und weggeräumt war, machten wir einen nächtlichen Spaziergang. Obwohl es ein wenig zu regnen begonnen hatte, gingen wir die sechs Kilometer bis zur Gemeindebücherei und wieder zurück.

Janey nahm die ersten dreitausend Meter für sich in Beschlag, indem sie mir von den Freuden und Leiden erzählte, die es mit sich brachte, wenn man mit einem Arzt verheiratet und wahnsinnig verliebt war. »Mein Leben ist genauso, wie ich es mir immer gewünscht habe. Ich habe einen bezaubernden, kerngesunden Sohn, einen wundervollen Mann, der mich heiß und innig liebt, und jetzt fange ich auch noch was ganz Neues an: Ich werde Jura studieren.«

Ich bekam den Mund nicht mehr zu. »Jura? Bist du völlig übergeschnappt? Das ist doch stinklangweilig.« Ich erinnerte mich noch gut an meine Zeit als Kanzleisekretärin. »Seit wann willst du denn Juristin werden?«

»Seit ich mich als kleines Mädchen in Perry Mason verknallt habe. Du weißt doch, wie ich früher immer meine Diagnosen gestellt habe, indem ich alle Hinweise zusammengetragen hab', bis sie ein Bild ergaben. Beweise zu sammeln hat mich immer schon fasziniert.« Janeys verträumter Blick verlor sich in der Ferne. »Das liegt mir im Blut: Scotland Yard. Agatha Christie –«

»Inspektor Clouseau?«

Als wir die Bücherei erreichten, kam Wind auf. Wir stellten uns im Eingang unter, und Janey holte zwei kleine Henkelbecher und eine flache Flasche mit warmem Sake aus der Jackentasche. Der herzhafte japanische Reiswein ließ uns den kühlen Wind schnell vergessen.

Auf den ersten zweitausend Metern des Rückwegs erzählte

ich ihr von meinen Erlebnissen. Den größten Teil der Strecke nahmen die Berichte über Jan und Simon und verschiedene kurzlebige Männerbekanntschaften mit unbefriedigendem Ausgang in Anspruch. Die letzten fünfhundert Meter sparte ich mir für die letzten Neuigkeiten über einige unserer Lehrerinnen und Mitschülerinnen auf. Tessie hatte ein Buch zum Thema Kostenanalyse im modernen Krankenhauswesen geschrieben. Es verkaufte sich so gut, daß sie den Lehrberuf aufgegeben hatte. Miss Telmack lebte jetzt bei ihrer Schwester irgendwo im Osten. Burl und Zeitgeist wohnten immer noch in Buchanan. Pearson, hatte ich kürzlich gehört, war ohne Angabe einer Nachsendeadresse von der Bildfläche verschwunden.

Als ich Janey dann erzählte, daß Peggy einen Monat nach der Abschlußfeier eine Ausbildung als Kosmetikerin angefangen hatte und seither als Maniküre in Novato arbeitete, mußten wir uns vor Lachen auf den Gehsteig setzen und uns gegenseitig stützen. Ein Streifenwagen hielt an, um sicherzustellen, daß wir nicht aus irgendeiner Irrenanstalt getürmt waren. Ich bin mir heute noch immer nicht ganz sicher, ob wir die Beamten tatsächlich davon überzeugen konnten, daß wir nicht geisteskrank waren.

Nachdem wir wieder bei meinem Häuschen angelangt waren, zogen wir die durchnäßten Schuhe und Socken aus und legten sie zum Trocknen ans Kaminfeuer. Dann schenkten wir den Rest Sake ein, machten es uns bequem und warteten auf das Heraufziehen der Morgendämmerung.

Janey lag der Länge nach auf dem Sofa und rührte sich nicht, was Emilio als Aufforderung verstand, sich unter ihrem Kinn zusammenzurollen. Wie aus heiterem Himmel sagte sie plötzlich: »Ja, dieser ätzende Beruf hat uns angezogen wie die Fliegen.« Sie stützte sich auf den Ellbogen.

»Weißt du, was das Komische daran ist? Ich muß immer

wieder an Tessies Ansprache bei der Abschlußfeier denken, was für eine ehrenhafte und vornehme Aufgabe Krankenpflege doch wäre. Und dann denke ich an all den Scheiß, den wir durchmachen mußten, um überhaupt soweit zu kommen. Du kannst dir nicht vorstellen, wie abgrundtief ich diesen Beruf gehaßt habe. Das ist was für Aussteiger. Wenn man das ein, zwei Jahre gemacht hat, setzt man alle Hebel in Bewegung, um da wieder rauszukommen. Ich schwör' dir, alle, die ich kenne, Automechaniker, Anwälte, Penner und Geschäftsleute, haben früher mal in der Pflege gearbeitet.«

Ich setzte mich auf und blickte sie an. »Moment mal. Hab' ich gerade richtig gehört? Sagtest du eben ›gehaßt habe‹ ... in der Vergangenheitsform?«

Janey lächelte. »Seit zwei Monaten arbeite ich nicht mehr als Krankenschwester ... und keine zehn Pferde werden mich jemals wieder dazu bringen! Die neue Praxis von meinem Mann läuft prima, es gibt also überhaupt keinen Grund mehr, warum ich weiterhin eine Arbeit machen sollte, die mir zum Hals raushängt.«

Schweigen machte sich im Zimmer breit, während ich die Neuigkeit verdaute und versuchte, mir über meine Gefühle klar zu werden. »Irgendwie bin ich neidisch auf dich. Aber vor allem freu' ich mich, daß du glücklich bist.«

Janey kam zu meinem Schaukelstuhl am Fenster herüber und legte kurz den Arm um mich. »O Echo, es ist so toll, frei zu sein und fast wieder ein normales Leben führen zu können. Ich hab's einfach nicht mehr ausgehalten. Dieser Beruf hat mich den letzten Rest Selbstbewußtsein und Energie gekostet. Ehrlich, ich verstehe nicht, wie du das immer noch machen kannst. Hast du es denn noch gar nicht satt?«

Ich legte ein paar Scheite in den Kamin und stocherte in der Glut herum. »Ich weiß nicht. Ich geb' von Natur aus nicht so leicht auf. Es war verdammt schwer, das zu erreichen, und jetzt will ich es behalten. Ja, ich beneide dich, aber andererseits bin ich auch ein bißchen enttäuscht, daß du das Handtuch geworfen hast. Es kommt mir vor, als hättest du zu schnell kapituliert oder so.«

»Vielleicht hast du recht, Echo. Aber es ist doch was anderes, ob man an etwas festhält, das man sich schwer erkämpft hat, oder ob man etwas aufgibt, das einen fertigmacht.«

Ich zuckte die Achseln und starrte in die Flammen. »Die Arbeit macht mir noch zuviel Freude, als daß ich sie aufgeben könnte. Den ganzen Scheiß, die Bürokratie und die arroganten Ärzte, versuche ich zu ignorieren. Die Arbeit mit den Patienten finde ich immer noch toll, und mir geht's gut dabei. Es verschafft mir enorme Befriedigung, Menschen helfen zu können.«

»Aber hast du nicht manchmal die Schnauze voll? Sehen wir das ganze doch mal nüchtern; deine ganze Hingabe und Aufopferung bringen im Grunde nichts: kein Dankeschön, keine Anerkennung, nichts. Du gehst fünf Jahre zur Schule, und dann behandeln sie dich wie eine Hilfsarbeiterin, die nichts anderes gelernt hat als Bettpfannen auszuleeren. Mit mir jedenfalls nicht!«

Janey hatte sich in Rage geredet, ihr Gesicht war rot angelaufen. Sie ging hinaus und brachte die leeren Sakebecher in die Küche.

»Ich weiß nicht, Janey. Wenn ich sehe, wie ein Patient aus eigener Kraft das Krankenhaus verläßt, dann stelle ich mir vor, daß sie ihn wahrscheinlich im Leichenwagen wegkarren müßten, wenn wir nicht mit dafür gesorgt hätten, daß er wieder gesund wird. Und dieses Bewußtsein, was unser Beruf bedeutet, gibt mir immer noch eine ganze Menge.«

Janey kam mit einem Apfel und einer Orange aus der Küche zurück. »Also gut, ich will dir deine Ideale nicht madig machen, aber glaub nur nicht, daß Krankenschwestern am Ende ihres Berufslebens viel zu erwarten haben. Ich kann dir sagen, ich kenne das. Die verschwinden mit fünfundsechzig heimlich, still und leise in der Versenkung. Ein paar scheinheilige Zeilen in der Betriebszeitung, und das war's dann.«

Ich lächelte. »Aber die Menschen, die sie gepflegt haben, werden sich an sie erinnern.«

Janey verdrehte die Augen. »Du und dein unheilbarer Optimismus ... Gott steh' dir bei!«

Die Wiederbegegnung mit Janey hatte mir genügend frische Energie und innere Fröhlichkeit verschafft, daß ich die nächsten Tage, in denen ich auch im Frühdienst aushelfen mußte, ohne größere Erschöpfungserscheinungen durchstand.

Daß ich am Freitag zu spät zum Dienst kam, lag nicht etwa daran, daß mein Wecker nicht geklingelt hätte. Schuld daran war die Aussichtslosigkeit, um sechs Uhr früh einen Babysitter für ein Kind zu finden, das mit laufender Nase und Halsweh aufgewacht war. Nach fünfzehn unergiebigen Anrufen brachte ich Simon, der entgegen seiner üblichen Art völlig teilnahmslos war, zu meiner Nachbarin, legte ihn auf die Couch und stellte eine Literflasche Orangensaft und einen Topf Hühnerbrühe daneben.

Auf der Station war es ruhig; von dem üblichen Tumult des Frühdienstes war nichts zu vernehmen. Die Nachtschwestern waren ausgesprochen wortkarg und beeilten sich, ihre Berichte fertigzuschreiben, um nach Hause zu kommen. Die Morgenübergabe kam nur stockend voran, und alle wirkten irgendwie deprimiert.

Zwischen den Informationen zu Bett acht und neun gab ich Annie einen Stoß in die Rippen. »Was ist denn los?« flüsterte ich. »Ist jemand gestorben oder was?«

Sie zog mich näher heran. »Mrs. Mather.«
Ich lächelte etwas ratlos, weil ich nicht wußte, was diese Antwort bedeuten sollte. »Du meinst, Mrs. Mather ist endlich nach Hause gegangen?«
Annie schüttelte traurig den Kopf. »Nein. Als die Schwester um fünf kam, saß sie tot im Sessel neben Mr. Mathers Bett.«
»Das ist ja entsetzlich! Wie hat Charles darauf reagiert?« fragte ich.
»Er glaubt, es wäre seine Schuld. Als wir ihn fragten, hat er zugegeben, daß sie schon seit längerem Herzbeschwerden hatte und seit zwei Tagen über Schmerzen in der Brust klagte. Sie hat sich geweigert, etwas dagegen zu unternehmen und wollte, daß er es für sich behält. Seither hat der arme Kerl wieder Schmerzen.«
Selbst im Sterben hatte Mrs. Mather einen weiteren Präzedenzfall geschaffen.

Einer meiner von Zeit zu Zeit wiederkehrenden Träume von der Taube war gerade zu Ende gegangen, und im nächsten ging es um einen Hund, der Mrs. Mather anbellte, die in ihrem Sessel saß. Zumindest erinnerte ich mich an diese Szene, als ich erwachte. Irgend etwas Bedrohliches lag in der Luft, und vor Angst begann mein Herz so schnell zu schlagen, daß die Katze von meiner Brust sprang.
Wieder bellte der Hund, wollte überhaupt nicht mehr aufhören, und das Bellen wurde schneller als der Rhythmus meines Atems. Das war kein Hundegebell!
Ich sprang aus dem Bett, war mit drei Schritten drüben in Simons Zimmer und schaltete das Licht ein. Simon kniete neben seinem Bett und starrte mit glasigen Augen aus dem Fenster.
»Krieg ...« Er hustete wieder bellend. »Krieg keine ... Luft ... Mom.« Bei jedem Einatmen zog er krampfhaft die Schultern

hoch. Ein trockenes, hohles Pfeifen drang aus seiner Kehle, als hätte er ein quietschendes Spielzeug verschluckt. Ich hob ihn auf und trug ihn ins Bad. Er fühlte sich heiß an und sein Pyjama war schweißnaß.

Ich drehte die heiße Dusche auf, und wir setzten uns auf den Deckel der Toilette und warteten, bis der Dampf sich in Wolken an der Decke des kleinen Raums sammelte. Simon kannte diese Prozedur, gierig steckte er den Kopf durch den Duschvorhang, um den warmen Nebel einzuatmen. Einatmen und kräftig ausatmen ... eins ... zwei ... drei ... einatmen und kräftig ausatmen ... eins ... zwei ... drei; die Begleitmusik zum Alptraum eines jeden Asthmatikers.

Der Dampf erfüllte seine Aufgabe, und Simon begann zu husten, bis er sich fast übergeben mußte. Stolz zeigte er mir, was er ausgehustet hatte: einen häßlichen, grünlich glänzenden Schleimpfropfen. Ich blickte darauf und schnitt eine Grimasse. »Iiiiihhh!« schrie ich. Simon wollte lachen, aber er brachte kaum ein Lächeln zustande.

Ich zwang mich zur Ruhe, klopfte meinem Sohn sanft auf den Rücken und ließ ihn im Bad allein. Wie eine Verrückte suchte ich in seinem Zimmer nach dem Inhalator und fand ihn schließlich unter einem Wäschehaufen in der Ecke. Ich faßte mich wieder, und als ich ins Bad zurückkam, lächelte ich sogar.

Simon hatte wieder den Kopf in die Duschkabine gesteckt und weinte, wobei er sich verzweifelt bemühte, kein Geräusch von sich zu geben. Aber es kostete ihn zuviel Kraft, und er gab diese Bemühung auf. Er riß mir den Inhalator aus der Hand und atmete das Medikament ein. Nur zweimal sprühen, erinnerte ich ihn mit ruhiger Stimme, nur zweimal. Ohne auf mich zu hören sprühte er weiter, bis ich ihm das Asthmaspray mit Gewalt wegnahm. Er blickte mich flehend an, wie ein Kind, das am Verhungern ist. Mir gab es einen

Stich ins Herz, und ich war nahe daran, ihm den Inhalator zurückzugeben, obwohl ich wußte, daß ihm das mehr geschadet als geholfen hätte.

Anders als die vielen Male zuvor, wurde es diesmal nicht besser. Überraschung verwandelte sich in Enttäuschung, dann in Angst. Dieser Anfall war schlimmer als alle vorherigen. Als Mutter wie auch als Krankenschwester wußte ich im Moment nicht, was ich tun sollte.

Das heiße Wasser aus der Dusche wurde erst lauwarm, dann kalt. Der Dampf kühlte ab und schlug sich als Wassertröpfchen auf unseren Gesichtern und an den Wänden nieder. Ich sah zu, wie Simons Zwischenrippenmuskulatur sich beim Atmen anspannte.

»Ich krieg' keine ... keine ... o Gott, bitte!«

Der Schock fuhr mir in alle Glieder. Ich schaute in Simons Gesicht und sah das blanke Entsetzen eines Kindes in Todesangst.

Mit zitternden Händen gab ich ihm eine Spritze mit einer geringen Dosis Epinephrin. Zehn Minuten vergingen. Zwanzig Minuten. Es war keine Wirkung zu erkennen. Ich gab ihm eine weitere Injektion und wartete, fest davon überzeugt, daß das seine Atemwege öffnen würde. Damit die Zeit schneller verging, zog ich mich an und streifte Simon einen leichten Bademantel über. Im Ankleidespiegel auf dem Flur sah ich uns beide: Simon mit dem Kopf auf meiner Schulter, bleich und zitternd unter der Wirkung des Epinephrins, ich mit blassem, ängstlichem Gesicht. Simon klopfte mir auf den Rücken, um uns beiden Mut zu machen.

Zehn Minuten später gewann die Krankenschwester in mir die Oberhand, und ich rief den ärztlichen Bereitschaftsdienst an. Es war 5 Uhr 15. Um 5 Uhr 21 fuhr ich auf den Parkplatz vor dem Haus der Kinderärztin. Ich stieg aus, nahm Simon auf den Arm und merkte, daß er nicht mehr die

Kraft hatte, sich an mir festzuhalten. Im Dämmerschein des frühen Morgens sah ich mir sein Gesicht an. Er war zyanotisch, und seine Nasenflügel waren kreideweiß und aufgebläht. Ich zögerte, drückte ihn an mich, ging um den Wagen herum und auf die Straße. Wenn ein Streifenwagen vorbeikäme, würde ich ihn anhalten.

Ich trat vom Gehsteig auf die Fahrbahn, als ich Simon keuchen und schluchzen hörte: »Hilf mir doch, Mom! Ich will nicht sterben.«

Ich rannte zurück zum Wagen. Dr. DeLaney fuhr gerade in die Parkbucht daneben. Als sie Simons Gesicht sah, ließ sie das Fenster herunter.

»O mein Gott! Bringen Sie ihn sofort in die Klinik. Das geht schneller, als wenn Sie auf den Notarzt warten. Fahren Sie, was das Zeug hält, kümmern Sie sich nicht um rote Ampeln.«

Ich schnallte uns beide an und fuhr los. Mit gellender Hupe raste ich über die Kreuzungen. Mit einem Auge beobachtete ich Simon, mit dem anderen die Straße: *Brust bewegt sich ... paß auf, der gelbe VW ... starrer Blick ... die Ampel da vorn ist rot ... egal, rüber über die Kreuzung ... Simons Lippen sind blau ... wo zum Teufel sind die Bullen, wenn man sie mal wirklich braucht?* Simon hatte die Augen geschlossen. Ich hatte fast zwölf Kilometer in weniger als sieben Minuten zurückgelegt.

Ohne uns um Formalitäten zu kümmern, stürmten Dr. DeLaney und ich mit Simon direkt in die Kinder-Intensivstation und legten Simon ins erste freie Bett, das wir sahen. Ich riß ihm den Bademantel herunter, hielt seinen Kopf auf dem Schoß, zählte die Atemzüge und versuchte festzustellen, ob überhaupt Luft durchkam. Die beiden Nachtschwestern kamen herein und blickten Dr. DeLaney fragend an. »Status asthmaticus«, sagte sie.

Fünfzehn Sekunden später hallte die Durchsage durch die Räume und Flure: »Respiratorischer Notfall, pädiatrische Intensiv Dr. Branzburg, bitte sofort auf die pädiatrische Intensivstation!«
In meinem Kopf drehte sich alles, und ich kam mir vor wie in einem Alptraum.
Das hier war mein Kind. Dies alles betraf Simon, nicht irgendeinen Fremden in der Notaufnahme. Schau hin, schau genau hin.
Die Schwester, die mich vom Bett wegziehen wollte, weg von Simon, kam mir bekannt vor. Ich schrie sie an: »Das ist mein Sohn, verdammt noch mal! Ich geh' hier nicht weg!«
Dr. DeLaney zog mich weg und drückte mich auf einen Stuhl, etwa fünf Meter von Simons Bett entfernt. »Wir brauchen hier Platz«, sagte sie streng. »Versuchen Sie jetzt nicht, Krankenschwester zu spielen, das klappt sowieso nicht.« Sie eilte davon.
Eine Verwaltungsangestellte kam etwas unsicher auf mich zu, um die Aufnahmeformalitäten zu erledigen. »Name des Patienten?«
»Simon Heron ... mit einem R.«
»Zweiter Vorname?«
»Day ... De-a-ypsilon.«
»Adresse?«
»Adresse?« Ich konnte mich nicht erinnern, wo ich wohnte. Ich wußte, daß ich in Mill Valley, Bundesstaat Kalifornien, lebte. Aber welche Straße, welche Hausnummer? Ich erinnerte mich nur, daß mein Häuschen rosa war.
»Macht nichts. Das klären wir später. Unter welcher Nummer sind Sie telefonisch zu erreichen?«
Ich biß mir auf die Lippen und versuchte, mir die Nummer ins Gedächtnis zu rufen, die ich mit blauem Kugelschreiber auf das kleine Schild am Telefon geschrieben hatte. »Äh, ich

glaub' ... drei, drei, acht ... nein, Moment, drei, acht ... nein, auch nicht ... es fällt mir einfach nicht ein ... ich weiß gar nicht, was auf einmal mit mir los ist.«

Das Mädchen schaute mich verständnisvoll an, aber ich merkte, daß sie ungeduldig wurde.

»Probieren wir's mal mit dem Geburtsdatum.«

Dezember, das wußte ich. Simon war ein Dezember-Baby. Ich sah sogar noch den Arzt vor mir, der mich entbunden hatte, und eine ganz liebe Schwester mit einem lustigen Akzent, die ihm dabei geholfen hatte. Das alles fiel mir wieder ein, aber ich hätte mich auf den Kopf stellen können, das Datum war wie ausgelöscht.

Das Mädchen lächelte wie zur Entschuldigung und griff nach meiner Handtasche. »Schon gut. Das kommt von der Aufregung. Wir kriegen das schon hin.« Sie hatte die kleine Lederhülle schnell gefunden, in der meine Versicherungskarte von der Krankenversicherung steckte. Ich sah ihr zu und dachte an die vielen Patienten in der Notaufnahme, die so durcheinander waren, daß sie kaum noch ihren eigenen Namen wußten. Ich hatte nicht recht glauben wollen, daß ihnen wirklich gar nichts mehr einfiel, aber jetzt wußte ich, daß sie nicht simuliert hatten.

Ein Anästhesiepfleger, der mir schon mehrere Male auf der Kardiologie aufgefallen war, weil er so gut mit Patienten umgehen konnte, kam hereingestürzt und gesellte sich zu der Gruppe um Simons Bett, die immer größer wurde. Für einen kurzen Augenblick sah ich im Geiste eine kleine, verschrumpelte Kinderhand, die zu lange im Wasser gelegen hatte: Amy. Ich schüttelte den Kopf, um das Gespenst zu verscheuchen.

Stückchen für Stückchen rutschte ich mit meinem Stuhl an der Wand entlang, bis ich noch knapp drei Meter von Simons Bett entfernt war. Wenn ich ruhig sitzenbliebe und mich ganz still verhielte, würden sie mich bestimmt nicht wegschicken. Ich biß mir auf die Fingerknöchel, um nicht zu schreien, und beobachtete, was mit Simon geschah.

Eine der Schwestern band Simons Arm ab und suchte auf dem Handrücken nach einer Vene. Sie nahm eine Braunüle, stach zu, traf aber die Vene nicht, zog die Nadel wieder heraus, holte eine neue Braunüle und versuchte es noch einmal, wobei sie wieder kein Glück hatte. Ich wollte schon aufspringen, als Dr. DeLaney die Sache übernahm und es mit Simons Ellenbeugenvene probierte. Ich sank auf den Stuhl zurück und biß noch fester auf meine Knöchel. Der Laborant punktierte die Arterie am anderen Arm für eine Blutgasanalyse. Das Blut war so dunkel, daß jemand fragte, ob er auch wirklich eine Arterie erwischt hatte. Simon hatte kein einziges Mal gezuckt, als er gestochen wurde. War er bewußtlos oder nur zu schwach, um zu reagieren?

Hände und Arme bewegten sich über Simons Körper, dann flackerte der Bildschirm des EKG-Monitors, leuchtete auf und zeigte schließlich eine Herzfrequenz von 170 an. Wie lange konnte das Herz eines Kindes das durchhalten, ohne Schaden zu nehmen? Ich wußte es im Augenblick nicht und wollte es auch nicht wissen.

Dr. Branzburg, der einzige Spezialist für kindliche Lungenerkrankungen im ganzen Klinikum, kam herein und schien es überhaupt nicht eilig zu haben. Wieder riß es mich vom Stuhl hoch, und fast hätte ich ihn angeschrien. Wie konnte er nur so tun, als mache er einen Sonntagsspaziergang? *Schneller, du Lahmarsch, beeil dich. Das ist mein Kind, das da liegt – meins!*

Ich sah, daß er mich erkannte. Er wußte, daß ich Kardiologieschwester war, und offensichtlich fragte er sich, was ich auf der Kinder-Intensiv zu suchen hatte, noch dazu in Straßenkleidung. Aber er kam nicht darauf, daß ich etwas mit dem Patienten zu tun hatte. Er ging an mir vorbei zu Simons Bett.

Dr. DeLaney begrüßte ihn, ohne aufzublicken. »Morgen, Vince. Wir haben hier einen Zehnjährigen, hat seit Jahren Asthma. Vor zwei Tagen hat er eine Erkältung gekriegt, letzte Nacht kam noch Fieber dazu, und er hat einiges an zähem Schleim abgehustet. Dampf, Alupent, zwei Injektionen Epi – hat alles nichts genützt. Wir versuchen gerade, einen Zugang für eine Theophyllininfusion zu legen. Wenn ich's nicht bald schaffe, muß ich eine Venae sectio machen; seine Bronchien sind völlig dicht.«

Dr. Branzburg horchte Simons Lunge ab und richtete sich wieder auf, als eine Schwester hereinkam und ihm den Laborzettel mit den Blutgasen reichte. »Sauerstoff 48, Kohlendioxid 60 –«, sagte er und runzelte die Stirn. Er rieb sich die Augen, holte tief Luft und gab Anweisungen. »Okay, besorgt dem Kleinen sofort einen Alupent-Vernebler, und wenn der Zugang liegt, Euphyllin und Cortison bereithalten.«

Der Anästhsiepfleger setzte den Vernebler in Betrieb, ein Gerät, mit dem mit Medikamenten angereicherter Dampf tief in die Lungen gebracht werden kann, um den Bronchialspasmus zu lösen. Inzwischen schienen noch mehr Leute im Zimmer zu sein, und ich hatte keine Ahnung, wer sie waren. Eine der Schwestern wandte sich vom Bett ab, um eine Pflasterrolle aufzuheben, und für einen Moment konnte ich Simon sehen. Er bewegte sich nicht und reagierte auch nicht auf all die Unruhe um ihn herum. Es sah so aus, als ob sein Brustkorb sich etwas stärker bewegte, aber ich konnte es nicht mit Sicherheit sagen; er war immer noch sehr zyanotisch.

Dr. DeLaney stieß einen Freudenschrei aus. »Ich hab's geschafft: Ich bin drin. Her mit der Infusion, schnell!«

Einige lachten, andere seufzten erleichtert. Plötzlich piepste der Alarm des Monitors, und alle schauten auf den Bildschirm: Ventrikuläre Extrasystolen.
Ich sah die Besorgnis, die über die Gesichter huschte.
»Okay, Leute, es wird ernst«, sagte Dr. Branzburg. »Der Kleine kann nicht mehr. Wenn wir ihn nicht bald wieder hinkriegen, werden wir intubieren müssen – wenn das überhaupt geht. Hol mal einer sofort den Notfallwagen. Warum, zum Teufel, haben die Eltern so lange gewartet, bevor sie –«
Eine der Schwestern stieß ihm den Ellbogen in die Rippen und flüsterte ihm etwas zu. Erschrocken drehte er sich um, schaute mich an und kehrte mir wieder den Rücken zu. Ich hörte ihn ungehalten knurren: »Warum sagt mir das denn keiner, verdammt noch mal?«
Ich hatte schon die ganze Zeit nicht mehr richtig denken können, jetzt herrschte in meinem Kopf das reinste Chaos, und ich spürte, wie ich die Kontrolle über mich verlor. Intubieren, so wie all die anderen Patienten, mit der grauenhaften Röhre bis tief unten drin, mit der Absaugerei und den Krämpfen ... Simon intubieren? Nein, unmöglich, das kann nicht sein, nicht mein Junge, nein, nicht Simon!
Wie ein glühendes Skalpell bohrten sich Panik und Schuldgefühle in mein Hirn. Hatte er nicht gesagt, ich hätte zu lange gewartet? Hatte ich etwas getan, was Simon schadete? War ich schuld?
Ich stand auf, machte einen Schritt auf Simons Bett zu und stolperte über meine eigenen Füße. Eine Schwester wirbelte herum. Ihr Blick traf mich wie ein Lanzenstoß. »Hinsetzen!« herrschte sie mich an.
Wie betäubt ging ich weiter. Warum durfte ich nicht zu meinem Kind? Nur für eine Sekunde, ihn bloß kurz berühren, nur einmal ...
»Schafft sie hier raus«, hörte ich eine Stimme sagen. Ich

glaube, es war Dr. Branzburg, aber es hätte auch jeder andere sein können.
Ein Arm legte sich fest um meine Schultern, und ich ließ mich hinausführen. Ich wußte nicht, wo meine Füße waren, ich fühlte meinen Körper nicht mehr. An der Tür blickte ich mich um und sah Simon auf dem Bett liegen, meinen kleinen Liebling, meinen Sohn, meinen Freund, mein ein und alles, umringt von einer Horde Menschen, die mir irgendwie bekannt vorkamen in den weißen Kitteln und der blauen OP-Kleidung.

Ich saß auf einem Sofa, und jemand hielt meine Hände fest. Aus dem Augenwinkel erkannte ich den Aufnäher des Buchanan College auf einem Kittelärmel. Eine Schwesternschülerin, ein junges Mädchen.
»Ganz ruhig, Mrs. Heron, es wird alles wieder gut. Die Ärzte tun alles, was sie können.«
Woher willst du das denn wissen? Solche Sprüche hab' ich selber anderen Leuten auch gesagt. Aber keiner weiß, ob wirklich alles wieder gut wird. Wir sagen das nur, um die Leute zu beruhigen. Wenn Simon am Leben bleibt, sag' ich so etwas nie wieder, das verspreche ich. Es ist gemein, den Leuten falsche Hoffnungen zu machen.
Das Mädchen schwieg, und ich fürchtete schon, laut gesprochen zu haben. Dann versank ich wieder in meinem Schmerz.
Könnte er durch den Sauerstoffmangel einen Gehirnschaden gekriegt haben? Natürlich, das weißt du doch, Schwester.
Aber ... aber – wehrte sich die Mutter – *doch nicht bei meinem Kind ...*
Warum nicht auch bei deinem Kind? Glaubst du, er ist immun dagegen? Bloß weil du Krankenschwester bist?
Ich wehrte mich gegen die innere Stimme und versuchte,

klar zu denken. Hatte sie gesagt, seine Sauerstoffsättigung läge nur bei 48? Wie lange konnte ein Kind –?
In Simons Zimmer verlangte jemand einen weiteren venösen Zugang, und der Tumult nahm zu. Ich konnte unmöglich hier sitzen bleiben, stand auf und machte auf zwei toten Stelzen aus Fleisch und Knochen ein paar Schritte auf das Zimmer zu, aber die Schwesternschülerin hielt mich auf.
»Lassen Sie mich durch! Ich will wissen, was mit meinem Jungen passiert.« Verzweifelt versuchte ich, an ihr vorbeizukommen. Als ich jedoch sah, wie sie sich ängstlich über die Schulter nach Hilfe umblickte, tat sie mir leid und ich ließ mich von ihr ins Wartezimmer zurückbringen.
»Mrs. Heron, es ist alles in Ordnung. Bitte, setzen Sie sich wieder hin. Ihrem Sohn passiert nichts.«
Hältst du mich für so blöd, daß ich dir das abnehme? Glaubst du vielleicht, ich wüßte nicht, was drüben vor sich geht?
»Versuchen Sie, an etwas anderes zu denken«, sagte sie. »Sie können im Augenblick nichts für Ihren Sohn tun.«
Das weiß ich doch selber. Natürlich kann ich nichts für ihn tun, das ist ja gerade das Schlimme.
Ich wandte den Kopf und blickte das Mädchen an. Sie war blond, nicht sonderlich hübsch, und ziemlich nervös. Auf der linken Wange war noch der Abdruck einer Kissenfalte zu sehen. Es sah aus wie eine Narbe. »Sind Sie im zweiten Jahr?« fragte ich. Meine Stimme klang, als würde irgendwo in der Ferne eine verkratzte Schallplatte abgespielt. Mir war auf einmal speiübel. Ich krümmte mich vornüber, legte den Kopf in die Hände und begann den Oberkörper hin und her zu wiegen.
Bitte, bitte, mach ihn wieder gesund, Bitte, bitte …
Das Mädchen wiegte sich mit mir. »Ja, das zweite Jahr hat gerade angefangen.«

Die arme Kleine, ihr fällt nichts anderes ein. Aber ist dir viel mehr eingefallen, als du mit Amys Mutter allein warst?
»Wie heißen Sie?«
»Penny.«
»Erzählen Sie mir was, Penny. Erzählen Sie mir von der Schule?«
Lenk mich ab. Mach meinen Jungen gesund. Laß ihn nicht sterben.
»Och, es ist schon ziemlich anstrengend. Aber unsere Lehrerinnen sind nett, wirklich anständig.«
Hat sie eben was von Ausbilderinnen gesagt? Tessie hat Simon mal kennengelernt, hat gesagt, er sähe aus wie ein glückliches, zufriedenes Kind, sagte, er – O Gott, bitte, ich tu' alles, was immer du willst, bitte.
»Als nächstes komme ich nach Oakland auf die chirurgische Intensiv ...«
So, nach Oakland. In Oakland hab' ich mal einen jungen Mann gekannt. Er ist gestorben. Richard Wilson hieß er. Hab' ihm auch nicht helfen können. Hab' zu lange gewartet, bis es zu spät war.
»Am liebsten möchte ich mal in einer Kinderklinik arbeiten, irgendwo am Meer ...«
Ich wiegte mich hin und her und hoffte, daß die Schmerzen davon weggehen würden.
Simon und ich mögen beide das Meer, Musik ... so viele Dinge. Wir sind einander so ähnlich, aber wie sollte es auch anders sein. Wir haben uns gegenseitig aufgezogen, waren immer für einander da, mehr wie enge Freunde als wie Mutter und Sohn, immer schon. O Jesus, Buddha, Allah ... ist da jemand? Hört mich irgendwer? Bitte, helft meinem Sohn, meinem Freund.
Ich versuchte, mich wieder auf die Stimme des Mädchens zu konzentrieren, die mal lauter, mal leiser an mein Ohr drang

und manchmal ganz weg blieb wie ein altes Autoradio bei einer Fahrt durch die Berge.

»... da gibt es soviel zu tun. Es gibt nicht viele Schwestern, die mit Kindern umgehen können, die ...«

Sterben? Wollte sie sterben sagen? Tod. Ich bin ständig vom Tod verfolgt. Jetzt will er es mir heimzahlen, daß ich ihm so viele Opfer wieder weggeschnappt habe. Aber nicht meinen Jungen, du gottverdammter Scheißkerl! Bleib ja weg von meinem Kind.

Panik schnürte mir die Kehle zu. In der Lehre Buddhas hieß es, daß man sich in die Empfindungen vertiefen sollte, bis ihre Kraft verbraucht war. Ich ließ mich in meinen Schmerz hineinfallen, schreckte aber gleich wieder zurück und ließ mich von einer Stimme ablenken.

»... das beste Stethoskop, das ich je hatte ...«

Ich wandte den Kopf. Das Stethoskop war rot. Ich erinnerte mich daran, wie ich einmal aus einer Narkose aufgewacht war, als ich so alt war wie Simon jetzt. Die Schwester hatte rot lackierte Nägel. In meiner Verwirrung glaubte ich, das wäre mein Blut und drehte fast durch vor Entsetzen. Aber Simon war viel tapferer als ich. Wußte er, was los war? Merkte er, was mit ihm vorging?

Ich schaukelte immer noch hin und her, als das Mädchen neben mir vom Sofa aufstand und einem schwereren Körper Platz machte.

Der Schweißgeruch eines Mannes stieg mir in die Nase. Ich hörte eine Männerstimme, und fühlte eine Hand auf meinem Rücken. Jemand war gekommen, um mir die Wahrheit zu sagen.

»Echo?«

Ich hörte auf, mich zu wiegen.

Bedeutet die Stimme ja oder nein?

»Echo?«

Ich konnte mich nicht bewegen, konnte noch nicht einmal nicken.

Konzentriere dich. Es ist alles nur ein Traum, du wirst sehen, bloß ein Traum ...

Aber warum habe ich dann solche Angst? Bitte, Gott. Bitte, ...

»Echo, Ihrem Sohn geht es besser. Wir haben es geschafft. Er hat Glück gehabt ... wollten gerade intubieren, als er endlich auf die Medikamente angesprochen hat ... Bronchitis und Asthma ... war einfach zuviel ... Status asthmaticus ... die Rhythmusstörungen haben sich gegeben, als die Azidose sich normalisiert hatte ... Theophyllin intravenös, Cortison, Erythromycin, Alupent-Vernebler ...«

Was sagt er da? Redet mit mir wie mit einem normalen Menschen. Versteh' dieses medizinische Kauderwelsch nicht. Theophyllin? Cortison? Das sind doch Medikamente, aber wieso? Moment mal. Tote bekommen keine Medikamente. Lebt Simon noch? Hat er gesagt, Simon ist okay?

Ich öffnete die Augen. Ich befand mich im Wartezimmer der Kinderstation. Der Teppich war malvenfarben. Ich sah zwei Füße in braunen Männerschuhen mit Mustern aus kleinen Löchern.

Mein Nacken und Rücken waren vollkommen steif, aber ich richtete mich auf und blickte dem Mann in die Augen. Dr. Branzburg hatte braune Augen und sehr buschige Augenbrauen. Das Gefühl, ganz weit weg zu sein und alles nur verschwommen wahrzunehmen, ließ allmählich nach. Das hier mußte die Wirklichkeit sein. Solche Augenbrauen gab es nur in der wirklichen Welt.

»Was haben Sie gesagt?« Die Worte schienen auf meiner Zunge zu kleben wie Erdnußbutter.

»Simon wird wieder gesund. Sie müssen natürlich bei ihm bleiben. Er braucht eine gute Krankenschwester, die heute nacht auf ihn aufpaßt und den Monitor im Auge behält.« Dr. Branzburg lächelte und klopfte mir auf die Schulter. »Sie hätten nicht so lange warten dürfen. Wenn er das nächste Mal nicht sofort auf das Epi anspricht, rufen Sie Dr. DeLaney an, oder mich, oder Sie bringen ihn gleich in die Notaufnahme.«

Ich nickte schuldbewußt und niedergedrückt. Was hatte ich mir nur dabei gedacht? Simon hätte sterben können, weil ich nicht in der Lage gewesen war, schnell und entschieden zu handeln.

Dr. Branzburg stand auf. Ich versuchte ebenfalls aufzustehen, aber meine Knie gaben nach, und ich sank auf das Sofa zurück. Ich probierte es noch einmal, und Dr. Branzburg streckte die Hand aus, um mir zu helfen. Impulsiv umarmte ich ihn. »Danke«, war alles, was ich herausbrachte. Er lachte verlegen und klopfte mir etwas unbeholfen auf den Rücken.

Plötzlich war Patrick da. Er war bleich, außer Atem und brachte kein Wort heraus. Er trug ein Pyjamaoberteil und eine Jogginghose. Seine Socken hatte er in der Hast verkehrt herum angezogen, und kurze Wollfäden ragten nach allen Seiten heraus. Bei jedem Schritt lief er Gefahr, seine Badelatschen zu verlieren.

Ich lächelte ihn an. »Er ist wieder okay«, sagte ich und merkte, daß es sich anhörte, als ginge es um ein aufgeschlagenes Knie.

Patrick sank auf das Sofa und begann zu weinen. »Die Schwester hat mich angerufen ... hat gesagt, es sei ernst ... ich dachte, er wäre –«

Seine Tränen und sein Schluchzen zerrissen die Schleier, die sich um mein Denken und Fühlen gelegt hatten, und ich durchlebte diese Nacht noch einmal, von dem Traum mit dem bellenden Hund bis zu diesem Augenblick. Ich

setzte mich neben den Vater meines Sohnes und begann ebenfalls zu weinen, aus Mitgefühl mit ihm und mit mir selbst.
Kurz darauf betraten wir gemeinsam das Zimmer, wo Simon lag und vor Erschöpfung eingeschlafen war. Eine riesige grüne Sauerstoffmaske bedeckte sein Gesicht; nur die Augen waren frei. Ich berührte seinen Arm, um Gewißheit zu haben. Die Haut fühlte sich warm an.
Seine Gesichtsfarbe war den Umständen entsprechend gut, und seine Herzfrequenz lag bei 150.
Wahrscheinlich von dem Euphyllin oder von dem Alupent-Vernebler. Ich muß Dr. Cramer fragen, wie lange so ein kleines Herz das durchhalten kann. Nicht, daß ich an Dr. Branzburgs Kompetenz zweifele, aber –
Simon war klatschnaß geschwitzt. Patrick kniete sich neben das Bett und blickte wie gebannt auf Simons Arm, wo die Braunüle in einer Vene am Handgelenk steckte.
Erythromycin? Ich sollte lieber mal im Arzneimittelverzeichnis nachschlagen oder George fragen, unseren Pharmakologen. Der weiß bestimmt, ob es nicht was Wirksameres gibt.
Patrick blickte auf und fragte: »Kann ich seine Hand halten? Mach' ich damit was kaputt?«
Ich schüttelte den Kopf. »Nein, du kannst seine Hand ruhig anfassen. Paß nur mit der Nadel im Handgelenk auf.«
Die Krankenschwester in mir hatte wieder die Oberhand bekommen.

Ich verbrachte die Nacht bei Simon. Am Morgen verließ ich kurz sein Zimmer, um die Pflegedienstleitung anzurufen und zu erklären, warum ich nicht zum Spätdienst kommen würde.
»Sind Sie krank?« fragte die kühle, unbeteiligte Stimme.

»Nein, ich nicht, aber mein Sohn Simon liegt auf der Kinder-Intensivstation. Er hatte gestern –«
»Ich kann Sie nicht krankschreiben, bloß weil es Ihrem Sohn nicht gut geht, Mrs. Heron. Wir müssen –«
Ich merkte, wie mir die Galle hochkam. »Sie scheinen mich nicht verstanden zu haben. Mein Sohn wäre gestern nacht fast gestorben. Er liegt auf der Intensivstation. Ich kann ihn nicht allein lassen.«
Die eisige Stimme zeigte keine Spur von Verständnis. »Das ist kein Grund für eine Krankmeldung, Mrs. Heron. Wenn Sie Ihren Dienst nicht antreten wollen, muß ich das als Arbeitsverweigerung melden. Außerdem muß ich einen Ersatz für Sie finden und –«
Ich legte auf.

Schon bald war in Simons Zimmer kein Platz mehr für all die Geschenke, die er bekam; es war wie Weihnachten im September.
Es ging ihm von Stunde zu Stunde besser. Er verlangte eine Cola, die er austrank, ohne das Glas abzusetzen. Mit einem lauten Rülpser tat er kund, daß es ihm geschmeckt hatte. Als ich ihm sagte, er sei amtierender Weltmeister im Kunstrülpsen, mußte er so heftig lachen, daß er wieder zu keuchen begann. Dieser Titel gefiel ihm so gut, daß er ihn ständig wiederholen mußte und sich dabei jedesmal halbtot kicherte.
Als er auf die normale Kinderstation verlegt werden sollte, hörte ich mich selbst tatsächlich fragen: »Meinen Sie nicht, daß Dr. Branzburg ein bißchen voreilig ist? Simon ist doch noch nicht mal achtundvierzig Stunden hier!«
Im stillen bat ich Mrs. Mather um Vergebung.
Die Schwestern in der Pädiatrie verwöhnten Simon nach Strich und Faden, was mich glücklich und ein kleines bißchen eifersüchtig machte. Ich hielt die Krankenschwester in

mir unter Verschluß, so gut es ging, denn ich wußte aus eigener Erfahrung *(Danke, Mrs. Mather),* wie nervtötend es war, wenn man bei der Arbeit auf Schritt und Tritt mit kritischen Blicken verfolgt wurde.

Zwei Schwestern waren für Simon zuständig. Die Kollegin vom Frühdienst war eine Philippina mittleren Alters. Sie hieß Rosalia und verfügte über unglaubliche Energie und echte Herzenswärme, zwei Eigenschaften, die sie zu einer wahren Meisterin ihres Berufes machten. Sie hatte etwas an sich, das die Menschen zu ihr hinzog. Ob es nun ihre Unbeschwertheit war oder ihre aufrichtige Anteilnahme, alle fühlten sich in ihrer Nähe wohl.

Die Frau hatte ein unnachahmliches Talent, andere Menschen zu berühren. Wenn sie einen Patienten wusch oder seinen Verband wechselte, tanzten ihre Hände ein wunderbar harmonisches Ballett. Ihre Trickkiste war unerschöpflich, wenn es darum ging, den kleinen Patienten ihre Medizin zu geben. Die Kinder warteten voll Ungeduld darauf, bis sie die Pillen oder Säfte bekamen, die Rosa auf dem Tablett für sie zurechtgestellt hatte.

Jeden Mittag fragte Simon: »Wo ist Rosa? Wann kommt sie endlich?« Und ich wartete genauso sehnsüchtig auf ihre Ankunft wie er, besonders, wenn sie Ruth ablösen sollte.

Es ist nun einmal so, daß nicht alle Krankenschwestern und Pfleger gleich gut sind. Bei Ruth waren wir alle einhellig der Meinung, daß sie viel besser in eine Nudelfabrik gepaßt hätte. Ihre mürrischen Seufzer und die gereizte Art, mit der sie »Darf ich mal«, sagte, zeigten mir, wie sehr es ihr gegen den Strich ging, daß ich sie wie ein Falke beobachtete, wenn sie auch nur in Simons Nähe kam. Aber dazu hatte ich auch allen Grund.

Sie redete nur mit ihren Patienten, wenn es absolut notwendig war, und wenn sie etwas sagte, war sie unfreundlich.

Außerdem war sie nachlässig. Sie nahm es mit dem Waschen nicht genau, teilte die Medikamente immer zu spät aus, und wenn sie das Pflaster an Simons Braunüle wechselte, konnte ich gar nicht hinschauen, weil sie sich dabei so maßlos ungeschickt anstellte. An Simons zweitem Tag im Krankenhaus hielt ich es nicht mehr aus und verlangte kategorisch, daß Schwester Ruth keinen Fuß mehr in das Zimmer meines Sohnes setzte.

Simon war seit drei Tagen im Krankenhaus, als ich mich wieder zum Dienst meldete. Ich war besonders gewissenhaft bei allem, was ich in Gegenwart meiner Patienten tat und sagte. Ich stellte mir vor, es wäre mein Vater, einer meiner Brüder, oder Janey, oder Jan. All die Kleinigkeiten, für die ich keine Zeit mehr gehabt hatte, ein freundliches Wort, ein paar Minuten Zeit, um zuzuhören, waren plötzlich wieder wichtig. Ich wollte nie wieder vergessen, was es hieß, »auf der anderen Seite« zu sein.

15. Kapitel

Er lauerte ganz in der Nähe, der unerbittliche Sammler menschlicher Seelen. Wie viele Schwestern und Pfleger, die ihm schon zu oft begegnet waren, hatte ich ein besonderes Gespür entwickelt und erkannte sofort, wenn er sein Erscheinen ankündigte. Vier Jahre lang hatte er seit jener Nacht warten müssen, als Jan und ich oben an dem Aussichtspunkt im Auto gesessen, auf die Bucht hinabgeblickt und uns Oldies im Radio angehört hatten. Jan war es gelungen, ihm ein Schnippchen zu schlagen. Sie hatte tapfer gekämpft, aber jetzt forderte er, was ihm zustand, und diesmal würde er sich nicht abweisen lassen.

Jans geschwächter, ausgemergelter Körper hatte mit der Entschlossenheit ihres Geistes nicht Schritt halten können; ihre körperliche Schwäche machte sich immer stärker bemerkbar und bestimmte zunehmend ihr ganzes Leben. Eine an sich völlig harmlose Halsentzündung hinterließ offene Geschwüre im Rachen, die ihr nicht nur wegen der ständigen Schmerzen zu schaffen machten, sondern auch, weil sie nicht mehr richtig essen konnte und sich von kalten Milchshakes und weichen Nahrungsmitteln ernähren mußte. Ihre geliebten Knabberchips aufgeben zu müssen, war, so absurd es auch klingen mag, für sie ein schwerer Schlag.

Häufige Anfälle von Übelkeit und zunehmende Atemnot machten ihr die Arbeit immer schwerer, aber sie verrichtete ihren Dienst weiterhin mit der gewohnten Hingabe und Sorgfalt und ruhte nicht, bis jedes Detail zu ihrer Zufrieden-

heit erledigt war. Sie war fest entschlossen, ihren Grundsätzen bis zuletzt treu zu bleiben, ungeachtet ihres fortschreitenden körperlichen Verfalls. Ohne sich zu schonen, übernahm sie stets die schwierigsten Patienten.
Ich beobachtete, wie sie unermüdlich in den Krankenzimmern hin und her eilte, die Patienten versorgte, Geräte kalibrierte, Medikamente verabreichte und dabei ständig Mittel und Wege fand, ihren Zustand zu verbergen. Graziös wie eine Ballettänzerin ging sie in die Knie, um nach irgend etwas unter dem Bett zu sehen, sobald sie jedoch außer Sicht war, rang sie lautlos nach Atem. Auf dem Weg zum Wäschekarren verschwand sie unauffällig in der Toilette, übergab sich stillschweigend, sprühte sich Mundspray in den Rachen, wischte sich den Schweiß vom Gesicht und tauchte lächelnd wieder auf, als sei nichts gewesen.
»Ich weiß, ich war schon mal besser in Form«, sagte sie eines Nachts, während wir den endlos langen EKG-Ausdruck einer Reanimation entwirrten, »aber ich kann doch nicht einfach aufhören. Das hier ist mein Lebenselixier; in dem Augenblick, wo ich das aufgebe, bin ich tot.«
Den meisten anderen vom Pflegepersonal fiel höchstens auf, daß Jan stiller geworden war und manchmal schnell die Geduld verlor. Was die Arbeit betraf, nahm alles seinen gewohnten Lauf. Diejenigen von uns jedoch, die ihr nahe standen, spürten mit beklemmender Deutlichkeit, daß sie sich mit dem unaufhaltsamen Herannahen ihres Todes fast unmerklich von uns zurückzog, um uns auf die Zeit vorzubereiten, wenn sie nicht mehr da sein würde. Jan hatte sich mit ihrem Schicksal so kompromißlos abgefunden, daß niemand mehr erstaunt war als sie selbst, als das Leben ihr eine letzte Freude bereitete. Jan verliebte sich.
Der Mann, dem ihre Zuneigung galt, war ein Freund aus ihrer Kindheit. Zufällig hatte er sie eines Tages besucht. Die

Freundschaft wurde erneuert, veränderte sich und entzündete sich zu einem Feuerwerk aus Leidenschaft und Freude. Jan leuchtete förmlich vor Glück und einer neuen inneren Erfüllung. Insgeheim hofften wir alle, daß die neu gewonnene Kraft ihr Leben verlängern, das Ende hinauszögern würde. Aber Jan hielt schon die nächste Überraschung für uns bereit. Mit ihrem Sinn für das Praktische brach sie die Beziehung nach drei Monaten ab.

»Ich habe die ganze Sache viel zu weit gehen lassen«, sagte sie. »Ich hab' mich mitreißen lassen und völlig aus dem Blick verloren, daß das ihm gegenüber nicht fair ist. Das konnte einfach nicht so weitergehen, daß wir uns etwas zusammenträumen, was nie Wirklichkeit werden kann. Ich täusche mich nur selbst, ich wünsche es mir einfach zu sehr.«

»Komm schon, Jan«, widersprach ich ihr, »jeder, der sich verliebt, riskiert doch, daß er Schiffbruch erleidet. Es kommt doch auf das Glück an, nicht auf den Katzenjammer, wenn's vorbei ist. Laß doch einmal deinen Gefühlen freien Lauf. Komm raus aus deinem Schneckenhaus, wenigstens dieses eine Mal.«

Jan schüttelte den Kopf. »Ich kann ihm das nicht antun. Ich liebe ihn zu sehr, um ihm ein solches Ende zuzumuten.«

»Hör doch endlich auf, immer an andere zu denken«, brauste ich auf. »Du gibst ihm überhaupt keine Chance, für dich da zu sein. Es ist doch nicht so, daß du ihm was verschwiegen hättest, Jan. Er weiß doch, worauf er sich da eingelassen hat. Wir alle wissen, was auf uns zukommt, und wir sind trotzdem immer noch da.«

Jan senkte den Blick und schwieg.

Ich holte tief Luft. Es konnte einen fast neidisch machen, wie leicht es ihr fiel, zu tun, was sie für richtig hielt. Aber Jan war wirklich ein ganz besonderer Mensch. Die meisten

Frauen schienen mit geistiger Blindheit geschlagen, wenn es um Männer und Liebe ging.
Ich versuchte, Jan dazu zu bringen, mich anzusehen. »Ich könnte das ja noch verstehen, wenn er dich unglücklich gemacht hätte, aber ...«
Jan blickte mir fest in die Augen. »Bitte«, sagte sie leise, »vielleicht war es falsch, aber versuch trotzdem, meine Entscheidung zu respektieren. Es ist meine Art des Abgangs.«

Mein Kopf ruhte in der Beuge meines rechten Armes, während ich mich bemühte, nicht auf den stechenden Schmerz hinter meinem rechten Auge zu achten und mich auf etwas Einfaches zu konzentrieren. In der Notaufnahme war es bisher relativ ruhig gewesen, aber es war noch früh am Abend, und der Regen ließ noch einiges befürchten, vom Auffahrunfall mit Schleudertrauma bis zu feierabendlichen Katastrophen in den eigenen vier Wänden.
Die Kopfschmerzen kamen vom Streß, und es verging fast kein Tag mehr, an dem mir nicht der Schädel wehtat. Seit wir vergeblich versucht hatten, einen zweiundachtzigjährigen Mann zu retten, der seinen Rollstuhl absichtlich über den Rand einer Klippe gesteuert hatte, war mir fast schlecht vor Schmerzen. Ich hatte gehofft, die Übelkeit würde vergehen, während ich im Ruheraum versuchte, der Frau des Toten ihre Schuldgefühle auszureden, aber es wurde nur noch schlimmer.
Eingewachsene Zehennägel und Schürfwunden hielten uns mäßig auf Trab, aber immerhin hatten wir uns zum Essen hinsetzen können.
Es war kurz nach sieben. Dr. Menowitz hatte gerade Dr. Kin abgelöst, und plötzlich hörte ich, wie er losbrüllte. »Warum zum Teufel finde ich hier jedesmal einen Sauhaufen vor, wenn ich zum Dienst komme?«

Ich mußte lächeln. Ein Vierteljahr lang hatte ich nicht mehr mit Dr. Menowitz zusammengearbeitet, und ich freute mich darauf, ihn wiederzusehen.
Vor einem halben Jahr, während des Nachtdienstes, hatte ich ihn wirklich zu schätzen gelernt. Um wenigstens soweit wach zu bleiben, daß ich den Funkverkehr zumindest mit einem Ohr verfolgen konnte, hatte ich beschlossen, einen Frühjahrsputz in der Notaufnahme zu veranstalten. Aus dem Putzraum hatte ich mir Staubwedel, Lappen und eine Flasche Allzweckreiniger besorgt und mich daran gemacht, erst Wände und Decken abzustauben und dann die Schränke und Schreibtische abzuwischen. Als ich einen Haufen Schmierzettel auf dem Schreibtisch zur Seite schob, stieß ich auf einen Block mit Notizen in Dr. Menowitz' Handschrift.
Die ersten Zeilen, auf die mein Blick fiel, lauteten:

Wenn der Winter wiederkommt,
eingehüllt in Regen aus grauem Perlmutt,
wird das Kind,
das ich nicht retten konnte
im gelben Mäntelchen vor mir herlaufen
und lachend in die Pfützen springen.
Und ich werde sein kleines Gesicht
nie wieder vergessen.

Ich ließ Staubwedel und Lappen liegen und vertiefte mich schamlos in die weiteren Gedichte, die Einblick in die geheime Schönheit der Seele eines Arztes gewährten. Es widerte mich an, wie hinter seinem Rücken über ihn hergezogen wurde, behielt die Entdeckung für mich und bildete mir kräftig etwas darauf ein, eine Seite seines Wesens zu kennen, von der nur wenige etwas ahnten.
Judy, die Schwesternschülerin, fragte zaghaft: »Was ist

denn, Dr Menowitz? Kann ich Ihnen helfen? Suchen Sie etwas?«

»Hier liegen sämtliche Nasen- und Augeninstrumente total durcheinander, verdammt noch mal. Wo ist das Nasenspekulum?«

»Hier, suchen Sie das hier?« Die Schülerin flüsterte fast, aus Angst, Dr. Menowitz würde jeden Moment an die Decke gehen.

»Sagen Sie mal«, fragte er in jenem gequält-gereizten Ton, den er so gut beherrschte, »sieht das da vielleicht aus wie etwas, womit ich jemandem in die Nase schauen könnte? Falls sich in dem Ding auf Ihren Schultern so etwas wie ein Gehirn befindet, dann tun Sie mir bitte den Gefallen und schalten Sie es ein.«

Ich lächelte, öffnete ein Auge und spähte zum Schreibtisch hinüber. Judy war den Tränen nahe. Sie griff wütend nach einem Krankenblatt und verließ fluchtartig den Raum. Die Schreibkraft war dabei, alte Laborzettel abzuheften, und Gus hatte sich über das Funkgerät gebeugt, um durch das Rauschen und Knattern die Stimme des Notarztes zu verstehen. Sie schrieb Wort für Wort mit, was über den Äther hereinkam.

Dr. Menowitz kam vorbeimarschiert und brummelte halblaut vor sich hin. Er schloß den Schrank auf, an dem ein Streifen Heftpflaster mit der Aufschrift GEWEIHTE INSTRUMENTE – WIDERRECHTLICHE ENTNAHME WIRD DURCH FOLTER MIT EINEM GRÜNDLICH GEKÜHLTEN REKTOSKOP GEAHNDET klebte, und wühlte auf der Suche nach dem Nasenspekulum darin herum.

»Was macht die Dichtkunst in der Berghütte im tiefen, dunklen Forst?« fragte ich.

Dr. Menowitz drehte sich um und lächelte. »Na schau einer an! Sie sieht man ja überhaupt nicht mehr«, sagte er.

»Ja, das kann man so sagen«, entgegnete ich. Ich hob den Kopf, und blaue und weiße Punkte tanzten vor meinen Augen. »Jedesmal, wenn ich hier Dienst habe, haben Sie entweder Urlaub oder sind in der anderen Schicht. Aber man hört eine ganze Menge über Sie, das Ungeheuer im weißen Kittel, das eine Spur der Verwüstung aus leblosen oder verstümmelten Schwestern hinter sich herzieht.«

Dr. Menowitz lachte und fischte ein langes stählernes Instrument aus dem Schrank. »Haben Sie nicht gemerkt, daß ich schon viel zahmer geworden bin? Ich habe schon lange niemanden mehr gebissen.«

»Was schreiben Sie denn so zur Zeit?« fragte ich.

Dr. Menowitz machte ein schuldbewußtes Gesicht. »Nichts, was der Rede Wert wäre, ich bin nun mal eine faule Socke. Ab und zu kriege ich einen Anfall von Kreativität und fange einen heißen Flirt mit meiner Schreibmaschine an. Aber das meiste, was dabei herauskommt, schmeiße ich weg oder mache ein gepflegtes Feuerchen damit. Manchmal schicke ich dem einen oder anderen Verlag ein paar Sachen, die mir besonders gut gefallen. Bis jetzt habe ich alles mit einer höflichen Absage wieder zurückgekriegt. Das führt dann zu Minderwertigkeitsgefühlen, Depressionen, Kreativitätsblockaden und zu guter Letzt zu Selbstmordgedanken – das klassische Autoren-Syndrom.

Und was ist mit Ihnen? Sie sehen aus, als wären Sie gerade dabei, Ihr Diplom in Anorexie zu machen.«

Ich erhob mich hastig, verlor das Gleichgewicht, fing mich wieder und ging zum Waschbecken.

»Mir geht's prima,« sagte ich hastig, »optimales Körpergewicht fürs Joggen.«

Ich zwang mich zu einem Lachen und wandte mich ab. »Ich hab' nur seit zweit Tagen richtig eklige Kopfschmerzen, und außerdem macht mir mein Ulkus die Hölle heiß. Ein paar

Aspirin, ein bißchen Maloxaan, und morgen früh ist die Welt wieder in Ordnung.«
Dr. Menowitz hatte seine Zweifel. »Quatsch, das sind nicht bloß Kopfschmerzen, es sei denn, Sie züchten sich einen Gehirntumor heran. Sie haben sich total verändert, seit ich Sie das letzte Mal gesehen habe. Um ehrlich zu sein, Sie sehen aus wie eine Vogelscheuche mit Angina pectoris. Warum lassen Sie sich nicht mal von Dr. Schupbach anschauen?«
Ich wehrte unwirsch ab, als Gus vom Funkgerät herüber kam und einen Zettel durch die Luft schwenkte.
»Was gibt's, Gussie?« fragte ich, froh über die Ablenkung.
»Ein Notfall, weiblich, sechsunddreißig Jahre. Zu Hause von ihrem Mann halb bewußtlos aufgefunden. Der Mann gibt zu, daß sie in letzter Zeit immer häufiger Kokain genommen hat. Heute waren es zwei Gramm, und vor einer Stunde war sie so angeturnt, daß sie einen Krampfanfall kriegte, hingeknallt und mit dem Kopf aufgeschlagen ist. Erst fehlte ihr überhaupt nichts, dann war sie auf einmal nicht mehr ansprechbar, und er hat sie bisher auch nicht wieder wachgekriegt.
Es war das erste Mal, daß sie einen Anfall hatte. Die Leute vom Rettungsdienst sagen, sie reagiert nicht verbal, macht aber hin und wieder die Augen auf. Puls hundertzehn, Blutdruck hundertdreißig zu neunzig, Pupillen sind gleichmäßig und reagieren normal. Sie hat ein paar Blutergüsse an den Armen und Beinen und eine Platzwunde auf der Stirn. Die Atmung ist unauffällig, und sie haben einen Zugang mit einer fünfprozentigen Dextroselösung gelegt und Antikonvulsiva gegeben. Bisher hat sie auf nichts angesprochen.«
Ich merkte, wie Dr. Menowitz und Judy sofort von Anteilnahme auf Widerwillen umschwenkten, als das Wort Kokain fiel. Dr. Menowitz hob abwehrend die Hand. »Pfffft!

Verdammte Kokser. Was erwarten die eigentlich, wenn sie dieses Scheißzeug nehmen und dann aus den Latschen kippen?«

Gus zuckte die Achseln. »Da haben Sie recht, Doktor. Wer Achterbahn fahren will, muß Eintritt zahlen.« Sie reichte mir den Bericht. »Ich dachte, das wär' was für dich, du stehst doch auf Suizidversuche und so was. Ich hab' heute einfach keinen Nerv für irgendwelche Junkies.«

Ich schaltete das Licht im Traumaraum ein und nahm die Abdeckung vom Notfallwagen. Kurz nachdem ich auf der Intensivstation Bescheid gesagt hatte, daß sie mit einer Kokain-Überdosis rechnen sollten, glitten die Doppeltüren der Eingangshalle zischend zur Seite. Tina und Roy, zwei Sanitäter von der Einsatzabteilung 71, rollten eine Trage herein und schoben sie in den Traumaraum. Beide waren sehr ernst und bewegten sich hastiger als sonst bei einer Überdosis. Die Frau auf der Trage sah jünger aus als sechsunddreißig, was mich überraschte. Die meisten Leute, die regelmäßig Kokain nahmen, machten bei weitem keinen so gesunden Eindruck. Ihr Haar und die Fingernägel sahen aus, als käme sie gerade aus einem Schönheitssalon, und ihre Kleidung war modisch und trendbewußt. Sie verkörperte den typischen kalifornischen Yuppie mit einer Vorliebe für teure Nobeldrogen – nichts Ungewöhnliches bei dem hohen Lebensstandard in dieser Gegend.

Das eine Auge war zugeschwollen und blau angelaufen, auf der Wange hatte sie eine purpurrote Schwellung, eine weitere am Hals, und die Platzwunde auf der Stirn sah aus, als wäre sie schon mehrere Stunden alt. Ich berührte die Schwellung auf der Wange und wechselte einen Blick mit Tina.

Sie wußte sofort, was ich dachte. »Ja, ich weiß«, sagte sie. »Muß ein echt komischer Sturz gewesen sein.« Sie gab mir den gelben Durchschlag des Notarztberichtes. Der Name der Frau war Maureen Gerhett.

Ich überprüfte die Vitalfunktionen und ließ mir von Tina und Roy nähere Einzelheiten geben. »Wir waren gerade dabei, sie in den Rettungswagen zu verfrachten, als plötzlich die Polizei aufgekreuzt ist. Du hättest mal das Gesicht von ihrem Mann sehen sollen.«

»Ja, wirklich«, ergänzte Roy Tinas Bericht. »Der Typ fing sofort an, eine ganz andere Story zu erzählen. Plötzlich hieß es, sie wär' schon vor einer ganzen Weile gestürzt, als er versucht hätte, ihr das Kokain wegzunehmen. Sie sei sofort wieder aufgestanden, sagte er, und hätte sich völlig normal verhalten, bis kurz vor seinem Notruf. Warum ihm die Platzwunde auf ihrer Stirn nicht aufgefallen wäre, konnte er allerdings nicht erklären.«

»Der Kerl war ein bißchen zu liebenswürdig für meinen Geschmack«, fuhr Tina fort. »Irgendwas an der Geschichte stinkt. Zum Beispiel, als ihn die Polizisten gefragt haben, wo genau seine Frau hingefallen sei. Man konnte richtig sehen, wie der anfing, sich zu winden. Er ist hin und her gerannt wie ein aufgescheuchtes Huhn.«

Ohne weitere Diskussionen begannen wir damit, die Frau gründlich zu untersuchen. Ich kontrollierte Puls und Blutdruck, während Dr. Menowitz ihre Pupillen untersuchte, Herz und Lunge abhorchte und verschiedene Blutuntersuchungen anordnete. Eine MTA kam aus dem Labor, nahm Blut ab, und fünf Minuten später war ich wieder allein mit der Patientin.

Ich trug die Untersuchungsergebnisse in die Kurve ein und zog ihr die Schuhe aus. Ab und zu stöhnte sie, als versuche sie mit aller Kraft, zu sich zu kommen. Sie bewegte sich kaum, abgesehen von den spastischen Zuckungen ihrer Arme.

Als ich ihr Hose und Strümpfe auszog, stellte ich fest, daß sie fast nur aus Haut und Knochen bestand. Die Bauchdecke war eingesunken, umrahmt von den deutlich vorstehenden Rippen und Beckenknochen. Es war, als schaute man in eine flache, fleischfarbene Schüssel mit dem Nabel in der Mitte. Was mir allerdings sofort auffiel, waren die vielen Prellungen und frischen Blutergüsse auf den Ober- und Unterschenkeln und die Tatsache, daß sämtliche Zehen des rechten Fußes gebrochen zu sein schienen.
»Maureen? Maureen, können Sie mich hören?«
Hinter den Schlitzen zwischen ihren Augenlidern huschten zwei grüne Flecken vorbei und verschwanden wieder. Der Arm, in dem die Braunüle steckte, hob sich langsam in die Höhe und fuchtelte ziellos durch die Luft. Ich packte ihn und sicherte ihn mit Heftpflaster am Rahmen der Trage. Dann begann ich, ihre Bluse aufzuknöpfen.
Bevor ich wußte, was los war, verschwamm mir alles vor den Augen zu einem riesigen weißen Fleck. Es kam mir vor, als würde ich schweben, und mir wurde schwindlig. Ich zwinkerte heftig mit den Augen, taumelte zur Seite und sank auf einen Hocker. Das Schwindelgefühl wurde von einer Welle der Übelkeit weggespült.
Ich versuchte, den Blick auf die Patientin zu konzentrieren. Innerhalb von wenigen Augenblicken war sie zyanotisch geworden. An den Bewegungen ihres Brustkorbes konnte ich sehen, daß sie flacher atmete. Hastig drehte ich den Sauerstoffzufluß auf acht Liter hoch und schnitt ihr die lavendelfarbene Bluse vom Leib.
Tiefe Kratzer und schwarze und gelbe Blutergüsse bedeckten Schultern und Brust; dazu kamen noch einige frische Bißspuren. Am linken Oberarm war eine große, dunkelrote Prellung, und der rechte Arm wies vier parallele Druckstellen auf, die wie Fingerabdrücke aussahen.

Ich stand auf und trat ein paar Schritte zurück, ohne den Blick abwenden zu können.
»Hey!« schrie ich in einem Ton, von dem ich wußte, daß er mir sofortige Beachtung verschaffen würde. »Die Lady hier geht uns den Bach runter!«
Dr. Menowitz kam herein. »Sie atmet nicht richtig«, brachte ich flüsternd heraus und wandte mich ab.
Dr. Menowitz stand einen Moment bewegungslos da und betrachtete fasziniert den geschundenen Körper. »Irgend jemand scheint die schon seit längerem beim Boxtraining als Sandsack zu benutzen« sagte er, während er die Ohrstöpsel seines Stethoskops in die Ohren steckte. »Wenn Sie eine Sekunde Zeit haben, sehen Sie doch mal nach, ob wir eine alte Krankenakte von ihr haben.« Er drehte ihren Kopf zur Seite, schob das Haar zurück und zeigte auf die farblose Flüssigkeit, die aus dem Ohr der Patientin tropfte. »Schauen Sie mal her, Echo. Ich wette, unsere Freundin hat eine Schädelbasisfraktur mit einem epiduralen Hämatom.«
Dr. Menowitz horchte noch einmal die Lunge ab, dann forderte er einen Anästhesiepfleger an und ließ im CT-Raum ein Beatmungsgerät bereitstellen. Ich holte das Intubationsbesteck aus dem Schrank und legte es neben ihn.
»Schaffen Sie mir den Ehemann ans Telefon«, sagte Dr. Menowitz »Ich muß ihn sofort sprechen.«
Bis ich die Telefonnummer gefunden hatte, hatte Dr. Menowitz Maureen Gerhett schon intubiert, und der Anästhesiepfleger beatmete sie mit dem Ambubeutel, bis das CT vorbereitet war.
Dr. Menowitz ging zum Apparat im Traumaraum, wählte die Nummer und wartete, wobei er die Frau nicht aus den Augen ließ. Er legte die Hand über die Muschel und wandte sich an Gus, die inzwischen auch mitbekommen hatte, daß es hier um mehr ging als um eine Überdosis. »Ich brauche

ein komplettes Blutbild mit den Gerinnungswerten, und legen Sie bitte einen Blasenkatheter –« Er brach ab und sprach ins Telefon. »Hallo? Spreche ich mit Mr. Gerhett? Hier ist Dr. Menowitz, Notaufnahme Redwoods Klinik. Ich glaube, wir haben Ihre Frau hier ... Maureen Gerhett?« Pause. Dann sprach er weiter. »Jaja, gut, aber ich will eigentlich nur wissen, was genau passiert ist.«

Wieder trat eine Pause ein; diesmal dauerte sie länger.

»Aha. Und wann, sagten Sie, ist sie gestürzt? ... Aha ... Wenn ich richtig informiert bin, haben Sie der Polizei gesagt, daß Sie mit ihr gestritten haben und es zu einem Handgemenge kam ... richtig? Ah, ja. Tatsächlich. Aber in Anbetracht der zahlreichen Verletzungen, die Ihre Frau hat, und der Tatsache, daß sie eine Schädelfraktur hat, würde ich doch meinen, daß da etwas mehr passiert ist als nur ein simpler Sturz auf den Fußboden. Haben Sie eine Vermutung, wie und wodurch diese Verletzungen entstanden sein könnten? ... Aha ... Verstehe, verstehe ... Und Ihre Frau ist wieder aufgestanden, herumgegangen und hat gesprochen, nachdem Sie sie zu Boden gestoßen haben? ... Das Geschirr hat sie weggeräumt? ... Bis wann war sie bei Bewußtsein?« Dr. Menowitz legte die Hand vor die Augen und schüttelte den Kopf. »Gut, okay. Ist die Polizei noch bei Ihnen? Könnten Sie einen der Beamten an den Apparat holen?«

Dr. Menowitz deckte die Muschel mit der Hand zu. »Sie werden nicht glauben, was dieser Kerl – Hallo? Ja, Dr. Menowitz. Officer, ich denke, Sie sollten wissen, daß die Frau in einem ziemlich ernsten Zustand ist. Soweit ich das jetzt schon beurteilen kann, ist sie äußerst brutal zusammengeschlagen worden.«

Dr. Menowitz starrte gegen die Wand. »Richtig ... Richtig ... Genau ... Was? ... Doch, das stimmt mit dem überein, was ich gesehen habe ... Genau ... Okay.« Er legte auf und wandte

sich an mich. »Die Polizei sagt, daß sie eine Delle in der Zimmerwand entdeckt haben, an der Blut und einige Haare kleben. Der Ehemann meint, das könne die Stelle sein, wo sie sich beim Sturz den Kopf angeschlagen hat.«
Am Schreibtisch ging ich die Krankenakte von Maureen Gerhett durch. In zweieinhalb Jahren war sie siebzehn Mal in der Notaufnahme gewesen. Ich fing beim jüngsten Datum an und verfolgte die Einträge zurück. »Patientin gibt an, die Treppe hinabgestürzt zu sein. Diagnose: Luxation des Schultergelenks, multiple Prellungen ... Patientin gibt an, mit Kopf gegen eine offene Schranktür gestoßen zu sein. Diagnose: Commotio cerebri ... Schnittwunde über dem linken Auge; Patientin gibt an, Verletzung stamme von der Scherbe eines geplatzten Einweckglases ... Patientin gibt an, Verletzung sei von einem umstürzenden Bücherregal verursacht. Diagnose: Nasenbeinfraktur und Fraktur des Unterkiefers ... Patientin gibt an, auf Treppenstufe ausgerutscht zu sein. Diagnose: Klavikulafraktur links, distale Radiusfraktur rechts.«
So ging es weiter, Seite um Seite, eine Verletzung nach der anderen, all die Lügen, die ich selbst so gut kannte.
Ich ging hinaus ins Freie, um etwas Luft zu schnappen. Draußen hockte ich mich auf das Metallgeländer, starrte eine Weile in den Nieselregen hinaus und schloß die Augen. Ich atmete tief und regelmäßig und versuchte, mich auf den frischen Geruch des Regens zu konzentrieren. Statt dessen sah ich vor meinem inneren Auge die übel zugerichtete Frau auf der Trage und mein eigenes Abbild im Spiegel. Ich riß die Augen auf.
Ein Mädchen mit schwarzen und grünen Strähnen im Haar kam zaghaft auf mich zu. Dabei kaute sie unsicher auf einem ihrer schwarz lackierten Fingernägel. Die großen rotweißen Plastikohrringe paßten farblich zu ihren Schuhen.

»Entschuldigung, arbeiten Sie da drinnen?« Sie zeigte auf die Tür zur Notaufnahme.

Ich nickte.

»Haben sie Maureen Gerhett schon hergebracht?«

»Ja«, antwortete ich und verschränkte die Arme vor der Brust, weil mir auf einmal kalt war. »Kennen Sie sie?«

Das Mädchen schaute sich nach allen Seiten um, als hätte sie Angst, beobachtet zu werden. »Sie ist meine Nachbarin. Ich wollt' nur wissen, wie's ihr geht. Sie hat echt übel ausgesehen, als sie sie weggebracht haben. Wird sie sterben?«

»Ich weiß es nicht, vielleicht«, antwortete ich und ärgerte mich über mich selbst, weil ich so taktlos war. »Wissen Sie, was passiert ist?«

Das Mädchen ging auf meine Frage nicht ein, sondern fragte: »Ist Scotty da drin bei ihr, oder haben die Bullen ihn mitgenommen?«

»Wer ist Scotty?« wollte ich wissen.

»Ihr Alter. Ich mein', eigentlich ist er 'n echt starker Typ, und ich glaub', Maureen liebt ihn wirklich. Aber manchmal dreht er total ab ... passiert seit 'ner Weile immer öfter. Das letzte Mal, als er ausgerastet ist, war sie den ganzen Tag total weg. Ich hab' ihr gesagt, sie soll mal 'ne Weile abtauchen, aber sie hängt irgendwie an dem Typ.

Ich hab' ihr geraten, in so 'ne Frauengruppe zu gehen, so 'n Verein, wo Frauen hinkönnen, die von ihren Typen verdroschen werden, aber sie hat gesagt, er würd' sie umbringen, wenn er das rauskriegt. Ich glaub', ich und ihre Mutter sind die einzigen, die wissen, daß er sie schlägt.«

Sie begann wieder, an ihren Nägeln zu kauen, und schaute sich um, ob irgendwo Gefahr lauerte. »Also, ich hoff' nur, daß sie okay ist. Sie ist echt cool.«

»Wenn sie nicht okay ist«, antwortete ich und richtete mich auf, um in die Notaufnahme zurückzukehren, »dann kann ich nur hoffen, daß sie so cool ist, wie Sie behaupten, und den ›echt starken Typen‹ hinter Gitter bringt.«

Um elf kam ein Kriminalpolizist in die Notaufnahme und fragte nach der Schwester, die Maureen bei ihrer Einlieferung betreut hatte. Er begleitete mich in den inzwischen leeren und aufgeräumten Traumaraum, stellte ein paar Fragen über den Zustand der Patientin zum Zeitpunkt der Einlieferung und bat mich, ein Formular zu unterschreiben, in dem stand, daß ich sie betreut hatte.

»Was ich noch fragen wollte«, sagte er zum Schluß. »Wissen Sie, wo ihre Bluse ist? Wir haben überall danach gesucht.«

»Die hab ich weggeworfen«, antwortete ich. »Ich mußte sie aufschneiden, als ihr Zustand kritisch wurde. Die Fetzen liegen im Abfalleimer.«

Gus und ich suchten in der Kammer mit den Müllsäcken und fanden die Bluse im dritten Sack, den wir aufmachten. Der Kriminalbeamte holte sie vorsichtig heraus, steckte sie in einen Plastikbeutel, schrieb etwas auf das Etikett und tat ihn in einen Sack zu den übrigen Kleidungsstücken.

»Wozu brauchen Sie das Zeug denn?« fragte Gus.

»Beweismaterial«, antwortete der Beamte. »Das hier ist jetzt ein Fall von Totschlag. Mrs. Gerhett ist gerade gestorben, und ihr Mann ist verhaftet worden.«

Ich ging in den Aufenthaltsraum und nahm meine Jacke und meine Tasche. Gus blickte von einem Stapel Kurven auf und sah zu, wie ich meine Sachen nahm. Sie lächelte, offenbar dachte sie, ich wolle sie veralbern. »He, junge Frau, wo willst du denn hin? Du hast doch erst in einer halben Stunde Feierabend.«

»Nach Hause«, sagte ich und steuerte auf die Tür zu. »Ich muß nach Hause.«

Hinter mir hörte ich das Scharren von Stuhlbeinen. »Warte mal, ich glaube ...« sagte Gus, und Dr. Menowitz rief etwas hinter mir her, aber ich konnte nicht antworten. Am Ende des schwarzen Gummiläufers holte Gus mich ein und packte meinen Arm. Ich zuckte vor Schmerz zusammen.

»Was ist los, Echo? Was hast du denn?«

»Mir geht's nicht gut. Ich will nach Hause, das ist alles.« Mein Kopf fühlte sich an, als würde er jeden Augenblick zerspringen, und mir wurde wieder schlecht.

»Möchtest du darüber reden? Komm, wir gehen in den Ruheraum. Judy und Mort können sich solange um die Patienten kümmern.«

Ich legte die Hände vors Gesicht. »Nein, Gus, ich will nur nach Hause. Ich bin müde und –«

»Ist es wegen der Frau von vorhin?«

Ich nickte.

»Hast du sie gekannt oder so?«

Ich nickte noch einmal. »Irgendwie schon.«

»O Scheiße«, sagte Gus. »Warum hast du denn nichts gesagt? Ich hätte sie doch übernehmen können. Mein Gott, das tut mir echt leid.«

»Das ist es nicht, Gus. Mir geht's einfach nicht gut. Ich muß nach Hause.«

Gus legte den Arm um mich und drückte mich. Dann flüsterte sie mir ins Ohr: »Du bist nicht sehr glücklich in letzter Zeit, stimmt's?«

Ich schüttelte den Kopf. Der Kloß in meiner Kehle tat richtig weh. Es war schon lange her, daß mich jemand in den Arm genommen hatte, und es tat weh, daran erinnert zu werden, wie schön das sein konnte. »Ich muß –«

»Nein, warte. Du hast dich in den letzten Monaten völlig verändert. Ich kann mich gar nicht mehr daran erinnern, wann ich dich das letzte Mal lächeln gesehen habe.«

»Gus, bitte ... ich kann nicht. Ich kann einfach nicht.« Ich stürzte zur Tür.

Gus versuchte nicht mehr, mich zurückzuhalten, aber sie rief mir nach: »Ich bin immer für dich da ... jederzeit. Es gibt eine Menge Leute, die sich um dich Sorgen machen. Ruf mich an, wenn du reden willst, egal wann.«

Ohne mich umzudrehen, hob ich die Hand und winkte zum Zeichen, daß ich sie gehört hatte und ihr Angebot zu schätzen wußte. Tief in meinem Inneren spürte ich, daß ich dringend echte Zuneigung brauchte, aber ich wußte nicht, wie ich sie annehmen konnte.

Ich saß im Wagen und sah zu, wie die Wassertropfen an der Windschutzscheibe herunterliefen und mit ihren Schatten unregelmäßige Muster auf meine Arme zeichneten. Die blauen und weißen Punkte tanzten wieder vor meinen Augen. Ich ließ den Motor an, ohne zu wissen, wohin ich fahren sollte. Ich war mir gar nicht richtig bewußt, daß ich trotzdem losfuhr, und überließ es dem Zufall, einen Weg zu finden. In den vergangenen Monaten hatte ich mich daran gewöhnt, mit meinen Seelenqualen und Depressionen zu leben, aber heute nacht war noch etwas dazugekommen – Angst.

Vor mir tauchte das große Haus auf dem Hügel auf. Ich fuhr im Schrittempo weiter und umklammerte das Steuer, um mich daran festzuhalten. Die krampfartigen Schmerzen im Bauch waren wieder da, und ich versuchte, langsamer zu atmen. Meine Arme und Beine zitterten vor Anspannung.

Nie wieder, dachte ich. Nicht nach dem, was heute nacht passiert ist.

Wie betäubt von panischer Angst fuhr ich an der Auffahrt vorbei und konzentrierte mich zum ersten Mal während dieser Fahrt auf ein Ziel: mein Häuschen. Kurz darauf stand ich vor dem Wandspiegel im Flur.

Eine Fremde mit tief eingesunkenen Augen starrte mir entgegen. Ich überlegte, wer sie sein könne, aber andere Bilder drängten sich in meine Erinnerung. Eine übermüdete, aber begeisterte Schwesternschülerin, die um fünf Uhr morgens auf dem Weg zur Klinik das Haus verließ. Eine freudestrahlende Florence Nightingale bei der Abschlußfeier. Eine Mutter, die mit ihrem kleinen Sohn Grimassen schnitt und lachte wie ein normaler Mensch.
Ich versuchte, mir vorzustellen, wie ich mich in diesen Rollen gefühlt hatte. Damals war ich glücklich gewesen, oder? Ich war doch ein guter Mensch gewesen ... oder nicht?
Ich knöpfte meinen Kittel auf, ließ ihn über die Arme herabfallen und zählte die häßlichen Blutergüsse auf meinen Armen und meiner Brust. Dann schlang ich die Arme um den Oberkörper, sank auf die Knie und weinte.

Es war aus heiterem Himmel über mich hereingebrochen, wie ein Wirbelsturm an einem heißen Sommertag. Die Leidenschaft hatte mich vollkommen überwältigt, und das Gift wirkte so unauffällig und heimtückisch, daß ich ihm mit Haut und Haar verfallen war, bevor ich es überhaupt merkte. Er war der goldene Adonis, mit einem Gesicht, das die Menschen bezauberte, das Kind im Manne, das mich verzweifelt brauchte, der Geliebte meiner Träume, der scheue Eremit, der für die Augen und Kameras der Öffentlichkeit lächelt, um dann wie eine Sternschnuppe plötzlich wieder zu verschwinden. Sein Leben erschien mir unendlich verheißungsvoll. Seine grenzenlosen Träume und sein brillanter Verstand faszinierten mich. Zum ersten Mal liebte ich mit wahrer Leidenschaft und mit jeder Faser meines Wesens.
Vom ersten Augenblick an sah er in mir die Heilerin, den Schutzengel, vom Himmel gesandt, um ihn vor sich selbst zu schützen. Das schmeichelte mir, und ich schlüpfte freu-

dig in die Rolle der allmächtigen Pflegerin, wild entschlossen, die Leiden eines zutiefst narzißtischen Mannes zu heilen, der unfähig war, zu lieben. Ich, nur ich allein würde diesen Mann lieben können, der unter seiner Maske der Schönheit und der Freundlichkeit im Grunde seines Wesens alle Frauen haßte.

Wir zogen uns in eine selbstgewählte Isolation zurück. Er vertröstete seinen Agenten und sagte Aufträge ab, ich beschränkte meinen Dienst im Krankenhaus auf das unbedingt Notwendige und brachte Simon häufiger zu Patrick als früher. Es war an der Zeit, das Leben zu genießen und ein wenig selbstsüchtig zu sein, redete ich mir ein und tat so, als sähe ich die Blicke meiner Freundinnen nicht, von denen ich mich nach und nach zurückzog.

Sechs aufregende Monate lang verschlossen wir die Augen vor der Wirklichkeit und spielten wie aufsässige Kinder in dem riesengroßen Haus. Wir liebten uns in einer Burg aus Federbetten oder machten lange Spaziergänge am Strand und vertieften uns in endlose Diskussionen über die chinesische Sagenwelt oder das Leben im allgemeinen und im besonderen. Wir unterbrachen unser Spiel nur, um von Zeit zu Zeit den Kühlschrank mit Zitronenjoghurt aufzufüllen. Aber gleich darauf machten wir uns wieder auf den Weg in die Hügel, auf der Suche nach bezaubernden Sonnenuntergängen.

Aber es gab keine Sonnenuntergänge mehr, und unsere Fantasiewelt begann erste Risse zu zeigen. Der rettende Engel wurde zum Opfer.

Er war ein Meister in allen Arten von Machtspielen und Manipulationen, und er allein stellte die Regeln auf, nach denen das Leben abzulaufen hatte. Wenn ich mitspielen wollte, mußte ich es nach seinen Regeln und auf seinem Spielfeld tun.

Unwahrheiten und Widersprüche kamen zum Vorschein, aber er verstand es ausgezeichnet, mit Unschuldsmiene alles wieder ins rechte Licht zu rücken, so daß ich am Ende nicht mehr wußte, was wahr war und was nicht. Vielleicht war ich ja tatsächlich so unbeständig in meinem Wollen, wie er immer wieder behauptete, obwohl die kleine Stimme der Vernunft jedesmal schrie und protestierte, wenn ich wieder nachgab.
Als die Lügen unverschämter wurden und seine Erklärungen mich nicht mehr überzeugen konnten, eskalierte die Situation: schmerzhafte Stöße gegen meine Schulter, um einem Argument mehr Nachdruck zu verleihen, ein kräftiges Schubsen, um zu zeigen, wie frustriert er meinetwegen war. Ich weiß nicht mehr, wann er zum ersten Mal richtig zuschlug, oder wann meine Nase zum ersten Mal blutete. Vielleicht, weil die seelische Grausamkeit, die dahintersteckte, für mich viel schlimmer war. Aus seinem Mund hörte ich die Tiraden meiner Mutter: mein Haar sei zu lang; meine Kleider seien völlig altmodisch; ich sei zu blöd und zu ungebildet; ich sei überhaupt nichts wert. Aus den Vorhaltungen in der Abgeschiedenheit der eigenen vier Wände wurden öffentliche Demütigungen, in denen er mich als notorische Lügnerin hinstellte, als hinterhältiges Luder, als Schlampe ... genau wie seine eigene Mutter.
Um mich von meiner Selbstsüchtigkeit, wie er es nannte, zu kurieren, bestrafte er mich mit Liebesentzug bis zur Verweigerung kleiner Gesten wie Händehalten und Umarmen. Ich wollte ihn nicht verlieren und verschloß die Augen vor seinen häufigen Seitensprüngen. Mehr denn je bemühte ich mich, der Spiegel zu sein, in dem er sich so sehen konnte, wie er es sich wünschte: als der vollkommene Mann.
Manchmal, wenn ich mich nicht zu elend fühlte oder gerade wieder einmal versuchte, mich an meine Illusionen zu

klammern, nahm ich mir Zeit für Simon und Jan, die keine Ahnung hatten, was los war.

Simon fühlte sich vernachlässigt. Ab und zu versuchte er, aus seinem eigenen Unglücklichsein heraus mit Geduld und kindlicher Weisheit zu mir durchzudringen. Dann legte er die Arme um mich und sagte: »Mom, den Typen mußt du abschießen. Der ist nicht gut für dich.«

Jan hat den Mann nie kennengelernt, aber sie haßte ihn. Sie behauptete, er habe mir meine Seele geraubt.

Als diese unerträgliche Beziehung die Grundfesten meines Verstandes zu unterhöhlen begann, folgte ich meinem Selbsterhaltungstrieb und machte Schluß. Aber jedesmal wenn er vor der Haustür stand, mich anflehte, zurückzukommen und versprach, alles würde anders werden, wurde ich wieder schwach. Es fiel ihm nicht schwer, mich von neuem davon zu überzeugen, daß ich die wichtigste Frau in seinem Leben war, der einzige Mensch, den er jemals geliebt hatte, und daß ich allein fähig war, ihm seine Fehler bewußt zu machen und ihn zu ändern. Natürlich änderte sich überhaupt nichts.

Der gewaltsame Tod von Maureen Gerhett hatte mich wach gerüttelt. Ich wandte mich äußerlich von dem Mann in dem großen Haus ab, aber innerlich blieb ich ihm verfallen. Ohne Plan und Wegweiser quälte ich mich durch das Elend einer gescheiterten Liebe und suchte nach einem Ausweg aus meinem Unglück. Verstört, krank vor Selbstvorwürfen, kehrte ich mir selbst den Rücken zu und taumelte blindlings hinein in die Dunkelheit.

16. Kapitel

Es war April, und das Leben zeigte sich in frischen, neuen Farben. Es kam mir vor wie blanke Ironie, aber es schien genau die richtige Zeit für eine Trauerfeier zu sein. Der laue Frühlingswind spielte mit dem Blatt, von dem ich vorlas, und plötzlich wußte ich nicht mehr, welche Zeile als nächstes kam. Verlegen hielt ich inne und blickte auf all die Menschen, die gekommen waren, um von Jan Abschied zu nehmen. Die blassen, erschütterten Gesichter zeigten deutlich, wie schwer der Verlust sie alle getroffen hatte. Ein junger Schwarzer aus dem Labor blickte starr zu Boden und weinte offen. Eine Frau vom Reinigungsdienst senkte den Kopf und legte den Arm um seine Taille.

Das passiert nicht wirklich, dachte ich. Gleich wird sie von hinten kommen, mich an den Haaren ziehen und lachen. Gleich werde ich aufwachen.

Aber niemand zog an meinem Haar, und niemand lachte, so sehr ich es mir auch wünschte. Ich ließ einige Sekunden verstreichen, und obwohl ich immer noch das Gefühl hatte, Zeuge einer völlig unwirklichen Szene zu sein, suchte ich die Stelle, wo ich aufgehört hatte, und begann, wieder laut vorzulesen.

Wir haben die Sanfte mit dem schwarzen Haar verloren,
und ihr Platz wird leer bleiben.
Ich erinnere mich an ihre geschmeidige Gestalt,
wie ein junger Baum, schlank und biegsam,
und ihre graziösen Hände,

die den Kranken Linderung brachten,
zart und flink, wie glänzende Fische.
Wo ist die Sanfte mit dem schwarzen Haar?
Voll Freude über das Leben;
auf der Suche nach dem Besten,
auf der Suche nach allem.
Die Sanfte, die gelbe Rosen liebte, und Saphire –
hat sie gewußt, wie schön sie war?
Wo ist die Sanfte mit dem schwarzen Haar?
Die Kriegerin ohne Bitterkeit,
entschlossen, zu leben und die Zeit nicht zu beachten,
die an ihrer Seite verging.
Die Sanfte mit dem schwarzen Haar
lebt in uns allen.

Der Klinikgärtner stellte den Wurzelballen des kleinen japanischen Pflaumenbäumchens in das Loch, das er dafür ausgehoben hatte. Er wartete, bis jeder von uns eine Handvoll Erde hineingeworfen hatte, als eine letzte Geste des Abschieds.

Die Versammelten gingen langsam und schweigend auseinander, während der Gärtner das Bäumchen einpflanzte. Ich hörte zu, wie der Spaten in das lockere Erdreich gestoßen wurde und erinnerte mich an meine letzten Gespräche mit Jan.

Freitag nachmittag hatte sie mich angerufen. Sobald ich mich gemeldet hatte, sagte sie es mir. Es hätte auch nichts gegeben, womit sie die Nachricht hätte abmildern können. »Heute haben sie mir gesagt, daß es nicht mehr lange dauern wird. Die Therapie greift nicht mehr. Mir bleiben noch zwei, höchstens vier Wochen, um alles zu regeln.« Jan mußte abbrechen, weil sie keine Luft mehr bekam.

Ich setzte mich auf die Kante des Schaukelstuhls am Fenster

und starrte auf das Staubtuch in meiner Hand. Dann begann ich, mit Möbelpolitur kleine Kringel auf die Armlehne zu malen.

Jan wartete. In ihren Gedanken hielt sie meine Hand. Die Sekunden zogen dahin, dann brach sie das Schweigen. »Es gibt so viel zu tun, ich weiß gar nicht, wo ich anfangen soll. Wäsche waschen, Termine absagen und Kreditkarten kündigen, letzte Wünsche aufschreiben. Ich fühl' mich schon völlig erschlagen, wenn ich bloß daran denke.« Wieder trat eine Pause ein, während sie wieder zu Atem zu kommen versuchte. »Die Ärztin hat gesagt, sie würde sich am Montag melden, um mir zu sagen, ob es noch eine winzigkleine Chance gibt.«

Sofort war ich hellwach. »Du meinst, die könnten sich geirrt haben?«

»Mach dir keine falschen Hoffnungen. Sie hat gesagt, es sei zu neunundneunzigkommaneun Prozent sicher, aber sie wollte die Laborwerte noch ein letztes Mal überprüfen lassen.«

»Soll ich nicht zu dir rüberkommen? Ich könnte dir mit der Wäsche helfen ... und ich verspreche auch, keine blöden Witze zu reißen.«

»Nein. Ich ruf' dich jeden Tag an, auch zweimal, wenn es sein muß, um dich auf dem laufenden zu halten.«

Ich wußte, daß sie es ernst meinte, und mir war klar, daß sie erschöpft sein mußte, aber ich ließ nicht locker. Zu wissen, daß ich jemanden verlieren würde, an dem ich sehr hing, und nichts dagegen unternehmen zu können, brachte mich dazu, mit Zähnen und Klauen zu kämpfen.

»Warum läßt du dir nicht helfen? Ich möchte bei dir sein ... bitte, Jan.«

Jan hatte Mühe mit dem Atmen, und ich merkte, wie sehr sie sich anstrengen mußte, um mir zu antworten. »Nicht heute abend. Ich bin zu müde. Du kannst mit Simon am Mittwoch abend kommen und über Nacht bleiben. Dann machen wir eine Pyjama-Party.«

»Du meinst, ich soll bis Mittwoch warten? Was ist denn los, hast du so viele gesellschaftliche Verpflichtungen, daß du für uns keine Zeit mehr hast?«

»Wie soll ich dir das erklären?« fragte Jan und lachte ein bißchen. »Ich habe einfach nicht damit gerechnet, daß es so bald losgeht. Ich hab' noch eine Menge zu erledigen, bevor ich mich ins Vergnügen stürzen kann. Du glaubst ja nicht, wieviel Arbeit es macht, zu sterben. Bis Mittwoch werde ich das meiste geschafft haben, und dann kann ich ausspannen. Wir können gemeinsam zu Abend essen und dann ins Kino gehen. Simon kann soviel Cola und Popcorn haben, wie er will, du kriegst ein bißchen Wein, und ich halt' mich an meine Tramal-Cocktails.«

»Hmm, klingt schon besser. Bist du wirklich ganz sicher, daß ich nichts für dich tun kann?«

»Doch, wenn ich es mir recht überlege, da gibt es was. Bleib so, wie du bist.«

Als sie mich am Samstag anrief, klang ihre Stimme so aufgeregt, wie ich sie schon lange nicht mehr gehört hatte.

»O Mann! Ich kann dir gar nicht sagen, wie toll das ist. Fast jeder, den ich bisher angerufen habe, wollte irgendwas für mich tun.« Sie machte eine Pause, um Luft zu holen, und ich merkte, daß sie weinte. »Die Sekretärin, die für meinen Zahnarzt die Abrechnung macht, wollte mir einen von ihren Spezial-Protein-Säften bringen. Der Zweigstellenleiter von meinem Kreditkartenunternehmen hat mir erzählt, daß sein Sohn an der Hodgkinschen Krankheit gestorben ist und wie schrecklich das für ihn war. Er wollte mir einen Beistelltisch fürs Bett rüberschicken, den er nie benutzt hat. Ich kenn' diese Leute doch gar nicht, ich hab' die noch nie gesehen. Ich hatte auch nicht den Eindruck, daß die alle nur Mitleid mit mir haben. Warum reagieren die Leute so, wo kommt das her?«

»Weißt du, ich glaube, viele Menschen haben ganz einfach das Verlangen, sich um jemanden zu kümmern, der Hilfe braucht. Dazu kommt noch, daß du einfach so ein bezauberndes Wesen bist. Du weckst in anderen Mitgefühl und den Wunsch, zu helfen. Hoffentlich lernst du endlich auch mal, Hilfe anzunehmen, wenn man sie dir anbietet.«

Jan weinte. »Weißt du«, sagte sie dann und holte tief Luft, »ich fang' an ... ich fang' tatsächlich an, mich auf's Sterben zu freuen.«

Eine Minute verstrich, und ich hörte, wie sie schneller atmete. Sie lachte. »Mein Gott, hab' ich ein Glück. Ich brauche nie wieder zum Zahnarzt zu gehen. Kein Warten mehr am Bankschalter. Keine schlaflosen Nächte mehr wegen der Patienten ...« Jans Stimme verklang, und ich fragte mich, ob sie an all die Dinge dachte, die sie gern noch getan hätte.

Am Sonntagmorgen wirkte sie ziemlich aufgekratzt. »Mir ist gerade was eingefallen«, sagte sie. »Stell dir mal vor, morgen ruft die Ärztin an und sagt, daß es doch noch nicht so weit ist. Das wär' vielleicht peinlich. Ich müßte alle Leute wieder anrufen und ihnen sagen: ›He, Freunde, Kommando zurück. War alles nur ein Scherz ... wollte bloß mal sehen, wie ihr darauf reagiert ... ha-ha.‹ Ich glaub', jetzt muß ich das mit dem Sterben wirklich durchziehen, nachdem ich es allen gesagt habe.«

Am Montag rief die Ärztin an. Es gab keine Hoffnung mehr.

Ich wußte nicht, wo ich hinschauen sollte. Jans Hände und Arme waren bis auf die Knochen abgemagert. Ihr Gesicht war so eingefallen, daß es wie ein Totenschädel aussah. Die gelbe Bluse, die sie trug, betonte den krankhaften Gelbton ihrer Haut, paßte aber gut zu ihren wunderschönen dunklen Augen. Sie allein zeigten, was für eine Persönlichkeit in diesem ausgemergelten Körper wohnte.

»Versprich mir, daß du nicht zuläßt, daß sie mich ins Krankenhaus bringen oder reanimieren.« Ich hörte die Verzweiflung in ihrer Stimme.

Ich nickte, zog sie an mich und hielt sie fest, vorsichtig, weil ich Angst hatte, ich könnte ihr dabei etwas brechen.

»Und wenn es soweit kommt, daß ich die Kontrolle über meinen Körper verliere, mußt du mir versprechen ... mir zu helfen. Sorg dafür, daß ich mit ... mit Anstand sterben darf. Weißt du, was ich meine?«

»Ja«, sagte ich. Ich wollte sie nicht loslassen, wollte meine Augen nicht öffnen. »Ja, ich verspreche es.«

»Du weißt, daß ich für dich dasselbe tun würde«, sagte sie.

»Ja, ich weiß.«

»Versprich es mir noch einmal. Es ist wirklich wichtig.«

Ich trat einen Schritt zurück und hielt ihre Hände. Sterbende brauchten Versprechen so dringend. Es war das einzige, was sie zurückließen, das ihnen wirklich gehörte.

»Ich verspreche es«, sagte ich. »Sonst kommst du garantiert als Gespenst zurück und läßt mir keine ruhige Minute mehr.«

Jan lächelte matt und blies die Luft durch die Nase. Es war ein schwacher Versuch, zu lachen. »Ich komm' sowieso zurück, um dich zu nerven, also such dir einen anderen Grund, warum du es mir versprichst.«

Ich legte kurz meinen Kopf auf ihre Schulter. »Also schön, dann verspreche ich es dir, weil ich dich liebhabe, und du

wirst mir so sehr fehlen, daß ich jetzt nicht mal daran denken kann, wie es sein wird, wenn du nicht mehr da bist.«
Ich sah, wie Jans Hände zitterten, und schloß die Augen, weil mir der Anblick unerträglich war.
»Ich hab' dich auch lieb«, sagte sie und streichelte meinen Arm. »Weißt du eigentlich, daß du die beste Freundin bist, die ich je hatte? Du hast mich immer zum Lachen gebracht.«

»Bist du sicher, daß du okay bist?« fragte ich später, als wir damit beschäftigt waren, die Vorbereitungen für den kommenden Abend zu treffen. Sie war beunruhigend still.
Jan lehnte sich gegen die Tür und hielt sich an meinem Arm fest. »Soll ich dir was sagen? Wenn ich auf mein Leben zurückblicke, denke ich: Mensch, hab ich Glück gehabt. Ich hab' gekämpft wie ein Löwe und noch eine ganze Reihe Jahre herausgeschunden. Ich hab' was bewegt, und keiner kann behaupten, daß ich nicht alles gegeben hab', was ich hatte. Um auf deine Frage zurückzukommen: Ja, es ist alles in Ordnung mit mir. Mehr als in Ordnung: Ich habe meinen Frieden gefunden.«
Mittwoch war ein warmer Tag mit einem samtblauen Himmel; ein Tag, der einem das Leben zur Freude macht. Ich war draußen im Garten, um ein paar Blumen zu schneiden, die ich Jan mitbringen wollte, als das Telefon läutete. Instinktiv wußte ich sofort, was der Anruf bedeutete.
Jan Tobin, die junge Frau, die so vielen kranken Menschen das Sterben erleichtert hatte, war friedlich im Schlaf gestorben.

Ich saß im Sessel am Fenster und sah, wie Simon auf seinem Skateboard die Einfahrt hinuntergerollt kam und nach meinem Auto Ausschau hielt. So ganz traute er mir immer noch nicht. Obwohl ich meine obsessive Liebesbeziehung schon

vor Monaten beendet hatte, schien er jedesmal wieder überrascht zu sein, mich zu Hause anzutreffen.
Als er hereinkam, spürte er sofort, daß etwas passiert war. Zögernd setzte er sich neben mich. Ich legte die Arme um ihn und küßte ihn auf den Kopf. Die hellblonden Locken waren längst weg, aber der Kindergeruch war noch da. »Jan ist heute morgen gestorben, sie ist nicht mehr aufgewacht«, sagte ich.
Simons Körper wurde steif, und er wand sich aus meiner Umarmung.
»Ich weiß, so schnell haben wir nicht damit gerechnet, aber das war genau das, was sie sich gewünscht hat«, versicherte ich ihm. »Kein Krankenhaus oder irgend so ein Blödsinn. Als ich gestern bei ihr war, hat sie ... richtig glücklich gewirkt ...«
Simon sprang zornig auf. »O Mann, komm mir doch nicht mit so einem Scheiß! Niemand ist glücklich, wenn er sterben muß. Egal, was sie dir gesagt hat, das ist voll bekloppt.«
»Simon, du verstehst nicht, wie das ist, mit dem Tod. Manchmal wollen Menschen –«
Simon drehte sich um und ging steif zur Hintertür.
»Simon?«
»Ich muß Emilio suchen«, murmelte er. »Ich glaub', er ist im Garten.«
Die Tür schlug zu. Ich blieb sitzen und beobachtete, wie das Licht schwächer wurde und die Dunkelheit hereinbrach. Dann griff ich nach dem Telefon und wählte Jans Nummer. Bitte, sei da, dachte ich, ich muß mit dir reden. Fünfzehn Mal ließ ich es läuten, bevor ich auflegte.
Um neun, eine Stunde später als eigentlich erlaubt, kam Simon zurück. Um zu zeigen, daß er wieder da war, knallte er die Tür besonders laut zu. Mürrisch saß er am Küchentisch, starrte mit rotgeweinten Augen auf seinen Teller und aß

sein Abendessen in jenem verbissenen Schweigen, das für Heranwachsende so typisch ist.
Nachdem er ins Bett gegangen war, folgte ich ihm in sein Zimmer, setzte mich neben ihn und streichelte seinen Rükken. Ich wartete darauf, daß er etwas sagte. Schließlich ließ er mich wissen, daß ich ihn in Ruhe lassen sollte.

Die Tage schleppten sich zäh dahin. Wie etwas, das zu grauenhaft ist, um sich damit auseinanderzusetzen, begrub ich meine Trauer im hintersten Winkel meines Bewußtseins. Um zu verhindern, daß sie unversehens an die Oberfläche käme, stürzte ich mich in die Arbeit und trieb mich selbst an den Rand der Erschöpfung, bis ich zu müde war, zu denken und überhaupt noch etwas zu fühlen. So hielt ich mich einigermaßen aufrecht, aber ich wußte, daß ich das auf Dauer nicht durchhalten konnte.
Jeden Tag legte ich den Weg vom Parkplatz zum Krankenhaus mit einem so heftigen Widerwillen zurück, daß mir dabei fast übel wurde. Im Juni war ich mit den Nerven vollkommen am Ende.
Ein Blick auf die Uhr sagte mir, daß ich sechzig Sekunden Zeit hatte, in die Kardiologie hinaufzukommen, meine Stechkarte zu stempeln, mich soweit in den Griff zu bekommen, daß niemand merkte, was mit mir los war. Nachdem in diesem Sommer ein neues Einstufungsverfahren für Patienten eingeführt worden war, wurden immer mehr Akutpatienten aufgenommen und immer früher wieder entlassen oder weiterverlegt. Die Kardiologie kriegte alles, was auf der Intensivstation keinen Platz hatte, außerdem kamen die Patienten zu uns, die für die Allgemeinstationen zu instabil waren. Fehler waren unvermeidlich und wurden, wie nicht anders zu erwarten, an den Pranger gestellt und häufig auch von den Medien ausgeschlachtet. Das Pflegepersonal, das

regelmäßig Doppelschichten machte und an den Wochenenden arbeitete, weil aus Kostengründen Personal eingespart wurde, bekam kaum je ein Wort der Anerkennung zu hören. Wir alle fanden das unfair, aber wir konnten nichts dagegen machen, außer zu kündigen.

Der Pflegeberuf, der früher einmal die Erfüllung all meiner Träume gewesen war, höhlte meine Lebenskraft immer mehr aus. Zu allem Überfluß kam noch hinzu, daß ich offenbar eine sogenannte »Todessträhne« hatte. Seit einem Monat war fast jeder Patient gestorben, den ich gepflegt hatte, und meine Kolleginnen hatten mir den makabren Spitznamen ›Todesengel‹ gegeben.

Annie versuchte mich zu trösten, indem sie mich daran erinnerte, daß ich schließlich hauptsächlich akute Patienten zu betreuen hatte. Lucy, die von Natur aus feinfühlig war und spürte, in welcher Verfassung ich mich befand, erklärte meine Pechsträhne damit, daß sich die Patienten bei mir so wohl fühlten, daß ihnen das Sterben keine Angst mehr machte.

Keine dieser Erklärungen konnte mich überzeugen, und wenn ich zu einem Patienten ins Zimmer kam, dachte ich: Seht euch vor, hier kommt der Todesengel.

Nachdem ich zwei Monate lang künstlich beatmete Patienten gepflegt und einen Toten nach dem anderen für den Transport in die Leichenhalle fertiggemacht hatte, vermied ich es, persönliche Beziehungen zu meinen Patienten oder ihren Angehörigen aufzubauen. Ich konzentrierte mich auf die mechanischen Aspekte der Intensivpflege, und wenn ich sprach, beschränkte ich mich auf das unbedingt Notwendige.

Meine Erschöpfung trug dazu bei, daß die Kluft zwischen mir und allen anderen immer größer wurde. Die bissigen Bemerkungen und die ›O Gott, die schon wieder‹-Blicke gaben mir vollends den Rest, und meine Wutanfälle und Tränenausbrüche wurden immer häufiger. Jeder, der mit einem freundlichen Wort auf mich zukam, bereute das früher oder später.

Kelly beendete ihren Übergabebericht über die Patientin in Bett eins und sagte: »Ich glaube, bei der kannst nicht mal du was kaputtmachen, Todesengel. Ihre Angina pectoris ist unter Kontrolle, und der Rhythmus ist auch okay. Eigentlich kann sie auf die Überwachung verlegt werden.«

Ich überging die Bemerkung über den Todesengel und betrat das Zimmer der Patientin. Nachdem ich mich vorgestellt hatte, griff ich nach der Gummimanschette, um den Blutdruck zu messen.

Bei 70 hörte ich gerade die ersten leisen Töne, als die Frau nach meiner Hand griff und mir bedeutete, daß sie sich übergeben müsse. Ich zog die Schublade des Nachttischs auf und suchte nach der orangefarbenen Plastikschüssel. Als ich sie nicht fand, legte ich ein Handtuch über die Brust der Patientin. Im selben Moment verdrehte sie die Augen und begann zu krampfen.

Mir kam, der Gedanke, daß die Patientin mit den anderen Schwestern unter einer Decke stecken und daß alles nur ein gemeiner Scherz sein könnte. »Kommen Sie, hören Sie auf damit!« rief ich unfreundlich und stemmte die Hände in die Hüften. »Das geht nun wirklich zu weit!« Die Krämpfe ließen nicht nach, und der Monitor zeigte Kammerflimmern, aber ich weigerte mich immer noch, zu glauben, was ich sah.

Anstatt der Frau den nötigen Faustschlag auf das Brustbein zu versetzen, der in dieser Situation angebracht gewesen wäre, sah ich nach, ob sich eine der Kabelverbindungen gelöst hatte. Inzwischen hatte Kelly auf dem Zentralmonitor gesehen, was los war und einen Reanimationsalarm ausgelöst. Das Notfallsignal ertönte, und drei Schwestern, einschließlich Kelly, kamen mit dem Notfallwagen ins Zimmer gestürmt.

»He, Echo, reiß dich zusammen! Hier, defibrillier sie!« Kelly drückte mir die Griffe der Elektroden in die Hände. Wie ein Automat stellte ich die Leistung auf 360 Wattsekunden, rief »Alles zurück!« und drückte auf die Knöpfe. Das Kammerflimmern wurde zu einer Nullinie.

Kelly gab die erforderlichen Medikamente, während ich die Herzdruckmassage übernahm. Das Schlimmste, was ich dabei anrichten konnte, war, daß ich der Patientin eine oder zwei Rippen brach. Bei jedem Stoß betete ich: »Bitte stirb nicht, bitte komm zurück.« Ich wollte, daß die Frau am Leben blieb, mehr um meinet- als um ihretwillen.

Die übrigen Mitglieder des Notfallteams kamen hereingerannt: Dr. Cramer, Dr. Mahoney, die Laborantin, Anästhesiepfleger und die diensthabende Oberschwester. Kelly erstattete knapp Bericht, während sie nach einer brauchbaren Vene für eine neue Infusion suchte.

»Echo, Sie können nicht mehr. Jemand anderes soll weitermachen«, sagte Dr. Cramer. Ich warf Joe ein dankbares Lächeln zu und gab seine Anweisung an Lucy weiter, die von der anderen Seite auf das Bett kletterte.

Als ich vom Bett herunterrutschte, verfing sich mein Stethoskop am Schlauch der Infusion, die Kelly eben gelegt hatte. Die Braunüle flog heraus, und fünfprozentige Dextrose und Blut spritzten über das ganze Bett. Ein paar Leute stöhnten auf, und Kelly befahl mir mit strenger Stimme, das Zimmer zu verlassen. Dr. Cramer legte erneut den Stauschlauch an und begann eine andere taugliche Vene zu suchen.

An der Tür blickte mich Kelly mit einem merkwürdigen, fast furchtsamen Gesichtsausdruck an. »Geh nach vorn zur Zentrale«, flüsterte sie. »Du bringst Unglück.«

Die Patientin schaffte es nicht. Ich bereitete gerade die Leiche für den Abtransport vor, als Claire, die Teamleiterin, hereinkam und sagte, daß in der Notaufnahme ein akuter Neuzugang warte.

»Rufen Sie die Notaufnahme an, sobald das Bett fertig ist«, sagte sie, strich auf dem Bettenplan den Namen der Toten aus und trug den des neuen Patienten ein.

Ich fühlte mich nahe am Zusammenbruch und weigerte mich.

Claire drehte sich um. Sie dachte wohl, das sei ein Witz. »Was soll das heißen, Sie weigern sich, den neuen Patienten zu übernehmen? Können Sie mir vielleicht sagen, wer ihn sonst nehmen soll?«

»Ich möchte mit jemandem auf der Überwachung tauschen«, erklärte ich ihr. »Lucy hat bestimmt nichts dagegen, für mich in die Akute zu gehen, und ich könnte ihre Patienten übernehmen.«

Claire schüttelte den Kopf. »Kommt überhaupt nicht in Frage. Das würde die Patienten viel zu sehr verwirren.«

»Ach, hören Sie doch auf, Claire«, sagte ich und versuchte mich zusammenzureißen. Ich fühlte, wie mir das Blut ins Gesicht stieg. »Was ist denn schon groß dabei, während des Dienstes mal die Plätze zu tauschen? Ich übernehme jedenfalls keine akuten Fälle mehr. Ich hab' es satt, daß mir die Leute ständig unter den Händen wegsterben. Ich tausche mit Lucy.«

»Nein, das tun Sie nicht«, sagte Claire, und ihre Stimme wurde lauter. »Sie rufen in der Notaufnahme an und lassen sich den Aufnahmebericht raufschicken. Dieser Todesengel-Quatsch ist absolut zu weit gegangen. Jeder in der Pflege hat irgendwann so eine Phase. Sie nehmen das viel zu tragisch, und ich habe keine Lust mehr, ständig auf Ihre übertriebenen Empfindlichkeiten Rücksicht zu nehmen. Hören

Sie endlich auf, sich selbst zu bemitleiden und gehen Sie etwas professioneller mit Ihren Problemen um. Und jetzt rufen Sie die Notaufnahme an; die warten schon.«

»Suchen Sie sich jemand anders«, sagte ich. »Ich pflege hier überhaupt niemanden mehr.« Ich warf ein Bettlaken über die Leiche und rannte hinaus. Im Treppenhaus blieb ich auf halber Höhe stehen und setzte mich auf eine Stufe.

Das Herz schlug mir im Hals. Aus der Lautsprecheranlage dröhnte die Aufforderung: »Echo Heron, melden Sie sich sofort in der Kardiologie!«

Ich konnte mir Claires Gesicht vorstellen und überlegte, wen ich anrufen könnte, der mich verstehen würde. Janey? Meinen Vater? Nein, die hatten genug mit ihrem eigenen Leben zu tun, und außerdem: wie sollte ich ihnen etwas erklären, das ich selbst nicht verstand?

Die Durchsage ertönte zum vierten Mal, als ich das Gebäude verließ und mich zu Fuß auf den Weg in die Stadt machte. Die Sonne ging unter, und der Mount Tamalpais wurde zu einer dunklen Silhouette vor dem Abendrot. Die Restaurants begannen sich zu füllen, die Leute gingen zum Abendessen. Ich blickte durch ein Fenster. Ein Ehepaar mit zwei Kindern saß an einem Tisch. Sie wirkten glücklich. *Das sind ganz normale Menschen,* dachte ich. *Die kommen mit ihrem Leben zurecht und sind glücklich dabei. Was zum Teufel mache ich falsch?*

Ich ging weiter und faßte einen Entschluß. Ich würde auf die Station zurückkehren, sobald ich mich dazu in der Lage fühlte. Ich fragte mich, wie die anderen wohl zurechtkamen, wenn plötzlich eine Schwester fehlte. Catherine würde einige von Lucys Patienten übernehmen müssen, und man würde einen Springer hinzuziehen. Aber dann gäbe es im ganzen Haus keine Reservekraft mehr.

Mein Gewissen meldete sich zu Wort. Und was war mit dem

armen Kerl in der Notaufnahme? Der konnte doch überhaupt nichts dafür, und wenn es ihm jetzt wirklich schlecht ging? Ich machte auf dem Absatz kehrt und rannte zur Klinik zurück.

Claire blickte auf, als ich hereinkam. Sie gab mir ein Zeichen, daß ich mich zu ihr setzen sollte. Die anderen warfen sich vielsagende Blicke zu und verdrückten sich.

»Das war keine gute Idee, Echo«, sagte sie, noch bevor ich mich hingesetzt hatte.

Einen Moment lang herrschte Schweigen.

»Ich weiß, daß Sie völlig fertig sind«, fuhr sie fort. »Wir pfeifen hier alle auf dem letzten Loch, aber einfach abzuhauen war absolut unfair Ihren Kolleginnen gegenüber. Ihretwegen hat hier keiner Zeit gehabt, etwas zu essen, und die Personalabteilung hat sich auch schon eingeschaltet. Die sind drauf und dran, Ihnen einen Strick daraus zu drehen.«

Ich seufzte ungeduldig. »Ersparen Sie mir die Predigt, Claire. Sagen Sie einfach, was Sie von mir wollen. Was soll ich machen, soll ich nach Hause gehen oder in der Akuten weiterarbeiten?«

»Erst mal möchte ich, daß Sie aufhören, sich so bescheuert zu benehmen und daß Sie kapieren, daß Sie sich damit nur Feinde machen. Zweitens würde ich Ihnen dringend empfehlen, sich einen guten Therapeuten zu suchen, bevor Sie vollends durchdrehen.«

Die Frau hatte den Finger in die Wunde gelegt, und ich war viel zu aufgewühlt, um mir das gefallen zu lassen. Ich reagierte mit eisigem Sarkasmus. »Sparen Sie sich Ihre weisen Ratschläge für die Leute auf, die sie hören wollen, und sagen Sie mir endlich, was ich tun soll.«

Claire seufzte und wandte sich wieder den Zentralmonitoren zu. »Sie übernehmen den Zugang aus der Notaufnahme, wie geplant. Lucy hat sich um den Mann gekümmert, wäh-

rend Sie weg waren. Sie geht zurück zu ihren eigenen Patienten.«
Ich stand auf, und Claire griff nach meiner Hand. »Sie haben das nicht verdient, was Sie sich hier selbst antun, Echo. Keiner von uns ist wohl dabei, zusehen zu müssen, wie Sie sich selbst kaputtmachen.«
Ich schluckte den Kloß im Hals hinunter und ging zu dem Patienten in Bett eins.

Als ich nach Hause kam, saß Simon vor dem Fernseher. Das war ein Verstoß gegen gleich zwei Regeln: kein Fernsehen am Abend unter der Woche, und Schlafenszeit um halb elf. In letzter Zeit hatte er es darauf angelegt, mich zu provozieren. Er ignorierte meine Ermahnungen, nicht so grob mit den Katzen umzugehen, und stellte sich auf beiden Ohren taub, wenn es darum ging, Hausaufgaben zu machen oder den Müll hinauszutragen. Ich kam immer weniger mit ihm zurecht. Egal, wie oft sein Vater und ich ihm ins Gewissen redeten oder wie viele Wünsche ich ihm erfüllte, am Ende war ich immer die Böse.
»Was machst du da?« fragte ich in einem Ton, als hätte ich ihn dabei erwischt, wie er Mooshie oder Emilio auf dem Küchentisch sezierte.
»Nach was sieht's denn aus?« Mein gereizter Ton schien ihn nicht weiter zu stören.
»Es sieht aus, als ob an einem Wochentag die Glotze anwäre und du schon seit zwei Stunden im Bett sein solltest. Jetzt nimm die Füße vom Sofa und geh schlafen.«
»Ich hab' keinen Bock.«
»Wie bitte?«
»Ich hab' gesagt, ich hab' keinen Bock, die Füße vom Sofa zu nehmen und ins Bett zu gehen.« Simon starrte mich trotzig an, wie es nur Teenager fertigbringen.

Als ich Anstalten machte, den Fernseher auszuschalten, sprang er auf und schlug meine Hand weg. »Laß das!« schrie er und funkelte mich böse an. »Ich will den Film sehen.«
Ich packte ihn an den Schultern und schüttelte ihn heftig. Meine unbeherrschte Reaktion überraschte und erschreckte uns beide. Ich kam mir plötzlich vor, als sähe ich das ganze wie eine unbeteiligte Zuschauerin und fragte mich, wer diese Fremde war, die sich an meinem Sohn vergriff.
»Untersteh dich, deine Mutter zu schlagen!« schrie ich ihn an. »Jetzt geh in dein Zimmer. Mit dem Skateboardfahren ist für zwei Wochen Schluß, und Fernsehen kannst du die nächsten drei Monate vergessen. Du bleibst bis auf weiteres zu Hause und –«
Simon riß sich los. »Faß mich nicht an. Du hast mir gar nichts mehr zu verbieten. Ich mach', was ich will. Und du kannst sagen, was du willst, es ist mir egal.«
Meine Gedanken begannen sich im Kreis zu drehen. »Ich verbitte mir diesen Ton«, sagte ich, nahm ihn am Arm und zeigte in die Richtung seines Zimmers. »Jetzt mach endlich, daß du ins Bett kommst.«
»Halt's Maul!« schrie Simon wieder. Offensichtlich hatte er es auf einen Machtkampf mit harten Bandagen angelegt. »Ich hasse dich! Warum gehst du nicht wieder zu dem Kerl zurück, der dich immer vermöbelt hat und läßt mich in Ruhe? Am besten, du bleibst gleich ganz bei diesem miesen Schönling.«
Seine Worte trafen mich wie Keulenschläge. Mir fiel ein, was die Berater des psychosozialen Dienstes in der Klinik Eltern empfahlen, die nicht mehr mit ihren heranwachsenden Kindern zurechtkamen.
»Ich kann dich zur Zeit auch nicht besonders gut leiden«, sagte ich und zwang mich, mit ruhiger Stimme zu sprechen. »Aber es tut mir sehr leid, daß wir so miteinander umgehen.

Ich schlage vor, wir gehen jetzt beide schlafen und reden morgen weiter.«
Später stand ich an der Tür zu Simons Zimmer, hörte ihn leise schnarchen und weinte. Ich hatte das Gefühl, alles zu verlieren, was in meinem Leben noch gut war.
Um drei Uhr nachts wachte ich auf, weil ich träumte, daß der Monitoralarm losging. Im Halbschlaf sprang ich aus dem Bett und suchte im ganzen Haus verzweifelt nach dem roten Notfallwagen, stolperte über den Staubsauger und fiel der Länge nach hin.
Ich lag auf den Dielen und starrte durchs Fenster hinaus. Die Katzen kamen, schlichen um mich herum und schnupperten neugierig an meinen Zehen und Armen. Die armen Viecher, dachte ich, können sich auch keinen Reim darauf machen, was hier vorgeht. Ich stellte mir vor, wie die beiden sich über die ungewohnten Vorgänge im Haus unterhielten.
»Hey, Emilio, hast du das Theater heute nacht mitgekriegt? Was hältst du davon?«
»Gefällt mir gar nicht, Mooshie. Ich weiß nicht, aber wir müssen echt auf unsere Brekkies aufpassen ... Die Alte wär' beinahe in unsere Futterschüssel gefallen. Hab' einen Riesenschrecken gekriegt.«
Plötzlich mußte ich hysterisch lachen, bis mir der Gedanke kam, daß ich möglicherweise dabei war, den Verstand zu verlieren. Sofort verdrängte ich den Gedanken wieder, schleppte mich auf steifen Beinen zurück zu meinem Bett und rollte mich darauf ein wie ein Fetus.
Verrückt? Nein ... auf keinen Fall ... ich doch nicht.

Am darauffolgenden Abend hielt ich die Luft an, als ich auf der Intensivstation den Einsatzplan las. Erleichtert stellte ich fest, daß mein Name nicht in der Spalte für den Akutbereich stand, aber dann fiel mir auf, daß er auch in der Spalte

für die Überwachung fehlte. Man hatte mich der Notaufnahme zugeteilt.
Auf dem Flur begegnete ich Claire. »Die brauchen Sie unten in der Notaufnahme«, erklärte sie. »Und wir können hier oben auch mal etwas Ruhe vertragen. Einige der anderen haben sich schon beschwert, daß man mit Ihnen nicht zusammenarbeiten kann.«
Sie drückte mir einen Zettel mit einem Namen und einer Telefonnummer in die Hand. »Das hier ist eine ausgezeichnete Therapeutin. Die Hälfte des Personals war schon bei ihr. Rufen Sie sie an, wenn Sie allein nicht mehr klarkommen.«
Mein erster Gedanke war, ihr den Zettel zurückzugeben und ihr zu sagen, sie solle sich gefälligst um ihren eigenen Kram kümmern; aber ich tat es nicht. Ich steckte den Zettel in die Tasche.
In der Notaufnahme ging es rund. Die zwei Schwestern, die Dienst hatten, kannte ich nur flüchtig. Außerdem war eine Schülerin vom Buchanan College da, die ihre Vierzig-Stunden-Woche abarbeitete.
Während der ersten Stunde meines Dienstes fiel mir auf, daß die Schülerin mir ständig folgte und jeden meiner Handgriffe genau beobachtete. Jedesmal, wenn ich einen venösen Zugang legte, begannen ihre Augen zu leuchten, und sie stellte mir massenhaft Fragen, die ich nicht alle beantworten konnte. Anfangs amüsierte mich diese naive Begeisterung, aber nach einiger Zeit wurde es mir unangenehm, obwohl ich nicht hätte sagen können, warum.
Um 19 Uhr 38 wurde über Funk ein Notfall mit laufender Reanimation angekündigt. Der Rettungswagen würde in drei Minuten hier sein. »Du bleibst hier in der Ecke stehen«, schärfte ich der Schülerin ein. Ich zog einen Hocker heran und fuhr fort. »Stell dich auf den Hocker hier und schau zu. Hör genau zu, welche Anweisungen gegeben werden. Es ist

wie bei einem Puzzle. Es sieht aus wie ein totales Durcheinander, aber alles paßt genau zusammen. Alles, was dabei passiert, hat einen Grund. Wenn wir später Zeit haben, helfe ich Dir, das Ganze zusammenzusetzen, okay?«
Das Mädchen blickte gebannt auf die leere Trage im Traumaraum und nickte begeistert. Sie stellte sich auf den Hokker und bewegte sich nicht mehr. Eine der Schwestern erinnerte sie daran, das Atmen nicht zu vergessen.
Der Mann war an die drei Zentner schwer und tief blau. Die automatische Herzdruckmassage zischte und pumpte in einem Rhythmus von achtzig Schlägen pro Minute. Der Patient war bereits intubiert, und einer der Feuerwehrleute beatmete ihn mit einem Ambubeutel.
»Wie lange?« rief ich den Rettungshelfern zu.
»Nicht genau bekannt«, antwortete jemand.
Der Geruch, der von dem Patienten ausging, war mir vertraut: Urin, Alkohol, Blut und Erbrochenes. Ich beugte mich über ihn und überprüfte seine Pupillen. Sie waren stark geweitet. Er hatte keinen Puls, keine spontane Atmung, aber die Reanimation mußte fortgesetzt werden. Man würde Blut abnehmen, Medikamente verabreichen und die Reanimation fortsetzen, bis zum unvermeidlichen Ende.
Wie immer bei solchen Notfällen, befanden sich zu viele Leute in einem Raum. Ich bat eine der anderen Schwestern, dazubleiben und ging hinaus, um jedem einzelnen Patienten zu erklären, daß es etwas länger dauern würde, bis er an die Reihe käme, weil ein Notfall dazwischengekommen sei. Die meisten zeigten Verständnis dafür, einige waren so übel dran, daß sie gar nicht mitbekamen, was um sie herum geschah.
Die Wiederbelebungversuche im Traumaraum waren noch in vollem Gange, als ein weiterer Rettungswagen ein hübsches, siebzehnjähriges Mädchen einlieferte. Sie saß auf der

Trage, drückte die Arme fest gegen die Brust und weinte lautlos vor sich hin.

»Sie hat eine Überdosis Valium geschluckt. Vor etwa zwanzig Minuten«, erklärte mir der Fahrer des Rettungswagens. »Ihre Mutter sagt, es waren wenigstens zwanzig Zehn-Milligramm-Tabletten.«

Ich versuchte, mir das Mädchen vorzustellen, wie es weinend allein in einem Badezimmer stand und die blauen Tabletten abzählte, aber es gelang mir nicht. »Wie heißen Sie?« fragte ich. Das Mädchen warf den Kopf zurück und antwortete nicht.

Der Fahrer des Rettungswagens antwortete an ihrer Stelle: »Sie heißt Nancy und hat heute ihren schweigsamen Tag; spricht mit niemandem.«

Nachdem ich sie auf eine unserer Tragen gelegt hatte, ließ sie mich Puls und Blutdruck messen, hüllte sich aber nach wie vor in Schweigen. Ich holte Ipecac, zwei Gläser Wasser und eine Brechschale und stellte alles vor sie hin. »Sie müssen den Saft hier schlucken und das Wasser hinterhertrinken. Der Saft sorgt dafür, daß Sie sich übergeben, und genau darum geht's ... damit die Tabletten wieder rauskommen. Haben Sie das verstanden?«

Nancy brach ihr Schweigen und brachte die Sache sogleich auf den Punkt. »Ich nehm' keine Medizin. Sie brauchen sich gar keine Mühe zu geben. Ich will nach Hause und sterben.«

»Ich kann verstehen, daß Sie wütend und unglücklich sind. Aber es gibt bessere Möglichkeiten, mit sowas fertig zu werden, als sich gleich umzubringen.« Ich hielt ihr das Fläschchen mit dem Ipecac hin. »Jetzt runter damit.«

Das Mädchen preßte störrisch die Lippen aufeinander.

»Schauen Sie, ich möchte Ihnen keinen Schlauch in den Magen schieben müssen, um die Tabletten rauszuholen. Also zwingen Sie mich nicht dazu.«

Mit Gewalt bog ich ihre Finger auseinander, die sie zu einer festen Faust geballt hatte, und drückte ihr die offene Flasche mit dem Brechmittel in die Hand. Sie ließ sie absichtlich fallen, und das klebrige Zeug ergoß sich über ihre Jeans.
Ich holte eine weitere Flasche. »Lassen Sie die nicht auch noch fallen«, warnte ich sie. In meinem Inneren begannen die roten Warnleuchten zu blinken.
Das Mädchen schüttelte heftig den Kopf und preßte die Lippen zusammen. Ich hörte, wie im Traumaraum der Defibrillator eingesetzt wurde. Dr. Judd rief, daß er noch Hilfe brauche. Ich packte grob die Hand des Mädchens und drückte ihr die Flasche hinein.
»Machen Sie keine Zicken und trinken Sie das Zeug!« Ich zog den Vorhang am Fußende ihrer Trage zurück. »Sehen Sie das Durcheinander da drüben?« Das Mädchen beugte sich neugierig vor und schaute mit großen Augen in den Traumaraum. Der Mund blieb ihr offenstehen. »Da drüben stirbt jemand, und der braucht dringend meine Hilfe. Und Sie hampeln hier rum und halten mich mit Ihrem egoistischen Getue auf. Trinken Sie jetzt die Medizin, und zwar sofort!«
Das Mädchen setzte die Flasche an die Lippen und trank sie in einem Zug aus.
Als ich mich abwandte, um wegzugehen, wäre ich fast über die Schülerin gefallen, die mir zugesehen hatte. Auf ihrem Gesicht spiegelten sich Schock und Enttäuschung. Ich erinnerte mich an meinen ersten Tag in der Notaufnahme. Damals hatte ich über Katy genauso gedacht, als sie eine Frau mit scheinbarer Gefühllosigkeit behandelt hatte, die versucht hatte, sich mit Tabletten das Leben zu nehmen. Jetzt bin ich genauso, dachte ich. Ich war so geworden, wie ich nie hatte werden wollen: eine hartherzige, gleichgültige Krankenschwester. Ausgebrannt.
Ich drehte mich wieder zu der Siebzehnjährigen um. Hinter

der Mauer der Widerspenstigkeit und des Zorns erkannte ich ihre Angst und ihr Flehen um Hilfe. Ich schämte mich und wandte mich der Schülerin zu. »Was ich hier gerade getan habe, ist eine unmögliche Art, mit so einer Situation umzugehen. Aber manchmal kommt es vor, daß man ... daß ich vergesse, was in den Patienten vorgeht.«

»Dr. Judd hat gesagt, ich soll Sie holen. Er braucht Sie«, sagte die Schülerin. Ihr Ton verriet mir, daß sie nicht begriffen hatte, was ich meinte.

»Ich war mal genau wie Sie«, sagte ich mit einem Anflug von Traurigkeit. »Aber das ist schon lange her – bevor ich meinen Weg aus den Augen verloren habe.«

Im selben Augenblick, als ich den Traumaraum betrat, brach Dr. Judd die Reanimation ab. »Ende der Vorstellung, Kinder«, sagte er, und es wurde still im Raum.

Wieder war es vier Uhr früh, und Schreckensvisionen plagten mich. Es war bereits die fünfte Nacht, in der ich nicht schlafen konnte und unruhig durch mein Häuschen geisterte.

Ich kniete mich neben das Bett, schob die Hand zwischen Sprungfederrahmen und Matratze und zog mein schwarzes Notizbuch heraus. Die Eintragungen mit rotem und blauem Kugelschreiber beschrieben bestimmte Tage, manchmal auch mehrere Monate meines Lebens. Aufmerksam las ich jede Zeile der zuletzt beschriebenen zehn Seiten. Ich suchte nach Hinweisen, die meinen augenblicklichen Zustand erklären könnten.

> *MITTWOCH: Ich fühle mich so erschöpft, wie ich es niemals für möglich gehalten hätte. Während der Ausbildung war ich auch immer müde, aber damals war es anders; da gab es immer etwas, auf das man sich freuen konnte.*

Gestern abend sah sich Mrs. D. einen Film im Fernsehen an und fragte mich, ob ich wüßte, wie der Schauspieler hieß. Ich konnte nur sein Profil sehen, er kam mir bekannt vor und der Name lag mir auf der Zunge, aber ich wollte sein Gesicht von vorn sehen, bevor ich etwas sagte. Es dauerte mir zu lange, bis er sich zur Kamera umdrehte. Deshalb ging ich zum Fernseher und schaute von der Seite darauf, als könnte ich ihn so von vorn sehen. Als die Patientin merkte, was ich vorhatte, hat sie sich halb totgelacht. Um nicht unhöflich zu wirken, habe ich mitgelacht. Aber hinterher habe ich mir wegen meines seltsamen Verhaltens ganz schön Sorgen gemacht.
In letzter Zeit bekomme ich immer panische Angst, wenn ich zur Arbeit gehen muß. Wenn ich vor der Klinik stehe, bricht mir der kalte Schweiß aus. Mein Magengeschwür läuft Amok. Ich ernähre mich fast nur noch von Maloxaan und Eiscreme, obwohl ich mir unter einer gesunden Ernährungsweise eigentlich was anderes vorstelle.

SAMSTAG, 3:30 Uhr: Fix und fertig, zu aufgedreht, um einzuschlafen. Kein Wunder. Ich wollte gerade nach Hause gehen, als ein Mann in die Notaufnahme gerannt kam und schrie, sein Bruder sei schwer verletzt. Wir ließen natürlich alles stehen und liegen, und die ganze Horde stürmte hinaus auf den Parkplatz. Der Mann hatte nicht übertrieben: sein zweiundzwanzigjähriger Bruder lag mit einer Schußwunde in der Brust im Wagen und blutete stark.
Jeder von uns wußte genau, was er zu tun hatte. Es klappte alles wie am Schnürchen. Noch nie hatte ich erlebt, daß im Traumaraum so ruhig und effizient gearbeitet wurde. Alle vergaßen, daß sie wenige Minuten vorher noch zum Umfallen müde gewesen waren. Selbst Dr. Mahoney, die während der ganzen Schicht damit angegeben hatte, nach Dienstschluß ein »heißes Date« zu haben, legte die Handtasche weg, zog den Mantel aus und half mit, während ihr Verehrer draußen im Ruheraum wartete.
Die Reanimation war seit fünf Minuten in vollem Gang, als die neue Chirurgin hereinkam, um sich den Patienten anzusehen. Sie meinte, es sei am besten, einen Notein-

griff vorzunehmen und die Brust des Patienten an Ort und Stelle zu öffnen.
Sie machte einen Einschnitt von der Brustwarze bis zur Mitte der Achselhöhle, so als würde sie eine Torte anschneiden. Dann setzte sie den Rippenspreizer an und machte einen weiteren Einschnitt in den Herzbeutel. Ein Schwall Blut schoß heraus und ergoß sich auf den Fußboden. Sie griff in den Brustkorb und versuchte, mit offener Herzmassage das Herz wieder zum Schlagen zu bringen. Ich beobachtete, wie sie die Zunge an den Lippen entlang bewegte, während sie das Herz rhythmisch mit der Hand zusammenpreßte, so wie es manche Leute tun, wenn sie sich auf etwas konzentrieren. Sie fand die Einschußstelle und steckte den Finger in das Loch, bis jemand ihr einen Foley Katheter mit einem auf dreißig Millimeter aufblasbaren Ballon reichte. Nachdem der Katheter eingeführt war, bat sie mich, den Ballon unter Zug zu halten, damit er genau gegen das Loch drückte.
Der Patient bekam eine Bluttransfusion und Thoraxdrainagen. Etwa fünfhundert Kubikzentimeter Blut konnten so sofort aus der rechten Brusthälfte entfernt werden. In diesem Moment kam Dr. Bell herein (ich glaube, der arme Kerl wohnt in der Klinik; irgendwann werde ich ihn mal fragen, wie er das durchhält) und schloß sich der Auffassung seiner Kollegin und der anderen Ärzte an, daß das Loch gleich hier in der Notaufnahme geschlossen werden sollte, nicht erst im OP. Dazu benutzten sie Nahtseide mit einer gebogenen Nadel; sie haben nur drei oder vier Stiche ins Herz gebraucht, um die Wunde zu schließen.
Drei von uns waren ständig auf den Beinen, wechselten Infusionen und Blutkonserven oder legten Tücher auf den Fußboden, um das quellende Blut aufzufangen.

Die Oberschwester von der Nachtschicht kam herein und fragte, ob einer der Ärzte sich den Bruder des Patienten ansehen könne, der ebenfalls eine Schußverletzung hatte. Als ich hinausging, um weitere Blutkonserven zu holen, sah ich, daß es in der Eingangshalle von Polizisten und Reportern wimmelte.
Dr. Bell, der inzwischen die offene Herzmassage über-

nommen hatte, fand ein zweites Einschußloch in der anderen Herzhälfte. Wegen seiner Lage war das Loch nicht zu sehen. Deshalb machten sie einen Einschnitt in die rechte Brustseite. Das Blut floß schneller, als es abgesaugt werden konnte, so daß die Blutlachen auf dem Boden immer größer wurden.
Der Rippenspreizer hatte beide Lungenflügel wie auch das Herz freigelegt. Das zweite Loch befand sich im rechten Vorhof, und die Chirurgin schloß es erst mit einer Klammer und dann mit Nahtseide. Um Viertel nach zwölf hatten wir den Vorrat an Blutkonserven aufgebraucht und forderten zusätzliche Konserven von der Madison-Klinik an.
Inzwischen war den meisten im Raum klar, wie die Sache stand, und nach und nach gingen sie hinaus. Die Defibrillation hatte nichts bewirkt, und es bestand keine Hoffnung mehr, das Leben des Mannes zu retten. Einer der Polizisten in der Eingangshalle war hereingekommen, um sich ein Bild der Lage zu machen, und keiner machte sich die Mühe, ihn wieder hinauszuschicken.
Der Verletzte lag auf der Trage, nackt bis auf die Socken, die nicht zueinander paßten. Einer war orange und der andere braun. Seine Brust war von der einen Achselhöhle bis zur anderen aufgeschnitten, und ich konnte sehen, wie die Lungen sich unter der Beatmung mit dem Ambubeutel bewegten.
Die Ärzte beschlossen, nach weiteren zwei Einheiten Blut und einer Defibrillation Schluß zu machen. Irgendwer meinte, einer der Ärzte sollte mit der Mutter und dem Bruder des Verletzten sprechen, aber niemand machte Anstalten, in die Eingangshalle zu gehen. Wenn man bedenkt, was inzwischen schon alles geschehen war, erschien es mir doch bemerkenswert, daß keiner diese Aufgabe übernehmen wollte.

Dr. Bell muß aufgefallen sein, daß ich wie hypnotisiert auf den aufgeschnittenen Körper starrte, denn er fragte mich, ob ich die offene Herzmassage übernehmen wollte. Er legte meine Hände um das Herz des Mannes und zeigte mir, wie ich drücken sollte. Das Herz fühlte sich so

schlaff an, daß ich mir vorstellen konnte, wie gering die Blutfüllung sein mußte; es war fast ganz flach.
Um fünf vor halb eins wurde die Reanimation abgebrochen. Ich zog die Hand aus der blutigen Öffnung, und mir wurde zum erstenmal bewußt, daß ich in die Brust eines Menschen hineingegriffen und die Kraftquelle seines Lebens berührt hatte. Zunächst war das ein prickelndes Gefühl, aber es wurde schnell abgelöst von Ernüchterung.
Wenn der Tod wirklich jemanden haben will, dann läßt er sich von uns nicht davon abbringen, selbst wenn wir noch so hartnäckig gegen ihn ankämpfen.
Auf dem Weg zum Parkplatz sah ich die Mutter des Verstorbenen, der noch niemand gesagt hatte, daß ihr Sohn tot war. Ich könnte nicht sagen, warum ich zu keiner Gefühlsregung imstande war. Ich fühlte mich nur müde.
Ist das schlimm?

MONTAG: Heute nacht ist Mrs. M. in meinen Armen gestorben. Kurz vorher hatte ich sie noch gefragt, ob ich ihren Sohn holen solle. »Wozu? Der Dreckskerl ist doch bloß auf mein Geld aus«, waren ihre letzten Worte gewesen.
Es zeigte sich, daß sie recht gehabt hatte. Dem Sohn war es völlig gleichgültig. Er stand neben der Leiche, ohne eine Spur von Trauer zu zeigen, und rief vom Krankenzimmer aus seinen Rechtsanwalt an, um zu fragen, wann das Testament eröffnet würde.
Mir wurde eiskalt bei diesem Anblick. Gott bewahre mich vor dieser Art von Haß, egal, wieviel Schlimmes mir passiert.
Später sagte mir Dr. N., daß der Tod eine Erlösung für sie gewesen sei. Wenn der behandelnde Arzt so denkt, fragte ich mich, warum hat er dann überhaupt ihr Leben verlängert?
Ich habe Dr. T. gebeten, mir einige Schlaftabletten zu verschreiben. Nur was zum Einschlafen, bis ich wieder normal schlafen kann.

MITTWOCH: Wieder Dienst auf der Akuten, und wieder zu wenig Personal. Ein paar von uns haben sogar zwei

hochakute Patienten, beide auf Dopamin und Antihypertensiva, mit Kathetern und allem Drum und Dran ... mit einem Wort, verdammt instabil. Das kann auf Dauer einfach nicht gutgehen, aber die Devise heißt »Kosten einsparen«. Es geht inzwischen gar nicht mehr so sehr um uns, es geht um die Sicherheit der Patienten. Manchmal wird mir ganz anders, wenn ich nur daran denke. Das Material, mit dem wir arbeiten müssen, wird auch immer schlechter, und wir verlieren viel Zeit damit. Storm hat mir geschrieben, das sei in anderen Krankenhäusern genauso. Warum bloß? Arbeiten wir für die Trägerorganisation oder für die Patienten? Herrgottnochmal!
Ich habe wieder eine Doppelschicht mit Mr. G. hinter mir. Um fünf Uhr früh hatten wir ihn insgesamt achtundsechzigmal defibrilliert! Die Patientin in Bett vier hat die ganze Nacht nach ihrer Mutter geschrien. Als ich endlich ins Bett kam, hörte ich sie immer noch schreien. Um zehn war ich noch nicht eingeschlafen und versuchte es mit Schlaftabletten. Um drei Uhr nachmittags wachte ich auf, als Simon von der Schule kam. Er hatte miserable Laune. Nach einer Weile sagte er, er ginge zu seinem Dad, und schlug die Haustür zu, daß das ganze Haus wackelte.

SAMSTAG: Ausnahmsweise hatten wir heute auf der Kardio genug Personal Aber anstatt einer von uns einen Tag frei zu geben, schickten sie zwei Schwestern zur Aushilfe auf andere Stationen.
Ich hatte ein volles Pensum an Patienten. Das machte mir weiter nichts aus, aber als ich schließlich Zeit fand, meine Berichte zu schreiben, sagte die Stationsschwester, ich solle das nicht im Stationszimmer tun. Das mache zuviel Unordnung, sagte sie, die Ärzte hätten sich schon beschwert, weil sie keinen Platz fänden, um sich hinzusetzen.
Ich dachte, ich hörte nicht richtig. Verlangen die allen Ernstes, daß die Schwestern die Berichte im Stehen an der Tür zu den Krankenzimmern schreiben? Ich war acht Stunden auf den Beinen, und der Rücken tat mir weh ...

Und da sollte ich mich zum Schreiben nicht hinsetzen dürfen, damit der Schwesternschreibtisch ordentlich aufgeräumt war, wenn die Ärzte kamen?
Ich unterhielt mich mit einem der Pfleger, und er sagte, der Personalmangel nähme oft gefährliche Ausmaße an. Als ich ihn fragte, warum sich niemand darüber beschwere, druckste er herum und sagte schließlich, daß sich das keiner traue, weil dann die anderen sofort über ihn herfallen würden. Ich erfuhr von ihm außerdem, daß es an der Tagesordnung sei, Kollegen und Kolleginnen zu verpetzen, und daß das von der Verwaltung sogar gefördert würde. Je mehr Anzeigen eine Pflegekraft an die Verwaltung schickt, desto besser steht sie oder er in den Augen des Managements da.
Keiner wagt es, sich über die miserablen Arbeitsbedingungen zu beschweren. Jeder hat Angst.
Es ist erschreckend, was sich an Wut und Frustration beim Pflegepersonal ansammelt. Wie blanker Hohn muß es einem vorkommen, wenn die Verwaltung zu Weihnachten allen Mitarbeitern ein kostenloses Essen spendiert, um zu zeigen, wie großzügig man das Personal behandelt.
Am liebsten würde ich einige dieser gefügigen Lämmer aus ihren weißen Kitteln herausschütteln und sie anschreien: »Wacht endlich auf, bevor sie euch das Fell über die Ohren ziehen!«

SONNTAG: Habe heute abend Dr. L. bei einer völlig unsinnigen Endoskopie geholfen, die der Patient, Mr. S., weder nötig hatte noch wollte. Drei Stunden lang war ich ununterbrochen auf den Beinen und mußte mich von diesem arroganten Widerling herumkommandieren lassen. Als er fertig war, hat er sich noch nicht einmal bedankt. Statt dessen hat er eine Beschwerde über mich geschrieben, weil ich in seiner Gegenwart bei den Zentralmonitoren einen Schluck Brühe getrunken habe. Im Dienst gehöre sich so etwas nicht, meinte er. Dabei hat er ganz übersehen, daß es schon halb neun war, und ich nicht zum Abendessen hatte gehen können. Aber sowas ist ja völlig belanglos. Je länger ich darüber nachgedacht habe, desto

mehr habe ich mich aufgeregt. Schließlich konnte ich vor Migräne kaum noch etwas sehen.
Zur Zeit brodelt es mal wieder in der Gerüchteküche. Wie es heißt, plant die Verwaltung, dieses Jahr die Zuschüsse zur Krankenversicherung des Pflegepersonals zu streichen oder zumindest zu kürzen. Die Leute sind stocksauer und regen sich unheimlich auf, aber – abwarten. Am Ende ziehen doch alle wieder den Schwanz ein.
Gott, wie ich diese Kriecherei hasse! Jeder ist nur auf seinen eigenen Vorteil bedacht und biedert sich bei diesen Bürokraten an, denen wir doch völlig gleichgültig sind. Warum kann man Schwestern und Pfleger nicht mit dem Respekt behandeln, den sie verdienen? Aber so einfach ist das wohl nicht.
Zu meiner Schande muß ich gestehen, daß ich genauso geworden bin wie die anderen. Heute abend habe ich eine Beschwerde über Dr. N. geschrieben, weil er erst nach vierzig Minuten auf der Station erschienen ist, nachdem ich ihm am Telefon gesagt hatte, daß es dringend sei. Wie ich später erfuhr, war er gerade beim Abendessen. Nach dem Dienst fand ich meine Beschwerde zerrissen im Papierkorb. Die Stationsschwester nahm mich beiseite und sagte, ich solle nicht so einen Wirbel machen, wenn es um die Ärzte ginge.

FREITAG: Habe heute bis zehn Uhr vormittags geschlafen und mich den ganzen restlichen Tag völlig benommen gefühlt. Ich versuche, von den Schlaftabletten loszukommen, aber die ganze Nacht wach liegen und mir mit unerfreulichen Gedanken das Gehirn zermartern möchte ich auch nicht.
Heute habe ich »ihn« gesehen. Stand mit einem braunen Sportwagen genau vor mir an der Ampel. Er hatte eine Blondine dabei, wahrscheinlich seine neueste Eroberung, und ich konnte sehen, daß sie weinte. Ich fragte mich, ob er ihr die gleichen Gemeinheiten sagt wie mir. Ich würde auch ganz gern wissen, ob er sie auch schlägt, oder ob ich vielleicht die einzige war, die er verdroschen hat.
Ich bin froh, daß ich Schluß gemacht habe und mir seine

Gehässigkeiten nicht länger bieten lassen muß, aber irgendwas hängt mir immer noch nach – vielleicht die Angst, ich könnte zulassen, daß so etwas eines Tages wieder passiert, und daß ich dann nie mehr da rauskomme.
Simon und ich leben immer noch im Kriegszustand. Wenn wir zusammen sind, herrscht entweder eisiges Schweigen oder wir schreien uns an. Manchmal habe ich das Gefühl, daß wir beide das gleiche schreien, aber keiner kann oder will den anderen verstehen.
Heute sagte er: »In ein paar Jahren bin ich erwachsen. Bis dahin sollten wir sehen, daß wir das mit uns auf die Reihe kriegen, sonst können wir nie wieder Freunde sein.«
Das hat mir einen mordsmäßigen Schrecken eingejagt. Ich wollte ihn in die Arme nehmen und ihn an mich drücken, wie ich es früher immer getan habe, ihm sagen, wie lieb ich ihn habe und daß ich nicht will, daß wir uns immer mehr entfremden, aber die Mauer zwischen uns ist zu hoch; keiner läßt den anderen an sich heran. Es ist alles total verworren, und ich habe noch nicht einmal die Zeit, nach einer Lösung zu suchen.
P. hat heute abend in letzter Minute angerufen und gesagt, sie und D. könnten leider nicht zum Abendessen kommen. Ich hatte mich schon so auf ihren Besuch gefreut. Manchmal fühle ich mich so furchtbar einsam.
Konnte wieder nicht einschlafen und bin auf dem Berg fünf Kilometer gelaufen. Ich weiß genau, wie gefährlich das ist, aber das ist mir eigentlich völlig egal.
Ich brauche jemanden, der mir hilft, aus diesem Loch wieder herauszukommen. Sobald ich mal einen Tag frei habe und nicht so verdammt müde bin, rufe ich die Therapeutin an, die Claire mir empfohlen hat.

SAMSTAG: Zu erschöpft, um viel zu schreiben. Wir hatten heute nacht wieder einen Selbstmord in der Notaufnahme – sechzehn Jahre alt. Ich habe den Jungen gesehen, ein Kind, noch nicht trocken hinter den Ohren. Hab mir dabei gedacht: Was für Schmerzen mußt du durchgemacht haben, um so etwas zu tun?

MONTAG: Habe letzte Nacht wieder von der Taube geträumt; nur war es diesmal anders als sonst. Es fing an wie immer, oben an der Kellertreppe. Ich rannte hinunter, aber als ich in den Keller kam, war es kälter und feuchter als all die anderen Male.
Im Käfig war es finster, und mir fiel ein, daß ich die Taube seit einem Jahr nicht mehr gefüttert und ihr auch kein Wasser gegeben hatte. Ich hatte solche Angst, die Taube könnte tot sein, daß ich es nicht über mich brachte, den Käfig zu öffnen. Statt dessen setzte ich mich auf den Boden und weinte. Das Weinen kam ganz tief aus meinem Inneren, und ich hatte das Gefühl, die Traurigkeit käme direkt aus meiner Seele. Sie ist immer noch da.

Ich hatte das Auto nicht gesehen, aber den Bruchteil einer Sekunde vorher warnte mich etwas vor der drohenden Gefahr. Unwillkürlich nahm ich die linke Schulter etwas zurück. Erst später erinnerte ich mich wieder an diese kleine Bewegung, und wußte dann auch, daß sie mir das Leben gerettet hatte.
Ein Geräusch, von dem ich nicht sagen könnte, ob ich es wirklich gehört hatte, zerriß das Schweigen, das mich umgab. Es war, als würde man von einem lauten Krachen aus tiefstem Schlaf gerissen. Ich hatte den Eindruck, blitzschnell ein flüchtiges Panorama meines Lebens vorbeiziehen zu sehen, und dann nichts mehr.
Der schwarze Wagen fuhr mit unverminderter Geschwindigkeit weiter, ohne auch nur einmal kurz zu bremsen. Dann sah ich, wie in fünfzig Meter Entfernung ein Fetzen meines weißen Wickelrocks vom Reifen des Hinterrads zur Seite geschleudert wurde.
Mein linker Oberschenkel war ein wenig gerötet und brannte. Ich tastete ihn mit der Hand ab, um nachzusehen, ob er noch fest mit meinem Körper verbunden war.

Ein junger Mann mit Bart half mir zurück auf den Gehsteig und legte sein Hemd über meine nackten Beine. »Ich dachte schon, Sie wären erledigt, Lady«, sagte er, und ich sah, daß er zitterte. »Ein paar Zentimeter weiter, und der hätte Sie voll erwischt.«

Ich hatte bisher immer geglaubt, ich wüßte, was Sterben bedeutet. Jetzt war mir klar geworden, daß der Tod etwas war, das meine Vorstellungskraft bei weitem überstieg.

Mir wurde schwindlig und ich begann zu weinen; mir war, als wollte ich mich gleichzeitig übergeben und in Ohnmacht fallen. Ich senkte den Kopf, und das Dröhnen in meinen Ohren übertönte die Stimmen der Leute, die sich um mich drängten. Ich klammerte mich an den Gedanken, daß mein Leben aus einem ganz bestimmten Grund gerettet worden war. Simon, die Menschen, die ich liebte und die mich auch liebten, wären für mich verloren gewesen. Es gab zu viele Dinge in meinem Leben, die noch geregelt werden mußten. Deshalb durfte ich nicht zulassen, daß alles, wofür ich mein Leben lang gekämpft hatte, in die Brüche ging.

Ich war gewarnt worden. Es war höchste Zeit, Hilfe zu suchen, um aus diesem selbstzerstörerischen Teufelskreis auszubrechen.

Im Spätsommer flogen Simon und ich quer über den Kontinent, um den Ort zu besuchen, von dem ich vor vielen Jahren nach Kalifornien geflohen war.

New York erschien mir freundlicher und menschlicher, als ich es in Erinnerung hatte. Die Leute hatten eine innere Wärme, die ganz anders war als die kultivierte kalifornische Oberflächlichkeit. Sie lächelten und waren laut und ganz einfach lebendiger.

Mit einer Propellermaschine flogen wir nach Norden. Die weite Hügellandschaft des Staates New York trug ein prächtiges grünes Sommerkleid, und der Hudson, der sich durch die Täler wand, schimmerte im Schein des Abendrots. Als die Catskill Mountains wie graublaue Schemen mit der Dämmerung verschmolzen, war ich zu Hause.

In dem alten, zweistöckigen Haus wohnte nur noch mein Vater. Meine Geschwister waren über das ganze Land verstreut, wie das in unserer Generation üblich war. Dad wirkte kleiner, als ich ihn in Erinnerung hatte, und sein Haar war viel grauer geworden; aber im Haus roch es noch genauso wie früher. Das vertraute Knarren der dritten und vierten Stufe der Holztreppe versetzte mich schlagartig in die Zeit zurück, als ich fünf, sieben, dreizehn Jahre alt war.

Nichts hatte sich verändert, nur das Zimmer meiner Mutter, aus dem sie das Haus und seine Bewohner regiert hatte, diente jetzt als Abstellraum. Irgendwie wirkte das Haus jetzt friedlicher, offener und einladender.

Während ich unsere Koffer auspackte, hörte ich, wie mein Vater unten im Wohnzimmer seinem Enkel die ersten Griffe auf der Gitarre beibrachte. Kurze Zeit später kamen sie die Treppe herauf, und Dads Stimme drang durch die Wand zum Nachbarzimmer, als er die alte Geschichte von der Ratte in seinem Schlafsack begann: »Als ich damals bei der Forstverwaltung in Arkansas gearbeitet habe ...«

Unseren ersten Abend beschlossen wir auf der breiten Schaukelbank, die von den Dachbalken der Veranda vor dem Haus herabhing. Die Erinnerungen umschwirrten mich wie ein Schwarm Glühwürmchen. In den Büschen tanzten die echten Glühwürmchen, und ich fing eines und zeigte Simon, wie man sie zum Leuchten brachte. Simon lachte und schüttelte den Arm nicht ab, den ich um seine Schulter legte.

Wir legten uns in einem Haus schlafen, wo die Vorhänge vor den Fenstern nur selten zugezogen, und die Türen und

Fenster nicht abgeschlossen wurden. Es gab nichts, wovor man sich hätte fürchten müssen. Beim einschläfernden Zirpen der Grillen lag ich auf dem Bett neben dem offenen Fenster und spürte die Kühle, die vom Fluß herüberwehte. Auf dem Bahndamm hinter den Nachbarhäusern hörte ich den Nachtzug vorbeirattern und schlief ein, ehe der letzte Waggon vorüber war.

Der Morgen war heiß, und die Heuschrecken machten einen Heidenlärm. Simon und ich erkundeten den dunklen Vorratskeller, wo es nach McIntosh-Äpfeln und gelben Zwiebeln vom vergangenen Herbst duftete. Simon staunte über die alte Methode, Lebensmittel in kühlen Kellerräumen zu lagern, aber noch mehr interessierte ihn der alte, gußeiserne Kanonenofen auf den dünnen Spinnenbeinen und natürlich Dads Sammlung alter Werkzeuge.

Als nächstes stiegen wir hinauf auf den Boden und mußten beide lachen, als wir meine krakelige Unterschrift unter der Erklärung »Ich liebe Elvis« an der Wand entdeckten, die ich mit zehn Jahren dorthin gemalt hatte.

Durch die Dachluke beobachteten wir die Nachbarn. Mr. und Mrs. Wallace saßen unter demselben schattigen Baum wie früher, lasen dieselbe Provinzzeitung mit denselben Lesebrillen und unterhielten sich über Ereignisse, die sich seit zwanzig Jahren endlos wiederholten.

Hier auf dem Land war die Zeit stehengeblieben. Alles roch so wie früher, die Farben hatten sich nicht verändert, die Stimmung war dieselbe. Den Nachmittag verbrachten wir unter den Weiden am Fluß mit den Würfelspielen meiner Kindheit. Dad hatte die Schachteln aufgehoben, und es kam mir vor, als hätte es die letzten dreißig Jahre in meinem Leben nicht gegeben.

Zehn Tage waren vergangen, und von den dunklen Ringen unter meinen Augen war nichts mehr zu sehen. Die blauen Schlaftabletten hatte ich in der Toilette hinuntergespült und war froh, endlich wieder mit einem klaren Kopf aufzuwachen.

Jan, das fühlte ich, war ganz in der Nähe, jedenfalls in meinen Gedanken. Manchmal ertappte ich mich dabei, wie ich im Geist mit ihr diskutierte und auf meine eigenen Argumente Einwände und Gegenargumente vorbrachte, wie sie es getan haben würde. Sie war immer noch die zentrale geistige Kraft in meinem Dasein; genauso, wie sie mir prophezeit hatte: daß sie als Gespenst zurückkommen und mir keine Ruhe lassen würde.

Simon war ruhiger geworden, ausgeglichener, und er vertraute mir wieder mehr. Ganze Tage hatten wir damit verbracht, zu Fuß oder mit dem Schlauchboot die geheimen Plätze aus meiner Kindheit aufzusuchen. Er freute sich, daß er mich beim Monopoly schlagen konnte, und ich freute mich darüber, daß wir bei einem Sommergewitter auf dem Dachboden spielten.

Sobald sich ein Gewitter ankündigte, setzte sich Simon auf die Schaukelbank auf der Veranda und beobachtete, wie sich die Luft zu einem schweren Gelb verfärbte und dick wie Honig wurde. Wenn die erste kühle Windbö der Gewitterfront heranfegte, gefolgt von einem lauten Donner, setzte er sich auf die oberste Verandastufe und sagte: »Gleich geht's los ... zehn, neun, acht, sieben ...« Die Schleusen des Himmels öffneten sich, und Simon rannte in den warmen Regen hinaus, tanzte und sprang auf dem Rasen herum und hob das Gesicht zum Himmel, damit die dicken Tropfen daraufklatschten. Wenn die Sonne wieder herauskam, als wäre gar nichts gewesen, setzte er sich zum Trocknen ins Gras, und seine Augen leuchteten.

Von der Veranda aus sah ich Simon glücklich zu. Es stimmte, was mir die Therapeutin über seine Wut auf mich gesagt hatte. Simon mußte in unserer Beziehung die Rolle des Kindes spielen, nicht die der Mutter. Verständlicherweise hatte er es mir übelgenommen, daß ich mich wie eine verantwortungslose Heranwachsende benahm, auf nichts und niemanden Rücksicht nahm, von zu Hause weglief und Dinge tat, die mir selbst schadeten.
In diesen gemeinsamen Sommerferien wurde er wieder zu meinem Kind, anstatt als mein Aufpasser zu fungieren. Er übernahm wieder die Rolle, die ihm zustand: ein skateboardfahrender Teenager, dessen Hormone in hellem Aufruhr waren und dessen Sprache mit Ausdrücken wie »geil«, »voll abgefahren« oder »megaätzend« gespickt war. Und ich bekam keine Gewissensbisse mehr, wenn ich als Mutter auch mal mit der Faust auf den Tisch schlug. Ich hatte mir das Vorrecht verdient, von ihm zu verlangen, daß er die Tür hinter sich zumachte, nicht mit vollem Mund sprach und die Klobrille herunterklappte.

Als ich eines Tages den Dachboden nach Schätzen durchstöberte, die ich mit nach Hause nehmen könnte, entdeckte ich eine altmodische Hutschachtel, die meiner Mutter gehört hatte. In der Schachtel lagen Hunderte von quadratischen Stoffstücken aus Vorhangresten, abgelegten Kleidern und alten Bettüberwürfen aus meiner Kindheit. Meine Mutter hatte sie gesammelt, um daraus ein *Quilt* zu nähen, war aber nicht mehr dazu gekommen. Als ich die Stoffstücke sortierte und mich daran erinnerte, zu was sie einmal gehört hatten, stieß ich auf ein zusammengefaltetes Stück, das größer war als die anderen. Ich erkannte sofort, daß es von dem dunkelgrauen Kleid stammte, das meine Mutter bei ihrer Hochzeit getragen hatte. Beim Auseinanderfalten des dikken Stoffes fiel mir ein dünnes Päckchen Briefe in die Hände. Sie waren in Mutters Handschrift geschrieben und stammten aus den Jahren 1932 bis 1943. Der Adressat war eine gewisse Polly, und unterschrieben waren sie mit »Straßenengel Pete«. Von meinen Tanten wußte ich, daß Mutters Spielkameraden sie so genannt hatten, weil sie als Kind ein ziemliches Früchtchen gewesen und als einziges Kind in der Nachbarschaft ohne Mutter aufgewachsen war.

Aus einem der Briefe ging hervor, daß sie fest davon überzeugt war, es sei ihr vom Schicksal bestimmt, eine berühmte Dichterin und Philosophin zu werden. Im nächsten schilderte sie mit begeistertem Überschwang, wie sie sich eine Karriere als Bühnenschriftstellerin und Journalistin vorstellte. Der letzte Brief hingegen, etliche Jahre später datiert, war der eines restlos deprimierten, zutiefst enttäuschten Menschen. Es war schwer vorstellbar, daß die gleiche Person ihn geschrieben hatte.

»... frage ich mich manchmal, was ich hier eigentlich zu suchen habe und warum ich nicht alles stehen- und liegenlasse und einfach weggehe. Ich wünsche mir nichts sehnlicher, als eines Morgens auf einer einsamen Insel aufzuwachen mit einer Schreibmaschine und riesigen Mengen von Papier, Zigaretten und Whisky.

Nur einmal allein sein zu dürfen, ohne daß ständig jemand etwas von mir will, o wäre das schön. Ich habe es satt, den ganzen Tag nichts anderes zu tun als saubermachen und kochen und Windeln waschen. Gib mir einen anständigen Drink, einen treuen Hund und laß mich hier raus! Ich pfeife auf die Kinder und das traute Heim, für mich ist das nichts ...«

Zwischen Kochrezepten und den freudlosen Schilderungen ihres Daseins fand sich auch eine humorvolle Schlußbemerkung, die für meine Mutter typisch war:

»Bevor ich Schluß mache, muß ich Dir noch erzählen, daß ich meinen jährlichen Besuch beim Friseur absolviert habe. Die Dauerwelle gefällt mir aber gar nicht. Statt den Scheitel normal in der Mitte zu machen, hat die Friseuse ihn quer über meinen Kopf gezogen – von einem Ohr zum anderen. Es ist wirklich lästig – ständig kommt jemand und versucht, mir etwas in die Nase zu flüstern.«
Der trockene Humor meiner Mutter brachte mich zum Lachen, aber gleich darauf mußte ich weinen, weil sie mir leid tat. Sie hatte sich mit einem Leben abgefunden, das sie offensichtlich abgrundtief gehaßt hatte. Niemand konnte sagen, was sie dazu bewogen hatte, die Träume ihrer Kindheit und Jugend zu begraben. Auch ich konnte nur Vermutungen anstellen.
Ich las die älteren Briefe noch einmal und verglich die aufgeschlossene und unternehmungslustige junge Frau mit der unglaublich grausamen, gnadenlosen Herrscherin über meine Kindheit. Nach und nach kristallisierte sich aus den Äußerungen und Mitteilungen die Erkenntnis heraus, daß sie sich keinen Erfolg zugetraut und sich sogar davor gefürchtet hatte. Diese Zweifel hatten alle hochfliegenden Pläne zunichte gemacht, bevor sie versuchen konnte, sie zu verwirklichen.
Sie hatte kurz davor gestanden, alles zu erreichen, was sie sich erträumt hatte, aber bei der ersten Enttäuschung hatte sie in der Ehe Sicherheit gesucht. Von da an hatte sie ihre schöpferischen Kräfte in einem schwelenden Zorn erstickt und die innere Leere mit Alkohol gefüllt. Für sie war es das einzige Mittel gewesen, die Augen vor den Möglichkeiten zu verschließen, die ihr immer noch offenstanden, und gleichzeitig den quälenden Schmerz der Enttäuschung über die eigene Unzulänglichkeit zu betäuben. Mit einem Schlag begriff ich ihre fürchterliche Enttäuschung: Sie hatte sich

an ein Leben gebunden, in dem es keine Erfüllung gab und das ihr nicht mehr lebenswert erschien.
Viele Jahre, nachdem die Grausamkeiten ein Ende gefunden hatten, saß ich hier auf dem Dachboden, weinte um Straßenengel Pete und vergab der unglücklichen Frau, die meine Mutter gewesen war.

Zu dritt gingen wir zu dem etwa zweitausend Quadratmeter großen Stück fruchtbaren Ackerlandes zwischen dem Fluß und dem Waldrand. Schon aus einer Entfernung von fünfzig Metern konnte ich Dads Garten riechen: Basilikum, Oregano, grüne Buschbohnen, Mohrrüben, Gurken, Paprikaschoten, Zuckermais, Tomaten, Melonen, Zwiebeln und bunte Zinnien; alles alte Bekannte, die hier schon seit über vierzig Jahren wuchsen.
Simon und mein Vater gingen zum Bootssteg, während ich zwischen den Gemüsebeeten herumschlenderte. Die gelben Maiskolben erinnerten mich an die unzähligen Versteckspiele zwischen den hohen Stengeln.
Ich stand zwischen den Tomatenbeeten und blickte zum Fluß hinüber, wo Simon bereits auf dem an einem Pfosten vertäuten Floß hockte und an einer großen Karotte knabberte, während Dad die Angelruten auf dem Steg zurechtlegte.
Er schirmte die Augen mit der Hand gegen die blendende Sonne ab und suchte mit den Blicken das Ufer nach mir ab: »Yo ... Dolly! Wo steckst du?« So hatte er mich immer gerufen, als ich klein war.
»Yo! Ich bin hier, bei den Tomaten. Fahrt ihr zwei mal ohne mich los. Ich ruhe mich ein bißchen aus.«
Ich zog meine Windjacke aus und legte mich zwischen Tomaten und Knoblauch auf die Erde. Meine Muskeln entspannten sich in der Sonnenwärme, und ich hörte Dads lau-

tes Lachen, gefolgt von Simons Kichern. Ich nahm eine Handvoll weicher schwarzer Erde, zerkrümelte sie und spürte ihre Kühle in der Hand. Der Wind trieb wollige weiße Samenflöckchen von den Cottonwoodbäumen durch mein Blickfeld hinüber zum Waldrand. Wie verzaubert stand ich auf und folgte ihnen.

Am Waldrand verfingen sich die zarten Wattebäusche in den langen Nadeln der Kiefern und mußten in Gefangenschaft ausharren, bis der nächste Regen oder ein Windstoß sie daraus befreite. Ich fand den vertrauten Weg in den Wald und folgte ihm auf der Suche nach einem ganz bestimmten grauen Felsbrocken. Er war nicht weit entfernt, und nachdem ich ihn entdeckt hatte, kniete ich mich daneben auf den Boden. Nur mein Vater und ich wußten, daß der Stein das Grab eines kleinen braunen Vogels markierte, den vor dreißig Jahren ein Kind mit unfehlbarer Zielsicherheit im Flug getötet hatte.

Ich rief mir den Vorfall, der der Beginn eines langen Weges gewesen war, wieder ins Gedächtnis. Aus der Tasche meiner Jacke zog ich ein verblaßtes Schwarzweißfoto, das ich in einem der staubigen Fotoalben gefunden hatte, und betrachtete es genauer.

Auf dem Trittbrett eines alten Autos stand ein barfüßiges Kind von etwa vier Jahren und blickte unsicher in die Kamera. Wenn man genauer hinsah, entdeckte man noch etwas mehr als nur Befangenheit in den Augen der Kleinen. Das vierjährige Mädchen in dem schlichten weißen Baumwollkleidchen und der halb an-, halb ausgezogenen Strickjacke hatte Angst.

Der Tag, an dem dieses Foto entstanden war, war nicht anders gewesen als all die anderen Tage. Das Kind hatte sich erschöpft und zitternd den größten Teil des Nachmittags in einer dunklen Ecke der Garage versteckt und darauf gewartet, daß sein Vater endlich heimkäme. Inzwischen hatte die Kleine es aufgegeben, nach einem Sinn hinter den täglichen Demütigungen und grundlosen Bestrafungen zu suchen, die auf sie einprasselten, wenn Dad nicht da war. Das einzige, was nun noch zählte, war die Gewißheit, daß bald jemand kommen und sie beschützen würde.

Das Motorengeräusch des alten Buick lockte sie aus ihrem Versteck, und sie rannte hinaus auf den Hof. Ihr Vater stieg aus dem Wagen, fing sie auf und kniete sich hin, um ihr das Geschenk zu zeigen, das er mitgebracht hatte. Es war eine einfache Kamera, mit der man Augenblicke festhalten konnte, die heute schnell vergessen sein würden, die man sich aber morgen sehnsüchtig zurückwünschte.

Er sagte ihr, sie solle sich auf das Trittbrett stellen und lächeln, aber es war ihr unmöglich, zu lächeln. Sie blickte an der Kamera vorbei auf die Tür an der Rückseite des Hauses, die in die Küche führte, und horchte auf die Schritte ihrer Mutter.

Als ich dem Mädchen auf dem Foto in die Augen blickte, teilte ich seine Angst und den Schmerz. Ich wußte aber auch, daß keine Macht der Welt ungeschehen machen konnte, was dieses Kind hatte durchmachen müssen, genauso wie ich außerstande war, all die Qualen und Leiden dieser Welt zu beenden. Ich nahm das Kind liebevoll in die Arme und hielt es fest umschlungen. Wir klammerten uns aneinander fest, und die Gefühle des Kindes und der erwachsenen Frau mündeten ineinander und wurden eins in einem gemeinsamen Strom. Die Verlorenen waren heimgekehrt.

Ich weinte, bis ich völlig erschöpft war. Immer noch am ganzen Körper zitternd, setzte ich mich hin und lehnte mich mit dem Rücken an den grauen Stein. Ich betrachtete noch einmal das Gesicht auf dem alten Foto und fühlte mich wie aus einem Käfig der Unwissenheit befreit. Zum erstenmal seit Jahren sah ich alles um mich herum mit vollkommener Klarheit.

Mein Leben hatte im Chaos begonnen, und wenn es stimmt, daß wir alle danach trachten, die Vorgänge in unseren frühen Lebensjahren nachzuvollziehen, dann ist es nur allzu verständlich, daß ich meine Aufgabe in dem hochdramatischen Bereich der Intensivpflege gesucht hatte. Nicht nur mußte ich hier ständig auf Katastrophen gefaßt sein und diesen dann ruhig und gefaßt begegnen, ich konnte auch meine Rolle als Beschützerin weiterspielen und anderen die Zuwendung geben, die ich selbst so dringend gebraucht hätte.

Ich konnte mir so fest einbilden, wie ich wollte, den Schreckgespenstern meiner Kindheitstage entronnen zu sein, es half nichts; der Schaden war angerichtet und ließ sich nicht mehr aus der Welt schaffen. Wenn die Belastungen des Arbeitstages zu groß wurden, verlor ich die Fähigkeit, logisch zu denken, und an ihrer Stelle machte sich völlige emotionale Verwirrung breit. Ich wußte nicht, wie man die Pflegende pflegt, obwohl der immer wiederkehrende Traum mit der Taube ein Hinweis auf die Antwort war. Überfordert und ohne klare Perspektive, rannte ich wie von Sinnen dem körperlichen und seelischen Zusammenbruch entgegen, dem tragischen Ende einer Beschützerin.

Ich hätte mir keine schnellere und wirkungsvollere Methode aussuchen können, den Wahnsinn auf die Spitze zu treiben, als verzweifelt zu versuchen, die Liebe und Anerkennung eines Mannes zu erringen, der ebenso gefühlskalt war wie meine Mutter. Die Arbeit in der Klinik, Jans Krankheit und Simons pubertätsbedingte Probleme hatten meine Kräfte aufgezehrt, und die Mißhandlungen und Beleidigungen hatten mich an den Rand des geistigen und emotionalen Selbstmords gebracht.

Simons helles Lachen brachte mich in die Gegenwart zurück. Ich stand auf, klopfte trockene Blätter und Erde von meinen Jeans und machte mich auf den Weg zum Fluß.
Ich mußte mir immer wieder klarmachen, daß ich nur ein Paar Hände hatte, und wenn ich morgen sterben würde, was Gott verhüten möge, käme die Welt auch ohne mich zurecht.
Meine psychischen Probleme, die Fragen nach dem Warum und Wieso waren nicht über Nacht zu lösen, aber ich war fest entschlossen, mich aus den Trümmern zu erheben und an meiner neuen Identität zu arbeiten. Vielleicht würde es mir mit diesem Neubeginn gelingen, wieder Zugang zu der geistigen Kraft zu finden, die mich vor zehn Jahren beseelt hatte, als ich im großen Auditorium gesessen und Tessies Festansprache über die Gabe des Gebens gelauscht hatte.
Während ich langsam den Waldweg entlangging, blickte ich noch einmal in die traurigen Augen des kleinen Mädchens auf dem alten Foto. Ich wußte, daß diese Augen der Schlüssel zu einem neuen Leben waren. Mit ihrer Hilfe würde ich die Frau finden, zu der die Kleine inzwischen herangewachsen war, und lernen, sie zu lieben. Diese Augen würden mir den Weg weisen zum wahren Wesen des selbstlosen Gebens.

Epilog

In meinem Traum saß ich auf einem Hügel, und plötzlich fiel mir die Taube wieder ein.
Anstatt von Panik ergriffen loszurennen, wurde ich wie von Zauberhand an die Kellertreppe versetzt und ging ganz ruhig hinunter bis zum ersten Absatz. Diesmal schlug mir kein modrig-feuchter Hauch entgegen wie in den vorangegangenen Träumen, sondern aus der Türöffnung wehte ein angenehmer, warmer Wind. Ohne eine Spur von Angst lief ich die restlichen Stufen hinunter und betrat das Gewölbe.
Der Kellerraum war von Sonnenlicht durchflutet. Sogleich hielt ich Ausschau nach dem Vogelkäfig, aber er war nicht mehr da. An seiner Stelle lag jetzt ein Blumenstrauß aus prachtvollen Zinnien und weißen Päonien. Der betonierte Kellerboden unter meinen Füßen hatte sich in einen dichten Teppich aus Moos verwandelt, und die kahlen Wände waren verschwunden und gaben den Blick auf einen kristallklaren Ozean frei, dessen Wellen sanft an den Strand schlugen. Als ich zum Horizont blickte, ergriff mich ein inniges Gefühl der Freiheit und überwältigender Freude; das Leben gehörte wieder mir. Ich stand wie verzückt da, bis ich hinter mir Stimmen vernahm und mich umdrehte.
Hinter mir war eine offene Tribüne, und auf den Bänken drängten sich alle Menschen, die ich gekannt hatte und die inzwischen gestorben waren. In der ersten Reihe, zwischen Verwandten, Patienten und Freunden, saß Jan und hielt meine Taube in den Händen. Stumm winkte sie mich zu sich

und übergab mir den weißen Vogel. Ihre geflüsterten Worte mischten sich in das gedämpfte Rauschen der Meereswellen. Ich rieb die Wange am weichen Gefieder der Taube, dann streckte ich die Hand aus. »Flieg«, sagte ich leise.
Die Taube entfaltete ihre Schwingen und strebte mit kraftvollen Flügelschlägen dem Horizont entgegen.

Glossar

ABGs: Arterielle Blutgase; Gehalt von Sauerstoff und Kohlendioxid im arteriellen Blut.

Abort: Spontane oder künstlich herbeigeführte Beendigung einer Schwangerschaft innerhalb der ersten 28 Schwangerschaftswochen.

Absaugkatheter: Dünner Kunststoffschlauch zum Absaugen von Sekret aus Mund, Rachen und Luftröhre.

Abusus: Mißbrauch (von Medikamenten oder Drogen).

ACE-Hemmer: Hemmstoffe des *Angiotensin Converting Enzymc;* Medikamentenklasse mit Haupteinsatzgebiet in der Behandlung von Bluthockdruck und Herzschwäche.

Adrenalin: Hormon des Nebennierenmarks. Mobilisiert den Stoffwechsel in Gefahren- und Streßsituationen durch Steigerung von Herzleistung, Pulsfrequenz und Blutdruck.

agonal: Veränderung lebenswichtiger Körperfunktionen in Agonie (»Todeskampf«).

Alupent: Medikament zur Behandlung krampfartiger Verengungen der Atemwege, z. B. Asthma bronchiale.

Ambubeutel: Einfaches Beatmungsgerät, bestehend aus einem Beutel und einem Ventil. Durch manuelle Kompression des Beutels wird Luft in die Atemwege gepumpt.

Analgetikum: Schmerzmittel.

Anästhesist: Narkosearzt.

Aneurysma: umschriebene Ausweitung eines Blutgefäßes oder der Herzwand. Beim *A. dissecans* dringt Blut durch einen Riß der inneren Gefäßschicht in die Gefäßwand ein und wühlt sich zwischen die innere und die mittlere Gewebeschicht der Schlagader.

Angina pectoris: Anfallsartig auftretende, heftige Schmerzen in der Brust, die bei einer Verengung der Herzkranzgefäße auftreten.

Anorexie: Magersucht.

Antazidum (pl. Antazida): Medikament, welches Magensäure bindet. Anwendungsgebiet: Sodbrennen, Magengeschwüre.

Antiarrhythmika: Medikamente zur Behandlung von Herzrhythmusstörungen.

Antihypertensiva: Medikamente zur Behandlung von Bluthochdruck.

Aorten-Aneurysma: Umschriebene Aussackung der Aortenwand.

Arthritis, rheumatoide: rheumatische Gelenksentzündung.

Arthritis: Gelenksentzündung.

Aspirationspneumonie: Entzündung der Bronchien infolge von Einatmen von Blut, Erbrochenem, Fremdkörpern etc. in die Atemwege, z. B. bei Schlucklähmung, beim Ertrinken oder bei Bewußtlosigkeit.

aspirieren: a) feste oder flüssige Stoffe durch Erzeugung eines Sogs (z. B. mit einer Spritze) ansaugen. b) Fremdkörper (z. B. Erbrochenes) einatmen.

Atelektase: Nicht belüfteter Lungenabschnitt, in dem die Lungenbläschen zusammengefallen sind.

atrophieren: Schwinden des Muskelgewebes aufgrund von mangelnder Aktivität der Muskulatur.

Atropin: In der Tollkirsche vorkommendes Alkaloid, welches in der Medizin bei verschiedenen Indikationen eingesetzt wird, unter anderem zur Normalisierung der Herzfrequenz.

Azidose: Übersäuerung des Blutes.

Beta-Blocker (Beta-Rezeptorenblocker): Gruppe von Medikamenten, welche u. a. die Herztätigkeit dämpfen. Haupteinsatzgebiet sind erhöhter Blutdruck sowie Herzrhythmusstörungen.

Bezoar: »Haarball«, kugeliges Gebilde aus verschluckten Haaren oder Fasern; beim Menschen selten.

BGA (Blutgasanalyse): Bestimmung der im arteriellen oder venösen Blut vorhandenen Gase.

Blasenspülung: Spülung der Blase durch einen eingelegten Blasenkatheter.

Blutsperre: Künstliche Drosselung der Blutzirkulation in einem begrenzten Kreislaufgebiet, z. B. bei Operationen.

Braunüle: Handelsname einer verbreiteten intravenösen Verweilkanüle (auch »i.v.-Zugang« oder kurz »Zugang« genannt). Durch Verweilkanülen können Infusionen und Medikamente direkt in die Blutbahn gebracht werden.

Bricanyl: Medikament zur Behandlung von krampfartiger Verengungen der Atemwege, z. B. bei Asthma bronchiale.

Bronchialsekret: Von den Schleimhäuten der Atemwege gebildetes Sekret, das normalerweise abgehustet wird. Bei künstlich beatmeten Patienten muß das Sekret durch Absaugen entfernt werden.

Bronchialspasmus: Krampfzustand der Bronchialmuskulatur bei Bronchialasthma (bis hin zum lebensbedrohlichen Atemstillstand).

CA: Abkürzung für Karzinom, Krebs.

Carnegie, Dale: Amerikanischer Rhetorik-Lehrer der dreißiger Jahre. Autor erfolgreicher Selbsthilfe-Bücher, u. a. »Wie man Freunde gewinnt« und »Der Erfolg ist in Dir«.

CCT: Cerebrale Computertomographie, Computertomographie des Schädels.

CCU: Coronary Care Unit; auf die Behandlung kardiologischer Notfälle spezialisierte Intensivstation.

Chemotherapie: Behandlung von bösartigen Erkrankungen mit Wirkstoffen, welche die entarteten Zellen in ihrem Wachstum hemmen oder abtöten.

Claudicatio intermittens: belastungsabhängige Schmerzen bei arterieller Verschlußkrankheit (Durchblutungsstörung der Extremitäten).

College: Weiterführende Schule im amerikanischen Schulsystem. Das College kann sowohl auf einen Beruf als auch auf eine Hochschullaufbahn vorbereiten.

Commotio cerebri: Gehirnerschütterung.

Computer-Tomographie (CT): Radiologisches Diagnoseverfahren. Röntgenstrahlen, welche die Dichte verschiedener Körpergewebe bestimmen, werden mit Hilfe eines Computers zu sog. »Schichtaufnahmen« verarbeitet.

Coronary Care Unit: Kardiologische Intensivstation, Spezialstation für Patienten mit akuten Erkrankungen des Herz-Kreislaufsystems.

Débridement: »Wundtoilette«, operatives Abtragen von abgestorbenem Gewebe.

defibrillieren: Verabreichung eines Elektroschocks mit dem Defibrillator (s. u.).

Defibrillator (»Defi«): Gerät zur Beseitigung von schweren, lebensbedrohlichen Herzrhythmusstörungen. Durch zwei auf den Brustkorb aufgelegte Elektroden wird ein Elektroschock verabreicht, durch welchen der normale Herzrhythmus wiederhergestellt werden soll.

Dekubitus: durch langes Liegen verursachtes Druckgeschwür der Haut.

Delirium tremens: Alkoholdelir; rückbildungsfähige exogene Psychose, mit örtlicher und zeitlicher Desorientierung, Halluzinationen Unruhe.

Deltamuskel: Sog. »Kapuzenmuskel« zwischen Oberarm und Schultergelenk, wird häufig für Injektionen benutzt.

Demerol: Schmerzmittel.

distale Radiusfraktur: Bruch der Speiche unmittelbar vor dem Handgelenk.

Dopamin: Medikament zur Steigerung des Blutdrucks; wird bes. bei Schock eingesetzt.

Duodenalgeschwür: Geschwür des Zwölffingerdarms.

Durchgangssyndrom: unspezifische, körperlich begründbare Psychose, die sich innerhalb von Stunden bis zu wenigen Tagen zurückbildet.

Echokardiographie: Herzsonographie, Ultraschalldiagnostik des Herzens.

EKG: Elektrokardiogramm, Ableitung der Herzstromkurven.

Eklampsie: Schwangerschaftsbedingte Erkrankung im letzten Schwangerschaftsdrittel. Symptome sind Kopfschmerzen, Ödeme und Krampfanfälle bis hin zur Bewußtlosigkeit.

Emergency Room (ER): Notaufnahme.

Endokarditis: Entzündung der Herzinnenhaut.

Endoskopie: »Spiegelung« von Körperhöhlen und Hohlorganen mit einem Endoskop; z. T. kombiniert mit operativen Eingriffen.

Endotrachealtubus: Kunststoff- oder Gummirohr, das durch Mund oder Nase in die Luftröhre eingeführt wird, um einen Patienten künstlich zu beatmen. Meist ist der Tubus mit einer aufblasbaren Manschette versehen, um die Luftröhre abzudichten.

epidurales Hämatom: Blutung im Raum zwischen Schädelknochen und Hirnhaut (häufig nach Schädelbasisfraktur).

Epinephrin (»Epi«): Adrenalin (s. dort).

Erythromycin: Antibiotikum.

Euphyllin: Handelsname von Theophyllin (s. dort).

Extension: Behandlung einer Fraktur durch Dauerzug.

Extrasystole: vorzeitiger Herzschlag.

extrauterine Schwangerschaft: Oberbegriff für alle Formen der Schwangerschaft, bei denen sich das befruchtete Ei außerhalb der Gebärmutter einnistet; meist als Eileiter-, selten als Bauchhöhlenschwangerschaft.

Foley Katheter: Zylindrischer Ballonkatheter; geeignet zur Abdichtung von Fisteln oder von perforierten Hohlorganen.

Forzeps: Geburtszange.

gastrointestinal: den Verdauungstrakt betreffend.

Giftschrank: Medikamentenschrank, meist im Stationszimmer, der die dem Betäubungsmittelgesetz unterworfenen Medikamente (v. a. starke Schmerzmittel) enthält.

Glutaeus: Gesäßmuskel.

Hb: Hämoglobin, roter Blutfarbstoff.

Herzdruckmassage, Herzmassage: rhythmische Kompression des Herzens zur Aufrechterhaltung des Blutkreislaufs bei Kreislaufstillstand.

Herzenzyme: Eiweißkörper, die bei einer Schädigung des Herzens (z. B. bei Herzinfarkt) in die Blutbahn freigesetzt und dort nachgewiesen werden.

Herzschrittmacher: Elektronischer Impulsgenerator zur künstlichen Anregung von Herzaktionen.

Herzwandaneurysma: Ausbuchtung der Herzwand, meist als Komplikation eines Herzinfarkts.

High School: Zweite Stufe der amerikanischen Schulbildung. Ein Abschluß an der High School ist Voraussetzung für die Aufnahme im College (s. dort).

Hinterwandinfarkt: Herzinfarkt der hinteren Wandbereiche der linken Herzkammer.

HK: Hämatokrit; der Anteil des Volumens der roten Blutkörperchen am Gesamtblutvolumen.

Hodgkin-Lymphom (Hodgkinsche Krankheit): eine bestimmte Art des Lymphknotenkrebses.

hyperventilieren: Stark beschleunigte Atmung, häufig durch psychische Belastung ausgelöst.

Hypoglykämie: Unterzuckerung des Blutes.

Hypoxämie: Verminderter Sauerstoffgehalt im Blut.

Hysterektomie: operative Entfernung der Gebärmutter.

i.m.: Intramuskulär; Bezeichnung für Injektionen ins Muskelgewebe.

Iatrogen: durch ärztliche Maßnahmen erzeugt.
Infusomat: Elektrisches Infusionsgerät, das die exakte Dosierung der Infusionslösung pro Zeiteinheit ermöglicht.
Inhalator: Gerät für die Inhalationstherapie, mit dem ein Medikament in fein vernebelter Form direkt in die Atemwege gebracht werden kann.
Inkompatibel: unvereinbar.
intramuskulär: s. i.m.
intubieren: Vorschieben eines Plastikschlauches (Tubus) durch Mund oder Nase in die Luftröhre zur künstlichen Beatmung.
Ipecac: Abkürzung für Ipecacuanha; wird als Brechmittel bei Vergiftungen eingesetzt.

Jugularvene: Vena jugularis, sog. Drosselvene am Hals.

Kammerflimmern: Herzflimmern; entspricht einem Herzstillstand, da kein Blut aus der Herzkammer ausgeworfen wird.
Kanüle: Hohlnadel.
Kanzerogen: Krebserzeugende Substanz.
Kardiologie: Teilgebiet der Inneren Medizin, das sich mit den Erkrankungen des Herzens befaßt.
kardiopulmonal: Herz und Lunge betreffend.
Katheter: Schlauch zur Einführung in Hohlorgane.
katheterisieren: Einführen eines Kathethers, z. B. durch die Harnröhre in die Blase.
Klavikulafraktur: Bruch des Schlüsselbeins
Konsil: Untersuchung und Behandlungsempfehlung durch einen hinzugezogenen Facharzt.
Kontraindikation: Gegenanzeige (bei Medikamenten).
koronare Herzkrankheit: Sammelbegriff für Krankheiten, denen eine Verengung der Herzkranzgefäße zugrunde liegt.
Krampfanfall, fokaler: »Herdanfall«, epileptischer Anfall, bei dem nur bestimmte Hirnareale betroffen sind; die Symptome beschränken sich auf die diesen Arealen zugeordneten Körperabschnitte bzw. Sinneswahrnehmungen.

Laryngoskop: Instrument zur Untersuchung und Darstellung des Kehlkopfes, z B. bei der Intubation.
Lasix: Diuretikum, harntreibendes Medikament.
Leukämie: Bösartige Erkrankung der weißen Blutkörperchen, »Blutkrebs«. Bei der Myeloischen L. sind die Vorstufen der weißen Blutkörperchen betroffen.
lichtstarr: fehlende Pupillenreaktion auf Licht, gilt u.a. als Zeichen für Hirntod.
Lidocain: Antiarrhythmikum (s. dort).
Lungenödem: Ansammlung von Flüssigkeit in den Lungen, häufig verursacht durch Blutstauung vor dem Herzen bei mangelnder Herzleistung.

Magnesium-Aluminiumhydroxid: Antazidum (s. dort).
Magnesiumsulfat: Medikament zur antikonvulsiven (krampfverhindernden) Behandlung von Eklampsie (s. dort).

Maloxaan: Antazidum (s. dort).

M.D.: *Medical Doctor,* akademischer Titel eines Arztes.

MICN: *Mobile Intensive Care Nurse,* Zusatzausbildung und Voraussetzung für die Arbeit in der Notaufnahme.

Morphin (Morphinhydrochlorid): Stark wirksames Schmerzmittel, das dem Betäubungsmittelgesetz unterliegt.

MTA: Medizinisch-technischer Assistent.

Myokardinfarkt: Herzinfarkt.

Myokardinfarkt, inferolateraler: Herzinfarkt im seitlichen Bereich der Herzspitze.

nekrotisch: abgestorben (Gewebe).

Neunerregel (nach Wallace): klinische Faustregel für die prozentuale Ausdehnung einer Verbrennung beim Erwachsenen: Kopf 9%, Arme je 9%, Rumpf vorne u. hinten je 18%, Beine je 18%, Anal-Genital-Region 1%.

Nightingale, Florence: Britische Krankenschwester (1820–1910), Pionierin der professionellen Krankenpflege, diente im Krimkrieg an der Front und gründete 1860 eine Schwesternschule.

Nitroglyzerinkapsel: Kapsel mit dem Wirkstoff Glyceryltrinitrat (»Nitro«), die bei Angina pectoris verabreicht wird.

Nitroprussid: Medikament zur Blutdrucksenkung.

Novocain: s. Procain.

Nullinie: Gerade Linie auf dem Bildschirm des EKG-Monitors, wenn keine Herztätigkeit mehr meßbar ist.

o.B.: Ohne Befund, unauffällig.

Ödem: Flüssigkeitsansammlung im Gewebe.

Onkologie: Teilgebiet der Inneren Medizin, das sich mit der Entstehung und Behandlung von Tumoren beschäftigt.

Onkologe: Facharzt für Onkologie.

OP: Abkürzung für Operation bzw. für Operationssaal.

Pädiatrie: Kinderheilkunde.

palpieren: mit der Hand fühlen.

Paraplegiker: von Querschnittslähmung betroffener Patient mit Lähmung der unteren Extremitäten.

paravenös, »para«: ein Zugang, der »para liegt«, liegt nicht (mehr) an seinem eigentlichen Bestimmungsort in der Vene, sondern im umgebenden Gewebe.

Pathologie: Krankheitslehre. Im engeren Sinn Autopsie-Abteilung des Krankenhauses.

PCP (Phencyclidin, Phenylcyclohexylpiperidin): Früher als Anästhetikum eingesetzter, heute als Rauschmittel (»angel dust«) mißbrauchter Stoff, der Halluzinosen und aggressives Verhalten auslösen kann.

penil: den Penis betreffend.

perforieren: durchstechen, durchdringen, platzen (Aneurysma).

Peritonitis: Entzündung des Bauchfells.

Pharmakologie: Lehre von den Medikamenten.

Pleuradrainage: Drainage zur Absaugung von Blut, Sekret oder Luft aus dem Pleuraspalt zwischen Rippen- und Brustfell.

Pneumonie: Lungenentzündung.

post-OP: nach der Operation.

Präeklampsie: Schwangerschafts-spezifische Erkrankung; Symptome sind Ödembildung und Bluthochdruck. Es kann sich eine Eklampsie (s. dort) entwikkeln.

Procain: Medikament zur örtlichen Betäubung, z. B. bei Zahnbehandlungen.

Procainamid: Medikament zur Behandlung von Herzrhythmusstörungen.

Prognose: Vorhersage über den Verlauf einer Krankheit und ihre Heilungsaussichten.

Prolene: Chirurgisches Nahtmaterial; Spezialfaden zum Nähen von Wunden.

Prostataresektion: Operative Entfernung der Vorsteherdrüse.

PTCA: Perkutane transluminale Coronarangioplastie; Methode zur instrumentellen Erweiterung verengter Herzkranzgefäße mittels eines Ballonkatheters.

Pulmonalarterie: Lungenschlagader, Arteria pulmonalis.

Pulmonaliskatheter: Durch die Kubitalvene über das rechte Herz in die Lungenarterie eingeführter Schwemmkatheter zur Messung verschiedener physiologischer Parameter.

Radius: Speiche (Unterarmknochen).

Reanimation: Wiederbelebung.

Rechtsherzinsuffizienz: Unfähigkeit der rechten Herzkammer, genügend Blut auszuwerfen bzw. den venösen Rückfluß des großen Kreislaufs aufzunehmen.

Registered Nurse (RN): Staatlich anerkannte Krankenschwester bzw. -pfleger.

Regression: Zurückziehen auf frühere Entwicklungsstadien, Wiederauftreten von entwicklungsmäßig früheren (infantilen) Verhaltensweisen. In der Psychoanalyse als Abwehrmechanismus des Ich betrachtet.

rektal: zum Mastdarm gehörend, im oder durch den Mastdarm.

Rektoskop: Starres, röhrenförmiges Endoskop zur direkten Betrachtung des Rektums und des unteren Teils des Dickdarms.

Rektum: Mastdarm.

relaxieren: Durch Gabe von Medikamenten eine Muskelentspannung herbeiführen.

Remission: Vorübergehendes Nachlassen von Krankheitszeichen bei chronischen Erkrankungen, ohne daß jedoch eine dauerhafte Heilung erreicht wurde.

reponieren: Ein Organ, Organteile, Teile eines gebrochenen Knochens oder eines Gelenks wieder in die richtige Position bringen.

Resektion: operative Entfernung.

Respirator: Beatmungsgerät.

respiratorisch: die Atmung betreffend.

Retrosternal: Hinter dem Brustbein gelegen.

San Quentin: Gefängnis von San Francisco.

Sauerstoffbrille: Flexible Schlinge aus einem Kunststoffschlauch, durch die Sauerstoff in die Nase des Patienten geleitet wird.

Schädelbasisfraktur: Bruch des

Schädelknochens am Übergang zwischen Hirn- und Gesichtsschädel. Dabei kann es zum Austreten von Gehirnflüssigkeit durch Nase oder Ohr kommen.

Schenkelhalsfraktur: Bruch des Oberschenkelknochens nahe am Hüftgelenk.

Schizophrenie: psychiatrische Erkrankung; Hauptsymptome sind Wahn, Halluzinationen und formale Denkstörungen.

Schleudertrauma: Verletzung der Halswirbelsäule durch schnelles Vor- und Zurückschleudern von Rumpf und Kopf bei einem Auffahrunfall.

Schwangerschaftstoxikose: Eklampsie (s. dort).

sedieren: Mit Beruhigungsmitteln (Sedativa) ruhigstellen.

Silbernitrat: in der Geburtshilfe eingesetztes Medikament zur Behandlung von Augeninfektionen von Neugeborenen.

Spekulum: Gerät zur Besichtigung bestimmter Körperhöhlen (z. B. der Nasengänge).

Springer: Pflegekraft, die je nach Bedarf auf verschiedenen Stationen bzw. zu verschiedenen Aufgaben eingesetzt werden kann.

ST-Strecke: bestimmter Abschnitt der EKG-Kurve. Eine **ST-Streckenveränderung** weist auf Sauerstoffmangel des Herzmuskels hin.

Staphylokokkeninfektion: Infektion mit eitererregenden Bakterien.

Status asthmaticus: lebensbedrohlicher, lang anhaltender Asthma-Anfall.

Steißlage: Beckenendlage des Föten.

Stethoskop: Instrument zum Abhorchen von Organen.

Synkope: Anfallsartige, kurzdauernde Bewußtlosigkeit aufgrund einer Minderdurchblutung des Gehirns.

Systole: Anspannungsphase des Herzens. **Systolischer Blutdruck:** während der Systole herrschender Druck; der höhere der beiden gemessenen Blutdruckwerte.

tachykard: Zustand der beschleunigten Herzfrequenz mit >100 Schlägen/min.

Tamponade (Herzbeuteltamponade): durch vermehrte Blutansammlung im Herzbeutel bedingte Kompression des Herzmuskels, die zu einer mechanischen Behinderung der Herztätigkeit führt.

Theophyllin: Medikament zur Behandlung von Asthma bronchiale.

Thoraxaufname: Röntgenaufnahme des Brustkorbs.

Thoraxkompressor: Maschine zur mechanischen Herzmassage bei Herzstillstand.

Thrombose: Blutgerinnsel in den Blutgefäßen.

Tramal: Handelsname eines mittelstark wirksamen Schmerzmittels.

Trauma: Verletzung infolge von Gewalteinwirkung.

Traumatologie: Lehre von den Verletzungen des Bewegungsapparates.

Tremor: Zittern.

Tubus: s. Endotrachealtubus.

Ulkus: Geschwür; Substanzverlust der Haut oder Schleimhaut bis zur offenen Wundbildung. Wird umgangssprachlich meist synonym für Magen- oder Zwölffingerdarmgeschwür (= Ulkuserkrankung) verwendet.

Valium: Handelsname eines gebräuchlichen Beruhigungsmittels.

Venae sectio: operative Freilegung einer Vene (zur Verabreichung von Medikamenten).

Venenverweilkanüle: s. Braunüle.

Ventrikel: Herzkammer, Gehirnkammer.

Ventrikelblutung: Blutung in die Gehirnkammern.

Ventrikuläre Extrasystole: Vorzeitige Kontraktion der Herzkammer außerhalb des normalen Herzrhythmus.

Vitalfunktionen: Bewußtsein, Atmung, Puls, Blutdruck und Körpertemperatur.

Wasserstoffhyperoxid: Mittel zur Reinigung infizierter Wunden.

Wilms-Tumor: Bösartiger Tumor der Niere, tritt meist im Kindesalter auf.

Zerebrale Blutung: Hirnblutung.

Zirkumzision: Beschneidung der Vorhaut des Penis.

Zugang: Venenverweilkanüle, s. Braunüle.

Zyanotisch (Haut- und Lippenfarbe): bläulich verfärbte Haut aufgrund eines verminderten Sauerstoffgehaltes des Blutes.

Danksagungen

Ich möchte Norman L. Smith von »Reader's Digest« danken, daß er mir Raum für einen Anfang gegeben hat und Richard S. Gebhardt dafür, daß er mich mit meiner ersten Geschichte zum Briefkasten geschickt hat.

Warmen, lieben Dank auch an meine Freunde, jene Menschen, die Teil meines Lebens wurden, die mir durch die schlechtesten Zeiten geholfen und bei mir den bleibenden Eindruck hinterlassen haben, die besten Kids des Viertels zu sein. Einige von ihnen sind:

Mary C. Bianchi, Michael J. McClure, Janey O'Hara Justice, J. Patrick Heron, Harlan Cain, Colette Coutant Trembly, Ruah Cramer und Martha Cramer Catricala.

Lieben, herzlichen Dank auch an meinen Vater, Michael A. Salato, und meine Geschwister Paul, Mari, Mikie und Storm, für ihre Liebe und ihr Verständnis.

Meinem Agenten, Dominick Abel, und meiner Verlegerin, Patricia Lande, möchte ich für ihren Enthusiasmus, ihre Geduld und ihre harte Arbeit danken.

Für ihren technischen Rat und persönliche Unterstützung möchte ich besonders Dr. Tomas M. Meadoff und Margie Dingfelder danken.

Ebenfalls vielen Dank für ihren technischen Rat an Catherine P. Murray, Dr. Joel Sklar, Dr. Gerald P. Wilner, Dr. Eisenberg, Dr. James Kelly, Susan Shaspiro und Dr. Pamela Foley.